"DHALGREN"SAMUEL R. DELANY

ダールグレン

I

サミュエル・R・ディレイニー

大久保譲 訳

FUTURE/LITERATURE 未来の文学

国書刊行会

組み換え式の都市

ウィリアム・ギブスン

サミュエル・ディレイニーの『ダールグレン』は散文の都市であり、迷宮であり、巨大な構築物だ。読者は無数にあるその扉のどこかを開けて入ることを学んでいく。記憶にひとたび根をおろすと、この小説はまるで気候のように、季節のように感じられる。心の地平線上で回転して、固有の重力を、潮の流れを生みだし、ふたたび訪れるようにと読者をうながすだろう。これは文学の特異点である。アメリカのSF文化から現われた最高の散文の使い手によって、大胆な概念の冒険が持続する作品だ。

わたしは本書を理解したことがない。せいぜい、部分的に理解できた、あるいは理解に近づいていると感じたことがあるくらいだ。だからといって、不愉快さを覚えたり、テクストの快楽がさまたげられたりすることはなかった。むしろ、正反対である。

『ダールグレン』は完璧に理解されるための書物ではない。提示される〝謎〟は、けっして〝解明〟されるためのものではない、とわたしは信じている。そして、謎が解明されないのは、作者やテクストに一貫性が欠けているためではない、とも。それどころか、どちらもまれに見るほど首尾一貫していると思う。

作者もテクストも、入念さに欠ける作家やその作品においてはけっして見られないような、はっきりとした自意識をそなえている。『ダールグレン』は文字どおり実験的な小説であり、フィクションに対して文化が許容する限界を極めようとしている。ディレイニーは、これまで畜積されてきたモダニズム文学の道具一式を装備して、フィクションという、誰もが合意する行為における周縁に、境界に、いまだ認められていない約束ごとにむかって、まっすぐに突きすすんでいる。そして、最もめざましく――わたしの経験からすると、唯一の事例でもあるのだが――それに成功している。このテクストは、何か別のものに、前例のないものになっているのだ。

『ダールグレン』のなかに入っていくのは、さまざまな確実性が徐々に奪われていく経験にほかならない。そうした確実性の多くは、語られることもなく、またしばしば認識されることすらないまま、読者と作者がかわしてきた慣習的な契約にかかわっている。ここには、そうした契約を侵犯するような要素がはたらいており、読者が当然の権利として要求してきた〝見返り〟を与えるのを意図的に拒否している。読者は抗議するだろう、もしこれが探求の物語なら、すくなくとも探求の目的はわかっていなければならないはずだ、と。あるいは、もしこれがミステリーなら、その謎の性質くらいは教えてもらわなければ、と。だが『ダールグレン』は答えない。それにしても、この組み換え式の都市はなんなのか、と読者は問う。原因不明のプロセスによって、変幻自在に相貌を変えつづけるアメリカ中部の街なみ。何ひとつもとの姿をとどめず、タロットがしめす兆しのような原初的な象徴の数々が空に輝くこの都市は、いったいなんなんだ?

だが『ダールグレン』は答えない。ただひたすら進んでいく。回転する。真鍮と水晶、コンクリートと肉体、その神秘の印。

わたしは『ダールグレン』を次のような歴史に位置づける——

今日、三十五歳以下の人間は誰ひとり、一九六〇年代のアメリカをおそった特異点を覚えていないし、直接それを経験した世代のほとんどは忘却と否認を選んでいるように思える。

だが、たしかに何かが起こった。アメリカに、ひとつの都市が生まれたのだ。(わたしはここでアメリカを、何か別のものを指すための略号として用いているのだろう。おそらく、アメリカの世紀の、工業化されたすべての国々を指すものとして。)その都市は、特定の場所を占めておらず、内部の地形の多くが流動的だった。だが住人たちは、どの瞬間も、自分がその都市にいるのか、アメリカにいるのかを知っていた。この都市は、アメリカにとってはほとんど見えない都市だった。もしアメリカが〝家庭〟や〝仕事〟を意味する場所だとしたら、その都市はそのどちらでもなく、そのせいでアメリカにとっては見ることがとても困難な場所だった。遠くから眺めながら、この都市に入りたいと願いながら、拒まれて去っていった人々もいただろう。一方、わたし自身をはじめ多くの人々が、ある日なんの気なしに街角を曲がり、目の前にその都市が広がっているのを見つけた。そこは表現不可能な可能性の領域であり、どんな夢でも経験したことがないような場所だった。わたしたちは、そこにも外の世界と同じようにルールが存在することに気づくが、まったく異なるルールだ。なかば見知った通りを歩き、次の通りを進んでいけば、わたしたちはある公園にたどりつく……。

やがて、その都市で死ぬこともあるとわかってきたが、それらの死者たちの名前を記した本は、けっして存在しなかった。多くの人々がそこで生きのび、もどってこなかった。(その都市からもどってきた人々は、そもそもそこに行かなかったのだと言う者さえいる。)だが、街にとどまっている人々にも何かが起こりつつあった——アメリカとその都市とをへだてていた膜が浸食され、両者はたがいに浸透していったのだ。その結果、今日では、アメリカもなくなり、この都市もなくなり、両者の混淆から生まれたものだけが存在している。

『ダールグレン』が、意図的にせよそうでないにせよ、その都市の地図だというのではない。ただ、この小説とその都市とのあいだには、否定しがたい関係があるということだ。(あの都市の存在を忘れたがっている連中は、そこからは真の文学はひとつも生まれなかったなどと言う。だが、これも否認でしかない。)

『ダールグレン』においては、ノスタルジーからくる歪曲とは無縁のまま、この特異点の経験がそのまま生きのびている。


『ダールグレン』のことを考えるとき、わたしは次のことを思い出す——

ワシントンDCのデュポン・サークルで、市民の暴動のさなか、警察隊が警棒とプラスチックの盾をかまえて到着したとき、デュポン提督を記念するゴブレット状の噴水の浅い石皿に、誰かが火焔瓶を投げこんだ。ワシントン地区のとるにたりない記念碑はしばしば放置されており、デュポン・サークルの中央にあるその高い噴水も、幾たびもの夏のあいだ、乾いたままになっていた。その結果、石皿にはたくさんのゴミがたまっていたのだと思う。ほとんどは紙くずで、子供たちがバスケットボールのリングに見立てて、つぶした紙コップを投げこんだりしていたのだろう。

瓶が割れるのは聞こえなかったが、ガソリンに引火するボッという音がした。炎がコンクリートに黒い影を投げかけた。走るわたしたちの影。わたしたちはみな走っていた。そして、ヴァージニア州の郊外住宅地からやってきた、ケネディのようなあごをした少女の目に、わたしは今まで見たことがないものを見た——野獣のおののき、パニックという古代の光の、濡れてかがやく欠片。そこでは恐怖と恍惚とが完全に一体になっていた。最初の催涙弾がガスを放ちながら落ちてくると、彼女はまるで鹿のように走りだし、その一瞬、鹿のように美しかった。わたしは彼女のあとを追ったが、見失なった。ときどき、彼女はあれからずっと走りつづけているのではないかと空想することもある。
それから数年後、パンクが流行する前の長くぬかるんだ七〇年代の退廃に安住していたとき、『ダールグレン』が刊行され、わたしはしばしば、ディレイニーに心からの感謝を捧げたものだ。ある状態が、誰かによって、まちがいなく経験されたことを力づよい筆致で確信させてくれたから。炎に照らしだされた公園は、すでにそんな遠い昔の話になっていた。

文学作品の解説ほど信用できないものはない。
ここに本がある。さあ、なかに進みたまえ。
今度はあなたの番だ。
循環する廃墟。
鏡の間。
肉体の輪。
あなたが一歩進むごとに、くすぶりつづける街の周縁は変貌していく。
ベローナ。
あの街のみんなに、わたしからよろしくと伝えてほしい。

ヴァンクーヴァー、BC
一九九五年八月二十三日

ダールグレン Ⅰ 目次

ダールグレン　II　目次

装幀　下田法晴（s.f.d.）

多くのことが書かれたこの本は、
多くの人に捧げねばなるまい。
すべてを挙げることはできないが、
ジョゼフ・コックス、ビル・ブロデッキー、デイヴィッド・ハートウェル、
リズ・ランドリー、ジョゼフ・マンフレディーニ、パトリック・ミュア、
ジョン・ハーバート・マクドウェル、ジーン・サリヴァン、
ジャニス・シュミット、チャールズ・ネイラー、アン・オニール、
ベアード・サールズ、マーティン・ラースト、ボブ&ジョーン・サーストン、
リチャード・ヴリアリ、スーザン・シュウィアーズ

そして、
ジュディ・ラトナー、オリヴァー・シャンク

さらに、
トマス・M・ディッシュ、ジュディス・メリル、
マイケル・パーキンズ、ジョアンナ・ラス、ジュディス・ジョンソン、
マリリン・ハッカー

「君は真実と現実を混同している」　ジョージ・スタンリー、会話で

ダールグレン　I

I　プリズム、鏡、レンズ

、秋の都市を傷つけるために。

だから世界に向かって叫んだ、自分に名前を与えてくれと。

闇の内奥が風で答えた。

君が知っていることなら、ぼくもすべて知っている――回転する宇宙飛行士たち、ランチタイムを待ちわびて時計に目をやる銀行員たち。電球で囲まれた鏡に向かってフードをかぶる女優たち、親指に乗るくらいの潤滑油を鉄のハンドルになすりつける貨物エレベーターの操作係たち。学生の暴動の数々も知っている。先週、食料品店で、この半年のあいだ異様に物価があがっているのにうんざりして首をふっていた黒人女たちのことも、たっぷり一分間、冷めてしまうまで口に含んだあとのコーヒーの味だって知っている。

たっぷり一分間、彼はしゃがんでいた。いくつもの小石が左足（はだしのほう）にくいこみ、自分の呼吸音がふるえながら岩棚を転がり落ちるのに耳をすませた。

木々の葉のつづれ織りのむこうで、月の反射光がひらひら舞っている。

彼は手のひらをズボンのデニム生地にこすりつけた。彼がいるところは静かだった。ほかの場所では風がすすり泣いていた。

木々の葉がまたたく。

さっきまで風だったものは、眼下の低木林の動きに変わった。彼は背後の岩に手を伸ばした。

二十四フィートほど下で、女が立ちあがった。身にまとっているのは、降りそそぐ月光がつくる蔓状のカエデの影だけ。女が動くと、影も動いた。

風がシャツ（まんなかのボタンが二つとれている）に吹きこんで、わき腹を恐怖でちくちく刺した。下あごの奥で筋肉が一本の帯になる。恐怖がひたいに刻みつけた痕跡を、風に吹かれた黒髪の前足がぬぐいとろうとする。

女のささやきは吐息そのものだった。風が単語に襲いかかり、意味を吹きとばす。

「あぁぁぁぁ……」と女の声。

彼は空気を力いっぱい吐きだした。が、それはほとんど咳ばらいだった。

「……あぁぁ……」ふたたび女の声。そして笑い声、一ダースもの刃をふくんだ笑い声、月に照らされたうなり声。「……ぁぁぁあぁぁぁ……」実際に聞こえている以上の音が含まれているはずだ。ひょっとすると彼の名前さえも呼ばれているのかもしれない。だが風が、風が……。

女は足を踏みだした。

その動きで影の配置が変わり、片胸があらわになった。片目には菱形に光が落ちている。片脚のふくらはぎと踵が木々の葉の前で輝いた。

ふくらはぎの下のほうに、ひっかき傷があった。

彼の髪はひたいからうしろに吹き流されていた。逆に女の髪は前にたなびいているのが見えた。髪に導かれるように女は動いた。落葉をまたぎ、石の上に足指を広げ、爪先立ちで、暗闇から抜けでてきた。

岩の上でうずくまったまま、彼は腿においた両手をひきよせた。

両手とも、ひどくおぞましかった。

女は、さらに木一本ぶん近づいてきた。彼女の胸に月が光の金貨をそそいでいる。大きな茶色の乳暈、小さな乳首。「あなたは……？」三フィートほど離れたところから、彼のことを見おろしながら、女はおだやかに問いかけた。木の葉の影が作るまだら模様に隠されて彼女の表情はまだ見えない。しかし、女の頬骨がまるで東洋人のように高いのはわかった。いや、まちがいなく東洋人だ。だからなまりを聞きとれるように耳を調整しながら、次の言葉を待つことにした。（彼は中国語と日本語を区別できた。）「とうとう来たのね！」心地よい中西部の標準英語の響き。「来てくれるかどうか、わからなかったけど！」女の口ぶり（ささやき声だが明瞭なソプラノ……）は、それまで影の動きだと思いこんでいたものの一部は、恐怖による錯覚にすぎなかったのだと告げていた。「でも、来てくれた！」轟く葉むらのなかに、女は膝をついた。女の腿は、正面こそ固かったが側面は（見るからに）やわらかく——両腿のあいだには闇の柱ができていた——彼のほつれたズボンの膝から数インチのところに近づいた。

女は手を伸ばした。まっすぐな二本の指が格子縞のウールのシャツを押しのけ、彼の胸にふれた。指は下にすべっていく。自分の縮れ毛の音が聞こえた。

女は笑いだし、その顔は月に向いた。彼は体を前にかたむけた。レモンの香りが、そこだけは風の吹いていない二人のあいだの空間を埋めた。女の丸い顔は誘うようで、眉は非東洋的に濃かった。三十歳は越えているな、と彼は推測したが、口のまわりに小さなしわが二筋あるだけだ。

口をひらいて女の口に向け、両手を上に伸ばして女の頭を左右からはさむと、女の髪が両手をおおった。その耳の軟骨を、熱い曲線として手のひらに感じる。女の膝が落葉のなかにすべりこむ。女は目を細めてまた笑った。彼女の息は真昼のようでレモンの香りがした……。

女に口づけた。彼女は彼の手首をつかんだ。二つの口がつながって一つの肉となり、生き物のように動きはじめた。女の重みがのしかかってくると、女の胸のかたちが消え、彼の胸と服の境におかれた女の手が、消えた。

二人の指はベルトのところで出会い、網のようにからみあった。口づけのあいまにあえぎ声が混じり（彼の心臓はどもるようにぎこちなく鳴って）、泡のように吹きとんだ。腿が空気にさらされた。

二人は横たわった。

女は指先を使い彼の亀頭を自分の陰毛へと乱暴に誘導しながら、脚の筋肉を彼の脚の下でふるわせる。ふいに彼は女の熱のなかにすべりこんだ。女の動きが激しくなるのにあわせて、その肩を強く抱きしめる。女は片手を握りしめ、小さな岩のように自分の胸にあてている。そして轟々と吹きすさぶ風。驚くほど長いオルガスムがおとずれたとき、彼のわき腹に落葉が激しくふりそそいだ。

やがて二人は、向かいあって横たわりながら、混じりあう二つの吐息であたたかい空間をつくりあげた。女がささやく。「あなたは美しいわよ」唇を閉じたまま彼は笑った。女は彼の片目をじっと見つめ、もう片方の目を見つめ（彼はまばたいた）、あごの先を見つめ（閉じた唇の裏で歯を噛みしめたのであごが動いた）、それからひたいを見つめた。（レモンの香りがする彼女の息は心地よかった。）「……美しい！」女はくりかえした。

ほんとかな、と思いながら、彼はほほえみかえした。

女は片手をあたたかい空間まで運んだ。爪が白い。彼の鼻のわきを指でなぞり、彼の頬に顔を押しつけ、ゴロゴロと喉を鳴らした。

彼は手を伸ばして彼女の手首をつかんだ。

女がたずねた。「あら、あなたの手……？」

そこで片手を隠すように女の背中にまわし、ぐいと引きよせた。

女は体をひねって見ようとする。「具合でも悪いの？あなたの……」

女のひんやり湿った髪に顔を埋めたまま首をふり、髪を舐めた。

背中に吹きつける風が冷たい。女の髪の下の皮膚は彼の舌より熱かった。彼は両手を二人のあいだの熱を帯びた洞《うろ》に移動させた。

女は体を引きはなした。「そっちの手も――！」

ごわごわの毛の下でミミズのようにねじれた血管。皮膚はセメントのように乾き、指の関節はかさぶた状に固まっている。女の胸の谷間におかれた太く短い親指は、まるでヒキガエルだ。

女は眉間にしわをよせ、こぶしを彼のこぶしに近づけて、とめた。

彼の指は、月に照らされた女の海に突きだす、節くれだった半島だ。五つの岬の先端には、かじりとられたようなむきだしのキチン質の残骸。

「君は……？」彼は口をひらいた。

いや、奇形というわけじゃない。しかし彼の両手は……醜かった！　女は見あげた。まばたきするその瞳は潤んでいた。

「……君は知ってるのか？　ぼくの……」声がしゃがれる。「ぼくが……誰なのかを？」

女の顔つきは繊細ではなかった。だがそのほほえみは悲しげで、ほとんどがひたいと閉じたまぶたのあいだで困惑を示していた。

「あなたには」女の声はよく響き、堅苦しかった（が、あいかわらず風で、上音がいくらかぼかされていた）。「父親がいる」腹に重なる女の腰は熱を帯びていた。今まで穏やかだと思っていた空気が、刃となって彼の性器を押しもどそうとする。「アアオアもいる――！」女の口に彼の頬が押しつけられたのだ。だが彼女は顔をそむけた。「あなたは――」女は蒼ざめた手を、肋骨の上におかれた彼の大きな手（こんな小猿みたいな男にこんな大きな手がついてるなんて、とご親切にも指摘してくれたやつがいたっけ。そんなことを思い出した）に重ねた。

「美しいわ。あなたはどこかから来た。あなたはどこかへ行こうとしてる」彼女はため息をついた。

「でも……」彼は言いたいことをぐっと飲みこんだ（そこまで小さくはない）。「ぼくは失くしてしまったんだ……なにかを」

「たくさんのものが今のあなたを作ってきた」女は朗誦するように言った。「今のあなたが、将来のあなたを作りあげるのよ」

「ぼくはとりもどしたいんだ！」

女は背後に腕を伸ばして彼を抱きよせる。彼の腹と女の背中の窪みにはさまれた冷たい泉が、つぶれて消えた。

「なにを失くしたっていうの？」女は肩ごしに彼を見つめた。「年はいくつ？」

「二十七」

「顔だけ見ると、もっと若そうだけど」女はくすりと笑った。「せいぜい……十六歳くらいかと思ってた。でも手はもっと年寄りみたいだし、それに――」

「もっと汚ならしい？」

「――そんな人じゃなさそうなのに、とても残酷そうな手をしてる。生まれはどこ？」

「ニューヨーク州の北。たぶん君の知らない町だよ。そう長いこと住んでたわけじゃないし」

「そうね、たぶん知らない。ずいぶん遠くまで来たのね」

「日本に行ったこともある。オーストラリアにも」

「大学には？」

彼は笑った。彼の胸が女の肩を揺らした。「コロンビアに一年いた。それからデラウェア州のコミュニティカレッジにも、一年近く。けっきょく学位はとらなかったけど」

「何年生まれ？」

「一九四八年。中央アメリカにも行ったよ。メキシコ。ここに来る前はメキシコにいた。で、ぼくは――」

「あなたはいったいなにを変えたいの？」女は目をそらしながら、やはり朗誦するように質問する。「なにを守りたいの？　なにを探してるの？　なにから逃げてるの？」

「べつになにも変えたくない」彼は答えた。「二番目の答えも同じ、なにも守りたくない。なにも探してないし、それに……なにからも逃げてないよ。少なくとも自分じゃそう思ってる」

「目的はないってこと？」

「ベローナに行って……」低く笑った。「ぼくの目的はほかの人たちと同じさ。少なくとも実人生においてはね。意識を無事にたもったまま、次の瞬間を切りぬけたいってだけ」

　次の瞬間が過ぎた。

「そうなの？」女はたずねた。女の真剣な口ぶりに、彼は自分の科白の嘘くささを自覚した（そして考える――やっぱり一秒を無事に乗り切るのは楽じゃない）。「じゃあ、あなたが誰かの失くしたノートの隅に殴り書きされた、架空の人物じゃないってことを喜ばなくっちゃ。もしそうなら、恐ろしく退屈な存在だったはずよ。ほんとうに理由もなくあの街に行くの？」

「まずベローナに着いて、それから……」

　言いよどむと、女がさえぎって、「言わなくてもいいわ。とにかく、あなたは自分が誰だかわからないのね？　そんなことを知ろうなんて単純な理由だけで、ニューヨーク州の北部から日本を経由して、はるばるこんなところまでやってきたりするものかしら。うーん……」そこで女は口をつぐむ。

「なんだい？」

「なんでもないわ」

「なんだよ？」

「あのね、あなたがもし一九四八年生まれなら、二十七歳よりももっと年上じゃないと」

「どういうこと？」

「言わなきゃよかった」女はぼやく。「たいしたことじゃないわ」

　彼は彼女の腕をゆっくりと揺すりはじめた。

　女は口をひらいた。「わたしは一九四七年生まれなんだけど。でも二十八歳よりもはるかに年をとっている」とまた彼に向かってまばたきし、「だけどそんなの、べつにどうってこと――」

　彼がごろんとあおむけになると、落葉が大きな音をたてた。「君は、ぼくが誰だか知ってるのかい？」夜は晴れと曇りの中間のような色をしていた。「君はここに来て、ぼくを見つけた。ぼくの名前も教えてくれよ」

　今まで女と接していた体の側面に、寒気がバターみたいに広がっていった。

　彼は女に顔を向けた。

「こっちへ来て！」女が体を起こすと、その髪が彼めがけて波うった。ひとつかみほどの落葉が彼の顔にふりかかる。

　彼も体を起こした。

　だが女はすでに駆けだしていた。月影がつくるまだら模様のなかを両脚がすばやく走りすぎていく。

　彼女はどこで脚のひっかき傷をこしらえたんだろう、と彼はいぶかしんだ。

ズボンをつかんで、片足ずつそのなかに突っこみ、シャツと片方だけのサンダルをつかんで、彼は走りだした――。

女は岩陰に回りこもうとしていた。

立ちどまってズボンのジッパーをあげ、ベルトの二重のホックを留めた。小枝と小石が足裏にくいこむ。あの女、なんて速いんだ！

ようやく追いついたとき、女がふりむいた。彼は岩に手をつき――びくっとした。岩の表面が濡れていたのだ。女の黄色い腿と踵には、乾いてぼろぼろに崩れた土が付着している。

「あそこ……」女は洞窟のなかを指さした。「見える？」

近づいて女の肩にふれようとしたが、やめた。

女が言った。「そのまま進んで。なかにはいって」

下の茂みにサンダルを落とす。ガサッという音。シャツを脱ぎ落とす。音がとだえる。

女は期待をこめたまなざしで彼を見つめ、横にどいた。

一歩、足を踏みだした。踵には苔、足裏には濡れた岩。もう片方の足も出してみる。濡れた岩。

体のそばで息がふるえた。ゼリー状の暗闇のなか、乾いたものが頬をなでた。手を伸ばしてみる。枯れたツタの葉がパリパリと音をたてた。ツタが揺れる。はるか頭上からゴトゴトと恐ろしい音が響いてきた。切りたった断崖のイメージが頭に浮かび、爪先で探りながら慎重に足をすべらせていく――樹皮が剝がれかかった枝……濡れた落葉のかたまり……ぞくっとする冷たい水……。次の一歩を踏みだすと、くるぶしまで水にひたした。さらに歩を進める。

岩しかない。

そして、かすかな光。

さらに一歩。オレンジ色のその光は、物陰からこぼれている。岩の窪みの壁だ。もう一歩進むと、そこに天井から影が落ちた。

大きな枯れ枝のむこうに、車のタイヤくらいの大きさの真鍮の皿があり、そのなかで火がほとんど消えかかっていた。くすぶる炎のなかでなにかがはぜ、濡れた石に火花が散った。

光は前方の、しだいに狭くなる高所の裂け目から漏れている。そこでなにかが光をとらえ、反射しているのだ。

丸石を回りこむように登り、いったんとまった。自分の呼吸と炎の音がこだまする。その反響から洞窟の大きさが推測できた。クレバスのサイズを目測したあと、一メートルの距離を飛びこえ、反対の斜面にしがみつく。足もとが崩れ、岩の裂け目を小石が転がり落ちていく。

その音は、はじめは声高な叫びだったのが、しだいにどもり声に、やがてささやきに変わって——沈黙。

そして——ぽちゃん！

肩がすくんだ。せいぜい一ヤードかそこらの深さだと思っていたのだが。

そこからしばらく登らなければならなかった。十五フィートほど進んだところで、大きな岩壁につきあたった。その脇に回り、凹凸の激しい壁面を苦労して登った。ようやく広い峰まで這いあがると、そこは岩ではなく、根だということに気づいた。いったいどこにつながる根なのかと考えながら、岩棚に手をかけた。

すると、鼻先ほんの六インチほどのところで、なにかがキーッと叫び、枯葉のあいまを四方八方に飛びたっていった。

彼は唾を飲みこんだ。潮が引くように肩の痛みが鎮まっていく。残りの道のりを、体をひっぱりあげるようによじ登り、岩棚の上に立った。

見あげるかぎり果てのない暗闇へとつづくひび割れのなかに、それはあった。

一方の端は、トサカのようなシダを囲んで輪をつくっている。

手を伸ばすと、自分の体で下の火鉢からの光をさえぎってしまった。反射光が消えた。

予期せぬものに出くわす、うしろになにかいるんじゃないか、というのとはべつの不安が感じられた。この不安を本物にするような徴候が体に現われていないか、たしかめてみた。息づかいが早くなったり、鼓動が遅くなったり。けれども、彼の不安は、分離した魂のように実体が伴っていなかった。鎖を拾いあげると、一方の端は石にあたってカチャカチャと音をたて、きらめいた。向きを変え、オレンジ色の光にかざしてみた。

プリズムだ。

少なくとも、そのうちのいくつかの粒は。

それ以外の粒は丸かった。

手のひらに鎖をすべらせてみた。丸い粒のなかには透明なものもある。それが指のあいだを通るとき、光が屈折した。鎖を持ちあげ、レンズの一つを透かしてのぞいてみた。だがその粒は不透明だ。かたむけると、数インチさきの円にぼんやり映った自分の目が、ふるえるガラスのなかでふるえながら通りすぎていく。

すべてが静まりかえっていた。

手のひらに乗せた鎖をひっぱる。プリズムとレンズと鏡がランダムに組みあわされて、九フィート近くつづいている。よく見ると、三本の鎖がつながっているのだ。

それぞれの端はくるりと巻かれて輪を作っている。いちばん大きな輪には、小さな金属のタグがついていた。

体をかがめて、タグを光にかざしてみる。

一センチほどの真鍮板（光の粒をつないでいたのは真鍮の金具だった）には、こう刻まれていた――producto do Brazil（ブラジル製）。

彼は考えた――いったいなんだ、このポルトガル語は？

もう一秒だけかがんだまま、光り輝く鎖をながめていた。

鎖をひとまとめにしてジーンズのポケットにしまおうとしたが、もつれた三ヤードの鎖は手のひらには収まりきらない。立ちあがり、いちばん大きな輪を探し、頭をさげてそのまま首にかけた。尖端や角《かど》が首筋にちくちく刺さる。残った小さなリングをあごの下でまとめ（考える――梶棒みたいだ）、指先で留め金をとめた。

足のあいだで光の輪になっている鎖を見おろす。腿のあたりの、いちばん短い鎖の端をつまんだ。そこは小さめの輪になっていった。

しばらく息を整えてから――手にした鎖を二回、二の腕に巻きつけた。さらに前腕に二巻きして、手首で留め金をとめる。ガラス玉と環に手のひらを強く押しつけると、皮膚がプラスチックか金属のように固くなった。胸毛が鎖の継ぎ目にはさまって、むずむずした。

鎖の長いほうの端をつかみ、背中に回した。一つ一つの粒が肩甲骨に冷たい口づけを落としていく。それを胸のほうに回し、ふたたび背中、そして腹に巻きつける。残りの鎖（まだ足もとの石に届くほど余っていた）を片手に握ったまま、反対の手でベルトをゆるめた。

くるぶしまでズボンをおろし、尻のまわりに余った鎖を巻きつけた。そして右脚の腿に一巻き、もう一巻き、さらに一巻き。最後に右脚のくるぶしで留め金をとめた。ズボンをあげ、岩棚にもどりながらベルトを締め、向きを変えて岩をおりた。

拘束されている感じがした。だが岩壁に胸を押しつけていると、鎖は線のようにしか感じられず、体を傷つけることもない。

クレバスの幅が一フィートだけのところを見つけ、対岸までひとまたぎした。ラムダの文字の形をした洞窟の入口は、月の薄明かりに照らされ、木の葉のレース編みでふちどられている。

岩が足の裏を舐めていく。ぼんやりしていて片足が冷たい水につかり、我に返ったこともあった。体に巻きついた鎖はあたたまっていた。もっと熱を感じようと足をとめたが、ただ鎖の重みだけが感じられた。

苔の上に足を踏みだす。

脱ぎ捨てたシャツが草むらに広がっている。その下に、裏返ったサンダル。

ウールの袖に腕を通した。袖口から、右手首に巻いた鎖の反射光が漏れた。サンダルの留め具をパチンととめた。地面が膝を濡らす。

立ちあがって周囲を見まわし、暗がりにむけて目を細めた。「おーい……?」右を向き、左を向いて、不格好な親指で鎖骨を掻いた。「どこにいるんだ……?」右を向き、左を向いて、引きずった跡や折れた低木から推理できればいいのに、と思った。女は来た道をそのままもどったのではないだろう……。

洞窟の入口を離れ、黒い影が重なる外の闇に足を踏みいれた。彼女はここを通ったのか? 三歩だけ闇のなかでいぶかった。だが、先に進んだ。

サンダルを履いた足をぬかるみにとられたそのとき、月光に照らされた道を見つけた。はだしの足が、小石を敷きつめた路肩を踏みしめる。よろよろとアスファルトに乗ると、水びたしになった革のせいでサンダル履きの足がすべってしまった。激しく息を切らしながら、周囲を注視した。

左手には、木々のあいだを縫うように登り坂がつづいていた。彼は右に歩きはじめた。どんどんくだっていけば、めざす都市にたどりつけるだろう。

道の片側は森だった。十回ほどすべって転びそうになってから気づいたのだが、反対側には低木の茂みがあるだけだ。さらに十回ほど転びかけたころ、茂みもとぎれた。背後では草むらが、彼に向かってシーッとささやきかけていた。

女は草地の中央に立っていた。

彼は二本の足――一方はサンダル履きで泥だらけ、一方ははだしで埃だらけ――をそろえた。ふいに心臓の鼓動を感じた。驚いた彼の呼吸は、草むらにシーッと言いかえした。側溝をまたぎ、刈り残しのある草地にはいった。

彼女の背が高すぎる、接近しながら彼は思った。

女の肩から髪がふわっと持ちあがった。草むらがふたたびささやきかけてきた。

たしかに女は彼よりも背が高かった。だが、ここまでじゃなかった……。「手にいれたよ! この……」女は頭上で腕を組んでいる。切り株にでも乗っているのか?

「あれ……?」

女は腰をねじってふりむいた。「あなた、こんなところでいったいなにしてるの？」

初めは、女の腿に泥がはねているのかと思った。「ひょっとして君も……？」だが、それは乾いた血のような茶色だった。

女は目をしばたたかせながら彼をじっと見おろしている。

泥か？　血か？　どちらにもふさわしくない色だ。

「あっち行ってよ！」

吸いよせられるようにもう一歩近づいた。

「こんなところでなにしてるの？　あっちに行ってってば！」

女の胸の下にある汚れは、かさぶただろうか？「なあ、これを手にいれたんだよ！　さあ、教えてくれよ、ぼくの……」

女がかかげた手に木の葉がまとわりつく。どこまで高く手をあげるんだ！　木の葉が女の肩に舞い落ちる。女の長い長い指がふるえ、堅くてもろい闇が体の片側におおいかぶさる。女が息を吸うと、青ざめた腹部がぴくりと動いた。

「だめよ！」ふれようとすると、女は体をそらし、そのまま動かなかった。片腕は彼の頭上十フィートのところまで枝を伸ばし、枝を広げて、草地に網状の影を落とした。

「君は……！」そう言葉にしようとしたが、口から出てきたのは吐息だけだった。

女の両耳から生えた小枝の隙間を通して彼は空を見あげた。女の眉からは葉がはらはらと落ちている。口は太くねじれた樹幹の一部となり、まるで稲妻にそぎ落とされた太い枝の痕のようだ。女の双眸は——首を伸ばして観察しながら、彼は口をあんぐりとあけたが——すっかり消え失せていた。片目はあんなに高くに、もう片方はずっと遠くに行ってしまい、かさぶたのようなまぶたにおおわれている。

彼は固い草を踏みわけて後ずさりした。

一枚の葉が、炎に焼かれた蛾のようにこめかみにぶつかった。

何本ものざらざらした指が唇にふれてくるのに、よろめきながらも背中を向け、道路へと駆けだした。もう一度だけ、ねじれた木の幹が月に向かって五本の枝を伸ばしているのに目をやり、走れなくなるまで精いっぱい走ってから、ものを考えられるようになるまで——息を切らしながら——歩いた。それからまた少し走った。

2

ぼくに過去がないわけじゃない。〝今〟という恐ろしいほど鮮明なかりそめの存在に、過去はいつも断片として散っている。果てしなくつづくこの国で、雨に打たれながら、どうしてだろう、はじめる場所がない。片足を引きずりながら轍のなかを走っていれば、あの女がやったこと（彼女になにがあったのか、彼女になにが、なにが）について考えずにすむようになるだろう、あれがなんなのか、距離をとって再構築しようと努めているうちに。ああ、でも片足のふくらはぎにこの傷さえなければ（じっくり見ると、細かな傷が鎖になって、そのあいまから無傷の皮膚がのぞいているのがわかる。庭の薔薇の近くで転んで、自分でこしらえた傷なんだ）、この状況もそれほど恐ろしくはなかっただろうに。

アスファルトが彼をハイウェイの路肩に投げだした。とがった歩道の縁が視界をさえぎる。せまってくる轟音に、それが通りすぎてからようやく気づいたほどだ。ふりかえると、トラック後部の赤い目が、そろって闇に消えていった。さらに一時間歩いたが、ほかの車には出会えなかった。

二重の荷台をつけたトラックが彼の二十フィートうしろでうなりをあげ、二十フィート先でふらふらと停まった。親指を挙げてもいなかったのに。ひらいたドアに飛びついて乗りこみ、いきおいよくドアを閉めた。背が高くブロンドでニキビ面をした運転手は無表情のままクラッチを放した。

礼を言おうとしたが、けっきょく咳でごまかした。この男はおしゃべりの相手がほしかったんじゃないか？　そうでもなきゃ、ただ道を歩いているだけの人間を拾ったりはしないだろう。

話をする気分ではなかった。しかしなにか言わないと。

「なにを積んでるんだい？」

「アーティチョーク」

街灯が通りすぎるたびに、運転手の顔に穿たれた窪みの一つ一つが照らされていく。

二人を乗せたトラックは揺れながらハイウェイを走っていった。

それ以上、話すことがなかった。思いつく話題といえば――いま女とセックスしてきたばかりなんだけど、その相手ってのがなんと……だめだ、ダフネの伝説なんか信じてもらえないだろう。

話し相手がほしいのはこっちだ！　この運転手は、雰囲気づくりのための感謝やおしゃべりなんかいらないんだ。西部人の独立心ってやつか？　この土地でヒッチハイクをした経験が豊富だったから、これは躁病的な恐怖なのだと結論した。

彼は頭をうしろにもたせかけた。話をしたかったが話すことがない。

恐怖がすぎ、その狡猾さが、唇が押し殺した笑顔を組み立てた。

二十分後、並んでいるハイウェイのランプが目にはいったので、彼は一般道への出口を見ようと身を乗りだした。運転手をさっと見ると、運転手はさっと目をそらした。ブレーキが鳴り、車はガタガタ揺れながらスピードを落とした。

車がとまった。運転手はざらざらした両頬をすぼめて、あいかわらず無表情のまま遠くを見ていた。

うなずき、あいまいにほほえみ、もどかしくドアをあけて道路に転げ落ちた。ドアがバタンと閉まり、礼を言おうと思っているうちにトラックは動きだした。彼はあわてて荷台の角を避けた。

車は低くうなりながら側道を走っていった。

おたがい一言しか口にしなかった。

コミュニケーションを使いつくすための儀式的なやりとり。なんて奇妙なんだろう（これは恐怖だろうか？）ぼくらは、なんてすばらしく興味深い儀式をおこなってるんだろう？（彼は道路わきに立って笑った。）笑うと口のなかがひどくよじれてつっぱってしまう、この風、風、風じゃ……

ここで一般道と高架道路とが交わっていた。彼は歩いた……得意げに？　そう、得意げに、低い壁に沿って。

川の向こう側で、都市が光を放っていた。

半マイルほど先の岸辺では炎と煙が空にうずまき、水面にその光を反射していた。橋を渡ってくる車は一台もない。橋を渡っていく車も。

目の前にある料金所のブースは、並んでいる他のブースと同様に真っ暗だった。なかにはいってみる。正面のガラス窓はこなごなに砕かれ、椅子はひっくりかえされ、レジは引き出しが持ちさられ――三分の一ほどのキーは押しこまれて動かず、キーはねじ曲がっている。文字の部分がないものもあった。壊されている……棍棒か、鎚か、こぶしで。キーボードの表面に指を走らせ、カタカタという音に耳を澄ませてから、ガラスの破片が飛び散ったゴムマットを通って敷居をまたぎ、舗道に出た。

歩行者用道路に登っていく金属の階段があったが、車が走っていないので、空っぽの二車線――アスファルトが車のタイヤですりへった箇所では、埋めこまれた金属の格子が鈍く光っている――をぶらぶらと渡っていった。サンダルの足とはだしの足で白い破線をまたぎながら。ハイウェイを支える桁が、左右を流れていく。そのむこうに、燃えあがる街が、逆さになったおぼろげな炎の上でうずくまっていた。

波うつ夜の水面の彼方をじっと見つめた。川面全体に風が細かな流れをつくっている。焼け焦げるにおい。一陣の突風が彼のうなじの髪をわけた。川から煙が吹きはらわれる。

「ねえ、あなた！」

顔をあげると、いきなり懐中電灯の光を浴びた。

「えっ……？」歩行者用道路の手すりに沿って次々と懐中電灯がつき、闇に点を穿っていく。

「これからベローナに行くの？」

「そうだよ」目を細めながら、どうにかほほえもうとした。一つ、また一つと懐中電灯が数歩ずつ動き、とまった。彼はたずねた。「君たちは……街から出ていくのかい？」

「ええ。あそこは今、封鎖されてるから」

彼はうなずいた。「でも、兵隊も警察も見かけてないな。普通にヒッチハイクして、ここまで来たんだ」

「車は見つかった？」

「ここまで二十マイルのあいだ、トラックを二台見かけただけだ。二番目のトラックが乗せてくれた」

「街を出ていく車は？」

肩をすくめ、「でも君たち女の子なら、そう大変じゃないだろうね。車さえ通れば、拾ってもらえるだろ。どこに行くつもり？」

「仲間のうち二人はニューヨークをめざしてる。ジュディはサンフランシスコに行きたがっているけど」

「あたしはどこでもいいから出て行きたいだけよ」と泣きそうな声がした。「熱があるの！　ベッドで寝たい。この三日間、ずっと寝こんでたんだから」

彼は言った。「どっちにしても、長旅になるね」

「サンフランシスコは無事――？」

「――ニューヨークは？」

「無事だよ」彼は光の裏に隠れている姿を見ようとした。「新聞じゃもう、この街で起きてることなんて報道してない」

「そんな！　テレビはどうなの？　ラジオは――」

「馬鹿ね、ここじゃ、どれももう役に立ってないじゃない。どうして外の世界に伝えられるってのよ？」

「だけど――ああ、そんな……！」

彼は言った。「街に近づけば近づくほど、人がまばらになってくるし、それに会う人々もどんどん……おかしくなる。街のなかはどうなってるんだ？」

一人が笑った。

べつの誰かが言った。「ひどく荒れてるわ」

最初に声をかけてきた女が言った。「でも、あなたの言うとおり、女の子はとても楽しく暮らしてるわ」

みんなが笑った。

彼も笑った。「なにか教えてくれよ。街にはいったときに役立つ情報とか」

「そうね。どこかの連中がやってきて、わたしたちの住んでいる家で銃を乱射して、めちゃくちゃにして、家に火をつけて、わたしたちを追いだしたわ」

「彼女は彫刻を作ってたの」泣きそうな声の主が説明した。「こんな大きな彫刻、ライオンの像をね。捨てられた金属なんかを材料にして。とてもきれいだった……！でも、それもおいてかなくちゃいけなかった」

「へえ」彼は言った。「そこまでひどいの？」

一度だけ、短く堅い笑い声。「まあね。すてきな毎日だったわ」

「この人にコーキンズのことを話してあげたら？　それからスコーピオンズのこととか」

「そのうちいやでも知るでしょうよ」また笑い声。「そもそも、なにを教えられるっていうの？」

「そうだ、あなた、武器はいらない？」

この言葉は彼をふたたびおびえさせた。「武器が必要なのか？」

質問には答えず、女たちは仲間同士で話していた。

「この人にそれをあげるつもり？」

「そうよ、いいでしょ？　もう持ってたくないの」

「まあいいけど。あなたのものだし」

金属が鎖にぶつかる音がした。そのあいだ、一人が彼にたずねた。「あなたはどこから来たの？」懐中電灯がいっせいに向きを変え、女たちの姿が幽霊のようにぼんやり見えた。手すりに近い一人の横顔がつかのま照らしだされ、彼女がとても若く、とても黒く、とても妊娠していることがわかった。

「南から」

「しゃべり方は南部出身ぽくないけど」そう言った女の英語は南部のものだった。

「南部出身じゃない。たまたまメキシコにいたんだ」

「あ、ちょっと！」と妊婦の声。「メキシコのどこ？　あたし、住んでたことがあるのよ」

おたがい半ダースほど町の名前を挙げたがどれも一致

せず、最後には失望の沈黙だけが残った。

「あなたの武器よ」

それはいくつもの懐中電灯に照らされてきらきら光りながら落下し、格子がむきだしになったアスファルトにガシャリと着地した。

地面を照らす光の筋から（目には見えなかったが）、頭上の歩道には半ダースほどの女たちがいるとわかった。

「いったい――」橋の端で車のエンジン音がしたが、目を向けてもヘッドライトは見えない。その音はどこかの脇道でとだえた――「これはなんだ？」

「なんて呼ばれてたっけ？」

「〈蘭〉」

「ああ、そうそう」

彼は歩いていき、三つの懐中電灯に照らされながらしゃがみこんだ。

「刃が外側を向くようにして手首にはめるのよ。ブレスレットみたいに」

サイズが調節可能な金属のリストバンドから、八インチから十二インチほどの七枚の刃が突きだし、先端が鋭く曲がっていた。内側には、指をはめて固定するために、鎖と革でできたサックがついていた。刃の外側は鋭く研がれている。


彼はそれを拾いあげた。

「つけてみて」

「あなたは右利き、左利き？」

「両手利きだよ……」彼の場合、どちらの手も同じくらい不器用という意味だ。彼はその〝花〟を裏返してみた。

「でも、書くときは左手だ。たいていは」

「ふうん」

手首に合わせてはめてみた。「こいつをつけたまま混んだバスに乗ったら、人に怪我をさせちまうな」と言いながら、その冗談がすべったと感じた。刃のなかで手を握り、ゆっくり〝花〟をひらいた。曲がった鋼刃の裏側で、太い親指の根もとにある骨ばった二つの隆起をなでてみた。

「ベローナにはバスなんてほとんど走ってないわ」

考える――物騒な、輝く花びらが、ごつごつした、半分腐った根のあたりでねじ曲がってる。「醜いもんだな」女たちにではなく、武器に語りかけた。「使わずにすめばいいが」

「だといいわね」女たちの一人が上から言った。「あなたも誰かにあげちゃえばいいのよ、いつか街を出るときに」

「そうだね」彼は立ちあがった。「たしかに」

「もしこの人が街から出るんならね」べつの女が言って、もう一度笑った。

「さあ、そろそろ行かなきゃ」

「さっき車の音がした。どっちにしろ、とうぶん待つことになるかも。でも、出発するほうがいいわね」

南部出身の女が言う。「この人、乗せてくれる車なんかないみたいな言い方してたけど」

「ともかく行きましょ。じゃ、さよなら！」

「さよなら」女たちの光がすべるように離れていく。

「ありがとう」アーティチョーク？　しかし、なぜこの言葉が頭のなかにくっきりと響いたのか、彼には思い出せなかった。

〈蘭〉をふって女たちを見送った。

刃の檻に閉じこめられた節くれだった手が、橋の支柱の先に広がる川面の光に、シルエットを浮かびあがらせる。去っていく女たちをながめながら、欲情がかすかにうずくのを感じた。女たちの懐中電灯のうち、今は一つだけが灯っていた。誰かの背中がその光をさえぎった。彼女たちは、金属板を歩く足音や、こちらまで流れてくる笑い声や衣ずれの音に変わっていく……

彼もふたたび歩きはじめた。片手は脇にぶらさげながら。


乾燥した夕暮れどきが、夜を雨の記憶で味つけする。この街の実在にはほとんど疑いの余地がない。メディアばかりか、遠近法の原則までもが、情報と知覚とを再構築して、この街を見すごすように仕向けてるようだ。噂によれば、この街には事実上、権力機構が存在しないらしい。テレビカメラや現場中継さえ機能していない。これほどの大惨事が、電力の行きわたったこの国家においてかき消され、関心を惹かずにいるなんて！　ここは内部に矛盾をかかえ、網膜の映像を歪曲させる都市なのだ。

3

橋を渡りきったところでは、舗道がこなごなに砕かれていた。

たった一つ生きている街灯が、死んだ五つの街灯を照らしだす——そのうち二つは電球が割られていた。十フィートほどの長さの、剝がれてかたむいたアスファルトの塊を登っていくとき、足もとが一度がくんと揺れて生き物のようにゴロゴロ鳴り、小石が縁から転がり落ちるのが見えた。どこかにあるらしい鉛管にぶつかって、暗闇のなかで水に落ちる音がする……彼は洞窟での体験を思い出し、べつの足場に飛びうつった。ひとつまみの雑草が地面のひびに生えている、安心できる足場に。
付近の建物のどこにも明かりがない。だが、水辺の通りのほうに、煙のヴェールごしに見えるのは――炎だろうか？　ここの臭気に慣れてしまったせいで、深く息を吸わないと煙をかぎわけられない。空はぼんやりかすんでいる。建物の上部は靄に突きささり、視界から消えている。

明かりだろうか？

幅四フィートほどの路地の入口を、十分ばかり探索した――たまたまそこの街灯が無事だったからだ。街路のむこうに、コンクリートの石段と、荷おろし用の屋根つきポーチと、いくつかの扉が目にはいった。ブロックの端でトラックが一台ひっくりかえっている。その手前に三台の車。どれも窓が壊されて枠だけにガラス片が残り、かたむいた車軸の上にうずくまる車体は、みごとに目の潰れた蛙のようだった。

はだしの足はたこで固くなり、砂利もガラスも気にならない。だが、反対の足とまだ履いているサンダルのあいだには灰がはいりつづけ、細かい砂のようにきしり、少しずつこぼれながら、汗でねばついた。踵がずきずき痛むほどに。

路地の行きどまりには門があり、すぐそばには空缶の山と、まだ針金でくくられたままの新聞の山、煉瓦が暖炉のように積みあげられ、組みあわさった鉄パイプが乗っていた。脇にある野外用の万能フライパンは、内側にびっしりと死んだカビがはりついている。足を動かすと、カチャンと音がした。

足もとに手を伸ばしてみた。〈蘭〉の花弁の一つがひっかかる。拾いあげたのは一包みの――パン？　包装の口をねじってくるんである。街灯の下まで運び、刃のあいまから指でバランスをとりながら、セロファンをあけた。

食べ物で驚いたこともあった。

睡眠のことで驚いたこともあった。

だが、驚きのあまり麻痺してしまうこともあるのだと、初めて知った。

端っこの一切れには、角に三インチ釘の頭くらいのくすんだ緑色の染みがあった。二枚目も、三枚目も同じ。釘がパンを貫いていたにちがいない。いちばん端の一切れは、片面が乾燥していた。ほかに悪いところはない――緑の血管以外には。おそらく青カビみたいなものだろう。そこだけ残して食べればいい。

ぼくは空腹じゃない。

切りわけられたパンをもとにもどし、セロファンで包みなおしてから、ふたたび路地の奥まで行き、積まれた新聞紙の裏に押しこんだ。

街灯の下にもどるとき、空缶がサンダルにあたり、カランと音をたてて転がった。静寂がいっそうきわだつ。静けさのなかをさまよい歩きながら、霧のあいまにわずかでも月が姿を現わさないかと空を見あげ——

ガラスの割れる音が、彼の目を街路の高さにひきもどした。

怖いと同時に好奇心もあった。だが恐怖の感情は、ずっとつづいていたので慣れてきて、働きが鈍くなっている。今は好奇心のほうが活発だ。

一番近くの壁まで走りより、起こりうるありとあらゆる恐怖の予感を反芻しながら、壁沿いに歩いた。ある戸口の前を通りすぎたとき、いざ逃げこむときにはここにしようと決めて、曲がり角まで歩きつづける。いくつかの声が聞こえた。さらにガラスの割れる音。

建物の陰から首を伸ばしてのぞいた。

男が三人、こなごなになったショーウィンドウから飛びおりてきて、外で待っていた二人と合流した。一匹の犬が吠えながら歩道までついていく。一人は、もう一度ショーウィンドウのなかにもどりたがっている。もどった。ほかの二人はすでに次のブロックに歩きだしている。

犬はその場でぐるぐる回り、ぴょんぴょん跳ねる——空いた片手を煉瓦に押しあてながら、彼はあとずさった。

犬は低い体勢になると、踊るように十フィートほど離れ、吠えて吠えてまた吠えた。

犬の口と牙が薄暗い光に照らしだされる。犬の目は（彼は緊張して唾を飲みこむ）爛々と赤く輝いていた。白目も瞳もなく、深紅のガラスのように赤一色だ。

男がふたたびウインドウから出てきた。グループの一人がふりむいて叫ぶ。「ミュリエル！」（女の声だったかもしれない）。犬はくるりと向きを変え、一行のあとを追って走りだす。

数ブロック先の街灯が、一瞬だけ彼らのシルエットを照らした。

彼は壁から体を離した。静寂をかき乱す自分の吐息に、ドキッとした。まるで誰かが彼に向かって呼びかけてきたかのように、そう彼の……名前を？　思案しながら道を横切り、荷おろし用のポーチに近づいた。日よけ屋根のレールから、四フィートと六フィートの長さの、肉を吊すフックが数本ぶらさがって静かに揺れている——風もないのに。でも、と彼はじっくり考えた。あのフックが揺れはじめるには、強風が必要だったはず——

「よう！」

　空いた手と花をつけた手の両方が、びくんと跳ねあがって顔をかばった。身をかがめながらふりかえる。

「そこのあんた！」

　背を丸めて上を見た。

　地上八階のビルのてっぺんでは、煙がうずまいている。

「いったいなにしてるんだ、え？」

　彼は両手をおろした。

　上からの声はしゃがれていて、酔っているようにも聞こえる。

「べつになにも！」と返事をして心臓が平静をたもってくれるように祈った。「ただ歩きまわってたんだ」

　煙のスカーフの裏側、コーニスのところに誰かが立っている。「こんな夜おそくまでなにしてたんだ？」

「だからなにもしてないって」息をついだ。「街に着いたばかりなんだ。三十分くらい前に、橋を渡って」

「その〈蘭〉をどこで手にいれた？」

「え？」あらためて片手をあげた。街灯の光が刃にしたたり落ちる。「これのこと？」

「ああ」

「女たちがくれたんだ。橋を渡ってくるときに」

「あんた、角で騒ぎを見てただろ？　ここからじゃ見えなかったんだが――スコーピオンズだったか？」

「え？」

「スコーピオンズだったのか、って訊いたんだ」

「集団で店に押しいろうとしてたみたいだよ。犬を連れてた」

　沈黙のあと、がらがらの笑い声が少しずつ漏れてきた。

「本当にここに来たばかりなんだな、坊や《キッド》……？」

「ぼくは――」口をひらいてから、同じ言葉をくりかえしているのに気づく――「街に着いたばかりなんだ」

「一人で探険する気か？　それとも、少しのあいだ仲間が必要かな？」

　この男は、と彼は考える、よっぽど目がいいにちがいない。「できれば仲間がいたほうが……」

「待ってろ。すぐそっちに行く」

　階上の男が動くのは見えなかった。煙があまりに濃い。それから数分のあいだ、いくつかの戸口をぼんやりながめているうちに、男の気が変わったんじゃないかと思いはじめた。

「待たせたな」という声が、さっき逃げこむつもりだった戸口から聞こえた。

「俺の名はルーファー。タック・ルーファーだ。ルーファーってどういう意味か知ってるか？　赤い狼《レッド・ウルフ》、または炎の狼《ファイア・ウルフ》」
「または鉄の狼《アイアン・ウルフ》だね」と目を細めた。「よろしく」
「鉄の狼《アイアン・ウルフ》だって？　そうだな……」階段の上に男の姿がぼんやりと現われる。「そう呼ばれるのはそれほど好きじゃないな。赤い狼、これが一番のお気にいりだ」とても大柄の男だ。

男はさらに二段、階段をおりてきた。男のエンジニア・ブーツが床板を踏みならすと、サンドバッグが落ちたような音がした。しわのよった黒いジーンズが、半分ブーツに押しこまれている。着ふるされたオートバイジャケットには、傷跡のようなジッパーがいくつもついていた。あごの先までおおった金色の無精ひげに、街灯の光が反射する。ジッパーの歯がひらいていてむさだしになった胸と腹には、もじゃもじゃ生えた真鍮色の毛。指は太く、やはり毛むくじゃら――「あんたの名前は？」――しかし清潔で、爪もきちんと整えられていた。
「うーん……正直に言うよ。知らないんだ」いかにも奇妙な返事なので、自分で笑ってしまう。「知らないんだよ」

歩道から一段あがったところでルーファーは立ちどまり、やはり笑った。「なんで知らないんだよ？」革のキャップのつばで、ルーファーの顔の上半分は影におおわれている。

肩をすくめた。「単に知らないってだけさ。しばらく……前から」

ルーファーは最後の一段をおりて道路に立った。「いいだろう。タック・ルーファーはこの街でいろんな連中に会ってきた。なかにはもっと奇妙な話をするやつだっていた。あんたはどこかいかれてるのかい？　精神病院にでもいたのか？」
「そうだ……」と言ってから、ルーファーが「いや」という返事を期待していたことに気づいた。

タックは首をかしげた。影が動き、ひどく白人らしい口の上に、黒人のような幅広の鼻の輪郭を浮かびあがる。あごは、刈りのこした草のあいだの岩のようだ。
「一年だけね。六、七年前のことだ」

ルーファーは肩をすくめた。「俺は二カ月だけ刑務所にいたよ……六、七年前のことだ。それが俺の、せいぜい最大のピンチだった。じゃあ、あんたは名無しの坊や《キッド》なんだな？　いったいいくつだ？　十七か、十八か？　ちがうな、もっとずっと――」
「二十七だよ」

タックの頭が反対側にかしいだ。光が頬骨を照らす。「神経衰弱ってのはそうなんだよな。深刻な憂鬱症にかかって、一日じゅう寝てるような連中を見てりゃわかるだろ？　病院に住みついてるようなやつらさ。きまって、実際より十歳は若く見える」

　うなずいた。

「じゃあ、俺はあんたのことをキッドって呼ぶ。そのまま名前になるじゃないか。あんたは――ザ・キッド、どうだい？」

　三つの贈り物か――防具、武具、称号（ちょうど鎖についていたプリズム、レンズ、鏡と同じように）。「いいよ……」この三番目の贈りものは一番高くつくにちがいない――他の二つに比べてはるかに――という確信が急に頭をよぎった。この名前を拒否しろ、と胸の奥でなにかが警告した。「でも、ぼくは子供《キッド》じゃない。二十七歳だ。みんな、ぼくを実際より若いと思うらしい。童顔だからってだけでね。だけど、白髪だってあるんだぜ、なんなら見せるけど――」

「なあキッド――」タックは中指と薬指でキャップのつばをひょいとあげ――「俺たち、同い年だな」タックの目は大きく、深く、青かった。耳の上にのぞく髪は、一週間伸ばしたひげくらいの長さしかない。キャップの下はごく短いクルーカット。「特に見てまわりたい場所ってあるか？　噂で聞いたところとか。案内してやるよ。ところで、外の世界じゃ俺たちはどんなふうに言われてるんだ？　この街にいる俺たちのこと、みんな、なんて言ってる？」

「特には」

「そうだろうな」タックは目をそらす。「じゃあ、あんたは偶然ここに迷いこんできたのか？　それとも目的があるのか？」

「目的ならある」

「いい子《グッド・キッド》だ！　しっかり目的意識をもつ大人ってわけだ。じゃあ、こっちに行こう。川沿いを離れるとすぐ、この道はブロードウェイになる」

「見るものなんてあるのかい？」

　ルーファーはうなり声をあげた。そういう笑い方なのだ。「どんな景色が見えないかによるな」少しは勇気が出てきたものの、腹の毛の下にある隆起は縮こまったままだ。「もし俺たちがほんとうにラッキーなら、たぶん――」ルーファーがふりかえると、二インチ幅のギャリソンベルトを留めている丸い真鍮のバックルの上で、灰まみれの革ジャケットがひるがえった。「なんにも出くわさないですむさ！　さ、来いよ」二人は歩きだした。

「……キッド。ザ・キッド……」

「どうした？」ルーファーがたずねた。

「名前のことを考えてるんだ」

「いい名前だろ？」

「どうかな」

タックは笑った。「押しつけるつもりはないさ、キッド。だけど俺は、それがあんたの名前だと思う」

否定の気持ちと親愛の情が半々のふくみ笑いをした。

それに応えたルーファーのうなり声は、親愛の情だけを響かせていた。

二人は低い煙の下を歩いた。

この〝鉄の狼〟にはどこかデリケートな部分がある。パグみたいな鼻、ゲルマン系のゴリラみたいな顔をしてるくせに。口調やふるまいは荒っぽいのに、そういう態度の演じ方が繊細なのだ。まるで、粗野な口調やふるまいであふれていても、なぜか赤面しているように。

「ねえタック」

「ん？」

「君はこの街に来てどれくらいになる？」

「今日の日付を教えてくれれば、計算できるがな。考えないようにしてるんだ。ずいぶん経つはずだよ」やや間をおいてから、おとなしめの、奇妙な声でルーファーがたずねた。「今日が何日か知ってるか？」

「いいや、ぼくは……」相手の声の奇妙さが怖かった。

「知らないよ」首をふり、この話題から気をそらそうとして訊いた。「君はなにをしてるんだ？　つまり、仕事は？」

タックは鼻を鳴らす。「生産管理工学」

「この街で働いてたのか、この……こんなふうになる前は？」

「この街の近くさ。十一マイルほど先のヘルムズフォード。ピーナツバターを瓶づめする工場があったんだ。会社じゃそこをビタミンＣ工場に変えようとしてた。そういうあんたはなにをやってたんだ――？　いや、どうも働いていたようには思えないな」ルーファーはにやりと笑う。「だろ？」

うなずいた。見かけで判断されると安心できる。その判断が正確で、親しみの気持ちにもとづくものなら。それに、なぜか焦せる気持ちだけは消えていた。

「住んでいたのはヘルムズフォードだったが」ルーファーはつづけた。「ベローナにはしょっちゅう車で来てた。ほんとうにいい街だった」タックは戸口の一つに目をやった。暗すぎて、ひらいているのか閉まっているのかすらわからない。「たぶん今でもいい街なのかもしれんが。ともかく、ある日車で来てみたら、こんなふうだったんだ」

とまりかけた心臓のようにゆっくり点滅する街灯の上方に、炭化したマッチ棒のような避難梯子が見えた。いくつかの段はまだ赤く輝いている。

「こんなふう？」

一軒の店のショーウィンドウに、油の表面にひろがる波紋のように二人の姿がするりと映りこんだ。

「火の手がおよんでいない場所が、今よりいくらか多かったな。まだ逃げてないやつもずいぶんいた――それに、いま住んでる新参者たちも、全員は来てなかった」

「じゃあ、最初からここにいたんだね？」

「いや、これが起きた瞬間は見てない。言っただろ、ここに俺がやってきたときには、今とたいして変わらない状況だったんだ」

「君の車は？」

「道に停めたままだよ。フロントガラスはぶち壊されて、タイヤはモーターごと持ってかれちまったが。最初のうちは、なすすべもなくやられっぱなしだった。けど、すぐにここで生きていくコツをつかんだ」タックは両手でなぎはらうような動作をしてみせ――その途中で姿を消した。二人は漆黒の闇にはいりこんだのだ。「この街には千人くらいの人間がいるんだとさ。昔は二百万人近くも住んでたんだが」

「どうしてわかるんだい、人口なんて」

「新聞にそう書いてあるからさ」

「どうして君はここに残ってるんだ？」

「残ってるだって？」ルーファーの声はまた変わって、扇動するような調子になった。「そうだな、実は自分でもさんざんそのことは考えた。で、どうやらそれは――俺なりの結論だが――〝自由〟のためじゃないか。ほら、ここじゃ――」前方でなにかが動く――「みんな自由だ。法がないから、破ることも、守ることもない。やりたいことはなんでもできる。この状況は奇妙な作用をおよぼす。とても早く、驚くほど早く、人は――」二人はまたべつの、ぼんやりともった街灯に近づいた。動いていたものは煙で、まるで火の消えたカボチャのお化けのようにギザギザのガラスを残した窓枠からあふれでていた。

「――本性を現わすようになる」タックの姿がまた見えるようになった。「覚悟さえあるなら、この街は面白いところだよ」

「とても危険じゃないか。押しこみ強盗みたいな連中もいるし」

タックはうなずいた。「たしかに危険だ」

「街なかで襲われたりするのかな？」

「たまにはね」ルーファーは顔をしかめた。「犯罪について知ってるか、キッド？　奇妙なものさ。たとえば、アメリカの多くの都市じゃ――ニューヨークでもシカゴでもセントルイスでも――犯罪は、俺の読んだ記事だと、九十五パーセントが午後六時から真夜中のあいだに起こってる。つまり、朝の三時に街をうろつくほうが、七時半の開幕にあわせて劇場に急ぐときよりも安全だってことだ。いま何時なのかわからないが、たぶん二時すぎだろう。ベローナがほかの都市にくらべて特に危険だとは思わないね。今じゃとても小さな街だ。おかげである種の安全が保障されてる」

手に装着しているのをすっかり忘れていた刃が、ジーンズを削った。「君も武器を持ち歩いてる？」

「どこでなにが起こっているのか、この街で起こる動きや変化を何カ月にもわたって細かく研究したのが俺の強みだ。俺はあたりをよく見まわすのさ。こっちだ」

それは道の反対側の建物ではなかった。公園の壁に沿って、頁岩のように黒く、木々がそびえていた。ルーファーは入口に向かった。

「ここは安全なのかい？」

「たしかに恐ろしい場所に見える」タックはうなずいた。「たぶん、犯罪者ならいくらかくつろげるだろう。強盗でもない人間は、正気ならこんなところに来ようなんて思うまい」ふりかえって、にやりと笑った。「つまり、強盗たちも待ちくたびれてとっくにいない可能性が高いってことさ。来いよ」

入口の両側には、ライオンの石像が鎮座していた。

「面白い話をしよう」とタック。二人はライオンのあいだを通りぬける。「いかがわしい男どもがうろついていかがわしいことを企んでるから、女は夜に近づかないように、って注意されてる場所があるだろ。そこにはどんな連中が集まると思う？」

「オカマだろ」

タックはあたりを見わたしてから、キャップのつばをさげた。「そういうこと」

暗闇が二人を包み、小径に沿って運んでいく。

この都市の暗闇と悪臭に、安全を感じさせるものはなにひとつない。いいとも、ぼくは安全を求める権利を放棄してここに来た。自分の意志で選んだかのように語るほうがましだ。少なくともそうすれば、おぞましい舞台装置を正気さの幕でおおっておける。わざわざその幕をあげる理由なんてあるまい？

「君はどうして刑務所にはいってたんだ？」

「不道徳なおこないのせいさ」タックは答えた。

ルーファーの数歩うしろについて歩いた。入口付近ではコンクリートだった小径が、いつのまにか土に変わっていた。葉っぱがあたってくる。三度、はだしの足がむきだしの木の根を踏みつけた。一度、ふった腕が木の幹にぶつかって、すり傷ができた。「ほんとうは」タックはふりむき、二人のあいだの暗闇に言葉を投げかける。「俺は放免されたんだ。ぎりぎりの綱渡りだったらしい。俺の弁護士は、保釈を求めずに九十日間拘留されるほうがいいと判断した。軽罪の判決を受けたときみたいにね。記録に欠けたところがあったんだ。弁護士はそれを法廷でぶちまけて、告訴内容を公衆猥褻罪に変えさせた。判決のときには、俺はすでに服役をすませてたことになった」ジッパーの鳴る音で、肩をすくめたのがわかった。「すべて計算どおり、ってわけさ。おい、見ろよ！」

漆黒の木々のあいまから、まるで普通の都会の夜みたいな光がさしこんでくる。

「どこ？」二人は木と高い茂みのあいだで立ちどまった。

「静かに！　あそこだ……」

彼のウールがタックの革とこすれあう。小声で訊いた。「どこだよ……？」

小径のむこう側に、作りものめいた、光り輝く七フィートのドラゴンがとつぜん現われて、揺れながら角を曲がろうとしていた。同じくらいの大きさのカマキリとグリフォンがそのあとについてくる。エレガントなプラスチックのように、内部から光を放ってぼんやりと姿を浮かびあがらせながら、一行はゆらゆらと前進していた。ドラゴンとカマキリが揺れてぶつかったとき、二つの姿は――混じりあった！

映画のスクリーンで、フォーカスの甘い映像が重なりあうのを連想した。

「スコーピオンズだ……！」タックがささやく。

タックが肩で肩を押してきた。

手は木の幹にふれていた。前腕に、手の甲に、樹皮に、小枝が網目のような影を落としていく。怪物たちが近づいてくる。網目が動く。怪物たちが通りすぎる。網目が消えた。この怪物たちは、と彼は気づいた。三次元ポストカードのように目の錯覚を利用している――体の前後に、光線の束がスクリーンになっておおいかぶさっている仕掛けなのだ。

一体だけ遅れたグリフォンがちらちらと明滅すると

――

吹き出物だらけの肩をした、がりがりにやせた若者が姿を現わした。O脚で慎重に歩を刻んでいる――そしてまたグリフォンの姿にもどった。（とがった黄色い髪の毛と、あばたのある腰から突きでた両手の記憶だけを残して。)

カマキリが体を大きく揺らしてふりむいた。一瞬、消えて――

そのなかから現われたやつは、少なくともいくらかは服を着ていた――日焼けした、野卑な若者だ。そいつが無意識に左胸をなでると、ネックレスのように巻かれた鎖が、手のひらの下でガチャガチャ鳴った。「早く来いよ、ベイビー！　とっととケツのエンジンをかけろ！」そう言ったときには、その姿はもうカマキリにもどっていた。

「おい、ほんとにやつらはそこにいるってんだな？」グリフォンが言いかえした。

「まちがいない、やつらはあそこだよ！」ドラゴンの声は、うっかりすると男のもののように聞こえた。口調から、彼女は黒人らしい。

驚きと当惑で茫然としながら、異形の怪獣たちの会話に耳をかたむけた。

「いてくれるといいけどね！」光のなかに消えた鎖は、なおもガチャガチャ音をたてている。

グリフォンがもう一度またたいた――あばたのある尻と汚ない踵は輝くうろこに消えた。

「なあベイビー、もしやつらがまだあそこに来てなかったら？」

「ちっ、なんだと、アダム……？」

「ちょっと、いいかげんにしなよアダム、やつらがあそこに行くってことは知ってるだろ？」ドラゴンが請けあった。

「そうかい？　どうしてわかる？　なあ、ドラゴン・レディ！　ドラゴン・レディ、あんたにゃうんざりだ！」

「いいから来な。あんたたち二人とも黙るんだ、いいね？」

ゆさゆさと揺れ、くっついたり離れたりしながら、怪物たちは次の角を曲がっていった。

また暗くなり、もう自分の手も見えなくなったので、木の幹から離した。

「なんなんだ……あいつらはいったい？」

「言っただろ。スコーピオンズだよ。ギャングみたいなもんさ。もっとも、全員が同じ一つのグループだとは限らないが。そのうち連中のことを好きになれるさ、関わらないですませる方法さえ学べばな。もしそれができなけりゃ……いっそやつらの仲間に加わるか、さもなきゃ、一悶着起こすことになる。少なくとも、俺はそうやって連中のことを学んだ」

「ぼくが訊きたいのは、あの……ドラゴンやなんかの姿のことなんだけど」

「かっこいいだろ？」

「あれはなんなんだ？」

「ホログラムって知ってるだろ？　それと同じさ。小型で低出力のレーザーで投影されてる映像なんだ。簡単な仕掛けのわりにインパクトが大きい。連中はライト・シールドと呼んでる」

「ああ」自分の肩に目をやった。タックが手をおいたのだ。「ホログラムなら聞いたことがある」

タックに手を引かれて、草むらの隠れ場からコンクリートの上にもどった。小径の数ヤード先、スコーピオンズが出てきた曲がり角には、無傷の街灯が点いている。二人はそこを目指して歩きはじめた。

「いま見た以外にも、ああいう連中はいるのか？」

「たぶんな」タックの顔の上半分はふたたび陰に隠れた。

「やつらのいうライト・シールドは、実際には防御壁《シールド》としての役割をはたしてない。せいぜいのとこ、裸のケツをさらして歩きまわりたいときに、じろじろ見られずにすむくらいだ。俺が初めてこの街に来たころは、全員がサソリ《スコーピオン》の姿をしていた。グリフォンやなんかは、最近になって姿を見せるようになったんだ。けど、呼び名として『スコーピオンズ』が定着してる」タックは両手をジーンズのポケットに突っこんだ。ジッパーで下がつながったジャケットは、乳房のない胸までファスナーがあがっている。タックは歩きながらうつむいて胸を見つめた。顔をあげたとき、口もとはほほえんでいたが、目は隠れたままだった。「誰もがスコーピオンズのことを知ってるわけじゃないって、つい忘れちまうよ。コーキンズのことも。どっちも、ここじゃ有名人だから。ベローナは大都市だ。ほかの都市、ロサンゼルスとかシカゴとかピッツバーグとかワシントンとかでこれくらい有名だったら、カクテルパーティで将棋倒しが起こるだろうな。だが、外の世界じゃ俺たちがここにいることも忘れられてる」

「いや、忘れてないよ」タックの目を見ることはできなかったが、面白がるようにスッと細くなったのはわかった。

「それで外の世界から、自分の名前も知らないような連中が送りこまれてくるってわけか？　あんたみたいに」

かん高く笑ってしまった。まるで犬の鳴き声のように。

それに応えてタックの喉もしゃがれた音を漏らす。そういう笑い方なのだ。「まったく！　ほんとに子供《キッド》だな」

笑い声はいつまでも尾を引いた。

「これからどこに行くんだい？」

しかしタックは答えず、あごを引いて大股に歩きだした。

夜と光と革のこの戯れから、ぼくは自分のアイデンティティを手にいれられるんだろうか？　こんな公園の焼け跡で、意味のマトリクスを作りなおすことができるのか？　矛盾する視覚と、おぞましい金属の檻に閉じこめられた醜い手を与えられ、ぼくは新しい機械仕掛けを目の前にしている。ぼくは無謀な機械工だ。過去は破壊され、現在を再構築している。

4

「タック！」炎ごしに呼びかけた女は、立ちあがると炎色の髪をうしろに払った。「誰かつれてきたの？」女は軽量ブロックの炉を回って近づいてきた。火を背後にシルエットになり、寝袋や丸めたブランケットや寝床用に整えられた芝生をまたぎこえた。寝ていた連中で、彼女のほうをちらりと見てから寝返りをうったのが二人、異なるペースでいびきをかいているのが二人。

シャツも着ず、形のよい乳房をさらしながらブランケットにすわっていた娘が、ハーモニカを奏でる手をとめて、楽器にたまった唾を手のひらにはたきだし、また吹いた。

赤毛女はハーモニカを吹く娘の横を通ってタックの袖をつかんだ。じゅうぶん近づいたので、女の顔がふたたびはっきり見える。「もう何日も姿を見せなかったじゃない！　なにがあったの？　ご飯どきになると、ほとんど毎晩来てたのに。ジョンが心配してたわよ」半分だけ光に照らされたその顔は、きれいだった。

「心配なんかしてない」ペルー風のベストを羽織った長身で長髪の男が、ピクニックテーブルを離れてこちらにやってきた。「ふらりと現われて、ふらりとどこかに行ってしまう。タックがそういうやつなのはわかってるから」小さな炎がいくつか、男の眼鏡に反射している。こんなにとぼしい明かりで見ても、男の日焼けが化学物質か太陽灯で人工的に作られたのがわかった。髪は細くて淡い色で、昼間は太陽光線のように見えるだろう。「もう夕食というより朝食の時間だな」と言って、男——ジョンだろうか？——は丸めた新聞で腿をポンポンと叩いた。

「こっちに来て。さあ教えてよ、タック」赤毛の女がほほえむと、顔にいっそう濃い影がさした。「こんどはどんな人をつれてきてくれたの？」そのときジョンは顔をあげた（眼鏡の二つのレンズにそれぞれ映っていた炎が消えた）。夜明けの気配を感じたらしい。

タックは紹介した。「こいつはザ・キッド」

「キット？」彼女は訊きかえした。

「キッド」

「綴りはK—y—d—d……？」

「—i—d」

「……d」深刻ぶった顔をして、赤毛の女は綴りにもう一つ〝d〟をつけくわえる。「そう、キッド（Kidd）ね」

タックが不満そうな顔をしていたとしても、見えなかった。

とはいえ、dが二つあるこの綴りはチャーミングに思えた。〝キッド〟という名前そのものは、あいかわらずどこか落ちつかなかったが。

赤毛の女はまばたきしながらぐっと胸をそらせた。

「よろしくね、キッド。この街に来たばかりなの？　それとも何カ月間か、物陰にひそんでたのかしら？」タックに向かって、「しょっちゅうこういう人たちを見つけるの、すごいわよね？　この街で出会える人たちにはみんな出会ってしまった、そう思ってると、ずっと隠れ住んでて、藪のなかからじっとこっちをうかがってたような人が、ぬっと姿を現わす——」

「タックと知りあったときもそんなふうだったんだ」ジョンが言った。「そうだろ、タック？」

タックは言った。「こいつは来たばかりだ」

「ああ、そうなのか」とジョン。「ぼくたちはここで仕事をしてるんだ。説明してくれるか、ミルドレッド？」

「いいわよ。わたしたちの計画は——」ミルドレッドは真面目ぶって肩を前に突きだし、「いっしょに暮らして、この街で生きのびようってこと。獣みたいに争いながら生きていくのは無理だから。でもこんな状況じゃ——」

〝こんな〟と言いながら、彼女は炎の光を指さしただけだったが、それでも彼にはその身ぶりの意味が理解できた——「人はあっさり堕落して、なんて言うのかしら……そう、おぞましい生き方をしてしまう。だからわたしたちはこの公園に一種のコミューンをつくったの。みんなはここで食べ物を手にいれ、ともに働き、守られていると感じられる。なるべく有機的な一体感をたもっていきたいんだけど、だんだん難しくなってきてるわね。新しくベローナにやってきた人たちには、ここで物事がどんなふうにおこなわれているかを学ぶチャンスを与えるの。わざわざ仲間を増やすつもりはないけれど、やってきた人は歓迎するわ」どこかの角に電線をひっかけてできた刻み目のように、顔がピクリとひきつった。（だが自分の顔か、それとも彼女の顔か？　どちらかわからないことが彼を不安にした。）「あなたは来たばかりなのね？　新しく来た人と会うのは、いつでも嬉しいものよ」

彼はうなずいた。そのあいだも、頭は忙しく働きつづける。顔をひきつらせたのは自分か？　彼女か？

タックが言った。「こいつを案内してやってくれ、ミリー」

ジョンが言った。「それはいい考えだ、頼むよ、ミルドレッド。タック、君に話がある」と、もう一度新聞で腿をポンと叩き、「そうだ、これをあげよう。君も読みたいだろ？」

「え？　ああ……」こんなこと、いちいち気にしていられない。だが、しょっちゅう思い出す必要があった。

「ありがとう」と言って、丸められた新聞を受けとった。

「じゃあタック、あっちで」ジョンは、タックをつれてその場を離れた。「頼んでいた例の土台づくり、いつになったらはじめてくれるんだい？　ぼくは君に――」

「いいか、ジョン」タックはジョンの肩に手をおき、二人は歩きだす。「必要なのは計画なんだ。そうすりゃあんたは――」

ここで、会話の聞こえない距離まで遠ざかった。

「お腹空いてない？」

「大丈夫」この女はほんとうにきれいだ。

「もしお腹が空いてるなら――さ、こっちに来て――明るくなったらすぐ、朝ご飯をつくることになってるから。もうまもなくよ」

「君は一晩じゅう起きてたの？」

「ううん。でも、日が沈むとすぐ寝ちゃうから、朝はとても早く目が覚めるわけ」

「なるほど」

「昼間は――」ミルドレッドは手を尻ポケットにいれた。短くカットされたジーンズは、腿のあたりがパンパンにはちきれそうだ――「山ほど仕事があるの。ただぼんやりすわってるわけじゃない。ジョンはたくさんのプロジェクトを同時進行させてる。金槌を使ったり家を建てたりしてる人たちのそばで眠るのは難しいわ」とほほえんだ。

「ぼくはずっと起きてた。でも疲れてないんだ。寝るとなったら、どんなにうるさくても眠りこけるだろうな」

そう言って、彼女の脚を見おろした。

彼女が歩くと、二人の横の光が閉ざされて交叉する。

「あなたがほんとに眠りたいなら、もちろん邪魔しない。誰にもなにも強制したくないから。だけど、なんらかの秩序は維持しなきゃ。わかるでしょ」

る。「わかるよ」腿で新聞をはじく。そして新聞を持ちあげ

「あなたはどうして〈蘭〉なんてつけてるの？」ミルドレッドがたずねた。「もちろん、街はこんな状況だから、武器を持つのも無理はないけど。それに、わたしたちはたいていのライフスタイルは受けいれるつもり。でもさすがに……」

「もらったんだ」丸めた新聞をひっくりかえしてみた。

深刻な水

タブロイド版の見出しを下にずらしていく。

不足の脅威

日付は一九九五年二月十二日。「おい、いったいどういうことだ？」

ミルドレッドは不安げな表情をした。「この街じゃ、物事を規則正しく進めていこうって人はそんなに多くないのよ。水問題がいつか深刻になることは、わたしたちも心配してる。あの大火災を消しとめるのに、どれだけ大量の水が必要だったか、あなたには想像もつかないでしょうね」

「そうじゃなくて、一九九五年って？」

「ああ。それがコーキンズのやり方なの。それだけよ」ピクニックテーブルにはボール箱いっぱいの缶詰がおかれていた。「この街にまだ新聞があるってだけで驚きだわ」ミルドレッドはベンチにすわり、期待をこめたまなざしで彼を見あげた。「日付はコーキンズのちょっとした冗談」

「そうか」彼女の隣にすわって、「ここにはテントはないの？　雨や日射しをさえぎるような」頭のなかではまだ考えている——一九九五年だって？

「わたしたちはとてもアウトドア志向が強くて」ミルドレッドはまわりを見まわした。彼は彼で、落葉におおわれ焚火に照らされた洞穴のようなコミューンの外に都市の広がりを感じようとした。「もちろんタックは——あの人は簡単な設計図をいくつか描いてみるとジョンに約束してくれたわ。住むための小屋の設計図をね。ジョンはタックに計画の総指揮を任せたいの。タックにとってもそのほうがいいと思ってるから。ほら、タックってとても変わってるでしょ。どうしてだか、わたしたちがあの人を受けいれないと感じてるらしいの。少なくともわたしはそう思う。自分は一匹狼だというイメージを大切にしてるのよ。だから、小屋の設計だけやりたがってて——ほら、もともとエンジニアだから——実際の工事はわたしたちに委ねるつもりでいる。だけど、結果としてできあがる家とか小屋だけが重要なんじゃない。建てる

人にとっては、創造的で、内面の充実がある仕事のはず。そう思わない？」

　答えようもないので、彼は歯を強く嚙みしめた。

「ほんとうにお腹空いてないの？」

「ああ、平気さ」

「疲れてない？　何時間か寝てもいいのよ。仕事は朝食がすむまではじまらないから。必要ならブランケットを持ってくるけど」

「大丈夫」

　炎に照らされた彼女の、自信にあふれた明朗な表情には、二十五年ほどの年月が刻まれているようだと彼は思った。「腹ぺこでもないし、眠くもない。タックがどういうつもりでぼくをここにつれてきたのかもわからないんだ」

「ここはいいところよ。ほんとうに。ほかにとりえはないかもしれないけど、感情をわかちあえる共同体は心地良いものよ」まだ二十歳くらいかもしれない。

　ハーモニカの娘がまた演奏をはじめた。

　オリーブ色の布の繭にくるまっている誰かが、火のむこう側で体をもぞもぞ動かした。

　ミルドレッドのテニスシューズから一フィートほど離れて、一番近くで寝ている人の、キャンバス生地をかぶった頭がある。

「そんなの、はめてなきゃいいのに」とミルドレッドは笑う。

　彼は、金属の内側で不格好な太い指をひらいた。

「もしわたしたちといっしょに暮らしたいならね。そうすれば、そんなものつけてる必要ないんじゃない？」

「べつに、必要はないけど」そしてずっと装着したままでいようと決心した。

　ハーモニカがきしむように鳴った。

　彼は顔をあげた。

　木々のあいだから、炎より明るい光が近づいてきて、緑色の葉の影が寝袋や丸まったブランケットに降りそそいだ。それから、光るサソリの膨れたかぎ爪と、棘の生えた半透明の尻尾がかき消えた――

「おい、俺たちの食い物は用意できてるか？」

　サソリから姿を現わした男は、首におびただしい鎖を巻きつけていた。肩の窪みには大きなかさぶた（その下にもっと小さなかさぶたもいくつか）があった。生乾きのセメントにまちがってなにか落とした痕みたいだ。鎖は片足のブーツにも巻かれていて、歩くとジャラジャラ音がした。「さあさあ、そのクズみたいな飯を持ってきな！」男は炉の近くで立ちどまった。大きな腕と小さな顔が、炎でつややかに光っている。前歯が欠けていた。「これかい？」ずうずうしくピクニックテーブルを指さすと、肩から下は三つ編みになったもつれた黒髪を手で梳きながら、近寄ってきた。

「ようこそ！」ミルドレッドはびっくりするほどの笑みを浮かべた。「ナイトメア！　調子はどう？」

話しかけられたスコーピオンは、彼女を見おろしながら濡れた唇を大きく広げて欠けた歯をむきだしにし、「くそったれ」とゆっくり吐き捨てた。どんな意味にもとれる。男は二人のあいだに割りこんできた。「どけてくれないか？　この」――と〈蘭〉を見て――「けったくそ悪いものをよ」そう言って缶詰の箱をテーブルの端に動かし、腹で支えながらかかえこんだ。悪臭を放つしわだらけのジーンズからは下腹がはみだし、次第に濃くなって恥部までつづく毛が見えた。自分の太い腕ごしに武器を見おろすと、口をつぐんで頭をふり、「くそったれ」ともう一度。「おまえ、なにじろじろ見てやがるんだ？」ナイトメアの短い上着がはためくと、自転車のチェーンと曇りなく輝く環、倉庫から出てきたばかりのような真鍮に混じって、プリズムと鏡とレンズがきらめいた。

「べつに」

ナイトメアは不快そうに舌打ちすると、向きを変え、寝袋の一つにつまずいた。「どけよ、馬鹿野郎！」

キャンバス生地からそろそろと頭を出したのは、年がいった男だった。かけたまま眠っていたらしい眼鏡ごしになにごとかと様子をうかがい、スコーピオンが木々のあいだを抜けてずかずかと立ち去っていくのをじっと見送っていた。

ミリーの表情の裏側でなにかが動くのを見て、彼女が別れの挨拶をするつもりなのだと瞬時に理解した。ミリーのテニスシューズの片方が、地面に線を描いている。彼女の脚の下のほうに、ひっかき傷があった。

彼は眉をひそめた。

ミルドレッドは言った。「あの人はナイトメア。スコーピオンズのことは知ってる？」

「タックから少し」

「正しいふるまいさえ知ってれば、どんな人たちが相手でも、びっくりするほど上手くやっていけるものよ。もちろん、お返しにあの人たちがしてくれることってのが妙なんだけど。スコーピオンズの連中は、誰か痛い目にあわせたいやつがいたら教えてくれってジョンに言いつづけてるの。目ざわりな相手がいたら、ということね。あいにく、そんな相手はいなかったけど」と肩をすぼめた。

「ひょっとして」彼は笑顔の断層構造から話しかけた。「連中とのあいだに、たまにいざこざがある？」

「たまに、ね」彼女の笑顔は完璧だった。「ジョンさえいてくれれば問題ないんだけど。ジョンは、あの人たちをうまくあしらえるから。たぶん、ナイトメアはジョンのことを少し怖がってるのよ。わたしたちはスコーピオンズにとって、とても役に立つ存在なの。食べ物をわけてるのよ、ずいぶん気前よくね。だけど、あの人たちが本当に必要なものを認めれば、助けやすくなるのに」

　ハーモニカの音がやんでいた。胸をあらわにした娘は、いつのまにかブランケットからいなくなっていた。

「そのひっかき傷はどうしたんだい？」

「ただの事故。ジョンと、ちょっとあってね」彼女は肩をすくめ、「よくあることよ、実際」と、彼の〈蘭〉に向かってうなずいてみせる。「たいしたことじゃないの」

　体をかがめて傷にふれようとし、ミルドレッドのほうをちらりと見た。じっとしている。だから彼女の肌に人差し指を押しあて、そっと下に這わせていった。たこのできた指の腹には、彼女のかさぶたは小さなやすりのように感じられた。

　ミルドレッドは眉をひそめた。「ほんとになんでもないのよ」濃い赤髪に縁どられた彼女の顔は、穏やかなしかめ面を浮かべていた。「それ、なんなの？」彼女は指さした。「あなたの手首に巻いてあるやつ」

　前かがみになったとき、袖口がまくれあがってしまったのだ。

　彼は肩をすくめた。困惑の気持ちが、どうにか首尾よく皮膚に居すわろうとあがいていた。『ぼくが見つけたんだよ』言葉の最後に、ピリオドみたいに小さな疑問符がおかれているのに、彼女は気づいてくれただろうか。眉の動きで、彼女が気づいたのがわかった——それが嬉しかった。

　節くれだった彼の手首で、光るガラス粒が輝いた。

「どこで見つけたの？　何度か、こういう……鎖みたいなのをしてる人たちに会ったことがあるけど」

　彼はうなずいた。「見つけただけさ」

「どこで？」優しいほほえみで、答えるようにうながしてくる。

「じゃあ君は、どこでそのひっかき傷をこしらえたのさ？」

　笑みを浮かべたまま、彼女は困惑のまなざしを返してきた。

　予想どおりだ。そして信用できない。「ぼくは……」

その思いは内面のカデンツァへと変わった。「君のことが知りたいんだ！」とつぜん、驚くほどの幸福を感じた。「君はここへ来て長いの？　どこから来たの？　ミルドレッド？　ファミリーネームは？　どうしてこの街に来たの？　あとどれくらいここにいるつもり？　日本食は好き？　詩はどう？」声をあげて笑い、「沈黙は好き？水は？　君の名前を呼ぶ人は？」

「うーん……」彼女がひどく嬉しがっているのがわかった。「ミルドレッド・フェビアン、でもみんなはミリーって呼ぶわ、タックみたいに。ジョンは、新しい人が来たときにはフォーマルじゃなきゃいけないって、ミルドレッドと呼ぶけれど。ここの州立大学に通ってたの。でも出身地はオハイオ……オハイオ州ユークリッド、知ってる？」

彼はまたうなずいた。

「だけど、州立大学にはすごくいい政治学科があるから。あったから、と言うべきね。それでここに来たの。そして……」と瞳を伏せた（茶色だ。伏せたトウモロコシ色のまつ毛を見ながら、二分の一秒の記憶を反芻して気づいた――茶色の瞳と、髪と同じ銅色の虹彩）。「……わたしは残ったの」

「あれが起きたとき、君はここにいたの？」

「……そうよ」彼女の返事に、どんな句読点記号よりも大きな疑問符がついているのを彼は聞きとった。

「なにが……」と話しはじめたが「……起きたんだ？」と言うところには、彼は答えを期待していなかった。

ミリーの目は大きく見開かれ、また伏せられた。彼女は肩を落とし、背中を丸めた。ベンチの上、二人のあいだにおかれた、刃の檻に閉じこめられた彼の手に彼女は手を伸ばす。

彼女が光る刃の先端を二本の指でつまみあげると、固定具で〈蘭〉に繋がっている手のひらが、つられて吊りあがるのを感じた。

「もし……いつも思ってたんだけど……ええと、そんなことできるのかな……」彼女は刃の先端を横にずらしてから（手首が圧迫されて、彼は手を握りしめた）、離した。低くこもった、ズシンという音。「あっ」

彼はとまどった。

「知りたかったの」ミリーは説明した。「あなたがこれを鳴らすことができるのか。楽器みたいに。七本の刃の長さがどれもちがうじゃない？　それぞれちがう音を出せて、その気になれば……刃を奏でられるかもって思ったの」

「鋼の刃がかい？　鋼は堅いだけで、脆さが足りないからな。だから鐘なんかは鉄でできてるだろ？」

　彼女は首をかしげた。

「鳴らして音を出すためには、堅さと脆さを兼ねてないと。ガラスみたいにね。このナイフは、堅さはあるけど、しなやかだから」

　ややあって、ミリーは顔をあげた。「わたし、音楽が好きなの。ほんとうは音楽を勉強したかったのよ、州立大学でね。だけど、政治学科があまりによかったから。大学に通ってたころ、ベローナでは日本食のレストランを見たことないわ。中華料理のおいしい店は何軒かあったけど……」その顔に変化が起こった。疲れと絶望で弛緩している。「わたしたちは精いっぱいのことをしてるわ、そうでしょ……？」

「なんだい？」

「わたしたちは精いっぱいやっているの。ここで」

　彼は小さくうなずいた。

「あれが起こったときは恐ろしかった」ミリーは静かにつづけた。〝恐ろしかった〟という言葉には、まったく抑揚がなかった。いつだったか茶色のスーツを着た男が〝エレベーター〟と言ったときの口調を思い出した。タックの言葉から抑揚がなくなったときもこんな調子だったよな、と思い出しながら考えた。彼女は言った。「わたしたちは残った。わたしは残った。たぶん、残るべきだと感じたんじゃないかしら。どのくらいか……はわからない。つまり、この先いつまでここにいるかは。でも、わたしたちはなにかをしなくちゃいけない。ここにいる以上は、やらないと」と息をついた。あごで筋肉がぴくりと跳ねる。「あなたは……？」

「ぼくがどうした？」

「あなたはなにが好きなの、キッド？　あなたの名前を呼ぶ人は？」

　この質問に他意がないことはわかる。それでも、むっとした。そうだな、と言おうとしたが、口からは吐息が漏れただけだった。

「沈黙は好き？」

　吐息は喉から漏れる低音になった。その低音は徐々に言葉の形になり、「……ときどきは」

「あなたは誰？　どこから来たの？」

　答えるのをためらい、かわりに、彼女の瞳からなにかを読みとろうとのぞきこんだ。

「あなたは怖がってる。それはこの街に来たばかりだから……ちがうかしら。わたしも怖いのよ。それはわたしが……あまりに長くこの街にいたから！」ミリーはキャンプ場を見まわした。

長髪の若者が二人、軽量ブロックの炉のそばに立っていた。一人は両手をかざしている。手をあたためようというのか、それともただ熱を感じようとしているのか。

あたたかい朝だ。ぼくには、木々の葉に囲まれたこの集落に人々を守る力があるようには思えない。はっきりした境界もなく物と影とが混じりあい、薪と炎の角度はたえず変化する。この連中は、どこにシェルターを作ろうっていうんだろう、土台は灰に沈んでいるのに。どこの扉も窓も、燃え殻のなかに沈んでいるのに。信じられるものはぬくもりだけだ。

ミルドレッドの唇がひらき、まぶたが閉じた。「ジョンがなにをしたか知ってる？　あれも勇敢なふるまいだった。この炉を完成させたとき、ここにはまだほんの数人しか集まってなかった。誰かがライターで最初の火をつけようとしたとき、ジョンが言ったの、ちょっと待てって。そして、ホランド湖まではるばる出かけていった。そのころ、火事は今よりずっとひどかった。ジョンは燃えさしを持って帰ってきた――火のついた枯れ枝を持って。実際には帰り道で、枝から枝へ、何度も火を移し替えなきゃいけなかったそうだけど。そしてその火で――」

若者の一人が、折れた箒の柄で薪をつつくのをあごで指しながら、「ジョンはわたしたちの火をつけてくれた」

もう一人の若者は、薪を両腕にかかえて待っている。

「とても勇気がいることだったと思う。でしょ？」ひとかかえの薪が炉に落とされた。火床を突きぬけ、一番低い木の枝よりも高く炎が噴きあがる。

「ねえ、ミリー！」

炎は渦を巻いた。ここにいる誰もが大声で話すのが彼には解せなかった。こんなに大勢がまわりで眠ってるというのに。

「ミリー、こんなものを見つけたんだけど」

娘は、今は青いシャツを羽織っていたが、やはりボタンは留めていない。片手に持っているのはハーモニカ、もう片方の手には、らせん綴じのノート。

「なんなの、それ？」ミリーが叫びかえした。

炉の横を通るとき、娘が大きく手をふると、ノートは火の粉のあいだをくぐりぬけた。火の粉は一瞬、回転花火のようにうずまいてから散った。「ここにいる誰かのものかな。ちょっと焦げてる。表紙のところが」

ノートをかかえたまま、娘はミリーと彼のあいだに腰をおろした。肩を丸め、しかめ面を浮かべながら。「誰かの練習帳みたいなんだけど」表紙の厚紙は角が黒く焦げ落ちていた。背表紙にも焦げ色がついている。

「なにが書いてあるの？」ミリーがたずねた。

娘が肩をすくめると、その肩と尻が彼の体に当たった。そっとベンチをおりて娘に席を譲り、もう一度腰かけるつもりだったが気が変わって新聞を取りあげてひらき——手の刃で片面が裂けてしまった——二面を見た。

「最初の何ページかが破りとられてるけど？」ミリーが訊く。

「見つけたときからこうだったのよ」

「でも、ページの切れ端がリングに残ってるわ」

「ずいぶんていねいな筆跡ね」

「なにが書いてあるか、わかる？」

「この暗さじゃちょっと。さっき、公園の街灯で少し読んでみたけど。火にかざしてみましょ」

彼が見つめていた新聞のページは裏側から炎に照らされ、両面の活字が重なっていた。読みとれるのは、ゴチック体の発行人欄だけだ。

ベローナ・タイムズ

その下には、

編集・発行　ロジャー・コーキンズ

彼は新聞を閉じた。

ミリーと娘は、炉に近づいていた。

新聞をベンチに置いて立ちあがった。一つ、また一つと、三人ぶんの寝袋や毛布をまたいで、二人のあとを追う。「なにが書いてあるんだい？」

娘はまだ片手にハーモニカを握っていた。

娘の髪は短くて濃かった。彼の目をじかにのぞきこむその瞳は明るい黄緑色だった。曲げた腕を台にしてノートをおき、空いた手で表紙をめくって、最初のページを見せてくれた。娘の爪には緑のマニキュアが少し残っていた。

パーマー式の几帳面な筆記体で書かれたそのページは、文の途中からはじまっていた——

、秋の都市を傷つけるために。
だから世界に向かって叫んだ、自分に名前を与えてくれと。

彼の脇腹に鳥肌がたつ……。

闇の内奥が風で答えた。
君が知っていることなら、ぼくもすべて知っている

——回転する宇宙飛行士たち、ランチタイムを待ちわびて時計に目をやる銀行員たち。電球で囲まれた鏡に向かってフードをかぶる女優たち、親指に乗るくらいの潤滑油を鉄のハンドルになすりつける貨物エレベーターの操作係たち。学生の

娘はノートをおろすと、緑の目をしばたたかせながら彼の様子をうかがった。髪の房が彼女の頰に影の破片を踊らせる。「どうかした?」

顔をひきつらせながら笑みをこしらえた。「これは、なんだか……ひどく不気味な代物だね!」

「不気味?」娘はノートを閉じ、「すごく妙な顔してるけど」

「べつに……でもね……」彼の笑みはどこか不自然だった。底辺をつくる二点がそれぞれ〝認識〟と〝不可解〟でできている三角形の、残るもう一つの頂点にあるものが、彼の笑いを場ちがいなものにしていた。「ただ、このノートはすごく……」だめだ、最初から言い直そう。「でも、このノートはすごく……あのね、ぼくは宇宙飛行士のことにくわしいんだ。人工衛星のスケジュールを調べては、夜になると外に出てながめてた。それから銀行員の友達もいた」

「銀行員ならわたしの知りあいにもいたわ」ミリーは言う。それから娘に向かって、「あなたにだっていたでしょ?」

彼はつづけた。「それから、劇場で働いたこともある。劇場は二階で、貨物エレベーターで物を運んでた……」「こういう記憶なら、思い出すのはとても簡単だ……」「ちょうど今夜の宵の口、そいつの——エレベーター係の——ことを考えたばかりなんだ」

女たちはまだ納得できない様子だ。

「どれも、ぼくがよく知ってることばかりだ」

「それはそうかもしれないけど……」娘は輝くハーモニカに親指を走らせ、「わたしだって貨物エレベーターに乗ったことがあるよ。少なくとも一度はね。それから、そう、学校で劇をやったとき、楽屋の鏡のまわりには電球がついてた。だからって、ここに書いてあることを不気味だなんて思わないな」

「だけどさ、学生の暴動についても書いてあるだろ? それから食料品店のことも……ぼくはちょうどメキシコから来たばかりなんだ」

「でも、ここには学生の暴動のことなんて書いてないわ」

「書いてあるとも。ぼくは一度、暴動にまきこまれたんだ。ほら、ここに」彼はノートに手を伸ばし（娘はさっと体を引いて〈蘭〉から逃れ）、空いた手でページをひらき（娘はまた前かがみになって、その肩が彼の腕をなでた。彼女の胸もとから乳房をのぞくことができた。やったぜ）、声に出して読みあげる。

「……親指に乗るくらいの潤滑油を鉄のハンドルになすりつける貨物エレベーターの操作係たち。学生のしくんだ、フォルクスワーゲンをパスタでいっぱいにするというハプニング。シアトルの夜明け、オートメーション化されたＬ　Ａ《ロサンゼルス》の宵」混乱して顔をあげた。

「朝のシアトルや夜のロサンゼルスにいたことがあるの？」炎にきらめく緑色の瞳に笑みが浮かんでいる。

「いや……」首をふった。

「わたしはあるわ。それでもやっぱり、このノートが不気味だなんて思わない」娘は瞳をきらめかせたまま、彼のしかめ面に向けて顔をしかめてみせた。「これ、あなたのことを書いてるんじゃないわよ。あなたがこのノートを公園で落としたっていうんならべつだけど……あなたが書いたんじゃないでしょ、ね？」

「ちがうよ」彼は言った。「ぼくが書いたんじゃない」失くしてみると（今ではそれが既視感よりもずっと強くなっていた）、その感覚はいっそう彼を苦しめた。「だけど、まちがいなくぼくはこのノートの中味を知っていた……」ズボンの膝にあいた穴で炎がとびきり熱く感じられた。手を伸ばして掻こうとすると、刃が穴のほぐれた糸にひっかかる。〈蘭〉をひょいと持ちあげる――糸がぷちんと切れた。もう片方の手を使って、角ばった指で不器用に膝蓋をこすった。

ミリーがノートをとりあげて、うしろのほうのページをめくった。

緑色の目の娘が、肩ごしにそれをのぞきこむ。

「おしまい近くのこのあたりを読んでみてよ。雷のことや爆発のこと、暴動のことも、みんな書いてある。この人は、ここ――ベローナに起きたことを記録したのかしら？」

「もっと前のほうを読んでみて。スコーピオンズのことや、閉じこめられた子供たちのことが書いてある。ここじゃないどこかだなんてありえないわ」

二人の女はそろって炎の光のほうに身を寄せた。

彼は落ちつかない気分になって、あたりを見まわした。

タックが寝袋をまたぎながらジョンに話しかけていた。

「どうやら俺をさんざん働かせたいみたいだけどな。なんの利益もなく、働くために働くなんて我慢できない性格なもんでね」

「よせよ、タック」まるでまだ丸めた新聞紙を持っているみたいに、ジョンは無意識に手で腿を叩いていた。

「設計図は描いてやる。それを使って、好きなようにやればいいさ。おいキッド、どうだった?」炎が、タックの頑丈なあごを舐め、薄い色の瞳を光で照らし、革のキャップに反射した。「大丈夫か?」

唾を飲みこむと、歯ががっちり嚙みあった。おかげで、自分で思っていたよりも固くうなずくことになった。

「タック、ぼくたちのためにシェルター建設プロジェクトの先頭に立ってくれよ……」ジョンの眼鏡が光った。

「くそったれ」さっきのナイトメアそのままの口調で、タックが吐き捨てた。

「タックってば……」ミリーがやれやれというように首をふった。

「そのことで、一晩じゅうやりあったんだけどね」そう言ってジョンは「おや」とピクニックテーブルを見た。

「ナイトメアのやつ、食糧をとりにきたのか?」

「そうよ」と、ほがらかに。

「どんな様子だった?」

ミリーは肩をすくめた——ほがらかでなく。

ハーモニカの音色が聞こえたので、目を向けると——ブランケットにもどった娘が、背中を丸めてマウスハープを吹いていた。その髪は、うつむいた顔を包む着色した鋼の兜のようだ。かしいだ片側の肩からシャツがすべり落ちている。顔をしかめながら、娘はまた楽器の吹き口を手のひらで叩き、たまった唾液を出していた。ノートは膝においてある。

「タックとぼくはシェルターの建設予定地を見にいってたんだ。ほら、例の岩の上」

「また場所を変えたの?」ミリーがたずねた。

「ああ」タックは言った。「変えたみたいだな。ここは気にいったかい、キッド? いいところだろ、え?」

「君がここに来てくれて嬉しいよ」とジョン。「新しい人たちを迎えるのはいつだって嬉しい。ぼくたちにはなすべき仕事が山ほどある。できるだけたくさんの、やる気のある人間を集めたいんだ」さっきまで腿を叩いていた手を、今は押さえたままにしていた。

低くうなって、喉につかえたものを吐きだそうとした。

「もう少しあちこちを回ってみたいな」

「あら……」ミリーはがっかりしたようだ。

「そんなこと言わないで、朝食までいっしょにいなよ」

ジョンは熱心な口ぶりで誘った。「それから、ぼくたちがやっている仕事をどれか試してみるといい。気にいるのがあるかどうかかね。やってみなけりゃわからないだろう?」

「ありがとう。でもぼくは行くよ……」

「俺はこいつを大通りまでつれてくよ」タックが言った。

「よし、みんな、またな」

「気が変わったら」ミリーが呼びかけた（ジョンはまた脚を叩きはじめた）、「いつでももどってきてね。何日もしないうちに、きっとその気になるわよ。ただ来てくればいいの。喜んで迎えるから」

コンクリートの道に出ると、タックに言った。「ほんとうにいい人たちだね。だけど、ぼくはそれでも……」と肩をすくめた。

タックは喉を鳴らした。「わかるよ」

「スコーピオンズのことだけど——連中は、コミューンの人たちを守ってやるかわりに食糧をよこせって脅迫してるわけ?」

「脅迫っていやあ脅迫だけどな。でも、やつらはコミューンを守ってるわけだから」

「スコーピオンズのほかにも、危険な存在なんているのかい?」

タックはまた荒々しく喉を鳴らしてしゃがれ声を出した。

彼にはそれがタックの笑い声だとわかった。「ぼくはただ、ああいうことに関わりたくないんだ。少なくとも、あっち側にはね」

「大通りまでいっしょに行ってやるよ、キッド。通りは街の中心までつづいてる。このあたりの店はあらかた荒らされて食べ物なんか残っていない。ためしにどこかの店にはいってみてもいいが、正直なところ、個人の住宅を狙うほうをおすすめするね。それでも運まかせのところはある。ショットガンを持った男が待ちかまえてるかもしれないからな。言ったと思うが、街には二百万人のうち千人ほどの人間が残ってる。まだ誰かが住んでいる家なんて、百軒に一軒くらいしかないだろう——分が悪い賭けじゃない。ただ俺は、空き家だと思って探険してたときに、何度かショットガンに出くわしそうになったことがあるがね。それに、スコーピオンズのことだってて気になってるはずだ……ジョンのグループ?」しゃがれてがらがらの笑い声は酔っぱらいめいて、それ以外のタックの動作とは異質だった。「連中のことは好きだよ。ただ、ずっといっしょにいる気にはならないだろうな。そんな気はない。だけど、手は貸してやる。それにあそこは、二、三日のあいだなら、自分の……方向性を見極めるには悪くない場所だ」

「そうだね。ぼくもそう思う……」だが、これは考えながら否定していた。

タックは同意のしるしに黙ってうなずいた。

公園は闇に息づき、沈黙の布におおわれていた。歩いたあとに、タックのブーツの踵がコツコツと音をたてる。そして、誰かが、踵の点線が残っているのさえ想像できた。そのミシン目に沿って夜を持ちあげて二つに裂き、丸めて捨てるところも。

公園の四十を越える街灯のうち（彼は数えはじめていた）、二つだけが照明の役目を果たしていた。夜の天蓋は暁の気配をまったく感じさせない。ちゃんと点いている明かりの下まで来ると、ライオン像にはさまれた公園の入口が見え、タックはポケットから手を出した。ざらざらしたタックの上唇までおおう闇に、二つの光の穴がひらいた。「よかったら――うちに来ないか……？」

5

「……いいよ」

タックは息を吐いた――「よし――」と背を向けた。その顔が完全に闇に溶ける。「こっちだ」

ジッパーのチャラチャラ鳴る音を、足をもつれさせながら追いかけた。小径にはりだす黒く大きな枝が消え、道の両脇の屋根がつくるV字のなかに灰色の空がのぞいた。

二人でライオンの横に足をとめ、大通りに目を向けたところで、タックはジャケットに手をいれて体を掻いた。

「もうすぐ朝なんじゃないかな」

「太陽はどっちから昇ってくるんだい？」

ルーファーはくっくっと笑った。「信じられないだろうが」――二人はまた歩きだす――「俺が初めてこの街に来たころは、光はいつもあっちのほうからさしてきた」縁石からおりながら、左方向に顎をやり、「だけどごらんのとおり、今朝は」と前方に手をさしだした。

「あそこからだ」

「季節が変わったから？」

「そこまで季節が変わったとは思えないが、まあ、そうかもな」タックはうつむいてほほえんだ。「あるいは、俺が注意不足だっただけかも」

「東はどっちだ？」

「明るくなったほうさ」タックは前方を顎でさす。「だけど、明日にはちがう方角から光がくるかもな？」

「冗談はよせよ。星を見ればわかるだろ」

「空を見てみろ。毎晩こんなふうに真っ暗か、もっとひどい。日中だって同じさ。ここに来てから、俺は星を見たことがない――月も、太陽もな」

「そうかもしれないけど、でも――」

「考えたことがあるよ。ひょっとすると、変化してるのは季節じゃなくて、俺たちのほうじゃないかとね。街全体が変化し、たえず自分自身を作り変えてるんじゃないか。そして、俺たちのことも作り変えてる……」そこで笑った。「おいおい、からかっただけさ、ネッド。そんなに」と、また腹をこすり、「深刻な顔すんなって」縁石に登りながら両手を革ポケットに突っこんだ。「だけど、前はあっちから朝がはじまったってのは絶対にたしかなんだ」唇をきつく結んで、タックはもう一度うなずいた。「つまり、俺が注意不足だったってことさ。だろ？」次の角のところで、タックはたずねた。「どうして精神病院にはいってたんだ？」

「鬱病。だけどずっと昔の話だよ」

「ふうん？」

「幻聴がしたり、外に出るのが怖かったり、ものを思い出せなくなったり、幻覚を見たり――症状が全部そろってた。大学の一年目を終えたばかり、十九のときだ。当時は酒もよく飲んでたし」

「幻聴の声はどんなことを言ってた？」

肩をすくめた。「これといって。歌だったんだ……ほとんどは。だけど英語じゃなかった。それから、ぼくに呼びかけることもあった。現実の声を聞くのとは全然ちがった――」

「頭のなかで鳴っているわけか？」

「ときどきはね。歌のときはそんな感じだった。けど、現実っぽい音がすることもあった。車のエンジン音だとか、誰かがほかの部屋で扉を閉めるような音だとか。それと同時に、誰かに名前を呼ばれたような気がするんだ。でも全部かんちがいなんだ。逆に、ときどき誰かが呼んだのに、気のせいだと思って答えなかったりする。それに気づくと、めちゃくちゃ不安になった」

「だろうな」

「実際、四六時中不安だった……だけどほんとに、もう何年も前のことだ」

「その声はあんたをどう呼んだんだ？――呼びかけてくるときには」

次のブロックの途中で、タックはつづけた。

「不意討ちすれば名前を思い出すかなって考えたんだが」

「悪かったな」タックの素人くさい心理分析の不器用さと真面目さに、ついくすくす笑ってしまった。「その方法じゃだめみたいだ」

「どうしてそうなったのか、わかってるのか？　つまり、あんたはなんで――鬱病になった？　それに、病院なんかにはいるはめにさ」

「わかってるとも。州北部の高校を出たあと、大学に行くまでの一年間、ぼくは働かなきゃならなかった。両親とも貧しかったし。母は生粋のチェロキーだった……これは、さっきの公園の連中になら話してやる価値があったかもしれない。今じゃ誰もがインディアンについて、そんなふうにしゃべりまくってるからね。母はぼくが十四のときに死んだ。ニューヨークのコロンビア大学に志願したんだけど、特別面接を受ける必要があった。高校時代の成績は、それなりによかったけど、最高ってわけじゃなかったから。ぼくはもうニューヨークに出て、美術関係の店で働いてた――面接官たちにはそれがひどく印象深かったらしい。特別な奨学金を見つけてくれたんだ。一学期が終わって、ぼくの成績はほとんどBで、言語学だけがDだった。二学期の終わりには、翌年はどうなるのかわからなかった。つまり、学資がつづくのかどうかがね。コロンビアじゃぼくは授業に出る以外はなにもしてなかった。大学側は、ぼくにありとあらゆる課外授業のスタッフをつけてくれたんだけど、それにもお金がかかった。そのDがAだったら、べつの奨学金をもらえただろう。でもそうはならなかった。さっきも言ったけど、酒を飲む習慣があった。十九歳の若者があんなに酒を飲むなんて信じられないくらいにね。飲むのはうんとひかえて、なにかすべきだ。最終試験の前に、神経衰弱になった。外出さえできない。人に会うのが怖かったんだ。何度も死んでしまいそうになった。自殺ってわけじゃない。馬鹿なことをやろうとしたんだ。ひどく酔ってるときに張り出した窓枠によじ登ったりとか。洗い水でいっぱいの流しにラジオをぶちこんだこともある。そんな具合さ」と息をついだ。「ほんとうにずっと前のことだ。もう幻覚やら幻聴やらで苦しんだりしない。二度と」

「あんた、カトリックか？」

「いいや。親父は純情で威勢のいいジョージアのメソジスト教徒だった――」妙になまなましい記憶なので自分で驚いた――「少なくとも、宗教を信じてたときにはね。うちの一家は南部に住んだことはなかったけど。ぼくが子供のころ、親父は空軍にいた。退役したあとは、一年くらい個人でパイロットの仕事をしてた。それからはなにをやっても長つづきしなかったな。母さんが死んでからはね……」

「不思議なもんだな」タックは自分を責めるように頭をふった。「色黒の小さな同胞はみんなカトリックだって思いこんじまう。自分じゃルター派として育てられたくせにな。で、退院したあとは？」

「州北部でしばらく働いた。ヒルサイドを出たあとＤＶＲ――職業再訓練局《ディヴィジョン・オブ・ヴォケーショナル・リハビリテーション》――が大学にもどるのを助けてくれようとしたけど、その気になれなかったんだ。友だちと適当にドライブしてまわったあげく、一年の大半をオレゴンで木を伐ってすごしたり。オークランドで劇場の裏方をしたり。これはもう話したよね……いや、話したのは公園の女の子にだった。いろんな船で働きながら、あちこちに旅をした。大学にも独力で何度かはいりなおした。一度はカンザスで、一年間、学生寮の管理人をやったこともある。それからデラウェアでも」

「どれくらいつづいたんだよ」

「どの大学でも最初の学期はいいんだ。二学期になるとしくじる。神経衰弱のたぐいには、二度とならなかった。酒さえ飲まなかった。それでもしくじっちゃうんだ。仕事を途中でほうり投げたことはないよ。大学だけそうなんだ。ぼくは働いた。旅をした。たくさん本を読んだ。それからまた旅をした。日本とか。オーストラリアまで行ったこともある――あまりいい旅じゃなかったけれど。目的もなく船に乗ってメキシコや中米をまわった」と、笑いながら、「ほら、わかるだろ、ぼくは頭がいかれてるわけじゃない。少なくとも、ほんとにいかれてるわけじゃない。だいぶ前からまともなんだ」

「あんたはここにいるだろ？」タックのゲルマン風の顔が（それと不釣りあいな黒人めいた鼻といっしょに）茶化すような表情をおだやかに浮かべた。「なのに自分が誰だかわからないわけだ」

「たしかにそうだけど、それは単に思い出せないだけだよ、自分の――」

「さあ、やっとわが家だ」タックは玄関に向きなおり、木の階段を登った。一番上まであがりきる直前になってやっとふりむき、「来なよ」

どの角にも街灯がない。

ブロックの端には、散乱したガラス片にまみれて車が一台横転している。手前には車輪のない二台のトラック――フォードのピックアップとＧＭの運転台――が停まり、そのフロントガラスと窓は壊されている。道の反対側では、荷物を積おろし用のポーチと、その上に肉を吊すフックが数本、日よけのレールからぶらさがって静かに揺れていた。

「さっき君が出てきたビルにもどるんじゃないのか……？」

ビルの上方をおおう煙が、暁に照らされて明るんでいた。

「心配するなよ」タックはにやりとした。「すぐに慣れるさ」

「ぼくの記憶だと、君はむかいの建物から……」あらためて道の反対側に目を向け、建物の日よけの下に広がる、高さ三フィートほどのコンクリートの台を見つめた。

「来いよ」タックはもう一段あがった。「おっと――そのまえに一つ。その武器をはずして、入口においといてもらえないかな」そう言って、あいまいに〈蘭〉を指さした。「気を悪くしないでほしい。うちのルールなんだ」

「もちろん、いいとも」タックにつづいて階段をあがった。「ちょっと待って」

「その裏にでもおいてくれ」タックは玄関口の内側の、アスベストに厚くおおわれた二本の鉛管を手で示した。

「帰るときにまた持っていけばいい」

リストバンドをはずし、固定具からするりと指を抜くと、体をかがめて、この奇怪な装置を鉛管の裏の床に横たえた。

タックはすでに暗い階段室の最上段から下におりようとしていた。

立ちあがり、急いであとを追った。

「十五段だ」下のタックの姿はもう見えない。「真っ暗だから、段を数えるほうがいい」

手すりがなかったので、手を壁に当てた。〈蘭〉をはめていた手首がかすかにひりひりする。乾きつつある体毛が皮膚からひっぱられる感じで、くすぐったい。はだしの足が一歩おきに階段の縁にあたり、親指のつけ根のふくらみと足指は浮かせたまま、踵が砂まじりの大理石を踏む。下でタックのブーツが音をたてている……十三……十四……数えていても、最後の一段がくるとびくっとさせられた。

「こっちだ」

闇のなかをついていく。はだしの下のセメントが熱い。先を行く足音の響きが変わる。「ここから登り階段だ……」

彼はスピードをゆるめた。

「……ちゃんとついてこいよ」

今度は手すりがあった。

ルーファーの歩き方が変わるのを聞いて、まもなく踊り場だと予想できた。三番目の階段を過ぎたところから、頭の高さに細い光の線がかすかに浮かび、ドアのありかを示していた。

たしかなのはリズムだけだ。暗闇のなか、登りながら、ぼくは太平洋の星空を思い出す。この上昇は、星空をぬぐい去り、太陽を消し去ってしまった街にはいるための儀式なんだ。鉄の狼にはなにかがある。それがなんなのか、わざわざ考えたくもないけれど、ぼくはそれがほしい。危険なイルミネーション、爆発する目のなかの光は、このもう一つの街のためではない。

「最後の階段だ――」

ここまで、九つの踊り場を通りすぎていた。

「――さあ、着いたぞ」

金属扉が枠にこすれて、きしんだ。

タール紙の敷かれた屋上へと先に足を踏みだしたタックは、雲の色をした暁の空から、こちらに向きなおった。暗闇から抜けたばかりの目には、そんな空でもまぶしすぎる。光を浴びた顔をしかめ、戸口に足をかけて立ちどまった。片手はドアの脇柱に、もう片方の手は鋲が打ちつけられて湾曲した金属扉におきながら。

煙が腰のあたりに漂っている。

顔の緊張を解き、何度もまばたきした。

低いレンガの柵のむこうには、屋根また屋根がチェック模様を作りながら霧の彼方までつづいている。一カ所とぎれているところが、さっきの公園だろう。さらにその奥では、丘の斜面に住宅が鱗のようにはりついていた。

「あれっ」反対の方向を向いて、彼はけげんそうに目を細めた。「ここ、橋からずいぶん遠いんだな。気がつかなかった。君が上から声をかけてくれたとき、ぼくは橋を渡ったばかりだったはずだけど」

タックは楽しげに喉を鳴らした。「いや、あんたはけっこう遠くまで歩いてきてたんだよ」

「川も――」背伸びをしてみる。「ぼんやりとしか見えない」そして踵をおろす。「ほんの二、三ブロック先だと思ってたのに」

タックはとうとう声をあげて笑いだした。「ところで、片方のサンダルはどこで失くしたんだ?」

「え?」足もとに目をやった。「ああ……追いかけられたんだよ。犬に」これも奇妙な返事だ。自分でも笑った。「ほんとうにそうなんだ」片足をひょいとあげて膝に乗せ、たこができるほど固くなった足裏をまじまじと見つめた。ごつごつした足の輪郭は、両端でひび割れている。くるぶしは節くれだった空洞で、砥石のような灰色。踵、親指のつけ根のふくらみ、足の甲、埃まみれの足指は銑身のように黒い。足指をくねらすと、砂がざらざらとこぼれ落ちた。「たぶん――」顔をあげ、しかめ面をして――「たぶん、二、三日前だと思う――」と足をおろした。「三時ぐらいだった。朝の。雨だった。一台の車も通らない。だから、どこかの家の軒先でうたた寝してた。五時ごろ、だんだん明るくなってきたんで、車を拾おうと道路に出た。まだ降ってる。で、考えたんだ、ちぇっ、もどってもう一、二時間眠ろうって。なにしろ車が来ないんだから。もどると、そこにあの犬がいた。さっき軒下でぼくがいびきをかいてたとき、ずっと足もとで寝てたやつだ。そいつが目を覚まして、吠えはじめた。それからぼくを追って道路まで出てきた。ぼくは走った。犬も走った。片方のサンダルが壊れて、どこかの側溝に落ちたらしい――そのときは気づかなかったけど。走ってると、青いおんぼろ車が近づいてきた――運転してたのは太った女だった。横にやせっぽちの亭主、後部座席にはたくさんの子供たち。雨のなか、ぼくが飛び乗ると、そのまま州境を越えてルイジアナにはいった。どこかの陸軍基地にいる、彼女のもう一人の子供と一日をすごすために来たそうだ」彼は戸口をまたいだ。「朝ご飯もおごってもらった」背後で、きしんだ音をたてながら扉が閉まる。「でも、たぶんそのとき、自分の名前を思い出せなくなってることに初めて気づいたんだ。彼女に訊かれて答えられなかった……だけど、その時点でもう、ずいぶん長いこと忘れてたんだと思う」しだいに目が光に慣れてくる。「ほら、自分のことを考えるとき、いちいち名前を意識したりしないだろう？　誰だってそうだ。ほかの人が名前で呼びかけたり、名前を訊いてこなければね。昔からの知りあいとは、もう……だいぶ前に別れたきりだったし。だからかなり長いこと、自分の名前なんて意識してなかったんだ。そのせいで、名前が、どういうわけか……頭からすべり落ちたんだろう」もう一度足の甲を見おろした。片足には革紐が巻かれ、片方ははだしで、どちらもひどく汚れている。「でも気にならないよ。サンダルを片方失くしたことはね。ずっと、はだしですごしてた時期もあるんだ」

「ヒッピーみたいに？」

肩をすくめた。「そう、ヒッピーたちの町にいたときにね」ふたたび霧にかすむ地平線をながめた。「君はこの屋上に住んでるの？」

「来いよ」タックは背を向けた。風が吹いて、ジャケットの片側が腹からめくりあがり、反対側は首から腰までぴったりはりついた。「ここが俺の家だ」

おそらく管理用の小屋として、屋上に道具をおくために建てられたのだろう。最近パテづけされた窓ガラスのむこうには竹のカーテン。扉――ハイイロマツの板で、防水用に貼られたタール紙が一部破れている――は半開きになっていた。

天窓を回りこんで、二人は進んだ。タックは手首で扉を押した。（まるで誰かを驚かすみたいに……？）扉が内側に揺れる。タックがはいる――カチッ。明かりが点いた。「どうぞ。楽にしてくれ」

そのあとについて敷居をまたいだ。「うわあ、すごいね！」

タックは体をかがめ、カタカタ音をたてる灯油ヒーターをのぞきこんだ。「いい部屋だろ……ヒーターを消してから家を出たようだ。でもいつか、家に帰ってみたら全部灰になってたなんてこともあるかもな――もちろんベローナじゃ、ヒーターがそのままだろうと消えていようと、そんなことが起こりうるけどな」と頭をふりながら立ちあがった。「朝はちょっと寒いんだ、ここは。つけっぱなしにしておくほうがいいか」

「へえ、ずいぶん本を持ってるんだね！」

背後の壁は、床から天井までペイパーバックでいっぱいの本棚だった。

さらに、「これは短波受信機？」

「の一部だ。残りは隣の部屋にある。ベッドに寝ころがったまま、あちこちにCQできる――雑音以外のものが聞こえるかもしれないからな。もっとも、このあたりの電波障害はかなりひどい。それとも、俺の機械がおかしいのかな。自前の発電装置を持ってるんだ。裏に鉛酸蓄電池が何十個かある。それから給油機も」タックは部屋の隅の机に向かった。金色の毛が絨毯のように生えた背中から、ジャケットをするりと脱ぎ、壁のフックにかけた。（キャップはかぶったままだ。）ブロンドの毛で隠れていたが、前腕にはドラゴン、二の腕には海軍の記章の刺青があった。肩にはかつて鉤十字が彫られていたらしく、とりのぞいた痕がうまく消えずに残っている。「すわりなよ」タックは椅子を机からひきだして回転させ、腰をおろした。大きく脚を広げると、手をベルトの下に持っていき、デニムのズボンをふくらませている性器の位置を直した。「ベッドにすわれよ……そこだ」

板張りの床には、場ちがいな毛皮の薄布が敷かれている。寝椅子かなにかに、インド更紗が垂れるようにかかっていた。すわってみると寝椅子ではなく、作り増されたキャビネット、というか、ただの板切れに薄いマットを敷いただけの代物だった。それでもここは居心地がいい。「君は公園の連中よりも上手に暮らしてるみたいだね」

タックはにやりと笑い、キャップを脱いで机の吸取紙の上においた。「そうかもしれない。だけど、そんなに難しくないんだぜ」軍隊風に短く刈られた頭と無精ひげだらけのあごは不釣りあいだった。

机の上にはキャップしかない。

上の棚には、双眼鏡、巻き尺、製図用のコンパスとペン、携帯用計算機、雲形定規と型板、カットされて研磨された晶洞《ジオード》、展示用のスタンドに並べられた飾りものの短剣、プラスチックの部品箱、はんだごて……

「そうだ……」タックは膝を叩いた。「コーヒーを淹れるよ。缶詰のハムもある。けっこういい品だぜ。あとパンも」そう言って立ちあがり、扉に向かった。扉には、窓と同様、日焼けした竹のカーテンがさがっていた。

「くつろいでくれ。楽にね。なんなら服を脱いでそのへんに寝ころがってくれてもいい」ブーツのすり減って光っている部分を、ゴトゴト音をたてるヒーターが照らす。

「すぐもどる。あんたがこの部屋を気にいってくれて嬉しいよ。俺も気にいってるんだ」タックは竹のカーテンをくぐった。

壁の一つに（それまで一度ちらりと目をやっただけだったが）、一ヤードほどの高さの、フルカラーの写真ポスターが三枚貼られていた。

そのうちの一枚には、タックと同じゲルマン系の、ウエイトリフティングでもやっていそうな若者が写っていた。ブーツと袖なしのデニムジャケットだけを着てオートバイにもたれ、裸の脚に手のひらを押しつけている。

次のポスターには、ぼんやりした紫色の背景の前に、筋肉質の黒人が立っていた。タックのとよく似たジャケットとキャップとブーツを身にまとっている。脚をひらき、片方のこぶしをむきだしの腿に、もう片方をむきだしの尻にあてがっていた。

三番目のポスターには、浅黒い青年――たぶんメキシコ人かインディアン――がシャツも靴も脱いで、吹きさらしの青空の下、岩に腰かけていた。ジーンズが膝までおろされている。

露出された三人の性器は、どれも巨大だった。

写真は股の高さから撮られており、そのせいでよけいに大きく見えた。

隣からは、鍋がカチャカチャ鳴る音が聞こえる。戸棚がひらいて閉じる音も。

ベッドの枕もと、テンソルライト近くのテーブルには、本が乱雑に積んであった。

ヘルズ・エンジェルズに関する本がかなりある――トンプソン、レイノルズとマクルーア。安っぽい装丁の二ドルのペイパーバック、『車に乗った天使たち』と『地獄での週末――ミリセント・ブラッシュが語るエンジェルズ真実の物語』。『バイクの牝犬《ビッチ》』という本は、明らかに『バイク野郎《バスタード》』の続編だろう（装丁がいっしょ、ただし著者は別人）。それらの下に、『ランボー詩集』、フランス語原詩の下に英訳が載っているもの。それからペイパーバック版『キーツ書簡集』。次にディッキー『わが心の川』。緑色のハードカバーは対数と三角関数についての本で、白いエナメルの計算尺でほかの本から仕切られている。また、さまざまなSF、たとえばラス

（『フィーメール・マン』とかなんとか）、ザラズニイ、ディッシュ。最後に彼が手にとったのは、レオノール・フィニの絵をベースに紫と金でデザインされた表紙の『悪い仲間』という本だった。まんなかあたりを適当にひらき、左頁の上から右頁の下までざっと読み、本を閉じて顔をしかめ、竹のカーテンのところまで行き、押しあけた。

「誰かの家でこんなのを見たことがあるか？」タックが灰色の箱を肘でつついた。「電子レンジ。すごいぞ。リブロースをたった十分か十二分で完璧に焼きあげる。六百ドルもするんだ。というか、俺がこいつを店から持ってきたときには、値札にそう書いてあった。ただ電力がもったいなくて、せっかくだけど使う気になれない。だけどいつか、三、四十人くらい集めて、ディナーパーティをひらくつもりだ。そこの屋上でね。この街にいる友達をみんな集める。そのときはこの機械にひと働きしてもらって、みんなをびっくりさせるんだ」そう言ってカウンターのほうを向いた。

簡易コンロの三つのバーナーのうち二つから、固形燃料の青白い炎がたちのぼり、エナメルを塗られたコーヒーポットと鉄鍋の底を舐めていた。カウンターの裏には、何ガロンかの赤白のワイン、ウイスキー、リキュール、ブランデーの瓶が一ダースほど並んでいる。「ここは仕事部屋みたいなもんだ」びっしり毛が生えた背中の下で筋肉が動く。「こっちの部屋ですごす時間のほうが長い」そこには、さらに多くの本棚や無線装置があった。作業台には、はんだ屑がこびりつき、スパゲッティみたいにからまるワイヤがあふれかえっていた。散乱した小さなボードの穴には、色とりどりの小さなトランジスタや抵抗器や蓄電器がさしこまれている。分解されたフレームがいくつか。糸のほつれた背もたれから詰め物がこぼれている安楽椅子は、部屋を雑然とした印象にしていた。ブリキの流しの上では竹カーテンがひらかれ、窓ガラスがのぞいている。（窓枠には蓋のあいたパテの缶がおかれ、キッチンナイフが突っこんである。ガラスはぴかぴか――いくつかの指紋をのぞいて。）窓の外にはジーンズが二本とたくさんの靴下が一列に干してあった。「便

所か、キッド？　俺は屋上ですましてる。逆さにしたコーヒー缶に紙がはいってるから使ってくれ。排水溝はない。全部、縁から落としてる」

「いや、大丈夫」そう言って戸口をくぐった。うしろで竹がカチャカチャ鳴る。「ここじゃ——ベローナみたいな街では——ほしい物はなんでも手にはいるんだろうね。ちょっと足を伸ばして、店やなんかからひょいととってくるだけでいいんだから」

「ただし——」タックはなにかをひとつかみ鍋にほうりこんだ——「俺はそれほどものを必要としてないけどな」シューシューとたちのぼる湯気がこころよい匂いと音で部屋を満たした。「準備してるうちに、本格的な朝食を作りたくなった。腹が減ってるんでね」

「そうだね……」タイムとフェンネルの香りが鼻を刺激し、唾があふれた。「よかったら、好きなだけここに住んでくれてもいいんだぜ」そしてローズマリー……。

コンロの横のまな板には、散らかったパンくずの上にマホガニー色のパンが転がっていた。「新鮮な食料を手にいれるのはとても難しい。特に肉はね。けど、この街には缶詰がふんだんに残ってるから、当分は大丈夫さ……」タックは毛深い肩ごしにふりかえって眉をひそめた。「ほんとうのところ、あとどれくらいこの状況がつづくのか、俺にはわからない。さいわい、食料がたっぷり保管された場所をいくつか確保してある。ほかのやつらはまだ気づいてないみたいだ。そのうちわかるだろうが、この街にいる連中のほとんどは現実的な判断ができない——さもなきゃ、こんな街に残ってるもんか。そのうち誰かが、極秘扱いの、トップシークレットの、内緒の、俺の食料庫をたまたま見つけちまうかもしれないが、ベローナじゃ『出てけ、さもないと警察を呼ぶぞ』なんて言えない。そもそも警官がいないからな。ほら、パンだ。こいつを見つけられたのも幸運だった。毎週毎週、山ほどのパンを焼いてる女に出くわしたんだ。ほしがるやつにはあっさりくれる。どうしてだか、その女は砂糖も塩も使わないんで、見た目はいいけど、味に慣れるまで大変だった。だが腹は満たせる。パン焼き女はロウワー・カンバーランド公園付近に住んでる——正気の沙汰じゃないよ。その女自身はいい人間だし、知りあえてよかったとも思っているが、つきあってる連中がね。ろくでもないやつらばかりで」タックはパンを一枚切りわけると、ふりむいてそれをさしだして、「マーガリンはそこにある。ここしばらく冷えたバターが見つからなくてね。そのかわり、スモモのジャムがある。自家製だ。どこかの家の屋根裏にあった。去年の秋に作ったんだろう」

パンを受けとり、キッチンナイフを手にして、プラスチックのバター皿の表面からマーガリンをすくった。

「朝飯ができるまでの繋ぎだ。あと――」タックは鍋をへらでかきまぜた――「三分」

ジャムとマーガリンの下でサクサクと崩れたパンは、味がなくて奇妙だった。それでも、食欲を刺激してくれる。

嚙みながら、乱雑な作業台の隅に積んである新聞に目を通した。

ベローナ・タイムズ
一九一九年四月一日（土）

ベローナ・タイムズ
一九三三年十二月二十五日（水）

ベローナ・タイムズ
一九四〇年十二月二十五日（木）

ベローナ・タイムズ
一八七九年十二月二十五日（月）

トップニュースは、

ロバート・ルイス・スティーヴンソン
モンテレーを離れ、サンフランシスコへ！

「コーキンズはクリスマスにこだわってる？」

「先週はね」タックが答える。「何週間か前は、毎号一九八四年だった」

次に手にとったいくつかの日付は、二〇二二年七月十四日から一八三七年七月七日号（見出し――**ジーン・ハーロウ没前一〇〇周年！**）まで。

「コーキンズが連続した日付で二号出すだけでも珍しいよ。そんなときでも、その二つはけっして同じ年じゃない。たまには、うっかりほんとうに火曜日を水曜日につづけてしまうことも――あれ、逆かな？　ともかく、街の連中が賭けをしないのが不思議なくらいだ。ベローナじゃ、翌日の『タイムズ』の日付を当てるのはナンバーズくじと同じなんだから。とはいえ、コーキンズは本物のニュースも載せている――水不足の問題、残留している市民をおびやかすスコーピオンズの存在、貧民街の現状、外の世界への救援要請――それに、ときには新しく街にやってきた連中の紹介記事も」タックは訳知り顔でうなずいた。「読むといい。だが、これがこの街で読める唯一の新聞だ。俺はこの屋上で読む。ジョン、ウォーリー、ミルドレッド、ジョミー――あいつらは下の公園で読む。それでも、これを読んでいると、俺はむしょうに本物の新聞が読みたくなるんだよ。外の世界が、俺たちのことをおきざりにして、どんなふうに動いているのかを」

タックの声が、また不安な調子を帯びはじめている？ほんの少し、と思った。そして同時に思う――この街に長く留まっていれば、この不安な口調を耳にすることも減っていくんだろう。複雑なニュアンスを必要としたり、絶望の迷宮にはいりこむのは聞き手のほうなのだ。どこから見ても信頼できない状況におかれたとき、なんらかの安心を求めたいと思って、そうしたものを必要とし求めてしまうのは、この迷宮に、この状況に新しく参入した者だけなのだ。時間が、こうして味気ないパンをむしゃむしゃ食べるうちにもすぎていく時間が、この状態を消してくれるだろう。「この国の残りの部分は、あいかわらずさ」

ナイフを持ったまま、タックがふりむいた。

びくっとした。炎の狼《ファイア・ウルフ》が料理のために刃物を握っていると、頭では理解していても。「少なくとも昨日はね。ロサンゼルスの新聞を持ってる男の車に乗せてもらったんだ。西海岸は異状なし。そのあとで、二人組の女性に拾ってもらった。東海岸も、いつもと同じ」もう一度、作業台に積まれた新聞に目を向けた。爪の腐った太い指で新聞の表面をこすると、パンくずとマーガリンの痕とジャムの染みが残った。「この街だけなんじゃないかな……」

肩をすくめた。タックがこの情報を喜ぶのか残念に思うのか、そもそも信じるかどうかさえわからない。「……こんなふうになってるのは」

「コーヒーを淹れてくれないか？」

「いいとも」安楽椅子を回りこんで、火にかかっていたエナメルのポットをとりあげた。湯をそそいでいると、持ち手の熱が指のつけ根を刺す。

二つのカップで順番に、漆黒の光る円形が浮かびあがった。

「あっちの部屋で食べよう」タックが親指でつかんでいるトレーに卵とハムとパンを乗せた二枚の皿が乗り、あいだに琥珀色をした小さなグラスが二つ、頭を出している。タックが竹のカーテンのほうを向くと、グラスのブランデーが光できらめいた。

最初の部屋にもどり、ふたたびベッドに腰をおろすと、ぴったり閉じた両膝に皿を乗せて火傷しそうになった。右端を持ちあげたり、左端を持ちあげたりして皿を浮かせながら、肉汁につかったハムの塊を突き刺し、親指でフォークに乗せた。

「カリカリに焼いた卵にウスターソースをかけると驚くほどうまい」タックは口いっぱいに頬ばりながら言った。

「ありがたいことだ」

ニンニクの小さな塊をかじった。ひりひりする口のなかに、いくつかの風味が集まってふわりと広がる。混じりあった味はさまざまな思い出を呼びおこしたが、舌をしっかりつなぎとめてくれるような基本的な味覚はまったく感じられない（皿のものはほとんど平らげてしまった）。

「これは朝食兼晩飯なんだから――」机に腰かけたタックがグラスにもう一杯そそぎ――「ブランデーを飲んでもかまわないだろう」

彼はうなずいた。琥珀色の丸いグラスは、規格外に大きな指に埋もれて見えない。「ほんとうにおいしかった」皿を見おろして、少しでも野菜があればよかったのに、と思った。せめてレタスだけでも。

「行くあてはあるのか？」タックは二杯目を飲み干し、三杯目をそそいでボトルをさしだした。


首をふって酒を断り、質問には肩をすくめることで答えた。

「ここで少し寝ていけよ」

ぼんやりと思い浮かべる――アーティチョーク。それから壁のポスターを見た。「君はＳＭ系の趣味があるのかい？」口に残った食べ物がぶしつけな質問をぼかしてくれるのを願った。

「んん？」タックがすすると、コーヒーカップはカタカタ音をたてた。「相手次第かな」カップを机におき、引き出しをあけてなにかをとりだした。「こういうの、見たことあるか？」

〈蘭〉だ。

刃は、彼が手にいれた〈蘭〉の倍の長さで、さらに鋭く曲がっていたが、真鍮製だった。派手な模様のリストバンドにはナイフ模様が彫りこまれ、そこに真鍮の木の葉や貝殻や爪がからみついている。

タックは刃の先端で自分の左乳首をつまんでぐっと押しつけ、びくっと体をふるわせ――その武器を膝の上に落とした。「あんたのとはちがうだろ？」黄色い胸毛に混じって、赤い点が乳首を丸く囲んでいる。「美しいオブジェだ」笑いながら何度か頭をふり、引き出しにそれをもどした。

「コーヒーにブランデーをいれてもいいかい？」

「どうぞお好きなように」

「うん」湯気をたてる黒色の上でグラスをかたむけ、

「えーと……ありがとう」カップをかかげてみせた。顔のあたりまでブランデーの香りがたちのぼる。深く吸いこむと、舌が喉元でもつれた。「すごくおいしい朝ご飯だった」カップの底から、細めた目がじっと彼の目をのぞきこんでいた。

飲み干してカップを床におき、ハムの最後のひと切れをぎこちなく親指でフォークにのせた。くちゃくちゃ嚙みながら、皿をカップの横においた。

「ブランデーは？」

「もういいよ、ありがとう」

「遠慮すんなよ」タックは自分で三杯目をそそいだ。

「楽にして。シャツを脱ぎなよ」

公園でタックの招きに応じたときから、こうなることはわかっていた。こんな場合でなければ、なんらかの感情をいだいたかもしれない。だが彼のなかで感情はすっかり黙りこんでいた。深く考えないうちに、事態はここまで進んでしまったのだ。なにか言おうとしたが言えないまま、シャツのボタンを三つはずし、ズボンから裾を引きだした。

体に巻きついた光学装置の鎖を見て、タックは眉をあげた。「どこで手にいれたんだ？」

「ここにくる途中で」

「街の外か？」

「『ブラジル製』って書いてあったよ……たしか」

タックはやれやれというふうに頭をふる。「ベローナは奇妙な――」と、〝奇妙〟という語を、おどけたように引き伸ばして発音し――「職人たちの街になったみたいだな。ここで作られてる代物ときたら！〈蘭〉に、ライト・シールドに、あんたが巻きつけてる鎖――ベローナ特産の工芸品ってわけか」

「この鎖ははずさないよ！」そう確信していることに、自分でも驚いた。それを口にだしたことに、いっそう驚いた。

タックは笑う。「そんなこと頼んでないよ」と胸もとに目をやると、人差し指を胸毛のなかにくぐらせ、ピンク色の点を一つずつなぞっていった。〈蘭〉の尖端を押しつけた痕が、まだはっきりわかる。「自分の頭が人一倍いかれてると思うなんて、あんたずうずうしいぜ」

シャツはベッドにすわった彼のすぐ横に脱ぎすてられていた。腿に両手を重ね、指と関節をたがいにからみあわせ――しわのよった腹を親指で搔いた。「あのさ……頭がいかれるってことはね」うぬぼれと気おくれを同時に感じた。うつむくと、肉と髪と爪とたこの塊が重なりあって、性器におしつけられていた。そのこぶしのなかの骨がふいに重く感じられた。「君はそうじゃないし、そんな経験もないだろう。見たり、聞いたり、感じたり、考えたりすること……君はそれが自分の心だと思ってるだろう。だけど、ほんとうの心なんて目に見えない。考えているときに心の存在なんて意識しないのさ。ものを見ているときに目の存在を意識しないのと同じだ……具合が悪くなるまではね。そうなって初めて、心の存在を意識せざるをえなくなる。バラバラになってしまったこと、貧弱な働きしかしていないことを感じてね。ちょうど目にほこりがはいって、初めて目の存在を意識するように。それが痛むから……というか、そのせいで物事が歪んでしまうからだ。奇妙な体験だけど、この体験は誰にも絶対に伝えることができない。せいぜいわかってくれるのは、同じように頭のおかしな相手か、もし運よく出会えれば、並はずれて想像力豊かな医者くらいだ。幻覚や幻聴や不安感よりもずっと奇妙な体験――それは、心それ自体の輪郭を感じとってしまう感じだ……正常な人間には、とうてい不可能なやり方で」シャツをベッドの下に落とし、はだしの足の指を使ってサンダルを脱いだ。「わかったかい?」最初からはだしだった足のほうが、かえって床板の質感を鋭敏に感じた。

「わかったよ」タックはなだめるような優しい口調で言った。「ぜんぶ脱げよ」

「なあ、ぼくはすごく汚ないんだ――」そう言って顔をあげた。「恐ろしくくさいだろうし。もしいやだったら――」

「くさいのなんて知ってるさ」タックは言った。「脱げったら」

彼は息を呑んだ。急にすべてのなりゆきが滑稽に思えてきて、固い寝台にあおむけになり、ベルトをはずして、目を閉じた。

タックがなにかつぶやくのが聞こえた。一つ、また一つ、ブーツが床に転がって鈍い音をたてる。

次の瞬間、あたたかい腰が彼の腰に密着してきた。手のひらと指が腹を押さえて、指が広がる。タックの両手がジーンズの腰あたりをなでまわし、引きよせられた。踵と肩を固いマットレスに押しつけられ、尻を浮かせた。

タックはジーンズをするりと脱がせた。そして――

「なんだこりゃ!　いったいどうしたんだ――あそこになにかがびっしりくっついてるぞ」

「なんだい……うん？」目をあけ、肘をついて半身を起こし、自分のものを見おろした。「どうかしたか……？」そして、にやりと笑い、「べつにどうってことないぜ。まずいのかい？」

「あんた、ここの毛にフケが出るのか？」

「フケじゃないよ。女と寝たんだ。君に会うちょっと前にね。洗いそびれただけさ」

「その女、病気だったのか？」

「いいや。女と寝たことないのかい？」

タックは微妙な表情を浮かべた。「正直に言おう。試そうと思ったことさえほとんどないんだ」と、ただでさえ薄い唇をさらにぎゅっと噛みしめた。

「こんなに汚ないぼくの足が気にならないんなら、どうってことないだろ！」陰毛に手を伸ばしてかきわけて、

「単に乾いた……精液みたいなものさ」陰毛のなかで鎖がきらめく。「感じたときにこんなふうになる女もいるんだよ。べつに変なことじゃない」陰毛から手を離し、ふたたび肘をついた。「君もかえってその気になるさ」

タックは首をふり、それから笑った。

「つづけて」

タックは頭をさげると、輝く青い瞳で上目づかいに彼を見た。「その気になるのはあんたのほうだろ、え？」

タックの毛深い肩にふれ、そっと押した。「つづけろって」

太い両腕が腰にがっしり巻きついた。二人の陰部のあいだでタックは両手を重ねて握り、無精ひげだらけのあごを首筋にこすりつけてきた。押しかえすと、がっしりした頭が胸から腹へとさがっていった。タックの口が熱を帯びた輪を作り、陰茎をしゃぶってくる。陰茎がふくらんだ。濡れた輪は上昇し、下降する。タックのひたいが下腹に密着していた。踵を交叉させて体をこわばらせ、口をひらき、目を閉じると、鎖がぎゅっと胸をしめあげた。あの女のことを考えるんだ、そうすれば楽になる。

(タックの顔がガラス粒を陰毛に押しつける。)まぶたの裏に、木の枝のようなひびのはいった銀色の月が浮かんだ。風に舞う木の葉の記憶が突如、女の顔にかかった髪になる。目を固く閉じ、何度か息をついた。わきおこってくる熱にあえぎ、そして達した。次の瞬間、タックが頭をあげてつぶやいた。「よかったぜ……」そして濡れて敏感になった性器を舐めた。

歯を食いしばった。

タックは肘をついて体を起こし、横であおむけになった。

ひたいをタックの腕に乗せた。左目には、伸び放題の

草地のようなルーファーの胸が見える。（右目は肌にうもれてなにも見えない。）「なにかしてやろうか？」なにもしたくなかった。疲れていた。

タックは彼の頭をすくいあげ、抱きよせた。

胸毛のあいだに指を走らせた。

「乳首を噛んでくれ」タックが言った。「右のを。強く」「いいよ。どこ……？　ここか」小さな突起を口でくわえる。

タックは彼の手を巨大な陰嚢に導き、自分の手を重ねて、しわだらけの肉塊を握らせる。「つづけて。もっと強く」

タックのこぶしが少しずつ離れて彼の手首をつかんだ。ひどくゆっくりと。

タックの乳首を歯で転がし、あごと鼻を胸毛にこすりつけた。できるだけ力をこめて、タックの睾丸を幾度かわしづかみにした。タックの動きが速くなる。口のなかに塩辛い味が広がる。考えたくはなかったが、血の味かもしれない。

尻のあいだに熱いものが飛び散り、流れていった。そのままぬぐいもせず歯と指を動かしつづけ、目を閉じてうつぶせになった。重みのある腕が胸もとにすべりこんできて巻きついた。タックのあごが何度か彼の肩をつつく。薄い肩を枕がわりに、安定した姿勢を探しているのだ。彼は一回だけタックの前腕をかたく握り、眠たげに、安心しきって、タックの肉体のゆりかごに身を沈めた。

そして眠った。

シングルベッドの上でタックが何度か寝返りをうつのを感じた。一度、肩を強くなでられて完全に目が覚めた。が、その動きがとまる前にまた眠りについた。ふと気づくとタックが隣にいなかった。しばらくして、ベッドにもどってきたのがわかった。この間ずっと、彼は微動だにしなかった。壁を向いて横になり、目を閉じ、前腕を枕にして、片足を曲げもう片方はマットレスの端から出して、眠りのなかを深く沈みこんだり浮かんだりしていた。

しばらくして、目を覚ますと、股間が熱い。まばたきをするうちに、性欲が排尿の欲求に変わった。寝ころがってあおむけになり、肘をついて起きあがる。

狭くてよく眠れなかったのだろう、ルーファーは回転椅子に深く身をしずめていた。脚を大きくひらき、頭を毛深い肩にかたむけ、毛むくじゃらの腿に丸めた手を乗せて。

机には皿、テーブルには本が散乱していた。床におかれた皿とコーヒーカップ、それにタックのブーツ、彼自身のサンダル、二人のズボン――さっきまできちんと片づいていたこの部屋がひどく雑然に見える。

ベッドから体を起こしたとき、足でプリント地の布を床にひきずってしまった。マットレスの上にはシーツがない。木綿マットレスの表面にいくつも染みの輪が重なっていた。布を蹴とばし、踵に固く巻かれた鎖を見た。鎖はらせん状に、脛と腰と腹と腿にからみついていた……鎖骨の窪みにある、首に巻いた鎖の留め金に触れる。腕を伸ばしてその部分を前後に動かしてみると、輪になったガラスからガラスへと光が飛びうつり、手首のあたりに集まった。身をかがめ、腹に当たっている鏡の一つを調べてみた。両側とも鏡になっている。ベッドに腰かけたまま体をかたむけたせいで、膀胱が破裂しそうだ。

立ちあがり、扉をあけて外に出る。

あたたかい。

灰色だ。

欄干まで進むにつれ、体をとり巻く煙のガーゼが裂かれていく。眠気を追いやろうと、ごつい二本の指で両の目頭を押した。防護壁は、太腿の半ばほどの高さしかない。下も見ないで放尿した。まったく音をたてず、弧を描いて落ちていく。そのあいだ彼は、道路には誰もいないのだろうかと考えていた……

一ブロック離れた建物で煙が驚くほど大きくうずまき、かたむいたタワーが浮かびあがった。

用を足し、崩れた石壁から身を乗りだした。

街路は灰色の急流で、底が見えない。ねばつく歯を舌で舐めてから、小屋にもどった。体を横にしてタール紙の貼られた扉を抜けた。「なあ、ベッドにもどれよ。ぼくはもう……」

暗い部屋のなか、声にならないうなりをあげながら、タックの胸が規則正しく上下していた。

「ぼくはもう行くから……」今度はもっとおだやかに言った。椅子で眠っている裸の技師に近づく。

タックの長い足指が床に広がっていた。両手のあいだで、縮こまった太い亀頭が皮にくるまれ陰毛に埋もれている。だらんと垂れた重そうな陰嚢は、壁のポスターの写真に写っているそれに匹敵した。腹には、臍の上に一筋だけ線が走り、呼吸するたびに伸びたり窪んだりしていた。

乳首のまわりに傷がないかどうか探してみた。見つからない。

「おい、ぼくは行くぜ……」机の引き出しがわずかにひらき、なかの暗がりで真鍮がかすかに光っていた。

体をかたむけて、タックのたるんだ唇を見おろした。

息をするたびにふるえる鼻の穴――

そしてタックは歯ぎしりしていた。一歩あとずさり、前に進もうとして、また一歩あとずさった。踵にコーヒーカップがぶつかる――冷めたコーヒーがこぼれて足もとに広がった。まだ目をそらすことができない。うつむきかげんの顔のなかで、タックの目は大きく見開いていた。

白目も瞳もなかった。二つの眼球はすべて真っ赤に染まっていた。

口を閉じたまま、自分が声を殺した叫びをあげるのを聞いた。

左の脇腹に鳥肌がたった。

あえてもう一度見てみる。タックの膝にぶつかりそうなほど、乱暴に身をかがめて。

ルーファーは静かに息をしていた。深紅の目で。

少しずつあとずさり、濡れたじゅうたんを踏みながら、喉のつかえをとろうとした。顔に、腹に、尻に鳥肌が這いまわった。

小屋を出たときにはズボンをはいていた。立ちどまって壁にもたれ、ふるえる手でサンダルの革紐をしめる。天窓をよけながら片腕をウールのシャツの袖に通し、金属扉をあけ、真っ暗な階段室にはいり、もう片方のこぶしをもう片方の袖に突っこんだ。

暗闇のなか、目に浮かぶ深紅の記憶は、それを発見したときよりもおぞましかった。

三番目の踊り場で足をすべらせ、手すりにつかまったまま次の踊り場まで転げ落ちていった。それでもスピードはゆるめない。体の記憶に頼って一気に階段を駆けおりて、一番下の回廊までたどりつく（はだしの下のコンクリートがあたたかい）。ついで壁を叩きながら手すりのない階段を駆けのぼり、前方に扉を認めると、突進した。あまり勢いよく飛びだしたので、日よけの先から何本もぶらさがっているフックに体を突き刺しそうになった。

顔を避けながら、腕で押しのける――二本のフックがレールをすべって、ガシャンとぶつかった。と同時に、はだしでポーチのコンクリートの縁を踏んでいた。

閃光のような一瞬のあいだ、転倒しながら、自分は三フィート下の舗道に頭から突っこむと思った。だがどうにか片手と両膝を支えにして着地し（もう片方の手はバランスをとるために宙を泳いでいた）、ぶつかったところをすりむきながらも起きあがると、よろよろと縁石から離れた。

息を切らせながら、ふりかえって荷おろし用のポーチを見た。

日よけの下のレールから、四フィートか六フィートの長さの、肉を吊すフックが何本もぶらさがり、揺れていた。

何ブロックか先で犬が吠えて、吠えて、また吠えた。まだ息を切らしつつ彼は向きなおり、曲がり角へと歩きだした。ときおり、サンダルを履いた足で縁石を踏みしめ、だいたいは側溝に両足を突っこみながら。

角に近づいたところで立ちどまり、片手を持ちあげてまじまじと見つめた。飾り気のないリストバンドから突きでた何本もの鋼の刃が、ひきつる指を鳥かごのように囲んでいる。顔をしかめて、荷おろし用のポーチをふりかえる。もう一度、手に装着された〈蘭〉を見つめる。内側からしかめ面を感じた。顔の筋肉のねじれを抑えることができなかった。

ズボンをひっつかんだのは覚えている。シャツも。サンダルも。暗い階段をおりていったことも覚えている。それから短い階段を登り、ポーチに出て、フックにぶつかりそうになり、道に落ちて――

だがいくら思いかえしてみても、アスベストでおおわれた二本の鉛管の裏に手を伸ばし、〈蘭〉をとりだし、指を装着具にさしこみ、リストバンドをぱちんと留めたという記憶はなかった……

もう一度おさらいした――ズボン、シャツ、サンダル、暗い階段――おりて、抜けて、登って。扉から光。ガチャガチャ鳴るフック。ひりひりする手のひら。

自由なほうの手のひらを見つめた。皮がすりむけ、灰色の線がついている……いま立っているブロックを見渡す。通りには一台の車もない……。

おかしい。巻きもどしてみよう。

足もとのあたたかいコンクリート。ザッザッと鳴るサンダル。壁を叩く、階段。戸口を見る。そして、鉛管を見る……！　扉の左側だ。ざらざらした塗装面と、鉛管を束ねる金属の輪。天井に近い太い鉛管には、バルブみたいなものがついていなかったか？　急いでその横を走りすぎ、コンクリートの上に出て、あやうく串刺しになりそうになる。前腕をぶつけて――まだ痛んでいる。それから落ちて……。

彼はふりむいた。縁石から足を踏みはずしてよろめき、頭をふると、上に目を向けた。

角の街灯には、**ブロードウェイ**と書かれた標識がかかげられている。

「……ブロードウェイは街の中心まで伸びていて……」誰かがそう言っていた。タックだったっけ？

いや、ちがう……

……光が見える。ドアから飛びだす。ぶらさがったフック……

あごと頬骨をおおう顔の筋肉がこわばった。とつぜん、涙が堰を切ってあふれでた。彼は頭をふった。涙は頬を流れてゆく。ふたたび歩きだした。ときおり片方の手を、ときおり反対の手を見つめながら。あきらめて両腕をおろしたとき、刃がジーンズの腿に当たってかすかな音をたてた。

「ちがう……」

声に出して言ってみた。

そして歩きつづけた。

床から服を拾いあげて、ズボンに足を押しこんだ。小屋を出たところでいったん立ちどまり（タール紙の壁にもたれて）サンダルを履いた。天窓を回りこんで片方の袖。暗闇にはいって、もう片方の袖。階段を駆けおり――途中で一度転んだ。それから一番下の階段。あたたかい廊下。登る。叩く。登りきる前に光が見えた。向きを変えて、明るい戸口を見た（その横には大きい鉛管と小さい鉛管）。走った。ポーチに出た。フックにぶつかった。そのうちの二本が左右に揺れるのを見ていると、はだしの足がポーチの端を踏みはずした。閃光のような一瞬のあいだに、道路に落ち――

両手をながめる。片方は自由、片方は籠のなか。周囲に散乱する瓦礫をながめる。

うなるような息が、固く閉じた上下の歯のあいだから漏れた。あらためて息を吸った。

かすんで見えるブロックからブロックへとさまよっていると、また犬の声が聞こえた。今度の遠吠えは、ねじれ、かん高くなり、ふるえ、そして静まった。

II　朝の廃墟

ここにぼくはいる、でもぼくじゃない。この円環はすべて、この冬なき変化の変化は、夜明けの円環にともなうイメージは、霧が変わっていく秋の変化。二つの写真をとりちがえる。ちがう。まちがえるのは、ただ日が短い季節の、死んだような午後だけだ。ぼくは二度と病気にならない。絶対になるもんか。君がここにいる。

彼は苛立ちながら記憶の廊下をひきかえしていく。

決定的で平凡な安堵感をもって、そこに見いだしたのは——母さん？

母さんが父さんより二インチ背が高いと初めて気づいたときのことを思い出す。それを普通じゃないと考える人たちもいた。髪をきっちり編んだ母さんは、寛大な厳しさであり、父さんにまさる気楽な遊び相手であり、オールバニーへの旅であり、いっしょに公園へ散歩に行くときは哄笑（あるいは死？）であり、古い森のように鬱蒼としていた。そしてしばしば、母さんは禁令であり、街に迷いこまないように、森に迷いこまないようにと命じた。

父さん？　そう、背が低かった。たいていは制服を着ていた。いや、それほど低くなかった——軍隊にもどった。たいがい家を空けていた。パパは今どこにいるんだろう。三つの都市のうちのどこか、二つの州のうちのどちらか。パパは沈黙だった、パパはノイズだった、きまって最後に現われる不在だった。

「さ、あとで遊んであげるから。いまは二人きりにして、わかった?」

ママとパパは言葉であり、日の当たる小さな庭で転げまわり、跳ねまわる。彼は聞きながら聞いていなかった。母さんと父さん、二人はリズムだった。

彼は歌いはじめた。「あんんんん**んんんんん**んんんんん**んんんん……**」と、あたりに散らばる言葉の一部をとりあげて。「あんんんんん——」

「ねえ、なんでそんな声を出しているの?」

「パパは二週間もママに会ってなかったんだ。いい子にして、どこかよそで歌ってくれ、いいかい?」

そこで、歌いやめることなく、〝あんんんんんんんんんん〟を携えたまま、家の脇の道へ出た。生垣の葉が唇を叩いてくすぐるので、彼は息をつくはめになり、彼の出す音が笑い声にからまった。

ゴオーッ、ゴオーッ、ゴオーッ——空を見あげた。飛行機の一隊が肋骨のような溝を空に刻んでいく。銀色の粒々が太陽にからまる。家の窓の反射で目が見えなくなる。だから——「あ**んん**んんんんん……」——自分の奏でる音に、通りにあふれた飛行機の音を加え、その音にあわせてスニーカーで歩き、走り、道路側の階段をおりて渡った。彼の出す音が顔の表面全体をぶるぶるとふるわせる。影が彼の上をすべっていく——音を変えた。影が通りすぎる——音をもとにもどした。両目の上の骨ばった箇所を太陽が灼く。それで音がまた変わった。そして木々のあいだにひしめく鳥たちが(彼は森に迷いこんでいた。森は大きな舌のように五ブロックぶん町に突きだしている。もう十五分も森にいた)にぎやかに鳴き声を降らせると、また音が変わった。すぐそばに聞こえた一つの鳴き声。それを自分の声でとらえ、それがまたべつの音へと彼を押しだす。太陽と冷気(春はまだはじまったばかりだ)が彼を平手で打ち、げんこつで殴る。彼は歌った。キャンバス地の靴に松葉がはいり(靴下は履いていない)、風が吹くと髪がうなじをくすぐる。

彼は岩場によじ登った。息つぎが休止符となり、歌をとぎれさせるのが面白かった。だから、頂上にたどりつくと、葉を押しのけて、一つ一つの音を緑のささやきのように低くした——

五人のうち三人が裸だった。

それで足がとまった。

一人の娘は首に小さな十字架をかけているだけだ。その銀色は乳房の内側に貼りつき、かたむいている。彼女は深呼吸した。

彼はまばたきしてべつの音をささやく。

銀が太陽をこなごなにした。
まだズボンをはいていた男が、握った片手を葉むらに突きあげ（ベルトがベルト通しから半分はずれ、ゆるんだズボンは男の腰からずり落ちた）、体を掻こうとして片手をおろし、腰をひねった。緑のなかで、体をいっそう伸ばし——

母さんよりも黒い娘が寝返りをうった。べつの誰かの黄色い髪が、その娘の背中から落ち、地面に広がった。男の顔におかれた娘の手が、ふいに男の手でおおわれ（折りかさなった服の山のなかに制服があった。でも、父さんの制服は緑なのに、この制服は濃い藍色だ）、娘はいま男ににじり寄り、草の刃が娘のふくらはぎにあたって、まず一方に、ついで逆の方向に流れた。

息をとめ、自分が息をとめていることも忘れていた。それから、押さえた息が、驚くほどのすばやさで、ほとんど音にならずに一気に口から吐き出された。だからあらためて空気を肺に吸いこみ、もういちど音を出しはじめた。

「おい、あそこ」べつの裸の男が肘をついて起きあがり、笑いながら、「お客さんだぜ！」と指さしている。

それで、歌とため息の中間からはじまった彼の音は、笑いに変わった。茂みを駆けもどる。笑い声から音楽をひきだし、ふたたび歌えるようになるまで。歌いながら木々のあいだの道をひきかえしていった。

むこうから少年たちがやってくる（森のこのあたりは、公園のように人々の通り道になっていた）。親指をジーンズにひっかけ、突き立てた髪をきっちり分け、てかてかに光らせていた。そのうち二人は言いあらそい（もっと近づくと、少年のうちの一人は少女だった）、にんじんみたいな赤毛で小さな目をした一人が彼を睨みつけた。

わざと背中を丸め、少年たちから目をそむけた。ほんとうは見たかったけれど。あいつらは悪い子たちなんだ、と決めつけた。悪い子たちには近づくな、そうパパが言っていた。

とつぜん彼はふりかえり、少年たちの背中に向かって歌いはじめた。穏やかでとがった音楽をつくろうとして、結局また笑い声に変わった。そうこうするうちに、森と市街地とをへだてる広場までもどっていた。

自分の音楽をフェンスのむこう側から聞こえてくる叫び声と混ぜあわせた。フェンスの金網に指をこすりつけて歩きながらのぞいてみた。子供たちがすべり台に群がっている。だが、とっくみあいが叫び声に変わっていたのだ。

さらにむこうからは街の音。その音のあいだを歩いて、自分の歌にその音を拾わせた。自動車、お金のことを話しあう二人の女、波状のトタン板に囲まれた大きなビルからバンバンという音、そのあいまに足音のリズム。(建設用ヘルメットをかぶった男たちが彼をちらりと見る。)つられて歌声も大きくなる。

　丘を登っていくと、広い敷地の家が増えてきて、家と家のあいだにはおびただしい岩があった。やがて(門の鉄棒を指ではじきながら歩いていって)足をとめてのぞきこむと(歌はフムムムム、となり、フムムムム、フムムムムとなり、そしてフムムムムとなった)四角いタイルが点々と配された芝生と、大部分がガラスと煉瓦でできたとても大きな家が見えた。女が一人、二本のオークのあいだにすわっている。女は彼に気づき、興味を惹かれたのか顔をあげてにっこり笑った――だから彼女のために「アアアアア」と歌ってあげたら――眉をひそめられた。彼は歌いながら通りを駆けもどり、丘をくだっていった。

　並んでいる家々も、もうそんなに大きくない。

　昼の空に肋骨のようなひびがはいる。だが今度は空を見あげて飛行機を探そうとはしなかった。それに、まわりにもっとたくさん人がいた。

　窓。窓の上には広告。広告の上には風にひるがえるもの。その上には、目には見えない風の行く先となる青さ――

「おい、気をつけな――」

　彼はよろめいて男から離れた。男の手首は見たことがないほど汚れていた。男は「てめえの足もとくらい、ちゃんと見やがれ――」と誰にともなくくりかえし、ふらふらと去っていく。彼は角を曲がって、次の通りを走ろうとした……

　煉瓦がひび割れていた。板が窓からはずれていた。

　ドアの脇にはガラクタが積まれていた。

　風がなく、あたたかい。通りは声と機械で騒がしかった。歌のためのリズムを拾いあげることができないくらいにやかましい。

　自分の音――いま舌の上で引き伸ばされている――は低音で、それを騒音の上ではなく騒音の下で聞いた。

「おい、気をつけろ――」

「いったいどうした――」

「おい、見てなかったのか、あの――」

　彼は見ていなかった。

「いったいおまえは――」

　人々がふりむいた。誰かが黒いモカシン靴で石を蹴りながら、すぐそばを走りぬけていく。

「先住民のクソガキどもめ！」

「今のもやつらの子供だ」

ぼくはちがう。母さんだってちがう――母さんの出身は……？　気にせずにそれも歌にしようとしたが、今度は不安になった。角を曲がってはいった路地は、日の光に誘われて出てきた人たちで混みあっていた。

二人の女、骨ばったのと楽しげなのが戸口に立っていた。

その一人が、「あなた、あれ見た？」

もう一人は大声で笑った。

彼はほほえんだ。それでまた音が変わる。

隣の戸口から、ぼろぼろの服を着た太った女が、さっきの酔っぱらいの手首と同じくらい汚れた顔で現われた。女は布バッグを片手に持ち、もう片方のこぶしでガラクタをつついた。彼女はふりかえり、ガラクタの山を歩きながら、彼に向かって目をぱちくりさせた。

音楽がもつれてしまったが、その音もとりいれた。急いで大通りに出て、七人の修道女をひょいと避け、駆けだしたものの、ふりかえって彼女たちを見た。

修道女たちはゆっくりと歩き、早口でおしゃべりしていた。かん高く小さな声だ。白く垂れた衣は胸と膝で区切られ、すりきれた黒い爪先が白い裾をしわにしていた。

人々は彼女たちを追いぬいていく。

「おはようございます、シスター」

シスターたちは笑いながらうなずいた。もう午後だったからだろう。裾で道にブラシをかけながらまっすぐ歩いている。

彼は、修道女たちが歩くリズムを音楽にとりいれようとした。通りを見まわし、足を速め、どんどん音を引き伸ばしていく。やがて走りはじめたときには、一つの音が半ブロックぶんもの長さになっていた。

また一つ角を曲がった。

そして、すべての息が歯のあいだからシューシューと漏れた。

その男は手のひらを浮かせたが、指先は歩道につけたまま、濡れた線を引いていた。それからごろりと転がって、傷口のほとんどをさらけだした。立っているもう一人の男は体を揺すりながら汗をにじませていた。反対側の角にいた女が「なんてこと！　なんてこと！　たーすけーてー！」と叫びだし、立っていた男は逃げた。

彼は男が走っていくのを見つめ、小さく二度、金切り声をあげた。

道に転がった男はうめいている。

走ってきた誰かがぶつかりそうになったので、一歩身を引いた。それにあわせてべつの音。それから彼も走りだした。音楽はむせび泣きに変わる。走りつかれて歩きだし、歩きつかれて歌うのをやめた。それからふたたび走った。喉がひりひりしたが、また泣きわめいた。

途中で、ひげを剃っていない男たちの横を通った。そのうちの一人から指をさされたが、べつの一人は皮がむけて赤紫になった手で酒瓶を握っていた。

彼は走った。

泣きわめいた。

森の片隅を横切る。さらに走る。

リボンのように細く伸びた夕空の下、広い通りを走った。街灯が、対になったネックレスがほどけるように大通りの両側で点灯し、車とテールライトがそのあいだを流れていく。彼は叫んだ。人々の視線を避けようと、その通りから逃げだした。

次の通りはもっと見覚えのある場所だった。ノイズを発したせいで喉が痛い。鋭い光が目を刺した。生垣が暗闇と混じりあっている。そしていま、彼はどなっていた——

「この子ったら——!」

彼女の両手に近づいた! 母さんだ、彼は抱きつこうとした、だが彼女は押しかえす。

「どこ行ってたの? いったいどうしたっていうの? 街なかで叫んだりして」

彼の口がぴたりと閉じた。鼓膜を破るほどの音が歯の裏にふくれあがっていく。

「半日近くも探してたのよ!」

一語一語が耳に響いた。息が苦しい。母に腕をつかまれ、家につれていかれる。

「お父さんが——」ちょうど角を曲がって父さんが現われる——「二週間ぶりに帰ってきたのに、今度はおまえが出ていっちゃうなんて!」

「やっと帰ってきたか! どこに行ってたんだ!」そして父さんは笑った。その笑いは、音にはちがいないが、彼の音にはならない。

両親は、叱りながらも愛情たっぷりに迎えてくれた。だが、もっと痛切に感じられたのは、解き放つことができないひりひりするエネルギーだった。泣き叫びたいと思いながら、彼は黙りつづけ、げんこつを、手のつけ根を、指のあま皮を、爪の残っている部分を噛んだ。

これらの記憶は手つかずのまま保存されている。だが穴だらけの記憶と同じく役に立たない。それでも、この記憶からなら安心して起きあがれる。

この完全な記憶のなかに、自分の名前を探してみる。

ひょっとすると一度、母親が道のむこうから名前を呼んだ……

呼んでない。

そして記憶は放棄された。

どうしてこんなものが大事な宝物だなんて言える？(消え去ることはなかった、あの建物も、この建物も。)むしろ、ぼくらがリアルだと確信しているものこそ見えない熱に焼きつくされている。ぼくらが関心をもつものこそ実体を欠いているんじゃないか。わからない、思い出せない。もう二度と病気になんてなりたくない。病気になりたくない。

石のにやにや笑い……？

昨日の夜、タックと通ったときには、ライオンはこんな表情ではなかった。

ぼんやりとだが、自分が川岸に向かってさまよい歩いているんだと思った。しかし偶然なのか、それとも体が覚えていたのか、公園にまいもどったようだ。

入口をはいると灰色の草地。かすむ木々がライオンのたてがみに影を落とす。

鼻の穴に人差し指をつっこんで、塩味が感じられるかどうか舐めてみた。笑いながら、石のライオンのあごに手のひらを押しつけた。手を動かす。汚れが指のあいだを行き来した。空は――彼は笑いながら頭をあげていた――無限の彼方には見えない。柔らかい天井はまがいものので、せいぜい二十か百二十フィートの高さだろう。そう、笑うのはいいことだ。にじむ空と涙が目にあふれた。穴だらけのライオンのあごをなでまわす。激しく息をつきながら、びっしり穿たれた点字から手のひらを離した。

草を揺らすような強い風じゃない。彼の吐息はか弱く、ざらついて、痰と喉のつかえと血管の存在を意識させた。それでも、笑うことはできた。

彫刻家はライオンの目を深く削りすぎていて、穴の底が見えない。

ふたたび鼻の穴に指を突っこみ、その指をしゃぶり、かじってみる。声にならないくすくす笑いを漏らしてから、ライオンの門を通りぬけた。たいていの色に音をあわせるのは簡単だ。白（おそらく音声牛成機による純粋な音、あるいは逆にホワイトノイズ）、黒（大きな銅鑼、もっと大きな鐘）、三原色（オーケストラのさまざまな音色）。淡い灰色は沈黙。

いい風が吹けば、この街も目覚めることができるだろう。公園のなかを進むにつれ、外の建物は彼の背後の公園の壁に沈んでいく。(どんな悪い風が都市を眠りにつかせたのか。) 木々が待っていた。

公園は沈黙の寝台に寝そべっている。

頭のなかに、この街のイメージが何十となく浮かぶ。そのあいだをジグザグに走りぬけた。体は腰を重いと感じていた。舌は口内にミミズのように横たわる。虫歯の穴を通る息が風を真似た。鼻の奥の空気の流れに耳をすませた。聞くべき音がそれしかなかったのだ。

〈蘭〉の檻のなかでこぶしはしおれ、重い花のようにだらんとしていた。

ふつうなら、セックスのあとの朝は、「ぼくはまたあのロートスを食べた」とか、「ああすばらしいふわふわただよう感じ」とか、「二日酔いの内外《うちそと》が逆転して、頭痛は世界の側にあり、体はいきいきと弾んでいる状態」を感じるものなのだが。遅れている？　だが、やってきた。コミューンは？　コミューンの連中を探すべきか避けるべきか迷っているうちに、噴水を見つけた。

彼は血の混じった琥珀色のかたまりを吐きだした。流水がそれを小石の敷かれた水飲み場から押し流す。次に吐きだした痰は緑色だったが、まだ歯ぐきから血が出ていた。水を口にふくんですすいだ。舌の裏にあるもののせいで水が苦く感じられた。歯の隙間をくぐらせ、何度も水を吐き、透明になるまでくりかえした。唇がひりひりする。よし、だいぶ気分がよくなった。

噴水から離れ、周囲の灰色をまじまじと見つめた。腹は冷え、〈蘭〉の刃がジーンズの横でかすかに鳴る。ダマスクのように織りあわされた疑いとためらいの果てに、予期せぬ銀のような喜びを感じた。

なにかを……生きのびたのだ。

彼は丘を跳ねまわった。心臓や内臓、そのほか言うことをきかない体の各部のことは幸せに忘れて。柔らかな、うっとりさせる灰色のなか、だらりと垂れた鎖の輪を身にまといながら、思いきり走り、甘美な煙を味わい、泥だらけの草の上ではしゃいだ。

金属的な長い音が突如、べつの音に変わった。誰かがハーモニカを演奏している――銀の？　アーティチョーク？　好奇心が曲線を描きながら、彼の口角をさげた。あたりを包む灰色の外にべつの色があるように、音楽は木々のあいだを流れていた。彼は速度を落とし、いぶかりながら林のなかに進んだ。足音は地面の草に吸いこまれた。眉をひそめて左右を見渡しながら、とても幸せな気分だった。上のほうの枝に、いくつもの音がからまっていた。

木の上から？　ちがう……丘からだ。大きな丸石を回って進んだ。道は高台につづいていた。音楽はそこから聞こえてくる。葉の灰色と小枝の灰色を透かして、のぞいた。見えた光景は――ハーモニカがちょうど唇から離れ、息が（唇から離れて）笑い声に変わったところだった。「おはよう」女は笑いながら大声で言った。

「おはよう」返事をしたが、女の姿は見えない。

「一晩じゅうほっつき歩いてたわけ？」

肩をすくめた。「まあね」

「わたしもよ」

女がどれくらい離れているのかはわからなかったが、彼女はまた笑い、そのまま演奏にもどった。その演奏はとても奇妙だが、すばらしい。彼は道からはずれて、坂を登ることにした。

右手（〈蘭〉に閉じこめられているほう）をふり、左手（自由なほう）で若木をつかんで、よたよたと斜面をよじ登った。「うわっ……！」足をすべらせると、女は演奏をやめた。

バランスをとりもどし、ふたたび登る。

女は演奏を再開する。

いくつかの葉むらが消え、女の姿がなかば見えたところで立ちどまった。

女はリンゴの目を――リンゴのような緑の目をあげた。うつむいたまま、金属の楽器を唇にくわえて。

女の腕ほどもある太い根が、まわりの地面をおおっている。彼女は木の幹にもたれてすわっていた。体の半分が木の葉で完全に隠れていた。

前と同じシャツを着ている。胸のかたちもやはりきれいだ。

喉がしめつけられた。内臓と心臓の存在を、今は強く感じた。細かな痛みが皮膚の輪郭を意識させる。ばかげてる……木を怖がるなんて。頭ではわかっていても、彼女とは石が多い場所で出会いたかった。もう一歩前へ進み、手を広げて斜面にしがみつくと、ようやく女の姿は完全に木と切り離されて見えた――茶色の葉が一枚、テニスシューズについているのをのぞいて。

「やあ……」

女の横にはブランケットが一枚。ジーンズの裾はほつれていた。シャツにはボタンがない（胸もとに銀色の紐通し穴がついている）。ただし、紐は半分ほどけている。そのあいまをちらりと見た。うん、やっぱりきれいだ。

「ゆうべのグループ、好きになれなかった？」女はくいっとあごをあげ、どこともなく公園の一角を指す。

肩をすくめた。「寝てるのを起こして仕事させる連中はちょっとね」

「そんなことしないわ。寝たふりさえしてればね。あの人たちに、そんなにたくさんの仕事があるわけじゃないし」

「へえ」彼は笑って、一歩近づいた。「そうは思えなかったけど」

　彼女は膝をかかえた。「でもいい人たちよ」

　彼は女の頬を、耳を、髪を見つめた。

「ベローナで生活するのは、慣れないうちはちょっと大変よ。あの人たちはここの先輩じゃない？　鵜呑みにしないよう気をつければ、学べることもずいぶんあると思う」

「あいつらとのつきあいは長いの？」ぼくは彼女を高さで圧倒してるのに、ぼくの背が低すぎて、彼女からは圧倒しているようには見えてないようだと考えながら、たずねた。

「いいえ、わたしの居場所はここよ。あの人たちのところには、何日かに一度、ちょっと寄るだけ……タックと同じ。でもわたしはこの街に来てまだ三、四週間ってところ。そのあいだ、すごく忙しかった」彼女は葉ごしにこちらを見た。彼が丸太に腰をおろすと、ほほえんだ。「あなたはゆうべ来たの？」

　うなずいた。「一晩じゅう、すごく忙しかったよ」

　女の顔の内側で、なにかが笑みを抑えようとしていた。

「君の……名前は？」

「レイニャ・コルスン。あなたはキッド（Kidd）でしょ？」

「ちがうよ、ぼくの名前はキッドじゃない！　自分の名前がわからないんだ。思い出せないんだ、あれから……いつからかもわからない」顔をしかめて、「変かな？」

　レイニャは眉をあげ、両手をそろえて（昨夜はマニキュアが爪に残っていたのを覚えている。朝、塗りなおしたにちがいない。爪は瞳と同じ緑色だった）ハーモニカをもてあそんだ。

「キッド（Kid）っていうのは、鉄の狼が勝手につけた名前なんだ。そのあと、コミューンのあの娘がもう一個のdをつけたしてKiddにしようとした。どっちにしろ、ほんとうの名前じゃない。てめえの名前を思い出せないなんて」

　ハーモニカの動きがとまる。

「まるで気が狂ってるみたいだろ。他にもたくさんのことを忘れちまうんだ。君はどう思う？」質問のつもりだったのに、文末のイントネーションがさがったのをどう解釈するのか、自分でもわからなかった。

　レイニャは答えた。「よくわからない」

　しばしの沈黙のあと、言った。「でも、なにか考えてくれなくちゃ！」

彼女はぐるぐる巻きになった毛布に手を突っこみ、ひっぱりだした……あのノートか？　焦げた表紙に見覚えがある。

唇をかんで、彼女はページをめくりはじめた。ふいに手をとめ、ノートをさしだした──「このなかにあなたの名前、ないの？」

ボールペンのていねいな活字体で書かれたリストが、二列に並んでいた──

ジェフ・リヴァーズ　　アーサー・ピアスン
キット・ダークフェザー　　アールトン・ルドルフ
デイヴィッド・ワイズ　　フィリップ・エドワーズ
マイケル・ロバーツ　　ヴァージニア・コルスン
ジェリー・シャンク　　ハンク・カイザー
フランク・ヨシカミ　　ゲイリー・ディッシュ
ハロルド・レッドウィング　　アルヴィン・フィッシャー
マデレン・テリー　　スーザン・モーガン
プリシラ・メイヤー　　ウィリアム・ダールグレン
ジョージ・ニューマン　　ピーター・ウェルドン
アン・ハリスン　　リンダ・エヴァーズ
トーマス・サスク　　プレストン・スミス

「なんだこりゃ？」彼は困惑してたずねた。「インディアン風の名字がついた〝キット〟ってのがあるけど」

「それがあなたの名前なの？」

「いや。ちがう、ぼくの名前じゃない」

「あなた、インディアン系に見えるけど」

「母親がインディアンだったのさ。父親のほうじゃない。これはぼくの名前じゃない」もう一度ページに目を向けた。「君の名前がある」

「ないわよ」

「ほら、コルスンって」

「名字はそうよ。でもファーストネームはレイニャ。ヴァージニアじゃないし」

「親戚にヴァージニアって人がいるんじゃない？」

「ヴァージリアって名前の大伯母ならいたわ。ワシントンDCに住んでて、わたしは七つか八つのときに一度会ったきりだけど。家族の名前は思い出せない？　お父さんの名前とか」

「いいや」

「お母さんは？」

「……二人とも外見は思い出せる。でも……それだけだ」

「兄弟か姉妹は？」

「……いなかった」

しばらく黙ったあと、彼は首をふった。

レイニャは肩をすくめた。

彼はノートを閉じて言葉を探した。「とりあえず仮定してみよう――」そう言いながら、リストの下の文章になにが書かれているのか疑問をいだいた――「ぼくたちはある都市に、ある打ち捨てられた都市にいる。いいかい、そこは燃えているんだ。電力はとだえている。テレビカメラやラジオの取材も来られない、そうだろう？　だから、外の世界はこの都市のことを忘れている。情報は外に出ていかない。はいってもこない。街じゅう、煙におおわれているってことにしようか？　だけど今は炎さえ見えない」

「煙だけね」彼女は言った。「こう考えてみれば――」

彼はまばたきした。

「――あなたとわたしは灰色の街の、灰色の日に、灰色の公園にすわってるって」と空に向かって顔をしかめた。「ごくありふれた街よ。ただ、空気汚染がひどいだけ」彼女は笑って、「わたしは灰色の日が好き。こんなふうな日、影のない日――」そこで、彼の〈蘭〉が丸太に突き刺さっているのに気づいた。

樹皮に固定された刃に包まれて、彼のこぶしはふるえた。

レイニャは彼の横に膝をついた。「どうしたらいいか教えてあげる。それをはずすのよ！」そう言って、手首の留め具をひっぱった。腕は彼女の指にもまれてふるえた。「ほら」手が自由になった。

彼の息は荒くなっていた。「こいつは――」丸太の上に、三点で固定されたままの武器を見つめ、「ほんとにいやな代物だ。このままここにおいてっちまおう」

「こんなのただの道具じゃない」レイニャは言った。「必要になるかもよ。使いどころさえまちがえなきゃいいよ」と彼の手をさする。

心臓の鼓動が静まっていく。もう一度、深く息を吸った。「ぼくのことを怖がってるんだろ」

レイニャはまばたきする。「怖いわよ」しゃがんで、「だけど、自分が恐れているものは試してみたいの。それがこの街にいる唯一の理由よ。ねえ」とたずねた。「なにがあったの？」

「えっ？」

レイニャは指を三本、彼のひたいに押しあてると、濡れて光る指先を見せた。「ほら、ひどく汗をかいてる」

「ぼくは……急に、すごく幸せな気分になった」

彼女は顔をしかめた。「死ぬほど怖い目にでもあったのかと思ったわ」

咳ばらいして、笑みを浮かべようとした。「まるで……とにかく、いきなり、ものすごい幸福を感じたんだ。この公園に足を踏みいれたとたん、幸せに包まれた。そしたら、急に……」今度は彼が彼女の手をなでた。

「わかったわ」彼女は笑った。「そりゃすてきね」

　固く閉じていたあごをゆるめ、うなる。「君は誰……どんな人間なんだ？」

　レイニャは口をぽかんとあけた。驚きもし、がっかりもしたようだ。「見ればわかるでしょ。賢くて、魅力的、ってよく自分に言い聞かせてる——うっとりするほどゴージャスな体型というには、八、いや四ポンドばかり太目だけど。家族には金もあればコネもある。だけど、わたしは今そういうものすべてに反抗しているの」

「わかった」

　彼女の顔は角ばっていて、小さくて、ゴージャスにはほど遠かったけれど、それでもすてきだった。

「そりゃ正確だね」

　彼女の顔からユーモアが消え、驚きだけが残った。

「わたしの話を信じてくれるの？　かわいい坊や！」と、いきなり彼の鼻にキスをした。気まずいようすもなく、むしろ、なにか重要な動作のタイミングを計ったような感じだ。

　その動作とは、ハーモニカを拾いあげ、彼の顔に音を浴びせることだった。二人はげらげら笑い（彼は笑いながらも驚き、それが表に出たのではないかと思った）、レイニャが言った。「歩きましょう」

「毛布は……？」

「おいてくわ」

　彼がノートを持った。二人は木の葉を払いのけながら足早に歩いた。小径まで来ると、彼は足をとめ、自分の腰を見た。「あれ？」

　彼女もふりかえった。

「ねえ」ゆっくりとたずねた。「ぼく、〈蘭〉をベルトにつけたっけ」

「わたしがやったのよ」と親指でハーモニカの傷にふれ、「あなたが忘れていきそうになったから、刃をベルト通しに突っこんだの。ほんとに、このあたりは物騒だから」

　口をかすかにひらいて、彼はうなずいた。二人は並んで影のない小径を進んだ。

　彼は言った。「君がこれをここにさしこんだんだね」

どこかで微風が、力なく柔らかく、緑のあいだを抜けていった。あたりにただよう煙のにおいに気づいたが、息を二度するあいだに、いつのまにか消えてしまった。

「君は自力で公園の連中を見つけたの？」

レイニャは〝あなた、ぼんやりしてるんじゃないの？〟的な視線を彼に投げかけた。「実はね、大勢の人たちといっしょに来たのよ。楽しかった。でも、何日かすると、その人たちがうっとうしくなって。車があるのはいいことだけど、ガソリンがなくて困ったりすると……」と肩をすくめ、「ここに着くまえ、フィルとわたしは、この街がほんとにあるのかどうか賭けをしていたの」彼女がふと浮かべた笑顔は、目がすべてを占め、口はほとんどない。「勝ったのはわたし。街まで来た仲間たちと、しばらくはいっしょに行動していた。それから、別れたの。ミリーやジョンたちのところで幾晩かすごして、そのあと、一人で街を探検したわ。二、三日前に、ここへもどってくるまではね」

考える。へえ――「ここに着いたとき、金は持ってた？」――フィル、ね。

「仲間が持ってた。彼らにはすごく役に立ったわよ。だって、こんな街でホテルを探してえんえん歩きまわってられないでしょ。だから、わたしはその人たちが行くのをとめなかった。むこうも、わたしを厄介払いできてほっとしてたわ」

「そいつらは、この街から出ていったのかい？」

レイニャはスニーカーを見つめて笑った。わざと不吉めかして。

「誰もがこの街を去っていく」彼はつづけた。「ぼくにこの〈蘭〉をくれた人たちは、ぼくがこの街に到着したのと入れちがいに出てくところだったよ」

「去っていく人もいるわね」レイニャはまた笑った。静かで自信に満ちて謎めいて、人を不安にさせる笑い。

彼はたずねた――「街の探検はどうだった？」

「スコーピオンたちの小競り合いを何度か見たわ。おかしなものよ。ナイトメアの生き方はわたしの趣味じゃないけれど、この街はとても小さいから、選択の余地はあまりないの。高台の高級住宅地にすてきな部屋を見つけて、一人で何日かすごした。でも最後には我慢できなくなって。わたし、外で暮らすほうが性にあってるみたい。それから、ちょっとのあいだコーキンズといた」

「新聞を出している男？」

彼女はうなずく。「彼のところで数日間すごしたの。ロジャーは〝永遠に終わらない田舎の週末〟を実演してみせてる。街のなかでだけど。あの人は自分のまわりに面白い人たちを集めてるのよ」

「じゃ、君も面白い人間の一人だったってわけだ」

「わたしはただのお飾りだったんじゃないかな。そういう人たちを面白がらせるためのね。無駄だったけど」

この娘は、荒けずりな感じだけどかわいい――いや、〝キュート〟というほうがいいかな。

彼はうなずいた。

「まあ、文明世界に少しふれられてよかったわ。そのあとはまた一人で街の冒険。ホランド湖の近くの修道院に行ったことある？」

「いや？」

「わたしも行ったことないけど、宗教的な隠れ家みたいなものをつくった真面目な人たちがいるんだって。街がこんなふうになる前からはじめてたのか、それともあとから来て、場所をひきついだのかはわからないけれど。どちらにしろ、すごいわよね。少なくとも聞いているかぎりじゃ」

「ジョンやミルドレッドも真面目だと思うけど」

「そりゃそうね！」レイニャは和音を一つ吹いた。それから彼のことをしげしげとながめ、笑って、高いところの木の葉を叩いた。彼は見つめかえした――彼がしゃべるのを待っている彼女の目は、まわりの霞がかった木々のどれよりも深い緑色だった。

「まるで小さな田舎町みたいだ」彼は言った。「噂話をする以外にやることないのかい？」

「あまりないわね」レイニャはもう一度木の葉を叩き、「だから安心なの。ある意味ではね」

「コーキンズはどこに住んでるの？」

「なーんだ、あなたも噂話が好きなのね！　一瞬どきっとしたじゃない」レイニャは木の葉を叩くのをやめた。

「ロジャーの新聞社は不気味だった。わたしたち居候全員を印刷現場に案内してくれたことがあるんだけど、灰色で陰気でひどいの。がらんとしたなかに機械の音が響いてて」顔と肩と手をよじって嫌悪感をあらわにし、「ああもう！　でも、ロジャーの屋敷け――」顔と肩と手がもとにもどり、「ほんとにすてき。高級住宅街の真上にあるの。敷地も広いし、この街全体を見渡せて。夜になって街灯がみんな点いたら、さぞかしいいながめだったろうなあ」またちょっとだけ体をよじった。「彼がこの街に前から住んでいたのか、それとも移り住んできただけなのか、やっぱりわからないんだけどね。でもそういう質問はしないことになってるから」

彼は道を引きかえしはじめた。彼女はついてくる。

「コーキンズの屋敷はどこ？」

「住所はブリスベーン・サウスだったかな」

「どうやって知りあったんだ？」

「パーティがあってね。たまたま近くを通りかかったら知りあいが呼んでくれた。実はフィルだったんだけど」

「ずいぶん簡単なんだな」

「ううん、たいへんだったわ。丘をあがってコーキンズに会いに行くつもり？」

「まあね。街なかのこの辺は、なにもかも薄汚なく見える。丘の上まで登って、ぼくも誰かに呼んでもらえるかどうかやってみてもいいかな」いったん言葉を切る。「もちろん、君は女の子だから、たいして苦労しなかったんだろうけど。そうだろ？　なんていうか……お飾りとしてさ」

　レイニャはやれやれという顔をした。「そうでもなかったわ」

　彼女の顔をちらりと見ると、ちらりとこちらを見ていたのがぎりぎりのところでわかった。これで気分が浮きたった。

「ゴールポストの裏の道、見える？」

「ああ」

「まっすぐ行くとブリスベーン・ノースに出るわ。そのまましばらく行くとブリスベーン・サウス」

「おい！」にやりと笑いかけてから、首をかしげた。「どうかした？」

「あなたが行っちゃうのが残念なのよ。危険でわくわくする冒険の午後をすごす気でいたから。二人で街を探検して、あなたのためにハーモニカを吹いて」

「いっしょに来ない？」

　彼女のまなざしには、当惑と共犯者の共感がこめられていた。「わたしは行ったことあるし」

　二人の背後でハンマーの音がした。

　彼が眉をひそめたので、レイニャは説明した。「あれもジョンの考えた仕事の一つ。昼食からもどったのね。食べ物が残ってるはずよ。コミューンで料理を担当してるジョミーとは友達なの。お腹減ってない？」

「いいや」首をふる。「それに、ぼくはまだ出発すると決めたわけじゃ――」

「ううん、もう決めてるんでしょ？　安心して、もどってきたら、また会えるわ。これ持っていけば？」と、ノートを手渡した。「読むものがあれば、道々退屈しないわよ」

　行ってほしくないという彼女の気持ちを理解していることを示す表情をさっと浮かべた。「ありがとう……わかった」

「この街のただ一つの長所は」レイニャは彼の表情に応えて、「もどってきたら、必ずまた会えるってことね」ハーモニカを口もとに運んだ。「ここでは誰のことも見失わない」ハーモニカの表面では、目と鼻は巨大な暗がりとなり、まぶたもまつげも輪郭もなく、ただ二つの緑色が銀色の肌に映りこんでいる。彼女は不協和音を一つ吹き鳴らすと、立ち去った。

眼球のないライオン像から離れたとき、ふと思った——ハーモニカであんな不協和音が出せるはずがない。少なくとも、これまで手にしたことがあるハーモニカでは無理だ。

2

三ブロック歩いて、四ブロック目の途中に教会があった。

尖塔に時計が（おそらく全部で四つあったうちの）二つ残っているのが見えた。近づいて見ると、針がない。ひたいを手首の裏でこすった。皮膚と皮膚のあいだにざらざらした感触。この煤《すす》は……。

ふと思う——ハウスパーティに押しかけようっていうのに、ずいぶんひどいなりだな！

オルガン音楽が教会の戸口から聞こえてきた。修道院がどうとか、レイニャが話していたのを思い出す……好奇心が顔に出ているかもと思いながら、慎重に——ノートをしっかり腕にかかえて——タイル敷きの玄関口に足を踏みいれた。

教会内の扉のむこうにある事務室では、テープレコーダーのアルミ面で四つのリールのうち二つが回転していた。明かりはついていない。

引きかえす寸前になって、ようやく意識に刻みこまれたのは（そして一度刻みこまれると、そのイメージを持てあました）、事務室の掲示板の上方に画鋲で留められたポスターだった。ルーファーの部屋の壁にあったのとまったく同じ、キャップとジャケットとブーツを身につけた黒人のポスターだ。

べつの扉（こっちはチャペルに通じているのだろうか？）は少しあいていて、その先は真っ暗闇だった。

あとずさって、歩道にもどる——

「おい、あんた！」

えび茶色のベルボトムと金縁の眼鏡を身につけた老人だった。くすんだ色のコーデュロイのジャケットに鮮やかな赤のタンクトップ。あごひげにベレー帽。片腕に新聞の束をかかえている。「この真珠のような午後に、なにをしているのかね？」

「こんにちは」

「さて……あんたはいま何時か知りたいのではないか

ね」老人はロープのような首を思いきり伸ばした。「ちょっと待て」尖塔をじっと見つめ、「ふむ。今はだいたい……十一時……二十五分」喉をふるわせて苦しげに笑い、老人は頭をもどした。「どうだね、え？　ちょっとしたもんだろ？（新聞がほしいのか？　さあ一部どうぞ！）そう、これには仕掛けがあるんだ。どうすればいいか教えてやろう。おや、どうした？　この新聞はタダだよ。それとも、定期購読したいかね？」

「あごひげの下の……首に巻いているそれ、どこで手にいれたんです？」

「あんたが言ってるのは……」老人は空いたほうの手を、胸もとからあごまで切れ目なくつづくごま塩のような毛に伸ばした。はずされたネックレスが、ダイヤモンドの蛇のようにするりと落ちる。「……こいつのことか？　そういうあんたはどこで手にいれたんだ？」

　自分の鎖は襟と袖とで隠れていると思っていた。「ここに来る途中で。ブラジルからの輸入品って書いてあります」

　老人は鎖の端をつまんで目をこらした。「こっちは……日本かな？」そう言って端を突きだして見せた。

　真鍮の留め具に文字が刻まれていた。ade in Japan。ade の前のゆがんで読めない一文字は m にちがいない。

　老人は鎖を首に巻きなおし、どうにか片手でパチンと留めた。

　老人がかかえている新聞に目をやった。しわだらけの袖の下から見えた今日のニュースは――

ベローナ・タイムス

一九七九年四月一日（水）

新しい少年《ニューボーイ》、街に到着！

　彼は眉をひそめた。

「あんたの鎖が見えたわけじゃないが」訊かれてもいないのに老人は説明をつづけた。「自分で鎖を身につけてなきゃ、人のが気になるはずないからな。さ、あんたのを見せてくれ」

　彼はうなずいた。この変人にしゃべらせるのが目的だ――といっても、相手は勝手にしゃべりつづけたのだが。

「わしはこれを通過儀礼の証《あかし》だと思っている。とはいえなにを通過したのかはわからん。そして、賭けてもいい、そのせいであんたの頭はいささか混乱してるはずだ」

　ふたたびうなずいた。

「わしの名前はファウスト」老人は言った。「ヨアキーム・ファウスト」

「ウアキーム……？」

「そう、発音はそのとおり。だが、アクセントから推測するに、賭けてもいいが、あんた、正しい綴りはわかってないな」

　ヨアキームが伸ばした手に自分の手をさしだした。ヨアキームはぐっとつかんで、バイク乗り風の握手を交わした。「つまり――」ヨアキームは手を離す前に顔をしかめ――「あんたの鎖は、ここに来る途中で手にいれたってことか？　ベローナの外で？」

「そうです」

　ヨアキームが頭をふって、「うむむむ」とうなった。そのとき、数秒前から近づいていた轟音が頭上で炸裂した。二人とも見あげたが、霧に隠れてなにも見えない。ジェットの音は不気味なくらい長くとどまり、やがて消えていった。ついで、テープに録音されたオルガンの音が静かに流れた。

「塔の正面の時計を見てみろ」とヨアキームは言った。「ちょっとだけ残った切れはし、もともとはあれが長針だったんだ。あれを見れば、どこを指してるかわかるってわけさ」

「なるほど。じゃ、短針はどうやって見るんですか？」

　ヨアキームは肩をすくめた。「事務所を出たのは十一時ごろだった。少なくともわしは十一時だと思った。そのあと、そんなに長く歩いてないからな」

「それにしても、なにがあったんですかね……あの時計の針に？」

「ニガーどもさ。最初の晩にやったんだ。あの光が現われたときにな。連中は熱狂した。あちこちで蜂起した。このあたりのものを片っぱしから壊してまわった――ジャクスンはすぐそこだしな」

「ジャクスン？」

「ジャクスン街はベローナで一番ニガーが住んでるところだ。住んでいた、と言うべきかな。あんた、街に来たばかりか？」

　うなずいた。

「あの日の新聞が手にはいるかどうか、試してみるといい。あんな写真、見たことないってみんな言ってたよ。連中が火を放つところ。梯子をたてかけ、窓を破って押し入るところ。べつの誰かの話じゃ、教会に連中がよじ登ってる写真もあったそうだ。競うように大時計の針をへしおったんだと。それから一連の写真――デカい黒人が、白人の少女を追いかけているっていう……。まったくけがらわしい写真だ。〝レイプ〟なんて汚ない言葉はあの新聞じゃ使わんが、実際にあれはレイプだった。そんな写真を載せるべきじゃない、と言われてたくらいだ。なのにコーキンズはなにをしたかわかるか？」ヨアキームのねじれた顔つきは返事を求めていた。

「いえ。どうしたんです？」ご希望どおり、たずねた。用心深く。

「写真のニガーを探しだしてインタビューしたんだ。そして、新聞にぜんぶ載せた。言わせてもらえば、あんなインタビューこそ載せるべきじゃなかった。つまり、コーキンズは公民権やらなにやらに興味があったんだ。本気でな。この街の有色人種は権利がほしくてたまらない。コーキンズはそこに目をつけた。本心から。だけど、そのニガーは口汚ないやつで、その汚ない口で汚ないことしか言わないんだ。新聞のインタビューってものの意味さえわかってなかったのさ。黒人連中はその記事を荒っぽく受けとめた。本気で連中を助けようと思ってるんなら、そんな記事なんか載せないだろう？　世界で一番デカい、一番黒いやつが可愛い十七歳の白人の娘をいたぶってる場面の写真なんか載せたうえに、それがどんなにすばらしかったか、犯人の男に『くそったれ』だの『ファック』だの『ああ、いい』だの一語おきに織りまぜながら好き放題しゃべらせて、できるならすぐにでもまたやりたい、白豚どもがうろついてないから簡単さ、だなんて二ページも載せるか？　本気で黒人を助けるつもりなら、そんなことはしない。ともあれ、その記事のおかげで、ハリスン——そいつはジョージ・ハリスンっていうんだ——は、ジャクスン街に残った黒人たちにとって、それどころかほかの連中にとっても、ヒーローに祭りあげられちまった。この街に住んでいるのがろくでもないやつらだという証拠さ」

「だけどあなたはその記事を見てないんでしょう？」

ファウストは手で払いのけるしぐさをした。

「南からもう一人、有色人種の男が来ている。公民権を求める、戦闘的な連中の一人がね——ポール・フェンスター氏とか言ったかな？　ちょうど騒動が起きたころ街に現われたんだ。コーキンズはこいつのことも知っていて、言動をずいぶん記事にしているよ。わしの考えじゃ、この男には立派な目的がある。だけど、ジョージ・ハリスンの一件にどう関わろうとしてるのかねえ？　わしが言いたいのは——」老人はあたりを見まわして——「ジャクスン街にはもうそんなにニガーどもは残ってない」

嫌悪感と好奇心を消し去るために、慇懃にたずねてみた。

「なにが原因だったんでしょう？　暴動のことですが」

ヨアキームは首を大きくかしげた。「実をいうと、人によって話がまったくちがうんだ。なにかが落ちてきたんだよ」

「ええっ？」

「家が崩れたって話もある。飛行機がジャクスンのまんなかに落ちたという話もある。セカンド・シティバンクの建物の屋上にあがった小僧が、誰かに向かって銃をぶっ放したと噂してるやつもいた」

「人が死んだんですか？」

「死んだとも。屋上から銃を撃ったのが白人の小僧で、撃たれたのはニガーだって話になってね。連中が蜂起したというわけさ」

「新聞にはなんて？」

「今わしが言ったみたいな噂話が書いてあっただけだ。なにが起こったのか、たしかなことを知ってるやつなんていない」

「もし飛行機が墜落したんなら、誰かが知ってそうなもんだけど」

「これがことの発端だ。それから、事態はどんどん手がつけられなくなる。あちこちの建物に火が放たれた。天気も完全におかしくなっちまうし。誰もかもが街から逃げだそうとした。昔はもっとたくさんの人間が住んでたんだ。みんな、ひどくおびえちまったんだな」

「そのとき、あなたも街にいたんですか？」

ヨアキームは口ひげとあごひげがつながるほど唇を曲げ、首をふった。「記事について聞いただけだよ。例の写真についても」

「あなたはどこから来たんです？」

「おっと！」ファウストは空いている指をねじ曲げ、わざとらしく非難した。「その手の質問は慎むべきだということを知っておくんだな。礼儀正しいふるまいじゃないぞ。わしのほうはあんたになにも訊いてないだろ？わしはあんたに名乗ったが、あんたの名前をたずねたりしてない」

「すみません」彼はめんくらった。

「これから先、あんたもいろんな連中と知りあうだろう。そいつらは、ベローナに来る前のことを訊かれると怒ったり困ったりするはずだ。厄介ごとに巻きこまれないように忠告しといてやる。こういうのを――」ファウストはひげを持ちあげ、首輪に親指をひっかけ――「身につけている人間は特にそうだ。わしやあんたみたいにな。わしがもしあんたに名前とか、年齢とか、腰に〈蘭〉をさして持ち歩いてる理由とか、そういったことを訊いたら苛々するだろ、ちがうかね？」

痛みの記憶のような漠然とした不快感を腹に感じた。

「わしはシカゴからここに来た。その前はフリスコにいた」ファウストは身をかがめると、ベルボトムのズボンの片脚をぐっと伸ばし、「老いぼれイッピーってところかな？　わしは旅する哲学者だ。これで充分だろ？」

「質問なんかして、すみませんでした」

「気にしなさんな。わしはベローナが面白い場所だと聞いた。たしかにそのとおり。わしはここにいる。さあ、これで充分だな？」

狼狽しながら、もう一度うなずいた。

「良心に恥じない定職も持ってたんだぜ。フリスコのマーケット通りとヴァン・ネス街の交叉点で『民族《トライブ》』紙を売ってたんだ。この街に来て、ベローナで一番年を喰った新聞少年になったってわけさ。もう充分だろう？」

「ええ。あの、ぼくはべつに――」

「気にいらないんだな、あんたのなにかが。そうだな、例えば――」金縁眼鏡の奥でまぶたにしわが寄った――「あんたは有色人種じゃないんだろ？　それにしては、ずいぶん黒い。真っ黒といってもいいくらいだ。あんたたち若い連中みたいに〝黒人《スペード》〟と呼んでもいいほどな。だが、わしの生まれたところじゃ、わしの生まれた時代には、単にニガーだったよ。わしにとってはいまだにニガーだし、そういう言い方に深い意味はないんだ。連中に対してふくむところはない」

「ぼくはアメリカン・インディアンです」あきらめまじりの怒りを抑えながら、きっぱりと言った。

「おや」ヨアキームは値踏みするようにもう一度首をかしげて、「そうか。しかしニガーじゃないにせよ、ニガーに共感してるにちがいない」と、〝ニガー〟という単語が今なお持っている不愉快なニュアンスを最大限に引きだして言った。「わしだってそうだ。わしもね。ただ連中のほうが、けっして信じてくれないだけなのさ。もっとも、わしが連中の立場でも信じないだろうけどな。さて坊や、そろそろ配達に行かにゃならん。ほれ――一部持ってけ。そうそう。ちゃんととれたな」ファウストは束をかかえなおす。「どうやら暴動を起こしたニガーどもに興味があるみたいだな――実際、誰もが興味を持ってるわけだが――」と、たいそう芝居がかった独白をしてみせ――「昔の新聞を調べてみることだ。さ、新聞ですよ、牧師さま」老人は歩道をまたぎ、道まで届く長い法衣を着て教会の入口に立つ黒人聖職者に、新聞を一部手渡した。

「ありがとう、ヨアキーム」この声は……コントラルト？　黒い法衣の下に、かすかに……胸のふくらみがあるようだ。顔は丸みを帯び、女であってもおかしくないくらい優しい面立ちをしている。

ヨアキームが行ってしまうと、牧師はこちらを向いた。

「ファウストとわたしは、いつもちょっとしたゲームをしているの」彼女は――そう、〝彼女〟だった――困惑している彼に説明してくれた。「だから驚かないでね」

彼女はほほえみ、うなずいて、なかにもどろうとした。

「あの、すみません……牧師さま……」

彼女はふりかえった。「なんです？」

「えーと……」強い好奇心に駆られ、かえってその対象を具体的に絞りこめない。「ここはどういう教会なんでしょう？」どうにか的を絞って質問したけれど、いかにも不自然な問いかけだ。ほんとうに訊きたかったのは、言うまでもなく、あの黒人のポスターのことだったのに。

彼女は笑った。「宗派を超え、人種を超えた教会よ。最近は週に三回、礼拝をおこなっています。参加したいのなら歓迎しますよ。日曜の午前中、これは当然ね。それから火曜と木曜の夜にも。まだ、それほど多くの人は集まらないけれど、信徒の数は増えています」

「牧師さま、あなたの名前は……？」

「エイミ・テイラー。正確には牧師じゃなくて、平信徒の説教師です。これはわたしがはじめたプロジェクトなの。今のこの状況にしてはとてもうまくいっているわ」

「ここに引っ越してきて、教会を乗っとったってことですか」

「前に住んでいた人たちが教会を捨てて逃げてしまったあとで、ね」牧師は手で払いのけるようなしぐさはせず、かわりに片手をさしだした。どちらにせよ、同じ意味をもったしぐさだったのかもしれない。「お目にかかれてよかった」

彼は握手した。「こちらこそ」

「礼拝に来てもらいたいわ。今は誰にとってもつらい時期。みんなが魂の支えを必要としている……そうは思わない？」

テイラー師は（ヨアキームと同様）握った手をなかなか離さない。そして、ヨアキームよりも握力が強かった。

「あの、今日は何曜日かわかりますか」

彼女は新聞に目を落とす。「水曜日ね」

「でも……いつ日曜日になるのか、どうしてわかるんです？」

テイラー師は笑った。自信満々の笑いだ。「日曜の礼拝は、新聞に日曜って書いてあるときにおこなうのよ。もちろん、コーキンズさんの新聞の日付はでたらめだけれど、日曜日はせいぜい七日に一回しか来ない。火曜日もそう。木曜日はときどき忘れられるけど。そのことで一度、コーキンズさんに会いにいったわ。とても礼儀正しい人だった。それに、この街で起きていることに心からの関心を寄せている。もっとも、彼のユーモアのセンスは理解しがたいと言う人たちもいるけれど。日曜日がめぐってくる頻度はわたしも気づいてたけど、彼は火曜日についても説明してくれた。でも、木曜日についてはいは自由に決めたいと彼は主張してた。そのかわり、わたしが要求する時にはいつでも木曜日の新聞を出すという親切な提案をしてくれたわ――二十四時間前までに希望を伝えればね」彼女の真面目くさった態度が笑顔で崩れ、彼の手を離した。「なにもかも滑稽。話してても変だと思うもの。きっと聞いているあなたと同じくらい」アフロの髪、丸くて茶色い顔。彼は彼女に好意をいだいた。

「いつかわたしたちの礼拝に来てみる？」

彼は笑顔を浮かべた。「ええ、きっと」嘘をつくのにいささか心が痛んだほどだ。

「よかった」

「あの、テイラー師？」

こちらを見た彼女のまばらな眉毛がぐっとあがった。

「コーキンズさんのところには……この道をまっすぐ行けばいいんですか？」

「そうよ。一マイルくらい先になるかしら。ジャクスン街を渡っていかないと。二日前には、勇敢な人たちがブロードウェイにバスを走らせていたの。一台だけだけど。それ以外に交通機関はないし、そのバスが今でも走っているかどうかはわかりません。どちらにせよ、そのバスはコーキンズさんの自宅じゃなくて、新聞社方面行きよ。歩けるわよ。わたしは歩いていきました」

「ありがとう」彼はテイラー師と別れた。彼女は戸口で笑顔で見送っていた。ちがう、と彼は結論した。ここはレイニャが言っていた修道院じゃない。テープが回転するにつれて音楽がしだいに小さくなっていき、ちらちら光るリールから、和音が次々にこぼれ落ちていく光景が頭に浮かんだ。

ジャクスン街は広い通りだった。しかし密集して建っている家々は、昼間の煙を透かして見るかぎり、ほとんどが木造のようだ。交叉点に渡された架空線は断ち切られ、ごちゃごちゃにもつれたまま歩道の隅に放置されていた。二ブロック先では廃屋から煙があがっている。うねる煙が、黒こげの梁を離れてただよっていく。

反対側のブロックには、買い物袋をかかえた太った人影が、角から角まで移動する途中で足をとめ、見ている彼を見ていた。新聞の気まぐれが決めた水曜の午後だったが、街の雰囲気は不吉な日曜の朝みたいだった。

3

はっきりした反響音はない。いつも問題なのは、既存のボキャブラリーや文法が支えきれる以上のことを伝えたいということではないか。なにかを求めてぼくがこの乾ききった街路をさまよっているのも、そのためだ。煙は空の変化を隠し、意識を汚し、ホロコーストを安全で実体のない存在でおおいつくしてしまう。煙はもっと大きな炎から守ってくれる。煙は火があることを示すが、その源はあいまいにしてしまう。ここは役に立つ都市ではない。この街にあるもので、美の理想像に少しでも近づいているものなんてほとんどない。

ここがベローナの高級住宅街なのか？

むこうの白い家は一階の窓がすべて壊され、カーテンが外にはためいていた。

路上はきれいに片づいている。

はだし、サンダル、はだし、サンダル。交互に踏みだす足の下で、歩道の土ぼこりがすべるように逃げていく。

大きくひらいた扉の横を通る。

彼は歩きつづけた。誰もいないのだから略奪——いや、拝借——し放題だと考えるより、まわりの建物すべてに人が住んでいると思うほうが気が楽だ。それでも、腰がひけてしまう。

ルーファーはショットガンがどうとか話していたっけ。しかし、そうはいっても空腹だ。さっそく食料を——〝拝借〟することにした。

ガレージの扉のくさびに使われていた木の棒を見つけ、それで窓を割った（キッチンの棚にはインスタントコーヒーの瓶が八個並んでいた）。合成樹脂のキッチンテーブルにすわり、キャンベルのペパーポットスープの冷たい缶詰（缶切りは引き出しにあった）を食べた。（簡単！）水で薄めていないスープに指を突っこみ、舐めては驚嘆しながら（塩辛い！）、ファウストからもらった新聞に目を通し、レイニャから渡されたノートに目を移す。蛇口から——十秒間、栓をあけたままにすると湯気をたてながら噴きだした——湯をそそいで、コーヒーを淹れる。ようやく落ちついたところでノートを適当にひらき、目を走らせた。恐ろしくきちんとしたボールペンの字で、次のように書いてある——

ぼくに未来がないわけじゃない。だがそれは、実体もなく特徴もないような今の出来事の断片がつづいて

いくだけなのだ。この夏の国で、稲妻に縫いとられながら、どうしてだろう、結論を出す方法なんてない……

きしむ音がしたので顔をあげた。ただの家鳴りのようだ。ここにはもう誰も住んでいない、声に出さずにそうつぶやいた。（キッチンはきちんと片づいていた。）読んでいる内容はとりたてて理解できなかったが（それを言うなら、理解しないことさえできない）、不在の日記作者が記したノートは、建物のきしむ音とともに、彼の首筋にゾクリとしたものを走らせた。

デジャ・ヴュとは呼べない。それは視覚におこる現象だ。

むしろ、混雑した街路でかつて無意識に聞いた会話をなぞった文章を読んでいるようだ。心のなかの、自分でもはっきり特定できない一隅に注意を向けるようにと、ノートがささやきかけてくる。

にあわせたわけじゃない、不安定なのは話し言葉本来の、普遍的な性質だ。だが、話の文脈が変わるたびに変化する自分の

さらにページをめくる。書きこみがあるのは右側のページだけで、左のページは全部真っ白なまま。ノートを閉じた。コーヒーカップを流しにおき、缶を空っぽのゴミバケツに捨てた。必要もないのにきちんと後始末をしているのに気づいて、思わず声を出して笑った。そして、黙って自分の行為を正当化する。ここを住みかにすることだってできるんだ。タックの家よりも住み心地よくしたっていい。

この考えに、またしても首筋がちりちりした。

ノートを閉じ、新聞といっしょにかかえて、ふたたび窓から外に出た。

割れた窓ガラスでひっかき傷を作ったことに気づいたのは、一ブロックも歩いてから、ノートの表紙の黒こげに赤茶色の血の痕を見つけたときだった。赤紫の新しい傷跡を、太く短かい親指でつついてみたが、かすかに痒みを感じるだけだった。だからそれ以上傷のことは考えず、ブリスベーン街を急いだ。これはただの……ひっかき傷だ。

距離か？　目的地か？

どちらを期待していいのかわからなかった。立ちならぶ芝生やファサードが美しく見えるには、日光か、さもなくば驟雨が必要だ。そうすれば角の木々も鮮やかな緑に見えただろう。だが今は霧がすべてをぼかしている。

心地よいながめを形づくる諸要素が、これほど多くの灰色と、これほど多くの恐怖と、これほど多くの沈黙に包まれているのは奇妙だった。通りの反対側の家は、七月になっても出しっぱなしの毛布のような、わびしげな布のあいまで口をあけていた——ここには誰かが住んでいたのだ。ドアの脇には医院の看板がさがっていた。ベネチアン・ブラインドの裏は、戸棚に薬があるかもしれない。運がよければ、帰り道に……。

木炭が、ゴキブリの死骸のように、離れた角の光る壁ぎわに山積みされていた。灰になった詰め物のにおいが鼻をつき、道路の砂まじりの異臭を断ち切る。地下室の割れた窓を抜けて、灰色のウナギのような煙が歩道に這いでて、溝のなかで消散していく。まだ割られていない窓の奥には、炎のゆらめきが……あたりの何十軒もの建物がどれも無傷なのに、奇妙なことに一軒だけが燃えているのは、これまでに見たなかで最も不気味だった。

急いで道を渡り、次のブロックに進んだ。

日中のゆるやかなリズムに運ばれて、いくつもの通りをすぎていく。疲れているのかもと少し思った。しばらくして疲れを探してみると、ウナギのように消えていた。

ここがレイニャの言っていた高級住宅街にちがいない。

重い足どりで坂道を登りはじめた。真鍮の飾りでいっぱいの窓、三層のガラス戸のついた玄関口、高い生垣のむこうにのぞく白い彫刻の頭——それらのもろくて陰鬱な優雅さにうんざりしながら。もう一度どこかにしのびこんで、コーヒーで一服するか？　ここにいるとなぜか、カーテンごしにこちらを狙うショットガンのイメージがいっそう鮮明になる。だが、どうにかそんなおびえを笑いとばした。

彼が動くと、その動きが体内の空洞に大きな音を響かせる。新聞と血のついたノートで腿を叩きながら、レイニャやミリーやジョンのことを考えた。反対側の腰では〈蘭〉が揺れる。さまざまな視点に鎖で縛られつつ、軽快に歩いた。まだ新米の略奪者なので、想像のなかで立派な家々に侵入を企てては反省した。陽の光のもとでなら華やかに見えたはずの家々のそばを、彼は緊張しながら進んだ。

なぜ大通りをはずれて路地を探検しようと考えたのか、自分でもわからなかった。

その路地の中心には一本のオークの木があった。根もとに石が円く敷きつめられ、飾りのフェンスで囲まれていた。心臓の鼓動が速くなる。

木の横を通りすぎる。

幹の裏側は灰になっていた。葉も、緑に生い茂るのではなく、黒く焼け縮れている。

恐ろしいながめに目を見張り、その目を離さないまま木の横を通り、あとずさった。それから家並みのほうをふりむく。

道の両側で、壊れた家具や梁や山積みの石の上に、壁が崩れ落ちていた。庭の芝生と道路の境界は瓦礫に埋もれて消えている。二十フィートにわたって、丸い敷石が裏返しになっていた。破壊の跡を目の当たりにして、顔が歪むのを感じた。

ブルドーザーか？

手榴弾か？

なにが原因でこうなったのか、想像もつかない。敷石は砕かれ、ぐらつき、ひっくりかえされて、土がむきだしになっている。どこから次の通りなのかもわからないほどだ。顔をしかめながら瓦礫のなかをさまよい歩いた。積みあげられた本の山をまたぎ、五十フィート先の煙がどこから立ちのぼってくるのか、ぼんやりと目で探し、それからふいに、探すのをやめた。

時計を拾いあげた。水晶がこなごなになり、カタカタ鳴っている。時計を捨てて今度はボールペンを拾い、ズボンで灰をぬぐって、ペン先をカチカチと出したりひっこめたりしてみた。漆喰になかば埋もれているのは、アタッシェケースよりやや大きい木箱だった。サンダルの爪先で蓋をつついて、あけてみた。灰色のリボンで束ねられたフォークとスプーンとナイフの上にほこりが踊り、紫のベルベットへと舞いおりた。蓋が自然に閉まるのにまかせ、彼は急いで路地を出た。

ブリスベーン街までもどると、優雅な空き家を横目に、次の三ブロックは駆けるように通りすぎた。そこで気づいたのは、芝生でポールがかたむき、そのあいだに瓦礫の山があり、色あせたカーテンのむこうの窓は、そのさらにむこうの空と同じくらいの明るさだったことだ。

彼はまだボールペンをカチカチ鳴らしていた。それからシャツのポケットにしまった。次の角で、もう一度ボールペンをとりだし、じっと立ちつくした。今もし風が吹いて、この荒れはてた街路に音をたてたら、泣いてしまうだろう、と思った。

風はなかった。

縁石に腰かけて、ノートの最初のページをひらいた。


、秋の都市を傷つけるために。

もう一度読んでみた。あわただしく、まっさらのページをひらく。四方にのびる道を見渡し、それぞれの角に建つ家を見た。固く閉じた歯の隙間から空気を吸い、ボールペンの芯を出して書きはじめる。

三行目の途中で、ペンをページにつけたまま、その行に線を引いて消す。それから注意深く、次の行に前の行の二つの単語を書きなおす。二番目の単語は「ぼく」だった。いっそう注意深く、一語一語記していく。さらに二行消し、そこから「君」「紡ぎ手」「舗道」という単語を救いだすと、それらをふくむ、もとの文章とは外見上似ても似つかぬ新しい文章をつくりだす。

ボールペンで書いているとき、行から行へ移るあいまに、彼の目はむかいのページの文章へとさまよった。


言語のテクスト的な不適切さに対するわれわれの絶望が、構造的な不適切さを高めていくようにとわれわれを強くうながし

「あんんん！」声に出してうめいた。この文章には、使いたくなるような魅力的な単語が一つもない。気持ちをそらされるのを避けようと、乱暴にノートのページをめくった。

最後に書いた二行を頭に留めながら、周囲の建物をもう一度ながめる。（危険に生きたらどうなんだ？）最後の数行を大急ぎで書いた。それらの言葉が消えてしまう前に記録したかった。

ページの一番上に、「3risbain」と活字体で書いた。

ペン先を最後の「n」から持ちあげながら、この単語には大通りの名前以外にも意味があるんだろうかと考えた。あってほしいと思いながら、できるだけ丁寧に清書をはじめた。最後の二行のうちの一単語を書き換えて（can not を can't に直した）、ノートを閉じ、自分で自分のやったことにとまどった。

それから立ちあがった。

立ちくらみがして、よろよろと縁石から離れた。頭をふって、ようやく足もとの世界と直角に立てた。脚の裏側がしびれている。半時間ものあいだ、ほとんど胎児のような姿勢でしゃがみこんでいたのだ。

眩暈が去っても、しびれは二ブロックのあいだつづいていた。息をすると喉がつまるような感覚も。そのせいで、今まで無視していた無数の小さな不快さまでがひしひしと感じられる。おかげで、もう一ブロック進んでやっと、自分は怖がっていないと気づいた。

右のむこうずねがひきつっているのか、それとも精神的な不安なのか？　どちらがましなのか考えるのはやめて、ふと標識を見あげると、いつのまにかブリスベーン・N《ノース》がブリスベーン・S《サウス》に変わっていた。

カチカチ、カチカチ、カチカチ。自分のしぐさに気づいて、ボールペンをシャツのポケットにもどした。横には通り沿いに石塀がつづいていた。道の向かいにつらなる家は、どれも立派な玄関と芝生の庭をもち、広々として柱が並んでいたが、窓は全部割られていた。

車が──少なくとも二十年ものの、くすんだえび茶色をしたポンコツが──背後でうなりをあげた。

びっくりして、ふりむく。

車は走りすぎていったが、運転手の姿は見えない。しかし二ブロック先で曲がり、門のなかにはいっていった。見あげると煉瓦塀に柳の枝葉が垂れていた。煉瓦のあいだのモルタルの溝を二本の指でなぞりながら、また歩きはじめる。

車がはいっていった真鍮の門は緑青でおおわれていた。上部には忍び返しが打ちつけられ、錠がおろされている。鉄柵の十ヤード奥には、曲がった道が、見たこともないほど乱雑に生い茂る松林のなかへと伸びていた。最近磨かれたらしく、淡紅色の縞ができている真鍮のプレートには、こう書かれていた──**ロジャー・コーキンズ**。

松林の先をのぞいてみた。ふりかえって、背後の家並みを見る。けっきょく、そのまま通りを歩くことにした。

通りの終点は雑木林だった。塀に沿って角をまわり、林にはいった。小枝がサンダルの紐にからんで、ちくちくと刺す。はだしの足のほうが、むしろ歩きやすい。

林のなかのひらけた場所に出ると、木枠が二つ重ねて煉瓦塀に立てかけられていた。子供が果物でもとろうとしたのか、それともいたずらか?

よじ登ると(ノートと新聞は地面において)、塀の反対側で二人の女の笑い声がした。

動きをとめる。

女たちの笑い声は、近づくにつれて、くぐもった会話に変わった。男の馬鹿笑い。二重のソプラノが再開し、流れていった。

どうにか塀のてっぺんに手をかけた。肘を支えにして体を持ちあげる。映画で見るよりもはるかに大変だ。足の先が煉瓦をひっかく。煉瓦で膝やあごがこすれた。

ようやく目が塀の上に出た。

塀は、松葉と小枝、そしてぎょっとさせられるガラス片でおおわれていた。飛びまわるヤブ蚊の群れのむこうに、ずんぐりした松林の尖端と、丸く、もっとばらけた感じのニレの木の先端が見える。灰色のものは屋敷の丸屋根だろうか?

「まあ、信じられない!」姿の見えない女が叫んで、また笑った。

指先がじんじんして、腕がふるえてきた。

「おい、なにをしてるんだ、坊主《キッド》？」うしろから間延した声が呼びかけてきた。

ふるえたまま塀をおりる。一度、ベルトのバックルが窪みにひっかかり、腹部をえぐった。爪先が細い出っぱりを蹴る。それから木枠。踊るように体を反転させた。

そして壁まであとずさり、目を細めた。

サンショウウオとクモ、それに怪物めいた昆虫の巨大な姿がぼんやりと浮かび、閃光電球のような目でこちらを睨んでいた。

やっと「なんの……」と口にしたが、質問をしめくくる言葉が見つからない。

「てめえもわかっただろ――」まんなかのクモが消えて赤毛ののっぽが姿を見せ、首から腹まで巻きつけた鎖から、そばかすだらけの手をおろした――「ここに登っちゃいけねえってことが、な」平らな顔にパグのように幅広の鼻、ぷっくりした唇、茶色い卵の殻に、くもった金貨をはめこんだような目。うぶ毛のせいで、そばかすがぼやけて見えるもう片方の手に、一フィートの鉄パイプを握っている。

「忍びこもうとしてたわけじゃないよ」

「くそったれ」右側のサンショウウオが、赤毛の男よりも強い黒人風アクセントで吐きすてた。

「そりゃ、そうだろうさ」赤毛は言った。肌は濃い黄褐色で、そばかすが銀河のように散っている。髪とあごひげは、ひとつかみのペニー貨のように縮れていた。「そう、まちがいねえ。あんたがそんなつもりじゃなかったってのはたしかだ」そう言って鉄パイプをふると、その軌跡の弧の最後で腕をコキッといわせた。首に巻いた鎖がカチャカチャ鳴る。「おりたほうがいいぜ、坊や」

ひょいと飛びおり、片手は木枠をつかんだまま着地した。

赤毛はもう一度腕をふった。両脇にひかえた怪物たちが、ゆらゆらと近づいてくる。「そうだ、飛びおりろ！」「わかったよ、おりたじゃないか。これでいいだろ？――」

スコーピオンが笑い、揺れながら近づいてくる。鎖を巻いた赤毛のブーツがノートの隅を踏み、腐葉土に押しこんだ。もう片方のブーツは新聞の隅を破った。

「おい、よせ――！」

前に向かって突進する自分の姿を思い描いた。しかし動かなかった……次に鉄パイプがふりまわされ、腰をめがけて――突進してくるまでは。

「気をつけろ！　こいつ、〈蘭〉をつけたぞ……！」

　刃を着けた手をめちゃくちゃにふりまわす。スコーピオンはひるんであとずさり、サンショウウオとカブトムシは体をひるがえした。彼らの本体が、光の虚像のなかのどこにあるのかは見当もつかない。こぶしを甲羅の模像に突っこむと――光の虚像をすりぬけ、あごがかみあうように、なにかをがっちりとつかんだ。逃げるカブトムシに向かって刃をふりおろす。クモが突進してきた。カチャカチャ鳴る光のなかでよろめく。手が伸びてきて彼の頬をつかんだ。まばたきしながら、突如現われた二つ目の黒い顔が、サンショウウオのうろこに消えるのを見た。そのとき、なにかで頭を強く殴られた。

「おい、こいつ、斬りやがったぜ、スピット」強い黒人アクセントが遠くに聞こえた。「おい、ひどいぜスピット！　マジで斬りやがった。スピット、大丈夫か？」

　こっちは大丈夫どころじゃない。ブラックホールに落ちていくところだ。

「この野郎！　とっちめてやらねえと――」

　底まで落ちた。

　落葉の散らばる地面を手でひっかきまわし、ようやく思考の断片を見つけた。〈蘭〉はベルトにさしてあったはずだ。手を伸ばして――

「君……大丈夫かね？」

　――ざらついた指をサックにはめこみ、ごつい手首にバンドを留めて、〈蘭〉を装着する暇なんてなかったのに……。

　誰かが彼の肩を揺すった。手は濡れた落葉をつかみ、もう片方の手は宙に浮いていた。目をあけた。

　夕方が頭の片側を殴りつけてきて、吐き気がした。

「おい君、大丈夫かね？」

　あらためて目をひらいた。脈うつ黄昏の光は彼の頭の四分の一だけに集中していた。体を起こした。

　青いサージを着た男が、すぐうしろにすわっていた。

「意識をとりもどしたようだよ、フェンスターさん」

　空き地の隅、少し離れたところにスポーツシャツを着た黒人が立っていた。

「屋敷につれていこうか？　頭がひどいことになっている」

「いや、いけない」黒人はスラックスのポケットに手を突っこんだ。

　首をふった――一度だけ。激しく痛んだからだ。

「襲われたのかね？」

「ええ」くぐもった声で答えた。軽くうなずいてみせればシニカルに見えただろうが、そうする気にはなれなかった。

サージの襟からのぞく白いカラーは、並はずれて細いタイで結ばれていた。白いこめかみ、そこにかかる灰色の髪。男のアクセントは、耳ざわりなほど英国的だった。男はノートを拾いあげた。（新聞が落葉の上にすべり落ちる。）「これは君のものかね？」

またくぐもった声で、「ええ」

「君は学生かね？　恐ろしいことだ。見とおしのいいこんな場所で人を襲うなんて。恐ろしい！」

「そろそろもどろう」黒人が言った。「みんな、待っているだろうし」

「ちょっと待つんだ」意外なほどの威厳があった。この紳士は彼がしゃがむのを助けてくれた。「フェンスターさん、やはりこの気の毒な若者を屋敷につれていこう。コーキンズさんも反対しないよ。これは特別な状況だ」

フェンスターは濃い茶色の手をポケットから出して近づいてきた。「それほど特別な状況じゃないと思うがな。ようすは確認したんだから、もどろう」

フェンスターは意外なくらいの力で彼の足をひっぱった。ひきずられるあいだに、右のこめかみは三度爆発した。頭の横を押さえると、髪に乾いた血がこびりついている。もみあげにはまだ濡れた血。

「立てるか？」フェンスターがたずねた。

「ええ」言葉が口のなかでパン生地のようだ。「あの……ありがとう、ぼくの……」もう一度頭をふろうとして、そこでどうにか思い出した。「ぼくのノートを」

タイをつけた男は、心底とまどっているようだった。真っ白な手で肩にふれ、「ほんとうに大丈夫かね？」

「ええ」自動的に答えてから、「水を少しもらえませんか」

「いいとも」そしてフェンスターに向かって、「彼をなかにつれていって水を一杯飲ませてやろう」

「だめだ――」フェンスターは苛立たしげに拒絶した。「彼をなかにつれていって水を一杯飲ませることはできない」言いおえると口を固く閉ざし、顔の小さな筋肉が黒い皮膚の形を整えた。「ロジャーは厳格だ。我慢するしかない。さ、もどろう」

白人――五十五歳か、六十歳か？――はとうとうため息をついた。「すまん……」そして口を閉じて背を向けた。

フェンスター――こちらは四十か、四十五？――は言った。「若いの、このあたりをうろつくのは危険だぜ。できることなら俺だって、とっととダウンタウンに帰りたいんだ。すまなかったな」

「べつにいいさ」どうにか口にした。「大丈夫だから」「ほんとうにすまないな」フェンスターは年長の紳士のあとを追って立ち去った。

　二人が角で曲がるまで見とどけた。〈蘭〉の籠に閉じこめられた腕を持ちあげ、刃と刃の隙間から手を見つめた。こいつのせいだろうか、彼らがあんな態度だったのは……？　通りに目をやった。

　頭にずきんと痛みが走る。

　小声で毒づきながら、新聞紙をノートに重ねて持ち、歩きはじめた。

　二人とも門のなかにはいってしまったらしい。念入りに錠までおろして。くそったれめ。宵闇が濃くなってきた。公園からどれくらい歩いてきたんだろう、と彼はいぶかりはじめた。四、五時間か？　頭がひどく痛い。おまけにどんどん暗くなってくる。

　それに、ひと雨降りそうだ……もっとも空気は乾いていて、そんな気配はない。

　ブリスベーン・サウスからブリスベーン・ノースに渡る交叉点で、一ブロック先に人が三人、通りを走って渡るのが見えた。

　彼らの首に鎖が巻かれているかどうかは遠すぎて見えない。それでも全身に鳥肌がたった。街灯の柱に手をついて足をとめた。（街灯のほやはひっくりかえした王冠のようにギザギザに割れ、同じように割れた小さな電球を囲んでいた。）無意識のうちに肩がすぼまる。暗くなっていく空を見あげると、蛮行によって破壊された都市の恐怖が襲いかかってきた――心臓が早鐘を打つ。

　わきの下に汗が噴きでた。

　大きく深呼吸してから、街灯の土台にもたれてしゃがみこんだ。

　ポケットからペンをとりだし、カチャカチャと芯を出す。（あのとき〈蘭〉なんかつけなかったはずなのに……？）一瞬ののち、手首から武器をはずし、ベルト通しにもどした。武装したまま街を歩くなんて、挑発しているみたいじゃないか……？

　もう一度あたりを見まわしてから、ノートをひらいた。「ブリスベーン」と書いたページをすばやくめくり、半分以上すぎて、まっさらのページにたどりつく。

「木炭が」彼は小さな文字で書きはじめた。「焼け焦げたゴキブリの死骸のように、離れた角の家の、光る黒壁ぎわに山積みされていた。」唇を嚙んで、つづける。「灰になった詰め物の湿ったにおいが鼻をつき、道路に広がる砂まじりの異臭を断ち切る。地下室の窓にあいた穴から灰色のウナギのような煙が歩道にうねりでて、霧消する前に」最後の六文字を消して、書き換える。「溝のなかで消散していく。べつのまだ割られていない窓のなかでは」〝べつの〟を消して、「ゆらめく炎になにかが燃えていた。あたりの何十軒もの建物がどれも無傷なのに、奇妙なことに一軒だけ燃えている建物は、」ここでやめ、最初から書きなおした。

「木炭が、ゴキブリの死骸のように、光る壁ぎわに山積みされていた。灰になった詰め物のにおいが鼻をつき、道路の砂まじりの異臭を断ち切る」。いったんもどって〝死骸の〟を消去して、つづける。「地下室の割れた窓から、灰色のウナギが歩道にうねりでて、溝のなかで消散していく。まだ割られていない窓の奥には、ゆらめくなにかが炎に燃えていた。燃えているこの建物は」最後の部分を消して書き直す。「あたりの何十軒もの建物がどれも無傷なのに、奇妙なことに一軒だけ燃えているのは」ここまで書き、手の動きをとめることなく、そのページを丸ごとノートから破りとった。

ペンとしわくちゃになった紙が手のなかに残った。大きく息を吸った。やがて丸めた紙を伸ばし、新しいページに転写しはじめる。

「木炭が、光る壁ぎわにゴキブリのように山積みされていた……」

もう一度書きなおしてから、破りとったページを四つに折りたたんでノートにはさんだ。裏面には、前の持ち主がこう書いていた。


……なによりも、この日記はぼくの日常生活を反映していない。この街で日々起こることの多くは、静かで穏やかだ。ぼくたちはほとんどの時間をすわってすごし、

もう一度顔をしかめてから、ノートを閉じた。

霧は宵闇の青色に変わっていた。彼は立ちあがり、通りを歩きだした。

何ブロックか進んだところで、不思議な感覚に襲われた。まちがいなく夜が近づいているのに、少しも涼しくならない。あたりをとりまく煙は、なんの気配も感じさせない毛布のようだ。

行く手に高い建物がいくつも見えてくる。どれも上のほうは煙におおわれていた。彼は傷ついた街並みにそっと忍びこんでいく。

ぼくを守ってくれるわけじゃないんだ、この霧は。むしろ、光を屈折する格子だ。この格子を通して暴力的な機械をながめ、眼球それ自体のシステムを探索し、三半規管の洞窟を探険するための道具。ぼくはみずからの視神経を旅する。片脚をひきずりながら起源を持たぬ街をさまよい、影のない日を探す自分は、気まぐれな象徴にたぶらかされているのか？　傷つくのはまっぴらだ。こんなふうに方向感覚を失ってしまうと、遠くから焦点をあてて見つめようとしても、ほぼ並行した照準線のあいだの角度を測ることさえできない。

4

「やっと帰ってきたのね！」彼女はライオン像のあいだを抜け、道を渡って駆けよってきた。

彼は街灯の下で驚いてふりむいた。

彼女は両手で彼の手を握りしめた。「また会えるなんて思ってなかったわ。――あら！　どうしたの？」と暗がりのなかで顔を歪めた。ひどく息を切らしている。

「ぶちのめされたんだ」

彼女は手を離した。指を伸ばして、彼の顔をなでる。

「いたたた……」

「いっしょに来て。あなたいったいなにしたの？」

「なにもやってない！」憤りのいくらかを口から吐きだした。

彼女はあらためて彼の手をとり、ひっぱっていく。

「なにかしたんでしょ？　なにもしない人が殴られるわけないじゃない」

「この街じゃ――」手を引かれるままに歩く――「そういうこともあるよ」

「こっちよ。まさか、いくらこの街でもそんなことないわよ。どうしたの？　傷を洗ったほうがいいわね。コーキンズのところに行ったの？」

「ああ」彼女と並んで歩いた。痛いほどきつく握られている。「コーキンズの屋敷を塀ごしにのぞきこんでたら、スコーピオンズが襲ってきたんだ」

「ああ！」それで納得したようだ。

「『ああ』って？」

「ロジャーはのぞかれるのが嫌いだから」

「じゃ、やつはスコーピオンズに城壁のパトロールをさせてるわけか？」

「だとしても驚かない。あの人、スコーピオンズに警護を頼むこともあるし」

「なあ！」手をふりほどくと、彼女の体がくるりと回った。影のなか、見あげた彼女の目はライオン像の目のように虚ろだった。抗議をしようと舌をかまえたが、彼女は隣に来ただけだった。並びながらふれることなく、暗がりのなかを二人はまた歩きだす。

「ここよ」

「どこだって?」

「ここ!」腕をつかんで彼の向きを変える。

そして、すぐ横にあったのに彼がそれまで気づかなかったドアをあけた。ちらちら揺れるシルエットが口をきいた。「おや、あんたか。どうかしたのか?」

「この人を見て」レイニャは言った。「スコーピオンズのしわざよ」

「ほう」革のジャケット、革のキャップ……そして革のズボン。長い指が伸びてドアを閉めた。「なかにはいんな。だが、大ごとにするんじゃないぞ」

「ありがと、テディ」

廊下の奥から話し声がする。爪みたいに薄いテディの服に散らばる光のかけらは、枝分かれした鉄の燭台にさされたろうそくを反射したものだった。

彼女についていった。

カウンターの端で、一人の女のうなり声が砕けて笑い声に変わった。三人の男が、輝く黒い花弁のようにその女を囲んで笑っていた。その場にいる人々のうち、五分の四は革服を身にまとい、デニムのジャケットもちらほらいた。女は、ふわふわした紫のセーターを着たのっぽの男と会話をはじめていた。ろうそくの光で、女の髪は赤茶色に、瞳は黒く見えた。

作業服に建築用ブーツを履いたべつの女が、両手に飲み物を持って、ふらふらしながら二人のあいだに割りこんだ。レイニャに気づくと、節をつけて言った。「あら、一週間もどこへ行っていたの? ここの品位もずいぶん落ちたわ。みんなわたしを酔っぱらわせようとするし」と、ふらふらと行ってしまった。

レイニャは革の人ごみをかきわけて彼をひっぱっていく。カウンターに向かう人波のせいで、二人はボックス席に押しやられた。

「ねえ、あなたたち——」レイニャはテーブルにこぶしをついて体をかたむけた。「ここにちょっとすわっていい?」

「レイニャか——いいとも」タックが答えた。そして彼に気づく。「おや、キッド(Kid)じゃないか! いったいどうしたんだ?」と席を空けた。「さ、すわんな!」

「ああ……」彼は腰をおろした。

レイニャは人ごみをぬうように体を横にして進んでいった。

「タック、キッド(Kidd)——すぐもどるわね!」

彼は木のテーブルにノートと新聞をおき、ろうそくがつくる網目模様の影のあいだで手をひっこめ、床のおがくずの上ではだしの足をひっこめた。

タックは、レイニャの背中を見送ったあと、こちらに向きなおった。「殴られたのか?」キャップのひさしに隠れて、顔の上半分はまだ見えない。

目のないタックの質問に対し、黙ってうなずいた。

タックはひさしの影の下で唇を固く結んだ。そして頭をふり、「スコーピオンズか?」

「ああ」

むかいの席の若者は、膝に両手をおいている。

「なにかとられたか?」タックが訊く。

「いや」

「じゃあ、目当てはなんだったんだ?」

「知らないよ。くそっ。ただ誰かをぶちのめしたい気分だっただけだろ」

タックはかぶりをふった。「いや、そうは思えないな。スコーピオンズらしくない。ここじゃ誰もが生きのびるのに必死だ。いたずら半分に人を殴るなんてありえない」

「コーキンズの屋敷まで行って、塀ごしになかをのぞこうとしたんだ。レイニャは、コーキンズがあの馬鹿どもに屋敷のまわりをパトロールさせてるんだと言ってたけど」

「そら、どうだ」ルーファーはテーブルごしに指をふりたてた。「言ったとおりだろ、ジャック? ここはおかしな場所なんだ。これまでおまえがすごした、どんなところよりもな。だが、ここにはここのルールがある。それを自分で見つけることが肝腎なのさ」

「くそっ」とくりかえした。みんなにこの事件のことを訊かれるのが腹立たしい。「やつらはぼくのことをさんざんに殴ったんだぜ」

「そうみたいだな」タックがこちらを向いた。「ジャック、こいつはザ・キッド。ジャックは今日の午後、街に着いたばかりだ。このキッドは昨日来た」

ジャックは身をのりだして握手を求めてきた。

「やあ」ジャックの日焼けした小さな手を握りかえす。

「ジャックは脱走兵なんだ」

そう言われたジャックはタックを不愉快そうに一瞥したが、あいまいな笑みを浮かべてそれを押し殺し、「ええと……こんちは」とアーカンソー訛りの声で言った。袖の短いスポーツシャツには、きちんとアイロンがかかっている。頭髪は軍隊風に刈りそろえられ、こめかみはむきだしだ。「そう、彼の言うとおり、俺はどうしようもない脱走兵さ」

「そりゃいいね」と答えてから、それがいかにも軽薄に響いたのでうろたえた。

「タックは、この街で生きのびる方法を俺に教えてくれようっていうんだ」ジャックが話しかけてきた。気分を害しているようすはない。そもそも聞いていなかったのかもしれない。「タックは俺よりずっと頭がいい。それにしても、ここはほんとに変な街だよな」

うなずいた。

「カナダに逃げるつもりだったんだ。けど、誰かがベローナのことを教えてくれた。すごくいかれたところだってさ。それで寄ってみようと思った。カナダに行く途中でね」聞きながら、バーを見渡した。あの女がまたうなり声をあげている。紫のアンゴラセーターはどこかに行ってしまったようだ。予想にたがわず、うなり声はまたしても笑い声に変わり、女は一人すわって、グラスの上で濃い赤毛をふりはらっている。「こんな場所、見たことないよ。あんたは?」ジャックはまた話しかけてきた。

「そりゃおまえは見たことないだろうな」タックが横から割ってはいる。「このキッドはな、ほんとうは俺と同い年なんだぜ? おまえ、こいつが自分より年下だと思ってただろう。ジャックは二十歳なんだ。真面目な話、キッドは何歳くらいだと思う?」

「えーっと……わからないよ」ジャックは言った。とまどっているようだ。

(影になっている技師の顔をもう一度見たいと思っていた。しかしまだ見えない。)

「それはそうとさ、あんた、今朝はいったいどこに行っちまったんだい」

バーのどこかで犬が吠えた。

タックに答えようとしてふりむきながら、鳴き声がするほうを見た。爪が床をひっかき、そしてごったがえす人々の脚のあいだ、すぐそばにぬっと現われたのは、犬の黒い鼻面と肩!

吠えている犬の前脚をつかんで、ひっぱりあげた。

ちょうどそのとき、レイニャがもどってきた。「さあ、やめて、お嬢ちゃん!」

ほかの客も、テーブルの上で吠える獣に目を向けた。

「ほらほら、静かに」犬がしきりに頭を動かすのでレイニャの手はそれて、黒い鼻をなでた。「静かに、ね、静かに」押さえつける手から逃れようと犬はもがいた。彼女は犬のあごをつかんで優しく左右にゆすり、「どうしてそんなに騒ぐの? シーッ、聞いてるの? シーッ!」

犬は、テーブルへ向けた茶色の目をちらりとレイニャにやって、またテーブルにもどした。明るい点となって映りこんだろうそくの炎が、犬の黒い瞳孔をすべる。犬は彼女の手を舐めた。「よしよし。静かにね」レイニャのもう片方の手には濡らしたペーパータオルの束が握られていた。席につくと、それをテーブルにおいた。水が床にしたたり落ちる。

ジャックは手を膝にもどしていた。

タックがキャップをぐいとあげた。影が消えて大きな青い目が現われた。首をふり、舌打ちしてなにに対してともなく不快感を示した。

「さ、いい子にして」レイニャはもう一度犬に言った。

犬はテーブルの横であえぎながらおとなしくしている。

彼はその黒い頭に手を伸ばした。犬はあえぐのをやめた。ごわごわした毛と固い眉毛を指で梳いてやると、首をねじって彼の親指のつけ根のふくらみを舐めた。「よしよし、静かになったじゃないか」

「ミュリエルが迷惑かけてるかい？」紫のアンゴラセーターがため息をついた。「彼女に言ってるんだ」――カウンターの女をあごで指し――「こいつを店のなかにはつれてくるなよ、って。ミュリエルはちゃんとしつけられてないから。すぐ興奮するんだ。なのに、彼女は毎晩きまってこの犬をつれてくる。こいつのせいで嫌な思いをしたんなら、謝るよ」

レイニャはもう一度手を伸ばして犬の頭をゴシゴシやった。「ほんとに可愛い子。迷惑なんかしてないわ」

「そりゃよかった」紫のアンゴラセーターはかがんでミュリエルの首根っこをつかみ、カウンターにもどった。途中、一度だけふりかえり、彼らを見て眉をひそめた
――

「ねえ、あなたの顔の汚れ、これでふきとれないかな」レイニャはそう言って、顔にしわを寄せた。

「え？　あ、ああ」彼はペーパータオルをつまみあげ、こめかみに押しあてた。ずきずき痛む。水がこぼれ落ちる。

頬についた血をぬぐった。もう一枚ペーパータオルをとり（最初のは縁まで紫に染まった）、あらためて顔をふいた。

「なあ」ジャックが言った。「俺、思うんだけど、あんた……」と、あいまいな身ぶりをした。

「まあ――！」とレイニャ。「もっとタオルが必要ね」

「え？　また血が出てる？」

タックが彼のあごをつかんで傷を検分した。「そうだな」そして、もう一枚ペーパータオルをとると、傷口を押さえた。

「なあ」立ちあがりかけたレイニャの腕に手を伸ばして、「洗面所に行ってくる。自分で手当てするよ」

彼女は腰をおろした。「いいの……?」

「ああ、すぐもどる」片手でペーパータオルを顔にあて、もう片方の手でノートを持った。(「いったいあいつ、どうしたんだ?」タックがレイニャにたずねる。レイニャが身をのりだして答えている。)近くの客を押しのけて、男子トイレがあるとおぼしき方角に向かった。

背後で音楽がはじまった。雑音まじりで、古いラジオか、誰かの手巻き式の蓄音器《ヴィクトローラ》のようだ。トイレのドアの前でふりかえった。

カウンターのうしろに吊されたケージでネオンライトが点いた。(赤毛の女の顔〔四十歳? 四十五歳?〕がネオンに照らされて石鹼の黄色になった。)

(「ミュリエル! ほらミュリエル、静かに!」

どこからか一瞬だけ聞こえた鳴き声が静まる。紫セーターがまた立ちあがる。)黒いカーテンを通って、銀ラメの紐パンツだけを身につけた少年が登場した。少年はケージのなかで踊りはじめた。腰をふり、手をひらひら動かし、脚を蹴りあげる。くすんだ灰色の髪が、ふりそそぐ光でまだら模様に照らされる。光は汗に濡れたひたいをつたって落ちていく。口をあけ、踊りにあわせて唇をふるわせながら、バーを行き来する客たちに大きな笑みを向けた。眉毛は、銀を糊ではりつけているようだ。

雑音のあいまに聞こえる音楽は、メラクリーノ楽団がディランのメドレーを演奏したような代物だった。踊っている〝少年〟は、実際には、十五歳から痩せた三十五歳のあいだの何歳であってもおかしくない。少年の首には、鏡とプリズムとレンズの束がきらめいていた。

トイレにはいると、ちょうどアーミージャケットを着た大男がズボンのジッパーをあげながら出てくるところだった。

ドアに錠をおろし、ひび割れた陶製の貯水タンクにノートをおき(新聞はテーブルにおいてきた)、鏡をのぞきこんでつぶやいた。「やれやれ……!」

蛇口をいっぱいにひねっても、水は涙のかたちの染みの上にぽとんと落ちただけだった。ざらつくペーパータオルを容器からひきだして水にひたす。数分後には、流しに血があふれた。灰青色のリノリウム床にも血痕が飛び散った。けれども顔からは血のりも流血も消えた。

便器に腰かけ、ズボンをすねまでおろして、シャツをはだけた。鎖についた鏡の粒から、腹のあたりにある二十五セント貨くらいの一枚を上向けて、そこに写った顔の断片を、そこに写った片目で見つめた。まつ毛に丸い水滴がついている。

まばたきした。

目をあけると、薄まった血でわずかに赤く染まった水玉が落ち、ガラスにあたってはじけ、ガラスをかたく握った手のたこにはねるのが見えた。

手を離し、貯水タンクにおいたノートを膝の上でひらき、ペンをとりだした。バネが親指の皮膚を押しかえす。

〝ミュリエル Muriele〟

綴りはこれであっているだろうか［正しくは Muriel］。自信はなかったが、書きつづける――

「血を通して見た彼女の澄んだ瞳は……」〝澄んだ〟という語に何本もの線を引いて几帳面に消し、濃紺の四角をつくる。顔をしかめ、読みなおし、あらためて〝澄んだ〟を加え、書きつづけた。一度手をとめ、小便をしてから読みかえした。頭をふって、前かがみになる。ペニスが揺れて冷たい便器にあたる。それから便器にすわりなおし、一行をまるごと書きなおした。

ふと天井を見あげた。ペンキで塗りつぶされた窓のそばにあるろうそくの火が揺れている。

「ろうそくのおかげで」と彼は書く。「思い出した。月に照らされてぼくが見た……」顔をしかめ、まったくちがう思考におき換えた。


「おーい！」扉を叩く音で顔をあげた。「大丈夫かい、キッド？」

「タックか？」

「手伝おうか？　おまえが便所に落っこちてるんじゃないかって、レイニャが心配して俺を寄こしたんだ。大丈夫かい？」

「平気だよ。もうすぐ出る」

「そうか。了解。よかった」

ページを見かえした。いきなり、ページの一番下に書きなぐった。「みんな、ぼくに完成させたくないんだ、このどうしようもない」そこで手をとめ、くすりと笑ってノートを閉じ、ペンをポケットにもどした。

前かがみになり、体の筋肉をゆるめた。その長さと水にはねる音に驚いた。トイレットペーパーはなかった。かわりに濡れたペーパータオルを使った。


ダンサーの腰に、揺れる髪に、汗ばむ顔に、光がきらめく。けれども客は会話を再開していた。

人ごみをかきわけながら、ケージをちらりと見た。

「うん、だいぶましになったわよ」とレイニャ。

ジャックが言った。「あんたとあんたのガールフレンドにビールを一本頼んどいたぜ。あんたにはもう一杯。

ほら、俺はあんたにべつに……な、わかるだろ」

「ああ、もちろんさ。ありがとう」

「ここに来てからずっと、タックは俺に全然払わせてくれないんだ。だからかわりに、あんたとあんたのガールフレンドにビールをおごろうと思って」

うなずいて腰をおろす。「ありがとう」

「ほんと、ありがとう」レイニャも言った。

「この子、いい娘だね」

レイニャはテーブルごしに〝さあ、お手並拝見〟的なまなざしを投げかけてひと口飲んだ。

音楽が盛りあがり、フレーズの途中でとまった。拍手が起こった。

ジャックがあごでケージをさした。ダンサーは息を切らしている。「ほんとうに、こんなとこには来たことないよ。たまらないぜ。ベローナにはこういう場所がたくさんあるのか？」

「テディの店だけだよ」タックは言った。「西洋世界で唯一の場所さ。昔はここもよくある酒場だった。信じられないほどの進歩だな」

「たしかに信じられない」ジャックはくりかえした。

「こんなのは見たことない」

レイニャは瓶からもうひと口飲んだ。「けっきょく、あなたは死にそうにないわね」そしてほほえんだ。

ビールをかかげてみせ、三分の一を飲み干し、「どうやらそうらしい」

タックが急にすわったまま体をくねらせた。「やってらんねえぜ！　この店、くそ暑すぎる」もぞもぞとジャケットを脱いで椅子の背にかけ、刺青のある片腕をテーブルに乗せて、「これで少し涼しくなった」胸毛の草むらを指で梳いて見おろした。「豚みたいな汗だ」体を前にずらし、腹をテーブル板に押しつけて腕を組む。「いくらかましだ」キャップはまだかぶっていた。

「おいおい」ジャックはあたりを見まわして、「こんなところでそんな格好して大丈夫か？」

「ズボンをおろしてテーブルの上で踊ったってかまいやしねえのさ」タックは言った。「もし俺がそうしたいならな。そうじゃないか、レイニャちゃん？　教えてやれよ」

「タック」レイニャは答えた。「それ、見てみたいわ。ほんとに」と笑った。

ジャックは言った。「すげえな！」

ダンサーはケージからカウンターにおりようとしていた。下にいる誰かと冗談をかわしている。べつの誰かの手を借りて、ダンサーは軽やかに着地した。

新しい客の一団が、入口に現われた。

革服の男たちが何人か、カーキ色のシャツを着た背の高い黒人のところに向かった。ろうそくの光でも、その黒人のシャツの脇腹が汗で色濃くなっているのがわかる。まわりの黒人たちはスーツとネクタイ姿だ。彼らはテーブルをつなげた。

赤毛の女が笑い声に運ばれるように酒場を横切っていく。彼女は黒人のカーキ色のがっしりした肩をつかんだ。黒人は赤毛の女を抱きすくめた。女は抵抗したが、笑ったままだ。その足もとでミュリエルが吠えている。

墓場じみて陰気なテディが、革製の葉ざやにはいった植物かなにかのように酒瓶を並べ、つぎつぎに椅子をひいていった。背の高い黒人は腰をおろした。両のこぶしがひび割れる石のようにテーブルの上で左右にわかれた。ほかの連中はそのまわりにすわった。黒人はふんぞりかえって腕を伸ばし、オーバーオールを着た女を片手でつかみ、キラキラしたダンサーをもう片方の腕で抱く。誰もが笑っていた。女は酒をこぼさないようにと、縮れ毛の黒い頭を押す。ダンサーは「あああああ」とかん高い声で叫んだ。彼の紐パンツが切れた。白い尻から紐をはずし、それを持った腕をふりまわした。誰かの黒い手が伸びて、石灰のような尻をぴしゃりとはたく。ダンサーはびっくりして飛んで逃げ、怖い目つきでふりかえったが、最後にはウインクして、銀の紐を肩からさげ、尻をふりながら去っていった。

「なんてこった！」ジャックがテーブルの反対側でつぶやいた。

ぶらぶら揺れるダンサーの生殖器に生えたウサギみたいな毛は、光の粉まみれだった。

テディはくっつけたテーブルに酒をついでまわった。ほかの客は立ちあがっておしゃべりするか、席についたまま飲みはじめていた。

こちらの困惑した顔を見て、レイニャが説明してくれた。「あれがジョージ・ハリスンよ。知らない……？」

彼はうなずいた。「ああ、知ってる」

「なんてこった！」ジャックがくりかえした。「こういう場所じゃ、どんな人間にでも出会えるんだな。いろんな種類の人間に。俺の故郷じゃこんなことはなかった。ここは――」と周囲を見まわし――「ほんとうにいいところだな。なあ？」ビールをもうひと口飲んで、「みんな、とても愛想がいいし」

タックはブーツの足を長椅子にあげ、膝に腕を乗せた。「誰かがここで騒ぎでも起こさなきゃな」そして、ビール瓶を逆さにして大きくあけた口へ滝のように流しこむ。

「なあ、みんな俺の家に来ないか。そうだ、いっしょに帰ろうぜ」ビールをテーブルにおいた。「ジャック、レイニャ、それからあんたもな、キッド」

テーブルごしにレイニャをちらりと見て、行きたがってるかどうかたしかめようとした。

しかし彼女はまたビールを飲みはじめている。

「ほら、早く」タックがレイニャを指さすと、彼女はビール瓶を口から離し、顔をしかめた。「一晩じゅうここにすわってドライガルチ峡谷の女騎手たちを追いはらうつもりはないだろ？」

レイニャは笑いだした。「いいわよ、ほんとに来てほしいんなら」

タックはテーブルを叩いた。「いいぞ」それから身をのりだし、わざとらしいささやき声で、「こいつはほんとに気取った女なんだ。ここにしょっちゅう出入りしてたころは俺みたいなのといっしょにいるくらいなら死んだほうがまし、みたいな感じでさ。だけどよく知りあってみると、それほど悪い子じゃない」そう言ってテーブルごしににやりとした。

「タック、わたしは気取ってなんかないわ。いつだって話しかけてたじゃない！」

「おいおい、よく言うぜ《ソーズ・ユア・オールド・マン》」タックは親指をつきつけて、「こいつが今のおまえの彼氏《ユア・オールド・マン》か？」と、げらげら笑った。「来いよ。タック・ルーファーの店で遅い夕食だ。ジャック、腹が減ったって言ってたろ」

「うーん」ジャックはためらっている。「どうしようかな……」

レイニャはとつぜんジャックのほうを向いた。「あら、行きましょうよ。いっしょに来なきゃだめ。この街に着いたばかりなんでしょ。タックはあなたのこと、あちこちに案内したいのよ」うながすように笑顔を浮かべた。

「そうだな……」ジャックはにやついた顔をテーブルに、タックに、燭台に向けた。

「食い物なら出すからさ」とタック。

「いや、俺はそんなに――」

「ね、行こうよ！」レイニャも主張した。

（血と炭で汚れたノートに手を伸ばし、わきからはみだした新聞にふれた……）レイニャの指が、彼の不格好な親指にそっとふれた。彼は顔をあげた。タックは立ちあがるところだった。ジャックが「よし、わかった」とビールを飲み干した。タックは椅子の背から上着をとり、レイニャも立ちあがる。

新聞とノートを手にとり、彼女と並んで立った。ジャックとタック（また音の並行関係を思い出す）はもう先を行っていた。レイニャが腕をつついてきて、ささやいた。「晩ごはん、得したね」

彼らは、ハリスンの集団の脇を通った。「おっ、親愛なる古き友人鉄の狼《アイアン・ウルフ》じゃないか」ハリスンがカードから顔をあげてにやりとした。

「ゲームに集中しろよ、エテ公」タックはまぜっかえす。「でないと、あんたのカードをほかの連中に――」

ハリスンはカードを伏せ、体を揺すって笑いだした――と、いきなり銀髪のダンサーが飛びこんできた。紐パンツは直っていた。ダンサーはレイニャの腕をつかんで、「ねえあんた、どうしていつもすてきな殿方たちをつれていっちゃうのよ？　ねえ、みんな来て！　あたしにも笑ってみせて……すてき！　ごいっしょしていい？」

タックがジャケットをふりまわすと、銀髪の頭はひょいとよけた。「あっちに行けよ」

「あらまあ、この胸毛自慢の彼女ったら、自分のことをよっぽどご立派だと思ってるのねっ！」

とりあわずに、タックたちはドアに向かった。

赤毛の女と紫のアンゴラセーターは壁際で静かに語りあっていた。ミュリエルが息を切らせながら二人の足もとにすわっている。ゆらめくろうそくの炎が、女の黄色い顔に幾筋もの線を刻みつけている。横を通るときに、ふと気づいた。赤毛の女はそれほど化粧をしているわけではないし、それほど歳でもない。しかし、不安定な光源に照らされた彼女の荒れた肌は、どこか作りものめいていた。女のジャケットには、ファウスト、ナイトメア、ダンサー、それに彼自身が身につけているのと同じ、奇妙な鎖が束になってかかっていた。（今まで気づかなかった。なぜ見逃がしていたんだろう。鎖があまりに多すぎるせいで、ちがうものに見えていたとでも考えるしかない。）

ミュリエルが吠えた。

前にレイニャ、うしろにジャックをしたがえて廊下に出た。

テディが、キャップの下から機械仕掛けの骸骨のような笑みを浮かべながら、ドアをあけてくれた。

あざやかなブロンドの少女ががげんこつを噛みながら歩道の端に立ち、彼らをじっと見つめている。

外は驚くほど涼しかった。

〈蘭〉がベルト通しにちゃんとぶらさがってるか確認しようと手を伸ばしかけたとき、少女が話しかけてきた。「ごめんなさい、ちょっといいかしら――」少女の顔は落ちつかないように表情を変え――「ジョージ・ハリスンは……この店にいるの？」それから完全に表情をなくした。灰色の瞳がきらきらと輝く。

「え？　ああ、なかにいるよ」

　少女はまたこぶしをあごにあてて、まばたきした。うしろでジャックが声をあげた。「なんてこった、あれを見ろよ！」

「たしかにすごいな！」とタック。

「いま、店のなかにいるの？　ジョージ・ハリスンよ、大柄の黒人の」

「ああ、いるとも」そのときレイニャが腕をひっぱった。

「キッド、あれを見て！　見える？」

「え？　なんだ？」と上を見た。

　空には――

　足音がしたので、地上に視線をもどす。ブロンドの少女が道を駆けていくのが見えた。眉をひそめ、あらためて空を見た。

　――黒と銀が流れていた。さっきまで低く全体にたれこめていた煙が、いくつかの筋に束ねられ、街路まではおりてこない上空の風によってひきちぎられ、飛ばされている。

　ほどけつつある霧の上で、月明かりが銀の網目をかすかに照らした。

　レイニャの肩（彼女も少女を目で追っていた）に寄りそうと、ぬくもりが広がった。彼女の短い髪が腕をなでる。「こんなの見たことない！」それから大きな声で、「タック、こんなことって今まであった？」

（いつか自分は死ぬのだろう、と脈絡もなく彼は考えたが、その考えをふりはらった。）

「くそう！」ルーファーはキャップを脱ぎ、「俺がここに来てからは初めてだ」指一本でジャケットを肩にひっかけていた。「どうだい、ジャック？　ひょっとすると、いよいよ霧が晴れるかもしれん」

　彼らは空を見あげたまま歩きだした。

「初めて見るわ、こんな――」レイニャが足をとめた。

　全員が足をとめた。彼はごくりと唾を飲みこんだ。上を見たままの姿勢だったので、喉にぎこちなくひっかかった。

　雲の切れ間から、丸い月がのぞいていた。そして、風に流されたその切れ間に、もう一つの月が見えたのだ！

低い空にある小さな月は、ほぼ三日月だった。

「なんてこった！」とジャック。

　煙がまたひとかたまりになって流れていく。

「ちょっと待ってみようぜ！」タックが言った。

　小さな、しかしまぎれもない三日月によって、ふたたび夜空が照らされた。その近くでいくつかの星がまたたいている。煙は濃くなったり、とぎれたりしている――その上で、満月に近い月が輝いていた。

　酒場の入口にはべつの集団がたむろして、侵略された夜空を見てたじろいでいた。二人組が、一本の酒瓶をやりとりしながら、近づいたり離れたりしている。

「いったい――」空は三日月とほぼ満月の二つの光でふたたび明るく照らされた――「なんなんだ？」強い口調でタックがたずねた。

　誰かもたずねた。「あれはなんだと思う？　太陽かねえ？」

「月だよ！」べつの誰かが泡の吹きこぼれる酒瓶で空をさしながら答えた。

「じゃあ、あっちはなんなんだい？」

　一人がもう一人の手から酒瓶を奪って言った。「もう一つのほうは……あれはジョージだ！」

　二人組は酒をこぼしながらよろよろと去っていった。

　店先にいた集団が笑いだした。「今の聞いたか、ジョージ？　くそったれの月に、あんたの名前がついたぜ！」笑い声とはやしたてる声のあいだから、ひときわ大きな笑いが起こった。

　レイニャは彼の腕のなかでぶるっとふるえた。

「なんてこった《ジーザス》……」ジャックがまたつぶやいた。

「連中によると、ジーザスじゃないらしい」タックは言った。「さ、行こうぜ」

「あれはなに？」レイニャがあらためて質問した。

「たぶん一種の反射現象だ」と、彼女の小さな肩を指でつかんだ。「それとも、気象観測気球かな。空飛ぶ円盤とよく見まちがえられてるやつ」

「なにが、なにに反射してるっていうんだ？」タックが訊いた。

　雲の断片が動く。交互に、ときには両方いっぺんに、二つの月が姿を見せた。風が吹いていた。空は回復しつつあった。空の半分は、雲がひとまとまりになっていた。酒場の入口から声がした。

「やっと月が見られたぞ！　それからジョージも！」

「照らせ、照らせ、ハーヴェスト・ジョージ――」

「おいおい、ジューンとジョージじゃ韻を踏まないぜ！」

（「タックとジャックなら韻を踏むわね」とレイニャがくすくす笑いながらささやき、ポケットからハーモニカをとりだした。）

「だけどおまえ、ジョージがあの白人の娘にしたこと、覚えてるだろ――」

「くそ、あの小娘、そんな名前だったのか？」

　レイニャがハーモニカの音を耳に吹きこんできた。その場を離れ（「ねえ……！」）やがて狼狽しながらレイニャのところにもどった。彼女は手を伸ばして彼の人差し指を握った。丸っこい彼のげんこつでなにかがうずく。親指の関節の廃墟にレイニャは唇をこすりつけた。背後の叫び声がとだえた。頭上では、ふたたび現われた雲で、二つの光がかすんでしまった。元兵士と元技師のうしろを歩きながら、レイニャは彼の胸もとでけだるい音楽を奏でる。彼女の動きが彼をひっぱっていた。彼女は吹くのをやめて口を離して言った。「あなた、いいにおい」

「そう？　自分じゃくさいと思うけど」と顔をしかめた。

「ほんとよ。いいにおい。ブランデーに漬けた桃みたい」

「三週間も風呂にはいらずに放浪してりゃ、誰だってそうなるさ」レイニャは彼の腕に鼻をおしつけた。

この女は変わってる、と思った。そしてその風変わりなところが好きになった。そしてそれは、好きになりやすいように彼女がしむけてくれたからだと気づいた……彼が誰だろうとかまわずに。笑みを抑えながら、物思いを中断した。彼女は気まぐれに演奏していた。

新聞とノートで腿を叩いて拍子をとった。それから自分が嫌っていたジョンが同じ動作をしていたのを思い出して、やめた。

5

二重の明かりに照らされた霧のなかで影を探す。燃える街路で、風景ととぎ澄まされた感覚が暗く交感し、もっと不毛な苦痛をほのめかす。コントロールできなくなった雲は、悪い予感を抽出する。二つの月なんて、いったいなんの役に立つんだ？　秩序という奇跡は尽き、ぼくは奇跡とは縁のない都市に残された。ここではどんなことでも起こりうる。これ以上、無秩序のまねごとなんか必要ない。二つの月には、それ以上の意味がなくちゃいけない！　煙のなかに炎の源を探すんだ。燃えさしからは、成功も絶望も読みとれない。退屈の境界は同じくらい明るい。ぼくはそこを越えて、暗い境界線の内側にはいる。なにも求めてこない偽りのぬくもりがある。二重の光のもとで消えてしまうものもある。

四人で夜の通りを愉快に練り歩き、双子になった衛星について驚きと思索をくりかえし、タックの暗い階段にはいった瞬間——足音が彼の周囲をぐるぐる回り、くだり、横切り、登っていく——夜の街から建物にはいるために通ったはずの入口の記憶がないことに気づいた。今朝がた、この建物から脱出したときの記憶は残っているのに。

「いいアイデアね！」レイニャがうしろで激しく息をついていた。「満月《フル・ムーン》じゃなくてフル・ジョージの月見パーティだなんて」

「もしジョージが満月のほうだったらな」タックは言った。「おっと、ほぼ満月、か」

「どこまであがればいいんだい？」先を行くジャックが訊いた。

腰からぶらさげた〈蘭〉が揺れている。ノートと新聞――新聞はまだ一ページも読んでいない――は、じっとり濡れた手にしっかり握られたままだ。

「あと一階だよ――いやちがう。数えまちがえた」タックが声をはりあげた。「さあ着いたぞ。パーティの時間だ！」

金属と金属がこすれあってきしむ音。

うしろのレイニャと前のジャックが笑っている。

見あげると光があった。上空をおおいつくす雲に向かって、この街が投影するものといえば光だけだ。壊れた街灯、遮光の不充分な扉や窓からおずおずと漏れる明かり、炎。街の光は、小さいサイズで光る、はかないもう一つの天体を照らすのに充分だろうか？

6

屋上を囲む腰の高さほどの柵にワインの瓶をおいた。眼下の街灯はぼやけた真珠だ。深い霧のむこうを見つめようとした視線は、そのなかで迷ってしまう。

「なにを見てるの？」うしろからひょっこりレイニャが現われた。

「えっ」夜は焼け焦げる臭気に満ちている。「なんでもないよ」

レイニャはワインをとりあげて飲んだ。「悪くないわね」と瓶をおき、「なにかを探していたわよ。目を細めて、首をつきだして……ああ、この煙じゃ、下のほうはぜんぜん見えないわね！」

「川だよ」彼は言った。

「え？」レイニャはまた柵の外に目を向けた。

「川が見えない」

「川って？」

「河岸に来るとき、橋を渡ったんだ。ここはそこから二ブロックくらいしか離れていないはずだ。なのに、最初にこの屋上に来たときには、水面しか見えなかった。まるで川が急に半マイルも遠くに行ってしまったみたいにね。あそこの建物のむこうに見えたんだ。でも今は、それも見えない……」ふたたび首を伸ばしてみる。

レイニャが言った。「ここからじゃ川は見えないわ。たしか……正確には知らないけど、ずっと離れたところよ」

「今朝はまだ見えたんだ」

「そうかもしれないけど、信じられないわ」一呼吸おいて、彼女はたずねた。「今朝、ここにいたの?」

彼はつづけた。「あっちにはもう煙はかかってない。なのに、橋からの光もなにも見えない。燃えている河岸地区の炎が反射してるのさえ見えないんだ。火事がおさまったのかもしれないけど」

「だとしても、電灯の一つくらい点いてそうなものだけど」レイニャはふいに肩をすぼめて小さくふるえた。ため息をつき、彼の顔を見あげ、ぽつりと、「月といえば」

「なんだい?」

「ねえ、覚えてる?」彼女がたずねた。「宇宙飛行士が初めて月面におりたときのこと」

「ああ」とうなずいた。「テレビで見たよ。友達の家にみんなで集まってさ」

「わたし、中継は見逃したのよね。次の日の朝に見たの」とレイニャ。「だけど……変な感じだった」

「なにが?」

彼女は唇を軽く嚙んでからポンと離して、「月面着陸の映像を見たあと、空にある本物の月を見たときのこと、覚えてる?」

彼はけげんな表情を浮かべた。

「まるでちがって見えたのよ。五万ものSF小説が書かれても、月が空にかかった光であることは変わらなかった。それが、いまや……単なる場所になっちゃった」

「ぼくは、誰かがあそこで糞をしたんだろうなって思ったけどね。どうして誰もそのことを言わないんだろう、って」笑うのをやめて、「でも、そうだな、たしかにちがったふうに見えたね」

「それが今夜」彼女はのっぺりした一面の煙に目を向けた。「まだ誰も足を踏みいれていないもう一つの月が現われたおかげで、とつぜん、前からある月もいっしょに……」

「空に輝く光にもどった」

「あるいは……」彼女はうなずき、「新しいものになった」壁にもたれた彼女の肘が腕にふれた。

「おおい」ジャックが戸口から声をかけてきた。「俺、もう帰ろうと思うんだ。だってさ……とにかく帰ったほうがよさそうだ」そう言って屋上を見まわした。霧が三人を包んでいた。「その、タックが」彼は言った。「ひどく酔っぱらってて。あいつ、ちょっとそっちのケが……」

「あなたがいやがることはしないわよ」

レイニャは少し笑ってかすかに面白がっていることを示してから、タックの小屋にもどった。

ワインの瓶をとり、あとにつづいた。

「ほら」竹のカーテンから出てきたタックは自慢げにに言った。「約束のキャビアだ。ここに越してきた最初の日に手にいれたやつ」しかめ面をして、「多すぎるかな？でも、俺はキャビアには目がなくてね。これは輸入もの」と左手で黒い瓶を掲げ、「こっちは国産」右手でオレンジ色の瓶を持ちあげた。キャップはジャケットといっしょに机に投げだしてあった。頑丈な上半身に乗った頭が、ひどく小さく見える。「社交界の連中がパーティでつついているのより、たくさんあるぜ」手に持った二つの瓶を、一ダースもある瓶のあいだにおいた。

「もうずいぶん遅いから……」戸口でジャックの消えいりそうな声がした。

「あらあら」レイニャはあきれて言った。「こんなにたくさん出して、どうするつもりよ、タック？」

「遅めの夕食さ。ご心配なく、ファイア・ウルフ亭ではどなたにもひもじい思いはさせませんせん」


小さな瓶を一つ、手にとってみた（ごつごつした傷だらけの肉に包まれたカットグラス）。「……スパイス入り蜂蜜ジャム……」

「そうそう」タックは机の端にまな板をおくと、「前にちょっと味見してみた。悪くないぜ」そう言ってアーティチョークの芯のピクルス、ピミエント、カポナータ、香辛料をふりかけたハム、ニシン、ピミエント、アンチョビ巻き、グアバのペースト、パテの上で体を揺すった。「そしてもう一杯——」瓶をつかんで、グラスに酒をそそぐ。「ジャック、一つどうだ？」

「いや、いらない。もうほんとに遅いよ」

「ほら！」タックはグラスをジャックの手に押しつけた。こぼすわけにはいかないので、ジャックはしぶしぶ受けとった——

「ああ……ありがとう」

「……こっちは自分用」タックはグラスを飲み干すと、もう一杯ついだ。「さ、みんな、適当にやってくれ。ピミエントは嫌いか？」

「スパイスだけじゃ食べられないわ」とレイニャは抗議した。

「パンに……チーズもあるから、いっしょに食えばいい。アンチョビは？」

「わかったってば」とレイニャ。「試してみるわよ」

ルーファーはジャックをうながす。「さ、遠慮するなよ、坊や。腹ぺこだって言ってたじゃないか。キャビアでもなんでもあるぜ」

「だけどもう……」ジャックのうしろの戸口に、煙が幕をはっている。「……遅いし」

「タック？」

「おっとキッド、おまえのグラスはこれだ」

「ありがとう。なあタック？」

「どうしたキッド。なにかご用かな？」

「あのポスターなんだけど」

まんなかに貼られた写真から、背の高い黒人が室内を睨みつけていた。油を塗ったような茶褐色の腹部がすり切れた革ジャケットの下で光り、黒い太腿に黒い穴を穿つようにこぶしがおかれている。撮影時には黄色い光があてられていたのだろう、縮れた毛が生えた恥骨の部分が真鍮色に見えた。陰嚢の表面は色も質感も腐ったアボカドの皮そのものだ。腿のあいだにぶらさがったサオは、懐中電灯の持ち手のように太く、汚らしい黒い虫がのたくるように血管が浮きでていた。右膝の皮膚は、下にある最高級のバイクとじゃれあっている。左の耳は蛇のとぐろのようだ。真鍮色の光が脚と首に縞模様をほどこし、鼻孔まで油をのばしていた。

「こいつ、酒場にはいってきた黒人《スペード》だよね。もう一つの月の名前の由来になった男」

「そう、これはジョージ——ジョージ・ハリスンだ」タックはべつの瓶の蓋をとり、においを嗅ぐと顔をしかめた。「テディの店にいる連中が、ジョージに頼んでこのポーズをとらせたんだ。あいつはほんとうに目立ちたがり屋でね。写真を撮らせるのが三度の飯より好きだときてる。飲みすぎてるときはべつだが、そうじゃないときはほんとにたいした男だよ。それに美しいだろう？　おまけに、馬何頭かをあわせたくらい強いんだ」

「新聞に写真が……どこかの娘をレイプしてる写真が載ってたんだって？　今朝、新聞売りの男に聞いたんだけど」

「ああ」タックは次の瓶を下におき、ブランデーを飲んだ。「そうそう、白人の娘との一件な、暴動の最中に新聞に載ってた。さっきも言ったとおり、ジョージは写真を撮らせるのが大好きなんだ。黒人のあいだじゃすっかり大物扱いさ。そのことを楽しんでもいる。俺がやっても、そうするだろうが」

「タック、これはなに……タコね！」レイニャは鼻先にしわを寄せてから、口にふくんだ。「ちょっと固いけど……うん、いける」

「なんてこった」ジャックが叫んだ。「これはしょっぱすぎだ！」

「ブランデーを飲みな」タックはくりかえし誘った。「塩辛い食いものは強い酒にあうんだ。さあさあ、もっと飲めって」

「あのさ――」まだポスターが気になっていた――「これ、昼間行った教会にも貼ってあったんだ」

「ああ！」タックはグラスをかたむけた。「エイミ師のところに行ったんだな。知らなかったのか？　彼女がこのポスターを配布している張本人なんだ。俺がどこでこいつを手にいれたと思う？」

ポスターに向かって眉をひそめ、タックに眉をひそめ（見ちゃいなかったが）、もう一度ポスターに眉をひそめた。

象牙色の目、ビロードの唇、尊大とも当惑ともとれる表情で固まった美しい顔。これは……芝居がかった表情なんだろうか。おそらく、尊大さを演じているのだろう。頭のなかで、この挑発的な顔と、驚くべき二つめの月の記憶を重ねあわせようとした。

「これ食べてみて！」レイニャが大声で言った。「おいしいわよ」

たしかにうまかった。しかし、その下の味のないクラッカーをかじりながら、屋上に出て、濃い煙のなかで大きく息を吸った。においはしなかったが、自分の心臓を、つかのま耳で感じた。とても早く、正確に脈うっている。曇った夜空に、二つの月のどちらか片方でも見えないかと探した。強姦魔？　彼は考えた。自己顕示欲のかたまり？　彼は神秘に――ゴシップに、印刷された言葉に、凶兆に近づいていた。ぞくぞくしながら、雲のあいまにジョージを探して目を細めた。

「ねえ」レイニャが言った。「気分はどう？」

「疲れた」

「わたし、毛布とかいろいろ公園におきっぱなしなの。帰らない？」

「いいよ」レイニャに腕をまわそうとした――彼女は両手で彼の片手をとった。両手の指を〈蘭〉の刃のようにして、彼の手首から先を包んだ。刃は閉じられ、小指と人差し指を握り、節くれだった手のひらにキスをした。彼の当惑には気づいていないらしい。唇をひらいて指の節に口づけ、舌を這わせた。手の甲に生えた毛にあたたかな吐息がかかる。

レイニャの顔はほんの一インチほどしか離れていなかった。彼はそのぬくもりも感じることができた。もはや習慣となった好奇心と当惑にうながされて、あいまいな口調で質問する。

「君は知っているの……月を？」

彼の指を握ったまま、レイニャはちらりと目をあげた。

「どの月？」

「つまり……ぼくたちが二つの月を見たときに、君が話したことだよ。ちがって見えたとかって」

「二つの月？」

「おい、やめてくれよ」手をおろした。彼女の手もいっしょにさがる。「酒場を出たときのこと、覚えてるだろ？」

「うん」

「夜空に雲が広がってたじゃないか」今は継ぎ目なくおおわれて、ぼんやりと霞んでいる空を見あげた。

「うん」

「なにが見えた？」

彼女は困惑したような表情を浮かべた。「月よ」

「月は――」ぞっとするような感覚が――「いくつあった？」――背筋をつかんだ。

レイニャは小首をかしげた。「いくつって？」

「みんなで店の外に立って見たじゃないか、空に……」

そこで彼女は吹きだした。笑いながら、また彼の手に顔を押しつけた。顔をあげたとき、ようやく笑うのをやめてたずねた。「ねえ」そして、「ねえ、わたし、からかってるんだけど……？」

「そうか」

しかし、その答えで彼が混乱しているのがわかったようだ。「ううん、ほんとにからかっただけ。二つの月のことね、なにを話そうとしてたの？」

「えっ？」

「なにか言おうとしてたじゃない？」

「いや、なんでもない」

「でも……」

「そんな冗談はもう二度とやめてくれ。絶対に。この……街では」

彼の言葉につられてレイニャもあたりを見まわした。それからもう一度、彼の手に顔を埋めた。彼女の唇に指をこじいれる。「ええ、しないわ」彼女は言った。「こんなふうにさせてくれるなら」と唇をすべらせ、ぼろぼろの親指をしゃぶった。

表情が内なる感情をあらわにし、表面が内部に秘められた空間の形を示すように、彼は奇妙なぬくもりを感じた。顔の裏側に広がっていくそのぬくもりにうながされて、大きく息を吐いた。「うん」と彼は言った。「わかった」そして「……いいよ」一語ごとに、肯定の意図はより明確になり、口ぶりはどんどん自信なさげになっていく。

背後でタックがドアをいきおいよくあけ、蝶番《ちょうつがい》が大きな音をたてきしんだ。手すりのところまで歩きながらズボンのジッパーをおろし、「ちくしょう」とぶつぶつ言っていたが、レイニャの姿を見ると足をとめた。「失礼。ちょっと用を足したいんでね」

「どうかしたの？」ふらつくルーファーに彼女はたずねた。

「どうかした、だって？　今夜のお相手はやらせてくれない。ゆうべの相手は、この街一番のホモ好き女にすっかり捕まっちまった」ズボンのジッパーがジーッと音をたててひらいた。「なあ、俺は小便したいんだ」とレイニャにうなずいた。「あんたはここにいてもいいよ、お嬢ちゃん。だけど、こいつにはどこかに行ってもらわないと。俺にはこだわりがあってね。殿方の前で小便するのは恥ずかしいんだ」

「勝手にしろ、タック」そう言って、その場を離れた。

レイニャが追いかけてきた。うつむいて、泣いているような音がきこえた。肩にそっとふれてやると、彼女は顔をあげた。笑いをかみ殺していたのだ。

彼は息を吸った。「さ、行こう」

「え？　ジャックはどうするの？」

「ジャックなんか知るもんか。つれてく気なんてない」

「そりゃもちろんよ。そんなつもりは……」と彼を追って階段室に向かった。

「じゃあな、おやすみ、タック」最後に呼びかけた。「またどこかで」

「ああ」ルーファーは小屋のドアをあけながら返事した。その肩と側頭部の毛が、逆光に照らされて浮かびあがる。

「おやすみなさい」レイニャも挨拶した。

金属のドアがきしみながらひらく。

暗闇に伸びていく階段で、彼女がたずねた。「ねえ……タックのこと怒ってるの？」やや間をおいて、「そりゃあの人は、ときどきおかしいけど、そんなに……」

「怒ってなんかいない」

「そう」二人の足音が沈黙に穴をあけていく。

「タックのことは好きだよ」ときっぱり言った。「そう、いいやつさ」新聞とノートは脇にかかえていた。

暗闇のなか、レイニャの指が指にからんでくる。ノートを落とさないように、彼女を抱きよせた。

次の階段の一番下で、レイニャがふとたずねた。「自分が誰だかわからないってこと、気にしてる？」

次の階段の一番下で答えた。「いいや」それから、彼女の足音が早まったので（あわせて足早になりながら）、彼考えた。こちらの素性がわからないことも、醜い手と同じくらい彼女には刺激的なんじゃないか。

レイニャは自信たっぷりのすばやい足どりで彼を地下の廊下――コンクリートが冷たい――まで導き、階段をあがった。「出口よ」そう言って、彼の手を離した。彼女はどんどん歩いていく。

彼にはなにも見えない。

「あとちょっと登るだけ」レイニャは先を進んだ。

ドアの脇柱を自信なげにつかみ、はだしの足を一歩踏みだした……板だった。もう片方の手を使ってノートと新聞を顔の前に掲げながら、腕を前に伸ばした。

少し先、下のほうから彼女の声。「こっちよ」

「石段のへりに気をつけて」と声をかけた。爪先と足指のつけ根は板の端をこえて宙に浮いていた。「あと肉を吊すフックにも」

「えっ……？」彼女はくすくす笑った。「大丈夫よ――それ、道のむかい側の建物のことじゃないの？」

「そんなバカな」と吐きすてた。「今朝、この建物から逃げだしたときに、もう少しで串刺しになるところだったんだぜ」

「あなたはきっと」レイニャは笑ったまま、「地下で迷っちゃったのよ！　さ、あと何段かおりるわよ」

暗闇に向かって顔をしかめて（考える――この通りの角には街灯が一つあったはずだ。屋上からたしかに見た。どうしてなにも見えないんだ……）ドアの脇柱から手を離し、前方に一歩……おりた。ぎいっときしむ板があった。まだ腕を顔の前に掲げていた。揺れるフックにぶつかるんじゃないかとびくびくしながら。

「地下通路の一つは」レイニャが説明する。「道を横切って、あの建物の荷おろし用ポーチの裏に出るようになっているのよ。最初のうちは、タックの家にくるたびに同じ経験をしたわ。初めは、自分の頭がおかしくなったんじゃないかって思った」

「えっ……地下通路？」と腕をおろした。

おそらく（その可能性は、煙だらけの路地に新鮮な空気が吹きこむように、彼をほっとさせた）屋上から見えたのは、建物の裏の通りだったのだろう。だからここには街灯がないのだ。中途半端に両手利きなので、しょっちゅう右と左を混同してきた。板の段をもう二段おりると、舗道だった。

手首をつかまれるのを感じた。「こっちよ……」

暗闇のなか、レイニャに手を引かれて早足で歩いた。舗道の縁石を登りおりし、完全な暗闇からほぼ完全な暗闇まで進む。地下通路よりもはるかに複雑な道程だ。

「ぼくたち、いま公園にいるのか……？」しばらくしてから訊いてみた。公園の入口を通ったのに気づかなかっただけじゃない。長い夢想から覚めて口をひらいたとき、何分ぐらい経っていたのかわからなかったのだ。三分？　十三分？　三十分？

「そうよ……」レイニャは答えた。なぜ彼が不思議そうなのかと不思議そうだ。

二人は柔らかく灰のような地面を歩いた。

「さあ」彼女が告げた。「うちに着いたわ」

木々がざわざわと揺れた。

「毛布を広げるのを手伝って」

彼は考えた――どうして彼女には見えるんだろう？　毛布の角が足もとに投げだされた。膝をついて、端をまっすぐに整えた。彼女が反対側でひっぱっているのを感じる。彼女のひっぱる手がゆるむのを感じる。

「服をぜんぶ脱いで……」レイニャが優しく言った。

うなずいて、シャツのボタンをはずす。こうなることもわかっていた。いつからだろう？　今朝からだろうか？　彼は考えた。新しい月が現われ、天上のすべてが変わった。それでもぼくたちは、黙って機械的に肉と肉の交わりへと進んでいく。大地は歩くのに充分なくらいじっと動かず、天界でなにが起ころうと関知しない。ベルトをはずし、するりと脱いで顔をあげると、彼女がかすかに見えた。毛布のむこうで、激しく動く影。靴ひもとジーンズがこすれる音――草の上にスニーカーが落ちる。

彼もサンダルを脱いで、毛布の端に裸であおむけに寝た。

「どこにいるの……？」彼女がたずねる。

「ここだよ」しかしこの返事は、顔をおおう仮面をふるわせるうめき声のようだった。

レイニャがもたれかかってきた。彼女の肉体は暗闇にさしこむ陽光のようにあたたかく彼におおいかぶさる。彼女の膝が膝のあいだにするりと割ってはいる。満ちたりた思いで、彼の腕は彼女を包みこんだ。彼は笑った。レイニャの口が彼の口を探し、見つけ、舌をいれてきたとき、彼女の体を脇に転がした。

股間の熱源から、波紋のように徐々に熱が広がり、膝から乳首までを満たしていく。彼の肩をつかんでいるあいだ、レイニャの陰部の骨が彼の腰にこすりつけられる――だが勃起はしなかった。

二人は体を揺り動かし、口づけあう。乳房に手を伸ばし、なでる。レイニャはその手に手を伸ばし、なでる。五分？　それとも十分？　口づけ、抱きあいながら、しだいに言いわけがましい気持ちになっていく。「どうもちょっと……君には物たりないんじゃ……」

レイニャは頭をのけぞらせて、「もし気にしてるんなら」と言った。「あなたには足の指もあるし、舌でも……指でだって……」

彼は笑い——「そうだね」——体を下にずらしていった。足が、そして膝が、毛布からはみだして草にふれる。二本の指でレイニャの性器に触れる。レイニャは手を伸ばし、彼の手をぐっと押しつける。そこに口づけた。レイニャは指をひらき、陰毛をかきわける。

そのにおいは、顔に吹きつける風のように——あれはオレゴンだったろうか——濡れた松材に、斧の最初の一撃を加えたときを思い出させた。彼は舌を突きだした。

彼の陰茎も毛布のきめに逆らうようにひきずられた。柔らかい精巣が、ゆるい陰嚢のなかで前へ押しだされる。

レイニャは片手で彼の頭を強く抱いた。もう片方の手で、腰に強くあてられた彼の二本の指を握った。

舌を使って濡れた襞を探った。うずまく襞に包まれたこりこりした核、その裏の小さな窪み。レイニャはびくんと動いた。三十秒ほど息をとめ、あえぎ、また息をとめた。あえぎ声。毛布で自分自身をこする。ほんの少しだけ、九歳のころ自慰をしていたときのように。そして彼女におおいかぶさった。レイニャは両手を腿のあいだに突っこみ、彼のサオをとらえた。彼女のなかにはいっていく。彼女は腕を彼の体の下からひっぱりだし、いきなりきつく首筋に抱きついた。彼女の肩を抱きながら、ゆっくり腰を落とし、腰を引き、また突きいれた。さらに突いた。彼女の腰が腰の下で揺れる。彼女の踵が毛布を登っていくにつれ、その足首が彼の太腿を這っていく。

レイニャは、彼のこぶしを、手にあまる岩か木の根のように握りしめた。背中を丸めながら、彼は彼女の手の甲を草に押しつけた。広げた彼女の指のあいだから、草の刃が彼の指のつけ根をちくちくと刺す。息を切らせ、倒れこみ、また息を切らせるあいだ、レイニャは彼のこぶしをぐいぐいと毛布までひきずり、毛布の上にひきずりあげ、しまいには自分の頬を、口を、あごを、彼の手でなでまわした。

汗に濡れ、ひげも剃っていないあごを彼女の喉にこすりつける。親指を吸われたことを思い出し、妙な好奇心にかられて指を広げ、三本を彼女の口に押しこんだ。

動きから判断すると（その吐息は荒く、長く、濡れて、指関節のあいだを走る彼女の舌の裏側は熱をおびた)、どうやらレイニャもそれを求めていたらしい。それがわかると彼女から四十秒ほど遅れて、果てた。

体をふるわせながらレイニャの上に倒れこんだ。彼女は彼の肩を抱きしめた。

しばらくしてから、レイニャはごく事務的に彼を起こした。「どいて。重い」

あごをあげる。「君は……終わったあと、抱きしめられるのは嫌い?」

「好きよ」彼女は笑った。「でも、あなた重いんだもん」

「そうか」ごろんと横に転がった――彼女を抱いたまま。

レイニャはキャッと叫んだ。いれ替わって彼の上になると、叫び声は笑い声に変わった。彼の顔に顔を押しつけ、ふるえながら笑いつづけた。なにかをクチャクチャすばやく嚙んでいるときみたいに。彼はほほえんだ。

「君は重くないね」そう言ってから、四ポンドか八ポンド重すぎるという彼女の言葉を思い出す。たぶんそれは脂肪のせいじゃないんだろう。

腕のつくる輪に抱かれながら、レイニャはそっと体からおりた。片手は軽く彼の首においたまま。

尻で、背中で、足で、地面の輪郭をはっきり感じとれる。石がある(それとも毛布の下になにかがあるのか?)、肩のあたりに(それとも鎖のプリズムだろうか)……なにかがある……

「大丈夫?」

「うん……よし」地面の窪みにそれを動かした。それでもう気にならなくなった。「大丈夫」

うつらうつらしはじめると、レイニャは脇に寄りそってきた。膝をすねに重ねてきて、肩に頭をあわせた。鎖を巻いた腹をそっとなでられた。吐息が胸毛をくすぐる。レイニャは言った。「これって、友達をなくすような質問だけど……でも知りたいの。タックとわたし、どっちが気持ちよかった?」

目をあけて、彼女の頭のてっぺんであろう部分を見おろした。彼女の髪が顔をなでる。そこに向かって、ぎこちなく笑った。「タックがしゃべったのか?」

「酒場でね。あなたがトイレに行ってるあいだに」どうやら眠いみたいだ。「最初は冗談だと思ったの。でも、今朝、あそこにいたってあなたが言うし」

「うん、まあ」しかたなくうなずいた。「やつはなんて言ってた?」

「あなたは協力的だった、って。でも基本的にはマグロだった、とも」

「そうか」驚いて、眉と下唇があがるのを感じた。「じや、君のほうはどうだった？」

レイニャは身動きした。その動きは、わきにあてられた頬から（彼女を腕に抱きかかえるようにした）、やがて胸へ（片方の乳房が胸に押しつけられるのを感じた）二人のあいだにしっかりはさまれた乳房は痛くないのか、不思議に思った）、そして腰へと（股間で立ちあがった性器が腹にあたった）伝わっていった。「強烈だった……」と物思わしげに答えた。「でも、よかったわ」

もう片方の腕も彼女に回した。「君のほうがよかったよ」そして、ほんとうにそうだと確信した。やにわに頭を毛布から起こし、彼女のことをあらためて見つめた。

「ねえ……君、避妊用の装備をしてる？」

レイニャは笑いだした。最初はうつむいたままくすくすと、やがて背中を向けて思いきり暗闇のなかで笑いころげた。

「なにがそんなにおかしいんだ？」彼女の体が離れてしまうと、そこに感じていたぬくもりのぶん、寒さを感じた。

「ええ。わたしはたしかに、いい、避妊には気をつけて……あなたの言う〝装備〟を使ってる」レイニャは、草と草がふれあうように軽く笑いつづけた。「ただ、あなたの質問のしかたが」ようやく口がきけるようになり、「すごくお上品だったから。大昔のエチケットみたい。そういうの、慣れてなくて」

「そうか」と答えたものの、ちゃんと理解できたかどうか自信がない。なんにせよ、また眠くなってきた。

実際に眠ったのかどうかはわからない。しかし、少ししてから、彼女の腕が眠たげに腕の上で動いたので目を覚ました。すっかり目がさえて彼女に向きなおった。彼女はこちらの動きにあわせて体に半身を乗せてきた。その姿勢のまま、彼女はもう興奮していた。

二人はまた交わった。それから石のように眠りこけた——どちらか片方が動くまで。そして二人はまた目を覚まし、ぴったり寄りそった。

そして、また交わった。それから話しあった——愛について、二つの月について（「もうどっちも見えないわ」彼女がささやく、「これって変じゃない？」）、狂気について——そしてまた交わった。

そしてまた眠った。

そして目を覚ました。

そして交わった。

そして眠った。

このような調子ではじめるのは、われわれとしてはいささか奇異だが、編集子としては、こうしたニュースが、われわれの街の常軌を逸した歴史においてはきわめて印象的な出来事に思えるのだ。オセアニア出身の最も著名な英語詩人であるアーネスト・ニューボーイは、一九一六年にオークランドで生まれた。イングランドで学生時代をすごし、二十一歳のときに帰国して（と詩人は語る）ニュージーランドとオーストラリアで教師を六年間務めたあと、ヨーロッパにもどって仕事をし、旅をした。

ニューボーイ氏は三度ノーベル賞候補に挙がっている。もし受賞すれば、アストゥリアス、サン＝ジョン・ペルス、セフェリスなど、外交官兼文学者という偉大な系譜に連なることになるだろう。彼は現在、比較的中立の立場にある国家の一員として、国連文化委員会への参加を要請され、合衆国を訪れている。目下、委員会は休会中とのこと。

アーネスト・ニューボーイはまた、いくつかの短篇・中篇小説の作者としても知られており、それらは『石《ストーンズ》』というタイトルでまとめられている（ヴィンテージ・ペイパーバック、三八七ページ、二ドル九十五セント）。同書に収録された長めの短篇「モニュメント」はしばしばアンソロジーに採られる作品で、戦禍で荒れはてたドイツの一都市に住むオーストラリアの反体制的知識人が、心理的・精神的に崩壊していくさまを象徴的に描いた、心かき乱される物語だ。ニューボーイ氏が語ったところによると、痛烈な作品（とは編集子の評価である）を集めたこのささやかな小説集のおかげで一般読者に名前を知られていると認めつつも、彼自身は、これらの小説は基本的に大戦後の三年間、すなわち自身の文学の出発点である詩というジャンルへの幻滅を経験していた一時期に試みた実験にすぎないと考えている。とはいえ、『石』と「モニュメント」の人気によって、三〇年代・四〇年代に刊行された三冊の詩集への関心が惹起されたのは事実であり、それらは『詩集成　一九五〇』としてまとめられた（英国ではフェイバー・アンド・フェイバー版で入手可能）。批評家たちが唱えつづけてきたキャッチフレーズのいくつかを、ここでもくりかえしておこう――周囲の作家たちが戦争前後の絶望を描いていたときに、ニューボーイは同じ主題を、どの作家にもまして、現在われわれが陥っている危機の端緒を理解する導きの糸となる洞察のもとに照らしだした。また、二十代はじめから今日に至るまで、ニューボーイは時事的・文学的あるいは思弁的なエッセイも発表しつづけ、現在では何冊もの書物にまとめられている。それらに共通するのは、厳密でありつつ人を鼓舞するヴィジョンである。一九六九年には長篇詩『巡礼』を発表した。難解でシュルレアリスム的、しかし随所に驚くほどのユーモアがあふれ、表面上の不敬さにもかかわらず、深いところで宗教的な作品である。さらに数冊のエッセイ集を刊行したのち、一九七五年には、大戦後の三十余年間に書かれた短詩を集めて比較的薄い詩集『嘴《リクタス》』を上梓した。

もの静かで内気な学究肌の人でありながら、ニューボーイは、生涯のほとんどをヨーロッパ、北アフリカ、東洋の旅に費やしてきた。彼の作品には、みずから経験し探検したマオリやその他の文化からのイメージが、独特の私的な洞察を加えてちりばめられている。

ニューボーイは昨日の朝ベローナに到着した。滞在期間は決めていないという。ベローナ訪問についてたずねると、詩人はひかえめな微笑を浮かべ、こう答えた。「そうだね、一週間前にはここに来るなんてまったく考えていなかった。だが、来てよかったと思っている」

われわれは誇りに思いたい。英語文学において偉業をなしとげ、また世界的な尊敬を集めてもいる人物が……

「なにしてるの？」彼女が眠たげにつぶやき、横で寝返りをうった。

「新聞を読んでる」草が肘にしわをつけた。彼は毛布から上半身だけ這いでていた。

「今日の新聞、もう出てるの？」レイニャは、寝ぐせの髪がもやみたいにまとわりつく顔をあげた。「もうそんな時間……？」

「昨日のだよ」

レイニャはまた寝ころんだ。「外で寝るのもいいけど、朝の五時に起きなくちゃいけないってのが、ちょっとね」

「八時くらいじゃないか」しわになった紙面の下のほうを広げた。

「なんの記事を――」彼女はまぶたをひらき、目を細めた――「読んでるの？」

「ニューボーイ。詩人だよ」

「ふうん」

「この人に会ったよ」

「ほんと？」とまた頭をもたげ、体をひねって、毛布を彼の脚からはぎとった。「いつ？」

「コーキンズの屋敷に行ったとき」

レイニャは上に体をずらしてきた。熱を帯びた肩が肩にふれる。「**ニューボーイ、街に到着！**」という見出しの下には、痩せた白髪の男が、黒いスーツに細いネクタイというでたちで、脚を組んで椅子にすわっている写真。顔に照明が当たりすぎているようだ。「この人に会ったの？」

「襲われたときにね。屋敷から出てきて助けてくれたんだ。ニュージーランド出身だったのか。癖のあるアクセントだとは思ったけど」

「ね、ベローナは狭い街だって言ったでしょ？」レイニャも写真を見た。「でも、それじゃ、どうして屋敷にはいれなかったの？」

「もう一人、ニューボーイといっしょにいたやつが文句をつけたんだ。黒人《スペード》さ。フェンスターとかいうやつ。公民権運動をやってるんだっけ」

彼女は目をぱちくりさせた。「あなた、ほんとうに誰とでも会ってるわね」

「フェンスターには会わないほうがましだったけど」と不満げに鼻を鳴らした。

「コーキンズは〝田舎の週末〟を実演してるって言ったでしょ。ただ彼の場合は、週の七日とも週末として使ってるんだけど」

「コーキンズに記事を書く暇なんてあるのかな？」

レイニャは肩をすくめた。「ともかく書いているのよ。それとも、誰かを雇って書かせてるのかもね」そう言って起きあがり、毛布を手でかきわけた。「わたしのシャツは？」

揺れる乳房がすてきだ。

「その下だよ」新聞に目をもどしたが読んではいない。

「コーキンズはジョージのことも屋敷に呼んだのかな？」

「たぶんね。インタビューしてるんだし」

「ふうん」

レイニャはまた草に寝ころがる。「あーあ、まだ五時にもなってないじゃない。あなた、知ってたんでしょ？」

「八時だってば」と決めつけた。「八時半くらいかも」

それからレイニャの視線につられて、木々の上の濃い煙を見あげた。視線を落とすと、彼女は笑っていた。彼の頭に手を伸ばし、ひっぱり、両耳をつかんで揺さぶりながら倒した。彼女の肌の上で笑いながら、「おい、離せよ！」

レイニャは眉をひそめ、ゆっくりとささやく。「うーん、もうちょっとだけ」彼が頭をあげるとびくっとし、それから「寝る……」とつぶやくと、顔を腕で隠してしまった。その腕の裏側に生えた小さなブロンズの巻毛に見入ってしまい、遠くかすかに犬の吠える声がしたとき、ようやく視線をはずした。

しゃがんで、とまどった。吠え声は距離をこえて耳に届いてくる。まばたきすると、まぶたの裏の明るい暗闇に、油染みのような模様がはじけた。とまどいが驚きに変わり、彼は立ちあがった。

毛布が脚からすべり落ちた。

草地に足を踏みだし、裸のまま、霧のなかに進んだ。遠くの丘と丘のあいだの窪地で、犬がはしゃぎまわっている。そのうしろから女が一人現われた。

とつぜん立ちあがったことと朝のせいで眩暈のするような疲労を覚え、そこに予想どおりの驚きがからんだ。体に巻かれた鎖が、かがんだときに前腕下部と腹部正面に赤い痕をつけていた。

ズボンをはく。

きらめく涙のようなガラス玉をシャツからのぞかせて、斜面をおりた。一度だけふりかえってレイニャを見ると、腹ばいになって顔を草に埋めていた。

ミュリエルについてくる女（バーにいた赤毛）に近づいた。

見られる前に、シャツのボタンを一つだけ留めた。女は実用的なウォーキング・シューズで回れ右をして、あいさつした。「あら、どうも。早いわね」

女の首を囲むガラス玉は、散乱する光の束だった。

「どうも」はにかみながら爪先を草のなかにひっこめた。

「ゆうべ、酒場でその犬を見ましたよ」

「あら、そうなの。わたしはあなたを見たわよ。今朝はだいぶましね。きれいになった。公園で寝たの？」

「ええ」

酒場のろうそくの光では体格のいい売春婦に見えたが、朝の霧とブラウンのスーツに包まれると、もじゃもじゃの赤毛から俗悪さが消え、まるで小学校の教頭だ。

「犬の散歩ですか？」

きらびやかなネックレスをした教頭先生。

「毎日、朝早いさわやかな時間にね……ええと、もう帰ろうかと思っていたところよ」

「そうですか」と答えて、相手のためらいは会話の誘いだと判断した。

二人は歩きはじめた。ミュリエルが駆けてきて、彼の手を嗅ぎ、噛みついた。

「やめなさい」女は命じる「いい子にするのよ」

ミュリエルは一声吠えると、先に行っていってしまった。

「お名前は？」彼はたずねた。

「ああ！」女はくりかえした。「わたしはマダム・ブラウン。ゆうべ、ミュリエルはあなたの席に行って吠えたんじゃない？　でも、あの子悪気はないのよ」

「そりゃそうでしょうね」

「あなたにいま必要なのは櫛ね――」と眉をひそめてみせ――「それからタオル。そうすれば、あなたはもとの姿にもどるはず」そう言って度肝を抜かれるほどかん高い声で笑った。「むこうに公衆トイレがあるわ。コミューンの人たちがしょっちゅう出入りして体を洗うのに使ってる」それから真顔になってたずねた。「あなた、コミューンで暮らしてるんじゃないわよね？」

「いえ」

「仕事をしたくない？」

「えっ？」

「少なくともあなたは長髪じゃない」彼女はつづけた。「というか、そんなに長くないわ。仕事がしたいか、って訊いたのよ」

「でも、履くものが」と彼は言った。「サンダルしか持ってないんですが」

「べつにいいわよ。このわたしが気にするもんですか！　ただ、雇い主がどう思うかなって考えてただけ」

「どんな仕事です？」

「おもに掃除、というか後始末ね。興味あるでしょ、どう？　賃金は一時間あたり五ドル。ベローナのこのあたりじゃ、馬鹿にならない額よ」

「ええ、もちろん興味ありますよ！」びっくりして唾を飲みこんだ。「どこなんです？」

二人は対になったライオン像に近づいた。マダム・ブラウンは両手を背中に回している。ミュリエルがそのスカートの縁をかすめていく。過剰なまでの鎖とガラス玉も、この暗さでは光を反射しない。「依頼主はある家族なの。レイブリー・アパートメントって知ってる？」かぶりをふる彼に対し、「あなた、街に来たばかりなのね。その家族だけど、気持ちのいい、きちんとした人たちで、わたしにもとても親切にしてくれてるの。わたしのオフィスも以前は同じ建物にあったから。知ってると思うけど、最初はちょっとした混乱だったのよ。ちょっとした事件」

「いくらかは聞いてます」

「野蛮な破壊行為がつづいたわ。今はいくらか落ちついてる。それでそこの家じゃ、手伝いに来てくれる若者を探してるの。長髪のことは気にしないで。もう少しだけ身だしなみを整えてもらって――まあ、そんなにきれいな仕事じゃなさそうだけど。リチャーズさん一家はいい人たちよ。ただ、ひどい災難に巻きこまれただけ。わたしたちみんなそう。リチャーズ夫人は……普通とちがう事態にでくわすと、すぐ動転しちゃうの。ご主人のほうは、そんな奥さんを守ろうとしすぎてるようね。三人の立派な子供たちがいるわ」

彼はひたいから前髪をかきあげた。「あと二、三日は、これ以上伸びないと思うけど」

「そうそう！　わかってるじゃない」

「ちゃんとした仕事でしょうね？」

「もちろんよ。保証する」マダム・ブラウンはライオン像のところで立ちどまった。まるでライオン像が、単に公園の出入口ではなく、もっと重要な境界線の標識であるかのように。「レイブリー・アパートメント、三十六番街。四〇〇番の建物よ。部屋番号は17―E。午後ならいつ訪ねても大丈夫」

「今日ですか？」

「もちろん今日。この仕事を引き受けるつもりならね」

「わかりました」どこにでもつきまとうために、かえって今まで見えなかった不安から解放されたような気がした。路地で見つけたパンのことを思い出す。パンを包むセロファンが、街灯の明かりで、彼やマダム・ブラウンがつけている曇ったガラス玉以上に輝いていたっけ。「同じ建物にオフィスがあるんですよね。お仕事はなんです？」

「心理学者よ」

「そうなんですか」だが、いぶかしげに目を細めたりせず、「ぼくは心理学者のところにかよってました。いくらかは心理学がわかるつもりです」

「そうなの？」マダム・ブラウンはよりかからずにライ

オンの頬にふれた。「そうね、わたしは目下ヴァカンス中の心理学者ってところ」と、からかうような顔をした。「カウンセリングは夜の十時から真夜中まで、テディの店でだけ。わたしにつきあって一杯やってくれるんならね」ただし、そのからかいには親しみがこもっていた。

「わかりました。じゃあ仕事がうまくいったら」

「準備ができしだい行くといいわ。リチャーズさんちの誰にでも、ブラウン夫人――マダム・ブラウンというのはテディの店でのあだ名。あの店で会ったから、あなたはそっちで知ってると思ってそう名乗ったんだけど――ブラウン夫人に聞いたと言えばわかるから。ひょっとするとわたしもリチャーズさんのうちにいるかもしれない。ともかく、仕事はもらえるはずよ」

「時給五ドルでしたっけ」

「こういう状況で、信用できる働き手を見つけるのは簡単じゃないってこと」彼女は上目づかいに彼をまっすぐ見つめようとした。「そう、信頼できる人間はどんどん少なくなってきてる。そこで、あなただけど」まっすぐ見すえて、「どうしてわたしがあなたのことを信じるのか、不思議に思ってるんじゃない？　それはあなたを前に見たからよ。もう、そういう状況になってるわけ。ほんとにうんざりしてきたわ。ほんとにね」

「朝刊はいかが！」

「ミュリエル！　ミュリエルってば！　もどってらっしゃい！」

「朝刊は――こらワン公、静かにしろ。おとなしくするんだ、嬢ちゃん」

「ミュリエル、こっちにいらっしゃい！」

「おすわり！　よしよし。やあ、マダム・ブラウン。新聞をどうぞ」えび茶色のベルボトムジーンズをひらひらさせながら、ファウストがゆっくりと道を横切ってきた。ミュリエルは、新聞売りの足もとを太陽と逆回りにぐるぐる回っている。

「どうも、奥さん」

「おはよう」マダム・ブラウンは答えた。「もうあなたの出勤時間なのね、ヨアキーム？」

「十一時半だよ。教会の時計の針によればね」新聞売りは喉を鳴らして笑い、「はいどうぞ。はいどうぞ、若いの」新聞を一部、さらに一部手渡した。

マダム・ブラウンは受けとった新聞をわきの下に丸めた。

彼は新聞を手からぶらさげた。そのあいだに、ファウストは誰にともなく「朝刊はいかが」と声を張りあげながら、通りを歩きだした。「それじゃあまた、マダム。

よい一日を。朝刊はいかが！」

「あの、マダム・ブラウン？」自分の決心をあやしみながらたずねた。

彼女は新聞売りの背中を見送っていた。

「そのガラス玉はなんなんです？」

マダム・ブラウンがうつろな表情で彼を見る。

「ぼくはこういうのを持っています」と胸を指さした。

「ヨアキームも首に小さな鎖をぴったり巻いてました」

「わからないわ」マダム・ブラウンは片手で頬にふれ、もう片方の手で肘にふれた。その袖は麻袋のようにざっくりした生地だった。「ほんとうによく知らないのよ。気にいってるわよ、とてもきれいだし。たくさん持っていると楽しくなる」

「どこで手にいれたんです？」と重ねてたずねた。昨日ファウストが念入りに説明してくれたこの街の礼儀作法を破っていると意識しながら。まったく、いまだにこの女の犬にはなじめないし、煙がかかった朝の光と、ろうそくの光じゃ、この女が別人に見えることにもなじめない。

「お友達がくれたの」彼女は、そう、気分を害しているように見られたくないと思っている人のように見えた。

彼は体の重心を動かし、膝をわずかに曲げ、爪先をあげて、うなずいた。

「その子が街を出ていく前にね。彼女はわたしのもとを去り、この街からも去っていった。そのときこれをくれたのよ。これでいいかしら？」

質問は終わった。礼儀にはずれたふるまいをすましたことで気が楽になり、肩から腕を大きく動かし……急に爆発して大きくなっていく自分の笑い声に驚いた。

それに重なるように、とつぜんマダム・ブラウンのかん高い声がきこえた。こぶしを胸にあて、彼女も笑っていた。「そうよ！」と目を細めて、「あの子がくれたのよ。ほんとうよ。あんなにびっくりしたことはなかった！ ええ、とってもおかしかったわ――おかしいって言っても、奇妙という意味じゃなくてね。まあたしかに、奇妙でもあったけど。あのころはすべてがそうだった。でもおかしかった、アハハって感じよ。ハハ、ハハハハ」と周囲に笑い声を響かせた。「その子は――」響きがほぼ消え――「暗闇のなかでこれを届けてくれたの。廊下では人々が叫んでたわ。電灯は一つも点いていなかった。ブラインドの隅から、ちらちらする光がわずかに見えて、外では恐ろしい叫び声がして……死ぬほど怖かった。そのときあの子が、手のひらからあふれるくらいのガラスの鎖をもってきて、首に巻きつけてくれたの。そのときの彼女の目……」マダム・ブラウンはふたたび笑い、彼の笑みをかき消した。「とても変だったわ。彼女はこれをわたしの首に巻きつけて、どこかに行っちゃった。ほら」と、蛇腹のように幾重にも巻かれた鎖を見おろし、輪の一つに指をひっかけた。「いつも身につけてるけど」蛇腹が大きくひらく。「なにを意味してるのかしらね？」彼に向かって目をしばたたかせた。「わからない。これを身につけている人たちは、このことを語りたがらない。わたしもそう」体をかたむけて少しだけ近づき、「あなただって。わたしはあなたの意志を尊重する。あなたもそうして」と両手を組んだ。「でも、一つだけ教えてあげる。それで実際にうまくいっているって以外の理由はないんだけど、わたしはガラス玉を身につけている人たちを、そうじゃない人たちよりもいくらか信用することにしているの」彼女は肩をすくめた。「たぶんばかげた考えなんでしょう。でも、あなたにリチャーズさんの話をもちかけたのも、そのためよ」

「そうなんですか」

「わたしたちには共通点があるような気がする」

「ぼくたちがこのガラス玉を手にいれたとき」彼は言った。「なにかが起きたんだ。あなたの言ったとおり。でもそのことは、誰も語りたがらない」

「逆に、単なる偶然かもしれないわね、この……」彼女は長い鎖をジャラジャラ鳴らした。

「ええ」ともう一つボタンを留める。「たぶん」

「とにかく、夕方ごろリチャーズさんのところに寄って、あなたの顔を見ていくことにするわ。ちゃんといてちょうだいね？」

彼はうなずいた。「四〇〇番地、三十六番街……」

「17—E」とマダム・ブラウンは引きとって、「よくできました。ミュリエル」

犬が側溝から飛びだしてきた。

「もう行くわ」

「あ、はい。ありがとうございます」

「あらあら、どういたしまして」マダム・ブラウンはうなずいて、ぶらぶらと通りを歩いていった。ミュリエルは追いついて、主人の足もとを、今度は太陽と同じ向きにぐるぐる回った。

はだしのまま草地を歩くと、期待と混乱が上下に揺れた。労働への期待が、体の緊張をほぐしてくれた。水場に着き、まず吹きでる水で目を洗い、痩せこけた頬を動かして、ねばつく歯のあいだに水をいきわたらせた。したたる水を前腕でぬぐい、ヒキガエルのような指でまぶたをこする。それから新聞を拾いあげ、ぬれたまつ毛でまばたきしながら、木立にもどった。

レイニャはまだ腹ばいになっていた。彼は毛布の襞にすわった。彼女の足は爪先を内側にして毛布からはみだしていた。背中の窪みにかかるオリーブ色のよじれが、呼吸にあわせて動いている。レイニャのしわのよった足の甲にふれた手のひらを、なめらかな踵へと這わせた。人差し指と中指をアキレス腱の両側にすべらせた。手首を使ってゆっくりと淀みなく、彼女のふくらはぎから毛布を押しのけ、青い血管がもつれる膝の裏まであらわにした。手は彼女の腿のスロープにおかれたままだ。

彼女のふくらはぎはなめらかだ。

高鳴っていた心臓の鼓動が鎮まっていく。

彼女のふくらはぎには傷がない。

深呼吸すると、周囲の草のあいだを走る風が鳴った。

彼女のふくらはぎには、ひっかき傷ひとつない。

体から手をのけると、レイニャはムニャムニャと寝言をつぶやき、寝返りをうったが、目は覚まさなかった。

今日の新聞をひらいて、昨日の新聞に重ねた。一九六九年七月十七日という日付の下に見出しがおどっている
――


謎の噂！

謎の光！


写真が掲載できればどれだけよかっただろう！　不幸なことにわれわれは眠っていた。しかし、われわれが得た情報によれば、真夜中をややすぎたころ――これまで二十六種類の話が編集部に寄せられており、それらがたがいに矛盾しあっているため、公式には信憑性に対して疑念を表明せざるをえないのだが――過去数カ月間ベローナをおおっていた霧と煙が、地上では感じられないほど高い位置で吹いた風によって引き裂かれたというのだ。空の一部が顔をのぞかせ、満月が――あるいはほぼ満月に近い月が――姿を見せたらしい。それと同時に、この月よりもわずかに小さな（あるいはわずかに大きな？）三日月が現われたというのだ！

われわれがこの記事を作成するもとになった、興奮さめやらぬ報告の数々には、多くの食いちがいがある。いくつかを見てみよう。まず、丸い球のほうが通常の月であり、三日月は侵入者である、という意見。

三日月こそ真の月であり、満月は偽物にすぎないという見方もある。ある若い学徒は、きわめてエリザベス時代的なこの予兆が現われた数分間に、満月の表面上に、それがわれわれの月ではないことを示すいくつかの徴候

を確認したと語った。

二時間後、来社したさる人物（曰く、低倍率望遠鏡でこの現象をいささかなりとも観察した、現時点で唯一の人物）は、丸いほうこそが月であり、三日月は偽物だと断言した。

現象の発生から六時間を経た現在（われわれは明け方にこの記事を書いている）、『ベローナ・タイムズ』には、どうにも理解しがたい謎めいた機械仕掛けをもつSF的なものから、UFOの説明として重宝されている音のない稲妻やら気象観測気球やらに至る、さまざまな説が寄せられている。

ここでいつものように、わが社の科学顧問ウェルマン教授のコメントを紹介しておきたい。教授は〈七月〉の庭から他の数名の客とともにこの現象を観察したという。

「片方は、わたしたちみなが認めるところですが、ほぼ満月でした。もう一つは完全な三日月です。同席した大佐、グリーン夫人、そしてロクサーヌとトビーに指摘したとおり、三日月は低い空にあり、高いほうの月の照らす範囲から離れた側がふくらんでいました。月はそれ自体が発光しているわけではありません。その輝きは太陽光から来ているのです。かりに月が二つに増えたとしても、太陽はその両者から見て同じ一つの方向にしか存在しえません。月の相のどの段階にあろうと、もし二つの月が空の同じ九十度の範囲内に見えるのなら、両方とも同じ側が光っていなければおかしい。しかし、今回はそうなっていません」

これに対して、編集子が言えることはただ一つ。二つの月に関しては、どんな「意見の一致」も「確実さ」も「決定的証拠」も、重大な疑いをさしむけざるをえないということである――もしわれわれが、宇宙のほかの部分について、いっそう荒唐無稽な推測をするつもりなら話はべつだが……

いや、それはない。

われわれはその現象を見ていない。

したがって、最終的に、わが社は以下のような立場を表明する。昨晩、上空でなにごとかが起きたのはまちがいない。だが、それがなんなのかを性急に判断するのは愚の骨頂であろう。新しい月など出現するものではない。夜の集団ヒステリーに対して、われわれが冷静に指摘しておきたいのは、なにが起きたにせよ、それは説明可能だということだ。この世にあるものはすべて説明可能なのだ――むろん、その説明が必ず得られるという保証がないのは言うまでもないが。

奇妙だとも興味深いことだとも思えるのだが、目撃者全員が同意し、したがって目撃していない人々もそれを受けいれざるをえないことが一つだけある。それは、夜空に現われた新しい光に与えられた名前――〝ジョージ〟だ。

　いかなる刺激がこの呼び名を生んだのかは推測するしかない。そしてわれわれは、推測には価値を認めない。いずれにせよ、不安の油をさされた噂の鉄路に乗って、この名前は最初の報告がもたらされたとき、すでに街じゅうに知れ渡っていた。したがって、最終的にたしかなのは次の事実だけだ――真夜中少しすぎ、月と、月と容易に見あやまるようなジョージという名のなにかが、わずかな時間、ベローナの街を照らした。

2

「ねえ」彼女が草ごしにささやいた。「なにしてるの?」

　黙ったまま、彼はつづけた。

　立ちあがった彼女の体から毛布がすべり落ちる。彼女は近づいて彼の肩に手をおき、のぞきこんだ。「それ、詩なの?」

　彼はぶつぶつ言いながら、二つの語を入れ換え、親指の皮をしゃぶり、また書きなおしてもとにもどした。

「ええと……」と彼女。「あなたが書きたいのは、穴をあける道具? それとも未来の予言?」

「えっ?」ノートの下で組んだ脚を、きゅっと締める。「未来を予言するほうだけど」

「それなら、a・u・g・u・rじゃないと」［木工錐augerと予言augurは発音が同じ］

「このノートに書いてあったのは、ちがう綴りだったよ」

　膝の上でページをめくり、前のほうの、右側のページの記述を見る。


　一つの言葉が複数のイメージを飛びたたせ、わたしたちはそれらのイメージから予兆（auguries）を読みとる……


「あれ……この人は正しく綴ってるな」自分が書いたページにもどり、まちがった綴りを何度も何度も線で消した。インクの線だけ見ると、消されているのはもとの一倍半以上長い単語のようだ。

「ここ、読んだ?」彼女が横にひざまずいた。「どう思う?」

「どうって?」

「つまり……これを書いた人は変わってるな、とか」

ちらりと彼女をうかがった。「このノートは自分の記録用に使ってるだけなんだ。紙はこれしか持ってないし、前の持ち主がページの片側を白紙のままにしてたから」そう言って、背中を丸めた。「うん。たしかに変わってるね」しかし彼女の表情は理解できなかった。

その表情の意味を、自分の表情を使って質問する前に、彼女のほうが訊いてきた。「あなたが書いてるところ、読んでいい？」

「いいよ！」と答えて、この返事でどんな気持ちがするのかを急いでたしかめようとする。

「ほんとにいいの？」

「もちろん。読みなよ。どうせ書きおえたところだ」

ノートを彼女に手渡した。心臓が高鳴る。舌が乾いて口の底に貼りつく。なぜこんなに不安になるのかと考えてみた。わずかばかりの恐怖なら楽しいものだ。だがこの不安は、思考の全体を揺るがすほど大きかった。

ペンの芯をカチカチ鳴らしながら、彼女が読むのを観察する。

平たい髪の房が、蘭の花びらのように彼女の顔にかかっていた。彼女が顔をあげて――「ねえ、やめて！」――髪を払うまでは。

髪がまた顔にかかる。

ペンをシャツのポケットにしまい、立ちあがってぶらぶらした。坂をくだり、ついで登り、ときどき彼女に目を向けた。彼女は裸のまま草葉の上にぺたんと膝をついて、しわのよった足裏を見せていた。彼女は、独立心を示すために、馬鹿げてるわ、と言い放つにちがいない。あるいは親しみを増そうと、〝おお〟とか〝ああ〟とか感嘆の声をあげ、ほんとにすばらしいわと連発するかもしれない。彼の手はふたたびペンを握っていた――ポケットにペンをいれたまま、芯をカチャカチャ出したりひっこめたりした。自分のしぐさに気づくと、手をとめて、唾を飲みこみ、さらに歩いた。そのうち「彼女について書かれた詩を読む彼女についての詩」というタイトルで書くのはどうかと思案したが、内容について考えるのはあきらめた。薄い赤の枠線、薄い青の罫線のあるページが目の前にないと、考えるのはとても難しい。

彼女は長いこと読んでいる。

二度ほど近くを通ってみたが、彼女は顔をあげない。また彼女から離れた。

「これ……」

彼はふりかえった。

「……読んでるとなんだか……おかしな気持ちになる」

彼女の表情は、さっきにもまして不可解だった。

「それって」危険を冒してたずねてみた。「どういう意味？」そして、とほうにくれた。尊大ともおびえているともとれる口調になってしまう。

「ね、こっちに来てくれる……？」

「うん」彼女の隣にしゃがむと、腕と腕がぶつかった。体をかがめると、髪が髪をなでた。「なんだい……？」

　いっしょに背中を丸めながら、彼女はある行に指を走らせた。「ここを見て。あなたはこの上の文とちょうど逆の語順で書いてる――こんな書き方、ほかの誰かから説明を聞いただけなら、べつに興味を持たなかったと思う。でも実際に読んでみると――四回も読んだんだけど――寒気がしたわ。だけど、それはこの表現が内容と調和しているってことなんでしょうね。ありがとう」とノートを閉じて返してから、「そんなにびっくりした顔をしないで。とても気にいったのよ。どう言ったらいいのか――感心したの……技巧にね。それから、感動したの……そう、内容に。驚いたわ。だって、こんなふうに感心したり感動したりするなんて、思ってなかったから」眉をひそめて、「ねえ、あなたは……なにか恐ろしいものをじっと見つめてるのね。それがわたしをひどく不安にさせるの」しかし彼女はうつむかなかった。

「ぼくのことを知っているから、気にいってくれただけだろう」これも、口にしたらどんな感じがするのかをたしかめようとしたのだ。

「かもね」

　ノートを強く手に握りしめた。手がしびれた。

「たぶん――」彼女は少しだけ体を離し――「他人がこれを気にいろうといるまいと、あなたには関係ないんじゃないかな」

「そうだな。それでも、他人に気にいってもらえないんじゃないかっておびえるんだ」

「まあね。だけどわたしは気にいったよ」さらになにか言いかけて、口をつぐんだ。肩をすくめた？　とうとう、彼女は垂れさがる枝の下からこちらを見た。「ありがとう」

「うん」ほっとして言った。それから、とつぜん思い出したように、「こっちこそ、ありがとう！」

　彼女はまた彼を見た。その顔を混乱がじわじわと通りぬけ、ちがう表情に移り変わろうとしている。

「ありがとう」意味もなくくりかえした。ノートをデニムの腿に押しつけていた手のひらが、じっとり汗ばんでくる。「ありがとう」

　彼女が浮かべた次の表情は、思いやりだった。

両手を蟹のようにゆっくり交叉して体を這わせ、自分の肩を抱いた。膝をひきよせて（ノートは両膝のあいだに落ち）、肘をのせる。突如わきおこったのは……歓喜だろうか？「仕事が見つかったんだ！」固く結ばれていた体がほどける。あおむけに倒れ、手足を広げた。「ねえ、仕事が見つかったんだよ！」

「どういうこと？」

「君が寝てるあいだに」体の芯から手足の先端まで、歓喜がいきおいよくあふれていく。「ゆうべ酒場にいた女の人が犬の散歩をしてるところに、ばったり出会ったんだ。で、ぼくに仕事をくれた」

「マダム・ブラウンが？　まさか。どんな仕事？」と彼の横に腹ばいになった。

「リチャーズとかいう家らしいんだけど」彼は体をねじった。鎖が尻にくいこんで痛かったからだ。いや、ノートを綴じている螺旋状の針金だろうか？「ゴミを片づけるらしい」

「まあ、この街には――」と彼女は手を伸ばして、彼の尻の下からノートをひっぱりだす――「片づけるゴミはいくらでもあるわね」そのノートを寝ころんだ彼の頭上におくと、前腕にあごをのせた。「真珠、か」と思案顔でつぶやく。「キャサリン・マンスフィールドは夫のマリに宛てた手紙で、サンフランシスコをそんなふうに描写してるの。真珠の内部で暮らしているみたいだ、って。霧に包まれていたから」木々のむこうに見える空は暗いまま光っている。「ね」と顔をこちらに向けた。「わたしも文学的でしょ？」

「初めて聞いたよ、その――」顔をしかめ――「キャサリン……？」

「マンスフィールド」そう言って彼女は頭をあげ、「あなたが書いたなかで、マラルメの詩が引用されてなかった？　ほら……」地面を見つめて眉をひそめ、指でとんとん叩きはじめる。「なんだっけ……！」

彼女が記憶をとりもどそうとするのをながめながら、そのプロセスに目を見はった。

「『聖ヨハネの詩《ル・カンティーク・ド・サン・ジャン》』！　ねえ、あれってわざとなの？」

「マラルメならいくらか知っているけど……」彼は顔をしかめた。「エディトーラ・シビリザカオ社から出たポルトガル語訳でしか読んだことがない。いや、意識して引用したんじゃないと思う……」

「ポルトガル語訳、ね」彼女はふたたび頭をおろす。

「へえ、驚いた」しばらくして、「ほんとうに真珠みたいね。といってもここ、ベローナのことよ。もちろんマンスフィールドのサンフランシスコとちがって、霧じゃなくて煙ばかりだけれど」

彼は言った。「時給五ドル」

彼女は言った。「え？」

「仕事の賃金だよ」

「時給は五ドル、それでなにがしたいわけ？」彼女はとても真剣にたずねてきた。

ひどくばかげた質問に思えたので、答えればかえって彼女を侮辱することになる、と判断した。

「レイブリー・アパート」説明をつづけた。「四〇〇番地、三十六番街、17―E号室。午後にそこへ行くことになった」彼女に向きなおって、「仕事が終わったら、また会えるかな……ゆうべの酒場でさ？」

つかのま、彼女はこちらをじっと見つめた。「また会いたいっていうの？」そして、にっこりした。「嬉しいわ」

「そろそろ出かけたほうがいいかな？」

「その前に、もういちどわたしを愛して」

顔をくしゃっとさせて、もとにもどした。「いや。ぼくはもう二回も君を愛したんだから」と横になって、彼女をちらりと見た。「今度は君の番だ」

彼女のしかめ面は、笑いながら胸にのしかかってくる前に消えた。

彼女の顔にふれる。するとと、しかめ面がもどってきた。「顔を洗ったのね！」驚いているようだ。

彼女に向かってくいっと頭をあげる。「そんなにちゃんとじゃないさ。あそこのトイレで顔と手を水で流しただけだよ。いやかい？」

「ううん。わたしだって、一日二回――多い時には三回、きちんと体を洗うから。ただびっくりしただけ」

彼女の上唇に、鼻のわきに、頬に指を這わせていく――自分の指を見ながら、まるでトロールみたいだと思った。

彼女の緑の瞳がまたたく。

「でもまあ、ぼくはきれい好きで通ってるわけじゃないから。心配しなくていいよ」

いちど忘れてしまった味を思い出したいかのように、彼女はかがんで口づけてきた。からみあう二つの舌は、呼吸以外のすべての音をかき消した――二人が……五回目？ そう、五回目に愛を交わすあいだ、ずっと。

右側のドアのガラスは壊れていない。

彼は左側のドアをあけた。網目状の影が床に広がり、最初は金色を散らした青い大理石なのかと思った。はだしの足が、床はプラスチックだと教えてくれた。見た目は石のようだ……。

壁はオレンジ色の藁の織物でおおわれている——いや、これもまたプラスチックだと手首が教えてくれた。

三十フィート先のロビーの中央には——りっきょくは照明器具だとわかったのだが——十数個の灰色の球体が、まちまちの高さに、恐竜の卵のようにぶらさがっていた。

かつてプールだったであろう場所には細かく砕かれた青石がしきつめられ、そこから醜く痩せこけた鉄の彫刻が突きでている。近くを通ると、それは彫刻ではなく、まだ若い枯れ木だった。

背中を丸め、急いで通りぬけた。

〝藁〟でおおわれた仕切り壁の背後には、郵便受けが並んでいるのだろう。好奇心がわき、裏にまわってみた。

郵便受けの金属扉はねじまがり、口をぱっくりとあけていた——まるで荒らされた三列の墓が、とつぜん起きあがったかのように（この考えは不安なほどくっきりと頭に浮かんだ）。錠はネジ一本でかろうじてぶらさがるか、さもなければ完全になくなっている。前を通りながらときどき足をとめ、名前の消えたネームプレートの一つ一つを読んでいった。**スミス、フランクリン、ハワード**といった名前の断片がわずかに残っている。

いちばん上の列、端から数えて三番目に、修理されたかそもそも壊されなかったのか、一つだけ無傷の郵便受けがあった。**リチャーズ、17—E**と黒地に白で書いてある。格子からはエアメールの封筒の赤・白・青の縁が見えた。

仕切り壁を反対側から出て、急いでロビーを横切る。

一つのエレベーターの扉は半開きで空のシャフトに通じ、そこからヒュウヒュウと風が吹いてくる。扉は木目調に設えられていたが、膝の高さについたへこみ傷からすると、ほんとうは黒い金属らしい。へこんだ傷をしゃがんでなでていると、なにかがカチャリと音をたてた。もう一つのエレベーターの扉が、彼の横でひらいたのだ。

彼は立ちあがり、あとずさった。

そのエレベーターには、明かりがなかった。

やがて、空のシャフトのほうの扉が、もう一台のエレベーターに共感するように完全にひらいた。

ぐっと息を呑み、ぐっとノートを握りしめ、エレベーターにはいる。

〝17〟という数字が指先をオレンジ色に照らす。ドアが閉まる。数字盤が唯一の照明だ。彼は上昇した。必ずしも怖いわけじゃない。むしろ、あらゆる感情が完全に溶解していた。しかし、どんなきっかけからでも、感情は美しい形におさまることが可能なのかもしれないと、浅い呼吸をしながら理解した。

〝17〟が消えた――エレベーターの扉が暗がりにひらく。

ベージュ色の廊下の奥で、扉が大きくあけはなたれた部屋があった。灰色の光が煙を通してぼんやり見える。廊下の反対の奥では、天井についた球形の照明具のうち、少なくとも一つが点灯していた。

17―B、17―C、17―Dを通りすぎ、光っている球に近づく。

三度目のベルを鳴らしたあと（そして、ゆうに一分はすぎてから）、帰ろうと決めた――帰りは階段にしよう。真っ暗なエレベーターはぞっとしない。

「はい……？　どちらさま……？」

「マダム――ブラウン夫人から、こちらにうかがうよう言われたんですが」

「あら」カチャカチャという音。ドアがチェーンの長さ二インチぶんだけ、ぎいっとひらいた。影になった髪と薄い色の目、おそらく五十歳手前の婦人がチェーンの輪の上から彼を見た。「あの人が言っていた、お手伝いの方？」

「はい」

「まあ」彼女はくりかえした。「まあ」ドアを閉め、今度はチェーンなしでふたたびあける。「まあ」

緑色のカーペットに足を踏みいれた。婦人はあとずさって彼を見つめた。落ちつかない、自分が汚いような、居心地の悪い気持ちがわきおこる。

「エドナから仕事の中味は聞いた？」

「掃除だそうですね」と答えた。「片づけたいガラクタがあるとか」

「それから、引っ越しも――」

ドン、という音が二回、それから一人の女の笑い声につづき、男二人の笑い声。

彼女といっしょにアクリランの絨毯を見おろした。

「――この建物の、上の階の部屋に移るつもりなの」婦人が言った。「こういう建物は床も壁も薄くって。なにもかも筒抜け。なにもかもね」彼女が天井を見あげたとき、ふと考えた――どうしてこの人はこんなに落ちつかないようすなんだろう……ぼくのせいだろうか？　彼女はつづけた。「この部屋をひきはらって、上の階に引っ越すのを手伝ってもらいたいの。十九階の、ここと反対のつきあたりにある部屋なんだけど。そこにはバルコニーがあって、それもすてきだって思うの。今のこの部屋にはバルコニーがないから」

「ねえママ、ボビーは――」

廊下に半分出てきたところで、彼女が誰なのかに気づいた。

「なあに、ジューン？」

「あら……」彼が誰なのかに気づいたわけではなさそうだが、少女は壁にもたれ、彼に向かって目をしばたたかせた。黄色い髪が揺れて肩にあたる。少女は、絨毯よりもいっそう薄い緑色の壁によりかかり、眉をひそめた。

「ボビーはいないの？」

「あの子にはパンを買いに行ってもらったわ」

「あら」と、またつぶやいてから、部屋にひっこんでしまった。

「わたしは」彼が向きなおるのを待ってから、「リチャーズの家内です。夫のアーサーもすぐに来ます。こちらへどうぞ。仕事を説明するわ」

リビングはすべて見晴らし窓だった。煉瓦づくりの高層建築のあいだに、草の生えた丘陵が波うつ光景が、半分だけあげたベネチアン・ブラインドのむこうに広がっている。

「おかけになって――」夫人の指があごから離れて椅子をさす――「そちらに」

「でも、今朝はちゃんと体を洗う時間がなくて。ほんとに汚ないんです」と言いわけしてから、だからこそ夫人がその椅子を指定したのだと気づいた。「おかまいなく」

「どちらにお住まいなの……？」

「公園です」

「すわって」夫人が言った。「どうぞ。どうぞかけて」

腰をおろして、サンダルを履いた足のうしろにはだしの足を隠さないように努力した。

夫人はL字型ソファの端でバランスをとりながらすわった。「わたしたちが引っ越したいのは19―Aなんだけれど、その部屋は、はっきりいってめちゃくちゃな状態なの。部屋そのものの状態は悪くない。壁も、窓もなんともない――ほかの部屋の窓はほとんど割られているのよ。マンションの管理事務所に手紙を書いたわ。まあ、彼らがその手紙を失くしたとしても驚かないけれど。なにもかも非効率的になっているでしょう？　たくさんの人がこの街を出ていってから」

カチャカチャという音のあと、ドンドンという音。外の廊下でなにかが動いている。さらに、誰かが部屋のドアを叩いた！

驚きをおさえようとしているあいだ、外ではきれぎれのささやきが笑い声ともつれあっていった。

リチャーズ夫人はじっとすわっていた。目を閉じ、片方のこぶしを腹に押しあて、もう片方の手はソファの肘を握りしめている。首の靭帯のあいだのたるんだ皮膚が、

ゆっくりした心臓の鼓動か速い呼吸のために脈うってい
る。
「奥さん……？」
夫人は唾を飲みこみ、立ちあがった。
外にいる連中が、ふたたびドアを叩いた。ドアチェー
ンが揺れるのが見えた。
「やめてよ！」夫人の両手は、かぎ爪のようだ。「やめ
て！　あっち行ってよ！」
足音――三人か四人、そのうち一人はハイヒール――
がカタカタと響き消えていった。
「ママ……？」ジューンが駆けよる。
リチャーズ夫人は目を見開き、口もあけて、深く息を
ついた。「あの子たち――」こちらを向いて――「今日は
二回も来たわ。二回もよ。昨日は一度だけだったのに」
ジューンはこぶしを口にあてたり、おろしたりをくり
かえしていた。彼女のうしろの壁はざらざらした緑の壁
紙におおわれ、水をやるには高すぎる棚に、植物を植え
た真鍮の鉢が並んでいた。
「べつの部屋に引っ越すの」リチャーズ夫人はもう一度
息をついてから腰をおろした。「管理事務所に手紙も書
いたわ。返事はまだだけど、引っ越すつもり」
椅子の脇のテーブルにノートをおいて、玄関のほうを
ながめた。「あいつらは誰なんです？」
「わからない。わからないわ。誰だっていいのよ。だけ
どあの子たちのせいで――」夫人は気持ちを落ちつかせ
るように一呼吸おいて――「気が変になりそう。たぶん
……子供だと思うの。下の階の空き部屋に住みついてる
のよ。たくさんの人々が出ていってしまった。わたした
ちは上の階に引っ越すの」
ジューンは肩ごしにのぞきつづけている。ジューンの
母親が言った。「公園に住むのは大変でしょう」
彼はうなずいた。
「ブラウンさんとは古いお知りあいなの？　あなたみた
いな方を探してくれるなんて、ほんとうに親切だわ。あ
の人は外を出歩いて、いろいろな人を知ってる。わたし
はといえば、この街を安心して歩きまわれる気がしない」
「お母さんはほとんど外に出ないの」ジューンはとても
早口だったが、昨晩見かけたときと同じく、ためらいの
ようすがうかがえた。
「ほんとに危ないのよ。女がわざわざそんな危険をおか
す理由がわからない。たぶん、わたしがほかの誰かだっ
たら、こんなふうに考えないんでしょうけど」夫人はに
っこりした。茶色の髪には白いものがまじり、つい最近、
ごく地味に整えたようだ。「どれくらい働いてもらえる

のかしら？」

「何日でも、そちらで必要なだけ」

「わたしが訊きたかったのは何時間ぐらい、ってことなんだけど今日はどう？」

「なんなら、今から夜中までやってもいいですよ。もうずいぶん遅い時間ですが。でも、明日は朝早くから来られます」

「ただ、照明が問題ね」

「照明？」

「このマンション、ほとんどの電灯が使えないの」

「あ、そうなんですか。じゃあ、今日は暗くなるまで働くってことで。いま何時ですか」

「時計も」夫人は手のひらを上向けた。「時計もみんなとまっているの」

「お宅の電気もとまってるんですか？」

「冷蔵庫用の、キッチンの電源一つを除いてね。それもときどき切れるけれど」

「廊下には、一つだけ明かりがついてましたよ。エレベーターも動いていたし。チーターをひっぱってくれれば、使えます」

リチャーズ夫人はよく飲みこめないようだった。

「延長コードですよ。廊下の電灯から部屋まで引きこむんです。そうすれば電気が使えるでしょう」

「ああ」夫人の額のしわが深くなる。「でも、それじゃ廊下が暗くなっちゃうじゃない？　廊下には照明が必要だわ。そうしないと、今よりもっと――」

「二股にわかれたソケットを使えばいいんですよ。片方に電球をつけて、もう片方のコードを、ドアの下から部屋に引けば」

「廊下から？」

「ええ。ぼくが言ってたのはそういうことです」

「そう」夫人は頭をふった。「だけど、廊下の電気は光熱費の請求書に含まれていないわ。管理事務所は喜ばないでしょうね。そういうことには厳格だから。あのね、廊下の電球にはべつのメーターがついてるから。そんなことができるとは思えないわ。もし誰かに見られたら……」彼女は笑った。「ああ、ここはそういう場所じゃないんだったわね」

「まあ」彼は言った。「どうせ引っ越すんなら、必要ないかもしれませんね。新しい部屋には電気は来てるんですか？」

「それも調べなくちゃいけないことの一つね。まだわからないの」と両手を膝にもどし、「ちゃんと電気が来ていればいいんだけど！」

「じゃ、暗くなるまで働きますよ、奥さん」

「いいわ。もちろん、それでけっこうよ。少なくとも、今日からとりかかってもらえるんですから」

「延長コードがあるかどうかご主人に訊いてみるといいですよ。取りつけはぼくがやります。昔、寮の管理人をしていたんで」

「そうなの？」

「ええ。簡単です」

「それなら……」夫人はスカートをつまみ、気がついてしわを伸ばす。「でも、管理事務所はいい顔をしないと思うわ。そうよ、きっといい顔をしない」

ドアベルが二度鳴った。

「ボビーよ！」とジューン。

「誰なのか、ちゃんとたしかめなさい！」

「誰？」

くぐもった声。「ぼくだよ」

チェーンがカチャカチャとはずされる。

「ほら、手にいれたよ――」

ジューンが弟の言葉をさえぎる。「あいつらがまた来てやらかしたのよ！　廊下に誰かいなかった？」

「いや……？」ボビーはリビングに向かってたずねる。「この人、誰？」

ボビー（十四歳？）はパンのかたまりをしっかりとかかえていた。左手首に、きらめくブレスレットのように幾重にも巻きついているのは、例の光る鎖の輪だ。

「はいって、ボビー。この方はエドナ・ブラウンが紹介してくれた人よ」

「へえっ」ボビーはリビングにはいった。姉と同じくブロンドだったが、姉の内気な顔つきに対して、弟のとがった鼻とふっくらした口は好戦的な性質を示している。ボビーはわきに新聞をはさんでいた。「あんたは野宿してるの？」

うなずいた。

「バスルームで体を洗ったほうがいいんじゃない？」

「ボビーってば！」とジューン。

「たぶんね」と答える。

リチャーズ夫人が笑った。「なにか難しいわけでもあるの？　それに危険だとでも？」

「ここは……油断できないんで」この答えは無意味に聞こえた。

「わたしたちは上の新しい部屋を見てくるけど」

「ぼくはここで新聞を――」

「いっしょに行くのよ、ボビー。みんなでね」

「ほら、ボビー」とジューン。「行きましょ！」

ボビーはリビングを横切り、新聞をコーヒーテーブルにほうり投げた。「はいはい」と言ってキッチンにはいる。「まずパンをしまわないと」

「そうね、じゃあ早くしまって」とリチャーズ夫人。

「そしたら、みんなで出発よ」

「パン、半分のしか手にはいらなかった」キッチンからボビーの声。

「ちゃんと一斤って言ったんでしょうね？」リチャーズ夫人が訊いた。「ていねいに一斤のパンをくださいってお願いすれば、お店の人だってちゃんと――」

「店には誰もいなかったよ」

「まあ、ボビー」

「お金はちゃんとおいてきたってば」

「だけど、お店の人が帰ってくるまで待ってなきゃ。あなたが出ていくのを誰かが見てたらどうするの。その人は、あなたがちゃんとお金を払ったなんて――」

「待ったよ。じゃなきゃこんなに遅くなるもんか。あれ、このパン、カビが生えてる」

「えっ、そんな」リチャーズ夫人は悲痛な声をあげた。

「たいしたことないよ」キッチンからの声。「角にちょっと染みみたいについてるだけさ」

「そのカビ、パンぜんたいに広がってる？」

「二枚目にはついてるよ。三枚目には……」

「ねえ、おねがいだからパンをちぎらないで！」リチャーズ夫人はそう叫ぶと、クッションを叩いて立ちあがり、息子のいるキッチンに向かった。「お母さんに見せなさい」

おそらく、この反復の中心にあるのは不安をかきたてるような明晰さだ。ジューンにたずねた。「ゆうべ、けっきょく会えたのかい――？」

キッチンからガサガサというセロファンの音。

ドアの枠にもたれたジューンの目が大きく広がった。思い出したらしい――ようやく。おずおずと人差し指を唇にあて、黙っていて、というふうに、そのまま唇をこすり、もう一度こする。唇に指をあてた動作のもともとの意図が消えるまで。

ジューンはまばたきする。

セロファンがガサガサいった。

キッチンからボビーが出てきた。コーヒーテーブルの前にすわり、新聞を膝に広げる。姉に目をやると、頭をくいっとあげ、顔をしかめ、また新聞に目をもどした。

そのあいだジューンの手は、セーターの正面から腿まで、少しずつおりていった。

「カビが貫通してるじゃない」リチャーズ夫人が大声を出した。「端から端まで。まあさいわい、そんなに大きくはないけど。贅沢を言える立場じゃないし」夫人はリビングにもどってきて、「かびた部分だけくりぬきましょ。小さな穴があいたサンドイッチを食べることになるけど。状況が改善されるまで、えり好みはしてられないわ。まだ読んでるの？」

リチャーズ夫人は腰に手をあてた。

ボビーは顔をあげない。

「今日はどんな記事が載ってるの？」と優しい声でたずねた。手はおろされている。

ボビーは読みつづけている。

口をはさんでみた。「ゆうべの出来事ですよ。二つの月の」

「なんですって？」

ジューンがおずおずと切りだす。「あたし……言ったでしょ、お母さん。ゆうべ外に出たとき……」

「ああ、そうだったわね。それで言ったでしょ、いやな感じがするって。ほんとうにいやな感じがする。上の階に移るに越したことはないわ。ボビー？」息子はぶつぶつ言っているだけだ。

「空に二つの月が出たと吹聴してる人がいるんです」そう言いながら椅子から腰をあげて、「そのうちの一つは、ジョージと名づけられました」ジューンから目をそらし、ボビーの後頭部を見つめた。彼女がなにかしら反応するのはわかっていた。

「空に二つの月？」リチャーズ夫人がけげんそうに言った。「誰がそんなものを見たっていうの？」

「コーキンズじゃないみたい」ボビーは小声でつぶやいた。

「記事を書いた男は、自分では見ていないようです」とリチャーズ夫人に説明した。

「二つの月ですって？」リチャーズ夫人がまたたずねた。

「ジューン、帰ってきたとき、あなたそんなこと一言も――」

ジューンはすでに部屋にいなかった。

「ジューンってば！　ジューン、今から上の階を見にいくわよ」

「ぼくも行かなきゃだめ？」ボビーがたずねる。

「もちろん！」

ボビーは大きな音をたてて新聞紙をたたんだ。

「ジューン！」リチャーズ夫人がふたたび呼びかけた。

夫人と息子のあとにつづいて、玄関に向かった。ジューンはそこで待っていた。リチャーズ夫人が、まず一番上、ついで一番下、最後にまんなかの錠をはずしているあいだ、ジューンのまんまるい目が彼の目をとらえ、懇願の色を浮かべて閉じられた。

「さあ、出発」

それぞれ異なった理由で、四人ともまばたきしながら、廊下に出た。彼は最後尾についていった。リチャーズ夫人が口をひらく。「ところで、あなたに――そういえば、お名前は?――先頭に立ってほしいんですけど」

意外なほど抵抗なく「キッド(Kidd)」と名乗ってから、子供の横を通って前に出た。

「ごめんなさい、なんですって?」リチャーズ夫人が訊きかえす。

「キッド。キャプテン・キッド(Captain Kidd)と同じです」

「ビリー・ザ・キッド(Billy the Kid)と同じ?」とボビーがたずねる。

「ああ」

「どっちも悪人じゃないの」とジューン。

「シスコ・キッド(Cisco Kid)がいるよ」ボビーが言った。そして眉をあげて小さく笑い、三十男のようにおどけた。「バン、バン……」

「ボビー、よしなさい!」

キッドはリチャーズ夫人と並んで歩いた。夫人のヒールがコツコツと、彼のサンダルはざらざらと音をたて、はだしの足はささやきもしなかった。

エレベーターに着いたとき、上のほうから騒音が聞こえた。彼らは階段室に通じる扉を見つめた。網状ワイヤ入りガラスには、赤い字で大きく「EXIT(出口)」とある。轟くような足音はますます騒がしくなり――(手は脚に押しあて、鎖にふれていた。)――いっそう騒がしくなり、ドアのガラスのむこうを影が横切った。足音は下におりていき、小さくなっていく。

リチャーズ夫人の手は、炎からとりだした小枝のような灰色になり、エレベーター・ボタンの脇の壁を力なく支えていた。「子供たちよ」夫人は言った。「子供たちに決まってるわ。階段や廊下を走りまわって、壁やドアを叩いてまわってる。でも姿を見せない。きっと怖がってるのね」夫人の声は恐怖でかすれていた。「わたしたちを怖がってるのよ。そんな必要はないのに。あの子たちを傷つけるつもりなんてないのに。あんなことしないでくれたらいいのに。それだけなのに。あんなことしないでくれたら」

二つのエレベーターがそれぞれひらいた。

そのうちの一つから、ややぶっきらぼうな「おや」という男の声。「ハニー。おまえだったのか。驚かせないでくれよ、心臓に悪い。どこに行くんだい？」

もう一台からは、はるか上階または地階から、かすかな風が吹いてくる。

「アーサー！　そうそう、この人はキッドよ！　エドナ・ブラウンが紹介してくれたの。いっしょに新しい部屋を見にいくところ」

キッドはアーサーの湿った大きな手を握った。

「ありがたい」アーサー・リチャーズは言った。閉じかけたエレベーターの扉が彼の肩をガチャンとはさみ、いったんもどって、また閉じようとした。

「片づけと引っ越しの手伝いにって、エドナがこの人を推薦してくれたの」

「そうか。エドナも来るのかな？」

「午後に顔を出すと言ってましたよ、リチャーズさん」

ガチャン。

「そうか。さあ、ドアがわたしを押しつぶす前に、みんな乗ってくれよ」リチャーズ氏はほがらかに笑った。肉づきのいい首に、白いカラーがくいこんで襞ができている。髪の色は淡く、白いものが混じっていたとしても暗がりでは見えない。「ときどき、わたしはこのエレベーターに嫌われてるんじゃないかと思うよ。さ、早く乗って」

ガチャン。

一行はエレベーターに乗りこんだ。扉が閉まり、彼らを闇に封じこめる。

オレンジ色の〝19〟が、黒一色のなか、ぽつんと光っている。

「アーサー」リチャーズ夫人がブウゥンと鳴る暗闇のなかで口をひらいた。「あの子たち、また廊下を走りまわってたわ。うちまで来てドアをバンバン叩くの。しかも二度も。一度目は今朝、二度目はキッドが来てすぐ。彼がいてくれて、ほんとによかった！」

「もう大丈夫だよ、ハニー」リチャーズ氏はなぐさめた。「だからこそ引っ越すんだ」

「管理事務所が対策を立てるべきなのよ。事務所に行って、直接話したんでしょ？」

「事務所には行った。話もした。しかし、現状ではいろいろ難しいと言っていたよ。おまえも察してやらなくちゃ。今、わたしたちは困難な事態に直面しているんだから」

すぐ横でジューンの息づかいが聞こえる。エレベーターのなかで、彼女がキッドのいちばん近くにいた。

「実際にあの音を聞いたら、どんなに恐ろしいかわかるはずよ、アーサー。どうして一日くらい仕事を休めないのかしら。そうすればわかるのに」

「君が怖がっているのは知ってるさ」

エレベーターの扉がひらいた。廊下の天井には、ちゃんと点灯している球体が二つもあった。

リチャーズ夫人は夫の胸もとに目を走らせ、「アーサーさえ家にいてくれたら、あの子たちもあんなことをしないでしょうに」

「どちらにお勤めなんですか、リチャーズさん？」エレベーターをおりるときにたずねた。

「MSE……メイトランド・システムズ・エンジニアリング社だ。ハニー、わたしだって休めるものなら休みたいよ。だけど、会社はこのマンションよりももっとひどい状態なんだ。休んでいる場合じゃない。少なくとも今はね」

リチャーズ夫人はため息をついて鍵をとりだした。

「わかってるわ、あなた。ねえ、管理事務所が引っ越しを認めてくれたのはたしかなのね？」

「言っただろう、ハニー、その鍵も事務所で受けとってきたんだ」

「ええ、だけどわたしの出した手紙には、とんと返事がないのよ。去年、ジューンの寝室の漆喰について手紙を書いたときには二日で返事をくれたのに」鍵は砂利道のような音を立てて鍵穴に収まる。「とにかく――」夫人はふたたびリチャーズ氏の胸もとに目を走らせ――「ここが引っ越し先よ」

夫人は、大量に散らばった紙くずをガサガサ鳴らしながら大股に歩いて、薄い青色の部屋にはいっていった。

「明かり」彼女は言った。「明かりをつけてみて」

リチャーズ氏とジューンとボビーは玄関口で待っていた。

けっきょくキッドが室内にはいり、パチンとスイッチをいれた。

天井の電球は一瞬だけ輝き、プ、プ、プ、プ！　と音をたてて消えた。

うしろにいたジューンが小さく叫んだ。

「電球の寿命が尽きただけですよ。少なくとも、電気は来てますね」

「うん、これなら直せる」リチャーズ氏が言って、なかにはいってきた。「さあ、おまえたちも来なさい」

ジューンとボビーは肩を寄せあったものの、歩哨のように入口につっ立ったまま動かない。

「ここにある紙くずのほかに、片づけるものはありますか？」

「そうね」リチャーズ夫人は倒れた藤椅子を起こした。「ほかの部屋もあるし、古い家具やなにかもあるの」茶色い紙が夫人のむこうずねにあたって、ガサガサと音をたてる。「いろんなゴミ。ほこり。それにもちろん、家財道具一式をこっちに運びこまなくちゃいけない」

片側だけはずれたブラインドが垂れさがり、壊れたアルミの羽根板が床についていた。「これはぜんぶとりはずして。片づいたら、きっといい部屋になるわ」

「ここの前の住人とはお知りあいだったんですか？」

「いいえ」とリチャーズ夫人。「いいえ、知らないわ。とにかく、ここにあるものはみんな片づけてちょうだい」そう言ってキッチンに行き、掃除用具入れをあけた。「モップ、バケツ、床磨き剤、ひととおりそろってるわね」もどってきて、「ほかの部屋にはありとあらゆる物があるけど」

「前に住んでた人たちは、この紙をなにに使ってたんだろう？」

「知らないよ」玄関にいるボビーが落ちつかないようすで答えた。

地衣類のごとく床に広がる紙くずのなかに分けいると、はだしの足が木と針金とガラスを踏みつけた。パ、リ、ン！足をぐっと引いて、紙くずを蹴ちらした。

表面のガラスにはいったひびが、二つの顔を横切っていた。黒い木枠におさまった夫婦は、それぞれ口髭とヴェールをつけ、一九〇〇年代の服装でポーズをとっている。紙のあいだからその写真立てを拾いあげた。ひびのはいったガラスが砕けていく。

「それはなに？」ひっくりかえった家具を避けて歩きながら、リチャーズ夫人がたずねた。

「踏んで壊しちゃったみたいです」足もとには目を向けず、どこか切れてないかを感触だけで、確認しようとした。

写真の夫婦のあいだには、おそろいのセーラー服に身を包み、真顔で、しかしどこか落ちつかないそぶりの娘と二人の息子（一人は娘の兄、もう一人は弟らしい）が写っている。

「床に落ちてました」

リチャーズ夫人は写真立てを受けとった。厚紙の裏地についた金具がかたかた鳴った。「ずいぶん立派な写真ね。この人たち、誰かしら？」

「前に住んでた人たちじゃないの――？」ジューンが近づいてきて笑った。「あ、ち、が、う、ね。すごく古い写真だもん！」

「父さん」まだ玄関にいるボビーが言った。

「なんだい？」

「キッドはバスルームを使ったほうがいいんじゃないかな」

ジューンとリチャーズ夫人がふりむいた。

「つまりさ」とボビー。「公園とかで寝泊まりしてんだろ？　マジで汚ないんだけど」

リチャーズ夫人は歯のあいだから息を吸いこみ、ジューンはあやうく「ボビーったら！」と言いかけた。

リチャーズ氏は「そうか……」と言ってほほえみ、そして「うーむ……」そして、「まあ、そうだな」

「たしかに、ずいぶん汚ないですよね」キッドは認めた。

「ここの片づけがすんだら、体を洗わせてもらいます」

「そうだな」リチャーズ氏は熱心にくりかえした。「カミソリを貸してやろう。妻にタオルを用意させる。それがいい」

「こっちの部屋——」リチャーズ夫人は写真を壁に立てかけ、ドアをあけようとしていた——「こっちにはなにをおいていったのかしら」

キッドは夫人に代わってノブをつかんだ。扉を数インチ押すと、きしるような音がした。さらに数インチ押したところで彼の目にはいったのは——「家具ですよ、奥さん。部屋じゅう家具だらけだ」

「まあ……」

「どうにかもぐりこんで運びだします」

「大丈夫——？」

「みなさんはもう下の部屋にもどっていいですよ。ここからはじめます。ともかく片づけないと。ひどい状態だ。これ以上、案内してもらう必要もなさそうだ」

「そうね、でも……」

「おいで、メアリ。この子に任せよう」

キッドは正面の部屋にもどり、散らばった紙くずを部屋の片側に集めはじめた。

「ボビー、こっちにいらっしゃい。おまえが面倒を起こすのはいやだからね」

「ママ……」

ドアが閉まる。……〝この子〟だって？　まあいいさ、年をまちがわれるのにはもう慣れた。（このゴミをどこに片づけろって言うんだ！）体の向きを変えたとき、サンダルを履いた足でまたなにか踏みつけた。紙を蹴とばしてみる。フォークだった。

リチャーズ夫人が起こした藤椅子の下にノートをおき、包装紙を一ヤード四方にたたんで束ねる作業にとりかかる。バルコニーから外にほうり投げてもいいだろう。糞の色をしたココナツのフレークってところか？　それから家具もほうりだしてしまえ。地面にぶつかって、ガシャン！　いや、そんなにうまくいくまい。ガラクタをまとめて引きずっていって、エレベーターを家具つき部屋みたいにして地下室まで運んでやろうか。家具をぶつけながら地下の暗闇のなかを歩く？　壁にゴツン、床にドシンと？　やっぱりだめだ。まず部屋の片側に寄せて、掃除し、それから反対側に移す。部屋のまんなかで燃そうか？　夫人はいったいどうしてほしいんだろう。

ともあれ、十分ほどで床の半分はきれいになった。片づけているあいだに、乾いたコーヒーの跡が残る皿を見つけたので、とりだして黒いビニールシート（白いマーブル模様つき）の上においた。表紙がしわになった、見たところ数年前のものらしい『タイム』や、ペンキがこびりついたぼろきれといっしょに――。

ノックの音に、キッドは飛びあがった。

ジューンの声。「あたしだけど……」

ドアをあけると、片手にコーラの瓶、もう片方の手にサンドイッチの皿を持ったジューンがはいってきた。サンドイッチのすみには穴があいている。運んできたものをぐいと突きだして、「ゆうべのこと、酒場のことは黙ってて！　お願い！　ね？」

「お母さんにはなにも言ってないよ」皿と瓶を受けとった。「君を困らせるつもりはない」

「あのこと、うちの親は知らないの……！　新聞に写真が出ちゃったけど、名前は載ってなかったから……まあ、世間じゃとっくにばれてるんだけどね！」

「わかったよ――」

「その記事は見たのよ、ママもパパも。二人とも見たんだけど、あたしだとは思わなかったの！　ねえ、あたし、死ぬつもりだったのよ……さんざん泣いたわ。あのあとで。ねえ……」と唾を飲みこむ。「ママが……持っていきなさいって。お腹がすいてるだろう、って。ね、黙っててね？」

「言わないってば」そしていやな気持ちになる。

「さっきは、わざとあたしをからかってるんじゃないかって思ったの。怖かった！」

コーラをひと口飲んだ。「で、ジョージ・ハリスンとは会えたのか？」気は抜けていないが、生ぬるかった。

ジューンはつぶやく。「ううん……」

「会って、どうするつもりだったんだ？」

完全に無防備な彼女の表情を見て、キッドはにやりと笑った。

皿を椅子の上におき、前に捨てたパンにあまりに似ているこの代物に手をつけるべきかどうか、しばらく考えた。けっきょくサンドイッチをつまんで、歯で穴を切り裂いた。スパム。そしてマヨネーズ。「ジョージ・ハリスンはあの店にいたよ。逃げなければよかったな。一分もしないうちに出てきたぜ」ごくりと飲みこむ。「そうだ、写真ほしくないか？」

「え？」

「ほしければ、やつの写真をもらってきてやるよ。もちろん、新聞に載ったようなのじゃない」

「ううん。写真なんかいらない。どんな写真なの？」

「フルカラーの大きなポスター。素っ裸の」

「いやよ！」ジューンはうなだれる。「やっぱりあたしをからかってるのね。やめてよ。ほんとに怖いんだから」

「あのさ、ぼくはべつに……」サンドイッチから瓶に目を移した。腹が減ってたわけじゃない。この娘との共犯者めいた気分のせいで食べたけれど、よしときゃよかった。キッドは言った。「もし君が自分一人で試合してるんなら、君は負けるだけだ。でも、もしぼくと試合をしてるなら、ひょっとしたら君にも……チャンスがあるかもしれない」

ジューンは髪を揺らして、顔をあげた。そこに浮かんだとまどいは、彼女に敬意を表して、偽装されたものだと考えてやることにした。

「明日、持ってきてやるよ、ジョージの――」

「ぼくをおいて行くなんて」玄関からボビーの声がした。「ママはいっしょに行けって言ったのに……うわっ、きれいになってるじゃん」

ジューンが軽く肩をすくめたのを、ボビーは見逃さなかった。しかし反応もしない。かわりに「あんたは首に巻きつけてるんだね。こんなふうに」と言って自分の輝く腕輪を持ちあげてみせた。

「ああ」キッドはにやりとした。「だけど、それをどこで手にいれたかは教えてくれないんだろ」

ボビーはキッドが予想したよりもずっと驚いていた。

「ママとパパには見つけたとだけ伝えたよ」

ジューンはすねたように言った。「そんなもの、つけないほうがいいのに」

ボビーは両手を背中にまわしてふんと鼻を鳴らした。どうやら毎度おなじみの姉弟の喧嘩らしい。

「なんでそう思う？」

ボビーが答えた。「姉さんは、こいつをつけてると恐ろしいことが起こると思ってるんだよ。臆病なのさ。だから自分のをはずしちゃったんだ」

ジューンは弟をにらんだ。

「ぼくの考えを聞かせてやろうか？」ボビーはつづけた。「いったんこれを身につけてからはずした人には、もっと悪いことが起こるんだ」

「はずしてないわよ」

「はずした！」

「はずしてない！」

「あたしのじゃなかったもん！　だいたい、見つけたことを他人に言うべきじゃなかったわね。それを盗んだ人にはものすごく悪いことが起きるんだからね」

「盗んでなんかないよ！」

「盗んだ！」

「盗んでない！」

「盗んだ！」

「ふん……！」姉としての挫折感を味わいながら、ジューンは果てしない応酬を打ち切るように手をふった。

　キッドはぱさぱさのパンをもうひと口かじった。それをぬるいコーラで流しこむ。このアイデアは失敗だった。二つとも床においた。

「ぼくはもう行くよ」ボビーが言った。「姉さんも来いよ。いっしょにいるようにって言われてるだろ」と、いきおいよく出ていった。


　ジューンは動かない。キッドは見ている。

　彼女の片手がスカートの脇の襞にはいりこみ、這いあがる。それから顔をあげた。

「君もいっしょにもどったほうが――」

「いいのよ、あの子は一人で探検するから」軽蔑か？

「どうして会いたいんだ……ジョージにさ？」

　ジューンはまばたきした。吐息のなかで、言葉が音にならずに消えた。「あたしは……探さないといけない。そうしたいの！」と両手を持ちあげようとしたが、左右の手が交互に反対の手をおさえつける。「あの人のこと知ってるの？」

「見たことがあるだけだ」

　明るい色の目、くすんだブロンドにもかかわらず、彼女の表情はひどく真剣だった。「あなたは、あそこに……住んでるの？」

「ああ」キッドは彼女の顔をうかがった。「今までのところ、家は必要なかった……」真剣なのはたしかだが、なにを考えているのかはわからない。「……君たち一家ほど長くこの街に住んでいるわけじゃないから」と、なんとか肩をさげようとした。攻撃されている気はしなかったが、身を守るために肩をいからせていた。「彼に会えるといいね」それは攻撃ではなく、単なる真剣さだった。「でも、ライバルがたくさんいるよ」

「どういう意味……？」彼に気づかれたことに対するジューンの反応は、とつぜんすべてを放棄することだった。「あなたの望みはなに？」彼女は疲れきったようすで、まるで口だけ動かして同じことをくりかえしているようだ。「なぜ……ここに来たの？」

「片づけをするため……どうしてだろうな。ひょっとしたら遊ぶためかもしれない。さ、片づけさせてくれ。下にもどったほうがいい」紙くずをもう一つ拾いあげると、うなったり叩いたりしながらたたんで、扱いやすい大きさにした。

「ああ……」ふいに、ジューンがとても幼い女の子にもどったように見えた。「あなたはただ……」そして肩をすくめると、出て行った。

紙をたたみおえ、紙のあいだから出てきたガラクタをキッチンまで運び、さらに倒れた家具を起こし、リチャーズ一家のことを考えた。

家具を肩で押しわけて隣の部屋にはいったときには、彼らのことで頭がいっぱいだった。椅子の脚を引きずり、ブリッジ・テーブルや大だんすに合わない引き出しを壊している途中、一家について数えきれないほどの推論を思いついては忘れていった。だが、きれいにした正面の部屋に五つの家具を動かしているあいだ、一つの考えだけは意識の表面にとどまりつづけた——こんな狂った状況下で正気でいようと努力すると、頭がおかしくなる。この考えをノートに書きとめておこうと思った。だが、どの単語一つをとっても（ペンをとりだしたものの）手を紙に向かわせるほどの重みはなかった。ロールトップデスクの書記台の、きしる蝶番の音で思考は消えてしまった。こんなガラクタを詰めこんでいったのは誰なんだ？（衝動？　プレッシャー？　努力？……いずれにせよ、長椅子の端をつかんで衣装だんすをまわりこむのは、力を酷使しないと無理だ。）わきの下を汗だくに、首をほこりまみれにして、時間と給料のことを考えながら働きつづけた。たくさんのむなしい会話を混ぜあわせ並べているあいだに、どれほどの時間がすぎていったのかわからなかった。

バルコニーに出ると、黒い石のような色の空が見えた。鼻孔がつんと刺激される。建物を囲む庭でなにかが動くのが見えたように思った。だが、手すりをつかんで下をのぞいてみると、ただの煙だった。前腕が痛くなってきた。部屋にもどる。サンドイッチの残りを食べる。コーラを飲む。ぬるいばかりか気まで抜けていた。

太陽なんて見たことのない街で、日没まで仕事だって？　キッドは笑った。あいつらが家具を地下まで運ぶことを期待してるんなら、クソくらえだ！　いくつもの鏡台や安楽椅子や長椅子やテーブルのあいだを息を切らせながらゆっくりと歩く。同じ階のべつの部屋に移したらどうかというアイデアがひらめいた。あらためて考えてみる——それでいけるぞ。

　ふりかえって、腰高の家具の森に、巨人のように踏みこんでいく。この建物のなかには、邪魔になるような人間は住んでいない。誰にもばれないし、誰も気にしないさ。急に膀胱が熱くなった。廊下を奥へと進むことにした。

　奥まった部屋の一つには、下からタイルがちらりと見えていて、そこがバスルームだとわかった。なかにはいり、明かりのスイッチをいれたのに消えたままだ。だが、向きを変えたとき、むこうずねが便座の輪にぶつかった。

　真っ暗闇だったが、かまうもんか。

　小便特有の音に加え、ふいにあたたかい水を足に感じて、便器をはずしたとわかった。いろいろ向きを変えてみたが、成功を告げる、水に水があたる心地よい音はしない。いったんとめたほうがいいか？　ペニスのつけ根で痛みが黄色く破裂する記憶……あとでモップで拭けばいいさ。このまま最後まですませちまおう。

暗闇からよろめき出て、口走る。「くそっ！」洗面所の外に落ちていたノートを濡れた足で踏みつけてしまった。染みが広がっていく。このノート、汚れるつもりでわざわざ這ってあとをつけてきたのか？　いや。キッドは思い出した（白黒で、色なしで……夢のように）。トイレで書くつもりで、ノートをもってきたことを。しかし電灯がつかなかったので、廊下にほうりだしたんだ。

3

「ぼくです、キッドです」

「あ、ちょっと待って」

チェーンがはずれる。ドアがひらく。少女のうしろ、電話テーブルでろうそくの光がまたたく。リビングから漏れる光が、揺れうごく影を絨毯に投げかけた。廊下の奥の部屋の入口からは、ゆらめくオレンジ色がこぼれている。「どうぞ」

　ジューンにつづいて、リビングにはいった。

「やあ」リチャーズ氏は小さくたたんだ『ベローナ・タイムズ』の上から顔を出した。「約束の日没をずいぶんすぎるまでがんばってくれたね。うまくいっているかね？」

「ええ。奥の部屋に割れたガラスがたくさん散らばってました。化粧台がひっくりかえってて」

「家具は運びだしてくれたの？」リチャーズ夫人がキッチンから声をかけた。

「とりあえず、玄関近くの部屋にぜんぶ集めました。明日は残りの部屋も片づけて、ガラクタを外に出します。たいした手間じゃありません」

「すばらしいじゃない？　ね、アーサー……」

「ああ、そうだな」リチャーズ氏が言った。「メアリがタオルを出しておいた。すぐにシャワーを使うといい。電気カミソリはいるかね？」

「いいえ」

「必要なら言ってくれ。安全カミソリも一つ出しておいた。刃は新しいよ。そのあと、晩ご飯をいっしょにどうかな？」

「どうも」そう返事をしたが、ほんとうは帰りたい。「助かります。ありがとう」

「ボビー、バスルームにろうそくは持っていったか？」

　ボビーは本の裏でふんと鼻を鳴らした。

「ろうそくの光で暮らす」とリチャーズ氏。「悪くないじゃないか？」

「少なくともガスは使えるし」リチャーズ夫人がまた割りこんできた。「それも悪くないわね」夫人はドアに歩みよって、「ボビー、アーサー、二人とも！　本を読むにはもう暗すぎるわ。日に悪いわよ」

「ボビー、本をしまいなさい。母さんの言うとおりだ。そもそも、おまえは本を読みすぎる」

「読みすぎってことはないわ、アーサー。ただ、この子の目が心配なの」そう言って夫人はキッチンにもどった。

　リチャーズ氏の椅子（彼も息子も読むのをやめなかった）の近くにある本棚の最上段に、「古典クラブ」の一冊『失楽園』とミッチェナーのぶあつい小説にはさまれて、そのどちらよりも薄い本があった。黒い背表紙に白い字で〝『巡礼』ニューボーイ〟と読める。キッドはその本を手にとった。表紙にろうそくの光が反射してまたたいた。「ブラウンさんは来たんですか？」本を裏返してみる。本棚では、陶製の黒いライオンたちがどこかを見つめながら輝いていた。裏表紙の宣伝文句はたった三行だけで、たいした情報は得られない。あらためて表紙をながめる――『巡礼』アーネスト・ニューボーイ著。

「ブラウンさんなら、食事のころに来るわよ。いつもそう」ジューンがかすかに笑みを浮かべた。父親か母親の反論を期待しているようだ。どちらも黙ったままだった。

「その本、新聞に載ってた詩人のよ。昨日、ボビーが母のために本屋で手にいれてきたの」

キッドはうなずいた。「奥さん?」キッチンをのぞきこんで、「この本、読んでもいいですか?」

「もちろん」リチャーズ夫人はガス台でなにかをかき混ぜている。

バスルームにはいった。あちこちに小便をまき散らしてしまった上階の部屋と作りは同じだろう。トイレの貯水タンクの裏側に二本のろうそくがおかれ、タイルの一枚一枚に二つの光が映っている。薬棚の上に、もう一本あった。

浴槽の蛇口をひねってから便器にすわり、ノートを台にしてニューボーイの本をひらいた。「プロレゴメナ」から読みはじめる。

水が勢いよくほとばしる。

一ページだけ読んだあとは、こっちの一行、あっちの一節と飛ばし読みした。いくつかの箇所では声を出して笑った。

本をおき、服を脱ぎ、浴槽の縁によりかかりながら鎖が巻きついた薄汚ないいくるぶしをおろした。蒸気が足裏に口づけ、熱い湯が舐める。

冷えていく浴槽にすわると、鎖が尻の下に敷かれた。ごしごし体を洗いはじめて一分も経たないうちに、水は灰色になり、うろこ状の青白いものが水面をおおった。

まあ、レイニャは気にしないって言ってくれたんだ。にごった水を流し、さらに足に水をかけ、砂まみれの皮膚を足の甲からこそげおとす。自分が汚ないことはわかっていたものの、水に浮かんだ泥の量には驚いた。髪を水で濡らし、石鹸で洗い、その石鹸で腕と胸をこすると、鎖で石鹸がちぎれた。丸めたタオルであごの下を洗い、耳まで水につかってあおむけになると、島のように水面に浮かぶ腹が心臓の鼓動にあわせてふるえるのが見えた。縮れた体毛が濡れて張りつき、まるでうろこが重なりあった両生類の皮膚のようだ。

こうして体を洗っている途中で、マダム・ブラウンのかん高い笑い声が廊下に転がりこんできた。ほどなく、バスルームのすぐ外で彼女の声がした。「だめ! はいっちゃだめよ、ミュリエル、なかに人がいるんだから」

栓を抜いて浴槽から水を流した。ぐったりと清潔になって、体の力を抜いた。ギャリソンベルトよりも幅広い砂ぼこりの筋がついてしまった浴槽を、ときどきぬぐった。背中を陶磁製の浴槽に押しつけた。背中でせきとめられた水が両肩をまわって流れる。すわったまま、意志の力だけで体を乾かせるものだろうかと考えた。そして、ゆっくりと乾いていった。

　自分の肩を見つめた。毛穴が点々と散らばり、まるで一つ一つの細胞を区切るように細い線が縦横に走り、ふわふわした黒い産毛におおわれている。肩の皮膚の上に口をすべらせ、塩気の抜けた肉を舐め、腕に口づけ、血管が橋のように二の腕と前腕をつないでいる青白い肘の裏にも口づけてから、自分の動作に気づいて苦笑し、しかしもう一度自分の体に口づけた。手をついて立ちあがる。水滴が脚の裏側をしたたり落ちる。眩暈がした。タイルの上で、小さな炎がいくつかふるえている。浴槽から出ると、急に動いたために激しい動悸がした。

　髪は大ざっぱに、性器はていねいに、タオルでぬぐった。膝をつき、浴槽の底に貼りついた髪の毛やほこりや垢を、いくらか慎重に洗いながした。

　ズボンを拾いあげてながめ、やれやれと頭をふる。これをはくしかないのか。ズボンをはいて、湿った髪を指でかきあげ、シャツをたくしこみ、サンダルをバックルで留め、廊下に出た。耳のうしろは冷たく、まだ濡れていた。

「風呂を何杯使ったかね?」リチャーズ氏がたずねた。

「三杯?」

「二杯半です」キッドはにやりとする。「こんにちは、マダ――ミセス・ブラウン」

「あなたの熱心な働きぶり、聞かせてもらったわ」

　キッドはうなずいた。「そんなに大変じゃありませんでした。たぶん明日には終わるでしょう。リチャーズさん、カミソリを貸してもらえるんですよね?」

「おっと、そうだった。ほんとうに電気カミソリじゃなくていいのか?」

「安全カミソリのほうが慣れてますから」

「普通の石鹼しかないんだが」

「アーサー」キッチンからリチャーズ夫人が口をはさむ。「マイケルがクリスマスにくれたシェービング・クリームがあったじゃない」

　リチャーズ氏は指を鳴らした「そうか、忘れていた。三年前だったな。一度もあけていないんだ、髭を伸ばしはじめたものでね。しばらくのあいだ、なかなかいい感じに髭を生やしていたんだよ」

「あれはちょっと馬鹿みたいだったわよ」とリチャーズ夫人。「だから、剃ってもらったの」

　バスルームにひきかえし、クリームをあごにこすりつけると、あたたかな泡をカミソリでこそげとった。刃の下で顔が冷えていく。もみあげを半インチ長くすることに決めた。左右のもみあげとも(二つの段階を経て)耳のずっと下におさまった。

少しのあいだ、熱い手ぬぐいを顔に押しあてて、閉じた目の暗闇に浮かぶ模様を見つめた。だが、この家のなかのあらゆるものと同じように、その模様も周到に計算された矛盾のかたまりのように見えた。

キッチンからの声。「ボビー、テーブルの支度を手伝って。早く」

キッドはリビングにもどった。「どうです、見ちがえたでしょう」とマダム・ブラウンに話しかけた。

「あら、どうかしらね」

「さあ食事よ」リチャーズ夫人が声をかける。「キッド、あなたはボビーとあっちにすわって。エドナ、あなたとジューンはこっちに」

マダム・ブラウンがテーブルに近づき、椅子を引いた。

「ミュリエル、ここにおすわりしていい子にしているのよ。わかった?」

キッドは壁とテーブルの隙間にどうにか体をもぐりこませ――そのとき、テーブルクロスをひっぱってしまったらしい。

「あらあら!」マダム・ブラウンはあわてて、ぐらつく真鍮の燭台を押さえた。(ふいに、むきだしになったマホガニーのテーブルに反射した炎の揺れがとまる。)ろうそくの炎が照らすマダム・ブラウンの顔は、昨夜酒場で見たときと同様、殴られたあとのように目のまわりを黒く化粧しており、安っぽくけばけばしかった。

「しまった」キッドは言った。「すみません」とクロスをひっぱってテーブルにかけなおし、銀器をきちんと整えはじめた。リチャーズ夫人は、フォークやスプーンや取り皿を、これでもかというくらい並べていた。食器を正しい位置にもどせたのか、どれが自分の食器でどれがボビーのものなのか、自信がない。ようやく席についたときも、二本の指は凝った装飾つきのナイフの柄の上でぐずついた。柄をなでまわす自分の指を見つめる。太くふくらんだ関節と嚙んだあとのような爪が目立つ、しかし輝くほど清潔な指。風呂を出たあと、とキッドは思案する。まだトイレに閉じこもっているときには、他人に見られたくないような行動をとるものだ。マスをかいたり、鼻糞をほじって食べたり、ひたすら爪を嚙んだり。ここのバスルームでそうした行為をしなかったのは、まちがったマナーの感覚によるものだったんだろうか?

彼の思考はさまよっていき、大っぴらにそうした悪習にふけったさまざまな空間の記憶を呼びおこす――昼食のカウンターの端っこにすわって、公衆便所に立って、わりあい空いた夜の地下鉄で、夜明けの公園で。にっこりした。こすった。

「この食器は母のものだったの」テーブルの反対側でリチャーズ夫人が言う。夫人はアーサーとマダム・ブラウンの前にスープの器を並べてから、キッチンにもどった。「古い銀器ってすてきよね——」彼女の声だけが聞こえてくる——「でも、いつもきれいに磨いておくのはちょっと面倒ね」さらに二つのスープの器を持って現われ、「それって、ひょっとすると——なんて言ったかしら？　空気中の二酸化硫黄、ヴェネツィアの絵画や彫刻を腐食するあの物質のせいじゃないかと思うのよ」一つをキッドの前に、もう一つをボビーの前におく。ボビーはちょうど自分の席に体をねじこんでいるところだ——しわになったクロスの上で、さっきよりたくさんの皿や銀器がすべった。ボビーはそれを正しい位置にもどした。

キッドは、くもった銀のフォークの柄から指をそっと離し、手を膝においた。

「わたしたちはヨーロッパには一度も行ったことがないんだけれど」リチャーズ夫人が、自分とジューンのスープを持ってキッチンからでてきた。「アーサーの両親が行ったの——あ、何年も前の話よ。この食器はアーサーのお母さんのもの——ヨーロッパ土産ってわけね。いい品物は使わないほうがいいんだろうけど、わたしはお客が来るときにはいつも使うの。華やかで特別な感じがするじゃない？——あ、わたしのことは待たずにどうぞ、召しあがってて」

キッドのスープは黄色いプラスチックの器にはいっていた。その下の陶製の皿には、複雑な模様がほどこされた襞状の縁に、磨き粉かスチールたわしでこすった痕が、さらに複雑な模様として重なっている。

食べはじめていいものか、キッドがあたりを見まわすと、同じように周囲を見まわしていたボビーやジューンと目が合った。マダム・ブラウンには陶製の器を与えられていたが、ほかはキッドと同じパステルカラーの安物だ。今夜のごちそうは自分のためなのか、それともマダム・ブラウンのためなのか、といぶかった。

リチャーズ氏がスプーンを手にとり、スープの表面をすくう。

キッドもそれに倣った。

大きすぎるスプーンを口に含んでいるうちに、気がついた。ボビーも、ジューンも、マダム・ブラウンも、リチャーズ夫人が食べるのを待っていた。夫人は今やっとスプーンをもちあげたところだ。

キッドの席からは、キッチンの内側が見えた——ろうそくが数本、カウンターで炎をゆらめかせている。口をきちんと折りかえしてある紙製のゴミ袋の横に、蓋のあいたキャンベルの缶が二つ並んでいる。もうひと口スープを飲んだ。リチャーズ夫人は二種類、あるいは三種類のスープを混ぜたにちがいない、と思った。どんなスープを混ぜたのかはわからなかったが。

テーブルクロスの縁の下で、空いた手が膝に伸びていった。小指の先がテーブルの脚をこする。はじめは二本、それから三本の指で、それから親指で、それから手の関節全体で、テーブル裏の丸い木片をまさぐり、その上の四角い木片を、縁を、蝶ボルトを、接合部とその付近にふくらんだ接着剤のかたまりを、部品と部品のつなぎ目の髪の毛ほどのすきまをまさぐって——さらにスープを飲んだ。

たっぷり満たしたスプーンごしに、リチャーズ氏がほほえんでたずねる。「君の家系はどこの出身なんだね、キッド?」

「ニューヨーク——」キッドは皿の上に身を乗りだし——「州です」。この質問が、この国の至るところで軋轢を起こしかねない「君の国籍はなに?」という粗野な質問の、穏当な表現なのだと学んだのは、どこでだったろう。

「わたしの家族はミルウォーキー出身よ」リチャーズ夫人が言った。「アーサーのほうはみんな、このベローナ周辺の出身なんだけど。それに、わたしの姉もこの近くに住んでた——そう、住んでいたの。今はいない。アーサーの親戚もみんな出ていった。マリアンヌもジューン——娘のジューンはアーサーのお母さんから名前をもらったのよ——もハワードもアル伯父さんも、この街にもう住んでいないなんて。とても不思議な気がするわ」

「やれやれ、またその話か」リチャーズ氏が言った。彼がつづいてベローナに来てどれくらいになるのかとたずねようとしているのがわかったが、マダム・ブラウンが口をはさんだ。「キッド、あなた学生なの?」

「いいえ、奥さん」マダム・ブラウンはおそらく答えを知っていて訊いたのだろう。それでも、質問してくれた彼女に好意をいだいた。「学生じゃなくなって、もうずいぶん経ちます」

「じゃ、どこの学校に行っていたんだい?」リチャーズ氏がたずねた。

「あちこちに。コロンビアとか、デラウェアのコミュニティカレッジとか」

「コロンビア大学?」リチャーズ夫人が訊きかえした。

「ニューヨークの?」

「一年だけですけどね」

「いいところだった？　わたしは長いこと――アーサーとわたしは二人とも長いこと、考えてたの。子供たちが家を離れて大学に行くべきかどうか、って。ボビーには、コロンビア大学みたいなところに行ってほしい。もちろん、ここの州立大学だって文句ないんだけど」

「特に政治学科がいいんですよね」キッドは言った。リチャーズ氏とマダム・ブラウンは、スプーンを手前からむこうへ遠ざけるようにスープをすくって口に運んでいた。リチャーズ夫人とジューンとボビーは、スプーンを手前に近づけながらすくっている。どちらかがより正しい作法であることは覚えていた。だが、どちらなのかがわからない。キッドは皿の両脇で徐々に小さくなっていく、装飾された銀の柄をながめた。けっきょく、芸もなくスプーンをスープのまんなかにおろしてすくうことにした。

「それに、州立大学のほうがずっと安いし」リチャーズ夫人は椅子の背にもたれて、作り笑いを浮かべた。「学費のことはいつだって悩みの種よね。こんな状況じゃなおさら。ここの州立大学なら――」（このままだとあとスプーン四杯で、とキッドは計算した、スープの量が少なくなって、中途半端な自分のやり方ではすくえなくなる）リチャーズ夫人は身を乗りだして、「政治学科って言った？」と、スープの器を手前にかたむけた。

「そう聞きましたけど」キッドは言った。「ジューンはどこに進学するんです？」

　リチャーズ氏は、器を妻とは逆向きにかたむけた。

「ジューンが真剣に進学を考えているとは思えないな」

　リチャーズ夫人は言った。「ジューンが大学に行く気になってくれるなら、ほんとうに嬉しいけど」

「ジューンはね、いわゆるその、アカデミックなタイプじゃない。わたしの若いころにいたような、古風な娘なんだよ」リチャーズ氏はスープ皿をかたむけたが、もはや充分にすくえないようだ。器を持ちあげ、最後の一滴までスプーンにそそいでから、もとにもどした。「そうだろ、ハニー？」

「アーサーったら、行儀の悪い……！」とリチャーズ夫人。

「実においしかった」とリチャーズ氏。「ほんとうに」

「ご主人のいうとおりですよ、奥さん」キッドも言った。「とてもおいしかった」そして皿にスプーンをおく。おいしくはなかった。

「大学には行ってみたいな――」うつむいたまま、ジューンはほほえんで――「もしニューヨークとかに行けるなら」

「馬鹿げてる！」リチャーズ氏はスプーンをふって軽くあしらった。「いやがるおまえを高校に通わせるのだって一苦労だったのに！」

「だって面白くなかったんだもん」ジューンの器――ピンクのプラスチック――が、スプーンに引きずられて皿の端のほうに動く。彼女はそれを中央にもどして、「それだけよ」

「おまえにはニューヨークは向いてない」リチャーズ氏は断言した。「おまえはサンシャイン・ガールなんだ。太陽と、水泳と、野外のあれこれが大好きな娘だ。ニューヨークやロサンゼルスじゃ、スモッグやら大気汚染やらで、すぐに枯れてしまうよ」

「パパ、ひどい！」

「ジューンは来学期、短大に出願してみるといいんじゃないかしら――」リチャーズ夫人は科白の途中で夫から娘のほうを向いて――「興味が持てるかどうか、それで試してみるといいわ。成績はそれなりにいいんだし。短大にいちど通ってみるのは悪い考えじゃないと思うわ」

「ママ！」今度はほほえまずに、ジューンはうつむいた。

「おまえの母さんは大学を出た」とリチャーズ氏。「わたしも大学を出た。ボビーも大学に行くだろう。ともあれ、結婚相手を見つけるのにはいいところだ」

「ボビーはジューンよりも本をよく読む子なの」リチャーズ夫人が説明した。「四六時中読書してると言ってもいいくらい。実際、この子のほうが学校向きの頭をしてるんじゃないかしら」

「あの短大、最悪よ」ジューンが言った。「あそこに通っている人なんて、みんな大嫌い」

「でもおまえ」とリチャーズ夫人。「あそこに通っているひとをみんな知ってるわけじゃないでしょ？」

キッドがテーブル下にある平頭ネジ周辺の窪みを中指でまさぐっていると、マダム・ブラウンが言った。

「メアリ、二品目はまだ？　アーサーなんて器の底まで食べかねないようすよ」

「あら、いけない！」リチャーズ夫人は椅子を引いて、「わたしったら、なにをぼんやりしてたのかしら。すぐに――」

「手伝おうか、ママ？」とジューン。

「大丈夫よ」リチャーズ夫人はキッチンに消えた。「ありがとう、ジューン」

「みんな、スープ皿をちょうだい」ジューンが言った。

テーブルクロスの下にあったキッドの片手が、すでに陶製の皿を持っていた反対の手と合流して、皿を渡そうとした――が、テーブルの下から出す寸前でとまった。

関節と、指先と、手の甲の二本の腱が、黒く汚れていたのだ。

その手を両脚のあいだに隠し、周囲を見まわした。どうやら誰もが皿はそのままで、スープの器だけを渡しているらしい。そこで器だけ片手で渡し、もう片方の手は脚にはさんだままにした。それから、テーブルに乗せた手も脚のあいだに持っていき、下を見ないで、汚れた指をきれいに拭こうとした。

湯気を立てる陶製の器を二つ持って、リチャーズ夫人がはいってきた。「申しわけないけれど、今夜は菜食主義よ」いったんキッチンにひっこみ、さらに二つの器を持ってもどってくる。「とにかく、安心できる肉が手にはいらなくて」ふたたびキッチンへ。

「ツナのキャセロールなら作れるじゃないか」リチャーズ氏が妻に声をかけた。「あれはうまかった」

「げえー」とボビー。

「ボビー！」ジューンがたしなめる。

「わかってるわ、アーサー」グレービーソース入れを持ってもどってきたリチャーズ夫人は、それをテーブルにおいてから席についた。「でも、魚はどうも心配で。何年か前、悪くなったツナ缶を食べたひと全員が死んだ事件があったじゃない？　野菜のほうが安心だわ。もちろん、野菜だって悪くなるけど」

「ボツリヌス中毒」とボビー。

「まあ、ボビー、いやね！」きらめく鎖に片手を当てながらマダム・ブラウンが笑った。

「それなりにちゃんとした食事のつもりよ。マッシュポテト、マッシュルーム、ニンジン――」リチャーズ夫人は器を一つ一つ指さす――「それから、食べたことなかったんだけど、缶詰のナス。ジュリアといっしょに健康食材のレストランに行ったとき――ロサンゼルスだったかしら？――その店じゃ、肉のかわりにいつもマッシュルームとナスを使ってるって聞いたから。ソースも作ったの」そう言って夫のほうを向いた。まるで夫になにかを思い出させようとするように。「アーリー……？」

「なんだい？」リチャーズ氏もなにか思い出したようだ。「ああ、そうだった……キッド、実はうちじゃ、食事どきにはワインを一杯やることにしているんだ」椅子の脇からワインのボトルをとりだし、近くのろうそくと並べて置いた。「好みじゃないのなら、もちろん、水を飲んでくれてもけっこうだが――」

「ワインは好きです」キッドは言った。

リチャーズ夫人とマダム・ブラウンはすでにワイングラスをリチャーズ氏のほうにまわしていた。キッドもそれに倣った。もっとも、ナイフの先においてある水用のコップのほうが、彼がふだんワインを飲むときに使うサイズに近いのだが。

リチャーズ氏はボトルの金紙を剝がし、プラスチックのストッパーをはずしてワインをそそぎ、グラスを手渡していく。

キッドは味見した。ろうそくに照らされたワインはほとんど黒く見える。最初、口のなかをやけどしたのかと思った——ワインはソーダ水のようにはじけた。

「スパークリング・バーガンディだよ！」リチャーズ氏はにやりと笑い、手に持ったグラスを上下させる。「わたしたちもはじめて飲んだ。一九七五年。スパークリング・バーガンディの当たり年だったかな？」と口にふくんで、「悪くない。乾杯！」

ろうそくの炎が大きく揺れて、とまった。華麗な装飾ラベルの上下で、ボトルのガラスの緑色がちらちらとまたたく。

「グレービーにちょっとワインを使ったの」リチャーズ夫人は言った。「つまりソースのなかにね。ゆうべの飲み残しがあったから。ワインを料理に使うのは好きなの。醬油もね。二年前、会議に出席するアーサーにくっついてロサンゼルスに行ったとき、ハリントンさんの家に泊めてもらったの。マイケルはアーサーにさっきのシェービング・クリームをくれて、ジュリア・ハリントン——健康食材レストランにつれていってくれた人だけど——は、なにからなにまで醬油で味つけしてたわ！　とても面白かった。あらアーサー、ありがとう」

リチャーズ氏は自分のマッシュポテトをとりわけてから、皿をまわした。マダム・ブラウンもそれに倣う。

キッドは指を点検した。

こすった甲斐もなく、汚れはちっとも落ちていない。それどころか両手が均等に汚れてしまった。幅広の指先の裏についているギザギザの爪には、関節にも甘皮にもまるでペンで書いたような黒い線がついていた。キッドはため息をつき、料理の皿がまわってくるととりわけて、その皿を隣にまわしてから食べた。空いた手はふたたびテーブルクロスの下にもぐり、テーブルの脚を探りあてでまさぐりはじめる。

「学生じゃないなら」マダム・ブラウンがたずねた。「あのノートはなんなの？——どうしても気になるわ」

ノートはキッチンのなか、椅子のそばのテーブルにおかれていた。マダム・ブラウンの肘ごしにそのノートが目にはいった。「あれこれ書いてるだけですよ」

リチャーズ夫人はテーブルの端を両手の指先でつかん

だ。「書いてるですって！　あなた、作家志望なの？　詩を書いている？」

「ええ」キッドは不安にかられて笑顔をつくった。

「あなたは詩人だったのね！」

リチャーズ氏とジューンとボビーは椅子の背にもたれてキッドを見た。リチャーズ夫人は顔を輝かせて身を乗りだす。マダム・ブラウンは椅子の下に手を伸ばし、ミュリエルを無言で叱っている。

「詩人ですって！　アーサー、この人にワインをもっとさしあげて。ほら、もうグラスが空じゃない。さ、ついであげて。詩人！　すばらしいわ。あなたがニューボーイの本を手にとったとき、気づくべきだったわ」

アーサーはキッドのグラスをとって、ワインをなみなみとそそいだ。「詩には疎くてね」グラスをキッドに手渡しながら、もし大学のフットボール選手の顔に浮かんだのであれば、おずおずした好意を意味する笑みを浮かべた。「つまり、わたしは技師だから……」キッドが手をひっこめると、ワインがテーブルクロスに飛び散った。

キッドは声をあげた。「あ、すみません――」

「いいのよ！」リチャーズ夫人は叫び、なんでもないというふうに手をふり――そこにワイングラスがぶつかった。グラスが揺れてワインがこぼれ、グラスの脚をつたい、リネンのクロスに染みを作った。場慣れない客をくつろがせるために、わざとこんなことをするものだろうか（考える――これはいかにもパラノイア的な発想だ）、などといぶかるうちに、夫人がたずねた。「あなたはあの人についてどう思う？　ほら、ニューボーイ」

「わかりません」キッドはグラスを脇にどけた。グラスの土台に、大量生産品であることを示す直径の線が見えた。「彼とは一度しか会ってませんし」

沈黙の三秒後に顔をあげて、どうやらまちがったことを言ったらしいと判断した。適当な謝罪の言葉がないかと探してみる。だが、どこが端だかわからないもつれた糸のように、行為は堂々めぐりして、どこからはじめたらいいのか見当もつかない。

「アーネスト・ニューボーイを知ってるの？　ああエドナ、キッドは本物の詩人だわ！　それなのに、わたしたちを手伝って、家具やらなにやらを片づけてくれるなんて、ねえ、アーサー！」夫人はリチャーズ氏からマダム・ブラウンへ、それからキッドへと視線を移した。

「ねえ教えて――」夫人はさらにワインをこぼし――

「ニューボーイの詩って、ほんとうに――いいのかしら？　わたしはいいと思うのよ。まだ読んでないんだけど。あの詩集も昨日手にいれたばかりで。ボビーに買いに行ってもらったのよ、ベローナ・タイムズの記事を読んだから。この通りを行くと、本と土産物を売っている小さいけどすてきなお店があるの。たいていのものはあるんだけど――あの記事のせいで、売り切れになってるんじゃないかって心配したわ。新刊本に目くばりするのはとっても大切だと思うの。たとえ単なるベストセラーでもね。それに、詩にはとっても興味があるのよ。ほんとうよ。アーサーは信じてないけど、でもわたしはほんとうに――すごく詩が好きなの」

「ロサンゼルスのコーヒーショップにジュリアと行って、詩の朗読と音楽の演奏をきいたことがあるってだけだろ?」

「帰ってきたその晩に言ったじゃないの、アーサー。ちんぷんかんぷんだったけれど、それでもとても気にいった、って! 今まで……聞いたなかで一番――」夫人は適切な表現を探すように眉をひそめ――「わくわくしたわ」

「ニューボーイのことはよく知らないんです」キッドは告白した。そしてマッシュルームをおかわりした。こいつとナスは悪くない。マッシュポテト(インスタント)は、ねばっこすぎる。「会ったのも……一度だけですし」

「わたしも会ってみたいわ」とリチャーズ夫人。「知りあいに本物の作家なんていないから」

「マイク・ハリントンは本を出しているよ」リチャーズ氏が反駁する。「とてもいい本だった」

「あらアーサー、あれはマニュアルだったじゃない……応力と変形と、新しい金属の利用法についてのね!」

「とてもすぐれたマニュアルだった」リチャーズ氏はマダム・ブラウンと自分にワインをそそいだ。

「ぼくにもちょうだい」とボビー。

「だめだ」とリチャーズ氏。

「いつから詩を書いてるの?」マダム・ブラウンはソースのたっぷりかかったナスを丸ごとフォークに刺して答えを待っていた。ジューンはニンジンをひとかけ刺して待っていた。リチャーズ夫人はマッシュポテトのふわふわした小さな塊をフォークの歯の先に刺して――そのときふいに、自分自身答えを知らないのに気づいた。それがどうにも奇妙に思えて、顔をしかめる。「そんなに……」前からじゃありません、と口にしかけた。ブリスベーン街の街灯にもたれてすわり、ノートに最初の詩を書いた記憶は鮮明に残っている。だが、それ以前に詩を書いたことがあっただろうか? それとも、ずっと書いてみたかったけれど書けなかった? やったことを思い出せないのは理解できる。だが、やらなかったことを思い出せるものだろうか？「……それほど前からじゃありません」、けっきょくそう言った。「ほんの数日前からだと思います」それからまた顔をしかめる。自分の言葉が、どうにも馬鹿げていたからだ。だが、名前についてと同様、このことについても、正しいのかまちがっているのか、確信が持てなかった。「それほど前からじゃないんです」そして、これから誰かに訊かれたら、同じように答えようと決心した。けれども、そう決心するということ自体、この発言の正しさに自信がないことを示していた。

「でもきっと――」リチャーズ夫人の皿には、マッシュポテトがあとひとかけしか残っていない――「あなたの詩も、とてもすてきにちがいないわ」夫人はそれを口に運んだ。「ニューボーイさんは、あなたの詩を気にいったのかしら？」

「見せてないんです」どうしてだろう、こうして銀器やワイングラスや取り皿やろうそくの光に囲まれていると、スコーピオンズや〈蘭〉での戦いや、姿を見せないコーキンズや喧嘩腰のフェンスターについて語るのはふさわしくないように思えた。

「あら、見せたほうがいいわよ」リチャーズ夫人が言った。「会社の若手社員は、いつも夫のところに新しいアイデアを持ってくるのよ。最近じゃ、なかなかの案を思いつくようになったって――そうでしょ、アーサー？アーサーは新しいアイデアについて若手と語りあうのが大好きなの。ニューボーイさんも、あなたと喜んで話してくれるんじゃないかしら。そう思わない、アーサー？」

「そうだな、わたしは詩には疎くてね」とリチャーズ氏はあらためて言った。

「あなたが書いたものを見てみたいわね」マダム・ブラウンはそう言って、リチャーズ夫人のワイングラスを、夫人がふりまわす手の近くからどけた。「いつか、わたしたちにも見せてね。ねえ、アーサー――」と組んだ両手の指ごしにじっと見つめ――「メイトランド社はどうなっているの？　なにもかもがこんな状態なのに、仕事をしてるって聞いて、びっくりしたんだけど」

マダム・ブラウンは話題を変えてくれるつもりだ！キッドはそう考えて胸をなでおろした。そして、彼女には好意を持とうと決めた。

「エンジニアリング」リチャーズ氏は頭をふって、リチャーズ夫人に目をやり――「そして詩……」と、鈍感なことに話題をもどしてしまう。「この二つには、ほとんど共通点がない」

キッドは自力で話題を変えようと決心した。「リチャーズさん、ぼくもこの街である技師と知りあいになったんですよ。ルーファーっていうやつです。そいつの仕事は……なんだったかな、工場を改造することだとか。ピーナツバター工場だったところをビタミン工場に変えたんです」

「詩や芸術を愛好する人々の多くは」リチャーズ氏は前の話題に固執して、「エンジニアリングには興味を持たないものだ――」それから眉をひそめた。「ビタミン工場？　ヘルムズフォードにある工場だな」

話題が変わったことにほっとして、キッドは椅子の背にもたれた。マダム・ブラウンも同じようにするのが見えた。

リチャーズ夫人の手はまだテーブルの上で痙攣している。

リチャーズ氏はたずねた。「その技師の名前、なんだって？」

「ルーファー」

「知らないな」リチャーズ氏は考えこむように眉を寄せ、それから金とマスタードの二色のネクタイの結び目にあごを落とした。「もっともわたしはシステム・エンジニアだからね。その人は産業エンジニアなんだろう。まったく異なる分野なんだよ。自分の専門分野で起きていること、うちの会社の連中がやっていることについていくだけで精いっぱいなんだ。うちの社員が考えつくアイデアのいくつかは――実のところ、悪くない。メアリの言うとおりだ。わたしでさえ、彼らのアイデアを理解できないことがある――つまり、それが、ど、の、よ、う、に機能しているのかはわかっても、なんのためなのかがわからない。わたしは目下、会社と倉庫のあいだを往復しているだけ、なにをすることになっているのか、神のみぞ知るだ」

「ついていくだけで精いっぱいよね」マダム・ブラウンは言い、テーブルに片肘を乗せた。その動作にあわせて、ろうそくの炎が彼女の左目のなかで動いた。「病院でわたしができることといえば、一週間に二、三冊の心理学専門誌をひらいて、行動心理学者やゲシュタルト心理学者が書いた記事を――」

「桃はいかが？」リチャーズ夫人が身を乗りだして訊いた。テーブルの端にそろって並べられた夫人の拳骨は、二つの小さな山稜のようだ。「デザートに桃を食べたい人はいる？」

たぶん、とキッドは考えた。夫人はほんとうに詩について語りたいんだ――すばらしい会話になるだろうと思った。もっとも、言うことを思いつきさえすればだが。ソースまみれのマッシュポテトの沼地をのぞけば、彼の皿も空っぽだった。

「いいですね」

自分の言葉が食卓の上に宙づりになるのが見えた。その両側には沈黙。

「ぼくはいらないよ！」ボビーの椅子が引かれ、ギイッときしんだ。

燭台が二つとも揺れた。

「ボビーったら――！」リチャーズ夫人が声をあげた。ジューンが一つ、リチャーズ氏が一つ、揺れる燭台を押さえた。

ボビーはリビングに出ていった。ミュリエルが吠えながらあとを追いかけていく。

「わたしももらおうかな」リチャーズ氏はすわりなおした。「あの子はほっときなさい、メアリ。大丈夫だよ」

「ミュリエル？　ミュリエル！」マダム・ブラウンはテーブルに向きなおって、ため息をついた。「桃、おいしそうね。わたしもいただくわ」

「うん、ちょうだい、ママ」ジューンも言った。肩を丸め、あいかわらずうつむいたままで、なにかを真剣に考えこんでいるようだ。

リチャーズ夫人はまばたきしながら息子の背中を見送ると、立ちあがってキッチンに向かった。


「もしあたしが学校に行くなら」ジューンが目をあげて唐突に話しはじめた。「心理学を勉強するわ――あなたみたく！」

マダム・ブラウンは半分くすぐったそうに、半分からかうように、ジューンに向かって眉をあげた。からかい？　それとも、とキッドは思案する、単なる驚きだろうか。

「働きたいの……心が不安定な子供たちを相手に――あなたのような」ジューンの指先もテーブルの端にかかっていたが、ぴったりくっつき、なめらかにつらなっていたので、どこまでが右手の指先で、どこから左手の指先なのかを見定めるためには指の数を数えなければならなかった。

「ジューン、病院の仕事じゃあね――」マダム・ブラウンはグラスを持ちあげてひと口すすった。彼女が身を乗りだすと、光学装置の鎖の環が、輝くよだれかけみたいに前後に揺れる――「わたしはむしろ、心が不安定な両親のほうをたくさん相手にしてるわ」

ジューンは、みずからの感情の爆発にとまどったのか、食器を片づけはじめた。「わたし……人助けがしたいの。看護師とかお医者さんとか、あなたがしてるみたいに――」キッドは彼女に皿を渡した。それが最後の一枚だった――「心に問題をかかえた人たちの診療をするの」キッドは、テーブルクロス（ソース、スープ、ニンジンのかけら、紫色のワインの染みが点々と付着している）の上を這わすように両手をひっこめて、膝におろした。

リチャーズ夫人の前のテーブルも、彼のと同じくらい散らかっていた。

「月並みな言い方だとは思うけど――」マダム・ブラウンは首をふった――「実際、子供たちより両親のほうが助けを必要としてるのよ。ほんとうに。両親が、完全に壊れた子供を病院につれてくるとする。最初の診察のとき、親たちはどんなことを望んでると思う？　きまって同じ、医者にこう言ってほしいのよ、『あなたがたに必要なのは、この子を殴ってやることです』ってね。つれてこられるのは、親のせいで、言葉にならない恐慌状態に落ちこんだ、無感覚のかわいそうな九歳の子供。身づくろいもできないし、ささやくようにしか話せないし、それも自分で考えた独特の言葉しか使えない。服は汚しちゃうし、一貫している行動といえば、人を殺そうとするか、もっと多いのは自殺しようとすることくらい。もし両親に『娘をぶちのめしなさい！　息子を殴りなさい！』とでも言えば、顔をまっ赤にするでしょうね――怒りではなく喜びで。病院で子供を預かろうとしていると知ると、親たちは怒りだすのよ！　欲求不満に押しひしがれ、これ見よがしに心配がってみせているくせに、やってくる親たちの望みは、わたしたち専門家が『ええ、あなたはこの子をすばらしく上手に育てています。もっと毅然として！』と請けあうことなの。この仕事で、わたしがいくらかでも成功を収めているとしたら――」マダム・ブラウンはジューンの肩にふれ、信頼を示すように身を寄せて――「ほんとうにわたしがやってるのは、子供たちを親たちから引き離すことだけなんだけど――成功の理由は、小さなジミーやアリスを預けるほうが、家族にとってはずっといいんだってまことしやかに告げながら、裏でメッセージを発しているせいよ――『しばらくのあいだ、ほかの子供たちの世話を焼いてみるのも楽しいんじゃない？』とか『あなたがつれてきた哀れな半死人みたいな子供より、もっと気力の残ってるもう一人の子を育ててるほうがやりがいがあるんじゃない？』とか『この子はすっぱりあきらめて、妹のスーやお兄ちゃんのビルで新規まきなおしを図ったらどうなの？』とか『夫婦がおたがいを見つめあうのもいいじゃない？』とか。両親のせいで自閉症になった一人っ子を手放すように説得してごらんなさい！」やれやれと頭をふった。

「まったく気が滅入るわよ。ときどきほんとうに、専門を変えたくなる――個人のセラピーをしてみたいのよ。前から関心があったの。それに、いま病院には誰もいないし――」

「でもエドナ、免許や資格試験はいらないの？」キッチンからリチャーズ夫人がたずねた。「それがあなたのお仕事だってのはわかるけど、人の心をいじくるのは危険じゃないかしら？　とくに、自分のしてることをわかっていないとしたら」夫人は高い脚のついたデザート皿を二つ持ってきて、一つをマダム・ブラウンに、もう一つを夫に渡した。「雑誌で読んだんだけど――」夫人は両手を椅子の背におき――「例のほら、グループ療法っていうやつ？　ジュリア・ハリントンが二年前、そういうのに参加しようとしてたのよ。だからその記事を読んで、すぐ切り抜いて彼女に送ってあげたの――すごく恐ろしいことが書いてあったわよ！　訓練を受けていない素人がグループをひっぱって、けっきょくみんなが狂っちゃったとか！　体じゅうにふれあったり、秘密をさらけださせて、おたがいになにもかも打ちあけさせて！　それに耐えきれなくなった人たちが出てきて、ひどい病気になっちゃったって！」

「ええ、でもわたしは――」マダム・ブラウンが礼儀正しく反論を口にしようとした。

「わたしは**みんな**なたわごとだと思うね」リチャーズ氏が口をはさむ。「そりゃ、人は誰だって問題をかかえている。助けを得られる場所があるなら、そこにほうりこめばいい。だが、もし自分のなかに閉じこもってるだけなら、しゃんとして立ちなおるように誰かが言ってやればいいんだよ。二、三発ぶん殴ったって傷つくもんか。けっきょくは、親がそうした役目を果たすのが一番なんだ――もっともわたし自身は、子供に手をあげたことなんてないがね」と、リチャーズ氏は片手を肩まであげると手のひらを広げてみせた。「そうだろ、メアリ？　少なくともこの子たちが大きくなってからは一度もないはずだ」

「あなたはすばらしい父親よ、アーサー」リチャーズ夫人はさらに三つのデザート皿を胸にかかえてキッチンからもどってきた。「誰もが認めてるわ」

「おまえたちは両親がこんなふうに健全だということを幸せに思いなさい」リチャーズ氏はそう言ってボビー（空席）に一回うなずき、ジューンに一回うなずいてみせた。娘はキッチンに食器を運び、席にもどるところだった。彼女は白いもので満たされたカットグラスの器を白いクロスにおいた。

「どうぞ」とリチャーズ夫人はキッドに果物を渡した。脚の高いデザート皿のなかで、黄色い半球が果蜜から顔をのぞかせている。

キッドはそれを見て頰をゆるませ、だらしなく唇があいたのに気づいて、ひきしめた。

テーブルの裏で、テーブルの脚を強く握った。痛みの帯が前腕部をぴしりと打つように感じられるほど強く。テーブルの脚から手を離し、息をついて言った。「ありがとうございます……」

「つまらないものだけど」とリチャーズ夫人は言った。「でも、果物にはビタミンやなにかがたくさん含まれているのよ。ホイップクリームも作ってみたの――デザートのトッピング用に。ほんとうに好きなのは本物のクリームなんだけど、いま手にはいるのはこれだけだから。アーモンドの香りをつけられなくて残念だわ。きっと桃に合ったでしょうけど、アーモンドエッセンスを切らしてて。バニラもなくて、だからメープルシロップを使ったの。アーサー、クリームはいる？　エドナは？」

「もうけっこう！」マダム・ブラウンはさしだされた器を手で払うように、「これ以上、太りたくないし」

「キッド、あなたは？」

ろうそくのあいだを通り、切子細工を輝かせながら、器が目の前にやってきた。キッドはまばたきして、皮膚の仮面の内側であごをゆっくりと動かし、笑顔を作るために精神を集中させた。

スプーンに白いクリームをたっぷりすくった――背後のろうそくに照らされて、クリームの輪郭が薄い緑色に見えた。

マダム・ブラウンがこっちを見ていた。キッドはまばたきした。彼女の表情が変化した。笑ったのか？　自分の表情はどうなってるんだろう。同じように笑みを浮かべているはずだが、そんなふうには感じられない……

桃をクリームに沈めた。

シロップのなかに白色が螺旋状にはいりこむ。

「わたし、すてきなことを考えてるんだけど」とリチャーズ夫人が言った。「キッドに詩を一つ披露してもらえないかしら、って」

キッドは桃を半分口にいれたまま答えた。「いや」飲みこんで、つけ加える。「遠慮させてください。そんな気になれないんで」とても疲れていた。

ジューンが言った。「キッド、クリームをとりわけるスプーンで食べてるんじゃない」

「あ……」

リチャーズ夫人が助け船を出した。「あら、気にしないで。ほかの人たちはとり終わったから」

「わたしはまだだよ」リチャーズ氏が言った。

キッドは自分の皿を見つめ（桃の半分がシロップとクリームに沈んでいる）、スプーンを見つめ（ダマスク模様がスプーンにまで描かれており、そこにクリームの筋がついている）、クリームの器を見つめた（切子細工の上で山盛りの白いクリームにスプーンでえぐったあとがついている）。

「いいんだ、気にしないでくれ」リチャーズ氏は言った。クリームの器はきらめきながら、ろうそくの炎のむこうに動いた。「自分のスプーンを使うさ。まちがいは誰にでもある。ボビーもしょっちゅうやってる」

キッドはふたたび桃にとりかかる。こぶしにホイップクリームがついていた。二本の指はシロップでべとべとだ。風呂あがりの肌はまだしわになっていた。嚙んだりしゃぶったりしたたこは、まるでレプラのようだと思った。

アーサー・リチャーズがなにやら話す。

マダム・ブラウンがなにか答える。

ボビーが部屋を走りぬける。リチャーズ夫人が息子を叱る。

アーサー・リチャーズがべつのなにかを話す。

クリームが皿底の水たまりに広がっていき、とうとう周囲のガラスに達して、ぐるりと輪を描いた。「そろそろおいとまします」キッドは顔をあげた。

リチャーズ氏のネクタイの金色の結び目が、さっきより三インチほど低い位置にあった。

キッドが見ていないときにネクタイをゆるめたんだろうか？　それとも覚えてないだけか？「遅くならないうちに人と会う約束があるんです。それに……」肩をすくめて、「明日の朝は早くから仕事に来たいので」

「もうそんな時間？」リチャーズ夫人はがっかりしたようだ。「そうね、あれだけ片づけてくれたんですもの、よく寝たほうがいいわよね」

マダム・ブラウンはリネンのナプキンをテーブルにおいた。（キッドは自分がナプキンを一度も膝に敷かなかったことに気づく。ナプキンは、食べ散らかした汚ない彼の卓上に、きちんとおかれていた。ナプキンに縫いとられた〝リチャーズ〟の〝R〟の近くに、紫色の染みが一つはねていた。）「わたしも疲れてきたわ。ちょっと待ってて、キッド。わたしとミュリエルといっしょに出ましょう。コーヒーはあるの、メアリ？」

「あら、ごめんなさい……準備してなかった」

「じゃ、すぐに出ましょう。キッドがそわそわしてるわ。

わたしも、用もないのに遅い時間に外を歩きたくないから」

　階下で誰かが笑った。ほかの人々の笑い声がそこに加わる。笑い声につづき、とつぜんドスンドスンという音が響く。まるで大きな家具を倒しているみたいだ。まずは書き物机、それからベッド、それから大だんす。

　キッドは席を立った——今度はちゃんとテーブルクロスを押さえて。腕がまだ痛んだ。「リチャーズさん、今日の賃金は今もらえますか？　それとも、仕事が全部すんでからでしょうか？」こう口に出すと、急にひどい疲れを感じた。

　リチャーズ氏は椅子の背にもたれた。両手を上着のポケットにいれ、椅子の前足が持ちあげた。「今すぐにいくらか必要なんだろうね」片手がポケットから出てきた。折りたたんだ紙幣を一枚握っている。キッドの要求を予想していたにちがいない。「ごくろうさま」

「三時間半くらい働いたと思うんですよ。ひょっとすると四時間くらい。でも、三時間で計算してもらっていいです。はじめたばかりなので」黒い長方形を受けとった。四つ折りになった五ドル札が、たった一枚。

　キッドはリチャーズ氏を不審そうに見つめた。それからマダム・ブラウンのほうを見た。彼女はすわったまま身をかがめ、指を鳴らしてミュリエルを呼んでいる。

　リチャーズ氏はふたたび両手をポケットにしまい、にこやかに体を揺らしている。

　キッドはなにか言うべきだと感じたが、言葉が出てこない。「ええと……ありがとうございます」金をズボンのポケットにしまうと、テーブルを見まわしてジューンを探した。しかし娘はすでにいなかった。「おやすみなさい、リチャーズ夫人」緑の絨毯の上をふらふらと玄関に向かった。

　次から次へとドアの錠をはずしていく——まったく、錠が多すぎる——彼の背後で、マダム・ブラウンがあいさつしている。「おやすみ、アーサー。メアリ、晩ご飯ごちそうさま。ジューン……？　ジューン……？」声を張りあげて——「帰るわ。近いうちにまた。おやすみ、ボビー——あの子は部屋にひっこんだみたいね。たぶんボビーのことだから本を持って。ミュリエル、さあいらっしゃい、かわいい子。キッド、おまたせ。じゃあね、おやすみなさい」

　煙が濃かった。ロビーのガラスは、もともと不透明だったのを透明だったように錯覚していただけじゃないかと疑ってしまうほど——

「それで――」マダム・ブラウンがひびのはいったドアを押した。「初日の仕事を終えてみて、リチャーズさんたちのこと、どう思った？」

「べつにどうとも」キッドは濃すぎる夜のなかに足を踏みだす。「ただ観察してただけですよ」

「つまり、あの一家についてあれこれ考えたけど、口にするのは難しい、あるいは不必要ということね」ミュリエルがカリカリと音をたてながらセメントの舗道を走っていく。「あの人たち、不思議でしょう」

「ただ」キッドは言った。「ちゃんと一日ぶん払ってほしかったな。もちろん、ごちそうしてくれたし、いろいろ親切にしてくれたし――」べつの高層ビルが二人の前にぬっと姿を現わした。暗い窓が層をなして重なっている――「一時間に五ドルというのは、かなり気前のいい話だけど」煙が建物の正面を這っていく。たしかに、リチャーズ一家についてはいろいろと考えた。上階の部屋で片づけをしていたときに頭をよぎったさまざまな思念を思い出した。そして――マダム・ブラウンは正しい――たしかに、明確な結論は出なかった。

マダム・ブラウンは、両手をうしろにまわしたまま、舗道を見つめ、ゆっくり歩いている。

キッドは、両手でノートを前にかかえ（あやうくノートを忘れそうになった。マダム・ブラウンが玄関のところで渡してくれたのだ）、空に視線を向けたが、ほとんどなにも見えなかった。「今も病院で働いてるんですか」

「え、なに？」

「精神病院ですよ、さっき話してた」歩くことでいくらか元気が出てきた。「子供たち相手の。今でも毎日働いてるんですか？」

「いいえ」

「ああ」

彼女がそれきり黙ってしまったので、キッドは話しつづけた。

「ぼくも精神病院にいたんですよ。一年だけですが。それで、なにが起こったのかなって――」ビルの表面を見まわした。破壊の痕跡は夜と煙で隠れている。そうだ、煙のにおいだ――「あなたの病院で」

「知りたくないんじゃないかしら」しばらく無言で歩いてから、マダム・ブラウンは話しはじめた。「入院していたなら、なおさらね。楽しい話じゃないから」ミュリエルはぐるぐる回りながら行ったり来たりしている。

「そうね、わたしは病院の社会福祉科にいたの――あなたもそれはわかっていたと思うけど。あの夜は家にいて、避難の手順について、二時間で二十二本も問いあわせの電話がかかってきた――最後の通話の途中で通じなくなった。わたしたち――友達とわたし――は、こうなったら病院に行こうと決めた。そう、わたしにはその当時、いっしょに暮らしている仲のいい友人がいたの。病院に行くと――もちろん歩いてね――もう信じられない状態！　もともと人手不足だったから、真夜中に医者がいるなんて最初から期待してなかった。だけど、それどころか、掃除係も、夜勤の看護師も、警備員さえいないの！　全員、パッと逃げちゃってたわけ、こんなふうに！」と嫌悪感たっぷりに、ひらいた手を上にあげた。「患者さんたちは夜間の開放病棟で大騒ぎしていた。わたしたちはできるかぎり外に出してあげたわ。うまいことに、友達は地下病棟への鍵を見つけた。信じられないでしょうけど、十五年前に閉鎖されて以来、きまって三年に一度だけ――補修もしないで！――開閉していた場所なの。窓の外は炎でいっぱい。患者さんのなかには逃げようとしない人たちもいた。逃げられない人たちが何十人もいた――薬を飲まされて、ベッドにぐったりしていてね。あちこちの廊下で金切り声をあげる人たち。どうやら、うちにかかってきた避難についての相談電話は、残ってた職員がおびえて逃げだすときに役立っただけみたい。少なくともわたしは、誰ひとり職員を見かけなかったわ！　いくつかの部屋なんて、鍵さえないのよ！　わたしは椅子で窓を壊した。友達はバールを使って、三人の患者さんが、ドアを破壊するのを手伝ってくれた――そうそう、誰かに首を絞められたのよ。二階の廊下で急いでいたとき、パジャマの男がふらりと出てきて、わたしを押さえつけて首を絞めたの。ほんとうに危険だったわけじゃない。それに数分のうちに、べつの患者さんがそいつを引きはがしてくれて――そのとき実感したわ、絞め殺されたくないと思ってる人間を絞め殺すのは、なかなか難しいって。そうよ、わたしにはそんな気なんてなかった。そうは言ってもけっこうひどかった。オフィスでしばらく休んでたら、彼女がこれを持ってきたの」マダム・ブラウンが指で首のまわりの鎖にふれるのが聞こえた。光の反射は暗すぎて見えない。「彼女が――わたしの友達が、これを見つけたって、首にかけてくれた。ブラインドの隙間からさしこむ外の炎の光が反射して、鎖がちらちらと光るのが見えた」つかのま、マダム・ブラウンは口をつぐんだ。「あなたにはもう話したわね……？」とため息をついて、「これも言ったと思うけど、それきり彼女は……わたしの友達は去ってしまった。いくつかの部屋には、どうやってもはいれなかった。努力したのよ――わたしも、他の患者さんたちも、いっしょになってがんばった！　それに、部屋のなかの患者さんたちも、同じくらい必死にがんばったわ！　そうよ、ほんとうにがんばった！　そのとき、炎が病院の建物内にも侵入してきたの。煙が濃くなって、ほとんど息も――」と、ふいに息を吐いた。いや、肩をすくめたのか？「わたしたちは病院から脱出するしかなかった。前にも言ったとおり、そのときには友達はもう街を去っていたの」

やっと、真横にいるマダム・ブラウンの姿が見えた。彼女は歩きながら、過去のことか、舗道のことを考えていた。

ミュリエルは尻尾をふり、吠え、向きを変えて、走る。「一度、病院にもどってみたの」マダム・ブラウンが口をひらいた。「次の日の朝にね。もう二度と行きたくないわ。ちがうことをしたくなった……もともとわたしは心理学者として教育を受けてきた。福祉はけっして専門じゃないの。病棟から出してあげた患者さんたちがけっきょく避難できたかどうかはわからない。たぶん逃げられたと思うけど、わからない」そう言って軽く鼻をすすった。「ひょっとすると、わたしがこの街に残ってるのは、そのせいかもね」

「そうでしょうか」一息おいて、キッドは言った。「あなたたち――あなたとあなたの友達――は、とても勇敢だったと思います」

マダム・ブラウンはもう一度、軽く鼻をすすった。

「ただ――」キッドは居心地の悪さを覚えた。だが、さっき食卓で感じたのとはちがう居心地の悪さだ――「ディナーのときの話じゃ、あなたはまるで今もそこで働いているような口調だったから。それで訊いてみただけなんです」

「ああ、あれはただ話を合わせただけ。メアリを楽しませるためよ。手間を惜しまず最良の部分をひきだせば、彼女はとても立派な女性なの。とてもすてきな心の持ち主――たとえ、表面的には凡庸さがいすわってるとしてもね。そこをわかってあげない人もいるでしょうけど」

「ええ」キッドはうなずく。「そうでしょうね」半ブロックほど先のミュリエルの姿は、まるで暗闇のかけらが動いているみたいだ。「思いちがいしてましたよ――縁石の角で踵をこすってしまい――「あ、気をつけて……！」よろめいて、「ふう。思いちがいしてたんですよ。あなたがリチャーズさんのうちには三人の子供がいると言ってた気がして」

「あら、いるわよ」

二人はじめじめした道を渡った。冷たい舗道の上で、キッドの踵はちくちく痛んだ。

「長男のエドワードは、今はいっしょに暮らしてないの。でも、あの子の話はあえてしなかった。メアリの前では特にね。彼女にとってはつらい話題だから」

「なるほど」もう一度うなずいた。

二人で次の縁石をまたいだ。

「このあたりじゃ、なに一つまともに機能していませんよね」キッドがたずねる。「なのに、リチャーズさんはどうして毎日勤めに出てるんですか？」

「あれはただの体裁。たぶん、メアリのためね。外面をとりつくろうのに、彼女がどれだけこだわってるか、見たでしょう」

「奥さんはむしろ、ご主人に家にいてほしいんじゃないですか」とキッド。「死ぬほど怖がってましたよ。ぼくだって、けっこう怖かった」

マダム・ブラウンはしばらく考え、「ひょっとすると、アーサーは逃げだしたいだけかもね」と肩をすくめた——それが見えるくらいには明るくなっていた。「もしかして、毎日ただ外に出て、そのへんのベンチに腰かけてるのかも」

「つまり……彼も怖がってるんですか？」

マダム・ブラウンは笑う。「だとしても不思議じゃないでしょ？」ミュリエルが駆けよってきて、また走っていく。「だけど、もっとありそうなのは、アーサーが妻のありがたみがわかってないってこと。こんなことを言うのは公平じゃないかもしれない。でも、よく言うけど、夫婦のことについては公平になる必要がないというのが、普遍的な真実でしょう。彼は彼なりに妻を愛しているけどね」ミュリエルがまた駆けよってきて、マダム・ブラウンの腰に飛びつく。彼女は犬の頭をこづいた。犬は満足して、ふたたび走っていった。「でも、アーサーはどこかに通勤してるはずよ！　たぶん、自分で言ったとおりの場所にね。会社と……倉庫と……」笑って、「きっと、わたしたちは想像力を働かせすぎね！」

「ぼくはなにも想像してませんよ」しかしキッドはほほえんだ。「質問しただけです」頭上の階から、かすかに漏れる窓の明かりに照らされて、薄い煙ごしにマダム・ブラウンもほほえんでいるのが見えた。

先のほうで、ミュリエルが吠える。

それにしても、焦点の定まらない状態を解釈してさらなる混乱に変えるために、ぼくはなにをつぎこんできたんだろう？　この恐怖。その唯一の教訓は、待つことだ。霧に包まれた終着点で、ぼくは縮こまっている。通りは形を失い、思考の輪郭は崩れる。自分のものでもないこの汚ないノートにぼくはなにを書きとどめたのか？　それは言葉では表現できない。むしろ言葉の隙間だけが表現できるという啓示は、こんなふうに傷ついて、女性とその飼い犬といっしょに歩いているぼくに、痛む権利を与えてくれるだろうか？　いつまでも消えない疑念もいくつか――書くという労働が精神のよりどころを引き裂いてしまうんじゃないか。この枠組みのなかで人生は重要だが、認識はそれに向きあうのには不充分な道具ではないか。思索することは、意識という銀のおおいをとり払うことであり、炭化した錯乱であり、この感覚は、右目に親指を押しつけたときにいくらか似ている。この疲労感は結びつきを溶かし、流れを解き放つ。

マダム・ブラウンが酒場の扉をあけてくれた。

キッドは五ドル札を握ったまま、革服のテディの横を通りすぎた。マダム・ブラウンに一杯おごろうかと考えていたら、酒場の奥から誰かが大声をあげながら近づいてきた。マダム・ブラウンがどなりかえすと、よろよろと立ち去った。キッドは一人、カウンターの端に腰をおろす。身を乗りだすと、スツールにすわって背中だけ見せていた人々の顔が識別できた。だが、そのなかにタックはいない。レイニャもいない。空っぽのケージをながめていると、袖まくりして、両腕に彫られた刺青の豹の首をしめつけたバーテンが声をかけてきた。「あんた、ビール派だったよな？」

「ああ」キッドは驚いてうなずく。

傷だらけのカウンターにビール瓶がどん！とおかれた。

「さあさあ！　そいつはしまっときなよ、坊や《キッド》」

「どうも」けげんに思いつつ、札をポケットにもどす。

「ありがとう」

積み藁のような口ひげの下で、バーデンは歯のあいだから息を吸い、「あんた、ここをどこだと思ってるんだ？」首をふりながら離れていった。

キッドの手はシャツのほうにさまよい、ペンをカチリと鳴らしていた。顔をしかめて下を向き、いったん手をとめて、心のなかで文を構成する。やおらノートをひらき、ペンをポケットから出して空中で握り、ノートに突きたてた。

今までこんなことがあっただろうか？　キッドはいぶかった。ペンを持ち、紙に押しあて、実際に書くというプロセスがはじまると、逆にこれ以外のことはなに一つやってこなかったような気さえする。だが、たとえ数秒でも手をとめると、これまで物を書いたことなんてないと思えてくるばかりか、今後ふたたび書くことがあるかどうか、まったく確信が持てなくなってしまう。

キッドの精神は完成された怒りのヴィジョンを求めて深みに飛びこみ、手はそのヴィジョンからしたたり落ちたものをつかみ、抹消し、再配置した。彼女の目は何十もの単語を掘りおこす。直前の単語に、もっとも直接的な緊張関係にある単語をつづける。彼女の絶望はさらに十数個の単語を掘りおこす。語と語のあいだを熱心に掘りかえしてまわり、歯ははっきりしたものに嚙みつく。そしてははっきりする。おそろしい乱心が訪れるまでふたたびケージを見つめ、彼女にもどる。麻痺したような時間が経過したあと、ノートからペンを離し、唾を飲みこみ、手をひっこめた。

ペンをポケットにねじこんだ。手は、死んだように醜く紙の上に投げだされていた。口の奥で舌を動かしながら、その言葉を書きうつすためのエネルギーが湧くのを待つ。音がノイズから分離する。まばたきし、ベルベットの壁紙を背にピラミッド状に積まれた酒瓶を見た。指のあいまから、意味から剝ぎとられたインクの線がうずまいているのを観察した。ビールに手を伸ばし、ゆっくり飲み、瓶をおき、手をふたたび紙の上に投げだす。だが、その手は湿っている……。

ため息をつき、左を向いた。

「やあ……」右側から声をかけられた。

キッドは右を向いた。

「あっちから見ていて、君じゃないかって思っていたんだ」ブルーのサージ。狭い襟。白胡椒色の髪。「また会えてよかった。君が無事だとわかってほんとうに嬉しい。あの出来事は、ひどくわたしを動揺させた。言葉にできないくらいに。だが、そんな言い方はおこがましいね。傷ついたのは君のほうなんだから。わたしがあんなふうに疑われたりつかまったりしたのは若いころ、もうずいぶんと昔のことだ」年老いた子供のような痩せた顔が、一瞬真顔になった。「一杯おごりたいところだが、どうやらこの店では酒はタダのようだ。バーテン！」

両こぶしをカウンターですべらせ、ブロンドのゴリラといった風情で、バーテンが近づいてくる。

「テキーラ・サンライズはできるかね？」

「ビールにしてくれりゃ、手間がはぶけるんだけどな」

「ジン・トニックならどうだ？」

バーテンは深々とうなずく。

「わたしの友人にも、同じのを一杯」

返事がわりに、ゴリラは人差し指をひたいに当てた。

「あの、ちょっと驚いてるんです」キッドは、二人が共有している敗北感に自分も加わることにした。「ここでニューボーイさんに会えるなんて」

「君もなのか？」ニューボーイはため息をついた。「今夜は一人で街に出てきたんだ。滞在中に訪れるべき場所を、みんながあれこれ推薦してくれたんでね。いささか奇妙だ。君がわたしを知っているのは、たぶん……」

「『ベローナ・タイムズ』の記事を見ました」

「やっぱりね」ニューボーイはうなずく。「新聞の一面なんてこれまで載ったことがなかった。これで有名税は払ったから、あとは匿名性を守りたい気分だ。まあ、コーキンズ氏はいいことをしたと思っているようだがね。少なくとも、善意に基づいているのはたしかだ」

「ベローナは隠れるのが難しい街です」相手がかすかに不安を感じていると気づいて、キッドは親切な対応をしてやろうと考えた。「あなたがこの街に来てるとわかって、嬉しいです」

ニューボーイは胡椒がかかったような眉を持ちあげた。「おかげで、あなたの詩をいくつか読みました」

「つまり、あの記事を読まなければ、君はわたしの詩を読まなかったってことかい？」

「本は買ってません。あるご婦人が持ってたので」

「どの本？」

「『巡礼』です」

するとニューボーイは眉をさげた。「最初から最後まで、何度も注意深く読んだわけじゃないだろう？」

キッドはうなずき、唇がふるえるのを感じて、口を閉じた。

「よかった」ニューボーイは笑顔になった。「それなら君は、わたしが君を知っている以上にわたしのことを知っているわけではない。優位に立たれたかと思って、一瞬ひやりとしたよ」

「ざっと目を通しただけです」そうつけ加えた。「バスルームで」

ニューボーイは大声で笑い、酒をあおる。「君のことを聞かせてくれ。学生？　それとも、なにか書いているのかい？」

「そうです。ええと、書いています。じつは……詩人なんです、ぼくも」こう名乗るのは面白いものだとキッドは思った。なかなかいい気分だ。ニューボーイがどんな反応を示すだろうか。

「そいつはいい」ニューボーイの反応がどうであれ、驚きは含まれていなかった。「ベローナは創作意欲をかきたてるような刺激的な場所かね？」

キッドはうなずいた。「でも、まだなに一つ活字になってませんけど」

「べつに、そんなこと訊かなかったろう？」

キッドは相手の表情に辛辣さを探ってみたが、あったのは優しい微笑だった。

「それとも、出版してみたいのかね？」

「ええ」キッドはスツールの上で体を半回転させた。「あなたはどうやって詩を出版するんですか？」

「その問いにちゃんと答えられるようなら、おそらく、もっと多くの詩を書いているよ」

「でも今のあなたは、その気になったら簡単に雑誌やなにかに発表できるんでしょう？」

「今わたしが書いているものはすべて——」ニューボーイは両手でグラスを包みこんで——「まちがいなくどこかで活字になるだろうな。そのせいで、実際に書き残すものについては、とても慎重になってるんだ。君はどうかね？」

最初のビール瓶は空になっていた。「わかりません」キッドは二本目に口をつけた。「詩人になったばかりだから」と笑いながら告白する。「ほんの数日前からなんです。」「どうしてこの街に来たんですか？」

「なんだって？」今度はいくらかの驚きが含まれていた。

ただし、ほんのちょっぴり。

「あなたはきっと、たくさんの作家、有名な作家たちと知りあいなんでしょう。たぶん政府関係者とも。なんでこんなところに来たんです？」

「ああ、ベローナは……有名になっているんだよ、アンダーグラウンドの評判ってやつさ。ベローナについて書かれたものはないが、噂は耳にするんだ。訪れるためなら死んでもいいと思わせる都市があるが」そして芝居がかったささやき声で、「ここがそうじゃないことを祈るよ」笑いながら、詩人の目は許しを乞うていた。

キッドは許し、笑った。

「理由なんてわからない。物のはずみかな」ニューボーイはつづける。「どうしてこの街に来たのか、わからない。もちろん、ロジャーみたいな人間に会うなんて予期していなかった。あの見出しはちょっとした驚きだ。だが、ベローナは驚きに満ちている」

「ここでの経験を書くつもりですか？」

ニューボーイは酒をあおった。「いや、そんなつもりはない」とふたたび笑みを浮かべ、「心配しなくていいよ」

「でも、あなたはたくさんの有名人をじかに知ってるんでしょう、きっと。本の序文や見返しの推薦文や書評を読むと、作家同士はみんな知りあいなんじゃないかと思ってしまう。目に浮かぶんですよ、作家たちが一つのテーブルを囲んで、腹を立てたり仲よくしたり、もしかするとおたがいを出しぬこうと探りあったりしてるのが……」

「文壇政治ってわけかい？　そう、君の想像どおりだよ。実のところ、ひどく複雑で、陰湿で、狡猾で、悪質なものだ。そしてとほうもなく魅力的でもある。わたしにとって、ゴシップだけが書くこと以上に心惹かれる娯楽だ」

　キッドは顔をしかめた。「友だちが言ってました。この街に住む人々はみんなゴシップに飢えてるって」レイニャはまだ酒場に姿を見せていない。彼はふたたびニューボーイのほうを向いた。「彼女も、あなたの友人のコーキンズ氏を知ってるそうです」

「小さな街だからね。ポール・フェンスターが、もう少し――ピリピリしなくなってくれればいいんだが」ニューボーイはキッドのノートを指さした。「君の詩を、いくつか読んでみたいな」

「え？」

「わたしは詩を読むのが好きなんだ。特に、知りあった相手が書いた詩をね。念のために言っておくが、その詩がいいとか悪いとか判断するつもりは毛頭ない。ちょっと無骨なところがあるけれど、君は感じのいい若者だ。君の書いたものを読んでみたい」

「いや、そんなにたくさん書いてませんよ。このノートに書くようになってから、まだ……さっきも言ったけど、そんなに経ってないんです」

「それなら、読むのにもそんなに時間がかからん――いつか君が、その気になったときでいいから見せてくれ」

「いいですよ。でも、もしぼくの書いた詩がいいと思ったら、はっきりそう言ってほしいです」

「わたしには無理だよ」

「まさか。あなたの意見を聞いてみたいんです。役に立つだろうし」

「こんな話がある」

　キッドは頭をぴんと立て、自分がここまで熱烈に不信感をいだくのを面白いと思った。

　ニューボーイは指でバーテンに合図し、おかわりを注文した。「ずっと昔、ロンドンでのことだ。現在との実際の年齢差以上に、わたしは今よりずっと若造だった。ハムステッドの邸宅に滞在していたのだが、そこの主人が、シェリーのグラスごしにわたしにウインクして、ロンドンを訪れているアメリカ人作家と会ってみないかとたずねてきた。その午後はアート・カウンシルが財政支援する雑誌の編集者と会う予定だった。屋敷の主人も、そのアメリカ人作家も、わたし自身もその雑誌に寄稿していた。わたしは作家という人種を楽しんでいる。彼らの個性はわたしを夢中にさせる。こんなふうに客観的な視点で語れるのは、もっかわたし自身はほとんど書いていないからだ。なんらかの意味では自分も芸術家にちがいないと、おこがましくも常にどこかで考えてはいるが、物を書いて創造する力があると感じるのは、一年のうちひと月ほどにすぎない。それさえ調子がいい年だけだ。ともあれ、わたしはそのアメリカ人作家に会うことに同意した。彼に電話し、夜に来てもらう約束をした。出かけるまでの暇つぶしに、わたしはある雑誌を読んだ。その作家のエッセイ——メキシコ旅行記——が載っていたからだ。一夜漬けならぬ午後漬けで、夜の面会にそなえて予習しようというわけだ。世界は狭いものだから、過去二年のあいだ、その若手作家の噂は聞いていた。彼の名前がわたしと並べて論じられているのも幾度か目にした。だが、書いたものは読んだことがなかった。もう一杯シェリーをついで、彼のエッセイを読みはじめた。さっぱり理解できなかった！　わたしは読みすすめた。漠然とした風景描写と、輪郭のあいまいな人々との焦点のぼやけた出会いをちりばめた、気の抜けた旅の記述。かの国に対する判断は内容空疎。当地の民族への考察は、もしもっと力強い表現が与えられていたら、偏見のせいでおぞましいものになっていたろう。幸いなことに、詰めこみすぎの文章のおかげで、十六ページのうち十ページから先に進めなかった。どんなものでも読めるというのが、わたしの自慢の一つなんだ。自分自身の創作が少ないのだから、せめてそれくらいは誇りたい。けれども、そのエッセイだけは途中で投げだしてしまった！　実物より先に評判が広まるという奇妙な仕組みがあって、誰もがそれをまちがいだと知っている。にもかかわらず、わたしたちは評判を信頼してしまうものだ！　そういう、ありふれた裏切りにあったと思うことにして、クリスマスプレゼントを鞄に詰めこみ、ロンドンの冬のぬかるみのなかへと出かけていった。そもそも、友人でもある編集者が手紙で、冗談めかしてわたしをクリスマスのディナーに招待してくれたんだ。こちらも冗談めかして招待を受けた。そして、二千マイルの距離を越えて、ロンドンで休日をすごしに来たというわけだ。こうした冗談は、計画しているときや、あとでふりかえるときには楽しいけれど、実行には困難がついてまわる。わたしは三日前にロンドンに到着した。クリスマスの朝にまにあうように贈り物を届けて、相手に、ガチョウの大きさを変えたり、プディングにプラムを追加したりする時間を与えたほうがいいだろうと考えた。イングランドの緑あふれる邸宅の裏口で、わたしは呼び鈴を鳴らした。出てきたのはとても大柄で、みごとな金髪の青年だった。話し方からアメリカ人だとすぐにわかった。そのときさの会話をどれだけ正確に再現できるか、試してみよう。それがこの話を理解する鍵になるからだ。

わたしは、友人夫妻が在宅しているかどうかたずねた。いない、と青年は答えた。夫妻は午後いっぱい外出している。自分は留守のあいだ、娘たちの世話を頼まれているのだ、と。

プレゼントだけでもおいていきたい、とわたしは言った。青年に、クリスマスの日のディナーにわたしが行くと伝えておいてくれないかと頼んだ。

ああ、と青年が言った。じゃああなたがあの――そうですか、今晩あなたに会いにうかがうことになっていますよ!

驚いて、わたしはまた笑った。けっこう、楽しみにしています。握手をして、急いでその場を離れた。青年は人好きのするタイプで、再会が楽しみになってきた。文壇社交術、第一条――客間において、相手が書いたたわごとを持ちだし、非難したりしないこと。客間で粗野にふるまう人間に対し、卓越した文学的才能ゆえにどこまで寛大になりたいと思うかは、ひとえに相対する側の気質によるものだからだ。ただ、ここで面白いのは、わたしたちがせいぜい七十五語か百語しか交わしていないという点だ。彼の声を聞いただけ、と言ってもいい。ともあれハムステッドにもどり、午後の酒はシェリーからより赤いワインに変えて、わたしはさっきの雑誌を拾いあげた。そう、もう一度チャンスを与えてみようと思ったわけさ。雑誌をひらき、ふたたび彼のエッセイを読みはじめた」ニューボーイはグラスの縁ごしにこちらを見てから、グラスには一瞥もくれずカウンターにおき、唇を結んで切り傷のようにした。「そのエッセイは明晰で、生き生きとして、洒落っ気と皮肉に富んでいた。凡庸と思えた部分は、周到きわまりない諷刺だった。あの国がもがいている現状を、苦痛に満ちたヴィジョンで提示しつつ、アメリカ人であり観光客にすぎない書き手の立場の不条理をも示していた。このエッセイが、優美さとペーソスの中間を行くという困難な道をたどっているのがわかった。そう、彼の声を聞いたというそれだけのことで! 彼の声は内気で、いくらか女々しい。爽やかな水やセコイヤの森やロッキー山脈といった偉大な対象に、その声でピリオドや強調を与えて語るのは、奇妙に調子はずれの感じがした。だが、そのとき起こったのは、要するに読みながら彼の声が聞こえるようになったということだ。その声が、文章のどこに力点をおいて読むべきかを教えてくれた。前は電話帳のように詰めこみすぎで優美さに欠けると思われた箇所の秘密を解きあかしてくれた。それ以来、現在に至るまで、わたしは彼の作品を、どれも最上の喜びをもって読みつづけている！」ニューボーイは酒を口にふくんだ。「残念ながら、その逆もまた成りたつ。ここ合衆国の批評家諸氏は、親切なことに、わたしが興味深いと考えている作品だけを論じてくれる。外交の仕事によってもゴシップへの情熱が満たされなくなったあかつきには、陸続と出版される重箱の隅をつつくような研究書が、わたしに大学での職を与えてくれるのだろう。前回この国を訪れたとき、わたしを迎えてくれたのは、復刊された初期詩集への絶賛といっていい書評だった。合衆国で五指に入る権威ある文芸誌に載ったその書評を書いたのは、とある女性だった。わたしには節度があるので、彼女を〝辛辣〟だなどと評する気はない。これまで彼女がわたしの著作に惜しみなく讃辞を送ってくれたという理由だけでもね。彼女はわたしの作品を論じてくれた最初のアメリカ人だった。だが、それ以前から、わたしは彼女の批評を、普通なら詩に対してしか向けないような熱心さで読みつづけていた。多産な批評家は、いきおい愚にもつかないことも多く書かざるをえない。重要なのは、批評をまとめて読んだときに、愚劣さではなく知性と洞察力が記憶に残るかどうかだ。わたしはそれまで彼女に会ったことがなかった。飛行機を降り、空港で三冊の雑誌を買いもとめ、ホテルに向かうタクシーのなかで二冊目の雑誌に彼女のエッセイを見つけたのは、喜びであり奇遇であり快感だった。かつてわたしが作家になろうと空想したのも、そうした快感のためだったはずだ。ホテルに着くと、その彼女からメッセージが来ていた。自分もニューヨークを訪れており、二ブロック先のホテルに滞在している。もし飛行機でお疲れでないのなら、今晩一杯ごいっしょしませんか、と。わたしは喜び、感謝した。こうした心遣いに気持ちが浮きたたないようなら、わたしたちはよほどご立派な生き物だろう。楽しい酒だったし、楽しい夜だった。以来、彼女とは、実りある友情を保ちつづけていた。噂で知っていた相手と実際に顔をあわせて、個人的な友人になれるというのは、きわめて珍しい。だが数日後、彼女の書いた批評を読みかえしたとき、わたしは気づいてしまった。彼女の文章の個性を作っている慎重な思索の一部は、語彙の選択によるものだと。ポープの対句にあるだろう、「アイアースが力をこめて巨大な岩の重みを投げようとするとき／詩行もまた苦労し、言葉の進みが遅くなる」。

彼女には、重い響きで終わる単語に、同じぐらい重い響きの単語をつづけたがる癖があった。それまでは、思慮に満ち、ゆったりした声を想像して読んでいた。内容にとぼしい場合でさえ、書き言葉に威厳をみなぎらせるような声を。出会ったその夜、彼女は文章に出てくるのと同じ語彙を用いてはいたが、とても早く、いきいきと熱をこめて話すのだとわかった。彼女の知性はたしかに文章から想像していたとおり鋭敏なものだった。彼女は最高の親友の一人になったものの、それ以来彼女の書いたものを読んで喜びを味わうことはなくなった。かつて最高の知的な楽しみを与えてくれた批評でさえ、書き言葉は生身の彼女の声のパターンにいきおいよく飲みこまれ、文章からは重厚さや慎みが失われてしまった。唯一の慰めは、じかに会えば、二人でさまざまな作品を俎上に乗せて夜どおし論評しあえることだ。そんな機会には、彼女の驚くほど犀利な分析を楽しむことができる」彼はもうひと口飲んだ。「君の詩がいいかどうか、どうしてわたしに判断できるだろう？　わたしたちは出会ってしまった。君が話すのを聞いてしまった。それにわたしは、一部の人々が愚かにも客観的判断などと呼ぶ、うずまく感情の泥沼を持ちだすつもりもない。君の声を聞いてしまった以上、歪んだ批評以外は語れない」ニューボーイは、ほほえみながら相手の反応を待った。

「詩を読んでほしがる連中には、いつもその話を聞かせるんですか？」

「いや！」ニューボーイは指をあげた。「君の詩を読んでもいいかと頼んでいるのはわたしのほうだ。今のは、わたしに詩の評価を求めてくる人たちに語ってやった話だよ」と、溶けて角がとれた氷をかきまぜた。「作家同士はみんな知りあい、か。そう、君の言うとおりだ」うなずいて、「ときどきふと思うよ。芸術家の共同体が存在する理由は、名誉や賞賛にかかわらず、誰もが自身の作品の価値について考えずにすむような、利害が一致した集団の基盤を作るためじゃないかとね」

キッドはビールを飲んだ。長ったらしい話にはうんざりしたが、それに夢中になっている男には興味を惹かれた。

「これは美的な問題だ」ニューボーイは思案顔でつづける。「芸術家には、詩や絵画や音楽を生みだすもとになる内的経験がある。読者や観客は作品を享受し、それが彼らにとっての内的経験となる。だが、観客の経験が芸術家の経験と関係があるとか、ましてや同じ経験だなどという主張は、低俗だとまでは言わないにしても、歴史的に見てごく最近の考え方にすぎない。この考えは、魔法の力を信じなくなった、過度に工業化された社会に由来するもので――」

「いたいた！」レイニャがキッドの腕をつかんだ。「すっきりさっぱり、ずいぶんピカピカになったじゃない！見ちがえちゃったわ」

キッドは彼女を肩に抱きよせた。「こちらはアーネスト・ニューボーイ」邪魔がはいってほっとした。「こちらはレイニャ、ぼくの友達です」

レイニャは驚いたようだ。「コーキンズのところでキッドを助けてくれたんですってね」そう言ってキッドの胸の前でニューボーイと握手した。

「あそこに滞在しているんだ。今夜は外出許可をもらってね」

「わたしもロジャーのところに何日か泊まってたけど、そのときは夜の自由時間なんてなかったわ」

ニューボーイは笑った。「まったくそのとおり。で、君は今、どこに住んでいるのかね？」

「公園よ。そんな驚いた顔をしないで。大勢の人が住んでるわ。今じゃロジャーの屋敷と同じくらい、立派な住宅地よ」

「ほう？　で、君たちはそこでいっしょに暮らしているのかね？」

「公園の片隅で、二人だけでね。お腹がすくと、よその人たちを訪ねるの。うちには誰も訪ねてきてくれないけど、そのほうが気楽だわ」

ニューボーイはまた笑った。

彼女の冗談に詩人が笑顔を向けるのをキッドは見まもった。

「君たちの隠れ家を探しだすのは難しそうだね。いつか昼間に、君たちのほうでわたしを訪ねてくれ」それからキッドに、「そのときは詩を忘れずに持ってきてほしい」

「いいですよ」キッドはレイニャが嬉しそうに黙っているのを見る。「いつです？」

「次にロジャーが火曜日だと決めた日に来るっていうのはどうかね？　君が、前のような目にあうことはないと約束しよう」

キッドは力づよくうなずき、「わかりました」

ニューボーイ氏の顔じゅうに笑みが広がる。「それじゃ、待っているよ」笑ったままうなずくと背中を向けて席を離れた。

「口を閉じて」レイニャは目を細めてためつすがめつし、「ああ、それでいいわ。すっかりきれいになった」そう言ってキッドの手をぎゅっと握った。

ケージのなかでネオンがまたたいた。ざらつくノイズ混じりの音楽が、スピーカーから流れだす。

「さ、急いで、行きましょ！」

彼女といっしょに店を出しなに、キッドはもう一度ふりかえって店内を見た。ニューボーイのブルーサージの背中は、両脇を革の背中にはさまれていた。彼が話をしているのか、ただ立っているだけなのか、遠目からではわからない。

「今日はどうすごしてたんだい？」涼しい通りに出てからたずねた。

レイニャは肩をすぼめた。「ミリーとだらだらしてたわ。朝ご飯をたくさん食べた。今週は料理当番がジョミーだから、よけいに食べちゃうのよね。今朝は、作業プロジェクトについてジョンにアドバイスした。傍目八目ってやつね。昼ご飯のあと出かけて、ハーモニカを吹いた。それから帰って晩ご飯。ジョミーはいい人だけど退屈。そっちの仕事はどうだった？」

「奇妙だったよ」キッドはレイニャをそばに抱きよせた。(彼女は思案顔で体をかたむけ、彼の大きなこぶしを自分の小さなこぶしでなでさすり、離した。)「そう、おかしな家族だった。なあ、ニューボーイはぼくたちを屋敷に招待してくれたってことだよな？」レイニャは頭を彼の肩にこすりつけ、今にも笑いだしそうだ。

握っていた彼女の腕が動いた。「武器、いま必要なの？」

「ああ。うん。そうだね」〈蘭〉をはずし、足をとめて一番長い刃をベルトの輪にさしこんでから、ふたたび歩きだした。

彼女は名前をもとめない。この信頼感はなにを意味するのだろう。彼女の安らぎと沈黙に長くとどまり、要求と追及のこころみから解放されること、そこには中心という幻想がある。すでに、あらかじめ合図されて、ぼくは意識のなかの大惨事の予兆——気づくことに失敗し、探ることに失敗するという予兆で武装している。彼女は自由なのか、それとも、ぼくにはうかがい知れないような複雑な親密さで関わっているのか。それとも名前がないのを理由に、彼女から身を引くべきだろうか。からみつく、あふれんばかりの、究極のものが喉頭部のトランペットに生じる。ぼくたちが計測しようとすると、具体化された恐怖はするりとすり抜けてしまう。そして永遠に歪んだアングルと、回折の驚くべき周波数が残る。

半分の——いや、むしろ五分の四くらいの——暗闇のなかで、二頭のライオン像は濡れているように見えた。その横を通るとき、キッドは右のげんこつで石のわき腹をなでた。それは、左のげんこつをなでるレイニャの手首と正確に同じ温度だった。

　こんなに暗いのに、なぜ彼女は道がわかるんだろう？　不思議に思ったが、三十歩も進むと、自分でも、暗がりで方向転換するのはこれが最後だと予測できた。

　遠く離れた炎の明かりは、近くの木々の葉を通して見ると金線細工のようだった。葉むらを押しわけてレイニャが声をかけた。「こんばんは！」

　シャツを着ていない男が、シャベルをかかえて膝まで……掘りかけの墓？にもぐっている。

　ボタンを留めずにデニムのシャツを着たもう一人の男が、穴の縁に立っている。肩かけ毛布にくるまった若い娘が丸太にすわり、両手のこぶしにあごを乗せて、それをながめている。

「まだこの仕事をやってるの？」レイニャはたずねた。

「朝からちっとも進んでないじゃない」

「あたしにも掘らせてくれればいいのに」娘が口をはさむ。

「そうだな」胸をはだけたシャベルの男が言い、金髪を揺すって肩から払いのけた。「ここまですんだらな」

　娘はツギのあたった膝のあいだに両手をおろした。彼女の髪はとても長い。遠くからの光に照らされて、髪の色ははっきりわからず、青銅と黒の中間というところ。

「ジョンはどこでこんな計画を思いついたのかね」穴の縁にすわったデニムシャツの男が言った。「俺は、草むらに飛びこんでしゃがんでするだけで充分なんだがな」

　シャベルの男は顔をしかめた。「伝染病を心配してるんだろ。これを見てみろ」とシャベルの刃をふりまわしてみせた。

　だがキッドには、軽量ブロックの炉端で立ったりすわったりしている数人を除けば、炎の光で輪郭を区切られた夜の球体の外にはなにも見えなかった。

「こんなに暗くて手もとが見えるの？」レイニャがたずねた。

「忌々しい便所を掘るのなんざ、もううんざりだ！」シャベルがざくっと地面を突いた。

「あのさあ」穴の縁の男がぽつりとつぶやく。「俺、今ごろハワイにいたかもしれないんだぜ。マジでさ。ハワイに行くチャンスがあったのに、この街に来ちまったんだ。うんざりするだろ？」

　その話なら聞きあきたというふうに、丸太にすわった娘はため息をつき、膝に手をついて立ちあがり、その場を離れた。

「ほんとに行けたんだぜ」男は娘のうしろ姿に向かって顔をしかめた。ついで掘りだされた土の山に目をもどして、「なあ、おまえの彼女、ほんとに穴を掘りたかったのか?」

「いや」シャベル一掻きぶんの土がまた外にほうりだされる。「そうは思わん」

　パシンパシン、パシンパシン、パシンパンン。丸めたタイムズを腿に打ちつける音。光をさえぎりながら、ジョンが近づいてくる。

　ざくっ、どさっ、ざくっ、どさっ。シャベルの音。

「トイレにしちゃ」キッドはレイニャに言った。「みんなの居場所にやけに近いな」

「わたしに言わないで」とレイニャ。「あの人たちにどうぞ」

「わたしもそう思っていた」ジョンは言い、新聞で腿を叩くのをやめた。「じゃ、君はトイレの場所が近すぎるっていうんだね?」

「けっ」ハワイに行きたがっていた男が吐き捨てて、キッドをにらみつける。

「まあ、好きなようにすればいいさ」キッドはそう言ってその場を離れた。

　そのとたん、寝袋で寝ていた誰かの足につまずいた。体を立てなおしつつ、今度はべつの誰かの頭をあやうく踏みそうになる。暗がりの輪のほんの数ミリ先には、洋服だんす、机、安楽椅子、長椅子などが、ここから向こうに、さらにどこかへ移されるのを待っていた……キッドは炎の熱に目をしばたたかせ、尻ポケットに手を突っこんだ。べつの三人のすぐうしろでは、巻き毛の若者(ジョミー?)が、樽をかかえて――「これ、すごくないか? な、見てみろよ! 見つけたときは、ほんとに信じられなかった――小麦粉、本物の小麦粉だよ。しかもまだ使える。あ、坊《キッド》や、ありがとう。そう、これをこっちに押して……そう、こっちに」――ピクニックテーブルをぐるりとまわりこむ。

「ここかい?」キッドは訊き、うなり声をあげた。樽は少なくとも重さ二百ポンドはありそうだ。

「ああ、そうだ」

　ほかの連中が、さらにうしろにさがった。

　最後には二人してうなりながら、キッドとジョミーは樽を据えつけた。

「なあ」ジョミーは背中を伸ばし、笑ってひたいの汗をぬぐった。「あんた、もしこのへんで腹をすかせたんなら、食い物がほしいと言ってみることだ」

　この発言の意味をキッドが理解しようとしていると、ミリーとレイニャが近づいてきた。「また来てくれて、しかも仕事を手伝ってくれてるなんて、すごく嬉しいわ」キッドと炎のあいだを通りぬけながらミリーが言った。目のすぐ上の熱い部分が、彼女の影で冷やされる。ミリーは通りすぎた。

レイニャは笑っている。

「どうしてここに来たんだ?」キッドが訊いた。

「ちょっとミリーと話したかったの。もうすんだわ」レイニャは彼の手をとった。二人は丸めた毛布と寝袋のあいだを通りぬけた。「わたしの場所に帰って寝ましょ。ゆうべのところよ」

「そうだね」キッドは言った。「君の毛布はまだあるかな?」

「誰かが動かしてなきゃね」

「ハワイ」十フィート先で、誰かが言った。「どうして今すぐハワイに行かないのか、自分でもわからん」

レイニャは言った。「ジョンはあなたの意向を知りたがってたわ。コミューンのトイレ建設プロジェクトの責任者になる気はないかって」

「よしてくれ——!」

「どうやら、リーダーの素質があると見こまれたみたいね」

「それに仕事への意欲も、ってわけか」とつけ加えた。

「仕事ならもう充分にやってるさ」まばたきして炎の残像を追いはらいながら、ブロンドの男が、今ではシャツを脱ぎすてて穴の縁に立ち、シャベルで土をもどしているのを見た。

二人は闇のなかを進んでいった。

またしても、彼女はどうやって道がわかるのかと不思議に思った。しかし、暗闇のなかで、到着したことを察して先に足をとめたのは、またしてもキッドのほうだった。

「なにしてるんだ?」

「枝に干しといた毛布をおろしてるの」

「見えるのかい?」

「ううん」木々の葉がガサガサ鳴る。毛布が彼の顔をなでた。二人して毛布を広げた。「そっちから見て左の……ううん、右の隅をひっぱって」

キッドがよろめいて毛布のまんなかにひざまずくと、下で草と小枝が押しつぶされた。二人の体がぶつかり、あたたかい。「リチャーズ家の人たちを知ってるかい?」

アーティチョーク……

キッドは顔をしかめた。

レイニャは並んで横たわり、彼の腹の上でこぶしを広げて、「知らないけど?」

「とにかくひどくおかしな連中でね」

「そうなの？」

「ああ、中味がなくて、そのくせほんとうにいかれてる。まだ狂ってないとしても、時間の問題だな。それにしても、どうしてぼくはあんな仕事をはじめたんだろう？」

レイニャは彼に体をあずけながら肩をすくめた。「そうね、引き受けたときには、あなたも、よくいるような仕事せずにいられないタイプだったってことじゃない？」

キッドは不満げに鼻を鳴らした。「タックは会ってすぐ、ぼくが今までの人生で一度も働いたことがないって決めつけた。ぼくには金なんか必要ない。だろ？」

両脚のあいだにレイニャが手をおく。脚をひらいたまま、自分の手を彼女の手に重ねた。太い指を彼女の細い指のあいだにさしこみ、押しつけた。「わたしも、今まででお金なんていらなかったわ」と言ってキッドの股間を握りしめる。

キッドはうめいた。「わかるよ。君みたいなタイプの人はそうなんだろうってこと。だって、いろんな場所に招待されるだろう？」と見あげて、「夫はシステム・エンジニア、妻は……専業主婦らしい。彼女は詩を読んでる。そしてワインつきのディナーを作る。そういうタイプの人たちは、わかるだろうけど、とても滑稽だよね。だけど、あの二人がセックスしてるなんて想像できない。まあ、やってなきゃおかしいけど。子供たちがいるわけだし」

レイニャは手をひっこめて、胸に乗りかかってきた。「逆に、わたしたちみたいなタイプの人間にとっては」彼女の声があごに柔らかく吹きかかる。「セックスこそ、いちばん簡単に想像できる行為。そうでしょ？　だけど、わたしたちには子供なんて考えられない、ちがう？」と、くすくす笑いながら口を口に押しつけ、舌をいれた。それから体を固くして、かん高い声をあげる。「あぁん」

キッドは笑った。「誰かさんを刺す前に、これをはずさせてくれ」腰をあげて〈蘭〉をベルトの輪から抜き、ベルトを抜いた。

二人は、熱い線と冷たい線の、長い一本の線のようになって抱きあった。一度、あおむけで、裸で、彼女の下になって、顔でレイニャの首をなで、揺れる尻をつかんでいるとき、キッドは両目をひらいた。二人のもつれた髪のジャングルごしに、光がさしこんできた。レイニャは動きをとめて体を起こした。キッドは頭をうしろにそらせた。

木々のむこうで、光線をまとった怪物たちが体を揺すっていた。

スコーピオンズが発光しながら、眼下の道を通りすぎているのだ。

彼らの放つ光で、多くの木々がくっきりと浮かびあがり、その数はどんどん増えていく。

キッドはレイニャを見あげた。そして、暗くなる寸前、彼女の胸のてっぺんに、彼の鎖の痕がついているのを見つけた。だが、偽の夜明けにだまされてうっかり早咲きした二枚の花弁の花が閉じるように、胸は暗がりに消え、笑い声がして、彼女がふたたび動きはじめると、笑い声は長く熱い吐息に変わった。彼女が達したあと、キッドは毛布の隅をひっぱって自分たちにかぶせた。

「そういえば、やつは支払いをごまかそうとした」

「うーん」レイニャがすりよってきた。

「リチャーズだよ。マダム・ブラウンには、ぼくに一時間五ドル払うって言ってたんだ。なのに、夜まで働いたのに全部で五ドルしかくれなかった」

キッドは向きを変えた。

レイニャの脚に体を押しつけると、彼女は「やだ、まだこんなに硬い……」と言って歯のあいだから息を吸いこんだ。

「そう、ごまかしたんだ。まあ、ご飯は食べさせてもらったけど。明日、今日のぶんと合わせて払ってくれるつもりかな」

だが、レイニャはキッドの手をつかみ、彼の下半身へと導いていく。二人の指は股間でふたたびからみあい、レイニャはキッドに自分のものをこすらせ、そのまま手を離した。彼女はキッドの腰に顔を近づけ、しわだらけの陰嚢やこぶしを舐め、ついばむ。腿に垂れた彼女の髪が、植物への恐怖におおわれてしまうまで、彼は打ち、そして「もういい……」とうめく。こぶしで彼女の顔を三度叩いたあと、キッドは射精した。息を切らして彼女の髪をふりはらうと、レイニャはキッドの腰に腕をまわし、脚を脚にからめた。

光り輝く疲労感のもと、不安は輪郭を失い、消えていった。レイニャの背中が腹にあたったのを感じ、いちど目を覚ましかけた。彼女の腕をくぐらせて手を伸ばし、胸をつかんだ。手のひらで包んだ乳首はボタンのようだった。レイニャがキッドの親指を、寝ていると思ったのだろう、できるかぎり優しく握った。

それで、キッドは眠りについた。

しばらくして灰色の光がさしてきた。あおむけになり、光のなかに木々の葉が浮かびあがってくるのをながめた。とつぜん、キッドは膝立ちになり、宣言した。「ぼくは詩人になりたい。偉大な、有名な、すばらしい詩人になりたい」

灰色の筋の下にある暗闇の輪郭を見ていると、腹に違和感を覚えた。腕がふるえはじめた。吐き気がする。頭がずきずき痛む。さらにずきずきする。さらにずきずきする。口を大きくあけ、激しく息を吐く。頭をふると顔が揺れているのが感じられ、今度は息を吸いこんだ。「すごいぞ」と声に出してみる。痛みはひき、笑顔をつくることができた。「誰も考えたことがないほど偉大な……詩人になりたい！」この科白は、しゃがれ声にしかならなかった。ようやく立ちあがり、裸のましゃがんで、レイニャのほうに目をやった。

まだ眠っていると思ったのに、彼女は手で頭を支えていた。観察していたのだ。

キッドはささやく。「まだ寝てなよ」

レイニャは毛布をひっぱって腕にかぶせ、頭を横たえた。

ふりかえってシャツを探し、ペンをとりだした。ノートをひらき、昨晩酒場で書いたページを見つける。毛布の端で足を組み、清書にとりかかった。なかば明けた夜空に照らされた紙は青く見えた。最初の単語を考えていると、頭のなかでべつの想像がふくらみ、集中できなくなった。本の表紙、そこに印刷された讃辞、リチャーズ家からニューボーイまで、さまざまな人々からの歓迎……足首にあたった小枝が、キッドを空想からひきもどす。頭をふり、足首の位置を変え、ふたたび前かがみになって清書に集中しようとする。キッドの目は井戸をのぞきこむように『タイム』の表紙（「詩人、ピューリッツァー賞受賞を固辞」）を見つめ、珍しく朗読を引きうけたマイナー・レイサムの舞台から観客たちの顔を見つめていた。あざやかすぎる空想が痛みに変わる前に、自分で自分を現実にひきもどし、笑った。まだ一語も清書できていなかったからだ。しばらくのあいだじっとして、考えに耽ったために書けず、みずからをコントロールできないのを愉快に思いながらも、それが意味するあからさまな教訓にはうんざりした。

おのれをあざ笑っても、空想はやめられなかった。だが空想のほうも、おのれへの嘲笑をとめることはできなかった。

明るんでいく空に、形を探して目をこらしてみた。霧はふくらみ、折りかさなり、うずまいて、少しもとぎれない。レイニャの横であおむけになり、毛布をかぶった体を愛撫した。キスしようとすると、彼女はこちらに向きなおって、首に顔を埋めた。「わたし、そんなにおいしくないわよ」そう口のなかでつぶやく。「ほんとに眠い——」レイニャの歯を舐めた。そのまま親指で陰部に触れようとすると、彼女はキスごしに笑いはじめ、陰茎に指があたって息を飲むまで笑っていた。膝で彼女の膝をはさんで腰をふった。濡れた手で彼女の肩をつかみ、乾いた手で彼女の髪をつかんだ。

しばらくして、彼女をきつく抱いたままふたたび目を覚ますと、転がったせいで、毛布が二人の体に巻きついていた。空はさっきよりも明るい。「もう、あんなくだらない仕事にはもどらないよ」キッドは言った。「この街で、仕事なんて必要ないだろ?」

「シーッ」レイニャはささやいた。「シイイーッ」ひげを剃った彼の頬をなでて、「今は黙って」

彼は目を閉じた。

「はい、どなた?」

「キッドです。あの、もし早すぎたなら出なおしますが――」

チェーンをはずす音。

「いいえ、いいえ。いいのよ」緑のバスローブを着たリチャーズ夫人が扉をあけた。

「まだ誰も起きてないんですか? いま何時なのか、わからなかったので」

「いいのよ」リチャーズ夫人はくりかえす。「たぶん八時くらいでしょ」とあくびをし、「コーヒーはいかが?」

「いただきます。洗面所を借りたいんですけど」夫人が眠たげにうなずく前に、キッドは家のなかに足を踏みいれていた。「郵便受けに手紙がはいっているの、気づいてますか?」

「郵便受けは壊されてると思ってたけど」

「おたくのは無事ですよ」洗面所のドアの脇柱に手をかけて、立ちどまった。「手紙がきてました」

「あらあら!」

ひげを剃るために石鹸を泡だててから、夫人の声に絶望が含まれていたことに気づいた。

キッドが席につくと、青いスラックスをはき、襟もとにヒナギクの刺繍をほどこしたピンクのセーター姿のジューンが、あふれそうなコーヒーカップを運んできた。

「おはよう」

「起きてたのかい?」

「自分の部屋でね。うちじゃ、あたしがいつも一番早起きなの。昨日ここを出てから、なにしてたの?」

「特になにも。今朝、ここに来る前には、ゆうべ作った詩を清書していた」

「読んでくれる?」

「いいや」

娘はがっかりしたようだ。「ま、あたしも自分で書いたものを他人に読んで聞かせる気はないけど」

キッドはコーヒーカップを両手で包みこみ、すすった。「薄すぎない？」リチャーズ夫人がキッチンの入口から声をかけた。「インスタントコーヒーの瓶があるから、使っていいわよ」

「おいしいです」空になった口の中央にブラックコーヒーが残り、熱を失っていった。

「ボビーはまだ起きてないの？」キッチンのリチャーズ夫人がたずねる。

「部屋でごそごそやってた。パパはどうしたの？」

「お父さんは寝かしておいてあげなさい。昨日は大変だったんだから」

ジューンが訊く。「コーヒー、もっといる？」

首を左右にふると、その動きで、ジューンの黄色い髪と、真鍮の鉢に植えられた植物と、緑のカーテンの引きづなについたプラスチックの取っ手に苦味が広がった。キッドはほほえんで、その苦味をごくりと飲みこんだ。

19―Bは、鍵がかかってない、放置されたままの、完璧にありきたりの部屋だった。

キッチンの道具類、浴槽の縁にかかったバスマット、寝乱れたままのベッド。本は一冊もない。よし、19―Aの家具は、ぜんぶこの部屋に押しこめそうだ。

運びだすとき、安楽椅子の脚が廊下に音を響かせた。馬鹿だった、とキッドは残響のなかで舌打ちする。家具をどこに運ぶか、どうして訊いておかなかったんだ？ちくしょう！――椅子をかたむけ、部屋にいれた。

椅子が大きな音を響かせる。横にしたソファのマットレスはザザザザッとこすれるような音をたてた。キッドはそれを花柄の長椅子に立てかけた。次は洋服だんすを運びこもうと、廊下に出た。

二つのエレベーターの扉がひらいた。一方からは風が、もう一方からはリチャーズ氏が現われた。「やあ。出かける前に顔を見ておこうと思ってね」渋い藍色のネクタイを、梳毛の襟のあいだに垂らしている。「このガラクタをどうするつもりかね？」

キッドはサンダル底とビニールタイルの上で左右の足をそれぞれ動かした。「ぼくは……ええと、隣の部屋に移そうと思ってました」

リチャーズ氏はキッドの横を通って19―Bをのぞきこんだ。「問題なさそうだな」とふりかえって、「そうだろ？」

二人は並んで19―Aにはいった。

「今夜までに、部屋のなかのものはすべて運びだせると思います」反対されなかったので、ほっとした。「そのあとで、床やあちこちをモップがけするつもりです。きれいにしますよ。きっと奥さんも気にいるでしょう。満足のいくように仕事しますから」

リチャーズ氏は壊れた電球を見て顔をしかめた。

「お望みなら、この部屋のガラクタを地下室に運んでもいいんですけど」すっかり安心して、こう提案したのは、却下されることがわかっていたからだ。

「君がそうしたいならそれでもいいが」リチャーズ氏は一息つき、部屋にはいった。なめし革の靴が、積みあがったガラスを踏み砕いた。床を見おろして、「これを全部、わざわざ地下室まで運ぶ必要なんてないさ。だいいち、地下室にはなにがあるかわからん」足を動かそうともせず、残っている家具を見渡した。「妻も同じ意見だろう」リチャーズ氏はポケットから手を出した。「もう片方の靴も履いたらどうだ？　それじゃ足を切ってしまうよ」

「そうですね」

リチャーズ氏はゴミの山から離れ、首をふった。

「リチャーズさん――？」

「なあ、ずっと考えていたんだ――」リチャーズ氏は太い首のまわりの襟に指を突っこんだ。昔は、さぞや太っていたにちがいない――「そもそも引っ越すのは、わたしたち家族にとってほんとうにいいことなのかとね。メアリのためにも。君はどう思う？　彼女は君を気にいっている。ありがたいことだ。エドナがどんな人間をよこすのか、じつは心配していたんだ。彼女には、ちょっと風変わりな友人がいるからね。体の汚れを落として風呂から出てくるのを見るまでは、君のことも疑っていた。だが、君はいい若者《キッド》のようだ。君の考えを聞かせてくれ」

「お宅の下の住人たちは、かなり乱暴なようですよ」

「じゃあ、やっぱり引っ越すほうがいいと思うんだね？」

相手を非難する言葉が頭に浮かんだ――じゃあ、あなたはそう思わないんですね。しかし、肩をすくめるだけにした。

「さあ、どう思う？　遠慮せずにはっきり言ってくれ。現在のような状況では、おたがいに率直になるよう努めなければ。たしかに、わたしにとっては必ずしも容易なことではない。だが、君には率直になってほしい」

「どうしてこの街に残ってるんですか？」

「妻がここを離れると思うかね？　無理だ。わたしたち一家はここで暮らす。妻にはこの街を出ていくことなどできまい」そして、リチャーズ氏は胸にためこんだ息を苦しげに吐きだした。両手の親指をベルトのところまであげ、「じつを言うと、ここでのこと、この家のなかで起きていることが、わたしには現実じゃないように思えてならないんだ。なにもかも、表面だけのごく薄い殻にしか思えないと言ったほうがいいかな」

キッドは眉をひそめたかったが、やめておいた。率直に、と彼は思った。

「メアリは、料理と掃除と子供たちという、自分の世界に生きている。わたしは家に帰ってくる。すると、すべてがまるで……うまく言えないな。男にとって、家庭とは――そう、現実的で、確実で、しっかり足場を持って感じられる場所でなければならない。わたしたちの家はそうじゃない。恐ろしい外の世界から家に帰ってくると、実在しているなんて信じがたいネバーランドなんだ。そして、わたしの不信が募るほど、いっそうわが家は現実味を失っていく。自責の念にかられることもある。メアリは昔から変わった女だった。彼女は、現在の事態をすんなり受けいれていない。必死になって――なんというか、文明的な体裁を整えようとしている。もちろん、わたしたち夫婦は二人ともそう努めてはいる。だが、これを見てしまうと……」リチャーズ氏はひらいたバルコニーの扉をあごで指した。外では、霧の上に幾層にも霧が重なっていた。「妻は空想に耽っている。そのこと自体はかまわない。最初に彼女に惹かれたのも、そういう部分なのだから。エンジニアの仕事は、もちろん興味深いものだ。しかし、創造性といったものは必要とされない。少なくとも、世間ではそう考えられている。だがわたしたちは仕事をこなす。それでも、家に帰ったときに、空想に耽ったり、本を読んだりする妻が待っているのは、わたしにとっては好ましいことなんだ。しかしね――」リチャーズ氏の手が尻に伸びて、ポケットのありかを探り――「とつぜん、妻が自分の空想にあわせて世界の形を変えているように感じはじめるんだ。彼女は今や家から出ない。だからといって妻は責められない。そして、ひとたび家の玄関にはいれば、完全に彼女の世界なんだ」

「奥さんは家をちゃんと管理してますよね」キッドは言ってみた。

「いや、妻はそれ以上のことをしている。彼女はわたしたちのことまで管理しているんだ。気づいたかな、わたしたちがみな、妻に向かって話をすることに？　家に来る人間は誰もがそうだ。妻は、落ちつかない精神状態を、人々に……投影するんだ。客は、妻が話してほしがっているることを探りあてようとする。そして、彼女が話してほしいことを話すんだ。最初は、彼女がとり乱さないように。そのうち、そのようにするのが習慣になってしまう。そうは思わないか？」

「ぼくはべつに……いや、やっぱりよくわかりません」

「気づくはずだよ。もし君が、自然にわが家の雰囲気になじんだのでなければね。妻は以前、ミュージシャンたちに憧れていたんだ。すると、どうしたことか、家に来る人来る人、誰もが急に〝ミュージシャン〟になってしまった。高校時代、バンドで演奏していたことやなにかを思い出したりしてね。それはそれで悪くなかった。妻が、友人たちに室内楽を演奏させようなんて思うまでは――」と顔をあげて笑い、「あれは滑稽だった。演奏は最悪だった。メアリとわたしは、そのことを種にして何週間も笑ったものだ」と、うつむいた。「だが、音楽ブームはそれで終わりだった。そして今――妻は本を読みはじめた。誰だったかな、君が話していた――」

「アーネスト・ニューボーイですか？」キッドは、彼と再会したことは伏せておこうと決めた。

「そうそう。すると都合よく、君が現われた。一度、彼女はエンジニアリングに興味を持とうとしたことがある。わたしは、会社の若手を何人かを家につれてきた。彼らの奥さんたちもいっしょにね。わたしが誘ったのは、すぐれたアイデアをひらめいた若手たちだ――妻が話していただろう。もっともこれは、そんなに長くつづかなかったが」と首をふり、「このように、妻はすべてを自分の思うままにしている。もしわたしがこれを……これを現実だと信じられれば、問題はないんだが。卵の殻や漆喰のように、ふれたらボロボロと砕けてしまうものだと感じずにすめば、それにこしたことはないんだが。エドナに相談したほうがいいんだろうか。どう思う？」リチャーズ氏は笑みを浮かべた。その手はようやくポケットを見つけ、おさまった。「たぶん、わたしの問題なのだろう」もう一度部屋を見まわして、「引っ越しで、いいほうに変わるよう願っているよ」

「リチャーズ夫人はしあわせなんですか？」

「わたしが望むほどにはしあわせではない。じつは、わたしたちにはもう一人――いや、これは君には関係のないことだね。この件まで君に押しつけようとは思わない。そうでなくても、もうしゃべりすぎている」

「かまいませんよ」

「そろそろ出かけたほうがよさそうだ。十時には会社に、十一時には倉庫に着いていないと」

「あの、リチャーズさん？」

リチャーズ氏は玄関口でふりむいた。

「郵便受けに手紙が来ていましたよ。エアメールです」

「ああ！　ありがとう」リチャーズ氏はうなずいて出ていった。

「それから――リチャーズさん？」返事がなかったので、廊下に出てみた。エレベーターの扉は二つとも閉まっていた。

キッドはポケットに手を突っこみ、湿ってしわくちゃの五ドル札にふれた。頭をふって、鏡台を玄関まで動かしはじめる。三フィート動かしたところで、引き出しを全部はずしてしまおうと決めた。

しばらく家具を運んでから、バルコニーに出てみた。むかいのビルに煙が巻きついている。右手の霧は象牙色に輝いている。下を見おろすと、街路に淀んだ霞から、木の頂だけが顔をのぞかせていた。

大きな家具のうち、最後に残った一つを運びだした。それから、一度に二つずつ、籐製の椅子を運んだ。最後の一脚にはノートが乗っていた。

シャツのポケットをまさぐりながら、そろそろ一休みしようと考えた。ペンが布の下ですべる。空っぽになった部屋を見渡した。玄関にはバケツとモップと石鹸の箱がおいてあった。奥歯をかみしめながら、ノートを手にとり、腰をおろした。

キッドはゆっくりと書いた。少し書いては、顔をぱっとあげ、ドアや窓を見つめた。八行書いてから、ペンをポケットにもどした。最初からふくれていた左手の中指の関節は、ペンを強く押しつけたせいで、窪んで痛かった。あくびをしてノートを閉じ、しばらくすわったまま、伸び縮みする霧をながめた。それからノートを床にほうりなげ、すわっていた椅子を19―Bに運んだ。

厚紙をちりとりがわりにして、ゴミも運んだ。ゴミ箱にする缶が見つからなかったので、机の引き出しに投げこんだ。キッチンにもどって流しにバケツをおいた。ブリキのバケツに水が当たり、石鹸で泡だちながら渦をまく。水のはねる音は小さくなり、うなり声のような音に変わり、泡のなかでしだいにこもった音になっていった。

「わたしったら、ほんとになにを考えてたんでしょう！」

「かまいませんよ、奥さん。ほんとうに――」

「いったいどうしちゃったのかしら。ほら、ここに――」

「気にしないでください」

「冷蔵庫のなかに、ちゃんと」夫人は扉をあけてみせた。

「ほら、作ってある」

角に穴のあいたサンドイッチが三つ、皿に乗っていた。キッドは笑った。「ね、ぼくは最初からあるって信じてましたよ」

「まずこれを作ったの。それからジューンに言って、ボビーを起こそうと思って。それからまた考えたんだわ、ああ、まだお昼ごはんには早すぎるって。それで冷蔵庫にいれたのよ。それっきり――」夫人は扉をなかば閉め――「すっかり忘れちゃった。今からでも、めしあがって」

「どうも、ごちそうになります。ええと、家具はみんな運びおわりました。奥の二部屋とバスルームのモップがけも」

「どうぞ」夫人はまた冷蔵庫の扉をあけた。「さあどうぞ。こちらでめしあがって。あらいけない！」扉がいきおいよく閉まり、あやうく彼の手からサンドイッチの皿を跳ねとばしそうになった。「コーヒー！　コーヒー、飲みたいでしょ？　まずお湯を沸かさなきゃ。食べててね。すぐもどってくるから」

たぶん夫人は狂ってるんだろう（そう考えながら、リビングに移動した）。夫人も、か。

L字型の長椅子に腰をおろし、皿をコーヒーテーブルにおいて、パンの端を一枚ずつめくってみた。ピーナツバターとジャム、スパムとマスタード、それからこれは――？　指を突っこんで舐めてみる。レバーのパテ。

まず、それから食べることにした。

「さあどうぞ！」夫人はキッドの前にカップをおくと、L字のもう片方の辺にすわって、コーヒーをすすった。

「とてもおいしいです」口いっぱいにほおばり、これみよがしにもぐもぐ嚙みながら言った。

夫人はさらにコーヒーをすすって、「わたしが考えてること、わかる？」と訊いた。

「んんん？」

夫人は長椅子におかれたノートに目をやって、うなずいた。「あなたの詩を一つ、読んでほしいの」

唾を飲みこんだ。「いや、上に行って、モップがけを終わらせないと。キッチンの掃除もします。そうしたら、荷物を運びこめるようになりますよ。今晩、ぼくがいくらか持っていってもいいし……」

「明日！」夫人は叫んだ。「明日にして！　あなたは熱心にやってくれているわ。詩を読んで。だいいち、まだ引っ越しの準備なんてできてないし」

キッドはにっこり笑い、殺してやりたいと真剣に考えた。

そして、この街じゃ、と考える、そしらぬ顔で逃げおおせるだろう……「お気に召さないと思うんですけど」

膝の上に両手をきちんとそろえて、夫人は身を乗りだした。「おねがい」

キッドはノートを膝に引きよせた（まるで自分の姿をおおい隠すように。ぼくはこの女を殺せるんだ）。「わかりました」腿の下でなにかが疼く。体に巻きつく鎖の環が甘く噛みついたのだ。「じゃあ……」ノートをひらき、咳ばらいを一つ。「これにしましょう」深呼吸して、ページに目を落とした。体が、ひどく熱い。肩を怒らせると、背中を這う鎖がひっぱられた。口をひらいた瞬間には、絶対に声など出せないと思った。

けれども、読んだ。

沈黙した部屋のなかに、一語、また一語と、言葉を落としていく。

声から意味が剝がれおち、解きほぐれていった。

声の調子を再現するように並べた音のつらなりが、まちがった音になった。口の発音装置は、目が知っている文字の並びを正確にたどるには不器用すぎた。一語ずつ読みすすめながら、直前の単語が抜け落ちているにちがいないと、恐ろしいほど意識していた。

一度、咳ばらいをした。

あるフレーズまで来るとしだいに落ちつき、楽な気持ちになった。それが、あるカンマで声がとぎれたとき、急にカッとなって思った、よりによってどうしてこんな詩を選んだんだ！　この詩以外なら、どれだって、よかったのに！

しゃがれ声でささやくように最後の行を読みあげ、小さな痛みを追いはらうために腹に手をあてた。何度か深呼吸をしてから、長椅子の背にもたれた。シャツの背中はびしょ濡れだった。

「すてきだったわ」

笑いだしたかったが笑わなかった。

「……君の目のなかに迷い……」夫人の引用はまちがっていた。いや、そうではなく、言い換えたのだろう。

腹がふたたびキュッと痛んだ。

「ええ、とっても気にいったわ」

五本の指を広げて腹を押さえながら、「ありがとうございます」と答えた。

「こちらこそ、ありがとう。まるで……」

キッドは考えた――人を殺すには疲れすぎてる。

「……まるで、あなたがわたしにあなたの一部、とても貴重な一部を与えてくれたような気がする」

「うう」キッドはあいまいにうなずいた。緊張のあまり笑いがこみあげてきた。「気にいってくださったのは、ぼくのことを知ってるからでしょう」笑ったおかげで、いくらか疲れも消えた。

「でしょうね」夫人はうなずく。「アーサーと同じで、わたしも詩のことは知らないから。ほんとうよ。でも、その詩を読んでくれたのはとても嬉しい。信頼してくれたってことだから」

「え」殺人よりも恐ろしい可能性が、頭にふと浮かぶ。「ほんとうですか?」冷たい針金が小さな縫い目を作りながら、どこかを縫いあわせている。「そろそろ上にもどって、モップがけを終わらせたほうがいいですね」立ちあがろうとして、長椅子の上で体を動かした。

「その詩を読んでくれて、ほんとうに嬉しかった」

キッドは立ちあがった。「ええ。ぼくも……気にいってもらえて嬉しいです」急いで扉に向かった。扉は背後で大きすぎる音をたてて閉まった。廊下で、顔を火照らせながら考えた——彼女はぼくにべつのことを言おうとしていた! いったいなにを……? キッドはエレベーターに急いだ。

19—Aに着くと、ふたたびバケツに水を満たし、サンダルを脱ぎ、石鹸水でモップをすすいだ。モップのもつれた房と泡と水が、さまざまな海岸の記憶を呼びさました。彼は怒りにまかせてモップをかけた。波を思い出しながら。

水が足をひたす。バケツにそそいだときにはあたたかかったんだが。モップで一拭きするごとに、床板の濡れた部分が広がっていく。

あいつらはぼくのことを騙そうとしてるんだ、そう考えて、モップの先を絞る。したたり落ちる泡の水は黒く濁っている。あいつらに言ってやろう、と考える、ぼくは知ってるんだと。少なくとも、どうして約束しただけ払ってくれないのか、問いつめてやる。もちろん直接ぼくと約束したわけじゃない。だいいち、金なんて必要ないし……そのせいで、怒りはいっそう激しくなった。

さらに多くの海辺を思い浮かべながら、部屋から部屋へと掃除していった。

ぼくは名前を持っていない。もつれたモップの先端部から、次から次へと潮流があふれた。ぼくが書いているものは、なにかの描写じゃない。複雑にからみあったいくつもの名前だ。ぼくは彼女に、そこに書かれた内容を信じてもらいたいわけじゃない。信じてもらいたいのは、ぼくがそれを書いたということなんだ。どこかで(日本だったか? そうだ……)埠頭を歩いていた。小さな舟が何艘かつながれた、黒い岩と砂浜の境目にある埠頭を。

するとすべてが、足の裏で流れていく砂さえもが、何マイルも彼方にあるように思えた。子供のころも、疲れたときにはきまってそうだった。船に乗っていた仲間の一人がぼくを呼んでたっけ。あいつはぼくをなんて呼んでた？　そして、ぼくはどんなふうに答えることができたんだろう？

両目がちくちく痛む。洗剤の刺激臭のせいかと、嗅いでみた。

それとも、煙が濃くなったんだろうか？　袖で顔をぬぐった。

廊下で人々の笑い声。足音。扉の閉まる音。

鳥肌が全身を包んだ。つづく心臓の鼓動が体を揺さぶり、息を吐きださせる。深呼吸した。およそ十秒ほど経ってから、自分がモップの柄をきつく握っているのに気づいた。モップを床におき、ひらいた扉に向かい、外をのぞくと……廊下には誰もいなかった。少なくとも、一分のあいだは。

それからモップを拾いあげ、掃除を再開した。

あいつらはぼくを騙そうとしている！　なじみの思考をくりかえすために考えた。思考の調子がちがっていた。言葉を考えると、疼くような痛みが生まれた。

さらに水。

何度も水にひたされた両手は半透明になり、角《つの》のような関節からは黄色が浮きだし、ちびた爪とふくらんだ指先のまわりでは、白い肉がしわくちゃになっていた。そう、レプラみたいに。自分の中指を、レイニャが安心したようにしゃぶっていたことを思い出す。彼女の好みは変わっている。とりわけ、自分のなかで好きになってくれるのは奇妙な部分ばかりだ。今ここに彼女がいないのが不思議だった。

記憶によみがえった砂の上に石鹸水をしたたらせ、レイニャの顔を妄想しようとしたが、水のなかに消えた。バルコニーの床をごしごし磨き、モップの先を左右に揺らしながら室内にもどった。

賃金のことでリチャーズ夫妻と対決する？　そうとも！　レイニャに贈るプレゼントを思い浮かべる。だが、この街で営業してる店なんて見たことない。一軒も！　時間給のつもりでいたけれど、夫妻は週給で考えているのかもしれない、とも思った。

なんにせよ、まだ話しあってもいない！

口のなかには、この部屋よりもたくさんの空間があった。モップがけをしながら、よろめいてすねまで舌に沈み、膝を歯にぶつけ、濡れた口蓋に頭をぶつけ、口蓋垂をつかんで体を支えた。モップをふたたび水にひたすと、両目が痛み、腕を動かして顔をぬぐった。切っ先の鈍い鎖が頬をひっかいた。エネルギーが体のメカニズムを探り、どこが変化を起こすポイントなのかをつきとめようとしている。リズムと水の跳ねる音が、頭脳から言葉を奪う。「ぼくは口のなかに住んでいる……」何度も何度もそうつぶやいていたことに、口をつぐんで初めて気づいた。口を閉じ、石鹸水がうずまく床を、さらに激しくモップでこすった。

「ねえ……？」

キッドは玄関に立つジューンに目をしばたたかせた。

「……もってきてくれた……？」

探りをいれるようにあいまいな返事をした。

「昨日言ってたじゃない、あたしに……写真をくれるって……」彼女はいつものようにこぶしであごを叩いていた。

「えっ？　いらないのかと思って――」

ジューンの目は打ちひしがれ、表情をなくし、荒々しい光を帯びた。そして玄関から走り去っていった。

「おい、待てよ、悪かった！　まさか君が……」あとを追おうかと考えながら、歯のあいだから息を吸いこみ、頭をふり、けっきょく追いかけず、ため息をついた。

キッチンで汚れたバケツの水をとりかえ、床の水をできるかぎりモップで拭きとった。

きびきびと仕事した。ひと区切りつくごとに不満の声をあげるか、やれやれというように頭をふる。最後に、自分の足跡を拭きとろうとしたが、うまくいかなかった。作業の過程でどうしても新しい足跡を残してしまう。

玄関口で、片足でバランスをとりながら、爪先でサンダルをひっかけようとした。革と濡れたはだし。すっぱりサンダルを捨ててしまうほうがいいのかもしれない。けれども、バックルが留め具にするりとはまった。ノートを拾いあげ、エレベーターのボタンを押した。

三十秒後、扉がひらいた（わざわざのぞきこむ気はしなかったが、もう一つのエレベーターからは風がひゅうひゅう吹いてきた）。エレベーターに乗りこんだ。あとになってふりかえってみても、その考えには理由もなく、突如ひらめいたように思えた――

キッドは十七階のボタンを押さなかった。

下降するエレベーターのなか、指の下には、数字の〝16〟が光っていた。

4

その玄関には呼び鈴がついていない。

そこにあいた穴は、内側から布か紙でおおわれていた。あごを固く閉じて、ノックした。部屋のなかでなにかが動いたので、さらに固く閉じた。

ドアが内側にひらいた。「なんだい?」熱した油がはぜる音。

アンダーシャツ姿の男のうしろから、若い娘が近づいてきた。その顔は、壁のカンテラの前ではシルエットになってよく見えない。

「なんか用か?」男はたずねた。「食い物がほしいのかい? はいれよ。なにがほしい?」

「いや、ぼくはただ……ありがとう」笑顔を作って室内に足を踏みいれた。「ただ、この部屋には誰が住んでいるんだろうと思ってね」

「食べたいなら、あるわよ」男の肩に隠れた娘は、光が頬骨を照らしだすくらいの距離までさがっていた。

壁に沿って鉄製ベッドが並び、人々が眠っていた。男たちは床のマットレスにすわっていた。ランタンの光が、彼らの左側にくっきりした黒い影を落としていた。

キッドのうしろでドアが揺れた。ドアがバタンと閉まっても、顔をあげたのは一人だけだった。

ガソリンタンクを蛍光色で塗ったオートバイが壁に立てかけてあった。部屋の片隅にはドレスメーカーのマネキン人形。体じゅうに赤いペンキをぶちまけられ、首は片側に曲がり、脂じみた鎖が幾重にも巻かれている(が、キッドがシャツとズボンの下に巻きつけている鎖とはちがう種類だ)。

「上の階の住人から仕事を引き受けていてね。下の階には誰が住んでいるのかと思って」部屋全体に饐えたにおいがした。料理のにおいで、一瞬、カラカスの公園の、薄汚い揚げ物屋台を思い出した。そのときは気分が悪くなって、最後まで食べきれなかったのだ。「それで、来てみたんだ」

どこかで水がとまる音がした。濡れた金髪を肩に垂らした少年が、裸のまま部屋にはいってきて黒いジーンズを拾いあげた。体を光らせながら、少年は片脚でバランスをとった。キッドを見てにやりと笑い、腱膜瘤のある、槌状足指の、ほとんどが足首みたいな(犬の首輪の鎖が三重に巻かれた)足を、デニムのジーンズに突っこんだ。

「上の階の住人だと?」アンダーシャツの男はくすくす笑いながら首をふった。「ありゃまちがいなくいかれてるぜ。この部屋に上から響いてくる騒ぎときたら。いったいあいつら、年がら年じゅうなにしてんだか。そうだ、あんたもクスリをやらないか? スモーキー、こちらのご友人にクスリをさしあげてくれ。それから俺にも少し」娘はその場を離れた。「クスリは嫌いじゃねえだろ？　どうだ？」

　キッドは肩をすくめた。「まあね」

「だろ。あんた、いかにも好きそうだぜ」男はにっと笑い、ベルトをしていないジーンズに親指をひっかけた。指のそれぞれのつけ根の節に、“love”と“hate”と刺青してある。左手の親指と人差し指のあいだには、大きく赤い〝13〟の刺青。「騒音はみんな上の階から来るんだ。ゆうべ、男が女をぶん殴ってたか？」

「はあ？」キッドは訊きかえした。「君たちが騒いでるのかと思ってた」

　べつの誰かが答えた。「とんでもねえ。泣き声やらわめき声やら、ぜんぶ上から聞こえてくるんだぜ」

　またべつの誰かが、「けどな、サーティーン。この部屋から上にいくもんだって、けっこういかれてるんじゃねえか」

　その声には聞き覚えがあった。キッドは声の主を探した。

　光の輪からはずれた下段の簡易ベッドにすわっていたのは、新聞売りのヨアキーム・ファウストだ――歓迎のしるしに指を一本立てている。「調子はどうだい、坊《キッド》や？」

　キッドはあいまいな笑顔をかえした。ファウストのベッドには、もう一人誰かがいた。

　スモーキーがガラスの広口瓶を持ってもどってきた。口にゴムのストッパーがはめられ、真鍮の皿がついたプラスチックのホースにつながっている。

　サーティーンはそれを受けとって、「水パイプだ。水やワインをそそいで使うやつだっているだろう。それも悪くない、なあ？　クレーム・ド・マーントなんかをさ」と言って頭をふり、「そんなヒマはないけどな」壁でマッチをすった。「こいつはいいマリファナだぜ、あんた」

　サーティーンは唇にゴムチューブをくわえた。とつぜん、真鍮の皿の上で炎が逆流する。瓶のなかには灰色の煙がうずまいた。「ほれ、どうぞ！」サーティーンはあごを引き、くぐもった声ですすめた。

　キッドはあたたかくなったガラス瓶を受けとり、白亜色の甘い煙を吸った。

　空気のアーチが、胸骨の下あたりでしだいに塊になっていく。息をとめ、口蓋を固く閉じ、十秒ほど経ったところで背中の窪みに汗を感じはじめた。「ありがとう……！」煙が鼻の穴から噴きでた。

　パイプはちがう誰かの手に渡った。

「どんな仕事をしてるんだ？」

「おいサーティーン、そいつも食ってくのか？」キッチンで誰かが言う。

戸口ごしに、炎に舐められ焦げ痕のついたエナメルのガスレンジが見える。

シャワーから出てきた少年は、体をかがめてブーツのバックルを留めた。「すぐに手伝うよ」そう言うと、ズボンの折りかえしをブーツにたくしこんで立ちあがった。濡れた腹を掻きながら、少年はぶらぶらとキッチンにはいっていき、たずねた。「いったいこのクソ料理はなんだよ？」

「上の階に住んでる家族のために、家具を運んでるんだ」キッドは答えた。「サーティーン――っていうのか？」

サーティーンは刺青の手をあげて応えた。それから指を鳴らし、「そのとおり。来いよ、こっちにすわりな」娘がサーティーンに水パイプの吸い口を渡し、サーティーンはそれを伸ばしてキッドに、「さあ、もうひと口」

キッドはさらに胸いっぱい吸いこんでから、近くをふらふらしていた誰かにパイプを手渡した。

マリファナで朦朧としながらも、キッドは前の住人が残していったらしい壁の鏡と、しわだらけのカバーにおおわれた側卓に気がついた。咳こんで「君たちは、どれくらい――」煙をいきおいよく吐きだし――「前から、この部屋に住んでるの？」ドアにあいた穴をおおっていたのは、額縁に収まった写真だった。母親、父親、そして時代がかったセーラー服を着た三人の子供たちが写り、カバーガラスが割れている。

「まったく――」サーティーンも煙を吐きだしながら――「ひどいだろ。それは誰かが廊下に捨ててった写真だ」

キッドはうなずいた。

サーティーンはつづけた。「ここには、この部屋には二、三週間住んでいる。いろんな連中がしょっちゅうやってきてはいなくなる。この街に来てどれくらいになるかというと、自分でもよくわからん。三、四カ月ってところかな。悪くねえ。あんたは？」

「まだ二、三日」そしてまたファウストのほうを見た。

ファウストは毛布の形をじっと見つめている。

サーティーンもそれを見てから、頭をふった。「彼女はボロボロなんだよ、な？　どうやら伝染病かなんかにかかっちまったらしい。よくは知らないが、腺ペストかもしれない」そう言ってキッドを肘でつつき、「健康でいるかぎり、ベローナはすばらしいところだ。だが、この街には医者なんて一人もいない。わかるだろ？」

「ああ。悲惨だろうな」

キッチンの会話が聞こえてくる。「このクソ料理になにをいれたんだ？」

「文句いうなよ。半分はゆうべの残りだ」

「じゃ、少なくとも半分は無害だってことか」

「いいから手伝えよ！　こいつを磨いてくれ」キッチンナイフが金属にあたってきしる音。

「この部屋はもともとスコーピオンズのものでさ」サーティーンはベッドにむかってあごをしゃくってみせた。「彼女はそのころうちに来た。スコーピオンズのメンバーになるつもりだったんだ。スコーピオンズとしてやっていけるんなら、それも悪くない。男たちもあんなふうにボロボロになる。けれども、その子は伝染病にかかっちまったから……たぶんな」

　水なしパイプを持ってスモーキーがふりむき、サーティーンの肩の近くでじっとしている。

　キッドはそれを受けとり、吸った。サーティーンは、よしよしというふうにうなずく。

「じゃ……君たち……も……？」キッドは単語と単語のあいだに、煙を吐きだしながらたずねた。

「——スコーピオンズかって？　とんでもねえ……いいか」サーティーンは顔をしかめ、表情にふさわしく手をふった。「俺は二度と、けっしてなろうとは思わない。あそこのデニーも」キッチンの戸口から出てきた、さっきシャワーを浴びていた少年を親指でさし、「今は活動休止中さ」

　ふうん、デニーか、とキッドは思った。

　サーティーンはパイプをくわえ、吸いこみ、何度もつづけて咳をした。

「おい、その子、治りそうかい？」ベッドに近寄ってキッドは訊いた。

　ファウストの唇の動きは、口ひげに隠れてはっきりと読みとれない。「誰かが世話をしてやらにゃ」と、えび茶色のズボンのほつれた膝を揉んだ。

　彼女彼女彼女「彼女は眠ってるのか？」てるのかるのか。マリファナが効いてきた。てるのか。

　オリーブ色の光景、肩と尻が作る山並みは微動だにしない。

　人の姿は見えない。枕？

　ファウストがキッドのために少し詰めてくれた。

　ベッドの端にすわると、ファウストの体温が残っていた。

「医者はどこにもいないのかい、この街じゃ？」この街じゅう、、、、街？

　ファウストの顔のしわが動いた。「医者がいたところで、ここにいるろくでなしどもは知らんだろうさ。わしにゃ、この子は寝かせたままのほうがいいのか、なにか食わせたほうがいいのかすら判断できん」

「この騒音のなかで眠れるくらいだ、その子はそうとう疲れてるぜ」サーティーンが言った。スモーキーが近づいてきて、ファウストにパイプを渡した。吸いこむとき、ファウストはしわだらけのまぶたを閉じた。吸いこむとき。とき。

「たぶん」キッドは提案してみた。「眠らせておいたほうがいいんじゃないかな。起きたときのために、いくらか食べ物をとっておけば」けば、けば。

「ほう、ここに――」サーティーンは刺青した指を一本揺らして――「きちんと働いているおつむがあるぞ、ヨアキーム。ここじゃめったに見かけない……すばらしい！」頭をふって、背を向けた。

「たぶんな」ファウストがうなずく。

意味をあいまいにしているのはファウストなのか、マリファナなのかとキッドはいぶかった。

「ほら」

顔をあげてパイプを見ようとした。パイプ。皿《プレート》？　一皿の。デニーが、まだ顔と胸を濡らしたまま目の前に立ち、風呂あがりのふやけた白い手で皿をさしだしている。

「ああ、ありがとう」

ファウストがもう一皿を受けとった。

「フォークは？」とデニー。

「いらないよ」これは米、これはタマネギ、サヤエンドウもはいってる、そしてコーン。「ありがとう」顔をあげて、やはりフォークを受けとることにした。水滴が白い腕をつたい、少年らしい胸毛のあいだで光る。胸毛はニキビでとぎれていた。

サーティーンが言った。「人には食い物を与えてやらないと、な？　なかよくやってくための秘訣だ」そのうしろで、スモーキーが皿をあごに押しつけるように、一心に食べている。

肉もはいっていた。マリファナのおかげで脂っこさは消え、においも変わった。それからこれは……ナッツ？いや。ポテトチップス。いろんな味が口のなかで入り乱れているところに、くぐもった男の声？　「やめろ！やめるんだ！」みたいなことを言っている。そして、女の泣き声が高まり、金属的な響きに変わっていく。

キッドは周囲を見渡した。今の男と女はどの部屋にいるんだろう？

ファウストは天井をちらりと見た。

サーティーンも見あげた。「な、言ったとおりだろ？」歯のあいだから息を吸い、首をふる。「上の部屋じゃ、いつもあんな調子だ」

泣き声は徐々に収まり、すすり泣きへと変化していた。ジューンのようにもリチャーズ夫人のようにも聞こえる。今までまでまで母娘の声が似ているのに気づかなかった。

顔をしかめたまま、脂っこい米を口に運びつづけ(ベーコンの脂? そう、少なくともベーコンなのは確かだ)、フォークの尖端が立てるカチャンカチャンに耳をすます。

デニーはキッドに背を向け、床に敷いたマットレスで食べていた。大理石のような背骨の節々は、乾いて色が薄くなり、カールしたトウモロコシ色の産毛に隠れている。

ドアをノックする音を聞きつけ、サーティーンがキッチンから出てきた。「ナイトメア様の登場だぞ!」サーティーンはさがって、とつぜん生じた自分の影を踏んだ。「おまえ、マリファナやってたんだな! で、デザートになにか食ってたってわけだ」

影と、戸口の光り輝く幽霊のような姿が消えた。

「はいれよ」サーティーンはもう一歩うしろにさがる。

「なんの用だ?」

カチャカチャという音はとまっていた。

「探しにきたんだよ――」ナイトメアが前に進むと、チリンチリンと音がして――「〈狩り〉に行きたがるロクデナシをな」と、もつれた網のような髪を手で肩から払った。ナイトメアの手は肩にとどまり、腕をいたわるように、ひっかき傷の下の盛りあがった筋肉をなでさすった。「おまえに言ってるんじゃないぜ、サーティーン。おまえはチキン野郎だからな」それからファウストにうなずいてみせ、「そいつ、まだクソ忌々しいベッドから起きらんねえのか?」ファウストはひげに隠れた口に米をフォークひとさじ突っこむと、首を横にふった。

サーティーンはドアの片側に、スモーキーは反対側に身をよせた。

ナイトメアは、二人のあいだを抜けてずかずかと部屋にはいった。唇は折れた歯でひっぱられ、心配事でもあるように顔を歪めていた。そして頭をふった。

たった一つのしぐさに、ずいぶんたくさんの異なる意味を含めることができるもんだ、とキッドは思った。その考えは、彼のぎくしゃくしたしゃくしたくした頭を刺激した。ナイトメアは――濡れた、濡れた泥土のような緑灰色の目だ――キッドを見た。そしてまばたきした。

「また、爪楊枝をまぶたのつっかい棒にしたみたいにじろじろ見てやがる」ナイトメアはにやりとした。「俺と会うといつもだ。二度目だな。気にいらねえ」たじろいで、キッドは皿に視線を落とした。「だからって、どうかしようってわけじゃねえ」ナイトメアはつづけた。「ただ、気にいらねえと言っておきたかっただけだ。わかるか？　俺は物事の白黒をはっきりさせとくのが好きなんだ」

キッドはふたたび顔をあげた。

ナイトメアは笑い、短く、荒々しく鼻を鳴らした。「よし、おしゃぶり野郎ども、スコーピオンズと〈狩り〉に行きたいやつはいるか？　おいデニー、首になんか巻いて、来いよ」

「まだ食べおわってない」床のデニーは答える。

ナイトメアはうなり声をあげて近づいた。デニーは身をかわす。

「おい、そのクソみたいな飯、うまいのか？」

キッドはきらめく明晰さに包まれながら、ためらった。それから皿とフォークを突きだし、ナイトメアが用心深くそれを受けとるのを見つめた。

スコーピオンはフォークを握りしめ、ごちゃ混ぜの食物を、いくらかこぼしながらすくいとり、フォークをくわえたまま、口のまわりに粒をつけたまま、くちゃくちゃ噛んだ。噛みながらにやっと笑った。「おい、まずかねえな」とキッドにフォークを返したとき、サーティーンが、マリファナとともに、ほとんど目に見えるほど部屋をおおっていた緊張を破った。

「じゃあ、食べていくかい、ナイトメア？　あんたのぶんを持ってくるよ。おい――」とスモーキーのほうを向き――「ナイトメアにマリファナをやってくれ。そのあいだに食い物を持ってくるから」

ナイトメアは、ベッドの上にいるファウストとキッドのあいだにすわった。三人のうしろ、毛布にくるまった娘は腕にくっついた。脚がキッドの脚に、腕がキッドの腕にくっついた。動かない。ナイトメアはパイプを吸った。煙とともに言葉を吐きだす。「さて坊《キッド》や、教えてくれないか、おまえはいつもなにを探しているんだ？」

「おい、こいつは今、ワールド・トレード・センター屋上の旗竿よりもハイなんだぜ」サーティーンがナイトメアにブリキの皿とスプーンを手渡し、「夕方ここに来てから、ずっとマリファナをやりっぱなしだ。こいつの頭に、そんなに難しい質問をするなよ」

ナイトメアは皿を受けとったが、スプーンをふってサーティーンを追いはらった。「ちがう。単なる友好的な会話ってやつさ。この坊《キッド》やとは、前からの知りあいで――」

ファウストは、米を最後の一粒まで食べおえると、やにわに床に皿をおいて立ちあがり、新聞の束をつかんで玄関に向かった。

「おい、どこへ行くんだ？」ナイトメアが訊く。

「飯をありがとうよ」ファウストは足をとめぬまま、サーティーンにつぶやく。

「おおゲス野郎、あばよ」ナイトメアは氷の通った跡に向かって吠えた。

ドアがひらいて、ファウストは出ていった。

「グッバイ」ナイトメアが手をひょいと動かした。ドアがパタンと閉まる。ナイトメアの手から飛んだスプーンが、ドアにかけられた写真の額にガシャンとぶつかる。

写真が揺れた。

ナイトメアが笑った。彼の陽気さの発火装置で、一瞬にして氷が溶ける。

サーティーンは、はじめはもごもごと、やがて喉を震わせるほど、ナイトメアといっしょに爆笑した。

「スプーンを投げかえしてくれ！」ナイトメアは地すべりのような大笑いのあいまに叫んだ。

サーティーンはアンダースローでスプーンを投げてよこした。「しかしあのご老体、どうしてあんなにいらいらしてたんだ、なあスモーキー？　狂ってるのか？」ふりかえって、スモーキーが同意するようにうなずくのを見た。

スプーンを受けとめたナイトメアは、キッドのほうに体をかがめて、「あのじいさんは完全にいかれてるんだ。あいつは、俺がこの女をひどい目にあわせたなんて思ってんだからな」と、人のかたちに盛りあがった毛布をスプーンで指した。「これは俺のせいじゃない。こいつは公明正大に戦ったんだ。俺は近くにもいなかった。けっ」食物を口に押しこみ、「なあ――」食べかすがこぼれた。袖に、肘に、傷だらけの床板に――「ここにいる連中のなかには、てめえの世界に女なんかいらねえってやつもいるんだぜ、売女の息子のくせに」とスプーンで空気を突きさした。「女どもを追いはらえ！　女どもをここから追いだせ！　女はことを厄介にするだけだ！ってな」ナイトメアは意地悪な笑みを浮かべて、壁にもたれたり、マットレスや他のベッドにすわったりしている人々を見まわした。十数人いるなかで、女は三人しかいないのにキッドは気づいた。もっとも、明かりは乏しく、影しか見えない。視線をもどしたナイトメアの土色の瞳が、キッドの瞳とぶつかった。「そしたら、女ども何人かが手を組んで、仲間を数人、こてんぱんにぶちのめした……！」小刻みにふるえる太い腕を支えに、うしろに体をかたむけた。また食べ物が皿からこぼれる。「で、俺はボスとして、こう言った。いいとも、女性諸君、やりたいようにやるといい！　ふん、俺は十歳のときから女にたかって生きてきたんだ、連中がなにをしても驚かないのさ」ふたたび身を乗りだして、ウェイトリフティング選手のような肩をキッドの肩に押しつけ、共犯者のようにささやきかけた。「それに、頭をひざ蹴りしても、女ってのはすぐには音をあげないもんだぜ」自分で言っておかしかったのか、ふたたび笑った。「女は味方にしておくほうがいい」ナイトメアはさらに口いっぱいほおばり、粒がこぼれおちる。スプーンを持ったまま大きな身ぶりをした。「すばらしく美味なるクソだ！」口をいっぱいにしたまま言う。「すばらしい！うら若き女性諸君のうち、どなたが調理されたのかな？」頭をさげて左右にふり、大げさに丁重なしぐさをした。

マネキンの近くの、青いトレーナーを着た太った娘が答えた。「男の人が作ったのよ……デニーも手伝って」

「おい、デニー！」ナイトメアの小さなブーメラン状のあごが上下に動く。

デニーは食べながら顔をあげた。

「この腐れエサをおまえにくれてやる！」ナイトメアは皿を肩のほうにぐいと引きつけた。キッドはぎょっとして横に動いた。だが、ナイトメアは皿を膝にもどし、湿った大きな笑い声をあげた。

デニーはびくりともしなかった。

「人間てのは面白いもんだ」ナイトメアは笑いやめると、はっきりした口調で言った。「ご婦人方はご婦人方の問題をかかえてる」ガチャガチャ鳴る鎖の下の胸骨を親指でさし、「俺にも俺の問題がある――仲間のなかには、白人をメンバーに加えることにこれっぽっちも興味がない連中がいる」

キッドはあらためて部屋のなかを見まわした。この部屋にいるのは、みな白人のようだ。

ナイトメアはキッドの目の動きを見て、指を一本立てた。「この部屋からスコーピオンズのことを想像しても無駄だぜ。サーティーンがここで運営してんのは、落ちぶれた貧乏ヤク中用の、白人専用の安らぎの家だからなあ。本物の仲間意識ってのは、もっと濃い色をしてるのさ」

「とんでもねえぜ、ナイトメア」サーティーンがドアのところから口をはさんだ。「なんでいつもそんなふうに言うんだ？　ここにだって何人かは黒人《スペード》がいる。前にも――」刺青をした指を鳴らし――「あいつの名前は……

と」

　ナイトメアは宙で手を払ってみせた。「形だけ！　体裁のために、形だけ仲間にいれてるんだ」たくましい指先の爪は、自動車工のように長く伸びて盛りあがった黒色をしていた。「俺が白人というだけで」と口の端でキッドに向かって話しかけた。「このレイシストどもは、代替要員を探しにやってくる俺のことを見逃がしてくれてるのよ。いいか、ゲス野郎ども、もし俺がジョージみたいな黒人でも、ここに来るぜ！　二つの月が空から消えて太陽がまた昇るようになるまで、何度でもここに来てやる！」ナイトメアはキッドを真正面から見すえた。「もっとも、俺たちは何人か新しい仲間を見つけてる——ここにいるグズどもは、こんな〝行動のはきだめ〟で鬱屈してるよりも、外でスコーピオンズとして暮らしたがってる仲間がいるなんて認めるくらいなら、金玉をさしだすだろうがね！」ナイトメアはやっと手をおろし、皿の端をつかんで横にずらした。「そう、女たちは頭をいくつか殴らなきゃならなかった」うしろで毛布にくるまっている娘にちらりと目をやって、「で、女たちのなかには、自分の頭を殴らせたのもいる。そう、俺もこの地位に昇りつめるまでに何人かの頭をぶん殴らなきゃならなかった——もっとも、この街でのいまの地位に満足してるわけじゃないが、それでも誰かがいつか俺の頭を殴ろうとしても驚かんね」ナイトメアがこちらを向くと、黒髪がもつれて肩から垂れた。顔をしかめて、「女同士……男同士の連帯感てのは、とっても強力なものなんだぜ、おまえ！」にやりと笑い、首をふった。「とっても強力なんだ。なあ——？」ふたたびデニーに向かって、「デニー、〈狩り〉に行かねえか？　今夜はおまえが必要なんだ。おまえの〈狩り〉はいかしてるからな、坊や《ボーイ》」

「どうかな」デニーは顔をあげなかった。「まず飯を食わせてくれよ」

　ナイトメアはまた笑って、部屋を見まわした。「こいつは来るぜ。諸君、どんな気持ちだい、このガキが来るんだぞ！　残りのおまえたちオカマ野郎からは、もう仲間になるやつは一人もいねえだろうな。なあデニー？　俺たちと〈狩り〉するのは楽しいよな？　さあ、こいつらに教えてやれ」

「そうだね」デニーは口いっぱいに食物をほおばって、飲みこみながら答えた。「〈狩り〉は最高さ、これでいい？」

「わかったろ。ここにいるゲス野郎どもはみな、俺が黒い蘭のなかの一輪のヒナギクになりたいんだと思ってるが——」（声をひそめて）「じっさい二、三人、そういうやつらもいるんだよな。だけど、連中とはうまくいってる。だが、俺がボスである以上、はいりたいと思うやつ、自分のことがわかってるやつなら、仲間にいれる」ナイトメアはキッドにうなずいてみせ、「おまえだって仲間にしてやるよ。おまえは黒人じゃないが……なにもんだ？」画布に向かう画家のようにうしろに体をそらし、目を細め、片手をあげた。「半分アメリカン・インディアンの血が混じってるのか……父方か？　もちろん、暗いせいかもしれんが……」

キッドはにやりとした。「母方だよ」

ナイトメアもにやりと笑いかえし、肩をすくめた。「まあそれでも、ここにいるどうしようもないヤク中どもよりは肉づきがいい」

苛立ちを含んだ笑いが部屋の奥から響いた。サーティーンだ。「ナイトメア、どうしてあんたはいつも俺たちを毛嫌いする？　俺たちを非難して、レイシストとか、愛国主義ブタ野郎とか、おまけに覚醒剤狂《スピード》いとか言うがな。どれくらい前かわからねえほど昔から、ここにはスピードなんてないんだぜ」

手首の裏をひたいにあてた苦悩する貴婦人の身ぶりで、ナイトメアは喜々としてベッドの上で跳ね、「あたくしが！」とファルセットで言った。「あたくしが？」と、さらに高い声でもう一度。「あたくしがスピードを毛嫌いするですって？　あたくしは、あなたがたレイシストの愛国主義ブタ野郎が、もっと手にいれてくださるのをお待ちしてるくらいですのよ！」

スモーキーが口をはさんだ。「あのブロンドのスペイン人が、ぜんぜん持ってきてくれないのよ……どこに行っちゃったのか、ちょっと不思議」

誰かが言った。「ひょっとすると、あいつが街を焼きはらったのかも」

サーティーンはまた笑いはじめた。笑いながら、部屋のむこうから近づいてきた。ほかの連中も動いた。

ナイトメアはふたたびキッドのほうを向き、「どうだい、あんたもスコーピオンの〈狩り〉に加わるってのは？」その考えはよほど面白かったらしい。ふいに鼻を鳴らして馬鹿笑いをすると、頭をふって、あごについた米粒をこぶしでぬぐった。「前に会ったとき、すてきなピカピカの〈蘭〉を持ってたじゃねえか。本物の喧《ガーデン・》嘩《パーティ》のときにはどうするつもりだい、え、坊《サッド》や？」スプーンでもう二すくい、それでナイトメアの皿は空になった。両手の親指と人差し指で皿をつかみ、膝をひらいて皿を床に落とす。「〈狩り〉のこと、真剣に考えてみてくれ。ひょっとすると、それこそおまえの探してるものかもしれないぜ。一つ忠告してやろう」首に巻いた自分の鎖に指をからませ、丸や三角のガラスがついた薄い真鍮の環を一つ手にとると、ふってみせた。「誰からも見えるようにこれをつけてるなんてマヌケだぜ」ガラスは白いランタンの光を受けて冷たく輝いた。

どうしてどうして「どうして？　あんただって首に巻いてるじゃないか」てるじゃないかじゃないかいか。キッドは自分のシャツがはだけているのに気づいていなかった。

「いいから黙って聞けよ。あそこにいるスモーキー、俺はあいつが鎖を持ってるのを知ってる。けど、あいつがそれを身につけたり、ふりまわしたりするのは誰も見たことがない。わかるか？」

「でも」とキッド。「二人の人間が、おたがい相手が……それを身につけているのを見たら。そしたら、おたがいに、いくらか信頼できると思わないか？　だって、相手のことを……いくらかは知ることができるだろ」そう言いながら、今ごろ上の階では、マダム・ブラウンがディナーに来てるだろうかと考える。

ナイトメアは眉をひそめ、「おい、こいつ、冴えてるな」とサーティーンに目をやった。「この坊《キッド》やはそんなに馬鹿じゃない。だけど、ひとこと言っておこう。おまえはこの鎖を見て、おまえについていくらか知る。俺は俺で鎖を見て、俺についていくらか知る。それからどうする？　教えてやろう。〈蘭〉の刃の、一番長くて鋭いのを、俺が目をそらしたとたん、あばら骨のこととこのあいだに突き刺すのさ」ふいに彼の指がふいにびがキッドの脇腹をいにつついた。「それに、俺がおまえに向かって同じことをしないなんて、一瞬たりとも思わないことだ。だから俺は、鎖をつけた人間と出会ったら、絶対に信用しないようにしてる」唇を結び、子豚のように鼻を鳴らしてうなずき、わざとらしく分別ぶってみせた。「おい、デニーのやつを見ろよ！」

食事を終え、デニーはマネキンのほうに歩いていた。重そうな鎖を人形からはずし、その黒い輪を首のまわりに巻きつけた。

「デニーは俺と来るって言ったろ。よしデニー、時間と場所はわかってるよな。こんな変態の巣窟とはおさらばだ。あと何人か、仲間を集めに行くぞ」ナイトメアは立ちあがり、マットレスをのしのしと歩いた。「来ると思ってたぜ、デニー。おい」サーティーンに向かって眉をひそめ、「あの子をどうにかしてやれよ」背後のベッドを指さした。

「ああ、するとも、ナイトメア」そう言ってサーティーンは扉をあけてやった。扉を閉めたあと、デニーのほうを見た。サーティーンの肩の近くにいたスキーキーは、次の言葉を待つようにまばたきをした。

「おい、おまえ」数秒の沈黙ののち、サーティーンはゆっくり言った。「まだあのクソ連中にハマってんのか？」

デニーは首に鎖をもう一巻きした。すでに巻いてある鎖とぶつかり、ガチャガチャ鳴る。

サーティーンは両手をあげて不満げに、「おいデニー、てっきりもう足を洗うつもりだって思ってたよ。まあいいさ。ひどい目に会うのはおまえだ」

上の部屋で女が笑っている。その笑い声は大きくなり、い声は大きくなり、笑い声。「やめろ！　やめないか！」リチャーズ氏の厳しい声。「とにかくやめるんだ」めるんだ、らい声が大きくなりなり。

「さあ、そろそろ仕事にもどらないと」キッドは立ちあがった。「食事をありがとう。それからクスリも。上等な品だった」

デニーは鎖をもう一巻きし、サーティーンが答える。

「ああ、そうだな」リチャーズ夫人のように、彼もキッドがいなくなるのを残念がっているらしい。「また寄って、クスリをやってくれ。ナイトメアのことは気にすんな。あいつはいかれてんだ。それだけだよ」

「そうだな」キッドは玄関に行き、扉をあけた。

うめき声が彼の足をとめた。特徴のないこもった声が、背後から聞こえてきた。ふりかえろうとしたが、目は鏡にとどめていた。鏡のなかに、背後の室内がほぼすべて映って見えたからだ。

さっきまでキッドがすわっていたベッドで、女が肘をついて体を起こしていた。毛布はすべり落ち、ふりむいた女の顔は、風呂から出てきたデニーのように濡れていた。殴られた跡に白粉が塗られている。こめかみは熱で汗みずくだったが、その声は女が体を揺らすたびに、乾ききった体組織から響いてくるようだった。

まばたきをした女の目は、深紅のガラス玉だった。

背後で扉がバタンと閉まる。十歩進んで、大きく息を吐いた。それから大きく息を吸うと、喉はざらつく音をたてた。それはまるですすり泣きのような、笑い声のような、笑い声い声すすり泣きい声泣き声のようなような。

「あの、すみません」

「はい？」

「テイラー師ですか？」

「なにかご用？」

机の背後の棚で、テープのリールが回っていた。陰になったオフィスにオルガン音楽が静かに流れる。「ぼくは……ええと、誰かに聞いたんですが、写真を——ポスターを、こちらでいただけるとか。その」キッドは言いわけがましく説明した。「ジョージ・ハリスンの」

「ええ、そうよ」席を立ったテイラー師が浮かべる慈悲深いほほえみは、教会の玄関ホールでノートを手にしている彼を、ひどく落ちつかない気持ちにさせた。「そこの掛け金をはずせば、扉はひらくわ」

腰高の扉を押して中にはいった。はだしの足がタイルを離れカーペットに着地する。部屋を見まわしたが、どの壁もびっしり棚があるばかり。伝言板には、告知やパンフレットが目いっぱい貼られている。

あのポスターは剝がされていた。

「さて、どの写真がお好み?」テイラー師はいちばん上の幅広の引き出しをあけた。

近づいてみた。引き出しのなかには、八×十インチの、荒々しい風貌の黒人男性の写真であふれていた。テイラー師は立ちあがり、崩れた写真の山の上にさらに多くの写真を広げた。「六種類あります。どれもすばらしいわ。きちんと整理してなくて申しわけないけれど、ただ引き出しにほうりこむしかなくて。全種類そろったセットが作れるかどうか、やってみましょう——」

「いえ、そんな。たぶんぼくは——」

彼女は笑みを浮かべたまま手をとめた。

写真はどれも、顔のアップだ。

「そうじゃなくて」いっそう気恥ずかしさがつのる。

「たぶん、ぼくが探してる写真は、お持ちじゃないんですね。ここを教えてくれた人は、あなたからもらったって言ってたんですが、それでてっきり……どうもすみません——」

「そういえばあなた、ポスターと言ってたわね、ちがう?」テイラー師は引き出しとまぶたを閉じ、おのれのまちがいを確認するように独りごちた。「そう、ポスターね!」靴の爪先をローブの裾にぶつけながら、彼女は机の横に立って、「ここに二種類あるわ。三つ目はいま準備中。コーキンズ氏の新聞に、例の月の記事が出たからね」

机の脇には、ポートフォリオ大の段ボール箱が重ねてあった。テイラー師はそのうちの一つをとりあげてひらいた。「あなたがほしいのは、これ?」

「いや、絶対にお持ちじゃないと思うんですけど——」

全裸でなかば勃起し、片手で睾丸を包みながら、ハリスンが太い幹にもたれかかっている。低い枝には葉が生い茂り、ハリスンの背後では黒い犬——ミュリエルかもしれない――が舌をみっともなく垂らしながら落葉のなかにしゃがんでいる。茶色と緑のあいだに、太陽がブロンズの光を投げかけていた。「背景幕を使って撮ったの。ここの真下、教会の地下室でね」テイラー師は説明した。「でも、いい出来だと思う。あなたのほしかったのは、これ？」

「いいえ……」キッドの声は低すぎ、早口すぎた。

「じゃあ、こっちに決まりね」

彼女は手にあまるほど大きな一枚をめくってみせた。

「ええ――そうです。これです」記憶していたものの、それでもそのポスターには驚かされた。

彼女は、重なったポスターの一枚を剝がし、くるくると巻いた。「そうだと思った。新しいのができるまでは――」ジャケット、性器、膝、ブーツ、そして背景の紫のバラが、白いロール状に黒い指で巻かれていく――

「ここにあるのはこれだけ。さ、どうぞ。輪ゴムを出すわ」と席にもどる。

「あの」混乱と驚愕を押しのけるように、愚鈍さをあえて前面に出して訊いてみた。「どうして――」途中で口ごもった。もう片方のポスターももらおうという考えが、あいまいさもなくはっきりと頭に浮かんで、質問を妨げたのだ。「――どうしてこんなものを用意して……配ってるんですか？」

テイラー師の無邪気な驚きぶりが、キッドが装ったナイーブさと同様、警戒を解くために計算されたものだったとあとになって気づいた。ともあれ驚きの表情が消えると、彼女は言った。「とても人気があるのよ。わたしたちは時代の先端を行きたいし、ポスターは今、あちこちで使われている……もともとこの教会のために無料で作られたものなの。それが理由ね。最初に見せたほうは、ずいぶんたくさん配ったわ。そっちは」とキッドが持っているほうを指さして、「一枚目ほど需要がないの」

「そうなんですか？」

テイラー師はうなずいた。

「でも、ぼくが訊きたかったのは、どうして……」

彼女は机から輪ゴムをとりだし、巻いたポスターにはめるため、指のあいだで広げた。指先で伸びる輪ゴム――一瞬、〈蘭〉を連想した。テイラー師はしばらく考えて、まるでキッドについてなんらかの結論に達したかのように語った。「この街にいる貧しい人々は――ベローナじゃ、それはほとんど黒人と同義語なんだけど――多くのものを所有したことはなかった。今では、さらにわずかなものしか持っていない」なにかを求めるような表情を浮かべたが、それがなんなのか、キッドには名指すことができなかった。「彼らには――」テイラー師はこちらに手を伸ばし――「なにかを与えなければならないのよ」赤い輪ゴムがパチンと音をたて、巻いたポスターにはまる。「それが必要なの」と両手を組みあわせた。「前に会ったとき、あなたも黒人だと思った。あなたが黒かったから。でも今は、ちがうんじゃないかと思ってる。そうだとしても、教会の儀式に招待したいという気持ちに変わりはないわ」そして輝くような笑みを浮かべ、「来てみる?」

「ええ、そうですね」うなずくかわりにポスターを揺らした。以前も、その儀式にはたぶん参加しないだろうという気がした。今では、二度とここにはもどってくるもんかと固く決心していた。「もちろん。でも、このポスター……いくらですか?」片手をポケットに突っこんで、しわくちゃになった五ドル札を指でいじった。

「ただよ」テイラー師は答えた。「ほかのものといっしょ」

「そうですか」しかし、キッドの手はまだ湿った札にふれていた。

　玄関ホールで、暑苦しい黒いコートを着た、ずんぐりした黒人女性とぶつかりそうになり、さっとよけた。その女は、黒い帽子の下から疑わしそうに彼を見て目をぱちくりさせ、ショッピングバッグを胸に抱きよせ、オフィスの入口に向かっていった。さっきのナイトメアの発言と、いまのテイラー師の発言のあいだで、キッドはいつのまにか考えていた。これまでずいぶんこの街を見てきたが、ベローナの黒人たちはいったいどこにいるんだろう? ポスターをわきにかかえて、彼は夜の街へと急いだ。

「いらっしゃい!」リチャーズ夫人は眠そうに大きな目を見開いた。バスローブを衿もとで押さえながら、「どうぞはいって、キッド。さあ。昨日はどうしたのかと思ったわ。片づけがすんだら、うちに寄ってくれると思ってたから。またいっしょに食事をしてくれるって」

「そうでしたか。ええと、仕事が終わったあと、ちょっと考えて……」キッドは肩をすくめて部屋にはいった。「今朝はコーヒー、ありますか?」

　夫人はうなずき、キッチンに向かった。キッドはついていく。ノートが脚にあたってパタパタはためいた。夫人は言う。「黙っていなくなっちゃったから、なにかあったのかと思った。もう来てくれないんじゃないか、なんて」

　キッドは笑った。「上の部屋で仕事を終えただけですよ。そのあと公園に帰りました。そもそも、食事なんて出してくれなくたっていいんです。ぼくは仕事をする、あなたがたはお金を払う。ブラウンさんに言ったとおりにね。それで充分です」

「もちろんそうね」夫人がキッチンから返事をする。

ダイニングルームに行って席についた。「コーヒーとサンドイッチをいただいて、それからバスルームも使わせてもらって。ほんとに感謝してます。でも、そこまで面倒をみてくれなくても」大声でしゃべりすぎていた。声を低め、「そうでしょう?」

ピンクのスラックスと、首まわりに鳥のアップリケのあるコマドリの卵色のセーターを着たジューンが、ドアのところに現われた。

「やあ……」キッドはすばやくささやく。「君にあげるものがある。十九階の部屋で」

「なに――」急に口をつぐみ、口だけ動かして、「いったいなに?」

キッドはにやりと笑って、親指で天井をさした。

ジューンは理解できないようだった。それから声を出して、「ママ、コーヒーを淹れるの手伝おうか?」

「大丈夫よ」リチャーズ夫人はトレーとポットとカップを持って出てきた。「自分のカップを持ってらっしゃい。でもジューン」夫人はトレーをおいた。「あなた、コーヒーを飲みすぎじゃない?」

「母さんってば!」ジューンはキッチンに行き、カップを一つ持ってもどってきた。

コーヒーがつがれるあいだ、手で包むようにして、温まっていく器を持っているのが、キッドは好きだった。

「あのね、ちょっとやってみたことがあるの。余計なことだったかもしれないけど」コーヒーを淹れおえたリチャーズ夫人は、用心深く話しはじめた。「待ってて、持ってきて見せるから」

コーヒーを飲み、これがインスタントでなければいいのに、と思った。キッドの心は、カリフォルニアの海岸のどこか名もない場所へとさまよっていった。そこにはセコイアの木片が敷きつめられ、煮立ったコーヒーの香りが漂っていた。木々の梢には銀色の針刺しのように太陽が突きささり、痩せおとろえた木の幹を霧が包みこんでいた――

「これよ」リチャーズ夫人がもどってきて腰をおろした。「あなたの気に障らないといいんだけど」

キッドは、ジューンが自分と同じようにカップを持とうとしているのに気づいた。

「なんですか?」青い罫線のはいった便箋に、黒い美しい筆記体で、リチャーズ夫人が彼の詩を清書していたのだ。

「たぶん、あちこちまちがってると思うけど」

キッドは最後まで目を通し、困惑して顔をあげた。

「どうやって覚えたんです?」

「あなたの詩は、はっきりと頭に残ったの」

「ぜんぶですか?」

「たった八行でしょう? 心にくっきりと刻みこまれたわ。韻を踏んでるわけでもないのにね。ひどいまちがいをしてないかしら?」

「カンマが一つ抜けてます」紙片を夫人のほうにすべらせ、指で示した。

夫人は見た。「あ、そうね」

「ほんとに覚えたんですか、そんなにあっさりと?」

「頭から消し去ることができなかったの。気を悪くしないわよね?」

「ええと……とてもすばらしいです」キッドは自分のなかに生じたあたたかさの正体を特定しようとした。困惑でもなく、誇らしさでもなく、恐怖でもない。それは名づけられないままだった。

「よかったらさしあげるわ」夫人はゆったりとすわりなおした。「ノートに貼っておいて。同じものを二つ書いたのよ、わかるでしょう――自分用にもとっておきたかったから。永遠に」夫人の声がやや乱れた。「だから、あなたがもうもどってこないと思って気が気じゃなかったの。ほんとうに公園で寝てるの? 一人きりで」

キッドはうなずいた。「ほかにもたくさんの人が住んでるんですよ」

「そうですってね。エドナから聞いたことがあるわ。ずいぶん……驚くべきことだわ。ねえ、まだ言ってくれてないわ、あなたの詩を暗記したこと、それを紙に書きうつしたことが、まちがいじゃないって」

「ああ……はい」ほほえみながら、夫人にカンマを直してほしいと強く願った。「ありがとうございます。ところで、今日はもうこの部屋のものを運べますよ。引っ越しの準備はできてますか?」

「そうなの?」考えこむような口ぶり。「じゃあ、上の片づけはすんだってことね」

「昨日の夜、こちらに寄って、今日から作業できると伝えておくべきでした」

「アーサー――」は戸口のところで、ネクタイをまだ締めずに立っていた――「今日から引っ越しができるんですって。あなたが帰宅するころには、わたしたちはみんな上の階に移ってるかも」

「すばらしい。ほんとうによく働いてくれているね！」リチャーズ氏がテーブルまで来ると、夫人は夫のカップにコーヒーをついだ。リチャーズ氏は立ったままカップを持ちあげた。マホガニーの卓上に映ったコーヒーカップの姿が遠ざかり、彼が飲んでいるあいだはそのままあいまいな姿を映しつづけ、やがて茶色い水たまりにとつぜん白い魚が浮かびあがるように、白い影がくっきり映りこみ、陶器の縁が机に接するとカチャンと音がした。

「なら急がないと。こまごましたものはボビーに運ばせたらどうだ？　あいつにはいい運動になるだろう」

「ベッドやなにかのことを考えると……」リチャーズ夫人はやれやれと頭をふった。「もっと手伝いの人が必要だったかしら」

「ぼく一人でも、この部屋にあるものをみんな運べますよ」キッドは請けあった。「ベッドは分解すればいいんです」

「まあ、あなたさえよければ」

「もちろん彼なら平気さ」とリチャーズ氏。「さて、もう時間だ。行ってくるよ」彼の指のあいだで、結び目が二つの襟のあいだを登っていき、左右に揺れながらしかるべき場所に収まった。くるりと背を向け、リチャーズ氏は家を出た。正面のドアが音をたてて閉まった。

キッドは、琥珀色の縁が陶器のなかに神経質な潮流を作るのをながめていたが、やがて黒い海を飲み干した。

「上の部屋で片づけを終わらせてきます。この部屋のものは運びはじめてけっこうですよ。十五分くらいしたらまた来ます」ソーサーにカップをおき、部屋を出た。

「どこにあるの？」入口からジューンがたずねた。

キッドはモップとバケツを掃除道具入れにしまいこんだ。「そっちの壁に立てかけてあるよ」

部屋にはいると、彼女は筒状の白い紙と赤い輪ゴムをじっと見つめていた。あごの数インチ下でこぶしを揺らしながら、「これ、ほんとうに……」

「写真さ」彼は言った。「ジョージ・ハリスンの。見てみなよ」

ジューンは紙筒を手にとった。

ジューンが上にやってくる口実に使ったのだろう、床に父親のコンピュータ雑誌の束がおいてあった。

輪ゴムを端に向けて動かしていく途中で手をとめ、「どこで手にいれたの？」

「言っても信じないんじゃないかな。あちこちで手にはいるんだけど」具体的な答えは避けたかった。「彼の写真を配布してまわってる女牧師がいるんだ」ため息をついて、「ある教会にね」

「あなたは……また彼に会ったの？」

「いや。見ないのかい？」

「なんだか怖い」

ジューンの単純な答えは、キッドを驚かせ、心を動かした。窓の外の霧はほとんど固体だった。彼が見つめていると、娘はつっ立ったまま、首をわずかにかしげて動かずにいた。

「マダム・ブラウンは知ってるのか、君とジョージのことを――」

彼女の「まさか！」があまりに早口で低い声だったので（頭は大きくふられた）、キッドは体をこわばらせた。

「マダム・ブラウンも酒場の常連だからさ。ジョージのことも知ってたし」とキッド。「だから訊いてみたんだ」

「そんな……」その声は力なかった。

「君がぼくにジョージのことをたずねた夜、マダム・ブラウンも酒場にいたよ」

「じゃあ、はいらなくて正解だった。きっと彼女に……見られたから」ジューンは目を閉じた。まばたきにしては長い。「もし彼女に見られてたら、きっと……」

キッドが恐れていた娘のブロンドのエネルギーは、しだいに小さくなっていった。「どうしてそんなに――わからないんだけど――ジョージにこだわるんだい？　どんなことが起こったかは知ってる。そのこと自体は、ぼくにとってはどうでもいい。でも、ぼくが言いたいのは……」ためらいがちなせいで、質問が混乱していると感じ、口をつぐんだ。

ジューンは弱々しく、おびえているように見えた。「自分でも……わからない。もしあたしが説明しても――」弱々しさは消え――「あなたには理解できないわ。みんなはあの月に……あいつの名前をつけたのよ！」

キッドは見ていないふりをした。「君以外にも、たくさんの人がジョージを追いかけてるんだろうね。だからこんなポスターも出まわるんだろう。見てみなよ」

ジューンはすばやくわずかに首をふった。「でもほかの人たちは知らないじゃない……」キッドをずっと見つめることができず、巻いたままのポスターに視線を落とした。「あたしは、ほかの人より深くあいつのことを知ってるわ」

「なあ」居心地の悪い沈黙を埋めるためにたずねた。「二人のあいだで、ほんとうはどんなことがあったんだい？」

「タイムズで読むといいわ」ジューンは顔をあげた。

口調が喧嘩腰だったので、彼女の顔を探ってみたが、そんな表情は微塵も浮かべていない。

「あの夜……黒人たちが暴動を起こした夜？　あたしは外に出てた。用もなくぶらぶらしてた。稲妻。すごい雷鳴。あたしにはなにが起こったのかわからなかった。それから……カメラを持った男がいたのにも気づかなかった。あんなふうに——新聞にでかでかと載るまではね！」

「そうか」というキッドの返事は、彼女の求めていたものではなかった。

ジューンは扉に向かって歩いた。たどりつく直前に、輪ゴムをはずし、ポスターを広げた。

「そいつだろ？」キッドはたずねた。親しみをこめた修辞疑問のつもりだったが、口にしてみると本心から質問しているように聞こえた。

ポスターをためつすがめつする後頭部の動きが、うなずきに変わる。ジューンはふりかえり、「なんで……その人たちは……こんなものを作ったの？」

「たぶん、ほかにも彼のことを君と同じように思っている連中がいるんだろう。ゆうべ、友達と話しあった。いっしょに暮らしてる女の子——たぶん君よりいくつか年上だ。それから男の友達、君の父親と同じエンジニアの男。みんなで、このポスターを君にあげるべきかどうか話しあったんだ」

娘の顔は不安で歪みはじめた。

「君の名前はいっさい口にしてない。みんな、とても真剣に考えてくれた。初めのうちは、ぼく以上に真剣だったくらいだ。誰も君のことを笑ったりしなかったよ」

「……で、結論は？」

「ぼくに一任された。君を直接知ってるのはぼくだからね。悪い結果になるかもしれないし、いい結果が生まれるかもしれない。気にいったかい？」

ジューンはあらためてポスターを見た。「あたしが今まで見たなかで、いちばんぞっとする代物だわ」

こみあげてきた怒りを飲みこんで押さえる。「じゃあ、破いてエレベーターのシャフトにほうりこむんだね……そうしたいならさ」返事を待ちながら、彼女が頭をふっているのは混乱なのか拒絶なのかを測りかねていた。

「ぼくなら、とっておくね」

「おい、それなんだよ？」いきおいよく部屋に飛びこんできたボビーを見て、キッドは、輪に貼った紙を突きやぶるピエロを連想した。

ジューンはばさりとポスターを折って、「写真よ！」白い裏紙が彼女の腿でしわになる。

「なんの写真だよ？」

「あんたが興味を持つようなもんじゃないわ」

「クローゼットで見つけたのかい？」ボビーは部屋にはいりながら、キッドにたずねた。「女のヌードだろ。ヌード写真なら、学校で何回も見たことあるぜ」

ジューンは歯のあいだから息を吸う。「へえ、そう！」

「いいだろ。見せろよ」

「だめよ」ジューンはポスターを丸めようとした。ボビーはじっと目を凝らし、姉はすばやく背を向けた。「あんたのじゃないわ！」

「へん、ばばあの裸なんかべつに見たくないよ。ふうん、ほんとにこの部屋をきれいにしてくれたんだな、キッド。ぼくたち、ここに荷物をぜんぶ運んでいいの？」

「ああ」

「うちにはおっそろしくたくさん物があるんだけど」ボビーは半信半疑だ。

「なんとかやれるさ」

ジューンはしわの寄ったポスターを丸めおえると、雑誌の束を持ちあげ、廊下を抜けて奥の部屋に向かった。

「姉さんがいないときに忍びこんで、こっそり見てやるさ！」ボビーが大声で言った。

廊下の奥で扉がバタンと閉まる。

「おいおい」とキッド。「姉さんはほっといてやれよ。下に行って、家具を運びはじめよう」

「やだねっ！」ボビーは不平をこぼしながら、それでもキッドといっしょに玄関へ歩いて、「姉さんなんか、ぼくがヌード写真を持ってるのを見たら、きっと告げ口するくせに」

二人して部屋を出た。

「告げ口したら」キッドは言った。「あのポスターは親に捨てられて、君も見られなくなるだろ」

「あれはほんとに女のヌード写真？」ボビーは不審そうにたずねた。

「いや、ちがう」キッドはエレベーターのベルを鳴らした。

「じゃ、なにさ？」

「男のヌードさ」

「冗談きついぜ！」ボビーは笑いはじめ、エレベーターのドアがひらくと足を踏みだした。

「おい、坊や！　こっちだよ！」キッドはボビーの肩をつかんだ。

風がヒューッと吹きぬける。

「うわ、やべっ」ボビーはあとずさり、肩をつかんでいるキッドの手をふりほどいた。「ふう、一歩まちがえたら……」と、首をふった。

「気をつけろよ。さ、行こう」

二人はもう片方のエレベーターに乗った。

扉が閉まり、二人は闇に包まれる。

ボビーはまだ息を切らせながら、〝17〟を押した。

「ジューンはいつも告げ口するのかい？」

「ああ、いつも……ってわけじゃないけど」

「彼女が絶対に告げ口しないことってなんだろうな？」

「なんでそんなこと訊くんだよ？」

「ただの好奇心さ」

扉がひらく。彼の横に姿を現わしたボビーは、鎖を巻いた手首にふれて、不格好なガラスの粒をなでていた。

「決められないわ」部屋にもどった二人に、リチャーズ夫人はこぼした。「大きいものを最初に運ぶべきか、小さいものから運ぶべきか。いくら考えても、うまく計画できないの。同じ建物内の引っ越しなんだから、問題なんてなにもないって思ってたのにね」

「ぼくは今の部屋がいい！」

「なに言ってるの、ボビー？　わたしたちは新しい部屋に移るのよ」

「でも、部屋の配置は同じだろ？　向きが逆になってて、色が青いだけで。ぼくは今と同じ部屋がいい」

「もちろんよ、ボビー。ちがう部屋を割りあてられると思ってた？」

「念のために訊いただけさ」ボビーは廊下を威勢よく歩いて自室に向かう。「自分の荷物をまとめるよ」

「それがいいわね」

「奥さん、ぼくは長椅子やベッドからとりかかります。一番厄介なんですが、それさえ移動すりゃ、引っ越しはすんだも同然ですからね」

「いいわ。でもベッドなんて、大きすぎるじゃない！」

「ばらして運びます。ハンマーとねじ回しはありますか？」

「あるわ。あなたが思うようにやってちょうだい。もっとちゃんと指図できないのがもどかしいわ。ええと、ねじ回しが必要なのね。あとハンマー。ベッドはまちがいなく組み立てなおせるのね？」

キッドが道具を持ってキッチンからもどると、リチャーズ夫人は寝具を剝がしているところだった。「いいですか、奥さん」マットレスを持ちあげながら、キッドは説明した。「こういう大きなベッドの枠は頭板からはずれるんです」理屈はそうなのだが、五つのフルサイズのベッドを解体し、運搬し、組み立てるのには、最低でも二時間はかかるということに作業をはじめてすぐ気がついた。

一つめのベッドの解体作業中に（その間、リチャーズ夫人はすでに何往復もしていた）、リビングにいるボビーとジューンの会話が耳にはいった。ねじ回しをおいたとき、ボビーは言っていた。「姉さん、絶対告げ口するなよ。これと……エディのことは。でないと、姉さんの写真のこと言いつけてやるからな」

キッドは寝室から出て、リビングの入口で立ちどまった。

背中を向けているジューンが、サイドボードに手を伸ばした。その手のなかで銀器がガシャンと音をたてた。重いスプーンやフォークを束ねて持ち、彼女はふりむいた。

「だけどさ」ボビーは本棚の近くで話をつづける。「姉さんも自分のをはずさなきゃよかったのに」さっきの〝これ〟と〝自分の〟が、ボビーの手首に巻かれた光る鎖のことなのはあきらかだった。姉に見せつけるように腕を持ちあげ、「エディはこいつをはずした。その結果どうなったか、姉さんも知ってるはずだ」

「怖かったのよ」ジューンは反論した。「ほかにもいろいろあったせいで。あんたがそれを盗んでなきゃ、エディだって今ごろきっと……」

「盗んでなんかない！」

「でも、エディはそれをくれたわけじゃないんでしょ？」

「盗んでなんかないってば」ボビーは言い張る。「ぼくが盗んだなんて言ってみろ、パパやママに言いつけてやるぞ、姉さんのあのひどい写真のことを――」

「ひどくなんかない！」

「ひどいに決まってるさ。じゃなきゃ隠すもんか」

「おい」キッドは声をかけた。

姉弟がそろってふりむいた。

「エディってのは君らの兄さんなんだな？　いったいエディになにがあったんだ？」

ジューンとボビーはたがいの顔を見つめあった。

銀器がふたたびカチャカチャ鳴りはじめる。

ボビーは手のひらをガラス玉の巻かれた手首にやった。「まあいいさ」キッドは言った。「ぼくには関係ないことだ」

「兄さんは出てったのよ」とジューン。

「この家から出てったのさ」とボビー。「ただし――」

「――何度かもどって来た」ジューンが言った。「そして、ひどいことをしたの。あんなに何度も帰ってこなかったら、ママは今ほどつらくなかったかもしれない」

「今度帰ってきたらエディを殺してやるって、パパが

「――」

「ボビー！」

「言ってたじゃんか。それでママが泣きわめいて――」

「とにかく、ぼくには関係ないさ」キッドは話を打ち切った。「キッチンの道具を運んだら、お母さんは晩ご飯の支度ができるようになる――新しい家でね」この言葉はいかにもうつろに響いた。ふと思った、エディは今どこにいるのか――

「ぼくたちも知らないんだ」ボビーが言った。昔、精神病院でもこんなことがあった。そのときは、ほかの患者たちはみんな自分の思考を読みとっているんじゃないかと、十時間も苦悩したものだ。「エディが今どこにいるかなんて。よその街に行くって言ってた。ぼくも兄さんといっしょに行きたかった。でも怖かったんだ」

ジューンはますます落ちつかないようすだ。

「もういいよ」キッドは言った。「食器を運んでくれ。それからボビー、本にとりかかって。お父さんが帰ってくるまでに、敷物以外のものはみんな新居に運びおわってるさ」

ばらばらにしたベッドの部品の大半を廊下に出した。ゴツン、バン、ガリガリといった騒音は、階下のサーティーンの部屋で不安をかきたてているだろうと何度か考えた。ちょうど、何者かが廊下を走りまわり、ドアを叩いてまわっているのが、リチャーズ家に不安をもたらしているのと同じように。

ベッドのスプリングと頭板をエレベーターに積みこんだ――空っぽのほうのシャフトは、隣のエレベーターがどこかの階にとまるたびに扉をひらき、キッドの横にヒューッと生ぬるい風を吹きつけてくる。

ベッドスプリングだけを乗せて暗闇を上昇していくあいだ、目の前でオレンジ色に光る〝19〟と自分の荒い息づかいだけが、奇妙に心を落ちつかせてくれた。

「家具を動かすときには、エレベーターのなかに当て物をするはずだけど」十九階のホールで彼を待っていたリチャーズ夫人が心配そうに言った。「でも、そんなもの用意してくれる人なんていないわけだし。どうしようもないわね」

新しい部屋で（一時間後）、キッドはすでにベッドの枠を組み立てておえ、部屋から部屋を移動しながらベッドスプリングを設置してまわっていた――最後のスプリングの上にすわり、床に畳まれたマットレスを見つめていると、リチャーズ夫人がやってきた。胸もとに小さなナイトテーブルをかかえ、その脚を四本の角《つの》のように前に突きだしている。「実を言うと、あなたがほんとうにここまでやってくれるなんて思ってなかった」夫人は驚嘆の声をあげる。「狂ったみたいに熱心に働いてるじゃない！　休んだほうがいいわ」

「ええ、今まさに休んでいるところです」と答えて、ほほえんだ。

夫人はテーブルをおいた。夫人のとり乱した表情に気づいた。だが、ちがった。「あのふと、こざかしい返事で子供たちが傷ついたのかと考えた。だが、ちがった。「あの子供たちがもどってきたのよ、ついさっき。十七階で。廊下じゅう走りまわって、ひどい騒音をたてて！」

キッドは顔をしかめた。

「あの部屋を出られてよかった……」リチャーズ夫人はかぶりをふった。一瞬、夫人が泣きだすのではないかと思った。「ほんとうによかった！　わたしはこれを——」と、指をふって、浮彫のあるナイトテーブルのかどをさし——「運びだすのだって怖かったくらい。もちろん、ここまで持ってくるのも。でも、やりとげたのよ。わたしたち、引っ越したのよ。わたしたちは……やったわ！」

キッドは部屋を見まわした。畳まれたマットレス、ナイトテーブル、壁からはずしてきた食器棚。敷物はまだ下のリビングにある。

「そうですね、やりとげましたね……」キッドは顔をしかめた。「ほとんど」

大鍋の縁でふくらんだ泡が、小さく、遠い二人の顔を映している。一つは正面から、一つは横顔。

スープをかきまわすジョミーのスプーンの柄が通過する。泡がはじけた。

まだ息を切らしたまま、キッドはたずねた。「レイニャを見なかった？」

「見たよ」ジョミーの顔は、あごからひたいよりも耳から耳のほうが長い。「あっちでミリーと話してたぜ——おっと、行く前に教えてくれ！　あんたらは、晩飯までにもどるかい？」料理人は、軽量ブロックから突きでた、焼けた脂で表面がパリパリの黒ずんだ鉄管に匙をおいた。「たぶんね。勤め先の奥さんに晩飯を食わされる前に飛びだしてきたから」

スープは灰色の顆粒をしたたらせながら、泡だち、はじけた。「了解」にやっとして、ジョミーはふたたびかき混ぜはじめた。細い腕にゆるくまくったカーキ色のシャツの袖が揺れた——シャツは三サイズほど大きすぎる。「暗くなるころには準備できる。レイニャは知ってるけど、あんたにも言っておこう、いつでも好きなときに食べにきていいぜ。ジョンもミリーも気にしない……」

しかし、キッドはすでにすりきれた芝生を横切り、巻いてある寝袋、干してある寝袋のあいだを通りぬけていた。ナップザックや固定具が広場に散乱し、ピクニックベンチ周辺に積まれるか、木に立てかけられている。ダイヤモンドゲームを観る十数人の見物人に、レイニャの姿はなかった。盤をはさんで、脚を組み、膝に肘をついて体を揺すっているずんぐりした黒髪男と、南西部ふうの銀のアクセサリをデニムのシャツの上にも下にもたくさん飾った、背の高いクルーカットのそばかす女が対戦していた。女のベルトは銀とターコイズ製だ。青石の指輪が重そうな、そばかすだらけの長い指が駒の上を行き来している。キッドは彼女の爪が自分と同じくらいひどく嚙まれているのに気づいた。

一見モップにしか見えない少女が、しゃがんで（すりきれたズボンから両膝が出ている）、段ボール箱にはいった色つき糸を漁っている――ジョンの〝機織〟プロジェクトのなごりだ。

べつの少女は（その髪を見て、ある車の色を思い出した。車の持ち主は〝地中海の金色〟に塗らせたと自慢していた）へこんだ真鍮のドラム缶にすわり、ハイカットの靴の紐を結んでいた――上のほうは紐を通す十二の目のかわりにフックがついているタイプだ。ズボンのすそは、真っ赤な膝の上までまくられている。ひげづらの若者が、彼女の横に立ち、にやにやして話しかけながら、ときおり自分のもじゃもじゃの髪を、金の十字架のピアスをつけた耳のうしろにかきあげている。ドラム缶に乗せた彼のスニーカーは、少女の腿の下に楔のようにはさまっていた。ひびがはいり、断裂が縦横に走るドラム缶には粘土が詰まっていた――ミリーの〝陶芸〟プロジェクトだ。

そのミリーも、レイニャもここにはいない……。

煙のようにくすんだ頭上の木の葉に、ハーモニカの音色がからんだ。キッドは見あげた。さらに音楽が――いや、上からじゃない。遠くからだ。でも、どの方角から――？

キッドは広場をもういちど見まわし、いきおいよく茂みに飛びこんだ……その先は、公園の小道の一つ、銀色の調べに向かって斜面を登る道だ。音楽のあとをたどっていく。今まで足を踏みいれたのは、この公園のごく一部にすぎなかったのではと思いながら。

音楽は遠ざかっていく。

音がブルースのようにつながり、変化音を多用しながら、モードから厳粛なモードへと移行した。彼女はまるで（キッドはにやりとした）後期のソニー・テリーと初期のシュトックハウゼンに大きな影響を受けているようだ。

丘の頂上に出ると、裾野にいる二人が見えた。脚をむきだしにしたミリーのデニムの半ズボン、レイニャのジーンズ。ミリーのたっぷり重たい赤毛は彼女があたりを見まわすたびに揺れ、レイニャのか細いブロンズの髪はハーモニカに垂れかかっている。二人の女は肩を並べながら、曲がり角のむこうに消えた。

キッドはあとを追って走りだした。追いついたら話すはずの科白を口いっぱいに詰めこんで――おおい、リチャーズ一家を新居にほぼ引っ越しはほぼ終わらせたぜ！大きな家具はぜんぶ運んだ。それでリチャーズ夫人が今日の仕事はおしまいにしていいって言ったんだ。明日の朝、敷物を運んで、家具を据えつけて……。

二歩進んで、思考の底からふいに説明のつかない衝動がわき起こった――あとをつけて、観察して、盗み聞きしよう！　自分を見ていないときのレイニャを見るのが望みだったことに気づいたのだ。

道は右に曲がっていた。

右を向いて、草むらにわけいる――がさごそ音をたてながら。彼女たちに見つかっても、それはそれ。好奇心を抑えられなかった。

音楽がやむ。二人は話しあっているのか？

途中までは下り坂だった。いまキッドが進んでいる草地は登り坂。最終的には、二人に出くわすんだろうか？

急な下り斜面が現われ、キッドは足をとめた。

岩や斜面にねじれて生えている数本の木々の先、十六フィートほど下に道が見えた。ということは、とキッドは推論する、彼女たちは右折してこの道に姿を現わし――ばったり出会うだろう。

二人は右折してこの道に姿を現わし――出会わなかった。

キッドは片手をあげて細い枝につかまった。はだしの足を地面につけ、サンダルの足は爪先立ちにして、待った。女たちに気づかれたらいつでも笑顔を浮かべられるよう、顔の裏側に用意した。彼女たちが上に目をやって見つかる前に、会話の断片（もしかすると彼自身の噂）を聞けないものか？

「……すごく怖い」ミリーが、軽々しくもなく、修辞的でもない口調で言った。

「怖がることなんてないよ」レイニャは言った。「レイプと暴行の噂が広がってるんだから、当人に直接会って観察するって考えが魅力的に感じられるのはあたりまえだわ」

「ええ、噂はたしかに魅力的ね」とミリー。「このうえなく恐ろしいほど――」

「それに、意外と悪い人じゃないのよ――」レイニャはハーモニカを裏返し、歩きながらじっくりながめ――「噂はどうあれ。半端な真実の幻影や、歪んだ不安感の投影よりも、現実のほうがずっと魅力的だと思わない？」

　二人は真下を通りすぎた。キッドは想像した、ハーモニカに映った彼の姿が動き、レイニャが気づいて上を見るのを――

「原則的にはね」ミリーが言った。「でも実際には、噂があるところまで行っちゃうと、自分はもう関わらないで、逆方向に進みたくなるの。現実が噂よりもっとひどいってこともあるでしょ？」

「まったく……！」レイニャはハーモニカを持ちあげて一吹きした。「また怖じ気づいてるのね？」と、ちがう一節を奏でた。

「いつか」ミリーは考えこみながら、「その曲、最初から最後まで聞きたいわ。断片だけでも、とてもすてきだもの」

（キッドは二人の背中を見送った。）

　レイニャはハーモニカを見つめて、「たぶんそれは、わたしが他人のために演奏してないからだと思う」

「演奏すべきよ」ミリーは言い張った。「だって、けっきょくはみんなが聞いてるんだもの。あなたの断片的な音楽を聞いていると、どれもすてきなんだけど、ときどきほんとに頭痛がしてくる。曲と曲につながりがないんだもん」

「やってみるわ」レイニャは言った。「だからあなたもこの話から逃げないようにしてよ。怖じ気づいてるの？」

「ちょっと、ジョージ・ハリスンに会おうっていうの、もともとはあなたのアイデアじゃない。わたしはただ、彼と話したら面白そうね、って言っただけ」

「でも、わたしはもう会ったことがあるし」とレイニャ。「何度も話してるから。彼に会おうっていうのはあなたのアイデアよ。わたしはただ、紹介してあげるって言っただけ」

「あなたってば、誰とでも知りあいなのね」ミリーが言った。彼女の髪が揺れ、「……」苛立たしくも、キッドの耳には届かない一言を口にした。レイニャは答えるかわりにハーモニカを吹き、その音色は二人が次の角を曲がって姿を消すまでつづいた。最後にいくつか調子はずれの音を残し、曲もとだえた。

　キッドは蟹のように横ばいで斜面をくだり、道にいちばん近い茂みから出て、彼女たちが通った場所を見つめた。

　ジョージ・ハリスンの話をしているのを聞いて奇妙な感じがした。隠れた渋面が、顔の裏側にまだ残っていた笑みと戦う。頬はひきつり、唇が動いて、まったく知らない言語の母音を次々に形づくった。ふたたび、女たちのあとを追う誘惑にかられた。だが、キッドの好奇心は、ほんのわずかだけ不安に近づいていた。

　道はどうやら反対方向に曲がっているようだ。

　それならまた近道ができるだろう。もう一度二人に先回りして――？　思索が決断に変わった。茂みにもぐり、ふたたび登りはじめた。広い岩に這いあがり、木の葉をかきわけて進む。十フィート、十五フィート――レイニャの奏でるハーモニカの長くつづく音、ミリーの輝く髪のきらめき！　キッドはしゃがみ、頬と手のひらを木の幹に押しあてた。はだしの足は木の根を踏み、体は不安定に揺れた。

　くすんだ葉と葉のあいだから、かろうじて二人が見えた。

　べつの音楽的な響き――レイニャのハーモニカじゃない。二人の笑い声だ。

「いいわ」レイニャの声が聞こえた。「そういう手はずにしましょう――あなたがそれでいいんなら」

「もちろん」ミリーは声を張りあげた。「やりましょ！」

「馬鹿みたい」レイニャは笑って、「でも、いいわ。彼は午後にはたいていあそこにいるから。よし、そういう段取りで。だけど、それもこれもあなたがわたしの……」

　女たちは遠ざかっていく。さっきよりも短い会話しか聞けなかった――去りぎわの笑い声を除いては。キッドは考えこんだ。いったい彼女たちは、ジョージ・ハリスンを巻きこんでなにをするつもりなんだ？　どんなやり方で？　今からジョージに会うのか――？　とつぜん、そうにちがいないと確信する。いたずらを計画する女学生のような二人の会話は、キッドを動転させた。自分たちよりいくらか若い娘に暴行を働いたばかりの男に、二人の女が、正気を保ったまま、どんないたずらをしかけようっていうんだ？　あの卑猥なポスターが頭に浮かんだ。酒場でちらりと見かけたハリスンの姿を思い出した。

　キッドはふたたび立ちあがり、跳ねるように茂みのなかを三歩進み、二人をとめるための心配そうな笑い声を喉の奥に用意した。（考える――おいおい、どうしてそんな馬鹿げた考えを起こして、わざわざ危険をおかそうと……）

　木の根にサンダルの足の爪先をひっかけて、コンクリートの上に転げでた。あやうく地面に倒れるところだった。片膝をついて起きあがり、ふりかえる。そしてふと混乱した。

彼女たちはどっちの方向から来たんだろう？

彼女たちはどっちの方向に行ったんだろう？

さっきはほんの一瞬、二人を見ただけだ。道は左右どちらも同じように曲がっている……ただでさえ頼りにならないうえに、緊張するとさらにひどくなる、彼の左右の感覚——両手利きゆえの災厄だと、かつて医者に説明された——が完全におかしくなっていた。よし、ぼくは道のこっち側から来たはずだ。反対側に駆けだした。もういちど道を見つけ、女たちの先回りができることを祈りながら。

茂みは——もちろん——より深くなっていった。このあたりの斜面は急で、足ばかりか手も使わないといけない。考える——輝く緑のなか、金色にふるえる太陽の光を最後に見たのはいつだろう？　霧のあいまに見える空は鉄の色だ。木々の葉は灰の羊膜におおわれ、まるで灰色のビロードの切れ端か、死んだネズミのようだ。

小石が足もとで転がる。いや、彼女たちが今からジョージ・ハリスンに会うなんてありえない！　最初と二つめの曲がり角のあいだで、話題はすっかり変わったにちがいない。

それにしても、三つめの曲がり角はどこだ？　木々がとぎれ、高い丸石の列が現われた。そのうちの一つを回りこみ、そこを手がかりに小さな崖を飛びこえ、茂みをかきわけ——

平たい岩のむこうに（水平な面を作るために一部がセメントで埋められている）、黒い石でできた建物があった。一個一個の黒石は丸く、頭くらいの大きさで、白いモルタルが蜘蛛の巣を作っていた。建物の張り出しを見おろすように四角い塔が建ち、その塔には四角い凹凸のついたバルコニーが、やはり同じ黒い石でしつらえられていた。けっして大きな建物ではない。塔は三階建てほどもなかった。凹凸のあるガラスがはめられ、かなり奥まったところにあるアーチ型の窓はとても狭く、そこから脱出するのは一苦労だろう。

建物の前には非対称の庭が広がり、そのうち二辺には腰高の石塀があった。

塀の角に、黒縁の眼鏡をかけ、作業靴の踵を深いほぞ穴にあて、汚れたカーキ色のつなぎの膝に肘をついて、『ベローナ・タイムズ』を読んでいる、ジョージ・ハリスンがすわっていた。

キッドはしゃがんだ。

木の葉でハリスンの姿が見えなくなった。

両手のこぶしを泥に突っこんで、キッドは身を乗りだした。

　木の葉が頬をちくちく刺す。

　キッドは恐れた。キッドは魅了された。二つの感情を生み出したのがなんであれ、そのせいで両手は泥のなかに突っこまれたままだった。

　ジョージは眼鏡をはずしてシャツのポケットにしまい、するりと塀からおりると、作業靴の足をひらき、手首をかえして伸びをした。カーキ色の襞が、脇腹から肩まで扇のように広がった。

（しゃがみながら、見守りながら。好奇心と警戒心が融けあって、独りよがりな沈黙のつぶやきに変わる。いいとも、遊びは遊びだ、だが女たちはどんないたずらをしかけるつもりなんだ？）

　ジョージの顔がひきつった。その上の金属めいた空はあまりに低く、アルミニウムの鍋底を炎が舐めるように、街をおおう炎で焦がされ傷つけられそうなくらいだ。

　塀がとぎれたところから（女の歩きぶりから、キッドは下に階段があることを知る）、レイニャが――髪、鼻、あご、肩の順に――現われた。「あら、ジョージ」彼女は言った。「今日も来たの？　都会での暮らしは息苦しい？」

　ミリーは（けっきょく怖じ気づいたのか？）いっしょではなかった。

「誰《フー》だ？」Hという気音は有声音になり、uという母音は無声音になった。レイニャが階段の最上段にたどりつくと、ジョージはふりむいた。「来たのか《カンバ》」（「もどって《カム・バ》きた《ック》」か、「立ち寄った《カム・バイ》」か、キッドにはわからなかった）「あんたも、ここに《ヒア・トゥー》」Tの音はDに近く、最後の母音は不思議なくらい吐息に似ていて、唇はそれを発した形のまま、だらりとひらかれて歯まではっきり見えた。離れた場所からでも、歯は大きく、清潔で、黄色いのがわかる。キッドは思った、このへしゃげた、語尾の省かれた音楽を、ローマ字や通常の省略記号を使って紙の上に再現するにはどうすればいい？　不可能だ、と結論した。「午後の散歩？」ジョージは笑ってうなずく。「ハーモニカを吹いてんのが聞こえたからな。それで思ったんだ。あんたはきっとここに立ち寄って《カム・バイ》」（それとももどっ《カム・》てきて《バック》か？）「あいさつするだろう、ってな」

「こんにちは」レイニャも笑い、ハーモニカをシャツのポケットにしまった。「きまって寄るわけじゃないけれど」とレイニャ。（キッドは気づく。レイニャは、ジョージの「きっと」を「ま」が短くなり、「と」が「て」のように響く「きまって」と聞きちがえたのだと。）「何日か前に、ここにいるのを見かけたから。だけど、前回あいさつしたのは酒場でよ。どうして毎日午後になると公園まで来るの？」

「空を見るため……」ジョージは肩をすくめた。「新聞を読むためだよ」

（ずっとしゃがんでいたので、くるぶしが痺れてきた。足の位置をずらしてみた――小枝がかさこそ鳴った。だが、ジョージとレイニャの耳には届かない。）

「こないだ俺が酒場に行ったときには――」（キッドはジョージのメロディアスな抑揚に耳をかたむける。太い低音が、〝俺〟と〝酒場〟に織りこまれていた。皮肉か？たぶん。だが、とキッドは思う、傍点で強調などしたら、この響きを単なる冷笑におとしめることになる。）――「あいさつするヒマもなかったぜ。あんたは友達連中と酒場から飛びだすところだった」ジョージはふたたび空を見あげた。「もやもやして、なにも見えねえ。なんにも、まったく」

「ジョージ」塀にもたれ、指先をジーンズのポケットにいれ、テニスシューズの足を交叉させて、レイニャは言った。「これって、友達をなくすタイプの質問だけど――」キッドは彼女が同じフレーズを自分にも使ったことを思い出す――「知りたいのよ。だから、思いきって訊くわね。あなたと女の子のあいだで、ほんとうは、なにがあったの？　新聞に、ぜんぶ写真で載ってることになってるけど」

「あのな――」ジョージは言葉をとめ、口のなかで舌を頬に沿って下にすべらせ、両手をポケットにつっこんで半分ふりむき――「最初にそのことを訊かれたときゃ、俺は怒りまくったぜ。けど、あんたは友達をなくしたりしねえよ。いやになるくらい大勢のやつらが同じ質問をしてるからな」

レイニャは急いでつけ加えた。「こんなことを訊くのは、わたしの彼氏がその子を知ってるからなの。そしてわたしに――」

ジョージは奇妙な表情を浮かべた。

「――わたしに、その子について話してくれたから……それだけ」一瞬のち、レイニャの顔は、意味を理解しようとするかのようにジョージの奇妙な表情を鏡のように真似ていた。（キッドも自分の顔がひきつるのを感じた。）

数秒後、ジョージは口をひらいた。「そうだな、俺なりの答えはある」

「どんな答え？」

カーキのポケットごしに、ジョージが握るこぶしの関節は、丸い点が一列に並んでいるみたいに見えた。

「そうとも、俺はあの白い娘っ子をレイプしてやった、これでいいか？　新聞にも、俺のやったことだとはっきり言った」明白な事実に同意するときのようにうなずき――ついでレイニャが持ちだした新事実を考慮するかのごとく、彼女をながめた。「さて、ひとくちにレイプと言ってもいろいろだ」ジョージの手が自由になる。「あんたが夜、一人で歩いてたら、男が飛びだし――」ジョージは腰を落として前に踏みだし――「あんたにつかみかかり――」（キッドは葉陰で思わずあとずさった。）レイニャはまばたきした――「どこかの裏通りに引きずりこみ、縛りあげ、それ以上はあんたにふれず、自分のモノを出してゴシ！　ゴシ！　ゴシ！――」かがんだまま、ハリスンは股間でこぶしを上下に動かした。（キッドのあごと尻がきゅっと締まる。レイニャはあいかわらず塀にもたれ、手をポケットにいれたまま、ジョージのパントマイムをながめていた。）――「それで、ああ、ちくちょうイイぜ、ああ、たまんねえ、くそ、すげえええええぜ、あああっ――！」ジョージは立ちあがり、頭をのけぞらせ、興奮の終わりとともに首をゆっくりとかしげた。それから頭をもとにもどし、「もしその男が一滴でも――たっ《いっ》た」人差し指を突きだしたこぶしが、おおいのかかった天空にかかげられ――「一滴でも、あんたのハンドバッグにこぼしたら……そのバッグが三フィート先に投げ捨ててあったものでも――」こぶしがおりて――「この州じゃ、レイプになるんだ！　たとえ男のペニスが、あんたにふれてなくても……いま言ったみたいに、ハンドバッグに精液がこぼれただけでもな。わかるか？」ジョージは一人でうなずき、話しつづけた。「娘のほうを考えてみよう。十七歳と三百六十四日二十三時間五十五分の女の子、その子が現われてこう言うんだ、『ああハニー、すごくほしいの！　ちょうだい、あたしにちょうだい！　おねがい！』」ジョージは長細い頭をのけぞらせ、左右にふって、「その子が地面に身を投げだして、パンティをおろし、あそこをこすりはじめたら――」しゃがんで上下に揺れながら、前腕を脚のあいだで前後に動かし、黒い指に乗った青白い爪で地面をひっかき――「そして『ねえベイビー、あたしをヤッて、ヤッて、すごくほしいの！』すると馬鹿な男は、あと五分が待てずに――」ジョージは立ちあがり、宙にこぶしを突きあげ――「いいぜ、ベイビー！」ゆっくり両手をポケットにもどした。「そう、これもレイプってことになる――」「待ってよ、ジョージ」レイニャは反論した。「夜九時に家に帰る途中、うしろをつけていた誰かが女の喉をつかんで壁に頭を押しつけて、ささやき声で『叫んだり、俺の言うことを聞かなきゃナイフで刺すぜ』と脅したら――ううん、ちょっと待って、聞いて！　男が腕を一度、脚を二度切りつけると、彼女は下着のなかで何度か漏らしてしまう。彼女は男が本気だと悟る。男は脚をひらけと命令し、おびえて首をふる彼女に黒い目を向ける、できない、彼女はスカートを閉じる、男は刃と親指で耳をはさんでひねりつづける、彼女の首に血が流れる、男は手で押しひろげようとする、半分勃ったペニスを突きさす、頬を叩く、なぜなら彼女が言うことを聞かないから――だめ、とめないで。レイプについて話してるんだから――男が半インチほど突っこむ、射精する、そして男がハアハア息を切らしてるあいだ、男の放ったものが脚をつたう、彼女はようやく逃げだすチャンスをつかむ、男はダッシュして追ってくる、男は転んでナイフを落とす、てめえを殺してやる、殺してやると叫んでる、彼女はそれから四日間まっすぐ歩けない、指を使って男がやったことのせいで。そして法廷じゃ――なぜなら当局が男を捕まえたから――弁護士は六時間にわたって、彼女が男に誘うような視線を向けたとか、服の裾が短すぎたとか、胸が大きすぎたとかを証明しようとする。でもけっきょく男は刑務所にぶちこまれる。そして次の週になると、彼女は転校するようにと圧力をかけられる、なぜなら、ほかの子にいい影響を与えないから……だからジョージ、あなたはいろいろ言うけど、忘れないで、こういうのもレイプなのよ！」レイニャは人差し指を立てて、また塀にもたれた。

「ああ、そうだな。そのとおり……あんたの体験か？」

「友達の話よ」レイニャは両手をポケットにもどした。

「ベローナで？」

「転校させられるような学校なんて、ベローナにはないでしょ。これは昔の話。でも、あなたたち男って、世界のしくみについておかしな考えを持ってるわよね」

「どうやらあんたは」とジョージ。「俺にものを考えさせたいらしいな。そうだろ？」

「あなたは充分考えているわよ。エテ公みたいに飛んだり跳ねたりしながら、ろくでもないたわごとをずいぶんたかってこと。もちろん、おまえには関係ないってつっぱねるのは勝手よ。でも、自分の意見を押しつけないで」

「ふうん。けどな」ジョージは言った。「あんたもそうとうおかしな考え方をしてるぜ、俺がそういうことを考えたことが一切ないなんて思ってるなら」レイニャを見る顔の裏に笑みがひそんでいた。「あんたは質問をした。聞かせてくれたじゃない。わたしの質問は、なにが起こったかってこと。

なのに俺の答えを聞きたくないのか？　いちばんの問題は、レイプってのが、そこにいろんな種類のシチューを投げこめる鍋だってことだ。うまいのもあればまずいのもある」ジョージは目を細めた。「こういうのは好みかい？」

「どういうのよ？」レイニャがたずねた。

「乱暴なやつ。戦ったり殴ったりひっかいたり泣きさけんだり――」ジョージはレイニャのほうに身を乗りだし、片目で彼女をにらみながら片手を出し、その指先を激しくふって――「うめくんだ、だめよ、だめ、やめて、おねがい、やめて、それでうしろに這って逃げようとして、男をひっかいたり嚙んだりするうちにいいわいいわと漏らすようになる」

「あなた、そういうのが好みなの？」

「そうとも！」ジョージは体をそらして、こぶしを閉じた。（土のなかで、キッドのこぶしはひらいた。）「俺が自分のスケになんて言うか知ってるか？『俺を殴れ！そうだ、俺と戦え！　俺はそれを受けとめてやる。受けとめてやる。俺をとめられるかどうか、やってみろ』そんで俺たちはヤるんだ――とにかくな。裏通りで、階段で、屋根で、ベッドで――」ジョージの眉がさがった。

「こんなやり方は嫌いかね？」

「嫌いね」とレイニャ。「好みじゃないわ。もっとこっちが積極的なのがいいわね」

黒い手が裏返り、明るい色の手のひらを上向けた。片方の肩をすくめながら、「じゃあ、あんたと俺は――」ジョージはくっくっと笑いだし――「今のまま友達でいなくちゃな。それ以外の関係じゃ、うまくいきっこない。ともかく、ハニー、俺はずっとそういうやり方が好きなんだ。で、そんなふうにやってると、そのことについて考えるようになり、学ぶようになる。学ぶことの一つは、どういうタイプの女がこのやり方に乗ってくるかってことだ。いつでも質問抜きで見わけられるわけじゃない。ほかの女より、こういうのを好む女もいる。だが、いずれにしろ学ぶんだ」ジョージは目をふたたび細め、「で、あんたはほんとに知りたいってのか、俺とあの娘のことを？」

レイニャはうなずいた。（キッドのあごは一枚の葉っぱにふれ、その葉っぱが跳ねかえってくる。）「知りたいから訊いたのよ」

「こんな具合だった――」ジョージは肩を丸めた――「真っ昼間なのに真っ暗で、頭の上には光の筋がゆっくり広がり、炎が舐めるように燃えあがり煙が舐めるように地を這い、人々は叫び、走り、暴動を起こし、煉瓦が道に落ち、俺のうしろでガラスが割れ——それでふりかえったんだ。するとそこに彼女がいた、じっと見つめてた。俺を。彼女のまわりでは誰もが四方八方に逃げてて、彼女だけが通りで一人、じっと動かず立ってた、まるで手の甲に食いつくみたいに、こんなふうに口にやってね。そして彼女が俺を見る目つきから、俺には——わかった！　わかったんだ、あいつがほしいものがわかったんだ、あいつがどれほどそれを求めてるか。そして、俺にはわかった、自分もそれを求めてるってことが」ジョージの片手がポケットにおさまる。「言っとくが、そんなにしょっちゅうわかるわけじゃない。それに、もし気づいたところで、『知るか』と立ち去ることもできる。『よけいなお世話だ！』ってね。ともかく、あんたと俺じゃ、うまくいかない」含み笑いが、聞こえないほど低い音へと変わる。「だが、あの娘と俺、俺たちは息が合った！」ジョージはふと背中を向けて一歩踏みだすと、なにかに打たれたように巨体をぴたりととめた。「くそっ、俺たちは息がぴったり合ったんだ！」向きなおって、「誰かとあんなに息が合ったことはなかった。二一八のときから、つまりもう十年以上も前からな！　俺たちは裏通りにいた。明かりがついたり消えたりしてた。人が駆けこんでは出ていった。だが俺たちは気にしなかった！　それどころか、かえってよかったかもしれん。連中ができることも、やりたいこともなかったせいで」急にうつむいて笑いだし、「覚えているのは、ショッピングバッグに空き缶を詰めて持ち歩いてる婆さんが飛びこんできたことだ。俺たちを見たとたん、すさまじいいきおいで叫んで、駆けずりまわりながら、金切り声で『かわいそうな白人の女の子から離れなさい、ニガー！　そんなことしたら、連中に殺されるわ、白人連中に殺されるわ！』」ジョージは頭をふった。「光ってたのは、カメラのフラッシュなんだろう。撮ってたやつの顔は、はっきり覚えてねえ。終わったときにはいなくなってた。俺は立ちあがり、娘はそこに寝ころんだまま、まだアレに手を伸ばしてた。な？」また頭をふって、また笑った。どちらの動作も、さっきとはちがう意味だった。「俺が言ったように、娘はせいぜい十七だった。ひっぱたかれ、殴られ、振りまわされながら、わめき叫んだ、『だめ、だめ、ああ、やめて、おねがい』だからたぶん、あれはレイプだったんだろう。そうだろ？　だが、終わったとき——」ジョージはうなずいて——「彼女はアレをいじってた。もっとほしかったんだ。むちゃくちゃな」と、指を鳴らした。「そう、これは非常に興味深いタイプのレイプだ。映画でよく見るようなやつ。あんたの話に出てきた弁護士が、事実をひっくりかえして証明しようとしたやつ。もしこれが法廷にかかったら、とっても珍しいタイプってことになる。だが、これは誰もが恐れているタイプでもある――特に、小さな白人娘とデカい黒人野郎とのあいだで起こったとなればね」

「そうね」とレイニャ。「それでも奇妙に聞こえるけど。いいわ、どっちにしろわたしの好みじゃないし。でも、わたしの友達をレイプしたような男のことはどう思うの？」

「俺としては」ジョージは言った。「あんたよりいくらかその男のことがわかるつもりだ。そして、もしそいつが俺みたいな男に相談しに来たら、そいつも相手の娘っ子も面倒に巻きこまないようにしてやったろう。そいつらに対して、俺はなんとも思わねえ。どっちも知らないからな。だが、思うにあんたの話はとても」と、あごを引いた。「とっても、とっても悲惨だ」

レイニャは息を吸った。「わたしはその女の子のことをまだ考えてるの。あなたといっしょにいた子……彼女の名前は知ってるの？」

「いや、ことがすんだあと、べつに自己紹介しあったりしねえしな」とつぜんジョージはキッとにらんで、「なあ、わかってくれ。あんな売女にそんなことするかよ！絶対に。そんなことしたらどうなる？考えてもみろ、終わったあと、もし俺が『ああベイビー、ほんとによかったぜ、結婚してずっとしあわせに暮らそう、そしたら二人で毎晩愛しあえる』なんて言ったら、あの子はなんて言う？『アタマおかしいんじゃないの、ニガー！』だよ。じつは昔、何度かそんなことを口走ったこともある。うまくいかなかった。そういうのは彼女の好みじゃない。俺の好みでもない。彼女はそもそも俺に興味がない。彼女が興味をもってるのは、俺についての彼女自身の妄想さ。今じゃ俺の名前を知ってるだろ――新聞に載ったからな。俺はやつらにタダで話をしてやった。自分がやらかしたことをこれっぽっちも恥じてねえ、こういうことをやるのが好きだ、いつでもどこでもまた同じようにするぜ、そう言ってやった。そうさ、あの娘が知りたいのはそれだけのはずだ！」ジョージのしかめ面がほぐれた。「しばらくしてゴシップが流れて、娘の名前はジューンだとかって言ってたな。あんたの彼氏があの子のことを知ってるって？　あいつのこと、なんて言ってた？」

「だいたい」レイニャが言った。「あなたが言ったとおりよ」物思わしげに唇をキュッと結び、そしてつづけた。「その子、あなたのこと探してるみたいよ、ジョージ。

一度見かけたわ。わたしの彼に近よってきて、あなたのことを訊いてた。また会いたいみたい」

ジョージの笑い声はマダム・ブラウンのと同じくらいかん高くはじまり、頭が揺れるにつれて、本来の低音へと落ちついていった。「そうか……！　そうか、俺を探してるのか！　俺のまわりをぐるぐる、ぐるぐる回って、だんだん近づいてきて――」ジョージは人差し指を回しながら螺旋を描き――「回って回って、近づいて近づいて。まるで太陽のまわりの月みたいだ！」

なにかが（キッドにははっきりわからなかったが）レイニャのツボにはまったらしく、彼女も笑いだした。「ジョージ、その比喩は変よ！　月にたとえられているのはあなたのほう、彼女じゃないわ。だいいち、月は太陽のまわりを回ってないし！」

「まあ」ジョージは言った。「たぶんふつうはそうだろう。だが、ここはベローナだぜ。ここでなにが起こるかなんて誰にも断言できねえ」と笑い声が高まり、やがて鎮まる。そこから真剣な表情を作って、「なあ、俺はずっとこのあたりにいて、いくらかものを知ってる。あんたいくつだ？　二十三か？」

「まあそんなとこ」とレイニャ。「あなた、お祭りで年齢当てができるわね」

「なら、俺はあんたの父親でもおかしくないくらいの年だが――」

「ジューンの父親でもおかしくないくらいよね」レイニャはたずねた。「子供はいるの？」

「知ってるだけで五人いる」ジョージは答えた。「そのうち一人は、やはり白人の若いご婦人とのあいだの子だ。緑の瞳、マスタード色の頭――」と顔をしかめて、「醜いろくでなしのチビ助さ！　そうだな、たぶんあいつもそんなにブサイクじゃないんだろう。ガキどものうちの一人は、そいつの母親に俺がはじめてナニしたときと同じくらいの年になってる」ジョージは頭をかしげた。「そのときの彼女は、俺たちが今しがた話題にした娘とそんなに変わらない年ごろだった。五人のガキどもは誰もベローナには住んでない。だがな、もし俺の長女が、そこの角に立って、例の娘が俺を見てたような目で見つめてきたら――自分の子供だなんてかまわずに同じことをやるだろうよ。本気だぜ！」

「ジョージ」レイニャが言った。「あなたって最低ね！」

「そういうあんたも、ときどきとてもおかしく見えるぜ、白人のお嬢《ミス・アン》さん！　なあ――」ジョージは説明するような口調にもどって――「要するに、女も男とまったく同じようにあれを求めている。ただ誰も考えたがらないだけだ。ちがうか？　少なくとも映画の世界じゃそうだ。映画のなかの連中は、あれが存在しないふりをして、なんだかおぞましいことだってふりをする。あれのせいで、さまざまな形の死や破滅を招き、起きなくていい悲劇が起こって全員が殺されたりする。あまりにおぞましいんで存在しないも同然だとね——どっちも同じことなのさ。わかるか？」

「そうね」とレイニャ。「ジョージ、セックスであれなんであれ、女が自分のほしいものを手にいれようとして行動を起こすのを、世間は恐れてるのよ。ほんと、あなたたち男ってとんでもない恥知らずね。もしあなたが女について語ったみたいに、わたしが黒人とはどんな存在かを説明したら、あなたはきっとすわりこみデモをするわね！」

「そうだな」とジョージ。「この話が通じるくらい、あんたが映画を見てるなんて知らなかったよ」

　ややあって、レイニャがたずねた。「彼女ともう一度会ったら、どんなことが起こると思う？」

　鉄のように黒い顔のなかで（つや消しの光が、茶色や赤を消していた）、さらに黒い三日月型のジョージの眉が吊りあがる。「そうだな、あの娘がもっと近づいて、近づいて、ぐるぐる回って——」片手が螺旋の跡をたどり、もう片方の手は渦の中心で待っている——「そして回って、どんどん近づいてきて、最後に——」ジョージの丸めた手のひら同士がぶつかる。キッドはまばたきし、背中の筋肉がびくんとする——「ドカン！　空は暗くなり、河のように太く海のようにゆったりと光の筋が夜空を横切り、建物が次々と崩れ、炎と水が空中に噴きだし、人々は叫びながら通りを逃げまどう！」ウインクしてうなずいた。「この前と同じようなことになるさ」

「また比喩がごっちゃになってるわよ」そう言ってレイニャは塀から離れ、石の上を数歩進んだ。「あなたは映画と同じことをしてるわ——あれを怖くておぞましいものみたいに語ってる」

「そこが問題なんだな——言っただろ、ほら、俺は映画みたいにヤるのが好きなんでね。だが、あの娘と俺がまた出会うことになったら、俺たちは俺たちの好きなようにする。あんたたちはおびえて、街が頭上で崩れだすのさ」ジョージの頭が片側にかたむく。にやりとして、「わかったか？」

「完全にはわからないけど」レイニャはにやっと笑いかえした。「でもまあいいわ。それで、そのあとどうするの？」

「たぶん前とおんなじだな。ドカン！　そして、失礼しました、マダム、そう言って俺は自分の道にもどる。そしてまた最初から……」ふたたびあいまいな表情がジョージの顔に浮かんだ。「あんたの彼氏が知ってるんだよな……あの娘は大丈夫か？　無事にやってるのか？　また会うときまで、彼女が無事でいてほしいよ」

「ええ」とレイニャ。「彼女は……たぶん大丈夫」

ジョージはうなずいた。「そうか……酒場で、あんたが新しいボーイフレンドを捕まえたって聞いた。いいことだ」

ミリーはどこだ？　とキッドはいぶかった。

「噂って広まるものね」レイニャは笑った。キッドは彼女がふいにハーモニカをとりだし、困惑を隠すように音の一斉射撃を放つイメージを思い浮かべた。もっとも、現実の彼女は困っているようには見えなかったけれど。

（キッドは、レイニャとミリーが自分について話すのを盗み聞きしたかったことを思い出す。これからレイニャとジョージが自分について話すかと思うと、なんとなく落ちつかなかった。）指をポケットにひっかけて、レイニャはハーモニカを弄んでいた。「そうね、彼を捕まえたと言えるのかどうか。捕まえるってどういうこと？」

「ほら、あんたはいつも大物を捕まえてるじゃないか！　前の彼氏は……」ジョージは首をふった。

「フィルのこと、どう思ってた？」やはり、落ちつかなくなるほど急に話題が変わった。

「いかれてると思ってたよ！」ジョージは言った。「堅苦しくて澄ましてやがる、お高くとまった野郎だ——スマートっていうのか？　ああ、鞭みたいにスマートだった。それでも、あんたがあの男と別れて、俺は嬉しかったね」一息ついて、眉を寄せた。「それとも、ひょっとしてあんたはまだ……？」

「わからない」レイニャは伏せていた目をふとあげて、「でも、新しいのを捕まえたって言うほうが簡単じゃない？」

「そうだな——」ジョージの笑い声は、びっくりするほど大きい——「俺もそう思う。ああ、今度彼氏を連れてジャクスンに来たらどうだ？　紹介してくれよ」

「ええ、ありがとう」レイニャは言った。「二人で訪ねていくわ……その前に酒場で会うだろうけど」

「あんたの新しい彼氏を品定めしてやるよ」ジョージが言った。「最初、あんたはテディの店にいる黒人のオカマ野郎とできてるのかと思ってた。ときどき、このクソ忌々しい街にゃ、俺以外にはオカマしかいないんじゃねえかって思うことがあるよ」

「典型的な男性異性愛者の妄想ね」とレイニャ。「ほかの男たちはみんなゲイで、自分だけがストレートだ、って」

「べつにオカマ野郎を嫌ってるわけじゃない」とジョージ。「ガキどもが撮った俺の写真を見たか？　ちょっとしたもんだろ、え？　それに、俺のいちばん仲のいいダチにも――」

「ジョージ！」レイニャは手をあげ、わざと苦痛に歪んだような表情を浮かべた。「おねがい、それは言わないで！」

「いいかね――」ジョージは大げさな身ぶりで――「俺はね、友達にはみんな、ちゃんとお相手がいてほしいんだよ。もしあんたが誰ともつきあってないんなら、俺のいつものやり方じゃないが、みずからその役を買ってでて、あんたをリストに加えてもいい。友達ってのはそういうもんだろ？」

「あらあら、お優しいこと」とレイニャ。「でもわたしはちゃんと可愛がってもらってますから」

そしてキッドは、誇らしく幸福な気持ちで、地面に片膝をつき、すわりなおした。はっきりとした形をとらないままぐるぐる回っていた一つの考えが、表面にふっと浮かびあがり、言葉がしたたる。この二人はたがいを知っている……というのが、最初に落ちてきた言葉。つづく言葉は、重なりあい、響きあう輪で、明快な考えを曇らせていった。キッドはあのポスターを覚えていた。ポスターのなかで、裸で、黒くて、ブロンズの光に照らされた姿で複製されていたのは、すぐそこにいる男なのだ。同じ黒く荒々しい顔（その顔が今は笑っている）、同じ体（カーキ色のつなぎはぶかぶかだったが、ときどき、脚が動いたり肩がまわったりすると、腕や腿あたりが破れそうなのがわかる）。

「よし、それなら――」ジョージは黒板を拭くような動作をして――「すべて問題なし！　彼氏をつれて遊びにこいよ。そいつに会ってみたい。あんたが見つける連中は、どいつも面白いからな」

「わかった」レイニャが言った。「もう行くわね。あいさつしたかっただけだから」

いよいよかな、キッドは思った。いよいよ、ミリーが登場して……？

「ああ、それじゃまた」とジョージ。「たぶん、次は酒場で」

いよいよ……？

「じゃあね」レイニャは背中を向けて階段をおりはじめた。

ジョージは頭をふり、塀にもどって――一度だけレイニャに目をやってから——新聞を拾うと、それを広げながら、二本の指を胸ポケットに突っこんで眼鏡をとろうとした。三度目でやっと成功した。

ハーモニカの音が、銀線のようにねじれながら靄のなかを響いてくる。

半ダースの息をするあいだだけ待ってから、キッドはレイニャとミリーの意図を誤解していたことにようやく気づいた。ミリーは、どうやらほんとうに怖じ気づいたのだ。なにを怖がったのかと、またしても不思議に思った。濃い茂みにもどろうとして立ちあがると、両腿がしびれていたが我慢して、中庭をぐるりと迂回した。地面は急傾斜になっていた。もし途中でレイニャに追いつけるようなら、今度は隠れたりせず——

レイニャの音楽は煙のなかでうねり、エキゾチックなカデンツァへと向かい、そこに到達すると、調を変えた。メロディーはぶつぶつと泡だつような三連符が特徴で、そのまま六拍子のカデンツァによってふさわしい場所に落ちついた。

キッドは階段の脇に出た。腰や肩にひっかかった小さな枝をふりはらう。

レイニャは階段の最下段にいた。音楽を銀のマントのようにたなびかせながら、ゆっくりと道に出ようとしていた。

同時に、レイニャは音楽をほとんど完成していた。(キッドは今まで彼女が最後まで演奏するのを聞いたことがなかった。)二つの無関係なコードを、一つの音を上下から支えるように並置させてカオスを作りだす、フォークソングによくあるような宙づりの終わり方で、コーダは幕を閉じた。彼女のあとを追って階段をおりながら、キッドは寒気を感じた。恐怖や混乱からではない。木の葉の回廊のなかでふるえている灰鼠色の霧を切り裂く、その音楽のモーメントのせいだった。

メロディーが終わるまで邪魔しないようにと、キッドは音をたてずに歩こうとし、二度ほど完全に立ちどまった。

最下段にたどりついた。彼女は十五フィート先にいた。

メロディーが終わった。

キッドは足を速めた。

レイニャはふりかえった。唇が〝m〟ではじまる単語を言おうとして形をつくる。それから目を大きく見開き、「キッド——」とほほえみながら、「ここでなにしてるの……?」と彼の手をとる。

「君のこと、こっそり見てたんだ」と打ち明けた。「君とジョージを」

レイニャは片方の眉をあげた。「そうだったの？」

「うん」二人は並んで歩いた。「今の音楽、よかったよ」

「あら……」

ちらりとようすをうかがった。

レイニャは、会話よりも音楽を聞かれたことが恥ずかしいようだ。罪ほろぼしになにを言えばいいのか考えているうちに、彼女がやっと口をひらいた。

「でも」優しく、「ありがとう」

キッドは彼女の手を固く握った。

レイニャは彼の手を固く握った。

肩を並べて、二人して道を歩くあいだ、キッドの心は、レイニャの心がどんなことを思案し、整理しているのか思案し、整理し、迷っていた。だしぬけに訊いた。「ジョージに話してた、レイプされた娘って――ミリーのこと？」

レイニャは驚いて顔をあげた。「ちがう……っていうか、言わないほうがいいと言っとくわ」

「へえ？　どういう意味だよ、『ちがうというか言わないほうがいい』って？」

レイニャは肩をすくめる。「いずれにせよ、ミリーはたぶん言ってほしくないだろう、ってこと」

キッドは顔をしかめた。「意味がわからない」

レイニャは笑った、表情だけで、声はたてず、息が鼻を抜け、頭を揺らしながら。そしてまた肩をすくめた。

「ねえ、簡単に答えてくれればいいんだよ、彼女なのか、それとも――」

「ねえ、いい？」レイニャは言った。「あなたはとってもすてきな人だし、わざとじゃないことはわかってる。女同士の友情をきまって台無しにしようとするのが男の人の習性だってこともね。でも、もうやめて」

キッドは混乱した。

レイニャは念を押した。「わかった……？」

混乱したまま、うなずいた。「わかった」

二人はゆっくり歩きつづけた。記憶に刻みこまれた彼女の歌が、記憶のなかで目の前の静かな木々を飾った。木のあいだで葉の形に切りとられた空は、深みを増して、青と呼べる色に変わっていた。

混乱したまま、それでもキッドは幸せだった。

コミューンの広場で、ジョミーと炉のそばにいたミリーが二人に気づき、駆けよってきた。「レイニャ、キッド――」そしてレイニャに、「彼には話した？」

「いいえ、まだ……」

「ねえキッド、ごめんなさい――」ミリーはあらためて息をついだ。炉からここまで走ってきたためだけではなさそうだ。「ごめんなさい、ここに来るまでのあいだずっと、あなたたちのこと、こっそり観察してたの」彼女は笑って、「あのね、レイニャとわたしとで計画してたのよ。草むらに隠れて、レイニャとジョージの会話を盗み聞きするって――」

「えっ？」とキッド。

レイニャが言った。「けっきょくは彼もそこまで悪い人じゃ――」

「キッドが？」ミリーは言った。「ああ――ジョージのことね！　もちろん、あの人はそんなに……」ふたたびキッドのほうを見て、「観測所からの帰り道、わたしがレイニャと合流する手はずになってたの――」じゃあ、あれは修道院じゃなかったのか。もっとも、修道院のはずがないと確信していたけれど――「わたしが出ていこうとした三十秒前に、あなたがひょっこり階段に姿を現わすまではね！」

キッドはレイニャに、「じゃあ、君が待っていたのは……？」頭のなかの半ダースほどの疑問は、次のミリーの言葉を聞いて、さらに半分に減った。

「会話をぜんぶ聞きとれるほど近くには行かなかった。だって、音をたてちゃうでしょ。道が大きくカーブしているところをつっ切って近道したの。ああレイニャ、あの歌はすっごくすてきだわ！　ぜったい、みんなの前で演奏してあげるべきよ。ちゃんと最後まで演奏できるじゃない！　わたしが言ったとおり。あなたはわたしが聞いてるってわかってて、それでも最後まで演奏したわ。聞き手がいても恥ずかしがってちゃだめ……キッド――？」ミリーは眉をひそめる。「混乱してるみたいね、キッド！」と、いきなり抱きついてきた。乾いた赤毛の感触が顔をなでる。キッドはふらつきかけた。「ほんとにごめんなさい！」ミリーはキッドを解放し、手をレイニャの肩においた。「のぞき見するつもりはなかったのよ。でも、あなたはわたしがいるって知ってたんだから……」と祈るようにレイニャを見つめ、「我慢できなかったの！」そして声をあげて笑った。

キッドはまばたきし、笑みを浮かべた。「……気にしなくていいよ」メロディーの記憶がよみがえる。彼がこっそり聞いていたのは、秘密のモーメントではなく、友人に宛てられた音楽だったのだ。だからあんなにも美しかったんだろうか？　レイニャも笑っていた。

だから、キッドも二人といっしょに笑った。

炉のところで、ジョミーが柄杓で大鍋を鳴らした。

「さあ、スープができたぜ！　とりにこいよ！」

フライパンや鉢、壺やブリキのカップやボウルを持って、二十数人もの人が広場じゅうから火のまわりに集まってきた。

「さ、わたしたちも食べましょ」レイニャが言った。

「ええ、あなたもよ、キッド!」とミリー。「行きましょう」

二人の娘のあとにつづいて、群集の列に向かった。シヨウガ色の髪と金ぶちの歯をした痩せた黒人が、へこんだエナメルのスープ皿を渡してくれた。「二皿とっちまった。一つやるよ」だが、炉の前まで来て、柄杓一杯の取りぶんをもらおうとしたら、ジョミーではなくジョンがスープを配っていた(上着をなびかせ、眼鏡いっぱいに炎が映りこんでいた)。空はほとんど真っ暗だ。炎の光でミリーの髪は赤銅色に映えていたが、むきだしの脚のどちらにもひっかき傷は、見つからない。キッドはこぼさないように皿のバランスをとりながら、ミリーのあとについてレイニャを群集からつれだした。

あっというまに薄暮が訪れ——暗闇を近よらせずに居すわっていた。レイニャの〝うち〟で、二人はしわくちゃの毛布に腰をおろした。キッドは目を細めて重なりあう木の葉のあいだから空を見あげた。空は、砂まじりの冷たい粉末を霧雨のように降らしている。

「あと一日も働けば、リチャーズ一家の引っ越しも終わりだ」

「あなたは……そう、名前を手にいれたわね。それに仕事も。満足?」

「いや——」あおむけになって伸びをすると、体の下に小枝や襞や小石や巻きついた鎖があるのを感じた。「名前といっても、まだ綴りも決めてない。仕事だって、最初の五ドルしかもらってないし」

「賃金を払ってもらえないのに——」彼女も体を伸ばし——「どうして仕事しに行くの?」

キッドは肩をすくめた。「たぶんあの夫婦は、金を払ったらぼくがもどってこないとわかってるんだよ」ふたたび肩をすくめ、「まあ、どうでもいいさ。マダム・ブラウンにも言ったけど、ぼくはただの観察者だ。あの家族は見ていて面白い」考える——いつかぼくは死ぬだろう。彼女に目を向け、「ねえ、ぼくは死ぬのが怖いんだ。とっても」

「ん?」

「怖いんだよ。歩いてると、たまに心臓がとまりそうだと思うことがある。そう感じると、ほんとうにとまりそうになるんだ。おかしな話だけど、横になって眠ろうとしてるとき、心臓の音が聞こえると、つい姿勢を変えてしまう。でないと怖いんだ――」

「――心臓がとまるとき、それが聞こえちゃうんじゃないかって？」レイニャが訊いた。

「ああ」

「わたしにも、そんなことがあったわ。十五歳のころ、寄宿制学校で、校舎の屋根の上に長いあいだすわって、自殺することを考えてた」

「ぼくは自分から死にたいなんて考えたことがない」キッドは言った。「今までの人生で、一度も。自殺じみたことをしてると思ったことはある――いかれた衝動に駆られて、死がどんなものなのか知りたくなってビルから飛びおりたり、線路に身を投げたりした。でも、人生が生きるに値しないなんて考えたことは一度もない。手も足も出ないほど、ひどい状況があるとも思わない――ちがう場所に行くという方法もあるだろ。でも、自殺したくはなかったけど、死について考えずにはいられなかった。なあ、こんな経験をしたことない？　道を歩いてたり、部屋でじっとしてたり、落葉に寝ころがったり、誰かと話してたりするときでも、とつぜん、ある考えが浮かぶ――ひとたび浮かぶと、結晶の形成やつぼみの開花をストップ・モーションで写した映画のように一つの考えが体じゅうに広がっていくんだ――『ぼくは死についてある』っていう考えがね。いつか、どこかで、ぼくは死にかけて、その五秒後には死んでいるだろう。この考えが浮かぶときには、まるで――」と両手を少しすぼめてパン！と叩き、レイニャはおどろいて飛びあがった。

「こんな具合だ！　そうして自分でわかるんだ、自分自身の死を理解するわけだよ、まるまる一秒、三秒、ひょっとすると五秒か十秒のあいだ……やがてその考えは消え、ただつぶやいていた言葉だけが記憶に残る。『いつの日かぼくは死ぬ』って。でも、それはもう思考じゃない。その灰にすぎない」

「うん……そういうこと、わたしにもあったよ」

「そう、だから思うんだ。ビルとか橋とか飛行機とか本とか交響曲とか絵画とか宇宙船とか潜水艦とか……それから詩とか、そういったものは人々の心を捕まえて、そういう考えが二度と浮かばないようにするためにあるって」少し間をおいて、キッドは言った。「ジョージ・ハリスン……」

　レイニャが言った。「ジューン・リチャーズ……」そしてキッドに目を向けた。黙っていると、彼女はつづけて、「わたし、こんなことを考えてるの。いつか、あの酒場で、あなたが彼に『おい、いっしょに来なよ。友達に紹介してやる』と言うの。するとジョージは、『もちろん、いいとも！』――たぶんそう返事するわね、あの人は自分が月を演じてるこの世界が、どんなに狭いか知っているから――そこであなたはジョージを、大きくて黒くて美しい彼を、ピンクの煉瓦の、窓ガラスの壊れた高層建築までつれていく。そして、かわいらしい頭のおかしなお嬢さんを捕まえて言うのよ、『おい、お嬢さん、君の夜の主を連れてきてやったよ、今度はポスターじゃなく生身でね。ジューン、こちらはジョージ。ジョージ、こちらはジューン』。二人はどんなことを話すかしら――彼女のなわばりで」

キッドはくっくっと笑った。「見当もつかない。ひょっとすると、ジョージは『ありがとう』と言うかもな。なんと言っても、今日の名声を作ってくれたのはジューンなんだから」と木々の葉に向かって目をしばたたいた。「わくわくするよ、今みたいな暮らし方は。あらゆるものが調和している――色、形、落葉の浮いた水たまり、晴れてるときは日光が、曇ってるときは雲の光が反射する窓。そして今ぼくがいるのは、もし真夜中に煙がひけば、ジョージと月が昇り、一つではなく二つの影を見ることができる場所だ」毛布の上で両手をうしろに伸ばすと、なにかにぶつかった――〈蘭〉がノートの表紙に転がっていた。

「美術学校にいたとき」レイニャが言った。「先生の一人が、今みたいな日中の状態でしか、物のほんとうの色はわからないって言ってたわ。街全体が、ベローナの全域が、永遠に北方の光のもとにあるみたい」

「うーん」キッドはうなった。

自分の会話を盗み聞きしようと留まっているのは、ぼくのなかのどういう部分なんだろう？ ぼくは厳密な円のなかで厳密に横たわっている。ぼくのその一部は性別をもたず、かしこく、正反対の点から横たわるぼくをながめている。ぼくたちは風を予感しながら、厳密な都市のなかで横たわっている。都市はぼくの周囲に円を描き、ぼくが知りたがっている以上のことを知っていると、位置だけでほのめかす。あちらでは、それはエクスタシー的な舞台装置を背に、極端に男らしくふるまっている。こちらでは、それは女性的で、血まみれの場面に足をすくめている。愛と向きあって身ぶるいし、口ごもる。不正や怒り、その仲間である無知の前では、ぶつぶつ言いながら鈍い頭を垂れる。それでもぼくは、適切なショックを与えれば、それがふりかえってぼくを呼んでくれると確信している。壊れた意識の岩場に、焦げついた意識の平面に、この神経節の都市の入口で捨ててきてしまった謎めいたシラブルを使って、ぼくを呼んでくれると。

そうすれば、ぼくは頭をあげるのだ。

「君は……」ふいにたずねてみた。あたりは真っ暗だった。「しあわせかい？　つまり、こんなふうに暮らしててさ」

「わたし？」レイニャは長く息を吐いた。「そうね……ここに来る前は、ニューヨークのチャイナタウンに着いたばかりの広東の子供たちに英語を教えてたの。その前は、四十二番街でポルノ書店を経営してた。その前は、しばらくのあいだ、独学だけどニューヨークのWBAI-FMでテープ操作係をやってた。その前は、カリフォルニアのバークレーで、姉妹局のKPFAの雑用係をしてた。でも、この街に来てからは、びっくりするような暴力沙汰から三分と離れたことがないような気がして、うんざりしてる」と、急に暗闇のなかで転がって身を寄せてきた。


「急がないと」キュッ。ネクタイの結び目があがった。

「あの、リチャーズさん？」キッドもコーヒーカップをおいた。

「なんだね、キッド？」すでに玄関口にいたリチャーズ氏がふりむいた。「どうかしたかい？」

　ボビーは砂糖まみれのシリアルにスプーンを突っこんでいた。ミルクはなかった。ジューンは『タイムズ』の一九八五年十月二十四日金曜日付の記事を人差し指でたどっていた。数週間前の新聞だ。

「ぼくの賃金のことなんですが」

「足りないかね？　今晩帰宅するときに、いくらか持ってこよう」

「いくらいただけるか、知りたいんです」

「ふむ？　そうか、計算しないとな。今まで一日何時間働いたか、記録をとっているかね？」

「まあ、だいたいは」キッドは言った。「マダム・ブラウンによれば、あなたは一時間につき五ドル支払うと言ってたそうですけど」

　リチャーズ氏はドアのノブに手を掛けた。「ずいぶん高いな」と思案顔で首をふった。

「でも、彼女にはそう言ったんでしょう？」

　ノブが回る。「この件は、夜、もどってから話しあったほうがよさそうだね」リチャーズ氏のほほえみの前でドアが閉まった。

　キッドはリチャーズ夫人に向きなおった。

　夫人はコーヒーを飲んでいた。陶器の縁にちらちらと視線をさまよわせながら。

「じゃあ、あなたがミセス・ブラウンにそう言ったんですか？」

「一時間五ドルっていうのは法外に高いわ。非熟練労働者にはね」カップが夫人のあごのところまでさがった。

「そうでしょうね、でも、家具を運ぶ仕事には安すぎますよ。いいでしょう、下の階に行って、敷物と衣類を持ってきます。あと五、六回往復したら終わりだ。昼ご飯前にぜんぶ片づく」キッドは荒々しく席を立ち、ドアに向かった。

このやりとりのあいだ静かにしていたボビーのスプーンが、またざくざくと音をたてはじめた。

ジューンの目は下を向いたままだったが、指はまた動きはじめた。

玄関口から、キッドはふりかえって（少し前に父親が彼を見たのと同じように）ジューンにちらりと目をくれた。そして、彼女の姿を前日午後のジョージとレイニャの会話のなかにあてはめてみようとした。だが、磨きあげた表面にかすかにブロンドの頭とピンクの顔を映したジューンは、襞のある白い陶器、真鍮の植木鉢、緑のマット、花模様がついた青い掛け布、母親、弟、広い窓、薄い緑の花柄をあしらった緑の壁紙に囲まれて、すっかり家でくつろいでいるように見えた。


十七階におりると、元の部屋にはいり（チェーンも鍵もかかっていない）、考えた――なんで最初に敷物を運ばなかったんだ？　敷物を最後にまわすなんて馬鹿だった。まだら模様のウナギのように（敷物のパッドは、ひとまわり小さく黒いウナギだ。そこには、しわが寄った天井でしか見たことがないような模様が印刷されていた）丸めた敷物がリビングの壁に沿って並んでいる。窓の外には、青白いリヴァイアサンが泳いでいた。本の山が床にいくつも積んであった。

一つの山の上に『巡礼』がおかれていた。

これで三度目だが――四度目か？　五度目だったか？――その本を手にとり、適当にページをひらいて読んだ。見つかって、仕事に追いたてられるのを期待しながら。だが、読書に必要な感受性は、むきだしのビニールの床にできた影の模様や、階下の部屋から聞こえる物音や体の痒みによってたびたび中断し、注意力はみなそちらに向いてしまった。視線は活字をたどっていたが、自分の場所と活字の意味は見失なわれていた。あきらめて詩集を本の山にもどし、べつの山のてっぺんから一冊をとりあげて、その上に重ねた。まるで――どうしてそう考えたのかはわからなかったが――『巡礼』が自分の本であるかのように。

立ちあがり――今までしゃがんでいたのだ――周囲を見まわした。まだ残っている荷物は、裏の物置から運びだしたブリッジ・テーブルと、うずまき模様の腕と緑のクッションと黒い金属の蝶番がついた折りたたみ椅子。そして、それらのあいだに散らばっているのはボビーの部屋にあった玩具。四つ一組で重ねられた小テーブルには、ぴかぴかした壊れやすい小物がびっしり乗っていた。

廊下を進み（リチャーズ氏の書斎からは箱いっぱいの紙が出てきた）、ボビーの部屋にはいった。残された荷物の大半は、この部屋がかつて家出した兄と共有されていたことを示す品だった。昨日、机の引き出しから落ちたハンカチには、ＥＧＲというイニシャルが縫いとられていた。マジックで「エディ」と書かれた二つの小箱がクローゼットの扉を支えている。床にはベローナ高校の年鑑。拾いあげてひらいてみる――エドワード・ゲーリー・リチャーズ（サッカーチーム、Ｇ・Ｏ・ボランティア、「二年連続でカフェテリア・スタッフの人気者……」）は「カメラ嫌い」と書かれ、写真を載せていない。

年鑑を箱に乗せ、さらに廊下を歩いてジューンの部屋にはいる。窓枠に空のマッチ箱と白いプラスチックの植木鉢がおかれていた。鉢にはまだ土がある。昨日のジューンの話では、二年前のイースターに伯母のマリアンヌからもらったベゴニアを育てていたらしい。

記憶のなかで、前日に上の部屋へ運んだ品々をこの空間におぎない、盗み聞きしたジョージの会話で作られたジューンのイメージを記憶からぬぐいさろうとした。そのとき外で音がして、記憶の働きは中断された。

廊下にもどったキッドは、リビングから出てきたボビーと鉢合わせた。腕いっぱいに本を抱え、少年はうなるように言った。「これ、持ってくよ」

「半分くらいにしたらどうだ？」

「たぶん――」二冊、落ちる――「そのほうがいいね」

ジューンがはいってきた。「あっ、あたしも運ぶ……」

姉弟は本をわけて持ち、部屋を出ていった。

扉が閉まるとき、キッドはふと思った（はずれたままのドアチェーンが緑のペンキの前で揺れた）。ぼくのノートはどこに行った？　もちろん、廊下の先、奥の寝室だ。今朝、昨日までの習慣でまずこっちの部屋にきてしまい、そのときおいていったのだ。一瞬、リチャーズ一家が十九階に移り住んだことを失念していた。

奥の寝室には、もう一つのファイル棚が床のまんなかに立っていた。

ノートは窓枠にあった。キッドは近づいて、すりきれて汚れた厚紙の表紙をながめた。窓の外を見おろすと、霧の底で小さな闇がいくつも動いている。賃金のこと、どんなふうにリチャーズ氏に話せばいいんだろう？　夕方帰宅したリチャーズ氏が、この話題を持ちださなかったら？　話の切りだし方をノートに書いて、リチャーズ氏が帰ってきたときに備えて練習することも考えてみた。いや。だめだ、まちがってる！　だいたい九時ごろだろうか。なのに煙が濃すぎて、十七階から見おろすと、人と影との区別がつかない。

ドシンという音がした。少女の叫び声。ふたたびドシン、少女の声の調子が変わった。三度目の——家具が倒れるような——音。少女の叫びが急降下した。四度目の音で、それもとだえた。

下の部屋からだ。

もっと近くでガラスの壊れる音がしたので、キッドは床から目をあげた。

リビングに行ってみた。

リチャーズ夫人が、壊れた品物の前でひざまずき、顔をあげて頭をふった。「わたしったら……」

混乱した気持ちをおさえている夫人の近くまで行って立ちどまった。

「……わたしったら、落としちゃった、この——」

その小さな像がもともとなんだったのかは、わからない。

「とっても薄くて——ここの壁がとても薄くて。ぜんぶ筒抜け。わたし、驚いちゃって……」重ねられた小テーブルの横で、夫人は裏地が白いつや消しになった黒光りする陶片をすばやく拾いあつめた。

「あの、けがは——」だが、自分でもむなしくなり、それ以上口にできなかった。

「ええ、大丈夫。ほら、これでぜんぶ」丸めた手のひらに破片を集めおえて、夫人は立ちあがった。「聞こえたのよ、あの恐ろしい……それで落としてしまったの」

「連中、ずいぶん派手に騒いでますね」そう言って笑おうとしたが、夫人の視線にさらされて、笑い声を吐息にごまかした。「奥さん、あれはただの騒音です。そんなふうにとり乱しちゃいけませんよ」

「あの人たち、下の階でなにをしてるの？　いったい誰なの？」

彼女は手のひらで陶片を砕いてしまいかねないとキッドは思った。「男と女が何人か引っ越してきただけですよ。あの連中はあなたをおどかしたりしません。彼らのほうだって、階上のこの部屋から聞こえてくる騒音を同じように不思議に思ってるくらいですから」

「引っ越してきただけ？　どういう意味よ、その人たちが引っ越してきただけっていうのは？」

キッドは、夫人の表情が恐怖に近づきながら、そこにさえ到達しないのを見守った。「屋根のあるところに住みたかったんでしょう。それで、前の住人の後釜にすわったわけです」

「後釜にすわった？　ただはいりこんで後釜にすわるなんてできないはずよ。あの部屋に住んでいたカップルはどうなったの？　管理事務所は、ここでそんなことが起こってるなんて知らないわ。昔は、マンション正面の扉は毎晩十時になると閉まるようになってたのよ！　鍵もかかって！　あいつらがひどい騒音をたてるようになった最初の夜、わたしはアーサーに顔見知りの警備員さんを探しにいってもらったの。フィリップスさんという、とても親切な西インド諸島出身の人。いつも夜の一時まで建物の正面にいたのよ。でもアーサーは見つけられなかった。どこかに行っちゃったの。警備員は一人残らず、駐車場の管理員までいなくなってた。それで、管理事務所への手紙にそういうことをみんな書いたのよ。ほんとに書いたのよ」夫人は頭をふった。「そんなふうに、はいりこんで後釜にすわるなんて、どうしてできるの？」

「あの連中はただ……奥さん、ここにはもう警備員なんていません。それに、階下の部屋にはとっくに誰も住んでませんでした。彼らは引っ越してきただけなんです。あなたがたが十九階に移り住んだのと同じように」

「わたしたちは引っ越したただけじゃないわ！」リチャーズ夫人はさっきから周囲を見まわしていた。そして、キッチンに向かう。「わたしは管理事務所にちゃんと手紙を書いたのよ。アーサーが届けてくれたんです。事務所からちゃんと鍵ももらいました。下の連中とは、まったくちがうわ」

キッドは、空っぽのキッチンを歩きまわるリチャーズ夫人のあとをついていく。

「どうしてあの部屋には誰も住んでいなかったなんて断言できるの？　下の部屋には、とてもすてきなカップルがいたの。女の人は日本人、それとも朝鮮人だったかしら。男の人は大学に勤めてた。よくは知らなかったわ、六カ月しかいなかったんだから。あのカップルはどうなったの？」ダイニングルームにもどる直前、夫人はそう言ってふりかえった。

「その人たちも出ていったんでしょう、ほかの人たちと同じように」と言いながら、夫人のあとをついていった。

夫人は、カチャカチャ鳴る破片を持ったまま廊下を進んでいく。「あの人たちに、恐ろしいことが起こったのよ。下のやつらが恐ろしいことをしたのよ。どうして管理事務所は新しい警備員をよこさないの？」夫人はボビーの部屋にはいりかけたが、気を変えたのか、ジューンの部屋に向かって、「警備員がいないのは危険、ほんとうに、すさまじく危険よ」

「奥さん？」夫人がまだ両手を丸めたまま娘の部屋のなかをぐるぐる回っているあいだ、キッドは戸口に立っていた。「なにかお探しなんですか？」

「これを――」夫人は立ちどまり――「捨てられるところを。でも、あなたはもうぜんぶ上に運んでしまったのね」

「床に捨てたらどうです」キッドは苛立ち、その苛立ちを恥ずかしく思った。「だって、もうこの部屋には住まないいんですから」

しばらく押しだまったあと、夫人は妙な表情を浮かべた。「あなたにはわたしたちの生き方がまったくわかってないのよ。でも、あなたはわかりすぎるくらいだと思ってるんでしょうね。これは焼却炉まで持っていくわ」

夫人が大股で通りすぎるのを、キッドはひょいとよけた。

「外の廊下には出たくない。安心できない――」

「ぼくがかわりに捨ててきますよ」うしろから夫人に声をかけた。

「いいえ、大丈夫」両手を重ねたまま、夫人はノブを回した。

夫人が出ていって扉が閉まったあと、キッドは歯のあいだから息を吸い、ノートを窓からとりあげた。青い縁のついた便箋が半分はみだしている。ノートの表紙をひらき、夫人の均等な文字をながめた。前歯を嚙みあわせ、ペンをとり、そこにカンマを書きこんだ。夫人のインクはインディアブラックで、彼のインクはダークブルーだった。

リビングにもどりながら、何度かポケットにペンをさそうとした。リチャーズ夫人が達成感にみちた顔つきではいってきた。ペンがやっとポケットに収まる。「そういえば、郵便受けにまだあの手紙がはいっているのを知ってますか？」

「手紙？」

「航空便が届いてるんです。今朝もまた見ました」

「郵便受けはみんな壊されてるわ」

「お宅のは無事なんですよ。で、そのなかに手紙が一通はいってます。初めてここに来た日に言いましたよ。次の日にはご主人にも話しました。郵便受けの鍵、持ってないんですか？」

「もちろん持ってるわ。午後にでもとりにいきます」

「あの、奥さん」ひとこと口にすると、さらに言いたいことが出てくる。

「なあに、キッド?」

歯をまだ噛みしめていた。空気を吸うと、歯がひらく。

「あなたはとても親切な方です。ぼくにもほんとうに親切にしてくれている。だから、あなたが四六時中そうやっておびえてるのを、気の毒だと思ってます。ぼくにはなにもできません。でも、なにかできればいいんですが」

夫人は顔をしかめたが、すぐにもどった。「あなたは、自分が今までどれだけのことをしてくれたか、わかってないのね」

「ここにいたってことですか?」

「そうよ。それに、もう一つ……」

夫人が肩をすくめた意味は解釈できなかった。「リチャーズさん、ぼくも人生の大半をおびえてすごしてきました。連中の正体については、わからないことがたくさんあります。でも、いいようにされるままじゃだめです――支配させちゃだめなんだ。そのためにはまず――」

「わたしは引っ越したわ!」言葉を強調するのにあわせて夫人の頭が上下した。「17―Eから19―Aに引っ越したのよ」

「――あなたの心のなかを変えないと」

夫人はキッドに目もくれず、激しく頭をふった。「あつかましすぎるわよ、わたしに向かって、わたしの知らないことを教えられると思ってるんなら」そう言って顔をあげ、「そのうえ、自分の忠告でこの状況が少しでも楽になると思っているんなら」

挫折感が謝罪の言葉を引きだした。「すみません」しぶしぶ言ったせいで、自分でも謝罪の言葉には聞こえなかった。

リチャーズ夫人はまばたきして、「ごめんなさい、わかってるのよ、あなたが善意で……わたしこそごめんなさい。でも、ほんとうにわかっているの? このなかで暮らしながら――」夫人は手ぶりで緑の壁をさし――「あらゆるものが崩れていくように感じる怖さを。それに、ほかの部屋やほかの家の音が、みんな聞こえるのよ? 夜中に目を覚まして、窓辺に近づくじゃない? ときどき、煙のなかで明かりがいくつか動くのが見えることがある。煙がそれほど濃くないときはもっとひどいの。明かりが、おぞましい存在が這いずりまわっているみたいに見える……こんなことは終わりにしないと! わたしたちがこの危機をくぐり抜けているあいだ、管理事務所だっていろいろな困難に直面してるんでしょう。それはわかる。大目に見るわ。だけど、核爆弾が落ちたわけじゃない。もし爆弾が落ちたのなら、わたしたちは死んでるはず。それならそれでまったく自然なことよ。だけど、状況が改善されるまで、わたしたちはどうにかしてやっていかなくては、ね？」夫人は身を乗りだして、

「まさか核爆弾じゃないわよね？」

「ちがいますね。一週間かそこら前まで、メキシコのエンセナダにいましたが、新聞には爆弾のことなんか載ってなかった。ぼくを車に乗せてくれた人は、ロサンゼルスの新聞を持ってましたが、万事平穏無事でした。フィラデルフィアでも――」

「ね、そうでしょう。だけど待たなくちゃ。警備員ももどってくるでしょう。そうしたら、廊下を暴れまわる恐ろしい連中を追いはらってくれるはず。わたしたちは辛抱づよく、気をしっかり持たなくっちゃね。もちろん、わたしだって怖いわよ。五分もじっとすわってたら、叫びだしそうで怖い。でも、くじけちゃいけない。あいつらに負けちゃいけないのと同じようにね。キッチンナイフと壊れた植木鉢を持って下におりて、あいつらを追いはらうべきだと思う？」

「いえ、もちろんそこまでは――」

「わたしはそういうタイプの人間じゃない。そういうタイプになるつもりもないわ。あなた、わたしがなにかしなくちゃいけないって言ったわよね？　ええ、わたしは家族を引っ越しさせました。それだけで充分な……内面の強さがあると思わない？　だって、こんな状況よ？　どれだけ危険なのか、はっきり知ることさえできないのよ。あれこれ考えてたら、そもそも引っ越しなんてできなかったわ」

「もちろん、危険です。でもぼくは外に出かけます。こんな状況でも外で暮らして歩きまわってます。それでも、なにも起こりませんよ」

「あら、どうしてあなたがそんな傷を顔につけているのか、エドナから聞いたわよ。だいいち、あなたは男の人じゃない。それも若い男の人。わたしは中年の女よ」

「でも、今はそれしかないんですよ、奥さん。ほかにはなにもないんだから、そのなかを歩くしかないんです」

「待ってさえいれば、状況も変わるでしょう。中年になればそれくらいわかります。あなたはちがう。だって、まだとっても若いんだから」

「お友達のブラウン夫人は――」

「ブラウンさんはわたしじゃないし、わたしはブラウンさんじゃない。ねえ、わざとわからないふりをしてるの？」

キッドは反論しようとして息を吸ったが、言葉が出な

かった。

「わたしには家族がいます。それがとても重要なことなの。ブラウンさんは、今は一人でしょう。わたしと同じ責任を負ってはいない。でも、あなたには理解できないでしょうね。頭ではわかっているんだろうけれど、心から理解はしてないのよ」

「そこまで言うなら、あなたもご主人も、家族をこんなひどい街からつれだせばいいじゃないですか」

夫人の両手はゆっくりとドレスの上をすべりおりていき、一度あがって、また落ちた。「たしかに退却は可能でしょう。引っ越したのは、まさにそういうことなのかも。だけど、完全にあきらめて逃げだして降伏するなんてできない。わたしはこのレイブリー・アパートメントを愛しているの」夫人は両手をギュッと握ってドレスの膝をしわにした。「ここに住むのが好きなの。ボビーを身ごもっていたときからここに住んでるのよ。入居するまで一年も待った。それまではヘルムズフォードの小さな家に住んでたの。ここみたいに住みよいところじゃなかったわ。ここは誰もが簡単に入居できるわけじゃない。アーサーくらいの地位になると、そのほうがいいのよ。わたしはこの家でアーサーの仕事仲間をもてなしてきたわ。何人かの才気あふれる若者たちは特にお気にいりだった。その人たちの奥さん方もね。とても感じのいい人たちだった。家庭を作るのがどんなに大変か、あなたにわかる?」

立っている体の重みで、はだしの足が痛みはじめていた。体を少し揺らした。

「家庭を作ることこそ、女性が本能からおこなうこと。あらゆる種類の反対にあいながら、なしとげるものなの。家庭がうまくいってるときには、夫たちはとても満足してくれる。でも、わざわざ手助けしてくれようとはしない。それも理解できる。男たちにはなにをすべきか、わからないんだから。子供たちはけっして満足してくれない。それでも絶対に必要なことなのよ。家庭を自分自身の世界にしなければならない。そして、誰もがそれを感じるようにしないと。わたしはここに家庭がほしかった、ちゃんと自分の家庭に見えて、自分の家庭だと感じられる場所、わたしの家族が安全にすごせて、友人たちが——心理学者、エンジニア、普通の人々……詩人たちが——くつろげるような場所がほしかった。わかる?」

キッドはうなずいた。

キッドは体を揺らした。

「ベローナ・タイムズの発行人、あのコーキンズっていう人、あの人に家庭があると思う? 彼の屋敷に滞在してる人たちや、屋敷を訪れる人たち、つまり彼が重要だと考える人たちの記事がいつも載っている。わたしがあの屋敷みたいな場所を望むと思う？　とんでもない。ここは本物の家庭なの。本物の人たちに、本物の出来事が起こる場所。あなたもそう感じているはずよ。わかるわ。だってあなたはほとんど家族の一員なんだから。それに、あなたは詩人だから感受性が豊か。一度ばらばらにしてから、十九階に移してでも組み立てなおすということの意味が、あなたならわかるでしょう？　追いつめられて、イチかバチかの挑戦だったけど、わたしはやりとげた。あなたにしてみれば、引っ越しなんて形だけと思うかもしれない。だとしたら、形がどんなに大切かをあなたは理解していない。隣人が金切り声をあげてるような場所で、家庭を維持するのなんか不可能よ。わたしには絶対に無理。だって、隣の人がきいきいわめいてるようじゃ、わたしが家庭を作るのに必要な精神の安定が得られないもの。その声がつづくあいだはね。そもそもわたしたち家族がレイブリーに引っ越してきた理由はなんだと思う？　この引っ越しのことをわたしがどう考えていたか、わかる？　この引っ越しは、空白、断絶、ひび割れなの。そこから恐ろしいものが忍びこんできて、わたしたちを、わたしの家庭を、破壊してしまうかもしれない。いったんばらばらにしてから、一つにまとめなおさなければ。家庭を組み立てなおしてるあいだに、泥か、汚れか、おぞましい腐敗のようなものがまぎれこんで、そこから恐ろしい堕落がはじまるんじゃないかと感じたほど。それでも、ここには――」ふたたび手をひらひら動かし――「この部屋には、これ以上住めなかった」

「でも、もし外の世界がすべて変わってしまったんなら――」

「それならわたしはなおのこと――」夫人はつかんでいたスカートを離して――「内側を強くしないと。ちがう？」

「そうですね」強いられたこの返答に、キッドは落ちつかなくなった。「そう思います」

「思う、ですって？」夫人は深く息を吸った。「いいえ、わたしは知ってます。食事や睡眠について、人がくつろぐためにはどうすればいいかについて知ってます。わたしには、自分の望む食事を調理できる場所が必要なの。わたしが望むような姿をした場所、本物の家庭となりうる場所が」一息いれて、夫人はつづけた。「あなたなら理解できるはずよ」夫人は陶製のライオンを一つ、小テーブルからつまみあげた。「わたしにはわかるの、あなたならできるって」

さっき壊れた陶器がそれと対になったライオン像だったことにキッドは気づいた。「ええ、リチャーズさん、でも――」

「ママ？」ドアのひらく音と重なってジューンの声。彼女の視線は二人のあいだをためらいがちにさまよった。「すぐ上にもどってくるって思ってたのに。あれはあたしの小物入れ？」そう言って、残っている家具のほうへ歩いていく。「まだ家にあったなんて知らなかった」

「へえ」ボビーが玄関口で口をひらいた。「ほとんどみんな上に持ってっちゃったんだね。テレビ、運ぼうか？」

「どうしてよ」ジューンが言った。「もうなにも映らないじゃない。色つきの砂嵐だけ。テレビはキッドに運んでもらいなさい。敷物を運ぶの手伝って」

「うん、わかった」

ジューンは丸めたカーペットの片端を持ち、ボビーは反対側を持った。

「ほんとうに二人だけで運べるの？」リチャーズ夫人が訊いた。

「大丈夫」とジューン。

たわんだ十五フィートのソーセージが姉弟のあいだにあるみたいだった。それをあやつりながら部屋を横切り――リチャーズ夫人は小テーブルをうしろにどけ、キッドはテレビを脇によけた――ジューンは前進し、ボビーは後退していった。

「ちくしょう、ぼくをドアにぶつけないでくれよ」ボビーが姉に言った。

「ボビーったら！」母親が注意した。

ジューンはうなるような声をあげ、敷物をさらにしっかりとかかえた。

「これは失礼」ボビーは敷物をわきにかかえ、手をうしろにまわしてノブをつかんだ。「こんちくしょう……これならいい？」

「あけられた？」ジューンがたずねた。ひどく緊張した表情だ。

「もちろん」ボビーはうなずき、うしろむきのまま廊下に出た。

ジューンがつづく。敷物のへりがドアの脇柱でこすれてざらつく音をたてる。「ちょっと待って」ジューンはドアを足で蹴とばし、通りぬけた。

「いいよ。けどさ、あんまりいきおいよく押さないで」ボビーが声の響く廊下でくりかえした。

ドアが揺れて、閉まった。

「奥さん、テレビを運びますよ……運んだほうがいいんなら」

夫人はなにかを探しながら、部屋のあちこちを歩きまわっていた。

「ええ。ああそうね、テレビ、おねがいするわ。ジューンが言ったとおり、もうなにも映らないけど。人間が外の世界に依存しなきゃいけないのは怖いことね。夜になると、大きな空っぽの穴が五十もあって、それを埋めるためにラジオかなにかあればいいのにと思うんだわ。でも、ノイズはきっと恐ろしいだけでしょう。あ、待って。わたし、テーブルの小物を片づけちゃうわ。そしたら、このテーブルを運べるでしょ？　正面の部屋にカーペットを敷いたら、このエンドテーブルをバルコニーの扉の脇においてみようと思うの。新しい部屋でなにがいいって、バルコニーがあることよね。最初にこのマンションに越してきたときも、バルコニーつきの部屋を希望してたんだけど無理だったの。このテーブルを二つにわけて、扉の両脇にそれぞれ――」

　ホールでジューンの叫び声がした。長い長い叫び声。まるで体内のすべての息を吐きだしているように聞こえた。彼女はすぐにまた叫びはじめた。

　リチャーズ夫人はだまったまま口をぽかんとあけている。顔を押さえていた手がふるえた。

　キッドはテレビとテーブルのあいだを駆けぬけて廊下に出た。

　ジューンが片手を壁に這わせながら、廊下をあとずさっていた。彼女の肩をつかむと、叫び声がとぎれ、くるりとこちらを向いた。「ボビーが……！」言葉にはほとんど声が伴っていなかった。「あたし……あたし、見えなかったの……」激しく頭をふりながら、廊下の奥を指さした。

　すぐうしろにリチャーズ夫人がいるのを耳で感じ、さらに三歩、進んでみた。

　丸めた敷物が床に転がっていた。端の一フィートが、空っぽのエレベーターシャフトの敷居をまたいで虚空に突きだしている。エレベーターの扉は敷物をはさんでガチャンと音をたててひらき、ふたたび閉まろうとする。

「ママ！　ボビーが落ちちゃったのよ、この――」
ガ、チ、ャ、ン！
「ああ、そんな、神様、まさか！」

「見えなかったのよ、ママ！　見えなかったの！　こっちのエレベーターだと思って――」

「ああ、神様。ボビー、あの子がまさか――」

「ママ、知らなかったのよ！　ボビーはうしろむきに歩いてしまったの！　見えなかったの――」
ガ、チ、ャ、ン！

キッドは非常口の扉を両手で押しあけ、飛ぶように階段を駆けおりて十六階に出た。廊下の端に向かって全力疾走し、ドアを激しく叩く。

「聞こえてるよ、聞こえてるってば。なんだよ――」サーティーンが出てきた――「いったいなんの騒ぎだ？」

「ロープを……！」キッドは息を切らしながら、「梯子でもいい。ロープはあるか？　あと懐中電灯も。今、上の階の子供がエレベーターシャフトに落ちたんだ！」

「なんだって……！」サーティーンはあとずさった。

その肩のむこうで、スモーキーが大きく目を見開いた。

「しっかりしてくれ！　あんたたち、懐中電灯と梯子はないか？　ロープは？」

二インチの錆びかけたスチールたわしを並べたような髪の黒人女が、肩でスモーキーを押しのけ、サーティーンの横を回りこんで前に出てきた。「どうしたっていうんだい、え？」女の首には一ダースほどの鎖が巻かれていた。鎖は上半分がはだけた革ベストからのぞく胸の谷間に垂れていた。けばだった幅広のベルトに親指をひっかけている。手首は節くれだち、手の甲はざらざらだ。ベルトとベストのすきまを黒い肌がぐるりと囲んでいた。

「たった今、男の子がエレベーターシャフトに落ちたんだ！」キッドはもう一度息をつき、玄関に集まってきた住人たちの、さらに奥をのぞきこもうとした。「くそっ、おまえら、とっとと梯子とロープと懐中電灯を持ってこいよ！」

「おい、あんたたち！」黒人女は肩ごしにふりかえり、「ベイビー！　アダム！　デニー、あんた、ロープを持ってたろ！　こっちに持ってきな。どこかの坊やがシャフトに落ちたんだ」ふたたびキッドのほうを向き、「明かりならあたしが持ってる」洗っても落ちそうにない茶色い三角の染みが彼女の大きな二枚の前歯についていた。

「行くよ！」

キッドは廊下をもどった。

うしろから、十六階の住人たちが走ってついてくるのが聞こえた。

階段室に駆けこむと、背後のざわめきと足音のなかから、デニーの声だけがはっきりと聞きとれた。「あのエレベーターに落ちたって！　なんてこった」つづいて吠えるような笑い声。「わかった、わかったよ、ドラゴン・レディ――いっしょに行くってば」

とつぜん背後から光がさし、キッドの影が次の階段まで長く伸びた。踊り場でふりかえると――

輝くうろこ、爪、そして牙が、ものすごいスピードで追いかけてきた。テレビの怪獣映画の画像のようなくっきりとした小さな像が、ふいに投射器のなかで静止する。ベローナに来た最初の夜、公園でタックと見た、あのドラゴンだ——そう気づいたのは、ドラゴンのうしろで、グリフォンとカマキリが、ときおり重なりながら光を放っていたからだ。残りの連中は幽霊のように白く浮かびあがり、側灯で縞状に照らされながら、群れて階段をおりていく。キッドは走りつづけた。心臓は激しく動悸を打ち、息が鼻腔の天井に刻まれていく。

転げ落ちるように最下階の扉に体当たりした。扉が前に動く。よろめきながら通りぬけた。他の人々もあとから走ってくる。くっきりした光がくっきりした影を作りだし、彼が駆けていくのにつれてロビーの灰色をかき消していく。

「くそっ、地下に行くにはどうすりゃいい?」キッドはエレベーターのボタンを乱打した。

「地下への階段には鍵がかかってるんだ」サーティーンが言った。「ここに来たばかりのころ、行ってみようとしたんだが——」

二つのエレベーターの扉が同時にひらいた。

ドラゴン・レディは光を消すと、キッドの横を回りこんでリフトつきのエレベーターのほうに乗りこみ、ボタンの上のプレートをねじりとった。プレートが床でカランカランと音をたてているあいだに、彼女はスイッチになにか細工をした。「オーケー、これでエレベーターの扉はどちらもひらいたままでロックしたよ」

キッドはふりかえり——残り二つの幽霊は、ほかの連中に交じってゆらゆらと前に進んでいる——声をかけた。「ロープは?」エレベーターの扉の枠をつかみ、風の吹きぬけるシャフトをのぞきこんだ。大梁が靄にかすんだ煉瓦のそばから突きでている。「よく見えない」シャフトの上方から、風に乗って、声が響いてくる。

ああ! あの子はこの下にいるのよ! きっと、ひどい怪我をしてるわ!

もう一つの声。

だめよ、ママ、さがって。キッドが行ったわ。ママ、おねがい!

ボビー、ボビー、大丈夫なの? 返事をして、ボビー! ああ、神様!

キッドは精いっぱい目をこらした。遠く上のほうに、ごくごくかすかに明かりのようなものが見える——上階のどこかでひらいている扉からの光か?「リチャーズさん!」キッドの叫び声がシャフトを駆けのぼっていく。

「扉から離れてください!」

ああボビー! キッド、ボビーは大丈夫? おねがい、

あの子を助けてあげて。

ママ、もどって、ね？

そのとき、キッドのまわりの光が前方に動き、煉瓦や彩色した鉄にぎらつく光を投げかけた。シャフトの壁に人々の頭の影が映り、揺れた。いくつもの影が大きくなったり、小さくなったり、新しく現われたりした。

「見えるかい？」ドラゴン・レディがキッドの肩にのしかかるようにしてたずねた。「ほら」と腕が伸びてきて、彼の腕をひっかける。「もっと乗りだしてみなよ」

首だけまわして彼女を見た。

ドラゴン・レディは頭を横に向けて吐き捨てて、「あんたを落としたりしないよ、馬鹿！」

それで、キッドは腕を曲げてからませた。「大丈夫か？」

「ああ」

二人の肘が、熱く安定感のある錠前になった。

キッドは前に身を乗りだし、ゆらゆらと暗闇にもぐっていった。ドラゴン・レディがゆっくりと進ませてくれた。

ほかの二つの光が入口からさしこみ、シャフト内を照らして二つの影を作った。

「なにか見える？」ドラゴン・レディではなく、デニーの声。

下はガラクタばかりだ。ベルベットのような暗闇の上に、タバコの空箱、チューインガムの包み紙、タバコとタバコの吸い殻、紙マッチ、封筒、そして片側に突きだしているのは……その輝きでわかった。ボビーの手首だ。

「ああ、見つけた……と思う」

あの子がどこにいるかわかった？　ボビー？　ボビー？　キッド、あの子が見える？　ああ神様、こんな高いところから落ちてったのよ！　ひどい怪我をしてるはずだわ！　あの子の声が聞こえない。意識はあるの？　ねえ、あの子の姿はまだ見えない？

ママ、おねがいだからさがって！

うしろで、ドラゴン・レディがおだやかな無慈悲さでつぶやいた。「ちっ、あのアマ、ちょっとは口を閉じてらんないのかね！」

「おいおい、あんた《マン》」さらにうしろでサーティーンがとりなす。「彼女の子供が落ちたんだぜ！」

「あたしのことを〝マン〟って呼ぶなよ、サーティーン」とドラゴン・レディ。キッドは彼女の腕の力が変化するのを感じた——力を抜いたわけじゃない、ほんの一インチほど動いただけだ。肩が緊張でこわばった。「それでも、あたしはあの女に黙っててもらいたいんだ」

「バールを持ってきたぜ」と誰かの声。「それからドライバーも。バールかドライバー、いらないか？」

「あれだけの高さから落ちたんだ」ドラゴン・レディが言った。「体はバラバラさ。その子は死んでるよ」

「なあ、ドラゴン・レディ」サーティーンは言った。「母親が上にいるんだぞ！」

ママ、こっちにきて！

あの子の姿が見える？　ここからじゃなにも見えない。なにも聞こえない。ああ、ボビー、ボビー！　母さんの声が聞こえるかい？　返事をして、ボビー！

組まれた腕がふっとさがった。落ちる、とキッドは思った――が、ドラゴン・レディが腕をしっかりからめたまま、シャフトに身を乗りだしたのだ。彼女のどなり声が耳もとで響いた。「**あんたの息子さんは死んだよ、奥さん！**」そしてキッドはぐいっと引きもどされた。「さ、もどってきな」

サーティーンは、やるせない表情で首をふっていた。デニーは、今では集団の最前列にいて、巻いた洗濯ロープを握っていた。「その子を引きあげるかい？　こいつを使えよ。あんたが下におりてるあいだ、俺たちで支えるから」

キッドは二重の輪になったロープの端を受けとり、頭からくぐると、両わきの下にひっかけた。（グリフォンとカマキリが入口の左右にそれぞれ姿を現わした。）サーティーン、デニー、ドラゴン・レディがロープの反対側の端をつかんだ。

「持っといてくれ」キッドは言った。「自分でおりる」

敷居に膝をつき、へりをつかんで（荒れた片手がグリフォンの光のなかに消えた）、片足をおろし、それからもう片方をおろす。背中で感じるシャフト内部は冷たかった。風が上から吹いてくるのか下から吹いてくるのかわからない。敷居をまたぎ越し、まず膝で、ついで足で、ぶつからないようにシャフトの壁を蹴った。

「大丈夫？」足をひろげてふんばり、両手でロープを強くつかんだまま、デニーが訊いた。

背中をきつく締め（背中に鎖のガラス片が押しつけられた）、わきの下をきつく締める二本のロープをひっぱりながらうなった。「大丈夫」扉の開閉装置である斜めの棒が、はだしの足の下ですべった。サンダルを履いた足が金属をこする。

入口の両側で、二体の幽霊が揺れながらぼんやりと輝いている。

一度、キッドは呼びかけた。「もうちょっと速くロープをおろしてみてくれ。こっちは問題ない」

「すまん」とサーティーン――息を整えなおし、ロープを握りなおす。

ふくらはぎが地階の扉の枠をかすった。はだしの足が、油か血にふれてすべる。

向きを変えるとロープが体のまわりでたるんだ。見おろすと、そこにはボビーの――まちがいなく死んでる。シャフト内が一瞬、完全に沈黙した。風の音だけが聞こえる。

ややあって、上からドラゴン・レディの声。「平気かい……？」

「ああ」キッドは息を吸った。「これから子供にロープを巻きつける。引きあげてくれ」ロープの輪をわきの下からはずし、頭から抜いて、ただし片方の肩にはひっかけたままにした。ぬめぬめした汚れのなかを進み、前かがみになって、黒ずんだ二枚の緩衝材のあいだにはまりこんだ一本の脚をグイッと引きぬく。

「……生きてるのか？」とサーティーン。

キッドはもう一度息を吸った。「いや」少年の腕を持ちあげ、胸を引きよせると、ぐったりと柔らかかった。彼のシャツの正面もたちまちしとどに濡れそぼった。血が前腕をしたたり落ちる。キッドは立ちあがり、遺体をかかえたままうしろに一歩さがった。少年の片足がなにかにひっかかったが、ひっぱるとはずれた。脚が腿にぶつかる――腿から膝までじっとりとあたたかくなった。よろよろとそれを引きずっていき、ロープに手を伸ばしながら、考える――こういうのも、血や刃物好きの変態たちを興奮させるんだろうか？　タックのことを考え、ジョージのことを考えながら、自分にも理不尽な性的興奮があるかどうか探り、発見して落ちつかない気持ちになる――陰部の上のほうに、小さな熱を感じたのだ。キッドが歯をむきだしにし、ロープがねばつく手のひらをすべっていくと、その熱は消えた。「もう何フィートかロープをくれ！」そう、前にもこんな熱を感じたことがあった。廃車で、青いカバーの椅子で、木の根もとで、樹皮を剝いだばかりの湿った材木で。

ロープが肩におりてきた。十八階上から、声がふたたび響いてくる。

ねえ、ママ――

あの子は大丈夫？　キッド、まだ見つからないの？

ボビー？　ボビー、わたしの声が聞こえないの？

ねえママ、さっき聞いたでしょう――

ボビー、大丈夫なの？

ロープを少年の胸に巻きつけ、不器用に結んだ――糊まみれの両手で作業してるみたいだ――たぶんこれでほどけないだろう。ボビーはキッドの膝にだらりと身を横たえ、その重みではだしの足がうしろによろめいた。

「頼む！」ロープを引いて合図した。

ロープが頭上の敷居をすべり、ぴんと張り、速度を落とすのが見えた。スニーカーの片方がキッドの足にあたり、扉にぶつかり、ふたたびゆらゆらと上昇していった――キッドの頬に血をしたたり落としながら。手首で顔をぬぐい、一歩さがって避けた。

「きゃあっ……！」一階の扉近くで若い女が叫び、それきりしんと静まる。ただ風の音と、上階から響く母親の声をのぞいては。

ボビー、ボビー、返事をして、聞こえないの？

べつの若い男の声。「うわっ、こりゃ……！」

そして、デニーの神経質な笑い声。「うわあ、こいつはひどいや……！」

ドラゴン・レディが言った。「いいよ、この子のロープはあたしがほどく――下で待ってる坊や《キッド》にロープをおろしてあげな」

むきだしの踵を、緩衝材をつなぐ油まみれの梁に乗せ、シャフトの最深部に立って、キッドは上方を見つめた。一瞬、エレベーターのリフトがおりてきたのかとヒヤリとする。だがそれは、入口の両脇を固める二体の獣の光で生じた目の錯覚だった。それぞれ、視界の隅で揺れながら光を放っていた。

ロープがキッドめがけて落ちてきた。まず片手で、ついでもう片方の手でそれをつかむ。誰かがロープをひっぱり、彼の濡れた手のひらをやすりのようにこすった。

「おおい……！」ロープがもう一度たわんだ。

ドラゴン・レディがシャフトに身を乗りだした。ロープをこぶしに巻きつけている。「ちゃんとつかまった？」

「ああ」もう一度頭をくぐらせ、両わきの下で締める。

「大丈夫」

キッドは引きあげられた。

頭が敷居まで出ると、デニーともう一人が床に膝をつき、わきの下に手を伸ばしてつかまえてくれた。敷居があごと胸をかすった。

スモーキーは馬鹿みたいに手を口に持っていき、サーティーンのうしろに隠れた。

キッドはシャフトから這いだし、立ちあがると、前に数歩進んだ。まわりの連中はあとずさって道をあけた。

「くそったれ！」ドラゴン・レディは首をふり、目を大きく見開きながら、腿を台にしてロープを巻いた。「くそっ……！」

デニーは、奇妙なほほえみを浮かべながら、一歩さがって、黒い線のはいった爪で胸もとをさする。「うわあ、あんた、ひどいぜ……」色の薄い髪をうしろにふりはらいながら、言うべきことを思案しているようだ。「まるでこいつと同じくらい……」そう言って床に視線を落とした。

「あのさ……」サーティーンが言った。「俺たちの部屋に余分な服がある。見てみるか？　着替えがあるかどうか。だって、あまりに……なあ」

「ああ、そうだな……」見おろすと血まみれだった。キッド自身も、床の上も。血は流れてはいない。ゼリー状の糊みたいだ。「ありがとう、そうするよ」床に横たわる物体にも目を向けた。風と母親の声がシャフトのなかで激しく鳴り響いている。「その前にこの子を……上につれてくほうがいいと思う」

ボビーのシャツは背中が大きく破れていた。引き裂かれていない肉は、紫色に腫れあがっていた。

「運ぶための道具を作ろう」サーティーンが提案した。「おい、キャンバス地の布、なかったっけ？」

知らない誰かが答えた。「あれは捨てちゃったよ」

キッドは歯のあいだから息を吸うと、しゃがみこみ、ボビーの肩の下に腕をまわして抱きおこした。ひらいた片目は破裂していた。顔はまるで粘土人形のように四分の一が平たくなっていた。

シャフトの上方をちらりと見て、サーティーンがたずねた。「ドラゴン・レディ、どうして母親に子供は死んだなんて叫んだんだよ？」

「どうしてって」ドラゴン・レディは答えた。「あたしが母親なら、はっきり知りたいと思うからさ！」

「だけどあの時点じゃ、もしかしたらこの子はまだ……」

「あんた《マン》」とドラゴン・レディ。「二階の窓から落っこちたんじゃないんだよ。十七階か十八階ぶん落ちたんだ！」

キッドは片手をボビーの膝の裏にさしいれ、ふらふら立ちあがると、うしろに二、三歩よろめいた。

「気をつけなよ！」デニーがキッドの肩を引きもどした。「また地下にもぐりたいのかい？」

キッドは言った。「エレベーターを動かしてくれ！」腕のなかの体は重かったが、もうそれほどあたたかくなく、血もほとんど流れていない。

「え？」と、ロープを巻いていたドラゴン・レディ。「ああ、そうだった！」彼女はリフトに飛びのると、ボタンの上のスイッチにまたなにか細工をした。

ドアが閉まりはじめた。ドラゴン・レディはそれを腕で押さえる。（ガチャン。）

デニーが一歩さがり、キッドはボビーを抱いてリフトに乗りこんだ。

「ベイビー、アダム、ほかの連中といっしょに部屋にもどってな」ドラゴン・レディはリフトの奥から命じた。

けれどもキッドが閉まりつつある扉のほうに向きなおったときには、彼女が呼びかけたのがサーティーンやスモーキーのうしろに群がる人々のうち誰だったのか、わからなかった。二人のライト・シールドが消えていたからだ。

暗闇になった瞬間、ドラゴン・レディの手が鎖をカチャカチャ鳴らすのが聞こえた。箱のなかが光に包まれる。「これで見えるね」ドラゴンが言った。「あたしがボタンを押すわ。何階？　十七階？」

「ああ」キッドは答え、横に動いた。

エレベーターは上昇した。

隣にいるドラゴンが、エレベーターのリフトよりも大きいのに気づいた。となると、光でできた像なのだから、壁や天井で、身体の横の爪や頭のてっぺんが切りとられたように見えそうなものだ。だがじっさいは、青いエナメルの塗られた壁や天井の一部が透明に見え、そこを通してドラゴンの爪や頭が輝いていた。幽霊めいた姿が、四方の壁に投映されているのだ。

立ったまま、腕にある物体の重心をずらしているとキッドは何度か重心をずらさなければいけなかった――――、ドラゴンの像をつくる光の線が、壁面テレビのスクリーンのぼやけた像のように、彼が右に動くと左に動くことに気がついた。の前に出てかないほうがいいんじゃないかな」

ドラゴンは言った。「そんなつもりはないよ」

ふたたび重心をずらして、それを見おろして考えた。

このにおいは……独特のにおいがする。それから、紙切れが気になった。キッドは少年の膝ごしに自分の足もとをのぞいた。紙マッチか？　はだしの足に貼りついていた。

どうして、ふとキッドは考えた、どうして自分はこんなところに立ってるんだろう、血で汚れた、重い、重い肉塊をかかえて……？　なにかが顔の裏側にわきあがる。喉がつまり、両目に涙があふれた。恐怖だったのか悲しみだったのか、いずれにせよ、腰の裏側に一瞬わきあがった欲望のせいで、それはたちまち消えた。

まばたきして、ふたたび重心を、サンダルをはいた足の側にずらした。はだしの足は床に貼りついている。

すぐ横にいるドラゴン・レディの考えていることを暗示してくれそうな体の揺れも動きも、光に隠れて見えない。

反対側に重心をかけた。サンダルを履いた足も、やはり床に貼りついていた。

エレベーターの速度が落ちる。扉がひらく。

リチャーズ夫人は、あごを殴りつけるいきおいでこぶしを口にやった。ジューンの癖をいっそう激しくした身ぶり。

リチャーズ夫人はあとずさり、さらにあとずさった。

ジューンが母親の腕をつかんだ。

夫人は口と目を閉じてふるえはじめた。とつぜん、かん高く、今にも壊れそうなすすり泣きが静寂にひびをいれた。

「お母さんは上の部屋につれていったほうがいい」キッドは言い、グロテスクな自分の影につづいて、廊下に足を踏みだした。

ジューンの顔はキッドと母親のあいだをすばやく往復した——闇のへりが彼の影を飲みこむまで。ジューンが見つめていたのは彼ではなかった。閉じていくエレベーターのなかの、輝く幽霊の姿だった。

「ぼくが前の部屋に彼を運んでおく」

「じゃ、ボビーは……？」ジューンはつぶやき、キッドが横を通ると、飛びのいて壁に背中を押しつけた。


「ああ、死んだ」

キッドの背後で、リチャーズ夫人の泣き声の調子が変わる。

もう一台のエレベーターの扉は、丸めたカーペットにぶつかって音をたてていた。ガチャン、ガチャン、ガチャン……

肩で17—Eのドアを押しあけた。この子の部屋に運んでやろうか……？　キッドは廊下を進み、空っぽの部屋にはいった。ボビーの片手（血まみれの鎖が巻いてあるほう）が、むこうずねに何度もぶつかった。悲しみをこらえるためには、かかえているものを見つめるしかない。

落とさないように、ゆっくりと床におろし、転びそうになり——けっきょく床に落としてしまった。曲がった脚をひっぱったら……また曲がってしまった。それもまちがった方向に。キッドは立ちあがった。

まったく、この血ときたら！　頭をふって、腹から肩に向けて皮をむくようにシャツを脱いだ。ドアを見つめながらズボンのベルトをはずし、片手で押さえながら——そうしないとズボンが腿までさがってしまう——廊下に出た。

廊下のまんなかにリチャーズ夫人が立っていた。彼女は頭を激しくふってふたたび泣きはじめた。

顔をしかめて、キッドはズボンを引きあげた。バスルームを借りるつもりだったのだが、夫人の驚愕と悲しみを目のあたりにして、シャフトの底で一瞬感じた性的な反応がよみがえった。まずいと思った――「奥さん、上の部屋に行っててください。あなたにできることはなにもありません。ここにいると、余計に……よくないですよ。ジューン……?」

ジューンは母親のうしろになかば隠れていた。

「お母さんを上につれていくんだ」だしぬけに、これ以上この場所にいたくないと感じた。「なあ、ぼくはなにか――なにか着替えを探さなきゃいけないから」ズボンを手で押さえたまま、母娘の横を抜けてリビングにもどり、ノートを拾いあげると膝の前にかかえて、玄関からそっと出ていった。

サーティーンは「母親にはひどくショックだったろう」と言って道をあけ、キッドを部屋にいれてくれた。

「ったく」ドラゴン・レディは天井を見あげた。

かん高い、押し殺した泣き声が、ドロドロの液体のように下階までしたたり落ちていた。

「どうしてあの女は黙らないのかね!」

「そう言うけどな、あんた《マン》――」サーティーンが言いかけた。

「わかってる、わかってるってば。誰かワインはいらないかって言ってたわね。ええ、いただきたいもんだわ。ベイビー? アダム? そのワインを持ってきてちょうだい」

キッドはたずねた。「余分な服があるって言ってたよね?」

「ああ、そうそう。あるよ。こっちに来な」

腕を曲げてガラスの水差しを運んでいるデニーが口をはさんだ。「この人はバスルームを使ったほうがいいんじゃないかな」

「そうだ、体を洗いたいだろ。浴槽はひどいもんだが、それでもよけりゃ使えるぜ。どうかしたのか?」

「なんでもない」と言ったものの、デニーの科白を聞いて、悲しみや恐怖以上に不愉快な鳥肌がたっていた。

「そうだな、体も洗ったほうがよさそうだ」

「廊下の奥だ。バスルームには窓がないんだよ。ランタンを使おう」サーティーンは壁の釘からランタンを一つはずした。

キッドは彼のあとについてバスルームにはいった。

揺れるランタンの光に照らされ、錆の線が一本、浴槽の中央から排水口までつづいているのが見えた。エナメルはそこかしこで剝落して黒い地がのぞいている。「何晩か前、ラリったスコーピオンの一人――ペッパーって名前だったな――をここにいれたんだ。そいつは腕に、いけないものをやってた。靴のまま浴槽にほうりこんだら、蹴りまくってあちこちに穴をあけようとしやがった」ランタンを片手で高く掲げ、サーティーンは一本のネジを浴槽の底から拾うと、それをながめて肩をすくめた。「ここにあるタオルはどれでも使ってくれ。体を洗うための布はないが」そう言って、ランタンをトイレのうしろにおいた。

キッドはノートを便座におくと、蛇口をひねり、石鹸をとった。石鹸のなかには乾いた錆の塊がいくつもはいりこんでいた。

灰色のタオル（破れている）で、浴槽の底を拭いた。栓がなかったので、そのタオルを丸めて排水口に突っこんだ。そして、水が底をひたす前に浴槽にはいった。

「飲み物、いる？」若い娘がドアごしにたずねた。

「うん」

すわって顔をゴシゴシこすっていると、階上から泣き声が聞こえてきた。夫人はまだ部屋から部屋へと歩きまわってるんだろうか、とキッドはいぶかった。

白いマグカップを手に、若い娘がバスルームにはいってきた。彼女はジーンズ姿で、ふくよかで、陽気な顔だちに深刻な表情を浮かべようとしている。「はいどうぞ。あの男の子、気の毒だったわね」そう言って前にかがむと、巻き髪が肩からこぼれた。彼女はマグカップを浴槽の縁においた。青いトレーナーの下で胸が重そうにたわんでいる。「怖かったでしょう！」

彼女の声はとてもか細く、きっとくすくす笑うんだろうと思った。くすくす笑う姿を思い浮かべて、キッドはほほえんだ。「ああ、ひどかったね」

「あなた、上の階に住んでるの？」

おそらくこの娘は十七歳だろう。「働いてるだけさ。ねえ、そんなふうに見つめられると、ものすごく興奮してきちゃうぜ」

娘はくすくす笑った。

キッドは浴槽のなかで体を反らせて、「ほら、言ったとおり」

「あら……」娘はふざけて欲求不満のふりをしてから、バスルームを出た――去りぎわに、入口にいたデニーとぶつかった。デニーは短く鋭い笑い声をあげた。「あんた、ほんとグチャグチャだなあ、坊《キッド》や？」

「ああ、そうだな。でも、あの子をあそこにおいたままにはしておけないだろ？」

「そうだね」デニーはバスルームにはいって、便器のカバーにすわり、ノートをつまみあげた。「おい、坊《キッド》や、これはあんたの?」

キッドはうなずいた。ここでやっと、デニーの言う〝キッド〟が、大文字のKではじまる、最後にもう一つdをつけた彼の名前ではなく、ただの呼びかけだと気づいた。キッドはにやりとしてマグカップを手にとった。（体のまわりの水は茶色くなっていた。足から剝がれた紙マッチが蛇口の下に浮いていた。）飲むと、口のなかが焼けた。「おいっ、こいつはなんだ?」

「ウイスキーさ」デニーが答えて、顔をあげた。「ワインがよければ持ってくるよ。でも、あんたはきつい酒が飲みたいだろうと思ってさ。だって、あんな……」デニーの髪が、薄い色の刃のようにわかれて揺れた。

「これでいいよ」

「これ、みんなあんたが書いたのか?」

「ああ。さわらないでくれ」

「ごめん」デニーはノートをブーツのあいだの床にさっとおいた。しばらく自分の裸の胸を二本指でこすっていた。そして視線をあげて、「あの女の人、すげえ参ってたんじゃゃない?　あの子の母親なんだろ」

キッドはうなずき、両手を石鹼になすりつけた。「顔の汚れはぜんぶ落ちてるかな」

「いや、顔の横とあごの下にまだ残ってる」

言われた部分に石鹼をぬりたくった。ランタンの明かりで、石鹼水が赤褐色になったのが見える。

デニーが手でさし示した。「なんであんた勃ってるんだ?」

「おまえのズボンのうしろから突きでてる、痩せっぽちの尻のせいだよ」

「へえ?」デニーはにんまりした。「あんたが経験したことないくらい、いい道具だぜ」

キッドが石鹼を洗い落としても、デニーはまだそれを見つめていた。「ゆうべの〈狩り〉はどうだった?」

「ナイトメアとの〈狩り〉か?」

「ああ」

「ひどかったよ」デニーは肩をすくめる。「収穫なし。前回はすごくよかったんだけどな。次はきっとうまくいくさ」

「おまえたちスコーピオンズってのは、どんな〈狩り〉をしてるんだい?」キッドはさらにもう少し飲み、錆の混じった石鹼で腹をこすった。

「あんた、スコーピオンなんかに興味があるのか?」

キッドは肩をすくめた。石鹼がすべり落ちる。

デニーはうなずいて、「興味があるなら、ドラゴン・レディに訊きな」

「そこまで興味があるわけじゃない」石鹸をふたたび拾って、足指のあいだを磨いた。

「訊いてみろよ、あんたが知りたがってると思えば、彼女はきっと教えてくれる。ドラゴン・レディはあんたが気にいってるみたいだし」ふいにデニーは立ちあがった。「ナイトメアもだ。すぐもどるよ」

　キッドはもう一口飲んでから、身をかがめてさらにこすった。爪には——ボロボロのへりと嚙まれた甘皮に——茶色の線ができていた。頭を浴槽にひたし、こすり、浴槽から出した。したたる水から、黒い筋が虫のように這いだした。

「ほら、坊《キッド》や」デニーが腕に衣類をかかえてもどってきて、また便器に腰をおろした。「まずズボンだろ。それからこの——いや、これはちょっとみっともないな。あんたにはこっちがよさそうだ。いいベルトもある。こんなボロ服、誰が部屋においてったのかね。このなかにシャツもあるかな」

「スコーピオンズはシャツなんて着ないと思ってたよ」キッドは濁った水のなかに立ったまま、陰部に石鹸をなすりつけた。

　デニーはまた彼を見つめて、「やっぱり、あんたの目の届かないところにケツを隠したほうがよさそうだな。黒の革ベストはどうだい？　きっと似合うぜ、坊《キッド》や。スコーピオンズはたいていベストを着るんだ。ぼくが着てたのを見ただろ？」

「おまえ、いくつだ？」

「じゅう……十六だけど」そう答えると、うかがうような視線をキッドに向けた。

　十五歳か、キッドは判断した。「俺はおまえより十二は年上だ。俺のことを坊《キッド》やって呼ぶな」

「へえ？　そうなの？」

「そうとも。さ、もう一枚タオルをよこしてくれ」タオルを受けとったとき、大きな音をたてて扉がひらき、ドラゴン・レディがよろよろとはいってきた。黒い顔を歪め、汚れた歯をむきだしにし、指を一本突きたててこぶしをふりながら、「ねえあんた、上にもどったら、あの牝犬に黙れって言ってやってよ。いいかい？　ずっと聞いてると頭がおかしくなりそうだよ！　そりゃ、あれがあの女の子供だってことはわかってるさ。けど——ああちくしょう、あの女、もう一時間も泣きじゃくってやがる！」彼女は天井を見あげて吠えた。『表に出て、散歩でもしてきたらどうだい、奥さん？』

「ドラゴン・レディ……」デニーが口をはさんだが、このスコーピオンの憤怒をしずめる役には立たなかったようだ。

「あたしたちはあんなクソ忌々しいもんを、あの女のために運んでやったんだ！　あのまま泣きつづける気なら、上に行って叩きのめしてやる、あんたが黙らせないんならね！」

怒りのせいか冷気のせいか、キッドの勃起はいつのまにか収まっていた。「壁が薄いせいだよ」そう言って丸めたタオルで体をぬぐった。

「ドラゴン・レディ？」

「なによ？」

「この……キッド（Kid）が〈狩り〉のことを訊きたいっていうんだ」

デニーがためらいがちに約束を破ったところに、さっきの約束に対する暗黙の譲歩がいくらかは含まれている気がした。だが、新しく大文字のKの〃キッド〃を暗示するような言い方になったものの、そこに尊敬の念をこめているのか、馬鹿にしているのかはわからない。

「そうなの？」ドラゴン・レディの怒りは急速に消えた。「なあ、そろそろ出てもいいかい、上でなにかできるかもしれないし」キッドは言った。「スコーピオンズの話は、次の機会にでも」彼も夫人に泣きやんでもらいたかったのだ。

「ああ、そうね。わかった。あの女を黙らせてよ、いいね？」ドラゴン・レディはあとずさってバスルームを出た。

「ベスト、いらない？」デニーはまだ服の山をかきまわしている。

泣き声がふいにかん高くなった。外でドラゴン・レディが毒づいた。「ちっくしょう！」

「ああ、そのベストをもらおう」キッドは浴槽から出て、カップをつかむと、ウイスキーを飲み干した。同意とアルコールが二重の熱となって体内をめぐった。

デニーはまだすわったまま、体をほとんど折るようにして服を仕分けしていた。ベルト通しにひっぱられて、少年のジーンズはずり落ちて尻の割れめがまる見えだった。

キッドはもう一度歯のあいだから息を吸い、股間をタオルでぬぐった。「ところで、どうして彼女はこの部屋にいるんだい？」

「ドラゴン・レディ？」

「ああ」

「前にあんたがここに来たときのこと覚えてるかい？

ナイトメアが〈狩り〉の仲間を集めに来たときさ」デニーは肩をすくめて、仕分け作業にもどる。『〈狩り〉のあとは、ドラゴン・レディがぼくらをここまで送り届けるんだよ」

「そうか」

扉がまたひらいた。さっきの娘が、今度はプラスチックのカップを持って立っていた。「あら」彼女は言った。「気づかなかったわ、あんたがいるなんて……」この科白はデニーに向けられていたが、少年は顔をあげなかった。だから彼女はキッドに向かって、「デニーが、十五分したらもう一杯持っていくようにって。さっきのカップは飲みおわった？」

「そんなこと、どうでもいい」うつむいたままデニーが言った。「黙ってそいつを渡せばいいんだ」

「飲みおわったよ」

娘はすばやくまばたきしながら、マグカップと新しいカップを交換した。そしてデニーには目もくれずにバスルームから出ていった。キッドはさらにもう少し飲んでから、カップを浴槽の縁においた。「ありがとう」

デニーは、じっと動かず、黙ったまま、恥ずかしがっているようにさえ見えた。

黒いジーンズと革ベストを着て、キッドはリビングにもどった。

「ねえあんた！」ドラゴン・レディがまだ言っている。「ほんと、我慢できない――」

リビングでは、階上の泣き声がいっそう大きく響いていた。

「ドラゴン・レディ」マクラメ編みのベルトの房をひっぱりながら、スモーキーが言った。「どうしてそんなにどなりちらしてるの？　そんなの……無意味だわ！」

「そうね」ドラゴン・レディは、ベルトに親指をひっかけながら答えた。「もしあたしがあんな馬鹿な真似をしてたら、一時間もたったころ、誰かにやめろって本気でとめてもらえるのを感謝するけどね！」

スモーキーはこの言葉を面白がったようだ。だがサーティーンの反応は、黙って手をあげて不満を示すことだった。彼は、ほとんど保護者然として、二人の女のあいだに割ってはいった。スモーキーは気にしていないようだ。

「いいか」サーティーンは手のひらでとりなすしぐさをしながら、「もし隣人が、つまり現実に隣に住んでる人がこんな目にあったら、あんただってしかたなく、しかたなくだよ、我慢せざるを――」

ドラゴン・レディはグラスを投げつけた。サーティーンをはずして、スモーキーもひょいと身をかわした。「おい、よせ……!」サーティーンが叫んだ。ガラスの破片が床に散らばる。ワインが舐めるように壁をつたう。スモーキーはただ目をぱちくりさせて、面白がるべきか怒るべきか迷っている風だった。

けれどもドラゴン・レディは、体を二つに折って笑いだした。「ああ、サーティーン……サーティーン、あんたって人はほんとに――」彼女が体を起こすと、首のまわりで揺れていた鎖がいきおいよく元にもどり、「ケツの穴の小さい男だね!」そう言って、また笑った。

たぶん、とキッドは考える、スコーピオンっていうのは、大声で叫び、大声で笑い、物を投げる連中なんだ。「ベイビー!」ドラゴン・レディが叫んだ。「アダム!そろそろ行くよ……」

「さようなら」キッドは玄関で言って、部屋を出た。(ウイスキーを運んできた青いトレーナーの娘だけが「さようなら」と返事をしてくれた。しかしともかく、そろそろこの部屋を出る頃合だと思ったのだ。)廊下に出てから、病気の娘がまだベッドに寝ていたのかどうか気づきもしなかったな、とふと思った。

5

キッドは重ねたエンドテーブルを19―Aに運んだ。リチャーズ夫人が部屋のまんなかに立っている。

「ええと」キッドは話しかけた。「上に来るついでにこのテーブルを持ってきたほうがいいと思ったんです。奥さん、使いたいって言ってましたよね、たしか……」と運んできたテーブルをバルコニーに通じる扉の脇においた。

「あなたの服」夫人が口をひらいた。「さしあげようと思っていたのに。わたしの……息子の服を」

「そうですか。でもこの服をもらってきましたから……」おまけに服は黒ずくめだった。

夫人は胸の下で両手を握りあわせていた。彼女はうなずいた。

「ジューンは大丈夫ですか?」

夫人はうなずきつづけた。

「下で声を聞いたような気がしたんですが、部屋にはいってみたら、あなたたちはいなくて」

夫人はしばらくうなずいていたが、ふいに顔をそむけた。

「残りの物も運んできますよ、奥さん」

敷物を両肩にそれぞれ乗せて運び、床にほうりだした。リチャーズ夫人は部屋にいなかった。次に往復したときには（ボビーの玩具を持っていこうかと考えたが、下の部屋においていくほうがいいと思いなおした）夫人は横を通りすぎ、キッドに目もくれなかった。さらに三往復して、すべての物を（けっきょく玩具も持っていった。すぐにボビーの部屋のクローゼットにほうりこんだ）十九階に運んだ。

キッドは安楽椅子にすわり、ノートをひらいた。錆のような線が輪になり、噛み痕だらけの菱形の爪に残っている。ペンを手にとり（今はベストのボタン穴にクリップで留めていた）、ページをめくった。意外と余白が残っていないのに驚く。最後までめくってみて、何ページも破られているのに気づいた。破られたページの切れはしが、リングの内側に羽根のように残っていた。表紙はとれかかっている。厚紙にあいた一ダースの穴のうち、半分ほどが破れ、紙がはずれそうになっていた。残っている白紙で、いちばん表紙に近いページにもどり、ボールペンの芯を出した。

それからゆっくりと、言葉のなかに迷いこんでいった。

両脚ともに折れていた。彼のぐずぐずに崩れた頭とぐちゃぐちゃに砕けた腰は……

キッドは手をとめた。彼は書きなおした。

折れた両脚、ぐずぐずの目、ぐちゃぐちゃの腰……

この文のどこかにある望ましくない強調で、キッドの舌はとまった。しばらく顔をしかめ、どこを削れば、この一行に本来の暴力性をとりもどせるのかを考えた。やがて、二つの助詞「の」をのぞき、三つのフレーズの順番を変えなければならないことに気づく。できあがったのは、まったく異なる意味をもつ率直な文で、それを読むと革ベストの下で背中がゾクッとした。なぜなら、ひとごとのように気づいたのだが、意図していた以上にその文章がおぞましくなったからだ。当初のもくろみは、せいぜい感情が許容する範囲の限界ぎりぎりに挑戦することだったのに。息をつき、最初の三行から一節だけ抜きだし、その部分を締めくくることにした。そうやって書いてみると、必要なのは一語だけだとわかり、残りを抹消した。

リチャーズ夫人がはいってきて、なにかを探しながら部屋のなかをうろつき回り、キッドに気づいた。「執筆中だったのね。ごめんなさい、邪魔するつもりはなかったのよ、あなたの……創作を」

「いいえ、いいんです」ノートを閉じる。「書きおえましたから」キッドは疲れていた。が、書きおえてはいた。

「たぶん、あなたは……哀歌《エレジー》を書いてくれてたのね。あの子の……」夫人はうなだれた。

「いいえ、ちがいます……」と答えながら、タイトルは「哀歌《エレジー》」にしようと決めた。「あの、荷物はみんな新居に運びました。もうおいとましたほうがいいですね」

「とんでもない」リチャーズ夫人の手が首を離れて彼のほうに伸びた。「帰ってしまうなんて！　だって、まだアーサーとお給料のことを話しあってないでしょう？」

「わかりました」キッドはすわりなおした。

　リチャーズ夫人は、疲れきった神経のかたまりのように、コーヒーテーブルをはさんで彼の向かいにすわった。

　キッドはたずねた。「ジューンはどこです？」

「あの子は自分の……」夫人はあいまいな身ぶりで語尾をにごしてから、「あなたにはひどいことをさせてしまって」

「奥さんはもっとつらかったでしょう」キッドは考えている――息子の服だって？　彼女が言ってるのはボビーの服のことじゃないだろう。ぼくとは全然サイズがちがうんだから。エドワードの服か？「リチャーズ夫人、どうお悔やみを申しあげたらいいのか――」

　夫人はもう一度うなずき、あごが彼女のこぶしにぶつかった。「いいのよ。そんなに気を遣ってくれなくて。わかってるわ。あなたは下までおりていって、あの子のことを部屋まで――」口をつぐんだので、夫人が泣くのかと思った――「つれてきてくれた。わたしのほうこそ、どれだけ感謝したらいいか。あなたはあそこまでおりてくれた。あなたがあの子をつれて帰ってきたのを見ました。わたしはどれほど――」

「いいんですよ、奥さん。ほんとうに」キッドはむしろ、エレベーターに同乗していた光の構造体について質問したかったが、どうすれば訊けるのかわからない。そもそも夫人は見てすらないかもという考えが頭をよぎった。こうした言外の思いを追いはらうために、上あごと下あごを歯ぎしりするように動かした。「ここでご主人を待ってる必要はないですから、またの機会にうかがいます。ご主人と二人きりのほうがいいでしょう、息子さんのことを……」

　夫人の顔の無秩序な動きがとまった。「とんでもない、誰かがいてくれないと！　おねがいだからいっしょにいて！　もし――」とすわったまま周囲を見まわし――「なにかしてくださるなら、それだけおねがいしたいの」

「わかりました」

　夫人が探していたものは見つからなかったようだ。「一人じゃ耐えられないわ」と立ちあがり、「ここに誰かいてくれないと」彼女はふたたび部屋をうろつきはじめた。「変な話だけど、夫にどう言えばいいのか、まったくわからないの。あの人に電話できれば一番いいんだけれど。電話なら、ずっと簡単に話せる気がする。でも、待つしかないのね。あの人はこの玄関に帰ってくるでしょう。そしたらわたしはこう言うの、アーサー、今日の午後、ジューンがボビーをエレベーターのシャフトに突き落として、あの子は十七階ぶん落っこちて、死んだって……」夫人はキッチンをのぞいて、部屋を横切り、廊下の奥に目をやった。

「ほんとうにぼくがいたほうがいいんですか？」ここから出ていきたかった。夫人が残ってほしがるなんて、理解できなかった。現実に夫人が自分に向かって手をふっているとしても、現実に――

「おねがい。絶対にここにいて」と言っているとしても。

「わかりました、奥さん。そうします」

　夫人は椅子にもどった。「ここに住んでるという実感がしないわ。壁はみんな青いし。前の部屋じゃ緑だったの。家具はどれも前と同じ場所にあるのに」

「敷物がまだです」キッドは言ってみた。よし、少なくとも沈黙は埋められた。

「ちがう。ちがうわ、敷物のせいじゃないと思う。感覚の問題なの。家庭を作ろうとする感覚の。そこにはわたしの夫と、わたしの……」夫人は唇を結んで頭を垂れた。

「奥さん、ご主人が帰ってくるまで横になるなり休むなりしてたらどうです？　そのあいだに敷物を敷いておきますから」そう言いながら、すばやく考える――これこそ夫人がぼくに言ってほしかったことじゃないか？　そうすれば、リチャーズ氏に話すのはぼくの役目ってことになる！

　姉弟に敷物を運ぶように言ったのは誰だったっけ？　自分だったのか夫人だったのか、思い出せない。

　しかし夫人はかぶりをふった。「今は眠れないわ。無理よ。もしそのあいだにアーサーがもどってきたら……無理」最後の〝無理〟は小声だった。夫人は両手を膝においた――押しつけた。ボビーの本の山が、まだ部屋の隅に積んである……キッドはそれを片づけておかなかったことを後悔した。

　夫人が立ちあがった。

　ふたたび部屋のなかを歩きまわった。

　動きは決然としていたが、視線は焦点を失い、さまよっている――最初、バルコニーに通じる扉を見つめ、ついでダイニングルームへ、そして廊下へと向けられた。

夫人は椅子の横で立ちどまった。

「アーサー」と夫人は言った。あとに一拍おかれたせいで、次の文につづくというよりも、独立した呼びかけのように聞こえた。「あの人は外にいる」

「奥さん？」

「アーサーは外にいる。煙のなかに」夫人は腰をおろした。「夫は毎日外に出かける。わたしは窓から、あの人が四十四番街を歩いていくのを見おくる。ああして霧のなかに姿を消すまで」バルコニーの扉の外では、建物が霧にかすんでいた。「わたしたちは引っ越した」呼吸五回ぶんのあいだ、夫人は霧を見つめた。「この建物はチェス盤みたい。いま、わたしたちはべつのマスに移った。移らなければならなかった。絶対に。以前のわたしたちの位置はひどかった」煙が窓から遠ざかっても、また煙がおおいかぶさる──「だけど、引っ越しがこんなに大きな犠牲をともなうなんて思いもよらなかった」──さらに多くの煙。「こんなことが起きるなんて、心の準備ができてなかった。ほんとうに。アーサーは毎日、外に出かけてシステムズで働いている。メイトランド・システムズ・エンジニアリングで。それから、家に帰ってくる」夫人は体をかがめた。「ねえ知ってる？　わたしは、外の世界にあるものは、なに一つ本物だって信じてないの。ひとたび煙が主人を包んでしまったあとは、あの人がどこかに出かけていくなんて信じてないの。外の世界に、どこか行く場所があるなんて、ぜんぜん信じていないの」椅子にすわりなおし、「今まで一度だってそんな場所があったとは信じていない。わたしは夫をとても愛している。尊敬もしている。自分が夫のことをどれだけ知らないかと考えると怖くなるほどよ。あの人がふしあわせじゃないかって、しょっちゅうおびえてるの。あんなふうに毎日外に働きに出てるけど──」夫人はかすかに首をふり──「それでもリアルな感覚がないんじゃないか、あの人がほんとうに必要としている内面的なものは欠けたままじゃないかって。主人が外でなにかしてるとしても、わたしにはそれが恐ろしい。こんな情景を想像してしまうの──あの人が大きな空っぽのビルにはいっていく。そこには、部屋も、デスクも、作業台も、作業場も、製図台も、ファイル・キャビネットも、道具置き場もある。でも──人間は一人もいない。あの人はそこで行ったり来たりしながら、ドアがあいている部屋があればのぞきこむ。閉まってるドアをわざわざあけたりはしないでしょうね。ときどきは、誰かの机に積まれた書類の山をまっすぐに直してみたり、回路図の山に目を通してから、それをきちんと元にもどしてみたり、ただそれだけ。朝から晩まで。そして、そこにはほかに誰もいない。ビルの窓で割れている箇所があると思う？　夫が電気のスイッチをつけてみると、長い蛍光灯のうち一本だけが、片端をかすかにオレンジ色にしながら、チカチカまたたいていたりすると思う？　エンジニアリングの仕事には、すばらしいところがあるわ。だって、仕事となれば自分の手と頭で問題を解決し、物を作るでしょう。仕事にとりかかって、とりくむべき問題が見つかり、それを最終的に解決するときには、言ってみれば……リアルな、手ごたえのある成果を生みだせるってこと。作物を育ててる農民と同じで、労働の結果をはっきりと目にすることができる。果てしなくボタンを押しつづけたり、無数の書類の束を適切な引き出しにしまいこむだけの仕事とはちがう。エンジニアっていうのはとても賢い人たちなの。農民と同じようにね。どちらも非常に集中力をもち、粘り強い仕事ができる。あら、もちろんわたしは外がどうなっているか知らないし、夫が毎日なにをしに出かけているのかも知らないわよ。あの人はしゃべろうとしない。昔は話してくれた。でも今はちがう。夫が毎朝どこに行くのか、わたしは知らない。もし彼が日がな一日、街をうろついているというなら、わたしにはわかるはず。でも、なにをしているにせよ、あの人にとってはよくないことにちがいない。彼はいい人よ。単にいい人だという以上に、知性のある人だわ。まだ大学在学中にスカウトされたのよ。数年前にはしょっちゅうあったわよね。でも、わたしたちが学生だったころは、珍しかった。あの人は必要としているの……なにかを――もしそれを〝彼にふさわしいもの〟なんて言ったら、馬鹿な女みたいよね。でも、そういうことなの。わたしは今まで、外の世界になにがあるのか理解したことがなかった」夫人はあらためてバルコニーの扉のむこうに目をやった。「ずっと疑ってきたの。ええ、ずっと疑ってきたのよ、外にあるのがなんであれ、あの人がほんとうに必要としているもの、彼を――しあわせにしてくれるものじゃないって。もちろん、あなたが求めているのが幸福なんかじゃないって、ずっと前からわかっていました。だけど、あなたが求めているような――卓越性？　満足感？　それは、電灯がつかず、窓が壊れ、ほかに誰もいないような、大きながらんとした会社のビルにはないものよ」

「たぶん、ほかの人たちもいますよ」キッドは居心地の悪さを感じた。「おそらく最小限のスタッフでしょうけれど。マダム・ブラウンと、その話をしました。そう、たぶん……管理事務所と同じようなものでしょう」

「ああ」夫人の両手が膝の上で出会う。「そうね」とすわりなおした。「でも、言いたかったのは、わたしの感覚なの。煙が薄いときには、道路のむこうの建物が見えるんだけど、どの建物もたくさんの窓が壊されてる。たぶん、アーサーの会社の修理担当者は新しい窓枠をはめてるでしょう。ビジネスの現場じゃ、よそよりもメンテナンスが行きとどいているものだから。たくさんのお金が関わっているものね。だけど、わたしが考えているのは、いつになったらこのあたりで日常にもどれるようになるのかということ。維持しなきゃならない最低限の基準ってものがあるはずよ。せめて誰か人をよこして、状況がどうなっているのかを教えてくれなくちゃ。知らないということが最悪なのよ。もし知ってさえいれば、被害を修繕し、電気の供給を復旧させる計画の一部でもわかっていれば、いつそれが開始されるのかの見通しが立てられさえすれば……」夫人は奇妙に苛立った表情を浮かべた。

「きっとそのうち」とキッドは口をはさんだ。「誰か派遣されてきますよ」

「そうだとは思うけど。わたしたちは前に管理事務所ともめたことがあるの。ジューンの部屋の天井に大きなひびができちゃったのよ。こちらの手落ちじゃなかった。上の階からなにかが漏れてきた。管理事務所が人をよこすまでに、三カ月もかかったわ。でも、そのときだって手紙の返事はすぐにくれた。それが今じゃ、わたしはただやきもきするだけ。そして毎朝、アーサーをここから送りだすの、外の、あの世界へ」夫人はうなずいた。「これは犯罪的よ。もちろんわたしには、夫を引きとめることはできない。あの人は家に留まっていないでしょう。わたしはいつも、外の世界は危険だと言いつづけ、どんなに恐ろしいことが起こるかを訴えつづけた。それを聞くと、夫はいつも——ああ、あの人が笑いとばしてくれるならいいのに。でもあの人は笑わない。すごく怖い顔をするの。そして、出ていってしまう。毎朝出ていって、四十四番街を歩いて、すっと姿を消してしまう。あの人のためにわたしができるのは、この家をいい状態にたもっておくよう努力することだけ。少なくともここには、あの人を傷つけるものはなにもない。しあわせで、安全で——」

キッドは最初、夫人が自分の背後にあるなにかを見ているのだと思い、ふりむこうとした。だが夫人の表情は、単になにかを見つけたというだけではない狂暴なものへと変わっていった。

夫人はうなだれた。「でも、わたしはそれさえうまくできなかったみたいね。完全に失敗してしまった」

いいかげん解放してほしい、と心から思った。

「リチャーズさん、奥の部屋の品物を見てきます」奥には、まだ据えつけていない家具がいくらかあるだろうと思った。「なるべく無理をしないで」立ちあがりながら考える——ここにもどったら敷物を敷くんだ。

ボビーの部屋のドアをあけた。家具はまだ壁沿いにおかれていない。

そのときジューンの手がポスターをぐしゃっと折りたたんだ。

「おっとごめん……かんちがいしてたよ、君の部屋だったのか——」だが、ここはまちがいなくボビーの部屋だ。ジューンの驚愕しきった絶望の前で、キッドの申しわけなさげな笑みは消えた。「すまない、もう退散するよ……」

「あの子は告げ口しようとしていたのよ！」ジューンはささやいた。目を大きく見開き、頭をふりながら、「たしかにそう言ったわ！　だけど、絶対に」彼女はポスターを完全に握りつぶしていた。「絶対にわざとじゃなかった……！」

少し間をおいて、キッドは言った。「正常な頭を持った人間なら、まっさきにその可能性を考えるんだろうな。でもぼくは、今の今まで、そんなこと思いもしなかった」それから——怖くなって——あとずさりしながら部屋を出てドアを閉めた。ジューンの顔が形作っている表情の意味を解しかねたまま。ぼくは観察者にすぎない、そう考えた。考えながら、その考えがジューンが握りつぶしたジョージのポスターのようにしわくちゃになるのを感じた。

リビングに向かって歩きながら、キッドはジューンがドアから飛びだしてきて背中に嚙みつき、ひっかく姿を想像した。ドアは閉まったままだ。音もしない。リビングにもどりたくなかった。

リビングにはいると同時に、錠がはずされ、玄関の扉がひらいた。「ただいま。帰り道で、ばったり彼女に会ったんだ」

「こんにちは、メアリ」リチャーズ氏につづいてマダム・ブラウンがはいってきた。

「ハニー、一階ホールのひどい有様はいったいなんなんだ？　まるで誰かが——」

長椅子の上にいたリチャーズ夫人が顔をそむけた。

リチャーズ氏は顔をしかめた。

リチャーズ氏のうしろにいたマダム・ブラウンが、ふいに輝く宝石のちりばめられた鎖にふれた。

リチャーズ夫人はスカートの布地をきつく握りしめた。「アーサー、今日の午後、ボビーが……ジューンが——ボビーが——!」

眼窩が痛むほど大きく、まぶたをパッと見開く。キッドは転がり、しわくちゃになった毛布をひっかき、落葉をもみくしゃにし、彼女の裸の背中に抱きついた。爪があったら、引き裂いていただろう。

「うーん」レイニャがつぶやいて彼のほうを向いた。「あら——」と言ったのは、キッドに引き寄せられたからだ。「わかってるわよ」と耳もとでささやいた。腕を彼の腕にもぐりこませ、離そうとしながら、「あなたは目指してるのよね、偉大で有名な——」

キッドの腕がふるえた。

「あらあら——!」レイニャは彼の背中に両手をまわし、きつく抱いた。「悪い夢を見たのね! あの子の夢を!」

彼女の頭の横で頭をふった。

「大丈夫」そうささやいて、レイニャは片手で彼の肩をなでる。「もう大丈夫だから。あなたは目を覚ましたわ」胃がギュッと縮まるような沈黙をはさんで三度、荒い呼吸をすると、大きく息を吐き、あおむけに転がった。彼と暗闇のあいだにあった赤いヴェールが、そこかしこで消えた。

レイニャが腕にふれ、ついで肩を揉んだ。「ひどい夢だったのね?」

「わからない……」やっとあえぎ声が収まった。二人の頭上には木の葉が茂っていた。地平線の近くに、霧にぼやけた小さな月が見えた。そこから遠く離れたところに、もう一つの月! はっとして毛布から頭を出し——ゆっくりとひっこめた。

それは月ではなく、公園にある二つの街灯だった。煙を通して見ると輪郭のぼやけた真珠のようだ。「夢を見ていたのかどうかも思い出せない」

「あなたはボビーの夢を見てたんだわ」レイニャは言った。

キッドは首をふった。「それだけよ。それでおびえて目をさました」

「あの娘に、あんなポスターなんかやるんじゃなかった——」

レイニャが頭を肩にもたせかけてきた。「あなたには予想できなかったことじゃない……」と胸にふれ、腿が腿をまたいだ。

「でも——」彼女の手をとり——「夫人が事情を説明しようとしてるときの、リチャーズ氏の表情のなさが奇妙だった。それに話の途中で、ジューンがはいってきて、壁に体をめりこませるように、あごをげんこつでこすりながらずっとまばたきをしてるんだ。リチャーズ夫人は『事故だったのよ！　恐ろしい事故だったの！』って言いつづけるし。マダム・ブラウンは何度か『ああ、なんてこと！』とつぶやくだけ。で、リチャーズ氏は黙りこくってる。ただ妻と娘のあいだに視線を行ったり来たりさせるだけで、まるで二人がなにを言ってるのか、なにをしたのか、なにが起こったのか理解できないみたいだった。そのうちジューンが泣きだして、部屋を飛びだして――」

「ひどいわね」レイニャは言った。「でも、べつのことを考えるようにしたほうが――」

「そうしてるよ」ふたたび公園の明かりに目を向けた。今は一つしか見えない。もう片方は消えたのか？　それとも、風に吹かれていた木の枝がもとにもどって、明かりを隠してしまったとか？「ジョージと君が昨日話してたことを考えてた――女のセクシュアリティを誰もが恐れてるってこと、それを死と破壊をもたらすものと見なそうとしてるってこと。ぼくは、リチャーズがどうするのか考えたんだ――彼の〝サンシャイン・ガール〟が、図体のデカい、サディストで洒落者の黒人に乱暴されたくて、さかりのついた牝犬みたいに街をうろついてるって知ったらさ。なにしろリチャーズは子供の一人を、殺してやるとおどして家から追いだしたことがあるんだから――」

「ねえ、キッド、そんなこと……」

「――それに、誰にも聞かれてないと思ってるときに、リチャーズ家の部屋から漏れる音は、リーティーンの部屋から聞こえてくる音に負けず劣らず不気味なものだった。そう、あの娘には、父親に知られたくないと思うだけの理由があった。もしボビーが年下の弟にありがちな意地悪なやり方で、ポスターを両親に見せるって脅迫したとしたら、そして彼女がうしろむきに歩いてる弟と廊下にいて、エレベーターの扉があいていたとしたら、ほんの一瞬、彼女自身もはっきりと自覚してない衝動にかられて、弟をちょっと押すのなんて簡単だったんじゃないか――いや、押す必要さえない、ただ弟が、まちがった扉のほうにあとずさるときに注意しないだけで――」

「キッド」レイニャが言った。「おねがい、もうやめて！」

「まるきり神話みたいじゃないか。娘のジョージへの欲望、死と破滅！　ただ――あれがほんとうに事故だったとしたら？」もう一度深呼吸する。「それこそぼくが恐れていることなんだ。姉はほんとうに気づいてなかった。ボビーはただまちがったシャフトの扉に足を踏みいれてしまっただけ。そのほうがぼくには怖い。恐怖を覚えるのは、むしろそっちなんだ」

「どうしてって……？」レイニャはたずねた。

「どうして……」キッドは息をついた。肩に乗った彼女の頭が動いて、手を握る彼女の手が胸の上で揺れているのを感じながら、「そうだとすると、この都市のせいだからだ。この風景のせいだからだ――煉瓦、大梁、まちがった配線、使わなくなったエレベーターの機械、すべてが神話を実現するために共謀してるんだ。でも、こんなふうに考えるのはどうかしている」と頭をふり、「あの娘にポスターをやるべきじゃなかった。そう、ほんとうに――」ふるのをやめた。「あのインチキ野郎は、まだ給料を払ってくれない。今晩、そのことを話すつもりだったんだ。でも、できなかった」

「そうね、お金の問題を持ちだすタイミングじゃないわね」

「とにかくあの家を出ていきたかった」

レイニャはうなずいた。

「金なんかほしくない。ほんとうにいらない」

「いいわ」レイニャは抱きついて、「じゃ、なにもかも忘れましょうよ。もどることはないわ。ほっておきましょ。おぞましい神話のなかで生活してる人たちなんかほっとけばいいのよ」

キッドは顔の上に手をかざした。手のひらを上にして、指を動かしながら見つめた。五分の四くらいの黒さを背景にした漆黒。腕の筋肉が疲れてきて、手の甲をひたいに落とした。「怖かった……目が覚めたとき、とても怖かった！」

「ただの夢よ」レイニャは力説した。「ねえ、もしほんとうに事故だったら、あなたがポスターを持ってったことは関係なくなるじゃない。逆に、ジューンがわざとやったのなら、彼女の行為で自分を責める理由もなくなるはずよ！」

「わかってるさ」とキッド。「だけど君は……」彼女の吐息が首のつけ根をあたたかくなでるのを感じた。「一つの都市が、そこに住む人々の生活をコントロールできると考えたことあるかい？　つまり地形や、街路のレイアウトや、建物の配置が人々を支配できるってさ？」

「それはもちろん」とレイニャ。「サンフランシスコもローマも丘の上に作られてるわよね。どちらの街でも暮らしたことがあるけど、そのときの市長が誰かなんてことよりも、都市のなかで場所の移動に費やされるエネルギーの量が、それぞれの都市の生活の基調に関わっているの。ニューヨークとイスタンブールは、どちらも大きな水によって区切られた都市だから、水面が目にはいらないときでさえ、街なかにいるときの感覚がとても似ている。そう、たとえばパリやミュンヘンみたいに、泳いで渡れる程度の川が流れている都市よりも、ずっとね。そして、まったく異なった幅の川が流れているロンドンは、やはりまったく異なった感覚を与えるわけ」そう言って、キッドの反応を待った。

しばらくして、口をひらいた。「そうだね……だけど、街路や窓が生きていて、陰謀をたくらんだり犯罪に手を貸したりするなんて考えると、自分がまるで自分じゃないなにかになるような気がしないか？　狂ってるよ」

「そうね」レイニャは答えた。「狂ってるわね――ひとことで言えば」

キッドは腕を彼女の体にすべらせ、寝起きの息を嗅げるくらい抱きよせて愛撫した。「あのさ、あの子を抱きあげたとき、体中に血が飛び散ったんだ。まるで肉屋のフックに吊された、皮を剥いだ獣の死骸みたいに……じつはそのとき、半分くらい勃起したんだよ。ひどいと思わないか？」

レイニャは両脚のあいだに手を伸ばして、「今もでしょ」と指を動かした。キッドは彼女の指のなかで動いた。「ひょっとしたら、ぼくはあの場面を夢に見ていたのかもしれない」キッドは棘のある声で笑った。「どう思う？　ぼくが――」

レイニャの手は収縮し、解き放たれ、前に動き、うしろに動く。

「そんなことしても無駄だよ……」

胸の上でレイニャが肩をすくめるのを感じた。「やってみて」

たいして驚かなかったものの、どうしたことかキッドの意思に反して彼の意思は萎え、それは達した。

この怒りの季節にぼくは頭をのけぞらせる。そこでは、ずっと解きほぐすことを望んできた緊張は、身体のメカニズムにあわせて場所を変えるだけだ。その行為は不器用で、停滞しがちで、優美さも理性もない。彼女のにおいからなにが読みとれるだろうか？　彼女の息の暗号にはどんなメッセージがひそんでいる？　この山には光の通路がひらけている。固くつむったまぶたの線が檻になり、爆発する眼球を閉じこめる。あらゆる努力は、ここで息絶えつつ、耳と喉にさえぎられ、身体なき輝きへ、快楽から解放されたデザインへ、純粋な概念の、それだけが残った影へと、まとまっていく。

キッドの丸っこい指のあいだで、木の葉が粉々に砕けた。葉と肉――荒れた親指で葉の破片をすりつぶす――

は、同じ色だがきめが異なっている。じっと見つめて、区別をはっきりさせようとした。

「ねえ、行こう」レイニャが手をつかんだ。

　木の葉の破片がカサカサ落ちた（いくつかは体にくっついたままだ）。ノートをわきにはさみ、もたれていたピクニックテーブルの片端から立ちあがった。「考えてたんだ」キッドは言った。「レイブリーに寄って、賃金をもらってくるべきかも」

「ニューボーイさんを待たせたまま？」レイニャがたずねる。「でも、引っ越しの仕事はもうすんだって言ったじゃない！」

「考えてみただけだよ」とキッド。「それだけだ」

　禿げあがったひたい、裸の両肩に髪を垂らした若い男が、逆さにした鉄製のバスケットに腰をおろしていた。サンダルをもう片足のサンダルに重ねている。前かがみになって両手にそれぞれ焼け焦げた小枝をもち、そのせいで男の指は黒ずんでいた。「ぼくはこれを君からもらう、交叉させて」男は目の前の地面にすわるインディアンの格好をした少女に向かって話しかけた。「そして君にあげる、交叉させて」

　少女の黒髪はヘアスプレーで固めたようになでつけられ、革紐が幾重にも巻きついてポニーテールを結び、そこから毛先が十もの流れにわかれてピンクのシャツの襟にかかっていた。両袖ともすりきれていて、ほつれたピンクの糸が細い腕に貼りついている。少女は汚れた指で小枝を受けとった。「わたしはあなたからこれをもらう」と、ためらいながらも集中していた――「交叉させないで。そしてあなたにあげる――」彼女はそれを突きかえす――「交叉させないで？」

　見物人の輪から笑い声があがった。笑っていない人々は、少女と同じくらい当惑していた。

「だめだね。またまちがえた」男が足を広げると、サンダルの踵が地面に線を引いた。男はバスケットの縁に押しつけるように足をひっこめた。「さあ、よく見て」手首を交叉させて彼女から枝を受けとり、「これを君からもらう……交叉させないで――」男の手首は離れ――「そして君にあげる……」

　ジョンは、房飾りがついたペルー風ベストの肩を片手で掻き、もう片方の手でパンを食べながら、炉のそばにやってきた。「もっとほしいか？」くちゃくちゃやりながら、パンの一切れを指さした。「食べるといい。君たちが来たとき、ぼくらは朝食をほとんどすましてたんだ」たなびく金髪と眼鏡の金縁のせいで、ジョンの頑固な日焼けがかえって目立つ。瞳孔は丸く切りぬいた曇り空のようだ。

キッドは言った。「充分食べたよ。ほんとさ」

禿げた若者がすわっている鉄のバスケットには（「ぼくはこれを君からもらう、交叉させないで。そして君にあげる……交叉させて！」さらに笑いが起こる）、塩を使わずに焼いた味気ないパンが半ダースほどはいっていた。二人のスコーピオンが持ってきて、缶詰二箱と交換していったのだ。

キッドは言った。「それ、たしかに今日の新聞だよな？」この一時間のあいだに、ジョンにこの質問をするのは三度目だった。

「もちろん」ジョンはピクニックテーブルから新聞をとりあげた。「一九〇四年、五月五日——ふむ、メーデーじゃないか？——火曜日。今朝、ファウストが届けてくれたんだ」新聞を丸めて腿を叩きはじめた。

「ミリーがもどったら、きれいなシャツをありがとうと伝えておいて」レイニャが生乾きの青いコットンシャツの片側をベルトの下にたくしこんだ。「今日の午後、返すから」

「伝えておくよ。ミリーの洗濯プロジェクトは——」叩きながら、もぐもぐやりながら、ジョンは言葉をえらんで——「今までぼくたちが試みたなかで、最も成功したプロジェクトだ。そう思わないか？」

レイニャはうなずいた。まだ裾をたくしこんでいる。

「さあ」とキッド。「行こうよ。もし今日がほんとうに火曜ならね。いま、ジョンはたしかに火曜と言ったね？」

「もちろん」レイニャは言った。

（「だめだ、まだまちがえてる。いいか、よく見て。ぼくは君から受けとる、交叉させて。そして君にあげる、交叉させないで」第二関節まで黒くずんで、焼け焦げた棒の根を握った男の指が前に突きだされる。同じくらい汚れた少女の指は、ためらいながらひっこみ、神経質に動く。やがて少女はまた棒をつかもうとする。彼女は言う。「ほんとにわかんない。ちっともわかんないよ」今度はほとんど笑い声があがらない。）

「じゃあまた」キッドはジョンに言った。ジョンは口をいっぱいにしたまうなずいた。

二人はナップザックのあいだを抜けていく。

「食事をわけてくれる……しかも毎日」キッドは言った。

「悪い連中じゃないよな」

「いい人たちよ」レイニャは清潔でしわのよった服の前面を手ではらった。「アイロンがあればいいのに」

「コーキンズの屋敷に行くにはドレスアップしなきゃいけないんじゃないか？」

レイニャは値踏みするようにキッドの新しい黒いジーンズと黒い革ベストを見つめた。「そうね、あなたはもう制服を着てると言ってもいいわね。でもわたしはあなたとちがって、みすぼらしい格好がいちばん魅力的なわけじゃないから」

二人は公園の入口に向かう。

「洗濯プロジェクトって？」キッドはたずねた。「岩の上に櫂で服をたたける場所でも見つけたのか？」

「わたしの推測では」レイニャは答えた。「ミリーとジョミーとウォリーと、名前は忘れたけどインディアンシルバーをつけた女の人が、何日か前にコインランドリーの洗濯機を見つけたのよ。今日は、それを動かせる三叉のコンセントがないかって探しにいってるの」

「じゃあ、君がいま着てるシャツはいつ洗った？」

「昨日、ミリーとわたしが女性トイレでまとめて手洗いしたのよ。あなたが働いているあいだにね」

「そうだったのか」

「レコーディング・エンジニアから洗濯女へ」ライオンの門を抜けながらレイニャがつぶやいた。「たった一年たらずのあいだにね」鼻を鳴らして、「ジョンに訊いたら、これを進歩と言うかどうかわからないわね」

「新聞によれば今日は火曜日だ」キッドは、腰のベルト通しにひっかけた〈蘭〉の刃に、親指でぼんやりとふれていた。内側で、鎖の留め具が一歩ごとにジャラジャラ鳴る。「ニューボーイは新聞が火曜日になったら訪ねてこいと言ってた。彼が忘れてるなんてことないよね？」

「忘れてたら、思い出させればいいのよ」とレイニャ。「でも、忘れてないと思うわ」

親指や手の甲を鋭い刃に押しつけても、ほんのかすかな線を残すだけだ。あとになると、皮膚の表面についた他のしわと同じように、そこにもゴミがたまるだろう。だが、痛みはほとんど感じなかった。「今日はスコーピオンズと喧嘩しないですむかな」ブリスベーン・ノースからブリスベーン・サウスへ道を渡りながら、キッドは言った。「運がよければね」

「自尊心のあるスコーピオンなら、朝のこの時間に起きてることはないわ」レイニャが言った。「連中は三時や四時ごろまで寝ていて、それから夜明けまで飲んで騒ぐのよ、知らなかった？」

「それでこそ人生だね。君は前にコーキンズの屋敷にいたことがあるっていつも言ってるだろ。大丈夫だよな？」

「行ったことがなきゃ——」彼女はハーモニカを手のひらでポンと叩き——「こんなに大騒ぎしなかったでしょうね」きらめく音を三つ鳴らす。眉をひそめ、もう一度吹いた。

「かなりいい感じにみすぼらしい格好だぜ」とキッドは言った。

レイニャはさらに何個か音を鳴らし、それらがメロディーを作りそうになると、気が変わったのか笑って、あるいは不満気になって、あるいは黙って、らがう曲をはじめた。二人は歩きつづけ、レイニャは不完全な音をばらまきつづけた。

ノートがキッドの尻を打っていた。(もう片方の手は今、鋼の刃の花びらに包まれていた。)二つで一組の防具を身にまとい、縁石からそれた。「ぼくは、彼がなにを言うのかビクビクおびえてるんだろうか」

音と音のあいまに、「え?」

「ニューボーイだよ。ぼくの詩についてさ。くそっ、でもやつに会いに行くわけじゃない。ぼくはコーキンズが住んでる家を見てみたいんだ。ニューボーイがぼくの書いたものをどう批評しようと知るもんか」

「コーキンズの屋敷にとてもきれいなドレスを三着おきっぱなしにしてあるの。二階のフィルのクローゼットにね。ちゃんと残ってるかな」

「たぶん残ってるさ、もしフィルがいれば」

「まさか。フィルはもうこの街にはいないわ……何週間も前から!」

空気はひりひりして工場地帯のようだ。見あげた空は、ここでは粘土色、あそこでは象牙色、いくらか明るんだ彼方では、くすんだ亜鉛色。

「ま、わたしにしてみれば」レイニャはつづけた。「別れて正解だった。あなたと会えたし」と手を刃のあいだにするりと忍びこませ、キッドの指を二本つかんだ。彼女の細い手首はひねられて、刃が押しつけられ、こすられ、肌に線が刻まれ——

「気をつけて。下手したら……」

だが彼女は大丈夫だった。

塀からはツタが束になってぶらさがっていた。

真鍮の門のそばで、レイニャは言った。「ずいぶん静かね」

「呼び鈴を鳴らす?」キッドが訊いた。「それとも叫ぼうか?」そして叫んだ。「ニューボーイさん!」

レイニャは用心深く手をひっこめた。「前はここに呼び鈴があったはず……」そう言って真鍮プレート近くの石に指でふれた。

「やあ……」なかから声がした。松林のむこうで、砂利を踏みしめる足音。

「こんにちは！」キッドは呼びかけながら、〈蘭〉をはずし、刃をベルト通しにさしこんだ。

アーネスト・ニューボーイが緑の茂みの裏から現われた。「そうか、今日は火曜日だったね」と丸めた新聞をふって、「わたしも三十分ばかり前に知ったんだが」ニューボーイは錠前のプレートの内側を動かした。門がガチャリと音をたて、わずかにひらいた。「君たちが来てくれて嬉しいよ」と言って門を大きくあけた。

「前にここで警備をしていた男の人はもういないの？」敷地にはいりながら、レイニャがたずねた。「そこに常駐して見張っていたのに」と、道のはずれの小さな緑のブースを指さした。

「トニーかね？」ニューボーイ氏は言った。「いや、彼なら午後遅くまで来ないよ。だが、今日はほとんど全員が外出している。ロジャーがみんなをつれて出かけてしまったからね」

「じゃあ、ぼくたちのために残っててくれたんですか」キッドがたずねた。「そこまでしてくれなくても――」

「いや、なんとなく気分が乗らなかっただけだ。どちらにせよ外出しなかっただろう」

「トニー……」風にさらされて剝がれた守衛詰所のペンキを見つめながら、レイニャは考えこんでいた。「彼の名前はスカンジナビア系だった気がする」

「じゃあ、人が替わったんだよ」ニューボーイ氏は言って、ポケットに手をいれた。「トニーはいかにもイタリア人らしいイタリア人だ。ほんとうにいいやつだよ」

「前の警備員もいい人だった」とレイニャ。「この街じゃ、物事はいつでも変化してるのね」

「そう、そのとおり」

三人は小道をたどりはじめた。

「ここじゃ、人の出入りが激しいから、いちいち確認するのはとうにあきらめてるんだ。ほんとうにあわただしいよ。でも、君たちは静かな日に来てくれた。ロジャーは、客人みんなをダウンタウンの新聞社に案内してるんだ」ニューボーイはほほえむ。「わたしをのぞいてね。火曜日にはいつも、遅くまで寝ることにしている」

「またここに来られてうれしいわ」レイニャは言った。「みなさんはいつごろもどってくるの？」

「暗くなったらもどるだろう。前にここに滞在していたそうだね。ロジャーが帰るまで待って、あいさつしていくかね？」

「いいえ」レイニャは答えた。「ただ興味をもっただけだから」

ニューボーイ氏は笑った。「なるほど」

砂利道は（たこのできたキッドの足を嚙みながら）白い柱のある二つの寺院風建築物のあいだを曲がっていった。林が垣根に変わり、果樹園らしきものが遠くに見えてきた。

「庭園を横切ってもいいの？」

「もちろん。サイドテラスに行こう。コーヒーポットはまだ熱いだろうし、いっしょに食べるお菓子でもないか探してみよう。ロジャーは自由に出入りしていいと言ってくれているが、それでもミセス・アルトのキッチンをのぞきこむときは、いまだにちょっと落ちつかない気持ちがするよ」

「ああ、それは——」と「いえ、そんな——」、キッドとレイニャが同時に口をひらいた。

「いや、置き場所ならわかってる。それに、どうせわたしのコーヒーブレイク——アメリカではこう言うんだろう？——の時間なんだ」

「あなたもきっと気にいるわよ！」高い垣根のあいだを抜けながら、レイニャが大声で言った。「ロジャーはとってもきれいな花を植えてるの。それだけじゃなくて——」

キイチゴが四目垣に巻きついていた。枯れた巻きひげが砕けた木摺の上に丸まっている。黒い土が地面からえぐりとられていた。ここでも、ここでも、あそこでも。

「——いったいこれは……」レイニャが口をひらいた。「どういうこと？」

ニューボーイ氏はよくわかっていないようすだった。

「どうもしていないと思うよ。わたしがこの屋敷に来たときから、ずっとこんなだ」

「でも、前はここは花でいっぱいだったんです。太陽の色をしたオレンジの、トラみたいな花。それにアイリス。たくさんのアイリスが——」

湿った地面でキッドの足が冷えていった。

「そうなのか？」とニューボーイ。「君がここにいたのはどのくらい前かね？」

レイニャは肩をすくめた。「何週間か前……三週か四週？」

「不思議なものだ」荒れ放題の庭を横切りながら、ニューボーイ氏が頭をふった。「この場所はもう何年も前からこんなふうだと思いこんでいた……」

十フィート大の石の台に水が溜まり、そのなかで落葉が腐っていた。

レイニャは首をふった。「前はずっと水を噴きあげてたの。ペルセウスだかヘルメスだかの彫刻もついてた。あの噴水はどうなったの？」

「ほう」ニューボーイは目を細めた。「その彫刻は、秘書が住んでるコテージの裏に山積みになっているガラクタのなかじゃないかな。近くをぶらついていたとき、それらしいものを見たことがある。だが、あれが噴水と関係あるなんて考えもしなかった。そんなことを知るほど長くここに滞在している人間はいないだろう」

「コーキンズさんに訊いてみればいいのに」キッドが言った。

「とんでもない。わたしにはそんなことをするつもりなんてないよ」ニューボーイ氏は陽気な共犯意識をこめてレイニャを見た。「これっぽっちも」

「ええ」庭園の荒廃ぶりを見てうなだれていたレイニャも言った。「わたしもそうは思わない」

石の台のひび割れにわずかに生えた草の下で地面はぬかるみ、三人の足跡が石膏のようにくっきりと刻まれた。

ツタのからまるフェンスをもう一つ通りすぎると、広い芝生が、そして数本だけ生えた高い木よりもさらに高い屋敷が姿を現わした。（横に突きでた高台に、もう一軒の家があった。三階建て。秘書のコテージだろうか？）

芝生には緑青の浮いたプレートが据えられ、こう書かれていた――

五月

五つの太い石柱――左右対称ならあと一本あるはずだと探したが見つからない――から見える屋敷は、古い石の建造物のまわりに、黒い木とガラスと煉瓦でできた近代的な建物が増築されたものらしい。

「客は何人くらい滞在してるんですか？」キッドがたずねた。

「わたしにもよくわからない」ニューボーイ氏は答えた。三人はテラスの前の敷石にたどりついた。「少なくとも十五人、ひょっとしたら二十五人。ロジャーが手伝いに使っている人間は、たえず入れかわっている。どうやって客の世話をしているのかはわからない。ミセス・アルトがすべてやっているんでなければね」彼らはテラスに通じるコンクリートの階段をあがった。

「こんな場所で十五人もの人から逃げるのは難しいでしょう」キッドはさらにたずねた。

屋敷のこの一角はガラスでできていた。屋内にはカエデ材の壁パネル、背の高い真鍮のランプ、小さなエンドテーブルの上にはブロンズ像があり、その両脇には金のベルベットにおおわれた長椅子。すべてが磨きあげられ、表面には光の破片が散っている。

「いや、この家が人であふれているように感じることはないんだ」

三人はべつのガラスの壁面の前を通った。キッドには、二つの壁が書棚となり本がびっしり詰まっているのが見えた。バルコニーを支える内側の黒い梁が、金と緑の金欄の椅子にはさまれている。二本の銀の燭台が——一つは近くで、一つは遠くの影のなかで——ダイニング・テーブルのマホガニーの川面に漂う白い小マットの上で花ひらいていた。「ときどき、完全に一人きりだと思ってこの屋敷を一時間ものあいだ歩いていると、べつの部屋にいた十人ぐらいの集団とばったり出会うことがある。もし、屋敷に充分な使用人がいたなら——」乾いた落葉が足もとでこなごなに砕ける——「これほど寂しくはないだろうね。さあ、着いた」

色つきのキャンバス地が張られた木製椅子がテラスのあちこちにおいてあった。欄干のむこうには、苔むした岩におおいかぶさるようにカバノキ、カエデ、そしてところどころに太いカシが生えていた。

「すわっててくれ。すぐにもどる」

キッドはすわった——椅子は予想していたより低く、腰をおろすと深く沈みこんだ——それからノートを膝の上に乗せた。ガラスの扉がニューボーイの背後で揺れていた。キッドはふりかえって、「どこを見てるんだ?」

「十一月の庭」腕を組んで、レイニャは石の手すりにもたれていた。「ここからじゃプレートは見えないわね。あの岩のてっぺんに埋めこまれてるはずだけど」

「なにがあるの……十一月の庭には」

「なんにも」というように彼女は肩をすくめる。「わたしがここに来た最初の夜には、あそこでパーティをやってたのよ。十一月、十月、そして十二月」

「いくつの庭があるんだい?」

「一年は何カ月?」

「ぼくたちが最初に通った庭はどの月?」

「あそこには」レイニャはふりかえった。「名前がないの」ふたたび岩のほうを見て、「すごいパーティだったわよ。いろんな色の照明が鈴なりに紐で吊されてて。バンドも来てたわ、バイオリンに、フルートに、それにハープを弾く人までいた」

「ベローナでどうやってバイオリンなんて見つけてきたんだろうね」

「ロジャーはやるのよ。ほんとうにたくさんの、ゴージャスな衣裳を着た人たちがいた」

キッドはフィルについて訊こうとした。

レイニャがふりむいた。「もしわたしのドレスがまだここにあるなら、場所は正確にわかるわ」

ティーワゴンでガラスの扉を押しあけながら、ニューボーイ氏がもどってきた。車輪が敷居をまたぐごとに、ポットとカップがガシャンと音をたてた。ワゴンの下の段にはペストリーの皿が乗っている。「ちょうどミセス・アルトがパンを焼く日だった」

「うわあ」キッドは言った。「うまそうだ」

「どうぞ召しあがれ」ニューボーイは湯気のたつコーヒーを青い陶器にそそいだ。「砂糖とクリームは?」

キッドは首をふった。カップが彼の膝を温めた。ひと口かじる。クッキーのかけらが落ちてノートの上に転がった。

レイニャは塀に腰かけていた。テニスシューズの踵を揺らして石壁にぶつけながら、バタークリームたっぷりのクリスプコーンをほおばっている。

「さて」とニューボーイ氏が口をひらいた。「詩は持ってきてくれたかな?」

「ああ」キッドは食べかすを払いながら言った。「持ってきました。でも、手書きですよ。タイプライターを持ってないので、書いたあと、活字体できちんと書きなおすことにしているんです」

「読みやすく清書したものなら解読できる」

キッドはノートを、レイニャを、ニューボーイ氏を、ノートを見つめた。「どうぞ」

ニューボーイ氏は椅子にすわりなおし、ノートのページをめくっていく。「ああ、君の詩はみんな左ページにあるんだね」

キッドはカップを持ちあげた。コーヒーの湯気が唇にあたる。

「さて……」ニューボーイ氏はノートに向かってほほえみかけ、いったん言葉を切った。「君は神聖かつ壮麗な傷を負っているようだ。その傷からは……そう、詩が血となって流れだす」と、もう一ページめくり、ちらりと見た。読むのに充分なほどの時間をかけたようには(キッドには)思えない。「だが、君はしゃがみこんでその傷をじっくり見ただろうか? その傷口を通して、君自身の人間性と種族全体の人間性とが交錯する場所を観察しただろうか?」

「あの……?」

「愛か、憎しみか」ニューボーイ氏は顔をあげずにつづける。「あるいは無関心、どれが動機となって、その観察をうながしたのかは問題ではない。もし君が観察をしていないのなら、君の血は、焦点を結ばずに流れたことになる……。ああ、どうやらわたしは、芸術において不適切にも普遍性と呼ばれているものに新しい意味を与えて、よみがえらせようとしているだけかもしれない。わかるだろう、普遍性というのは実際、不適切な命名だ」ひとしきり首をふってから、またページをめくり、「すべての芸術が万人にアピールする必要はない。だが、編集者や企業家たちは、心の奥底では万人にアピールすると確信しており、そうであってほしいと願っており、そうあるべきだと考えている。君は酒場で出版について質問したね？」朗らかに顔をあげた。

「ええ、そうですが」キッドは用心深さと好奇心をもって答えた。ニューボーイが黙って詩を読みつづけてくればいいのに、と思っていた。

「出版者、編集者、画廊のオーナー、オーケストラのマネージャー！　そうした人々は、芸術家の世界における、信じがたい要素だ。だが、わたしたちのように傷をかかえて歩いてまわるには、その世界は煉獄のように教育的なのだ。とはいえ、人が誰かから魔法の楯《シールド》を与えられることなしにこの世界にはいれるとは思えない」ニューボーイの目はふたたび下を向き、また上を向き、キッドの目をとらえる。「君はこれが気にいっているかね？」

「え？　はい。なんのことです？」

「一方には」響きのよい重々しさで抑揚をつけながら、ニューボーイは語る。「こう刻まれている――『君自身に忠実であれ。そうすれば君の作品にも忠実であるだろう』。反対側にはこうだ――『君の作品に忠実であれ。そうすれば君自身にも忠実であるだろう』」ふたたびニューボーイの目が伏せられ、ページに向かう。とぎれることなく、とり憑かれたような声がつづく。「君自身の周辺部を見渡し、ほかの多くのものが棘だらけの風景のあちこちで打ち捨てられたりきらびやかに輝いていたりするのを見るのは、いささか恐ろしいものだ。おのおのの丘の頂や谷底でそれぞれ奇妙なことをしている裸形の人々が恐ろしいのは言うまでもない。そのうちの何人かは――さて何人くらいだろう？――あきらかに頭がおかしいんだ！　同時に――」とページをめくり――「まもなく、自分でもそれを何十回となく捨てそうになっていたことに気づくことほど屈辱的なことはない。それというのも、富や名声によってではなく――断じてちがう！――論理と必然性の終わりなき構造によって、注意をそらされていたためだ。論理と必然性の構造は、その結合部を破壊するきっかけとなる不可避の瑕疵に到達し、君がそこを通過するまで、単調にだらだらと進みつづける。ガラスとアルミニウムでできた扉を、受付嬢たちのほほえみを、アルコールの多すぎるランチを、さらにアルコールの多すぎる開会式を、よい趣味を定義しようと必死になっておのれの笑い声さえ聞こえぬほどの大声でどなる群衆のあいだを慎重に抜けて、君は進んでいく。その間、掘っ立て小屋はペンキで汚れた窓ごしの閃光と炎、あるいはポリスロックで施錠された扉の下からのかすかな光によって照らされ、あるいはもしその日、めったにしない外出をしているのなら、空全体を満たす光、北天のオーロラのように複雑な光によって照らされる。いずれにせよ、そうした光に照らされると、愛と飢えから和音まで、あらゆるものが驚くべき影を作りだす」ニューボーイ氏はふたたび目をあげた。「おそらく君はすでに、いくつものそうした光をその源までたどってみたんだろう？」詩人はページを指のあいだにはさむ。「認めるんだ――わたしたちは対等の立場で話しているんだからね――多くの場合、そこにはなにも見つからなかった。ただし、日記に向かって――」ページがもどってすでに読んだ箇所がひらいた――「あるいは注意深く手紙を保存してくれると君が思っている友人に宛てた手紙で、君は認めるだろう、すべての経験は驚異的で、自分でも認めがたいほどの熱望で君を満たしてしまったこと、その熱望が定着し、最終的にはそれを受けいれることに、君は単なる好奇心以上のものをいだいたことを。ときには『この地でモーツァルトがダ・ポンテに会う』だとか『ロダンここに眠る』だとか書かれた札を見つけるだけだろう。三度か四度は、その場所でずっと昔に起こったことについて熱心に議論している奇妙な集団に出会ったことだろう。彼らは君にこう言うのだ、『残念、もし間に合っていれば、あなたも充分に楽しめただろうに』と。その人たちに我慢して耳をかたむけ、彼らがなんのためにそこに留まっているのか理解できれば、きっときわめて貴重なものが手にはいっているはずだ。『頼むから、手に持っているものをおいて、少しここに留まりなさい！』これは恐ろしく魅力的な誘いだ。自分たち自身は慇懃きわまりないというのに、彼らは君の生来の野蛮さを許容してくれそうな唯一の集団なのだ。そして一度か二度は、もし幸運なら、静かな年配の人と出会えただろう。君がその人と、少々いかがわしいその人の友人に、ディナーでもごいっしょに、なんてぼそぼそつぶやくと、『ほんとうにありがとう。喜んでお受けします』と答えられて肝をつぶすことになる。あるいは君は、自宅でテレビの野球中継を見ている年老いた女性に出会えたかもしれない。誕生日に花束を持っていくと、彼女は君に玄関のチェーンごしにほほえんで言うのだ――『ほんとうにご親切なこと、坊や。でも今はもう、誰ともお目にかからないことにしているの、けっして』。ああ、君の手にあるもの。君はそれをまだ持っている、ちがうかな？」

「あの、すいませんが――」

ニューボーイは手を動かし、ふたたびノートに視線を落とした。「まず、両側に鏡があるところからはじまる。最初こそ安心を与えてくれるが、しまいには気が散ってしまう。むしろ邪魔になるんだ。だが、君が進んでいくにつれて、鏡の銀色は色あせはじめる。君はしだいに、その色あせた鏡を通して直接外を見ることができるようになる。鏡と言ったが、実際には――」ニューボーイは一瞬顔をあげ、それからまたページに目をもどし、「レンズになったのだ。だが、ものごとの移行期はつねに人を当惑させる。自身の姿が反映するのに幻惑されているあいだにも、君はそれが実はマジックミラーなのではないかと考えるようになる――すなわち、外からのほうがよいながめを可能にしてくれるようなガラスではないかとね！　それでも、そのガラスの状態に慣れてしまえば、君は自分の見ているながめのほうをいっそう興味深いと思うようになる。ほんのわずかの練習で、切り替えのためにいちいち停止することなく、二種類の銘を同時に読めるようになっているのだ。ああ、君はどれほど、どれほど多く、真っ裸に見える人とぶつかりそうになったことだろう！　実は彼らも自分と同じように、楯《シールド》が透明になっただけなのだと君は知る。誰がまだ楯《シールド》におおわれ、誰がもう楯《シールド》を捨てたのかを周到に見きわめようとする。さて、光輝く楯《シールド》に守られた若者が、悪意から、あるいはもっとたちの悪いことに、こちらには理解しがたい親切心から、君が喘ぎながら登っているひどく荒涼とした岩山の頂上で、もしくは君が片腕で雄々しく這いあがろうとしている悪臭を放つ峡谷の底で、「あんた裸だぞ。大丈夫か？」と叫んでいるとしよう。おそらくその瞬間、君は目を細め、二重の銘が自分の目の前に変わらず刻みこまれているのを確認しようとするだろう。だが、その若者と同じような見当ちがいの親切心を持っていないかぎり、相手の誤解を解くためにエネルギーを浪費しようとはしないだろう。やるべき重大なことはほかにいくらでもある。君にはできるだけうまく、そうした重大な問題を片づけていく。だが、邪魔はつづく。君の目は今や、くりかえされる多彩色の閃光に悩まされるようになる。君は無視しようとする。だが、閃光の周期はどんどん短くなっていく。君は習慣に従って、刻まれた銘を確認しようとする。だが率直に言って、閃光を浴びつづけているあいだは、銘を読むのはまったく不可能だったし、それが意味を持っているのかどうかを判断することさえできない。これまで君が見つめてきたものは、君が露呈させてきたものは、巨大なプリズムに変化していたのだ」ニューボーイは椅子の背にもたれた。その目はバルコニーの下に向けられている。「最初の、鏡からレンズへの移行は当惑するようなものだと述べたね？　今度の変化、レンズからプリズムへの移行は怪物的だ。そして、前の変化と同じように恐ろしい。マジックミラーさ！　ひっきりなしに現われる、水彩画の道具をかかえた年配の婦人方や私家版の詩集をもった老人たちを忘れられればいいのに。かつて君が礼儀から、花を持っていったりディナーに誘ったりした人々。たとえ彼らがアルミ箔の帽子をかぶっていて、詩と真実についてたえまなくおしゃべりをしていようとも。けっきょく彼らは、役に立たないが感じのいい連中だったのだし、そもそも真に感じよくするためには役に立たずにいるしかないんだ。彼らがかぶるアルミ箔の襞に、当人たちも認めるように厚紙から切りとられ、絆創膏で貼りつけられた適切な文字を二つ三つ見つけることさえできるだろう。こうした屈辱的な花火が、言ってみれば残酷な二度目の幼年時代であり、目の欠陥なのだ。君自身の形をした洞察と炎の穴を通して凝視しているうちに、君は疑いはじめる。これが一番重要な所持品なのはまちがいないとして——そのことはけっして否定できない——それが、なにか恐ろしいほど重要なものから君を守ってこなかったのではないか、と。唯一の慰めは、それをいつでも、昼でも夜でも、放棄することができるにもかかわらず、そうしなかったということだ。君はそれに耐えることを選んだ。不死を、それどころか能力さえも、保証してくれるものなどない。わかっているのは、ただ大工や会計士や医者や溝掘り作業員、要するに幸福になるために社会に役立つ仕事をしなければならない人々の感じる慰めを、騙しとられてきたわけじゃないということだ。なかば盲目でいくらか狂って、あてどなくさまよいながら、君は考える。いったいいつ——はじめる前だったろうか？——自分は恐ろしい事実を知ったのか、と。もしそれを放棄してしまえば、傷は絶対に癒されることはないという恐ろしい事実を。じっさい、現在わたしたちが住むような豊かな社会においては、歌や詩や絵画を生みだし、同時に収入を得て暮らしていくことさえ可能なのだ。唯一のちがいはおそらく——そして君はそのちがいを、それを放棄することによって、巨大な恐ろしい多数派に妥協してしまった、獣じみた不幸な人々に耳をかたむけることによって学んだのだが——それなしには、単調で荒涼とするばかりの世界に、なにも残らないだろうということだ。そう、まったくなにも」

ニューボーイの目がキッドの目を見すえた。キッドはほほえみつつ、居心地の悪さを覚えた。それから、むらむらと喧嘩を売りたい気持ちがわいてきた。おそらくそのせいで、笑顔はいくらか損なわれただろう。彼は言いかけた――詩を見せに来た相手に向かって、あなたはいつもそんな長広舌を……

とつぜん、ノートがニューボーイの膝からすべり落ちた。詩人はかがみこんだが、キッドが一足先にさっと拾いあげた。

ノートの裏表紙がパラリとひらいた。最後のページの一番下に書かれた文章が目にはいり、キッドは眉をひそめた――

……**空はむきだしになっている。疲れすぎてあまりたくさんは書けない。それでも、彼らが木々のあいだを歩いているのがまだ聞こえる。話し声はしない。ここで待ちながら、恐ろしい武器から離れて、霧と光の回廊から出て、ホランドをすぎ丘を抜け、ぼくはやってきた**
「あなたは……」キッドの手がページの上におかれた。

ゆっくりと顔をあげる。

鎖が蛇のように手首に巻きつき、腕を這いのぼっている。ひらいたベストからのぞく腹を、胸を、横切っている。「あなたは、それがこれの意味だと言うんですか?」

「なんだって?」

キッドは鎖に親指をぐぐらせてひっぱった。「この鎖ですよ。今あなたが話したのが、この鎖の意味だというんですか」

ニューボーイ氏は声をあげて笑った。「鎖の意味なんて知るものか!　持っているのは君だ。わたしじゃない。この街で、それを身につけた人々には会ったが、断じてちがう。わたしはただ、それを比喩として使っ̇た̇だ̇け̇だよ。とんでもない!　鎖の意味だなんて、おこがましいことを言うつもりはない」

キッドはふたたび目を伏せ、「詩を見せに来た相手に向かって、あなたはいつもそんなふうに話すんですか?」とたずねた。喧嘩をふっかける気持ちはなく、にやりと笑いながら。

ニューボーイはまだ笑っている。「よかろう」と手をふり、「じゃあ、いくつか読んでくれないか」椅子に浅く腰かけ、コーヒーをもうひと口飲んでカップをおいた。

「いや、そのなかのいくつかの詩を朗読してほしいんだ」

「いいですよ」キッドは言った。怒りがこみあげるような気がしていたが、実際に感じたのはまったく異なる不安だった。注意深く、白紙が残っているページの数をもう一度心にとどめた。

「犬の詩がいいな。気にいったんだ」

「『ミュリエル』ですか？」

膝に両手をおいて、ニューボーイがうなずいた。

キッドはノートを表紙に向かってめくっていく。

そして読みはじめた。

三行目あたりで、息がつづかない感じは消えた。舌の裏のどこかで、喜びに似たものがめばえる。それをなくさないように、繊細な感覚に変えることによって、口ごもることなく、loomとflowの母音が同じ場所から出発しながら、べつの場所に向かっていくことを認識した。より音を響かせるために、顔が空っぽになるのを感じた。それらの音は口のまわりの筋肉を自由に動かし、スタッカートのtの音やkの音で最終行を謎めかせ、彼の唇にほほえみを浮かべた。

「すばらしい」ニューボーイは言った。「不気味なくらいに。その前の詩も読んでくれないか」

キッドは読んだ。自分の口の動きにわれを忘れ、一瞬、耳に集中した音にハッとして、金切り声になるまでとまらなかった。まもなく、長い音がその声を静めた。

「その詩のなかには、対話している二つの声があるんじゃないか」朗読を終えるとニューボーイがコメントした。「さっき、ざっと読んだときには気がつかなかったが」

「え？　ああ、そうです。そうか、書くときにわけて書いたほうがよかったですね——」

「とんでもない！」ニューボーイ氏は半身を起こして否定した。「いや、ほんとうにだめだ、絶対にそんなことをしてはいけない。印刷した紙面で読めば、完璧にわかることだ。わたしの読み方が不注意だっただけだよ。さ、つづけて」

キッドは読んだ。

かつて書いたときにイメージとして訪れたものが（彼はそれらのイメージのなかを舌先とペン先でつついてまわったのだ）もどってきて、ショックを与え、輝いた——記憶のなかにあるものよりも、ある場合はよりくっきりと、ある場合は薄まったかたちで。しかしいずれにせよ、ふたたび現われたそれらのイメージは濃厚で、ふたたび飲みこまないよう、舌を使って外に運びだした。

「ほんとうに愉快だ」ニューボーイが言った。「君は自分の詩をとても楽しんでいる。自由律の詩が、しばしば弱強五歩格に近くなるということに気づいていたかね？　とりわけ、経験が乏しい人が書く詩にありがちなのだが」

「なんのことです？」

「まあ、それも当然なのだが。弱強五歩格は英語の話し言葉の自然なリズムだからね。つまり、詩がバ・ダ、バ・ダ、バ・ダ、バ・ダ、バ・ダというリズムで進むんだ。ああ、そんなふうに困った顔でぼんやりしてないで、もっと読んでくれ。衒学的な発言はつつしむよ。君の朗読を心から楽しんでるんだ」

キッドは照れくさかったがしあわせだった。目は下へ――ページに向かった。キッドは読んだ。ページをめくった。読んだ……長く朗読しすぎたのではと何度か思った。だがニューボーイは、もっと読むようにと黙ってうながした。一度など、二つのバージョンを両方聞きたがった。（「さっき読んだとき、君が二つのバージョンを書いているのに気づいたんだ……」）そこで初期のバージョンを聞かせると、詩人は「そうだな、君の推敲はほぼ正しい」と述べた。）いくつかの詩は二回目の朗読を求めた。キッドはしだいに自信を深め、べつの詩を選び、前に飛ばした詩にもどり、さらに飛ばして先に進んだ。わきおこった歓喜は自慢ではなかった。目の前でクッキーを食べている聴き手の存在がほとんど意識されず、舌の裏の空洞を支えるための背景にすぎないと感じられるときに、喜びは最大になった。


一息ついて、ニューボーイを見つめた――

詩人は、キッドではなくなにかを見つめて、眉をひそめていた。

テラスから十フィートほど離れた場所で、レイニャが言った（その声を聞いてキッドはふりかえり、眉をひそめた）。「ご……ごめんなさい、邪魔するつもりじゃなかったの」それは青かった。ずたずたに切り裂かれていたシルクだった。

「なんだい、それ？」

「わたしの……ドレス」レイニャはそれを腕に掛けたまま、近づいてきた。「展望塔のある翼《よく》に立ってみたの……あなたが朗読してるあいだにドレスを探そうと思って。それがもう、ひどいありさまだったのよ！」

ニューボーイ氏が眉をひそめる。「あそこに誰かが泊まっていたなんて知らなかった」

「誰もいないみたいですよ」彼女は言った。「今はね」

「三階にあったのかね？」

レイニャはうなずいた。

「ロジャーは、あの区域は立ち入り禁止だと言っていたが――扉が閉まっていなかったか？　水道管の工事かなにかがあるんだと思っていたよ」

「扉は閉まってたけど、鍵はかかってなかった」レイニャが答えた。「あっさりはいれたわ。わたしがここにいたころには、あの建物も使われてたのよ――フィルとわたしが泊まっていた部屋をのぞいてみた。だけど……カーペットが床から剝がされ、引き裂かれてたの。誰かが照明器具を天井からひきちぎったみたいで、電球一つごとに一フィートの漆喰が落ちてた。寝室の横のバスルームじゃ、流しが床のまんなかにでんとおかれて、きれいな青いヴィクトリア時代風のタイルもこなごな。壁には、まるで破城槌でぶちぬかれたみたいな大きな二つの穴があるし――それにマットレスはぜんぶ切り裂かれてた！」そう言って、切り刻まれた手持ちの品に目を向ける。「わたしのドレスもね。クローゼットの隅に丸めて捨てられていたわ……服を掛ける横棒ははずされて、フックは叩きつぶされて折り曲げられて」彼女はドレスをかかげて、「誰かがこんなことをしたのよ――まるで剃刀を使ったみたい！　いったいなんのために？」

「なんてことだ！」ニューボーイ氏は声をあげた。「まったく、完全に――」

「ドレスはどうでもいいんです。この屋敷を出たときには、とりにもどってくるつもりなんてなかったんだから。でも、いったいなんでこんな――？」レイニャはキッドを見て、ニューボーイを見て、ふいに叫んだ。「あ、いけない――邪魔するつもりはなかったのよ！」ドレスを丸めて、欄干にもたれかかった。「つづけて、キッド。読むのをやめないで――」

　キッドは言った。「行って、ちょっと見てみようか――」

「いやよ」たじろぐほどの大声で、レイニャが言った。

ニューボーイは目をしばたたかせた。

「いやよ、絶対にもどりたくない」

「でもさ……」キッドは眉をひそめた。

「ロジャーは、あの翼にはいるなと全員に言いわたしているんだ」ニューボーイは落ちつかないようすだ。「まさかそんなふうになっているとは……」

「扉なら閉めてきました」レイニャは、手に握りしめた青いシルクを見つめた。「これもおいてくるべきだったわね」

「ひょっとしたら、パーティの乱痴気騒ぎが度を越しちゃったせいじゃないかな？」キッドが言った。

　レイニャは言った。「とてもパーティみたいには思えなかったけれど」

　ニューボーイは――キッドはふと気づいたのだが（と同時に、レイニャも気づいたことに気づいた）動揺していた。レイニャの反応は、「コーヒーはまだあたたかい？

一杯飲みたいわ」

「ああ、大丈夫」ニューボーイは立ちあがって、ポットに向かった。

「つづけてよ、キッド」ニューボーイがカップを運んでくるのを見て、レイニャはうながした。「べつの詩を読んでちょうだい」

「そうだ」年配の詩人は、気持ちを落ちつかせようとしながら椅子にもどった。「ちがうのを聞かせてくれ」

「わかりました」キッドはページをめくった。レイニャの報告自体をないことにするのは無理だとしても、せめてそれがもたらした効果はなかったことにしようと、三人で示しあわせているようだった。それに、ニューボーイはこの屋敷に住むしかないんだから、とキッドは考えた。残る詩はあと三つだけだった。

そのうちの二番目の詩を読んだあと、レイニャが言った。「その詩はわたしのお気にいりの一つ」彼女の手が、たたんでテラスの壁に掛けてある、切り裂かれた青にむかって伸びた。

キッドは三番目の詩を読んだ。「これでおしまいです」なにより沈黙が生じるのを避けたくて、話しはじめた。「さあ、ぼくの詩はどうでしたか？　いいか悪いか、ぜひ教えてください」そんなことを屋敷に着いてからは一度も考えなかったのに、以前に頭のなかで練習していた科白がふっと出てきたのだ。

「君の朗読を心から楽しんだよ」ニューボーイは言った。「だが、それ以外のことは、トーマス・マンに倣って、自分の心に向かってこう言うべきだ――『わたしにはわからないし、君もわたしに告げることはできない』」

キッドはほほえんだ。ティーワゴンに手を伸ばしてクッキーをさらに三つつまんで、なにかべつのことを考えようとした。

ニューボーイが提案した。「庭を歩いてみないかね？　太陽がさんさんと照る日なら、たいそう見ごたえがあるんだ。だが、今は今で、秋なりにいいものだよ」

コーヒーカップをのぞきこんでいたレイニャも、さっと目をあげた。「そうね、いい考えだわ。楽しそう」

これがレイニャに対するニューボーイの気遣いだ、とキッドは気づいた。レイニャから当初の確信に満ちた態度が消え、憂鬱な気分が顔を出していたのだが、それをふりはらおうと、運動と会話の誘いに飛びついたのだ。

レイニャはソーサーをおき、欄干からおりた。

キッドは彼女にたずねた。「持っていくのかい、君の……？」

だが、あきらかにそのつもりはないようだ。

テラスを歩き、庭に通じる低い階段をおりながら、キッドは考えた——上階でふるわれた暴力は、ぼくの感情にどんな岩屑を残したのか？　しかし、そんなことを考えているうちに、階段のいちばん下にいたレイニャが、彼の小指を湿った熱い手で握った。

芝生を横切り、草の下から岩が隆起している場所に着いた。

石の階段を登り、飾りつきの欄干がある橋を渡った。すぐ横で滝がほとばしり、彼らの足もとでおだやかな流れに変わった。

「ここが〈四月〉だ」ニューボーイ氏が橋の中央のプレートを読んで教えてくれた。

三人は橋を渡りきった。

橋のかどがキッドの踵に嚙みついた。

「君はよく知ってるんだろうがね」ニューボーイはレイニャに言った。

「それほどでも。だけど、ここは好きよ」彼女はうなずいた。

「そういえば、ロジャーにずっと訊こうと思っていたんだった。どうして『九月』と『七月』の位置が逆なのか、ってね」

「そうなの？」レイニャが不思議そうに言った。「気づかなかった。このあたりは五十回くらい歩いてるのに！」

橋から遠ざかり、巨大な葉をつけたキササゲの木の下を散策した。水盤の横を通り、大きなブロンズの日時計の横を通る。日時計は茶色く変色し、影もなかった。

木立ちのむこうに、〈九月〉の芝生が見えた。下の蝶番がはずれた錬鉄の門扉を支える高い石柱のあいだを抜けると、丈の低い常緑樹の大きな植えこみを曲がって伸びていく砂利の車道にたどりついた。

〈八月〉の生垣の前に石のベンチが並んでいた。

ニューボーイ氏は正門まで二人といっしょに歩いた。緑色の守衛詰所の脇で、三人は、「さようなら」「それでは」「ほんとうに楽しかった」「ぜひまた来てください」といった科白をやりとりし、さらに「さようなら」をくりかえした。背後でかんぬきが閉じたときにキッドが感じたのは、最後は三人とも一度に話しすぎだということ。

歩道に出るとレイニャの手を握った。黙りこんだ彼女は、破壊された展望塔の翼のことを考えているにちがいない。

二人は歩いた。

彼女が考えていたのは、べつのことだった。

十数歩進んだとき、レイニャが口をひらいた。「あなた、書きたいんじゃないの？」言われて初めて、それこそ自分の感じていた、形にならない衝動の正体だと気づいた。「そうだね」キッドは言った。「テディの店に寄ってみる。あそこで書くかもしれない」

「いいわ」レイニャは言った。「わたしはいったん公園に帰る。でも、あとでそっちに行くかも」

「わかった」

レイニャはキッドの横をゆっくりと歩いた。肩が彼の肩をなで、ときおり横の家々を、ときおり足もとの舗道を見つめ、ときおり柳の垂れかかる壁を見あげた。

キッドは言った。「君も、どこかでハーモニカを吹きたいんじゃないのか？」レイニャが彼の欲望を探りあてたのと同じように、沈黙が暗示するパターンによって察することができた。キッドは彼女の肩に手をまわした。

二人の歩き方が同調する。

「そうね」

頭のなかで自分の思考をたどる。ときおり彼女をちらっと見て、なにを考えているのかといぶかりながら。

めぐる一年のなかで沈黙している話し言葉は、ぼくが言いたいこと、信じていることよりもはるかに過剰だ。ぼくはみずからの緊張を陰鬱な空気の上にスケッチし、一秒ごとに反省して目を覚ます。感覚された中心、定義の瞬間、こうしたプレッシャーを受けるその場所で、それはぼくには寒気としてしか感じられないような未来と過去を押しだし、しつこくつづく病気でかさぶたを拡張し、煉瓦とモルタルがすりつぶす暴力を拒絶する。このように複数化された認識が巨大な理想を生み出せるのなら、あらゆる策謀はどれほど楽になることか。

話し言葉には、とノートの持ち主は、キッドがいま書いているページと向かいあうページに書いている、**いつでも詩が過剰にあふれてしまう。ちょうど、書き言葉には……**

「こんばんは」

キッドはカウンターから顔をあげ（ケージのなかでは銀色のダンサーがまばらな拍手に向かって頭をさげ、黒いカーテンをさっと抜けて退場）、犬が短く吠えたので足もとを見た。

「ミュリエルったら――！」

「こんばんは、マダム・ブラウン。しばらく会ってませんでしたね」

「奇遇ね。わたしもしばらく会ってなかったわ」最初は高く、徐々に低くなる声で、彼女は笑った。「今夜はこの店、なんだかがらんとしてるわね。となり、いい？

女友達に一杯おごるふりをできるわよ」

「もちろん――」

「でも、あなたの仕事を邪魔しちゃうかな」

キッドは肩をすくめた。「ちょうど終わりにしようと思ってたところです」

マダム・ブラウンが腰をおろすと、バーテンは彼女にいつもの飲み物を出し、キッドのビールを取りかえた。

「なにを書いてたのかしら。新しい詩？」

「長い詩をね。英語の話し言葉の自然なリズムに乗った詩です」

彼女は眉をあげてみせ、キッドは物思いにふけりながらノートを閉じた。閉じてから、後悔した。「リチャーズ夫妻、それからジューンは、どんなようすです？」

「ああ」マダム・ブラウンはカウンターに両手を広げた。「いつもと変わらないわ」

「新居は気にいってるみたいですか」

彼女はうなずいた。「おととといの晩、ご飯を食べに行ったわ。でも今夜はべつのお客さまを呼んでるみたい。わたしが今夜ひょっこり立ち寄ったりしないようにメアリがあれこれがんばっているのを見るのはおかしかったわ」そう言いつつ、くすりともしない。「もっとたくさんの人がいればいいのに。この街は人々を吸いこんでる。それとも、もしかしたらみんなはただ……去っているのかしら？」

キッドは〈蘭〉をノートの表紙においた。武器はいちばん長い三本の爪に支えられて釣りあいをとった。

「そんなものを持ち歩かなくちゃいけないの」マダム・ブラウンは笑った。「ひょっとしたら、一つぐらい手にいれたほうがいいのかも。たぶんわたしはよほど運がよかったのね、この危険な都市で……」

キッドは丸っこい指先が籠のような武器をはさみこむまで左右の手を動かした。刃の尖端が皮膚をうしろにひっぱり、ひりひりさせ、あやうく切断しかけた。「またリチャーズさんちに行ってみようと思ってるんです」指をわずかに離して、「金のことがあるし」

「まだ払ってもらってないの？」

「最初の日に五ドルだけ」と言って彼女を見た。「あの朝、公園であなたはリチャーズさんが一時間に五ドル払うと言ってました」

マダム・ブラウンはうなずき、優しい口調でなにか言った。「……かわいそうな坊や《プア・キッド》」と聞こえたような気がした。だが、その〝かわいそうな〟の前に〝あなたは〟とついていたのか、あとにカンマと固有名詞〝キッド〟がつづくかがわからなかった。

「あの人たちはあなたにどう説明したんですか？」

彼女は、なんのこと、というようにキッドを見つめた。

「正確には、あなたにどう言ったんです？」

彼女はしかめ面をグラスに向けた。「引っ越しを手伝ってくれる若者を見つけたら、一時間に五ドル払うと伝えてくれと言ったわ」

「リチャーズ氏が？」

「そうよ」

「それもこの仕事を引き受けた理由の一つだったんです。もちろん、この街じゃ金なんか必要ないけれど。でも、やっぱりリチャーズさんたちは約束をわかっててシラを切ってるんだな」

「彼にはっきり言うべきだったわね。そしたらいくらか……くれたでしょう」

「約束どおりに払ってほしいと言いたいんだ——くそっ、でもこないだは、とてもそんなこと切りだせなかった」

「そうね、あの状況じゃちょっと無理ね」

「だから、あらためて訪ねて、話してみようと思うんです」そしてノートをひらいた。「あの、今からもうちょっと書きたいんですが」

「この街にもっとたくさん人がいてくれたらいいのにね」

マダム・ブラウンは椅子を引いてカウンターを離れた。

「まあ、まだ早いですから」

だが彼女は聞いていなかった。

キッドがページをめくっていくと——**……ちょうど書き言葉には言葉が過剰にあふれるように。ぼくは書きたいとねがいつつ、言葉を使って固定できるのは欲望そのものだけだ。ぼくにとっていささかなりとも慰めになりそうなのは、面識のある何人かの作家にとっても、出版というものは、それぞれの才能に正確に比例して、常に破局と結びついた出来事であるようなのだ。ということはやはり、おそらく彼らは単に奇妙な集団……**

「バ・ダ」つぶやきながらノートをめくり、白紙のページをひらいた。「バ・ダ、バ・ダ、バ・ダ、バ・ダ」

手紙はまだ郵便受けにはいったままだ。

ねじ曲げられて壊れた郵便受けのうち、唯一無傷のこの箱に、赤・白・青の縁どりのある封筒がさしこまれていた。キッドは考えた、差出人の住所を記したインクが読みとれるのではないか。さらに考える、そこにエドワード・リチャーズ、ワシントン州シアトル、ファーモント街、四十三番街のホテルより、と書かれていると思いこむことだってできる。読もうとすればそう読める、こんな暗さなら……きびすを返して、エレベーターに向かった。

誰かが、少なくともロビーはモップで拭いたらしい。

ボタンを押す。

空っぽのシャフトから風がヒューッと吹いてくる。キッドはもう一つのエレベーターに乗りこんだ。

以前と同じ、真っ暗な廊下に出た——エレベーターの扉がガチャンという——それで、習性でうっかり、十九階ではなく十七階のボタンを押してしまったことに気づいた。キッドは闇のなかで顔をしかめ、前に進んだ。肩が壁をこする。手を伸ばすとドアにふれた。次のドアにふれるまで、まっすぐ歩きつづけた。

キッドは立ちどまった——臭気のせいだ。さらに激しく顔をしかめた。

次のドアに手が届くまでのあいだに（廊下のこちら側には、三つ、いや四つのドアがあったっけ？）異臭は吐き気をもよおすほどきつくなっていた。「くそっ……」と喉の奥でつぶやいた。彼の息づかいが響いた。

どうにか努力して進んだ。

この次がリチャーズ家旧宅にちがいない。彼の手に押され扉が内側に揺れた。異臭は彼をよろめかせ、運動感覚の焦点を見失わせた。廊下に転げでながら、壁に二度ぶつかった——一度は左肩、一度は右肩で。

エレベーターのボタンにたどりつくまでに、どれだけさまよい歩いただろう……

ガチャン……ガチャン……ガチャン。扉のうちの一つになにかはさまっているのだ。ガチャンという音のあいまに、彼自身の呼吸のなごりのように風が吹きぬけた。

おぞましい闇のなかで方向感覚を見失い、立ちつくした。左のエレベーターの扉だろうか？　それとも右側？

恐怖が、人差し指でごく軽くふれるように、キッドの肩にふれた。ほとんど体を二つ折りにするぐらいに身をかがめ、ふらふらと壁にもたれかかった。だがそれは壁ではなかった。それは動いた。

非常口を出ると、階段の手すりをつかみ、よろめきながらおりていった。

かすかな光が一階下のガラスを灰色に染めていた。新鮮な息をぐっと飲みこんでから、十六階の廊下にはいった。奥のほうで電球が一つだけ点いていた。

もう一度ぐっと飲みこんだ息が、爆発しかかる笑いをおさえこんだ。キッドは頭をふった。そりゃそうだ、連中があれをどう始末するっていうんだ？　にやにやしながら、むかつきを抑えつつ廊下を進んだ。だが、それならあれをわざわざ上までかかえて運んでやる必要なんてなかったじゃないか？

扉をノックするとガタガタ揺れたので鍵がかかっていないのがわかった。扉を押してはいると、一人の娘が息をのんだ。「やあ、誰かいないのか?」と訊いてみる。

「あなた……誰?」彼女はおびえ、疲れきっていた。窓から濃青色の光がさしこみ、鉄製のベッド、衣類の山、ひっくりかえったスツールを照らしている。

「キッドだ」にやつきながら言った。

「みんな行っちゃったよ」何枚もの毛布に埋もれたまま娘は言った。「あたししかいないんだ。帰ってよ……みんな行っちゃったんだ」

「なにもしないよ」キッドは部屋に足を踏みいれた。

彼女は肘をついて体を起こし、顔にかかった髪を払いのけると、青あざのある目をしばたたかせた。

「君は……病気だった子かい?」

「あたし、よくなったんだよ」彼女は不平そうに言った。

「ほんとに、よくなったんだ。だからほっといて」

「サーティーンやみんなは? いつからいないんだ?」

娘はふたたび伏せって、ため息をついた。

「帰ってくるのか?」

「いいえ。ねえ、おねがいだから――」

「君の食べ物はあるの?」

「頼むから……あたしなら大丈夫。みんなは二、三日前に出てった。あんた、なにが目当て?」

どうせ怖がらせてしまったのだからと、キッドはさらに近づいた。「ここには明かり《ライト》はないのか?」

「明かり《ライツ》ですって?」複数形になり、疑問形になったのが気になった。「ねえ、あたしなら大丈夫だから。とっとと出てってよ。明かり《ライツ》? ほら、そこに……」彼女はマネキンを指さした。

近づいて、娘が指さしたものを見た。「ファウストは君のようすを見にきてるのか? 前にこの部屋に来たときには、ずいぶん君のことを心配していたけど」むきだしの石膏の胸には、鎖が蛇のようにからみついていた。

「ええ、あの人は来てくれる。首のまわりを見てみなよ」さらなる指示。「誰かがそれをおいていったんだ。その人は二度ともどってこないよ」そう言って咳をした。

「電池が切れてるけどね」

接ぎ目のある首から、重い鎖の輪を持ちあげた。マネキンの笑顔の上にペンキで線が描かれ、片目の下は欠けていた。「明かり《ライツ》ってこれのこと? ライト・シールドか?」鎖につながれたその装置は、石膏のあごに鼻にひたいに、と順にぶつかってカチャカチャ鳴った。

「わかったでしょ。さあ出てって、ね?」

「電池はないんだな?」

娘はため息をつき、毛布のなかでごそごそ動くだけだった。

「わかった。君が平気なら、もう行くよ」キッドのなかのなにかが……スリルを感じている？　みんなが言ってたとおりだ。恐怖は弱くなり、体の反応は細流となって、重々しくなる。あえて鏡ごしに少女をのぞいてみた。

彼女の寝床は影としわくちゃの毛布でおおわれていた。

「わかった」キッドはくりかえした。「じゃあな。万が一サーティーンやデニーが帰ってきたら、伝えておいてくれ――」

娘はため息をつき、ごそごそ動いた。「みんなもどってこないよ」

キッドはドアを閉めた。不吉だ――だが、あの娘になにを語らせるっていうんだ？　新たに手にいれた鎖を首に巻きつける。刃の一本が鎖の輪にからんだ。武器を装着した手をひきはなした。

ライト・シールドだって？

鎖の下部にとりつけられた装置は球形で、一ドル銀貨ほどの大きさで、黒くて、複数のレンズがはめこまれていた。重い鎖は、真鍮の環とガラスの粒からできていた。キッドは親指をベストの裏側にまわし、肩を揺すって襟をあわせ、廊下をもどっていった。


エレベーターがひらいた。

闇のなかを上昇していくあいだ、目の高さにオレンジ色の〝19〟が光っていた。キッドは電池のことを考えながら、むきだしの腹をこすった。

リチャーズ家の新居の前まで来ると、数人の声が聞こえた。リチャーズ夫人でもジューンでもない女の笑い声。

呼び鈴を鳴らした。

カーペットでくぐもったヒールの音が近づいてくる。

「はい？」リチャーズ夫人がたずねた。「どなた？」のぞき穴がカチャリとひらく。「あら、キッドじゃない！」

チェーンがはずされ、ドアが内側にひらいた。

「さ、どうぞはいって！　ビル、ロニー、リン、まさに話題の主の登場よ！」ひらいたバルコニーの扉から吹きこむ風がろうそくの炎を揺らし、光が玄関口でまたたいた。「さあ、早く早く。キッド、この方たちはアーサーのお友達なの……仕事上のね。ね、アーサー？　みなさんディナーに来てくれたの。コーヒーはどう？　デザートは？」

「あの、お取り込み中かもしれませんが、ご主人とちょっとだけ話させてもらえますか？」

「キッドかい？」ダイニングルームからリチャーズ氏の声。「さ、こっちに来てくれ」

キッドは表情を探したが、苛立ちを表すのにふさわしい顔つきが見つからず、おとなしくしたがった。ようやく、しかめ面に落ちついた。

リチャーズ夫人の笑顔は完璧だった。

キッドはダイニングにはいった。

リチャーズ氏の隣にすわった女はイヤリングをいじっていた。「詩を書いてらっしゃるんですって？　メアリから聞いたわ。わたしたちに朗読してくださるの？」

「えっ？　いや、今は持っていないので」

その向かいにすわっている男は、革の継ぎをあてた肘をテーブルクロスから持ちあげた。「なんだか物騒なものを持ってきてるね」

「ああ」キッドは〈蘭〉を見やった。「外はもうほとんど真っ暗だったから」客たちが笑っているあいだに、キッドはバンドをパチンとはずし、皮を剝ぐように留め具から指をひきぬいた。

キッドが立っているところからは、白いろうの先の炎がジューンの左目を隠しているように見えた。彼女はほほえんだ。

「さ、どうぞ」背後からリチャーズ夫人の声。「椅子をもってきたわ。サム、少し詰めて。アーサー、キッドにコーヒーをついであげて」

「今やっているところだよ、ハニー」リチャーズ氏は思いきり愛想よく答えた。

青いコーデュロイに身を包んだ大柄な女が左隣の男とふたたび話しだした。手から手へとカップが渡されていく。

緑のドレスの女がにっこりしたが、彼女の目（薄い灰色）は、キッドがテーブルクロスの隅においた鉄の籠のような武器の輝きを見つめたままだ。彼女はその脇にカップをおいた。リチャーズ夫人が椅子の背をつかんですわろうとした。「ねえ、ちょうどみなさんにお話ししようと思ってたんだけど、キッドはわたしたちの命の恩人といっても過言じゃないの。ほんとうに、どれだけ助けてくれたことか。彼のことを家族の一員だと思いはじめてるのよ」

テーブルの反対側で、大柄な男が指で鼻をこすりながら言った。「メアリ、デザートを持ってくるって言ってから十五分も経ってるよ。コーヒーだってもう二杯目だ」

リチャーズ夫人は笑った。「ずっとおしゃべりしていたから。今度こそすぐに持ってくるわね」

ジューンは、白いタフタの服のなかで小さな手をごそごそ動かしながら、テーブルをまわってキッチンに向かった。

緑の服の女の横にいる男が、彼女の肩を抱くように身を乗りだしてきた。「メアリは君と君の詩のことをさんざんしゃべってたんだよ。ダウンタウンの公園のそばに住んでるんだって？」

「ええ」とキッド。「あなたはどちらにお住まいなんですか？」

「ははあ」身を乗りだしたまま、男はスポーツシャツの襟首に指をまわした。「それはとてもいい質問だ」爪は不潔だったし、襟首のわきはすりきれていた。「実にいい質問だ」椅子にすわりなおしても、男はまだ笑いつづけていた。

リチャーズ氏の右隣の女が、まだイヤリングをひっぱりながら、こう言った。「あなた、詩人には見えないわね。どっちかっていうと、ベローナ・タイムズでしょっちゅう話題になる連中みたい」

「スコーピオンズかい？」あざやかな金髪の男（ツイードのシャツと革の肘当て）が、両手を組んで口をひらいた。「この人の髪はそんなに長くないぜ」

「長いわよ」イヤリングをいじる女は言い張る。

「そんなに長くないって言ったんだよ」金髪の男は言い、ジューンの椅子の横に落ちたナプキンを探して体をひねった。

キッドはその女に笑いかけた。「あなたはどこにお住まいですか？」

彼女は驚いたように耳飾りをいじる手をとめた。「ラルフとわたしはテンプルの先に住んでたの。だけど、今じゃ――」それきり口をつぐんだ。隣の席の誰かが、なにかをつぶやいたか、肘でつついたせいだろう。

「そこでの暮らしは気にいってますか？」テンプルってどこだろうと漠然とした好奇心を覚えながら、キッドはたずねた。

「このベローナで気にいるものなんて！」

リチャーズ夫人が大きなガラスの器をかかえてもどってきた。

「それはなに？」リチャーズ氏の左隣の男が訊いた。「ジェローのゼリー？」

「ちがうわよ！」リチャーズ夫人は夫の前に器をおいた。「これはワイン・ゼリー」紫色の海に向かって顔をしかめ、「ポートワインで作ったの。レシピには砂糖のことは書いていなかったけれど、なにかのまちがいだと思って、少しいれてみたわ」

リチャーズ氏の横では、ジューンが山盛りのホイップクリームがはいった器を持っていた。クリームはジューンの着ているタフタと同じくらいつやつやだ。娘の手首には、ろうそくの光に照らされて、キラキラと……いいや、キッドは考えた――まさか彼女がとってきたはずがない、弟の……だが、その考えに彼はにやりとした。

「アーサー、あなたがわける？」

キッドは、イヤリングの女に喧嘩腰なほど愛想よくふるまってやろうかと考えた。だが、彼女の席は遠すぎた。かわりに、隣にいる緑の服の女のほうを向いた。「リチャーズさんといっしょに働いてるんですか？」

「昔、夫がね」そう彼女は答えて、白いクリームでおおわれたデザートの皿を彼にまわした。

スプーン一匙ぶん、食べてみた。メープルの味。

「ぼくは」話を切りだし、飲みこんで、「リチャーズさんとお金のことで話があって。ここは気にいりましたか？」

「ええ、とてもいい部屋。あなたが家具をぜんぶ運んだって、夫妻は言ってたけど？」

キッドはほほえみ、うなずき、はっきりと思った。メープル味のホイップクリームをかけたグレープ味ジェローなんて食えるもんか。

その女の横にいる男が、ふたたび彼女をかかえこむようにして身を乗りだしてきた。「厳密に言えば、アーサーといっしょに仕事していたわけじゃない。そこにいるビルのところで働いてたんだ。ビルは、MSE――アーサーの会社のために写真複写をやってた。それで、リンとわたしもお相伴にあずかったんだ」

「あら」キッドがコーレーを飲んでいると、リンが非難するように言った。「わたしたちは仲間を増やさなくちゃいけないわ。こんな状況がつづいてるんだから」

「まさにそうしているさ。しているとも。わたしたちの仲間は集まっていっしょに暮らしてるんだ、デパ……とにかく、いっしょに暮らしてる。なにしろ、自宅から追いだされたようなもんだ。そんなのを身につけた連中では、もし持っていたらわたしも装着するが」男は〈蘭〉を指さした。「だが、現在の状況せいでね」

「いいえ、あなたはそんなことしないわ！」リンが言い張った。「絶対に」

「野蛮な武器ですよ」キッドも言った。

「わたしたちがいっしょにいるのは」リンは説明をつづけた。「子供たちだって、そのほうがずっといい。わかるでしょう？」

「ええ、たしかに！」キッドは彼女がとつぜん頼りなさそうな口調になったのに気づいて、あいづちを打った。

「この街に詩の題材なんかあるのかね？」ふたたびリンの夫が口をはさんだ。「なにも起こらないじゃないか。

ただすわって、外に出るのを怖がってるだけなんだよ。思いきって外出したところで、まるで泥沼のなかを歩いているみたいだ」

「それがすべてよ」リンもうなずいた。「ほんとうに。今のベローナじゃね。することがなにもないの」

　父親の横にいたジューンが口をひらいた。「キッドはすてきな詩を書くのよ」ろうそくに照らされて、クリームに落ちた影が小刻みに揺れた。

「そのとおり」コーデュロイを着た大女とツイードを着たブロンド男の前にゼリーの皿を並べながら、リチャーズ夫人が断言した。「キッド、一つわたしたちに朗読してくれない？」

「そうだよ」とリチャーズ氏。「わたしも聞きたい」

　キッドは不快そうに歯のあいだから息を吸った。「持ってきてないんです。今は」

　リチャーズ夫人の顔がパッと輝いた。「わたしが持ってる。ちょっと待ってて」夫人は急いで部屋を出ていった。

　キッドの不快感はいっそうつのった。ジェローを一すくい口にいれた。食べたくなかったが。それからコーヒーの残りを飲んだ。飲みたくなかったが。

「ほら、これ！」リチャーズ夫人が叫びながらもどってきて、青い縁どりのある紙を彼の前にそっとおいた。

「ああ」キッドは言った。「写しがあるのを忘れてました」

「さ、読んでちょうだい」

「おとなしく言うことを聞くほうがいいよ」ブロンドのツイードが言った。「さもないとロニーは、これから街で君を見かけるたびに逃げだしてしまうだろう。彼女は君がスコーピ——」

「街になんか出かけないわ」ロニーは言った。「ただ、あなたがどんな詩を書くのか知りたいだけ。どうぞ」

　リチャーズ氏ではない男が言った。「わたしは詩のことはほとんどわからないんだ」

「さあキッド、立って」クリームのたっぷりついたスプーンをふりながら、リチャーズ氏がうながす。「君の朗読がみんなの耳に届くように」

　キッドは立ちあがり、できるだけ感情をこめずに言った。「リチャーズさん、今日はぼくの仕事に対する賃金を払ってほしくて来たんです」そして反応を待った。

　リチャーズ氏は肩を動かし笑みをうかべた。

どこかで——外の廊下か？——ドアの閉まる音。

　リチャーズ夫人はテーブルの端をつかみ、にこにこしながらあごをしゃくった。「読んで、キッド」

ロニーがリチャーズ夫人に向かって、「この人、お金をほしがってるわ。現実的な詩人なのね」その口調は穏やかだったが、全員が声をあげて笑った。

キッドはリチャーズ夫人が写した詩に視線を落とした。そして舌を歯から奥にひっこめて、最初の一語を発音する準備をした。

廊下では、一人の男が金切り声をあげていた。そこには言葉もなければ抑揚もない。足音。ドスンドスンという重い音——金切り声は、音がするたびに高さを変えた。

キッドは読みはじめた。三行目でいったんとめたのは、笑いたくてたまらなかったからだ。だが顔をあげなかった。

足音。走り去る、言い争うような声——それもたくさん。

リチャーズ夫人が抜かしたカンマのところまで、キッドは読みつづけた。

隣にすわっているリンが、小さな叫び声をあげた。視界の片隅で、彼女の夫がリンの手をとるのが見えた。誰かが外壁をバールのようなもので叩いている。金切り声はしわがれてメキシコ風のアクセントに変わった。「おい、よしてくれ、頼む、ほっといてくれ、そんなふうにふざけないでくれ——だめだ！　よしてくれ、よすんだ——だめだ。頼むから——」

キッドは詩の最後の行を読みおえ、顔をあげた。

叩きつける音は壁から扉に移り、それから調子のいい、計算されたような低い音になっていく。ドスンドスンと叩く音は、まるで音を詰めこんだ封筒のように、ドアチェーンのカチャカチャ、蝶番のガタガタ、錠前のカタカタを含んでいた。

テーブルを見渡していると、気だるく思考が通りすぎていった——こいつらの顔ときたら。人の目がまっ赤に染まるのを見たときのぼくも、きっとこんな顔をしてるんだろうな。

部屋の外では、わめき声に誰かの笑い声がかぶさった。犬のようにしつこくまとわりつき、光り輝き、あまりに親密になりすぎてほとんど無意識になっているキッド自身の恐怖心は、外の廊下のどこかにつながれていた。だが彼は大声で笑いたくはなかった。それでもくすくす笑いたかった。

外の廊下で、誰かが走りはじめた。つづいて他の連中も走りだす。

叩きつける音にあわせて、キッドの腿の裏側にある筋肉も緊張した。漠然と、混乱しながら、笑顔を作った。首の裏側がチリチリする。

誰かの椅子がきしんだ。

「ああ、なんてこと、どうしてあいつらは――」リズムからすれば次の叩く音が来るべきところに、夫人の言葉だけが響いた――「やめないの？」

足音は軽くなり、階段を転がるようにおりていき、大きな音をたてて閉まった扉のむこうへと消えていった。

キッドは腰をおろし、客を見まわした。何人かはキッドを見つめかえし、何人かはおたがい顔を見あわせている。コーデュロイの女は自分の膝を見おろしている。リチャーズ夫人は荒い息を漏らしている。ぼくの詩を気にいってくれた人などいるんだろうか。

「ここでもやっぱり連中が騒いでまわるってわけかい？」サムが無理におどけて言った。

そのとき、テーブルの反対側にいてキッドからは見えない女がコーヒーをこぼした。

「あらあら、布巾を持ってくるわね！」リチャーズ夫人がわめいて、部屋から飛びだしていった。

三人の客が意味のないことを同時に口にしようとした。

だが、リチャーズ夫人が黒と白のオプ・アートのような布巾を持ってもどってくると、そのなかの一つの声が、ためらうようなバリトンを響かせた。「まったく、手をこまねいているしかないのか？　対策を立てるべきだ！」

いくつか浮かんだ感情のうち、キッドにはっきりと感じられたのは不快感だけだった。「リチャーズさん？」立ったまま言った。「リチャーズさん、今お話しできますか？」

リチャーズ氏は眉をあげ、それから椅子を引いた。隣にすわっていたジューンが、意外なほど心配そうに、父の腕にふれた……制止するように？　守るように？　リチャーズ氏は娘の手をそっと払いのけると、テーブルのこちら側に歩いてきた。

キッドは〈蘭〉を拾いあげて、ダイニングを出た。

コーデュロイの女が言った。「もし対策を思いついたら、かならず教えてちょうだいね。あなたはわたしの協力を百パーセントあてにしていいわ。百パーセントよ、ほんとよ」

玄関まで来るとキッドはふりかえった。「一時間五ドルの約束について、ここで決着をつけませんか、リチャーズさん。なにしろ、あなたはまだ――」

リチャーズ氏の顔に貼りついていた薄い笑みが壊れた。「いったい君はどういうつもりだ、え？」彼はささやくように問いつめてきた。「どういうつもりだ？　一時間五ドル？　そんなことを言いだすなんて、頭がどうかしているな！」

まだ布巾を握ったままのリチャーズ夫人が目をぱちくりさせながら、夫の肩ごしに頭をのぞかせた。サーティーンとスモーキーの姿勢の完全な模倣。

「まったく、どういうつもりなんだ？」リチャーズ氏はつづけた。「うちには君にやる金なんてない。そんなこと、わかってるはずだろう」

「はあ？」あまりに不条理だったので、つい訊きかえした。

「一時間五ドルだと？」リチャーズ氏はくりかえした。

「どうかしてる！」強い調子の張りつめた低い声で言う。「君みたいなやつに、なんで金なんか必要なんだ？　この街で生きていくのに金なんかいらないだろう――食料の請求書もなければ家賃もない。ここじゃあ金なんか、もうなんの意味がないんだ。いったいどういうつもりだ……？　わたしには妻がいる。家族がいる。ＭＳＥはもう何カ月も給料を払ってくれてない。そもそも会社には誰もいないんだ！　それでもわたしは、自分が手にしているものを守らなきゃならん。だから今、そんな金を使っている余裕はないんだ。わたしは――」

「へえ、話がちがうんじゃないか――？」キッドは激していた。「ええい、くそ、じゃあこいつを……」そう言って、ポケットに手を伸ばした。

キッドが持つ〈蘭〉が体をかすめ、リチャーズ氏の目は恐怖に見開かれた。

だが、キッドはポケットを探っただけだった。「大事にしまっとけよ！」リチャーズ氏はびくりと動いた。湿った緑の紙玉が、リチャーズ氏のシャツにあたって跳ねかえり、床に落ち、炎に舞いあがった紙のようにひらいていった。

キッドは玄関の錠をはずし、ドアを引いた。二インチひらいたところで、チェーンが――ガチャン！――その動きをとめた。

リチャーズ夫人がすっ飛んできて、ふるえる手でチェーンをはずした。キッドはマンションの廊下に一歩踏みだしてから、嫌悪感を見せつけてやろうとふりかえった。リチャーズ夫人が微妙に恨みがましい目つきで扉を閉める寸前、リチャーズ氏はキッドに驚愕の表情を向けていた。それは予想外で、満足できたものの、扉がバタンと閉まる音で断ち切られた。

ペンキの剝げたドアの窪みを十五個数えてから、キッドは（室内で誰かがまた笑っていた）立ち去ることにした。

エレベーターのなかでしゃがみこんで、今の出来事を反芻した。一度だけ顔をあげ、かすかな腐臭を嗅いで鼻にしわをよせたが、しゃがんだままでいた。シャフト内には、風とともに、どこかの階段から聞こえる足音と声が反響していた。

一階のロビーには誰もいなかった。


満足したか？

不快感は、いくらか。

だが、漠然としたばらばらの思いは、はっきりした形を求めてまだ心のなかでかき乱され、競りあっていた。すわったまま、「バ・ダ、バ・ダ、バ・ダ？」と訊いて、「バ・ダ、バ・ダ」と腰をおろして答える。音はうずまく油のように波うった。ついに「バ・ダ、バ・ダ、バ・ダ？」が疑問の断片の周辺に形づくられたが、それに対する「バ・ダ、バ・ダ」は、はっきり言葉をともなう答えにはならなかった。ペン先を包むように、痛くなるほど指を曲げ、意味と重なりあう厄介な音の数々との格闘にもどった。あるセクションの冒頭については約一ダースのバージョンを読みかえしたあげく、忍従の喜びをもって、最初のバージョンを選んだ――ただし、一つの“This”は“That”におきかえて。

高い窓枠に乗ったろうそくからの光が、電池切れ投射機の揺れる影を、むきだしの腿にひらかれたノートの紙面へと投げかけた。

誰かがドアをノックしたのに気づいたとき、走り書きの読みにくい文字で同じ行を四回も写していたことに気づいた（心がぼんやりさまよっていたのだ）。「そこにいるの？」レイニャの声だ。

「えっ？」顔をあげると、トイレの扉に重ね書きされた落書きが目にはいった。「うん。ちょうど出ようと思っていたところだ」立ちあがり、すねまでおろしていたズボンをひっぱりあげ、水を流した。

「ここにいるって聞いたから」キッドがドアをあけると、レイニャはバーテンのほうにあごをやった。「来て」

「え？　どこへ？」

レイニャがほほえむ。「いいから」とキッドの手をとった。

「なあ」カウンターの前を通るとき、声をかけた。「またこいつをあずかってくれないか？」

バーテンは身を乗りだしてノートを受けとった。「いつもの場所においとくぜ、坊や《キッド》」そして手を上に伸ばし、ケージにノートを突っこんだ。

酒場の入口でレイニャは立ちどまり、「そういえば、リチャーズさん家ではうまくいった？」

「もらった五ドルをつきかえしてやった」

彼女は一瞬困惑したような表情を浮かべたが、すぐに笑いだして、「最高ね、それ！　なにがあったのか話してよ」とキッドを外につれだした。

「で、どうだったの？」肩を彼の腕のつけ根にこすりつけながら、レイニャはあらためて訊いた。二人は足早にそのブロックを歩いた。彼女がちらりとこちらを見ると、揺れる髪が彼の腕をくすぐった。

「リチャーズは払おうとしなかった。新しい家で、ディナーパーティみたいなのを開催してたんだ。だから、前にもらった金もつきかえしてやったのさ」そう言って、ひらひらするベストからのぞく胸を掻いた。「あの家の子供、男の子のほう、あいつらはあの子を元の部屋にそのまま……」キッドは彼女の頭に頭をくっつけて、左右にふった。「くそっ、このことは話したくない。どこに向かってるんだ？」

「いつもの公園。コミューンに」

「どうして？」

「理由の一つは、わたしが腹ぺこだから」

「話をやめて正解だったよ」

レイニャは彼を急かして道を横切り、煙と夕方の大洋へと飛びこんだ。そのにおいを嗅ごうとしたが、鼻は鈍くなってしまったか、慣れてしまったようだ。入口の二頭のライオン像は、霞のなかでいかにも石らしい驚愕の表情を浮かべ、異議を唱えるように口をひらいている。二人は霧に浮かぶ真珠のようにともっている街灯のほうへ向かった。「今朝ね」レイニャが言った。「あなたが執筆のために出かけてから、公園の反対側でまた火事が起きたって噂が流れたの！」

「たしかに煙が濃くなってるみたいだ」

「あっちよ」彼女はあごをしゃくった。「さっき、炎がチラチラしているのが見えた気がするんだけど。そのときはまだ暗くもなってなかったのに」

「この公園で火事なんて起こるはずがない」とつぜん、キッドは断言した。「火事になったら、なにもかも燃えるはずじゃないか？　ぜんぶ燃えるか、まったく燃えないか、どっちかだろう」

「そうよね」

「誰も確かめにいかなかったのかい？　何人かで、炎をせきとめる防火溝を掘りにいけばよかったのに」防火溝？　その単語に、焼け焦げた森のイメージが共鳴した。何年も前に、水のはいった容器を革紐で肩からさげ、手動ポンプで真鍮のノズルから、シューシューと音をたてる灰燼に向かって放水したことがあった。「たぶん、君やジョンや彼の仲間たちなら行けただろう」

レイニャはキッドの腕のなかで肩をすくめた。「うぅん。わたしはあそこに行かないほうがいいと思う……」

その声から彼女の表情を推測しようとすると、ふと引き裂かれた青いシルクのドレスを腕にかかえてバルコニーの塀に腰かけていたときの彼女のようすを思い出した。

「君は死ぬほど怖かったんだね！」

レイニャの頭はハッとしたように動いた。それが疑問を意味するのか肯定を意味するのかはわからない。

「どうして？」

彼女は頭を前にかたむけ、静かに、鋭い口調でさっきと同じ言葉をくりかえして彼を驚かす。「来て」

はだしの足が踏む地面がコンクリートから草に変わる。夜はうねり、たわんでいた。霧の迷路のなか、習性だけが二人を導いていった。

ふるえる炎が目にはいった。

だがそれはコミューンの、軽量ブロック製の炉だった。人々は静かに、物憂げに、炎の前を歩いていた。

ピクニックテーブルに並んですわっているのは、アーミージャケット、ペイズリー模様のシャツ、汚らしいタンクトップなど、いろんな服を着た若者たちで、紐のように垂れた髪のあいだからじっと炎を見つめている。炎の前で誰かが寝袋をひきずっている。影、青白く毛ぶかい肌、黒革——タックが腕を組み、両脚を広げて、炎のむこう側に立っていた。彼のベルトには黄色い金属の装飾された〈蘭〉がぶらさがっていた。そのうしろでは、三人のスコーピオンがひそひそと話をしていた。

そのうちの一人はそばかすだらけの赤毛の黒人で、コーキンズ邸でキッドをパイプで叩きのめしたやつだ。ほかの二人はもっと黒かった。けれども、彼らを見た瞬間のキッドの驚きは、それに劣らぬ居心地の悪さにとってかわった。缶詰やしわくちゃのセロファン紙や紙コップがぎっしり詰まったボール箱をかかえて、そりかえるような姿勢で横切っていくやつがいた。キッドは自分がひどく興奮しているのに気づいた（そしてひどく驚いた）。頭のなかで思考が揺れ、こなごなに砕け、熱い灰にかけた水のようにジュージューと音をたてていた。煙のせいだ、とキッドはなかば狂ったように考えた。霧と煙のなかになにかが含まれているにちがいない。いや、そうじゃない……。

上着のあいまから裸の胸を光らせながら、ジョンが火のそばまで来て立ちどまり、タックと話している。二人はタックの腰の武器のほうに身をかがめた。ジョンの手首に——真鍮の葉が、貝殻が、爪がはめられた。装飾された手首のバンドから、〈蘭〉の長すぎる黄色の爪が伸びて、ジョンの指を包んでいた。彼はそのまま肘から先を動かした。手に武器をつけていないとき、新聞で脚を叩くように。

タックがにやりと笑い、ジョンは立ち去った。

キッドはまばたきした。寒気がして不安になる。レイニャは——キッドから離れていた——テーブルのまわりにいる連中と話していた。いくつものばらばらの疑問が、はっきりした形をとらないまま頭のなかで降りそそいだ。脇腹の筋肉がちくちくする。それがひどく恐ろしかった。足を踏みだすと、ワインの香りを漂わせた誰かと肩がぶつかった。炎が熱い手を伸ばし、頬に胸に腕にふれてくる。体のそれ以外の部分は冷たいままだ。

ミリーが木陰で髪を揺らしていた。血のような赤銅色のおさげが、肩にあたってかすかに鳴る。

なんでみんな、ここにいるんだ？　なぜこんなところで、群れてうろうろしているんだ？　キッドの頭蓋骨の感覚が鋭敏になり、燃えあがる。人々を見つめ、人々に耳をかたむけ、行動や会話の断片を一つにまとめようとする。知覚したものを意味のある情報へと変換してくれるようなスクリーンを探しながら、誰かが踊りだしたり、食べはじめたり、歌いだしたりするのを待っていた。なぜここに来たのか、あらかじめレイニャが説明してくれればよかったのに。だがキッドはひどく疲れていた。それで彼もうろついた。いつの日かぼくは死ぬだろう、という無関係な思いが頭に浮かぶ——だが、耳の奥では血がまだドクドクと脈打っていた。

キッドは熱源から遠ざかるようにあとずさった。さらにうしろへ。（レイニャはどこに行った？）だが、動揺しすぎて、ふりむくことができない。あらゆるものが騒がしく、けばけばしく、あまりに多くの意味がこめられている。木々の上でうずまく煙。踵の下の小さな石。うつむくひたいに帯状に感じられる炎の熱。周囲のそこかしこでわきおこるつぶやき声。

数フィート前にミリーが立っていた。キッドの耳には聞こえない音楽にあわせて、むきだしの両脚を動かしている。そのときジョンが崩れるようにしゃがみこんだ。木の葉のなかで足を組み、ミリーのそばで、手に装着された刃をぼんやりといじっている。

少し前に、とキッドは気づいた、こんなことを考えていた——おねがいだ、ぼくは二度とおかしくなりたくない、おねがいだ。だがその考えがいつ消えたのかを聞きとることはできず、今ではその思考の残響だけが、遠いできごとのように耳に届いていた。

なにかが、あるいは誰かが広場に姿を見せようとしている——そう確信した。同じくらい強く確信した、現われるのは、裸で光り輝くジョージにちがいない！　それにジューン！

「馬鹿みたいだろ」キッドからは見えない誰かが言う、「ほんとうなら俺は今ごろハワイに——」

唇の隅に、ピンクの蕾のように舌先を突きだして、ジョンはミリーのふくらはぎの動きを見つめていた。そして刃を装着した手をふりあげ（光の反射がジョンのあごを横切る）、鋭くふりおろし、斬りつけた。

ミリーはうめき、うめき声を嚙みちぎったが、それ以外に声をあげなかった。彼女はその場を離れず、足もとを見さえしない。

キッドは愕然としながら、血が鉛筆ほどの幅でほとばしり（恐怖のさなか、この比喩が無関係に思い浮かんだ）、女の踵を流れていくのを見つめた。

Ⅳ　厄災のとき

「頼むよ、ほっといてくれ……」

「来いよ、さあ――」

「タック、そのクソったれな手をどけてくれ――」

「おまえのくたびれた茶色い体なんてほしかない。酒場までつれてって、すわらせてやるだけだ」

「なあ頼む、ぼくはもう……」

「酔っぱらってるようすもない。ヤクでラリってもいない。なら、すわって休んだほうがいいんだよ！」牛のようにたくましいタックの手がキッドの肩をつかんだ。

（キッドは、おぼつかない足どりでさらに三歩進む。）

「おまえはトランス状態でうろついてたんだ。さ、ついて来いよ。すわって、一杯飲んで、しゃんとするんだ。クスリをやってないってのはほんとうだな？」

タックのベルトにぶらさがった派手な〈蘭〉が、キッドの腰の飾り気のない〈蘭〉とぶつかる。

「よせったら！　もういいかげんにほっといてくれ……レイニャはどこだ？」

「暗い街をうろうろしてるより、テディの店で待ってるほうが、レイニャだっておまえを見つけやすいだろ。そっちこそいいかげんにしろ」

こんな会話をつづけながら、二人はゆっくりと公園から酒場に向かった。

酒場の入口で、キッドはふらふらしながら、揺れるろうそくの炎を見つめた。そのあいだに、タックがバーテンに注文する。

「ホット・ブランデー！　ほら、コーヒーのお湯があるだろ、それをグラスにいれて……」

ジューンは？　それともジョージは？

三人はさんだ席にすわっていたポール・フェンスターが、ビールから顔をあげ（彼の姿を認めると、キッドの腹のなかに、冷たい、しかし制御可能な感情が生じた）、席を離れてタックのうしろに立った。タックは湯気をあげる二つのグラスを持ってふりかえった。

「おや……？」

「やっと知りあいに会えた」フェンスターは赤い長袖シャツの胸の半分までボタンをあけていた。「ここで会えるなんてな。今晩、街にもどってきたばかりなんだ」

「そうか」タックはうなずいた。「そりゃよかった。調子はどうだ？　そうだ、俺はちょうど友達に飲み物を持っていくところでね。まあ……ちょっと来いよ」と言って二つのブランデーグラスを女客の肩にぶつからないようひょいと持ちあげ、男客の横を回りこんだ。フェンスターはあごをあげてながめている。

タックはキッドのところにもどってきた。うしろにフェンスターがついてきた。

「ほら、ブランデーだ。こいつはポール・フェンスター、わが親愛なる『まちがった大義をいだきつづける反逆者』氏だ」

「おまえがそう思ってるだけだろ」フェンスターはビール瓶をかかげて一礼した。

「そう、実際、まちがった大義をいだいてるわけじゃない。目を離したすきに大義のほうがどこかに行っちまったんだ。ポール、こいつはザ・キッド」（キッドは、フェンスターの態度がタックの熱意のなさを反映しているのかと思う）「こっちにすわんなよ」

「こんばんは」キッドは会釈をしたが、フェンスターは見向きもせず、聞いてもいない。どうやら前に会ったことさえ覚えていないようだ。いいとも、どうせ話をする気分じゃない。そう思うとフェンスターのあやふやな態度を面白がることができた。

「さあさあ」タックは二人の前に立ち、ボックス席に向かいながら、心配そうにもう一度、ちらりとキッドを見た。

手に持った瓶をふりまわしながら、フェンスターはつづけた。「大義は存在するとも！　この街は人口の九十五パーセントを失ったかもしれない。だが、それでも前と同じ街にいるんだ――」

「あんたはいなかっただろ、前には」タックが手前の席についたので、フェンスターはテーブルのむこうにすわった。タックは横にずれ、キッドのために場所をあけた。キッドはタックの細工に気づき、フェンスターも気づいただろうかと考えた。

キッドは腰をおろした。すぐさまタックの脚が寄りそってきて、望んだものではないにせよ、あたたかい安心感を与えてくれた。

「俺が言いたいのはそういうことじゃない」フェンスターは反論した。「ベローナはもともと……どれくらいだ？　おそらく三割は黒人だったろう。今、この街は多くの住民を失い、その結果、俺の計算だと黒人の比率は六割に近づいてる」

「生きとし生けるものが、調和と、平和と、兄弟愛に包まれている――」

「たわごとだ」とフェンスター。

「――そんなよく晴れた、静かな金色の午後。ただし、ごくまれに、猛り狂った黒人に犯されたあわれな白人娘の叫び声が空気を裂くように響きわたる」

「なんのつもりだ、ここにいる坊やの気をひきたいのか？」フェンスターはキッドに向かってにやりとした。

「俺がタックと出会ったのはベローナに着いたその日だった。こいつはほんとうに抜け目のないやつだ。おつむが足りないふりをしながら、人が首を吊るのを黙って見ている」フェンスターは、前にキッドと会っていることにまだ気づいていない。

キッドは湯気のたつグラスごしにうなずいた。湯気は刺激が強い。笑みをかえしつつ気分が悪くなった。

「そう、俺は門番なのさ。この街にやってきたばかりの人間に、俺はあんたが気づくよりもはるかにたくさん話しかけてるんだぜ」タックは椅子に深々と身を沈めて、「教えてやろう。注目すべきなのは、俺が三日目、四日目、五日目にわざわざもう一度話しかけるやつらだ」

「ふん、この街の黒人問題が解決したなんて思ってるなら、そいつはごまかしだ」

ふいにタックは身を乗りだし、すりきれた革の袖をテーブルに乗せた。「あんた、誰に向かってものを言ってる？　俺が知りたいのは、ブリスベーン街を見おろすコーキンズの屋敷でのらくらしてるくせに、どうやってその問題に対処するつもりなのかってことだがな」

「俺はもうあの屋敷から出たよ。わが故郷、ジャクスン街にもどった」

「へえ？　で、コーキンズのところはどうだった？」

「ふん――俺を招待してくれたことには感謝してる。楽しい時間をすごせたよ。やつの屋敷はほんとうにすごい。

コーキンズとはずいぶん話したし、実りがあったと思う。驚くべき人物だった。それにしても、〝週末のパーティ〟がひっきりなしに、月に三十八日はひらかれているなかで、あいつはどうやって時間をひねりだしてるんだろうな――新聞を毎日出して、その記事の半分近くを執筆して、この呪われた街の残骸を動かしてるんだぜ。小便する暇もなさそうなのに。俺はいくつかのアイデアを提案してみた。電話交換局、デイケア・センター、家屋検査プログラム。コーキンズは協力したいと言ってくれた。俺はやつを信じるよ……こんな状況で他人を信じられる程度には。ここにはほとんど秩序なんてないんだから、やつが人が思うよりずっと多くのことをやってのけてるとしても、俺は驚かんね」

タックがテーブルに手のひらを上向けて、「ただな、やつは選挙で当選したわけじゃないんだぜ」

フェンスターは乗りだした。「俺は独裁者ってのは嫌いじゃない。そいつが俺に命令しないかぎりはな」

すすったブランデーが、熱い結び目となってキッドの胃袋にいくつも落ち、ほどける。脚をタックの脚から離した。「ハリスンの記事のことでコーキンズと話したかい？」キッドはフェンスターにたずねた。

「ジョージ・ハリスン？」

「ああ」

「ありゃもう終わった騒ぎさ。即座に対処すべき真の問題はほかにある。おまえ、ジャクスン街を歩いたことがあるか？」

「通ったことならあるけど」

「だったら、ジョージ・ハリスンの与太話なんて持ちだす前に、ジャクスン街のようすをよく見てみることだ。で、そこに住んでいる連中と話してみろ」

「ポールはジョージを認めてないんだ」タックは深くうなずいた。

「認めるも認めないもない」フェンスターは木のテーブルにビール瓶をゴトリとおいた。「サディズムは趣味じゃないんだ。それに俺は、たとえ白人相手でも、レイプなんかする人間の味方はしない。それでもおまえがやつと関わりあいになりたいっていうんなら、それはおまえの問題で、俺には関係ない。あの事件を騒ぎたてるのは、ほんとうの問題から目をそむけさせる最悪の罠だ」

「ジャクスン街に帰ってるなら、ハリスンとはお隣さんになるんじゃないか？　否応なしにやつと関わりあうことになるだろ、え？　俺はただ、酒場で仲良くすればいいだけだがな」タックはとつぜん、テーブルの端を叩いて、「なにが問題だかわかるか、ポール？　ジョージはあんたよりいかしてるってことさ」

「へえ？」

「いや、つまり――俺はあんたともジョージとも知りあいで、二人とも気にいってるけど、どっちかと言えばジョージのほうが好きなんだよな」

「ああ、エイミ師のところで配ってるポスターなら見たぜ。こういう酒場にたむろしてる、おまえらみたいな連中の趣味はわかってる」

「いや」とタック。「あんたは肝腎なところをわかってない」

「ふん、俺はいやっていうほど――おい」とフェンスターはキッドに顔を向け、「その記事を読んだことあるのか？　暴動についての記事とか、そのあとのジョージ・ハリスンのインタビューをさ」

「いいや？　でも、話は聞いたよ」

「タックも読んでないんだ」

「話はうんざりするほど聞かされたよ」タックもこだまのようにくりかえした。

「そこが問題なのさ。誰もがその記事については耳にしている。だが、俺がこの街に来てから、記事そのものを実際に読んだ人間には、一人しか会ったことがないんだ」

「誰だよ」とタック。

「ご当人、ジョージ・ハリスンさ」フェンスターは椅子にもたれて満足そうな表情を浮かべた。

キッドはブランデーのグラスをかたむけた。「ぼくは記事を読んだ人に会ってるよ」

「ほう」とフェンスター。「誰だい？」

「ジョージがレイプした女の子。それからその子の家族。どうやら家族のほうじゃ、写ってるのが自分ちの娘だってわからなかったみたいだけどね」フェンスターの表情はいくらか変化したが、笑みは崩れなかった。キッドは、フェンスターもそれほど悪いやつじゃないのかもしれないと思った。

「おまえ、その子に会ったのか？」

「ああ」キッドは酒を口に運び、「あんたもそのうち会うだろう。この街は狭いところだって、みんなが言ってる。タック、ごちそうさま」と立とうとした。

タックは、「ほんとうに大丈夫か、キッド？」

「ああ。だいぶ楽になった」フェンスターにうなずいてみせ、解放された気分でカウンターに歩いていった。

ジャックに「おい、調子はどうだい？」と声をかけられて、キッドはびくっとした。もともと相当もろかった安心感は、たちまち消えてしまった。

「やあ」とキッド。「まあまあだ。そっちは?」

「俺も順調さ」ジャックのシャツはしわくちゃで、目は赤く、頬には無精ひげ。とてもしあわせそうだ。「順調そのものだ。あんたは? あんたの彼女は?」

「順調さ」キッドはうなずきながらくりかえした。「彼女もね」

ジャックは笑って、「そりゃよかった。うん、すばらしい。あのさ、あんたに友達を紹介したいんだ。こいつはフランク」と、うしろに一歩引いた。

「やあ」高く禿げあがったひたいと首までかかる髪にくわえ、おそらく一週間前からひげを伸ばそうと決めたような——ぼくは君にこれをあげる、交叉させて、君からこれを受けとる、交叉させないで……そうだ、あの男だ。ただし、あのときは、ボタンではなく乳白色の留め金のついた緑のシャツを着ていた。それに、今はきれいに洗った手をしている。

「彼が」ジャックがフランクに説明する。「例の、詩を書いてるというタックの友達だ。あいにく名前が思い出せないんだが」

「キッド」キッドは言った。

「そうだった、みんなはザ・キッドって呼んでる」ジャックは説明をつづけて、「キッド、こいつはフランク。フランクは軍隊にいたんだ。で、こいつも詩を書いてる。あんたのことを話してたんだ。そうだよな?」

「ああ、前に公園で見かけたよ」フランクはうなずいた。「ジャックは君が詩人だと言っていたけど」

キッドは肩をすくめた。「まあね。少し前から」

「俺たちは今まで飲んでたんだ」ジャックは説明をつづける。「昼からずっと」

「もう夜だ」フランクは苦笑した。

「呪われた街だ。ずっと酔っぱらっていたけりゃ、理想の場所だよ。呪われた酒場でいくらでも酒が買えて、金を払う必要もない。おまけに、どこに行っても誰かがハッパか酒を持ってる。やれやれ」とげっぷを一つ、「庭に水をやりにいくか。すぐもどる」そう言ってジャックはふらふらと便所に向かった。

キッドは方向感覚がなくなるのを感じた。それでも、用意しておいたフレーズが口をついて出てきた。「君はあの野生児を見張ってるの?」

「彼のほうがぼくを見張ってるのかも」フランクは言った。「ぼくたちは脱走兵だ。ジャックのほうが最近だけど。ただ、ぼくはジャックがホームシックにかかってるとにらんでいる」

キッドは唾を飲みこんだ。「軍隊へのホームシック?」

気分が少しよくなった。

フランクはうなずいて、「ぼくはちがう。ぼくは六カ月前に逃げだした。この街に来られてしあわせだ。また創作にとりくめるし、この街はなかなか面白い」

「君も」あらためて口にしながら、フランクに対して、唐突に思いがけない全面的な不信の念がめばえた。「詩を書いてるんだね？」だからキッドはほほえんだ。

フランクは笑みをかえし、グラスごしにうなずいた。「ああ、作品が出版されたって点では、ぼくは幸運だったんだろう。あの本が出たのは偶然なんだ。西海岸のリトル・マガジンが常連寄稿者の書いたものを本にしてくれてね。選ばれたのはほんとうにラッキーだった」

「じゃ、君は本を出版したことがあるんだね」

「ベローナには出まわっていないけど」フフランクはうなずいた。「でも、今言ったとおり、あれはほんの偶然だったんだ」

「ずいぶん長いこと創作活動をしてるんだろうね」

「十五、六のころから。高校生のときにはじめた。だけど、人が高校時代に書くものなんて、たいていはゴミだからね」

「今、いくつ？」

「二十五」

「じゃあ、ほんとうに長いあいだ書いてる。詩人なんだね。つまり、仕事であり、職業であるって意味で」

フランクは笑った。「詩では食ってけないよ。一年間、サンフランシスコ州立大学で教えていた。それから軍隊に行った。それでも、本職は詩人だと思っているけれど」

キッドはうなずいた。「雑誌とかにも詩を載せてるの？」

「一年ぐらい前、『ニューヨーカー』に三つ。それをぼくの一番すぐれた作品だと言う人もいる。それ以前に、シカゴの『ポエトリー』に二篇。ほかにもいくつかあるけれど、そのあたりが自慢できる作品かな」

「ああ、その雑誌ならずいぶん読んだなあ」

「ほんとうに？」

「昔、飾り文字みたいな小さな馬のマークがついてただろう？　今じゃ変わった写真が載ってるだけだけど。学校の図書館で毎月、何年も読んでいたよ」

フランクは笑った。「じゃあ、ぼくよりちゃんとやってるじゃないか」

「『ニューヨーカー』は、見たことはあるけど読んだことはないな」

フランクの表情がわずかにあいまいになった。

「ぼくの詩は活字になったことがない」キッドは言った。

「どこにもね。ぼくは詩人になったばかりだ。数週間ってところかな。この街に来てからだ。たぶん君のほうがよく知ってるはずだ」

「出版することについて？」

「それもあるけど、詩を書くことについて。ほんとうに難しい」

「そうだろうね」

「今までで一番、クソみたいに難しいことだ」

フランクは笑って、伸びかけのひげをしごいた。「そんなときもあるさ。君は詩を書いて――まだ数週間だっけ？　どうして書きはじめたんだ？」

「わからない。君は？」

「たぶん」フランクはまたうなずいて、「ぼくにとっては必然だったんだ」

「君は――」キッドは、質問の借用をしようかと考えて一瞬口をつぐみ――「ベローナが芸術にとって刺激的な場所だと思うかい？」

「ほかの場所と同じくらいにはね。ひょっとするとほかの場所よりも刺激は少ないかもしれない。だって、生きてくためにたくさんの時間を割かなきゃいけないだろう？　ここじゃ短いものをいくつか書いただけさ。でも、何週間か前にノートを失くしてしまった」

「え？」

フランクがうなずいた。「それからはなにも書いていない。時間がなくって」

「ノートをなくした、だって！」不安が恐怖の樽に穴をあけた。「なんてこった、それはきっと……」やがて感情が一点に集中する。キッドはカウンターに身を乗りだして、「おい、ぼくのノートをよこせ！　いいから早くよこすんだ！」

「わかったよ」バーテンは言った。「渡すからさ、落ちつけよ。あんたたち、よかったらもう一杯――」

「ノートだ！」キッドはカウンターをこぶしで叩いた。

「わかったってば！」歯のあいだから息を吸うと、バーテンはケージからノートをひっぱりだし、カウンターにほうりだした。「さあ、これでもう一杯飲むだろ？」

「ああ、うん」とキッド。「もちろん」

表紙には、血と尿と泥と焦げ跡の横に、いいかげんにおいた酒瓶の底がつけた染みの輪がいくつもできている。キッドはノートのまんなかあたりをひらいた。「……これ、君のじゃないか？」

フランクは顔をしかめた。「君が見つけたの？」

「ああ。公園にあった」

ジェフ・リヴァーズ　アーサー・ピアスン
キット・ダークフェザー　アールトン・ランドルフ
デイヴィッド・ワイズ　フィリップ・エドワーズ……

キッドはフランクの肩ごしにのぞきこみ、フランクがページをめくるまで、リストの名前を読んだ。

「おい、なにやってんだ？」ジャックが二人のうしろから声をかけた。「あんた、フランクに詩を見せてるのか？」

キッドはふりむいて、「ぼくが見つけたノートだよ。誰かの日記がびっしり書かれてる」

「フランクはとっても頭がいい」ジャックはうなずいた。「なんでも知ってる。大学で歴史を教えてたんだぜ。軍隊からもずらかったしな」

「誰でもやってることさ」と言いながら、フランクはノートから顔をあげようとしない。「ちょっとでも頭のあるやつはカナダに行く。残ったぼくたちは、こんなところでくさくさしている」そしてページをめくる。

「楽しんでるか？」ジャックはキッドの肩に手をおき、

「ここは楽しむには最高の場所だよ、な？」

「まあまあね」とキッド。「だけど、あんたのこと、しばらく見かけなかったな。どこにいたんだ？」

「何日かタックのところにね」ジャックは手を上げ下げした。「一週間して、ちんこをしゃぶらせるのをいやがったら、とたんに追いだされた」

酒場の奥では、キャップを目深にかぶったルーファーが、フェンスターと熱心に話しこんでいた。

ジャックは手をさげて、「この街には女の子たちだっているんだぜ！　フランクが知ってる館にたくさんいるんだ。本物の、すてきな女の子たちだ。俺たちはそこに行って、そんで……」にやにや笑いが広がり、恍惚の表情になる。「娘たちはフランクをずいぶん気にいってんだ」顔をしかめて、「こいつがひげを生やしたせいだと思うんだよな。それとも、大学で教えてたからかな」

「あの子たち、あんたのことだって気にいってたぜ」フランクはまだノートを見ている。「あんたのことを知らなかっただけだ」

「そうだな、きっと」

「なあ」フランクがやっと顔をあげた。「これ、ぜんぶ君が書いたの？」

「ああ――いや、ちがう。ぼくが見つけたときにほとんど書いてあった。だから、君のノートかどうか知りたかったんだけど」

「いや」フランクは答えた。「ぼくのじゃない」

キッドはジャックの手を肩からはずし、「よかった。君がノートをなくしたって言うから、てっきり……」

「うん」とフランク。「なるほど」

「これから街にくりだして、女の子を探すんだ」ジャックが言った。「いっしょに来ないか？」

「ジャックは大勢で行くほうが安全だと思ってる」とフランク。

「ちがう。そうじゃない」ジャックは反論した。「ただ、キッドもいっしょに女の子を探すのを手伝いたいんじゃないかなって思ってさ。それだけだよ。あの館にもどってもいいしね」

「そりゃどうも」とキッド。「でも、もうしばらくここにいなきゃいけないから」

「こいつにはもう恋人がいるんだ」ジャックが訳知り顔で解説した。「彼女のこと待ってんだろ？」

「いや、ぼくは……ノートが君のじゃなくて気の毒だったね」キッドはフランクに言った。

「そうだな」とフランク。「残念だ」

「じゃ、またな」とジャックが言っているあいだ、キッドは（笑ってうなずきながら）フランクの口調を不思議に思っていた。

ぼんやり紙をなでながら（ペンの筆圧の痕を感じた）、店を出ていく二人を見おくった。

二人と肩をぶつけるようにして、アーネスト・ニューボーイが酒場にはいってきた。ニューボーイはいったん立ちどまり、スーツの上着の裾をひっぱりながらあたりを見まわし、フェンスターを見つけ、キッドを見つけ、キッドのほうに近づいてきた。

キッドはすわったまま少し背筋を伸ばした。

「やあ。元気だったかね？」

小さな勝利がキッドに笑顔を作らせた。その表情を隠すためにノートをのぞきこんだ。フランクがひらいたページに書かれた詩には、次のような仮題がついていた。

ルーファー

べつのタイトル候補が余白に書きこんである。「赤い狼」「炎の狼」「鉄の狼」。「うん……そうだ」キッドは突如、決然とベストのボタン穴からペンをとり、**ルーファー**を線で消し、その上から**狼を運ぶ者**と書いた。それから顔をあげてニューボーイを見た。「ええ、とても快調ですよ。創作も進んでます」

「それはなにより」ニューボーイがジントニックのグラスを受けとると、バーテンは離れていった。「実は、ここで君に会えないかなと思っていたんだ。あることをロジャーと話しあってね」

「コーキンズさんと？」

「〈十月〉の庭で、夕食のあとブランデーをやりながら、君の詩のことを話してみたんだ」ニューボーイは一呼吸おいて反応を待ったが、キッドは黙っていた。「彼はわたしの話にいたく感心したらしい」

「感心？　コーキンズさんは読んでいないのに」

ニューボーイはジンのグラスをかかげた。「わたしの説明に感心したのかもしれない。それに——どう言えばいいのかな？　君の詩が、この都市——ベローナについての詩じゃないという事実にも心打たれたようだ。わたしがいくらか記憶している君の作品のなかで、ベローナはむしろ、詩を……立ちあげるための舞台装置として機能している」ニューボーイの科白にはかすかに疑問が含まれており、キッドが自説を認めてくれるのを期待しているようだった。

ニューボーイの見解を認めるためでなく、むしろ話をつづけてもらうために、キッドはうなずいた。

「ベローナの街は、舞台装置だけではなく、ある種のムードや焦点を詩に与えてもいる。こんなふうに解釈するのはさしでがましいかな？」

「え？　いえ、ぜんぜん」

「ともあれ、ロジャーの頭にアイデアが浮かんだ——その若者が、自分の詩を活字にすることに興味を持っているかどうか、訊いてみてはどうか、とね」

「え？　いえ、ぜんぜん」句読点は同じだったが、個々の単語の長さや強調や抑揚がまったく異なっていた。

「その、つまり、それって……」顔をしばりつける緊張が薄笑いで引き裂かれた。「でも、コーキンズさんはぼくの詩を見てもいないのに！」

「わたしもそれは指摘した。だが彼は、わたしの熱意に心を動かされたんだそうだ」

「そこまで熱意をもってくれたんですか？　でもコーキンズさんは新聞にいくつか詩を載せたいだけじゃないのかな」

「わたしもそう言った。だが、コーキンズは君の詩を書物として印刷し、この都市で流通させたいと思っている。そこで頼まれたんだ、君の詩の写しをもらってきて、ついでに詩集のタイトルも決めてもらうように、とね」

キッドの息を吐く音だけがした。カウンターをなでるようにして手を引っこめた。心臓が大きな音をたてて不規則に鼓動した。汗をかいているつもりはなかった。だが一滴の汗が背中の窪みをすべり落ち、鎖にひっかかってとまり——「あなたはよっぽど熱心だったんですね——」そしてまた転がり落ちていくのを感じた。

ニューボーイは手もとの酒に視線を落として、「君はこの提案に乗りたいだろうから、正直に言わせてもらえば、わたしが熱心になったのはロジャーが出版を提案してからなんだ。君の詩を読んで楽しんだし、朗読を聞くのも楽しかった。推敲の跡を見るかぎり、君の詩には、かなり努力して習得された独特な言語があるようだ。とはいえ、わたしは君の作品に接してまだ間もないから、ほんとうのところ、それが——簡単な言葉がないので仕方なくこう言うのだが——〝よい詩〟なのかどうかは決めかねている。もし書店で君の詩集を見つけていたら、まずざっと読み、それから注意深く読んで、まったく興味が持てないと決めつけてしまった可能性だってある」

キッドは顔をしかめた。

「この詩を数週間で書きあげたと言ったね?」

顔をしかめたまま、キッドはうなずく。

「驚くべきことだ。君はいくつだね?」

「二十七です」

「そうだったのか」ニューボーイ氏は背もたれによりかかった。「もっと若いと思っていたよ。十九か十八で、この国から出たこともないと思っていた」

「いいえ。ぼくはいま二十七歳で、世界じゅうの都市、田舎、船で働いてきました。それであなたの考えは変わりますか?」

「いや、まったく」ニューボーイは笑って、酒をあおった。「まったく変わらないね。わたしは君にほんの数回会っただけだ。それなのに君のことをぜんぶわかったなどと言うのは、おこがましいだろう。だが率直に言えば、こんなことをして君のためになるんだろうか、と考えていたんだ。二十七歳だって……?」

「嬉しいですよ」

「よろしい」ニューボーイはほほえんだ。「わたしが思ったのは、ごく単純に、詩がほんのわずかしか出版されていないこの世界で、新たに詩を出版しようという人が現われたときに、水をさすのはまちがっているということだ。考えていたよりも君は大人だったわけだから、話は早い。さほど責任を感じずにすむからね。わたしはこの企画の張本人ではない。アイデアはコーキンズ氏のものだ。悪く思わないでほしいのだが、実は出版などやめるように説得しようとさえした」

「ぼくの詩があまりよくないからですか?」

「ロジャーが詩の出版なんかするタイプじゃないからだよ。意図的ではないのだろうが、彼のやることはどうもセンセーショナリズムに行きついてしまう。センセーショナリズムと詩とは、とかく相性が悪いものだ。とはいえ、君の詩は断じてセンセーショナルなものではない。ロジャーも、君の詩をそのように扱うつもりはなさそうだ」

「そういえば、ついさっきべつの詩人と話してたんですよ。そいつはもうずいぶん長いこと詩を書いていて、本も出てるんです。『ポエトリー』や、ほかの雑誌……『ニューヨーカー』にも掲載されたとか。ひょっとしたら、コーキンズさんは、彼の詩も見たいんじゃないですか?」

「そうは思わないな」ニューボーイ氏は言った。「わたしがこの出版計画に反対する点があるとしたら、まさにロジャーのそういう態度なんだ。ところで、題名はどうする?」

キッドの背中の筋肉が、痛いくらいにはりつめた。緊張がゆるむと、今度は腹のなかに恐怖を象徴する不安を感じた。光を放つほど彼の精神はとぎすまされた——酒場の隅で語りあう二人の革服の男たち、男子トイレから出てきた工事作業用ブーツの女、ボックス席でまだ話しあっているフェンスターとルーファー、腰をかがめてカウンターの内側のタオルに手を伸ばしているバーテン、それらすべてが目の前のニューボーイと同じくらいはっきり認識できた。七つ数えたところで顔をあげ、「題名は——『真鍮の蘭』にします」

「なんだって?」

「『真鍮の蘭』*Brass Orchids*」

「定冠詞もなにもなし?」

「そうです。単なる『真鍮の蘭』」

「とてもいいね。気にいったよ。実に——」ニューボーイの表情が急に変わり、笑いだした。「実にいい題名だ! 君にはたいしたユーモアのセンスがあるね!」

「そうですよ」とキッド。「あんなクソをひりだすには、よほど勇気が必要ですから。だって、このぼくが詩集を出すんですよ?」と言って笑った。

「実に気にいった」ニューボーイはくりかえした。「順調にいくよう、ねがっているよ。わたしの躊躇はとり越し苦労にすぎないんだろう。二、三日のうちに、気が向いたらコーキンズの屋敷に詩の写しを届けてくれ」

「そうします」

ニューボーイはグラスをかかげた。「あそこにいるポール・フェンスターと話してくるよ。彼は今日ロジャーの屋敷を出たんでね、あいさつしておきたい。いいかね?」

「もちろん」キッドはうなずいてニューボーイを見送っ

た。

あらためてノートに目を向けた。親指を使い、ノートのリングからペンのクリップをはずし、表紙を見つめた。カチャカチャ、カチャカチャ、カチャ。

厚紙の表紙に書名を記した――『真鍮の蘭』。汚れのせいで、ほとんど読めなかったが。

最後のほうのページをすばやくめくりながら（「哀歌」というタイトルの詩で手をとめ、二行だけ読むと急いで先をめくった）、キッドはなじみぶかい感覚にとらわれていく。さっきまで書いていたページにたどりつくと、内なる声のリズムに耳をかたむけ、内なるつぶやきに耳を澄ませる――

それは痛みのように彼を打った。痛みそのものだった。それは腹をギュッとひきしめ、肺からすべての空気を押しだした。キッドは椅子の上で揺れ、カウンターを握りしめた。あたりを見まわし（ただし目は閉じたまま）、細かく息つぎをする。内なるヴィジョンはすべて、避けようもなくまた言語を絶するほど肉感的な栄光のイメージの輝きで盲目となり、にたにた笑い、口をあけ、あえぎ、紙面に指を押しつけて、幻想が封印するまぶたを切り裂くようにひらき、ノートを見おろした。ペンをもって矢継ぎばやに二行書き、まだ姿を現わさない名詞の前で急停止する。読みかえすと体がふるえた。音からイメージへの意味のつながりをたどる前に、手が自動的にいくつかの単語を消しはじめていた――鎖を感じたくなかったのだ。鎖が体に巻きつき食いこんでいた。

鎖は痛みをもたらし、痛みの解決策を与えてはくれない。

そのうえ痛みに誤ったレッテルをはりつける。

キッドはさらに単語を書きつらねる（最後の五語にいたっては、なにを書いたのかすらおぼつかない）。背中の筋肉が鎌状にたわみ、腹はカウンターの縁にぶつかり、両目の球体のなかでは、目のくらむほど輝かしく恐ろしいことが起きた。

百年後に、とキッドは考えた、ぼくの作品を読む女たち、男たちは……だが、この空想をしめくくる述語は見つからなかった。頭をふり、喉をつまらせた。あえぎながら、書いたものを読もうとした。そして自分の手が、エネルギーをすべて流出させてしまう凡庸な文句に×印をつけようと動くのを感じた。「……窪み……」という単語（動詞！）が目にはいるが、その前後の単語を見ると、とたんに焦点がぼやけ、戦闘的な力がすべて失われ、しまりがない、古くさいものになってしまう。書くんだ――キッドは手を動かした（思い出せ、彼は思い出そうとする、この殴り書きは「……tr……」だったはずだ、書き写そうとしたときには）、そして、舌の根もとをむしばむ音になるべく近い文字列を綴った。「おうん……」というのが、鼻孔から噴出した音だった。

いつの日かぼくは……今回はそれは光とともにやってきた。そして、公園からずっとひきずってきた汚れた恐怖の記憶、ページ、ペン、カウンターを汚した恐怖の記憶が消えた。心臓がドクンと跳ねあがり、鼻水が出た。鼻をぬぐい、読みなおそうとする。「……理由……」と「……痛み……」のあいだの単語を判読不可能にしている殴り書きはいったいなんなんだ？

手から離れたペンがカウンターを転がり、床に落ちた。その音は聞こえていたが、ぐちゃぐちゃな文字を、まばたきしながら見つめつづけた。ノートを持ちあげると、ふるえる手で表紙を閉じた。床に足を打ちつけ、前によろめいた。「ニューボーイさん……！」

ボックス席の横に立っていたニューボーイがふりむいた。「……なにかね？」その表情はしだいに不可解になっていった。

「すみません、これ、持っていってください」キッドはノートを突きつけた。「今すぐ……」

そう言って手を離すと、ニューボーイはノートを受けとった。「ああ、もちろんかまわないが――」

「持っていってください」キッドはくりかえした。「もう書きおわりました……」自分が激しく息を切らしているのに気づいた。「つまり、今の時点で書けることは書き終えたと思うんです……だから――」タックがすわったままこちらを見あげている――「持っていってください。今すぐ」

ニューボーイはうなずいた。「わかった」そして一瞬の間のあと、唇を結んだ。「じゃあな、ポール。会えてよかった。またロジャーの屋敷に来てくれるとうれしいよ。近いうちに必ず来てくれ、わたしが屋敷から出ていく前にね。君との会話はほんとうに楽しかった。ずいぶん多くのことに目をひらかれたよ。この都市について、この国について、君はたくさんのことを話してくれたし、たくさんの物を見せてくれた。ベローナでわたしはたくさんのことを学んでいる」次にタックに向かってうなずいて、「君とも知りあえてよかった」そしてふたたびキッドに目を向けた。キッドは、ニューボーイが不安顔だったことに、彼が――わきにノートをかかえて――立ち去ったあとでようやく気づいた。

タックが自分の隣の席をポンポンと叩く。

キッドはすわろうとしたが、途中で膝が折れ、崩れるようにしゃがみこんだ。

「この坊や《キッド》にホット・ブランデーをもう一杯！」タックが大声で注文したので、ほかの客がこちらを見た。眉をひそめるフェンスターに、タックはしかめ面で頭をふった。「こいつなら大丈夫。つらい一日だったんだ。大丈夫か、坊や？」

キッドは唾を飲みこみ、いくらか気分がよくなった。ひたいを手でぬぐい（湿っていた）、うなずく。

「さっきも言ったとおり」とタックはつづけた。黒い豹の刺青のあるブロンドの腕が、キッドの前に湯気をたてるグラスをおいた。「俺にとっちゃ魂の問題なんだ」そう言って、こぶしごしにフェンスターを見つめ、中断していた会話を再開した。「本質的には、俺は黒人の魂を持っている」

ニューボーイを見送っていたフェンスターが顔をもどした。「へえ？」

「俺の魂は黒いんだ」タックはくりかえした。「黒人の魂がどんなものか、わかるか？」

「ああ、知ってるとも。おまえには絶対にわからないだろうが」

タックが首をふった。「あんたにわかってるとは思えない――」

「あんたが黒人の魂を持ってるはずがない」とフェンスター。「俺は黒人。あんたは白人。黒人の魂を持てるはずがない。俺はそう主張する」

ルーファーは首をふり、「あんたの話はほとんど、俺にはとっても白人くさく聞こえるぜ」

「俺がおまえら白人をうまく真似できるのが、そんなに怖いか？」フェンスターはビールを持ちあげ、空っぽの瓶をもどす。「どういうわけだろうね、白人連中がみんな、とつぜん黒人になりた――」

「俺は黒人になりたいわけじゃない」

「――おまえに黒人の魂を与えてるのはなんなんだ？」

「疎外感。これは、ゲイ的なものの本質だな」

「それは文化や芸術の世界にもぐりこむためのパスポートになるだろ？　ちょっとベッドにもぐりこみさえすればさ」とフェンスターは反論した。「黒人というだけで、そういう分野から自動的に切り捨てられちまうんだ。よほど画期的な仕事でもすりゃべつだがな」と歯のあいだから息を吸った。「ホモだからって、おまえが黒人になれるわけじゃない！」

タックは両手を重ねた。「そりゃまあ――」

「おまえたちは」フェンスターは部分的に譲歩したルーファーに向かって宣告した。「三百年ものあいだ、黒人の魂に見向きさえしなかった。それが十五年ほど前から、なんだって急に、そんなものを拝借しようなんて気を起こしたんだ？」

「くそっ」タックは指を広げて、「そっちは俺からほしいものをとっていくじゃないか——アイデア、習慣、財産、金。それなのに、俺のほうはなにももらえないっていうのか？」

「おまえがわざわざ——」フェンスターは目を細め——「俺に対して、驚きや屈辱感や傷つけられた気持ち（俺がここに怒りを含めていない点に注意）を表明しているのは——それが現状だからだが——おまえが黒人の魂を持っていないからだ」と急に立ちあがり——赤い襟がひらいて黒い鎖骨がのぞく——指をふりたてた。「おまえたちは、十世代ものあいだそんなふうに生きてきた。それがいきなり俺に向かって黒人の魂をわけてくれなんて言いやがる」黒い肉に薄い色の爪が乗った指を突きつけ、「おまえたちが黒人の魂を持てるのは、俺がそうしていいと認めたときだけだ！　さあ、もう邪魔するな！　俺は小便にいく！」フェンスターはボックス席から出ていった。

　キッドはじっとすわっていた。指先はひりひりし、膝と膝のあいだは何マイルも離れ、精神は大きくひらかれていて、今の口論のどの部分をとっても、自分に向けられた、そして／あるいは自分についてのコメントのように聞こえていた。すわったまま、それらをつなぎあわせようとしたが、そのあいだにも議論の内容は記憶の一覧表からすべり落ちていった。タックはぶつくさ言いながらキッドのほうを見て、人差し指でキャップのつばをさげた。「どうやら——」タックは重々しくうなずき——「白人の優越性を守らんとする休みなき戦いにおいて、俺はまたしても敗北したようだな」そう言って顔をしかめた。「あいつ、いいやつだろ？　さ、もっと飲めよ。坊や、おまえのことを心配して言ってるんだぜ。気分はどうだ？」

「おかしな感じだ」とキッド。「なんだか変な……いや、大丈夫」そして酒をあおった。息は肺の入口にとどまる。その奥に、黒く湿ったものが細い水路となって流れている。

「強情で、独善的」タックは、フェンスターがすわっていた席に目をやった。「ユダヤ人みたいだよな？　だけど、いいやつだ」

「あいつも、この街に着いた最初の日にあんたと会ったんだろ？」キッドはたずねた。「寝たのかい？」

「はあ？」タックは笑って、「まさか。あいつが女房以外の誰かにやらせるなんて思えないね。もし女房がいればだが。いたとしたら、それはそれで驚きだが。あいつは今まであちこちで、恋に悶えるオカマ連中を焦がれ死にさせてきたにちがいない。まあ、それはどちらにとってもいい勉強になるだろうがね。おまえ、ほんとうに悪いクスリとかやってないよな？　よく思い出してみな」

「やってないよ。もう大丈夫だ」

「うちに来ないか？　ここよりあたたかいし、おまえの面倒を見てやれる」

「いや、レイニャを待つよ」キッドの思考はまだもろくて不安定なのに、激しく活動し、十五秒後にフェンスターが席にもどってくるまで、タックがそれ以上なにも言わず、じっとブランデーに映るろうそくの光を見つめていたことに気づかなかったほどだった。

　膀胱を空っぽにしたおかげで、フェンスターの熱も冷めたようだ。席に腰かけると、きわめて丁重に言った。「なあ、わかってくれよ、俺が言いたかったのは――」

　タックは指をたてて制止した。「降参だよ、あんた。降参だ。さあ、もう邪魔しないでくれ。俺はこの問題をじっくり考えてるんだ」

「そうか」フェンスターの態度はやわらいでいた。「いいとも」ふかぶかと腰かけると、目の前に並んでいる酒瓶をながめた。「これだけ飲んだあとじゃ、せいぜいそれくらいしか期待できないよな」そう言って、親指でラベルを剝がしだした。

　けれども、タックは黙りこんだままだ。

「キッド――？」

「レイニャ！」

2

　風が木々の葉のあいだで踊り、彼女を目覚めさせ、彼女が首を回し、手を動かした下で彼を目覚めさせた。目覚めていくと、記憶がまとわりついてくる。木の葉のように、言の葉のように。二人は話し、歩き、愛しあい、起きあがってふたたび歩いた――二回目に歩いたときにはほとんど話さなかった。なぜなら、彼の目の奥から涙があふれでて鼻に流れつづけたからだ。まぶたは濡れ、洟は垂れ、しかし頰は乾いたままだった。二人は公園にもどり、横たわり、ふたたび愛しあい、眠った。

　明るい記憶の底で出だしがあやふやな会話をとりあげて、レイニャは言った。「どこに行ってて、なにがあったか、ほんとに覚えてないの？」彼女はキッドに休む時間を与えていた。いま、あらためて問いつめて、「一分前にコミューンにいたと思ったら、次の瞬間にはもういなくなってた。公園に行ったときから、ふらついてるあなたをタックが見つけるまでのあいだに、タックの話じゃ、少なくとも三時間は経ってたって！　なにが起きてたのか、わからないの？」酒場でレイニャと話し、タックと話したのは覚えていた。最後には、レイニャとタックが話しているのをただ聞いているだけだった。会話が理解できなくなっていた。

　キッドは言った、これしか頭に浮かばなかった――

「ここの街に来てから、初めてほんとうの風を見たよ」木の葉が顔の前を飛んでいった。「初めてだ」

　レイニャはため息をつき、口をキッドの喉に押しつけた。

　キッドは毛布の隅をひっぱって両肩に掛けようと思ったが、うまくいかないのでぶつくさ言い、片方の肩を持ちあげた。毛布がきちんと掛かった。

　二人の頭上で木の葉が驚いて目をひらき、そらし、通りすぎた。キッドは唇を噛み、目を細めて夜明けの空を見つめた。灰褐色、黒、真珠色が、木々の枝のむこうでねじれ、たわみ、折り重なりながら、けっして破れようとしない。

　レイニャが肩をなでてきた。彼女の顔に向きなおり、口をあけ、閉じ、またひらいた。

「いったいどういうこと？　なにが起こったのか教えて。なにが問題なのか教えて」

「ぼくはたぶん……正気を失いかけてるんだ。そういうことさ」

　けれどもキッドはくつろいでいた。周囲のものが輝きを失いはじめ、より鮮明になってくる。「わからない。でも、たぶんぼくは……」

　レイニャは頭をふった。否認ではなく、いぶかっているのだ。彼女の脚のあいだに手を伸ばすと、陰毛はまだ行為のあとのねばつきを残していた。指のあいだで、撚りあわされた陰毛をもてあそんだ。腿がわずかにひらき、それから閉じてキッドをがっちりしめつけようとした。どちらの動作も途中でとぎれ、彼の髪に顔を寄せた。「説明できる？　タックの言うとおりよ――クスリで飛んでるみたいだった！　あなたが怖がってるように見えたわ。ね、説明してみて！」

「わかった、わかったよ。ぼくは……」レイニャの肉体に顔を埋めて、低く笑った。「ぼくはまだヤれる」

「そうね、しかもたっぷり。嬉しいわ。だけど、それでも……ときどき、会話の代わりにしてるみたい」

「頭のなかが、いつも言葉であふれかえってるんだ」

「どんな言葉？　説明してみてよ」

うなずいて、唾を飲みこんだ。大切なことを彼女にすべて伝えようとした。リチャーズ家のこと、ニューボーイのこと。だが口をついて出てきたのは、「切り傷……」

「なに？」それきり黙ってしまったキッドに、レイニャがたずねた。

「ぼく、なにか言った？」

「『切り傷』って」

「わからない……」キッドは首をふりはじめ、「それを声に出して言ったのかどうかさえわからない」

「つづけて」彼女は言った。「切り傷って、なに？」

「ジョンだよ。あいつがミリーの脚を切ったんだ」

「えっ？」

「タックが〈蘭〉を持っていた。真鍮製の、しゃれた〈蘭〉だ。ジョンがそれを受けとって、面白半分に、ミリーの脚を切った。とても……」ふたたび息をついて、「恐ろしかった。前も、彼女の脚の同じところに切り傷があった。わからないけど、ジョンはそういう趣味があるのかもしれない。頭では理解できる。でも、あいつは実際に——」

「つづけて」

「くそっ、話すと支離滅裂になってくる」

「つづけて」

「君の脚だけど、切り傷なんか一つもない」キッドは息をはきだした。うつむいているレイニャが顔をしかめたのを感じとった。「だけど、ジョンはミリーの脚を切った」

「あなたが目撃したのは、それ？」

「ミリーは立っていた。ジョンはすわっていた。ふいにやつが手を伸ばして、無造作に彼女の脚に切りつけたんだ。たぶん、そんなに深くはないんだろう。前にもやったことがあるにちがいない。ほかの誰かにね。君はどう思う？　ジョンは前も誰かに——」

「どうかしら。でも、それでどうしてそんなに動揺したの？」

「うん……いや。そのときにもう動揺してたんだ。だって……」キッドは首をふって、「理由はわからない。まるで、とても大事なことを思い出せずにいるようだ」

「あなたの名前とか？」

「そのことだったかも……覚えてないよ。ただ——ひどく混乱してた」

キッドが手を伸ばして制止するまで、レイニャはなでつづけた。

そして口をひらいた。「どうしたらいいのかわからない。わかりたいのに。あなたになにかが起こりつつある。見ていて楽しいものじゃないわ。どこの誰だか知らないけれど、わたしはあなたのことがとても好き。だからって、厄介なのは変わらない。あなたはリチャーズさんのところで働くのをやめた。それで、心理的な圧迫をいくらか減らせるんじゃないかと期待してたの。たぶん、あなたにとっては出ていくほうがいいんでしょうね。なるべく早く、この……」

木の葉のなかを風が騒がしく吹きぬけた。だが、レイニャが言葉をとめたのは、キッドが首をふったからだった。騒がしい風が遠ざかる。

「連中は……なんであそこにいたんだ？　どうしてぼくをつれていった？」

「え？　いつのこと？」

「どうして今夜、ぼくをあそこにつれていった？」

「コミューンに？」

「理由があったはずだろ、ぼくに理解できなかっただけで。理由なんかどうでもいいんだろうけど」レイニャの頬をさすっていると、彼女はキッドの親指を唇にくわえた。「どうでもいいんだけど」拡散していく不安で固くなり、彼女の腿に何度も何度も押しつけた。

「あのね、あなたをあそこにつれていったのは――」ちょうどそのとき吹いた強風と、彼自身の精神の混乱で、つづきは聞きとれなかった。頭をふり、ふたたび耳が聞こえるようになると、レイニャはキッドの濃い毛をなでながら、「しーっ……リラックスして。ほんのちょっとだけ、気持ちを落ちつかせて……」とつぶやき、反対の手でごわごわの毛布を引きあげた。肩と肘の下にある地面は固かった。

しびれる肩と肘で体を支えながら、キッドは記憶力を試してみた。

とつぜん、レイニャに顔を向け、「なあ、いつもぼくを助けようとしてくれるけど、ほんとうは……」すべての言葉が沈黙の上で分裂するのを感じた。

「ほんとうは、今の状況をどう感じてるかって？」彼女が助け舟を出した。「わからないわ――ううん、わかってる、か」ため息をついて、「けっしてよくないわね。たぶん、あなたはほんとうに具合が悪いんでしょう。知りあって日が浅い今のうちに、別れたほうがいいとも思う。でも、すぐに考えなおすの。ねえ、せっかくすてきな人に出会ったんだから、もう少し努力すれば手助けできるかもしれない、って。ときどき、あなたがわたしを気分よくさせてると感じることがあるの――それって、いちばん傷つくわよ。だって、あなたを見てると、すごく傷ついてるのがわかるのに、どうすればいいのか見当もつかないんだから」

「彼には……」洪水に押し流されたあとの廃墟のような精神から言葉を浚いあげた。「ぼくには……わからない」なぜ最初に「彼には」と言いかけたのかを訊いてほしかったのだが、レイニャはただ彼の肩の上でため息をつくだけだった。「君を怖がらせるつもりはないんだ」

レイニャは言った。「怖がらせてるわよ。だってあなたは、ほかの誰かになにかされたときだけ、わたしのところに舞いもどってくるみたいだから。それってひどいわよ」

「そうかな？」

「キッド、あなたがよそにいるとき、働いてるときでも街を徘徊してるときでもいいんだけど、わたしのことを思い出すとしたら、なにを思い出す？」

キッドは肩をすくめた。「こういうことすべて。抱きあったり、話をしたこと」

「そうよね」その声からレイニャが笑みを浮かべているのを聞きとった。「それが、二人の関係の一番いい部分だから。だけどわたしたち、それ以外のことだってしてるよね？　そのことも思い出して。あなたは今みたいな状況をいつ抜けだせるの、なんて訊いたら残酷？　でも、あなたには見えてないことがたくさんある。今のあなたは穴だらけの世界をふらふら歩きまわってるみたい。穴に落ちては傷ついている。こんなことを言うのは残酷かもしれない。でも、見てられないわ」

「いや」キッドはなかなか明けない夜明けに向かって顔をしかめた。「ぼくたちがニューボーイに会いに行ったとき、君は――」ボロボロにされた彼女のドレスのことを思い出しながら、「コーキンズのところで――楽しかったかい？」

レイニャは笑った。「あなたは楽しくなかったの？」そして笑いがとぎれた。

それでも、彼女の笑みが肩に押しつけられているのを感じた。「不思議な体験だったわ。わたしにとってはね。ときどき、ほんとにあっさりと忘れちゃうのよ、自分にはなにか……これ以外にも、やるべきことがあるってことを」

「そういえば前に、美術教師のことを話してなかったっけ。それは覚えてる。それから、テープ編集とか教師稼業とか。絵も描いてたの？」

「何年も前にね」レイニャは答えた。「十七のとき、ニューヨークのアート・スチューデンツ・リーグの奨学金をもらったの。もう五年、六年前の話。今は描いてない。

描きたいとも思わない」

「なんでやめたんだ？」

「聞きたい？　要するに怠け者だったのよ」そう言って、キッドの腕のなかで肩をすくめた。「なんとなく絵から遠ざかっていっただけ。最初のうちは真剣に悩みもしたけれど。両親は、わたしがニューヨークに住むのをいやがってた。ちょうどサラ・ローレンス――そう、やっぱりあの学校よ――を卒業したばかりで、両親はどこかのちゃんとした家に下宿してほしいようだったわ。でもわたしは、二十二番街の安アパートに女の子三人でルームシェアをして、アート・スチューデンツ・リーグの定時制に通ってた。両親はわたしの頭がおかしいって思ってたから、わたしが〝画業の行きづまり〟について精神分析医に相談にいくと聞いて大喜び。わたしがほんとうにバカげたことをするのを医者が阻止してくれるだろうと思ってたみたい」レイニャは一音節の短い笑い声を漏らした。「しばらく通ったあと、医者から生活のルールを設定すべきだって忠告された。たとえば、一日に三時間必ず絵を描く――なにを描いてもかまわない。二十五セントのメモ帳に、きちんと時間を記録する。そして、三時間のうち、絵を描かなかった時間に応じて、その六倍の時間は嫌いな仕事――そう、わたしなら皿洗いをしないといけない。そういうきまりを作ったの。わたしが絵画恐怖症にかかってるってことで医者と意見が一致した。彼は行動主義者だったわけ。だから、不愉快な行動をぶつけようとした――」

「じゃあ、君には皿洗い恐怖症もあったんだ？」

「とにかく」ほぼ暗闇のなか、眉をひそめて、「午前中に診察を受けて、午後からさっそくはじめてみた。最初はすごく興奮したわ。この治療法によって絵画に関する自分の無意識をすべて探りだせるような気がして……それがどんなものだろうとね。三日目までは三時間きっかり作業できた。その次の日、二十分間だけサボってしまった。でも、罰として一時間も皿洗いをするなんてできなかった」

「家に何枚皿があったんだい」

「汚れた皿がなくなったら、きれいな皿でもいいから、時間いっぱい洗いなさいと言われてたのよ。次の日はちゃんと三時間描きつづけられた。問題は、そうやって出来あがっていく絵が、どうしても好きになれなかったってこと。次の日には絵を描こうなんて気に全然なれなかった。夜になって誰かが遊びに来たんで、いっしょにポーのコテージに行っちゃったの」

「モンテレーのロバート・ルイス・スティーヴンソンの

家に行ったことある？」

「いいえ」

「スティーヴンソンはそこで一部屋だけ、しかもほんの数カ月だけ借りてたんだ。最後には、家賃滞納でほうりだされてしまった。それが今じゃ『スティーヴンソンの家』と呼ばれて、この作家について網羅する博物館になってるんだよ」

　彼女は笑って、「ともかく、次の日、わたしは医者と会う約束だった。ルールをちゃんと守れたかどうかを報告することになっていたの。その夜、わたしは今まで描いた絵を見ることにした。三時間のうちのいくらかをそれでつぶそうとしたからなんだけど。それから、どの絵も最悪だってことに気づきはじめたの。とつぜん、どうしようもなくムカついて、ぜんぶ破いたわ──それまで手掛けた、大作二点、小品一点、一ダースほどの素描。一つ残らず、びりびりにして捨てちゃった。それから、家じゅうの皿をみんな洗った」

「なんてことを……」彼女の頭上でキッドは眉をひそめた。

「そのあとも素描だけはいくらかつづけたけど、事実上それが、わたしが絵を描くのをやめた瞬間ね。だけど、おかげであることに気づいたの──」

「そんなことしちゃいけない」キッドは口をはさんだ。

「ひどいことだ」

「何年も前のことよ」とレイニャ。「たしかに子供っぽかったけど。でも、わたしは──」

「すごく怖い話だよ」

　レイニャは彼を見た。「何年も前のことだってば」その顔は灰色の夜明けに照らされて灰色だった。「昔の話」そして顔をそむけて話をつづけた。「でもそのおかげで、あることに気がついたわ──芸術について、そして精神分析について。どちらも自己完結的なシステムなのよ。宗教と同じようにね。この三つはどれも、人の内面に価値と意味を与えてくれる。そして、その価値なり意味なりを手にいれるためには、苦しみをくぐりぬけるべきだとしきりに言いたてる。どのシステムも、もしそのなかで問題に直面したら、解決策はただ一つ、同じシステムをより深くまで極めていくしかない。この三つのシステムは、実際には死に至る戦争をしているのに、それぞれのあいだでは休戦状態になっている。自分のルールを押しつけようとするシステムは、きまってそうなのよ。せいぜいなかよくしている場合でも、この三つのシステムはいつでも他の二つを包摂し、自分の下位におこうとしている。わかるでしょう？　宗教と芸術は、どちらも狂気の一形態とみなされ、そうなれば精神分析の領域に含まれる。芸術は、人間と人間の理想を研究し称賛するためのもので、その立場からすると、宗教的経験は美的な反応の野蛮な一形態だということになるし、精神分析は芸術家が人間を観察し、その肖像をより正確に描くための道具にすぎない。そして宗教的な態度というのは、推測だけど、善き人生を推進してくれるかぎりにおいてのみ、芸術や精神分析に意味を認める。でも、三者の関係が最悪になった場合には、たがいに他の二つを破壊しようとするはず。自覚してかどうかはわからないけど、精神科医はきわめて効果的に、わたしの絵を破壊した。わたしはすぐに精神分析を受けるのもやめちゃったわ。どんなものであれ、システムとは関わりたくなかったから」

「皿洗いは好き？」

「このところずっと、皿洗いする必要なんてなかったから」レイニャはふたたび肩をすくめ、「今もし皿洗いをしないといけなくなったら、むしろ気晴らしに思えるかも」

キッドは笑った。「ぼくもそうだろうな」そして、「だけど、絵を破いたのはまずかった。あとで気が変わったらどうする？　ひょっとすると、そのなかに、いずれ役に立つものが含まれてたかも——」

「芸術家を目指していたのなら、まちがった行動だったでしょうね。でもわたしは芸術家じゃなかった。なろうとも思ってなかったし」

「奨学金をもらってたんだろ？」

「たくさんの人がね。その人たちの絵は、どれもひどい代物だったわ。確率の法則にしたがえば、わたしの絵もひどいものだったはず。そう、もう描きたくなかったんだから、絵を破棄したのはまちがいじゃなかった」

けれども、キッドはまだしきりに頭をふっていた。

「わたしが絵を破いた話、ずいぶんショックみたいね。どうして？」

ため息をつき、レイニャの体の下から腕をずらした。

「君が——いや、君だけじゃなく、他人が——ぼくに言うことはすべて……まるで、百五十もの言外の意味をにおわせてるように思えるんだ。実際に口にしている言葉以上の意味をね」

「ああ、たぶんわたしはそうしてるわ、ほんの少しだけね」

「だから、半分気が狂っていて詩を書こうとしてるこのぼくに向かって、君が暗に、芸術や精神分析に対して信頼を寄せるなと言おうとしてるなんて考えてしまうんだ」

「まさか！」レイニャはキッドの胸の上で両手を組み、あごを乗せた。「わたしが言ってるのは、あくまでわたしが信じなくなったってこと。と言っても、頭がおかしいわけじゃない。ただ怠惰なだけよ。この二つはべつものだって、わたしは思いたいけれど。それにわたしは芸術家じゃなかった。テープ編集もするし、教師だし、ハーモニカも吹くけど、芸術家ではない」キッドはレイニャの首に両腕をまわし、頭をぎゅっと抱きかかえた。

「思うに、問題は」キッドのわきの下で口をふさがれながら、レイニャはつづけた。「わたしたちに内と外があることね。内側と外側それぞれに問題をかかえているけれど、どこで内側が終わり、どこから外側がはじまるのか、区別するのはとても難しい」一拍おいて頭を動かし、「わたしの青いドレス……」

「あのドレスは外側の問題を思い出させるわけ？」

「あのドレスと、コーキンズ邸に行くことがね。ときどきなら、あんなふうに暮らすのも悪くないとは思うの。今までだって、機会があるたびにうまくやってきたのよ」

「ぼくたちだって、コーキンズの屋敷みたいなところに住めるさ。この街じゃ、自分たちの望むものはなんでも手にはいるんだから。もちろん、あんなに大きい屋敷はめったにないだろうけど、立派な空き家を見つけられるはずだ。そうしたら、ほかの連中みたいに、家具とかを運びこむんだ。タックなんか、電気コンロを手にいれて、十分でローストビーフを料理していたよ。電子レンジもついていてね。ぼくたちは、なんでも手にいれることができる――」

「でも、そうすると――」レイニャは首をふりながら――「今度は内側の問題がはじまるの。問題になりはじめる、と言うべきかしら。ときどき、わたしには内側の問題なんてないと思うこともある。単に、心配の種をでっちあげてるだけだって。知りあいの半数が怖がるものの半分もわたしは怖くない。いろいろな場所に行って、たくさんの人と会って、さんざん楽しい思いをしてきたわ。でも、そういうのは外側の問題を解決するだけなのかもしれない。もう一ついやなことがあってね。あなたを見てると、ときどき、自分にはそもそも内側だろうと外側だろうと問題があるなんて言う権利がないって気がしちゃうの」

「君はなにもしたくないの？　なにかを変えるとか、守るとか、探しだすとか……」そこで口をつぐんだのは、はっきりと居心地の悪さを感じたからだ。

「したくないわ」レイニャはきっぱりと否定した。

「でも、そうすれば、外側の問題を解決するのがいくらか簡単になるような気がする。たぶん、べつのドレスを手にいれたら、もっとしあわせになるんじゃないかな」「したくないわ」レイニャはくりかえした。「すばらしいこと、魅力的なこと、驚くべきことが起こってほしいとは思ってるけれど、そのために行動するのはいやなの。絶対に。こんなことというと、わたしをうわっつらだけの人間みたいに思うかもしれないけど……ううん、あなたは頭がいいから大丈夫。でも、たいていの人はそう思うでしょうね」

キッドは混乱した。「君はびっくりするほど深みのある、魅力的な人だよ」と言い、「今すぐ世界的な有名人になってもいいくらいだと思う」

「二十三歳にしては、わたしは有名なのよ、なにもしていないわりにね。でも、あなたの言うとおり」

「どんなふうに有名なんだ？」

「あ、べつにすごく有名ってわけじゃないの。ただ、有名な友達がたくさんいるってだけ」とふたたび手であごを支えた。「記事によれば、ニューボーイはこれまで三回、ノーベル賞にノミネートされたそうね。わたしは、実際に受賞した人を三人知ってる」

「へえ？」

「二人は科学者。それから、レスター・ピァスンは伯父の親友で、毎年、夏になるとノヴァスコシアの伯父の別荘にやってきて数週間いっしょにすごしてたわ。化学賞の人はとても感じがよくて——彼、まだ二十九歳だったのよ——大学とつながりがあったの。一時期、とても親しくしてた」

「デートとかしたわけか。有名な友人たちとは、みんなそんなふうにつきあってきたの？」

「ううん、そういうのはいやなの。デートには行かない。知りあって、話すのが楽しくて、それでまた話して。それでおしまい」

「ぼくは有名じゃないよ。コーキンズの屋敷みたいなところで、ぼくといっしょに暮らすのは楽しいかな？」

「ううん」

「どうして？　ぼくが有名じゃないから？」

「それじゃあ、あなたのほうが楽しくないと思うから。そんな暮らしをしたら、あなた、なにしたらいいのかわからなくなるわよ。向いてないってば」腿から肩まで、レイニャの全身の筋肉が、体の上で緊張して固くなるのをキッドは感じた。「実はね、あなたといっしょにロジャーの屋敷に行くのが怖かったの。わたしが着てるものとは関係ない。ただ、あなたがひどいふるまいをするんじゃないかって——午後じゅう、おびえてウウウとかアアアとか叫んだり、逆に完全に黙りこんで、巨大な沈黙の穴みたいになってしまうかもしれないって」

「ぼくが今まで一度も立派な屋敷に行ったことがないと思ってた？」

「とにかく、あなたはそんなことしなかった」とレイニャ。「そこが問題なのよ！　あなたは完璧だった。屋敷ですごす時間を満喫してた。それに、わたしの見るところ、ニューボーイさんも楽しんでいた。あの午後を台無しにしたとしたら、わたしのせいだわ。つまらないドレスのことなんか持ちだして。わたしは、まっさきにそういうことを心配するような、けちくさい、ちっぽけでどうしようもない人間なのよ」ため息を一つついて、「このことを今までずっと隠してて、いいことがあったかしら？」ふたたびため息。「そうは思えないわ」

荒れた空に向かって目をしばたたかせながら、キッドは理解しようと努めた。彼女の論理は追うことはできた。その裏にある感情は支離滅裂だったが。

ややあって、レイニャはまた話しはじめた。「わたしの育ってきた家は、どれもとっても大きかった。ロジャーの家と同じくらいのところもあった。寄宿制の学校に通ってたころ、伯父が、わたしの誕生日に、夏の別荘に友達を何人か呼びなさいと言ってくれたの。それで、友達を十人つれて、木曜の夜から日曜の午後まで長い週末をすごしたわ。そこに、マックスっていう男の子がいてね。アーヴィング・スクール——わたしたちの女子校の隣にある男子校——に通ってたんだけど、その子のことをかっこいいって思っていたの。マックスは貧しい——まあ、それほど裕福とはいえない家庭の出身で、奨学金をもらってた。知的で、感受性豊かで、優しくて……カッコよかった——たぶん、わたしは恋してたのね！　伯父の別荘ですごすその週末に、彼一人だけを呼べたら、しあわせだったでしょうね。でもパーティを計画しなきゃならなかった。だから、彼だけのためにそのパーティを計画することにしたの。まず、賢い男の子の話を聞くのが好きな女の子を二人見つけて——そのころのわたしは、それほどいい聞き手じゃなかったから。それでもマックスはしゃべりまくることができた。ひどく気味が悪い、有色人種の男の子も招待した。マックスがその子を尊敬してるって言うのよ、ディベート・チームの二番手で、けっしてまちがったことをしないからって。四つの学校を探しまわって、最高にすばらしい、魅力的な人たちを調達した——マックスを面白がらせてくれる人、マックスを補ってくれる人、マックスと対照的な人をね。同じグループからは二人以上選ばないように注意したわ。

そうすると仲間同士で固まって、シチューのなかの、消化できないダマみたいになっちゃうでしょう？　そうやって周到に準備した週末は最悪だった。誰もがすてきな時間をすごして、それから二年というもの、わたしに会うたびに、またああいうパーティをひらいてほしいとみんな言ったものよ――マックス以外は。飛行機に乗ったり、たくさんの馬やボートや、女中たちに運転手たち――そういうのはマックスにとって理解不能だったみたい。四日のあいだ、彼が口にしたことといえば〝ありがとう〟と〝うわあ〟の二つだけ。それぞれ四十四回ずつ言ったかな。わたしたちは幼すぎたんだと思う。何年かあとなら、マックスはたぶん社会主義者かなにかになっていて、金持ち娘の道楽を全面否定してみせたでしょうね。そのほうがずっとましだったはず！　そこには議論できる人もいたわけだし、少なくともコミュニケーションができる。わからないけど――たぶん、わたしは今でもまだ幼いんだわ」ふいにレイニャは寝返りを打った。

「十八世紀のフランス小説なら、〝年上の娘〟の役回りになる年ごろだけど」と、またこちらを向き、「二十三歳！　ひどくない？　それなのに、二十世紀は若さへのコンプレックスにとり憑かれているというし」キッドの胸に顔を埋めてくすくすと笑った。

「じゃ、こんどはぼくの話を聞いてくれる？」

「うん、うん」レイニャがうなずくのを感じた。

「ちょうどぼくが二十三、君の歳だったときのことだ」

「そうね、おじいちゃん。あなたが精神病院から出て、三年後くらいの話？」

「いや、すてきな場所に行く話」キッドは顔をしかめた。

「その夏、ぼくは働きながらメキシコ湾岸沿いを旅してた。エビ漁の船の頭《あたま》係としてね」

「頭係って？」

「皿を洗って、エビから頭をはずす係さ。そのとき、フリーポートでクビになったばかりで、べつの船に雇ってもらおうとぶらぶらしてた――」

「どうしてクビになったの？」

「船酔いしたんだよ。さあ、もう黙って聞いて。ともかく、ぼくはあるカフェの前にすわってた。その町じゃほかにすることもなかったしね。そこに、二人の若者が二台の黒のトライアンフに乗ってやってきて、ほこりっぽいなかに車をとめた。一人が叫んだ、おい、このど田舎でトラベラーズ・チェックを換金できる場所を知ってるか？　ぼくは町に来て三日目だったから、銀行の場所を教えてやった。するとそいつが、乗りな、と言った。で、彼と彼の友達を案内してやったんだ。道すがら、あれこれ話しあった。彼はコネチカットのロースクールに在学していた。ぼくはコロンビア大に通っていたことを話した。首尾よくチェックを現金化したあと、彼は、いっしょに来ないかとぼくを誘った——払うあてもない一晩二ドルの宿にいるより、ずっとましだろう。だから、いいとも、と答えた。海岸から少し離れた島に、若者たちの集団が滞在していたんだ」

「コミューンみたいなもの？」

「そいつらの父親のうちの一人が、そのあたりを開発している企業のボスだったんだよ。その会社は、島に住んでた漁師たちをどこかに移住させて、本土とのあいだに橋を掛け、水路を掘り、一戸あたり十五万から二十万ドルの住宅地を建設したんだ。それぞれの家の、前には芝生の庭、横にはプール、反対側にはガレージ、そして裏手には水路を作って、プライベート・ボートで海に漕ぎだせるようになっていた。ぜんぶ、町を牛耳ってたダウ・ケミカル社の重役連中のために建てられた家なんだ。購入希望者は、まず家をチェックして、家具が揃ってるか、冷蔵庫にはステーキがはいってるか、クロゼットには酒が蓄えられてるか、バスルームにはタオルが掛かってるか、ベッドは整えられてるかを見る。重役たちは、購入する前に、家族を連れて、お試し期間として週末をすごしにやってくることができた。月曜日になると、女中、大工、配管工の一団を乗せたトラックが到着する。使われた品を補充し、ガラクタをきれいさっぱり片づけて、壊れたところを修理するんだ。島にはまだ誰もいなくて、どの家のドアもあけっぱなしだった。島を開発した社長は、息子に向かって、近くにいるのなら島に泊まればいいのに、と言ったそうだ。それで息子は、十七から二十五歳まで、二十人ばかりの友達をつれて島に移り住んだんだ。連中はまず、一軒の家からスタートした。酒をすべて飲み干し、食料を食い尽くし、家具を壊し、窓を割り、破れるものはみんな破いて、次の家に移った。月曜日になれば、女中と大工と配管工の一団がやってきて、みんな修理してくれるからね。ぼくは二週間、そいつらといっしょにすごした。適当な部屋を一つ選んで、内側から鍵を掛け、外の大騒ぎをよそに大部分の時間、読書してすごした。ときどき部屋から出て、食べ物を探しにいった——ビールの空き缶が散らばったキッチンにはいって、フライパンの汚れを落としてステーキを焼いたりした。プールがひどい状態じゃなければ、プールにも行った。それで、家具や空き瓶が浮いてたり、あたりに壊れたガラスが散らばってなければ、泳いだりもした。ちょっとするとすぐに人がいっぱい出てくるから、部屋にもどった。でも、部屋を空けてるあいだに、ぼくのベッドでヤッてるカップルがいたり、机に誰かが吐いてたりすることもあった。一度なんか、女の子が完全におかしくなって、床のまんなかにすわりこんでた——絨毯にはコカインが散乱してた。それもたくさん。その子はカーテンをひっぱりおろして、切りぬいて、いくつもいくつも人形をこしらえていた。だから、おとなしく本を持ってべつの部屋に移り、内側から鍵を掛けた。ところで島に着いて数日後、ぼくをつれてきた二人組はとつぜん河岸を変える気になったらしい。二人は使っていいよと、トライアンフの鍵をくれた。ぼくは運転のしかたも知らないっていうのにね。そのときまでに、二台の車のうち一台は、フロントガラスが壊されてた。でも、もう一台は無事だった。警察は二度来たな。一度目は、おととい来やがれ、許可をもらってここにいるんだと言い張った。それで警察は引きさがった。二度目には、ぼくはそろそろ出ていく潮時だと考えた。厄介ごとが起きたときに、裏から手をまわしてくれるテキサス州の金持ちの親戚なんていなかったしね。ちょうど女の子がいて、ヒューストンまでの切符を買ってくれるって言うんだ。ただしぼくが、彼女をファックして五分以上イかずにもたせたらという条件で」

「嘘だあ……」レイニャはキッドの首筋に顔を押しつけてくすくす笑う。

「その子は、バスのチケットだけじゃなく、ジーンズと新しいシャツも買ってくれたよ」

レイニャのくすくす笑いが爆笑に変わる。それから顔をあげて、「それって、嘘よね？」彼女の笑顔は夜明けの光を押しひらいて、姿を現わしかけた。

一秒後、キッドは言った。「ああ、でまかせさ。セックスして、その子がバスの切符を買ってくれたのはほんとうだ。でも、そんな提案はなかったよ。ちょっと話を作ってみただけさ」

「あらあら」レイニャはまた頭をぴたりと寄せた。「だけど、わかるだろ、ぼくだって上品な場所くらい知っているんだよ。そこでどんなふうにふるまうべきかもね。出かけていって、ほしいものを手にいれ、そして立ち去る。島では連中はそんなふうにしてた。ぼくがコーキンズの屋敷でやったのも同じことさ」

ふたたび、レイニャは顔をまっすぐにし、あごでバランスをとった。

キッドはあごごしに見おろした。

レイニャは眉をひそめていた。「ほんとにふざけた思い出ね。でも、おかげであなたは、独特な純真さをそなえた、礼儀正しく魅力的な人になったんだから……」と、ふたたび頭をおろし、ため息を漏らして、「でも、わたしがノヴァスコシアでひらいたパーティに来てたうちの一人二人が、何年後かにテキサスの島であなたの……パーティに混じってたとしても、驚かないでしょうね」

キッドは彼女を見つめ、喉を鳴らして笑った。

霧が木々の上方で山となり、くだける波となって落ちていったが、二人のところまでは達しなかった。

キッドの胸はレイニャの頬で湿り気を帯びた。彼女が頭を動かすと、その髪が彼をくすぐった。一枚の葉が、頁岩のように唐突に、ひたいに打ちかかった。はっとして、なかば葉を落とした枝を見あげた。「こんなふうに暮らしてたらよくないよ。ぼくたちは汚ないし、ここは快適じゃない。もうすぐもっと寒い季節になる。雨や雪が降るかもしれない。君も言ってたけど、あのコミューンはうんざりだ。あいつらは手にいれたものを消費していくだけ。君はそれを見ていて、残り物をたいらげるだけ。それより、二人でどこかに落ちつく場所を――」

「リチャーズ一家みたいに？」疲れた声でレイニャが言った。

「いや、ちがう、あんなふうじゃなくて」

「じゃあ、あれこれ集めて、ロジャーの屋敷みたいなのを目指すの？」

「あんなに絢爛豪華じゃなくてもいいだろ？　ぼくたちにちょうどいい場所があるはずだ。たぶん、タックの小屋みたいなのが」

「うーん」とレイニャ。手の上にあごを乗せて、「もう一度タックと寝てみたら？」

「え？　どうして？」

「だってタックはいい人だから。それに楽しんでるし」

キッドはかぶりをふった。「いや、あいつはぼくのタイプじゃない。それに、あいつはこの街に着いたばかりの相手を捕まえるんだ。初物にしか興味がないんじゃないかな」

「ふうん」レイニャはふたたび頭を横にした。

「ぼくを厄介払いしようとしてるの？」キッドがたずねた。「いつも、ぼくが君のことを追いはらおうとしてると思ってるみたいだけど」

「ちがうわ」少し間をおいてレイニャがたずねた。「ねえ、男の人とも女の人ともするのって、気にならない？」

「十五か十六のころは悩みまくったよ。ずいぶん真剣に思いつめてた。だけど、二十歳になるころには、いくら悩んだところで、ベッドの相手を決めるのには関係ないと気づいてしまった。で、今はもう悩まない。そのほうがずっと楽だし」

「ふうん」とレイニャ。「口がうまいわね。でも論理的」

「どうしてそんなことを訊くんだ？」キッドは彼女を横に抱き寄せた。

「わからない」レイニャはキッドの尻に手を伸ばし、尻に沿って手をすべらせて、「寄宿学校にいるとき、何度かしてみたことがあるの。その、女の子たち相手にね。ときどき、自分がちょっと変わってるのかもと思ったわ。そのとき以来、そういうことをしてないから。でもわたし、女の子が相手じゃ、興奮できないのよね」

「それは損だね」そう言って、彼女の肩を自分の肩のそばまで引きあげる。

レイニャは顔の向きを変え、キッドの首筋に、あごに、下唇に舌を這わせた。「あなたがわたしに話してくれた……」舌で攻撃しながら、「……今夜のリチャーズさんちでのこと……きっと……恐ろしかったでしょうね」

「もうあの家には行かない」レイニャをつねりながら、

「絶対に行くもんか」

「そのほうがいいわ……」

それからキッドは、レイニャの下半身の小さな動きから、彼女の頭に新しい考えが浮かんだことを察した。

「どうしたんだ？」

「なんでもない」

「なんなんだ？」

「たいしたことじゃないの。ただ、あなたは二十七だって言ってたわね」

「そうさ」

「でも、いつだったかな、一九四八年生まれだとも言ってた」

「そうだけど？」

「つじつまがあわないのよ。もしそうなら、あなたはずっと若いことに……どうしたの？　鳥肌がたってるわよ？」

同時に、キッドの固い性器の裏には板のように痛みが広がっていた。レイニャに体を押しつけた。下に敷かれた毛布の端は、彼が体を揺するたびに肩をこすった。彼女が二人の体を自由にし、音をたて、彼の首に抱きつくまで。キッドは尻を持ちあげて手で探った。レイニャは彼の背中に沿って手を這わせ、彼を寝かしつけ、舌をねじこんできた。キッドは大きくあえぐように息をつきながら、愛を交わした。レイニャは小刻みに息をついた。風がうしろに吹きぬけ、だらだら汗の流れるキッドの肩を冷やした。

苦しい射精のあと、体を熱くしながら、キッドは力を抜いた。

　夢が怖いからといって眠るのを恐れているやつらを、ぼくがどれだけうらやんでいることか。ぼくは眠りの前の時間が怖い。そのとき、言葉は神経のマトリクスからちぎれ、反応を火花のように照らす。この断片化されたヴィジョンは悦楽と恐怖で誘惑し、みずからの安息を奪いとる。悪夢に沈むことができれば、どんなにありがたいだろう。少なくとも悪夢のなかでは、不安にかられた頭脳はおのれの腐敗に気づくことからまぬかれ、骸骨のような啓示に、理論的一貫性はともかく、視覚的・聴覚的な一貫性という肉体をまとわせることができる。恐怖を恐怖として、怒りを怒りとして経験できる悪夢のなかの風景のほうが、まだしもましじゃないか。恐怖も怒りも腹の痛みや目の上のうずきとしてしか感じられない場所、むこうずねの神経の痙攣が骨格の都市をこなごなに砕いてしまうような場所、まぶたのひきつりが太陽と心臓とを爆発させてしまうようなこの場所に比べれば。

「なにを見てるの？」レイニャがたずねた。

「え？　いや、なにも。ただ考えてたんだ」

　レイニャの手が胸の上を動いた。「なにを？」

「眠りについて……それからたぶん詩について。あと、気が狂うことについて」

　レイニャは小さな音をたてた。「つづけて」という意味だろう。

「わからない。思い出してた。子供《キッド》でいることやいろんなことを」

「それはいいわね」彼女は手を動かし、ふたたび小さな音をたてた。「つづけて……」

　けれども、恐怖も憤怒も感じていないときには、それ以上進めないような気がした。


　あふれる光と焦げくさいにおいで、眠りから目覚めた。キッドにおおいかぶさっていた光り輝くクモがまたたいて姿を消し、赤毛の男が胸と腹に巻きついた鎖から片手をおろした（そのとき、キッドは相手が誰だかわかった）。今回はもう片方の手に、オレンジの木箱からはずした板切れを持っていた。

　虹色に輝くカブトムシが消え、黒い顔（やはり前に見たことがある）がとつぜん現われた。ビニールのベストの上のその顔は、それまで身にまとっていた光の甲殻と同じくらい輝いていた。

　サソリの湾曲した二つのハサミがかき消えた。「おい」ナイトメアが言った。「こいつら、起きてるんじゃないか？」

キッドはレイニャに腕をまわした。彼女はキッドの首筋に顔を埋め、それからふたたび顔を動かした。今度はすばやく、考えぬいて、意識的に。

二ダースほどのスコーピオンたち（ほとんどは黒人だった）が、灰色の朝のなか、輪になって立っていた。痩せぎすの灰色の肩と肉付きのいい黒い肩のあいだにデニーがいるのに、キッドは気がついた。

赤毛が板切れをふりまわした。

レイニャが叫び声をあげ——びくりと動くのを肩で感じた。彼女は板の端をつかんでいた。

板をつかんだまま、レイニャは膝立ちになった。目は大きく見開かれていた。頰はくぼませたままだ。

キッドは肘をついて身を起こした。

赤毛は、板切れを引きよせようとした。

「やめろよ、コパーヘッド」ナイトメアはこぶしでその板を叩いた。

「こいつらが起きてるか、たしかめたかっただけだ」赤毛は答えて、「それだけだよ。それだけ」と板を引っこめた。

レイニャは手を離した。

ナイトメアが彼女の前でゆっくりしゃがんだ。破れた膝に手首を乗せ、重そうな両手をそのあいだに垂らして、ボディビルダーのような前腕でバランスをとる。

「ねえ」とレイニャ。「わたしたちをおどかそうとしたんなら、成功したも同然よ」

キッドはおびえてはいなかった。

レイニャは踵に重心をかけてしゃがみ、左腕を右手で支えながら、親指で肘の関節をなでた。

キッドは脚から毛布を払いのけ、脚を組んですわりなおした。

半分だけ隠すより、全裸に鎖を巻いているほうがましだと判断したのだ。

「あんたをおどかすより、もっといいことをしたいんだよ、お嬢さん。話しあおうぜ」

レイニャはふうと息をついて、待った。

「こいつはどうだ？」ナイトメアはキッドのほうに頭をふってみせた。

「どう、って？」

「うまくやってるのかい？」

「ご想像におまかせするわ」そう答えて、キッドの膝にふれた。彼女はおびえていた。指が氷のように冷たい。

毛穴が目立って深いしわが刻まれたナイトメアのひたいに、さらに深い線が刻まれた。「もう一人いたろ。あいつは追っぱらったんだな？　そりゃよかった」とうなずく。

「フィルのこと……？」

「あいつには興味がなかった……フィル？　そんな名前だったっけ？」ナイトメアの笑みは、唇のすみを持ちあげるというより片側に寄せるものだった。「あんただって興味なかったんだろ？　とにかく、あんたは今じゃ気をつかう必要はなくなった。こいつを受けとらないか？　前にも訊いたが」と頭をひょいとさげ――半分編んだ髪が垂れる――太い首から輪になった鎖をはずした。

　光学装置のついた鎖、ではなかった。

　手を前にさしだして、ナイトメアはそれをレイニャの首にかけた。二つのこぶしが時計の振り子のように鎖からさがる。半インチ大の鎖の環のつらなりが、彼女の乳房を乳首のところでしわにした。鎖をもったまま、片方のこぶしがあがり、もう片方はさがった。

「おい、あんた……」キッドが口をはさんだ。

　コパーヘッドが手で板をはじきながら、キッドを見すえていた。

　キッドは顔をあげた。豹めいたそばかす面、ひげもじゃで赤毛のこの黒人《スペード》は、ナイトメアよりも背が高く、痩せていて、バーベルで鍛えた筋肉をしたナイトメアより強そうだ。

　ナイトメアのこぶしは、片方はレイニャの腹の上、片方は胸の上でとまり、彼女をじろじろながめた。

　レイニャは、あごをふるわせながら見かえした。キッドの膝から手を引くと、両手で首のあたりの鎖をつかみ、下にひっぱった。彼女の左こぶしは、ナイトメアの高いほうのこぶしを押しのける。「はずして」レイニャは言った。「前にも言ったでしょ。いらないの」

　人の輪のなかに、痩せた黒い女がいた。裸の片胸がベストと鎖を押しのけている。その女が重心の脚を変えた。誰かが咳をした。

「こいつはどうだ？」キッドを見もせず、ナイトメアは言った。「もし俺たちがこいつをつれてったら、あんた、どうする？　こいつは俺たちと来るぜ、お嬢さん」

「おまえらはいったい……？」キッドは途中で口を閉じた。怒りと、魅惑と、名づけられない第三の感情がもつれあったまま、彼の脳の基底から腹へ、さらに下へとおりていった。

「はずしてってば」レイニャはくりかえした。「いらないから」

「どうして？」

「今の生き方を変えたくないの。わたしにしては珍しくね」そう言ってレイニャは奇妙な笑い声をあげた。「それに、あなたたちの衣装、デザイナーの趣味が悪いわ」ナイトメアは鼻を鳴らした。輪のなかからも笑いが漏れた。「あんたらの服はどうなんだよ」誰かが冷やかした。けれどもナイトメアはレイニャの鎖をはずした。輪にからんでいた彼女の髪が、はらはらと落ちた。

それから、スコーピオンは回転し、ブーツの爪先が草をちぎった。「ならこっちだ」鎖をキッドの頭上にかかげた。ナイトメアの目はわずかにサンゴ色に染まっていた。肩のところが裂けて傷跡が見えていたベストは、生皮で補修されていた。

ナイトメアが鎖をひっぱりはじめる。

冷たい鎖の環がキッドの右の乳首をすべり落ちた。左の胸に当たったナイトメアのこぶしは、熱く、ざらついていた。「いいか？」ナイトメアは目を細めた。こいつの目は焦点があってない、とキッドはどうでもいいことに気づく。

「これをどうしろというんだ？」キッドはたずねた。

「どんな意味があるんだよ？」

「意味なんてねえさ」ナイトメアは手を離し、「持ってな。いらねえなら、ホランド湖に投げ捨てらまってもいい」そう言うと、うしろに身をそらして立ちあがった。

「俺なら、とっておくがね」

スコーピオンズの輪が崩れた。

大きな肩を揺らし、大きな腕をふるナイトメアを先頭に、スコーピオンズは列をなして去っていった。何人かがちらりとこちらをふりかえる。十フィートほど行ったとき、白人にも黒人にも見える少女と、背の高い黒人の少年が大声で笑った。すると、目にもとまらぬ速さで、光るイグアナが風船のようにふくらみ、灰色の光のなかに半透明の姿を現わした。つづいてクジャク。そしてクモ。スコーピオンズは森に消えた。

「いったいなんなんだ、こりゃ？」首にふれると、今や三本の鎖が巻きついていた。光学装置の鎖、投射機のついた鎖、そして新しく手にいれた鎖——最後のものが一番重い。

「ナイトメアはときどき、誰かに目をつけて……」

レイニャの声の独特な調子に、キッドは顔をあげた。

「……その人を自分の〈ねぐら〉に加えたがるのよ」毛布のなかを引っかきまわして、彼女はハーモニカをとりだし、そばにおいて、さらに引っかきまわした。

「じゃあ、前にも君を仲間にしようとしたってわけ？フィルとどんな関係があるんだ？」

「言ったでしょ、あなたと会う前、しばらくのあいだボーイフレンドだったの」

「どんなやつだった?」

「黒人だった。肌の色はそれほど濃くなくて、いい人で、生真面目で。あなたみたいに、この街のあちこちを調べまわってて……」だんだん声がくぐもった。レイニャに目を向けなおすと、彼女の頭がシャツから出てくるところで、揺れる乳房の上でボタンを留めようとしていた。「コーキンズの屋敷で、フィルはあなたみたいにうまくふるまえなかった。ナイトメアに対してもね」

毛布の端が下にある〈蘭〉で盛りあがっていた。それに手を伸ばしながら、キッドは草地のなかの一エーカーほどが焦げているのに気づいた。草地の縁にそって煙が立ちのぼっている。さっきまであんなじゃなかった。彼は眉をひそめる。そう、あんなふうじゃなかった。

「コミューンの人たちはフィルを気にいってたと思う。でも、いっしょにいるとすぐに疲れてきちゃう人だった」

レイニャがジーンズのジッパーをあげる音が聞こえた。「ナイトメアは面白い人よ。誘ってくれたのはありがたいけど、わたしはつるむタイプじゃないから。誰ともね」

キッドは〈蘭〉の留め具に手を差しこみ、パチンと締めた。焦げくさいにおいは強烈だった。嚙みすぎて太くなった指関節を伸ばし、傷ついた丸っこい指を曲げ——

——が肩をくすぐった。


キッドは飛びあがり、ふりかえり、しゃがんだ。

その葉は肩から落ち、膝の上でひらひらとはためき、回りながら地面に落ちた。息を切らし、心臓をどきどきさせながら、キッドはかたむいた木の幹を見あげ、そこから伸びる一本の太い枝にひらいた大きなうろや、葉を落とした細い枝とぼろぼろの樹皮が垂れさがった枝や、空にひび割れの線を描くように交叉する小枝をながめた。

湿気が体にまとわりつき、寒気を感じる。

「レイニャ……?」

キッドは広場を見まわした。ついであらためて毛布を見る。スニーカーを履く時間なんてなかったのに!

だが彼女のスニーカーはなくなっていた。

キッドは木の周囲をまわり、眉をひそめながら、焼け焦げた草地とほかの木々を見渡し、もう一度、目の前にある木を見つめた。

〈蘭〉と鎖を装着したせいで、レイニャと二人、スコーピオンたちに囲まれていたときよりも、かえって裸でいることを意識した。

レイニャはコミューンにもどったんだろう、とキッドは考えた。でも、なぜこんな急に? 彼女の声に含まれていた不思議な調子を思い出そうとした。怒っていたのか? だが、その考えは馬鹿げている。ナイトメアが首に巻いた鎖にさわってみた。馬鹿げてる。

だが、そのまましばらく立ちつくしていた。

それから――全身が今やまったく異なったリズムで動いていた――木に近づき、さらに近づいた。三度目に近づいたとき、足のわきが木の根を押した。前かがみになり、樹皮に膝をあて、ついで腿を、腹を、胸を、頬をあてた。目を閉じ、鎖を巻いた腕をできるだけ高く伸ばして、指先で幹にふれた。樹木の香りを深く吸いこみ、木の曲線に沿うように体を押しつけた。ペニスと陰嚢の境目にあたった樹皮はごわごわしていた。くるぶしの骨とあごの下にあたる樹皮もごわごわしている。

両目の縁から水が流れでた。キッドはうっすら目をあけたが、歪んだ光景を見て、すぐに目を閉じた。

武器を装着した手を動かし――〈蘭〉を木の篩部まで深く突き刺したいという欲求が、閃光電球の明滅する残像のように浮かんで消えた――刃で優しく樹皮をこすった。手の角度を変え、ふるえる摩擦音に耳をかたむけながら、何度も何度も木をなでる。

体を離すと、樹皮がキッドの胸毛と陰毛にからみついていた。くるぶしが痛む。あごも。手のひらで顔をなで、樹皮のまだら模様の痕を感じようとした。腕の内側にも刻印されたその模様は、鎖のところでとぎれながらも反対側までつづいていた。

キッドは毛布にもどり、鞻のあいだからベストをひっぱりだした。感情は、この上ない安堵と当惑とのあいだで奇妙に落ちついていた。どちらの感情にも慣れていなかったから、この二つの感情の共存は彼を混乱させた。レイニャはどこに行ったのか、まだいぶかりながら、ズボンをはき、しゃがんで（どうしてまだ気になるんだろうといぶかりながら）、片方だけのサンダルの革帯を締めた。

毛布のなかを手さぐりした。折りかさなった部分を調べ、持ちあげてのぞき、顔をしかめながら隅から隅まで探した。

なんの成果も得られないまま十五分がすぎた。キッドはあきらめて、勾配をおりはじめた。公園のトイレのドア（以前は鍵がかかっていたが、誰かがそれを壊してあけたらしく、掛けがねはネジ一つでぶらさがっていた）に手をかけたところでやっと、ゆうべ、ニューボーイにノートを渡してしまったことを思い出した。

3

水道管は悲しげな声をあげ、ごとごと鳴りはじめた。

水流が陶製の流しからあふれ、菱形の光のなかをガラスの毛虫のように這った。〈蘭〉を横の流しにおき、手と手首と前腕をごしごし洗ってから体をかがめて水を飲んだ。膀胱が熱くなるまで、さらに洗いつづけた。

床のまんなかにある排水溝に向かって放尿した。ほとばしる尿で、きちんとはまっていない格子がかたかた鳴る。

流しでこぶしを濡らし、わきの下をこすった。何度も首をぬぐった。手を器にして顔に水を浴びせ、また手に水を満たした。首から膝まで、そばかすのようにこびりついた樹皮の破片を払い、こすり、洗い流した。（ズボンとベストはべつの流しにひっかけておいた。）流しのなかに足をつっこむ。靭帯のあいだに水を流し、こすって、汚れを落とした。固くなったたこが永久に流しは黒と灰色の縞模様になった。指がひりひりするまでこすって、汚れを落とした。固くなったたこが永久にかかえこんだ汚れまでは落とせなかったが。脚を腿まで濡らしてこすり、もう一方の足に移る。水のしたたる手でこねるように陰嚢を洗うと、水の冷たさに縮んでしまった。

一度、水の流れがとまった。

一分後、水道管はふたたび悲しげな声をあげはじめた。水は、前よりもいきおいよく流れだす。

睾丸の裏の毛にたまった水が、脚を伝ってしたたる。両手で頭をなでまわした。髪が脂っぽい。手の側面で、ゴム雑巾をかけるように、腕と脚と脇腹をこすった。足もとにできた泥水の水たまりが広がっていき、排水溝まで達した。ゴボゴボ、ゴボゴボ、ゴボゴボ。

個室のどこかで誰かが咳をした。

熱心に体を清めているあいだ、言語を使った思考は完全に消えていた。だが、キッドの脳は、思考の材料にたっぷり浸されていたのだ。それが今の咳で――何度かくりかえされ、咳ばらいがつづく――思考が形成されはじめた。

病気の年寄りか？

陰部と、腹と、背中の水気をズボンの左脚で拭きとった。服を着て、〈蘭〉をベルトにつけ、トイレの外に出て歩いて足を乾かした。そしてサンダルを履き、なかにもどり――使ったあとはひどい状態だった――便器の列を隠す仕切り壁の裏にまわった。

その男は年寄りではなかったが、病気なのはまちがいなさそうだ。

カウボーイブーツは爪先を内側に向けて、横倒しになっていた。片方の靴底は剝がれて、洗う前のキッドのと同じくらい汚れのこびりついた足先が見える。便器の輪に腰をおろし、頭を空のトイレットペーパー入れに押しつけ、顔にはロープのような髪が垂れ、肋骨が浮きでた胸としわの寄った腹には鎖がぶらさがっていた。鎖には球形のシールド投射機がついていた。「大丈夫か？」キッドはたずねた。「あんたのようすはまるで――」

「ううう……」白人スコーピオンは頭を動かし、両足は床につけていたものの、まるで酔っぱらいが自転車で綱渡りをするように左右に揺れた。「ちがう。ちがう、俺は病気じゃない……」揺さぶった髪を長い鼻が邪魔する。鼻の横で、あざに囲まれた片目が紫のまぶたをぱちぱちさせた。「あんた……あんたは誰だ？」

「あんたこそ誰だよ」キッドは訊きかえした。

「ペッパー。俺はペッパー。病気じゃない」ふたたび頭をトイレットペーパー入れに押しつけ、「気分が悪いだけだ」

キッドは小さな、痛切な悲しみを感じた。同時に笑いがこみあげてきた。「いったいどうしたんだ？」

ペッパーはふいに髪を目から払いのけると、ほとんど動かなくなった。「誰とつるんで〈狩り〉をやってる？」

キッドは眉をひそめた。

「あんた、スコーピオンじゃないのか？」ペッパーは手ぶりをした。爪は尖った黒鉛みたいだ。「てっきりドラゴン・レディと〈狩り〉をしてるんだとばかり」

「ぼくは〈狩り〉なんかしない」とキッド。「誰ともね」

ペッパーは目を細めた。「俺は昔、ナイトメアの〈ねぐら〉にいた」細めた目が好奇心で光り、「いまはドラゴン・レディといっしょなんだろ。あんた、名前はなんて言ったっけ？」

不条理な衝動にかられて、キッドは親指をポケットに突っこみ、片方の腰に体重をかけた。「キッドと呼ばれることもある」

ペッパーは首をかしげてから、笑いだした。「ああ、聞いたことがある」その歯茎は腐食と銀で飾られていた。「そうだ、ナイトメアが、そのキッドについてしゃべってたな。ドラゴン・レディが出ていくときに話してた。俺はそれを聞いたんだ。そうだった」笑い声がとぎれた。また頭を壁に押しつけ、うめいて、「マジで気分悪い」

「どんなことを話してた？」驚きながらも、キッドKid（キッドKiddは最後のdは削ろうと決めた）は、この都市の狭さをあらためて感じた。

ペッパーは目だけ上向けて、「ナイトメアが」目を落として、「ドラゴン・レディに話してたのは、あんたがこの街をうろうろしてるってことだ。やつの意見じゃ、あんたは実は……」そこで咳をした。咳の音は弱々しかったが、つづく言葉を発する前にこなごなに砕いた。手のひらを上にしたペッパーの両手が、咳にあわせてふるえた腿の上でふるえた。「……あの女が出ていくまで」

話がよくわからないので、さらにたずねた。「一晩じゅうここにいたのか？」

咳。「ああ、こんな暗いなか、ずっと外にいるのはごめんだからな！」どうにか力をかき集めたペッパーの手がドアのほうを指した。

「茂みに隠れてればいいだろ。外はまだあたたかいし、トイレにすわって寝るよりずっと居心地がいいぜ。毛布を手にいれて――」

「だってさ、外にはいろんなものがいるからさ」最初、ペッパーの顔は痛みをこらえているように見えたが、ただ目を細めただけだった。「じゃ、あんたはそんなふうにしてるのか。ふうん、よっぽど勇敢なんだな。ナイトメアが話してたとおりだ」

これもよくわからない。「ナイトメアといっしょじゃないのか？　今朝、やつと仲間たちに会ったよ。ドラゴン・レディはいなかったけど」

「そりゃそうさ」ペッパーが言った。「今、あの女は別行動なんだ。あいつら、大喧嘩してさ。まったく、あのガーデン・パーティはひどかったぜ！」ペッパーの〝痛み〟のように見えるのは、今度は記憶だった。

「なんで喧嘩したんだよ」キッドは訊いた。

ペッパーの頭が前にかたむき、髪の房が揺れた。「ほら、ナイトメアの肩にあった傷。あの傷を見たろう？」うなずこうとしながら、「ま、今じゃ事を収めて、仲よくやってるみたいだ。ただ、彼女はまた自分の〈ねぐら〉を作ったらしい。本拠地はジャクスンの近くだって噂だ。だから、あいつらはもういっしょにやることはないだろう」ペッパーの頭がふたたびがくりと落ちた。

「気分悪い」

「いったいどうしたんだ？」

「わからん。悪いもんでも食っちまったかな。風邪を引いたかも」

「具合が悪いのは腹？　それとも頭が痛い？」

「わからねえんだって」

「なにが痛いんだよ？」

ペッパーは髪をうしろにふりはらってすわりなおした。

「どこが悪いのかわからねえのに、なにが痛いか言えるわけねえだろ？」

「なにが痛いか言ってくれなきゃ、どこが悪いかなんてわかるわけ――」

ペッパーが背筋を伸ばしたままよろめいた。

キッドはあわてて支えようとした。

しかしペッパーは倒れなかった。こぶしで顔をこすりながら鼻を鳴らし、「ずっとバニーの家にいたんだが、追いだされたみたいなんだよ。いっしょに彼女の家に行って、たしかめてみないか？」そう言って個室の壁の片側にもたれた。「いくらかよくなってきた気がする。バニーは知ってる？」

「いや」

「彼女、あの妙な酒場、テディの店で踊ってるんだ」

「あのちっちゃな銀髪のダンサーのこと？」

「とってもイカすだろ？　頭はおかしいけど、いかしてる」ペッパーは前によろめいて、「水が飲みてえ」

「あっちに流しがあるよ」

ペッパーはふらふらと仕切り壁をまわった。

キッドはあとからついていく。

ペッパーは蛇口の一つをひねり、水道管が不満げな声をあげはじめるとぱっと手をひっこめた。「……なにも出てこねえ」しぼりだすように言った。

「もうちょっと待ってみろ」

水が三十秒ほどちょろちょろ流れたあと、ペッパーはしかめ面になり、「くそ、飲めるほど出ねえ」向きを変えて、よろめきながらドアを目指した。「ちくしょう、水が飲みてえ」

キッドは、苛立ちながらも愉快がって、蛇口を閉めてから外に出た。ペッパーはおぼつかない足どりで斜面を登っていた。

キッドは数歩ぶんだけペッパーのようすをながめてから、背中を向けてコミューンのほうにおりていった。

「おい！」

キッドはふりかえった。「なんだ？」

「俺といっしょに来ないか？」

愉快さは最小限にまで縮んでしまった。「いやだね」とはいえ、ペッパーの反応を待つくらいの気持ちは残っていた。

「ふうん、じゃあ」よろよろ歩きは、がに股のひょこひょこ歩きになってもどってきた。「俺があんたにくっついていくほうがいいかな？」

キッドは歩きだした――期待していた反応じゃない。

ペッパーが追いついた。「じゃあさ、まずあんたの目的地に行く。それから二人で俺の目的地に行く。どうだ？　公平じゃないか」

「あっちに噴水があるよ」

「だめだめ。あんたは急いでる。俺はあんたを引きとめたくない」

キッドはため息をつき、とうとう思いきって、どなりつけた。「**とっとと失せろ！**」

ペッパーは足をとめ、まばたきした。

キッドは息を整え、頭をふりながら歩きはじめた。人にどなりつけるのは好きじゃない。それからほほえんだ、そうじゃない――いままで機会がなかっただけだ。

広場を囲む林まで来た。

炉の手前の軽量ブロックはひっくりかえっていた。プスプスと空にあがる煙。草地を灰色に染める灰。

誰もいない。

ピクニックテーブルから十フィートほど離れたところに、破れた寝袋が転がっていた。いつかの晩、病気で寝ていた誰かがゲロと下痢で汚したせいで使われなくなったものだ。

キッドはとまどいながら、空き缶やパッケージの空き袋のあいだを通り、炉まで歩いた。（ピクニックベンチには、生ゴミのはいったボール箱がひっくりかえされていた。）サンダルで灰をのけてみる。赤い点となった半ダースほどの石炭が姿を現わし、鼓動するように明滅して、小さなまたたきになり、ふっと消えていった。

「レイニャ？」

ふりむいて、彼女の返事を待ってみた。霧におおわれた円形の広場では、どんなささいな音にも不安をかきたてられる。作業でみんな出はらっているときでも、火の近くにはいつも半ダースほどの人がたむろしていたというのに。ベンチの下には破れた毛布があった――ただし、この一週間ずっとおきっぱなしになっていたもの。普段なら木の根もとや薪の裏に山積みになっている寝袋や丸めた毛布が一つも残っていない。

「レイニャ！」

移動することに決めたのか？　だとしたら、レイニャもそのことを知っていて、話してくれたはずだ。炉の壁に使われていた軽量ブロックがひっくりかえっているのをのぞけば、暴力沙汰の形跡はない。ただガラクタと無秩序があるだけ。レイニャといっしょによく食事に来たものだ……何回くらいだろう？　キッドは静かにしていたし、つとめて節度あるふるまいをした。打ちとけず、内にこもっていたのが、コミューンの連中には耐えがたくて、レイニャとも示しあわせて、みんなで自分のことを捨て、さっさと黙って出ていこうと計画したのだという空想が、一瞬だけ頭をよぎった。あまりに馬鹿馬鹿しい思いつきでつい笑ってしまったが、そうでなければ、それ以上その可能性を考えてみただろう。それでも、笑うより顔をしかめるほうがまだふさわしいような気がした。

「レイニャ?」

キッドはふりむいて、木々のあいだに目をこらした。

茂みのなかに隠れていた人影は、見られているのに気づくと、おずおずと姿を現わした。ペッパーだった。

「あんた、ここにいた誰かを探してるんだな?」首を伸ばして左右を見て、「どうやらみんな行っちまったみたいじゃないか、え?」

ペッパーがキッドとの距離を測りかねているあいだ、キッドは歯のあいだから息を吸うと、もう一度広場を見渡した。

「なんだってみんな、いなくなっちまったんだ?」ペッパーが近づいてきた。

ペッパーの存在に対するキッドの嫌悪感は、レイニャの不在に対する不安感に吸収された。そんなに長いあいだ体を洗ってたわけじゃない。彼女は待ってくれなかったのか――?

「みんな、どこに行ったんだろうな?」ペッパーはさらにもう一歩前に踏みだした。

「知らないんなら口を出すな」

ペッパーの笑いは、咳と同じようにざらざらして、軽くて、弱々しかった。「とりあえず、いっしょにバニーのところに行こうぜ。彼女は酒場の裏手に住んでるんだ。ここにゃあんたの友達はいないみたいだしさ。なんか食いに行こうよ。俺が友達をつれていっても、彼女は気にしないよ。礼儀正しくふるまう人なら歓迎するって、いつも言ってるし。バニーが踊るのは見たかい?」

「二、三度ね」キッドは考えた――レイニャは酒場に行ったのかもしれない。

「俺は見たことないんだ。だけど彼女、人気なんだろ? あの酒場にはいかれた連中がたむろしてるんで、はいるのが怖いんだ」

「わかった」キッドはもう一度だけ見まわした。やはりレイニャはいない。「行こう」

「来てくれる? ありがてえ!」ペッパーはキッドから十二歩離れてついてきた。「ちょっと待った」

「なんだ?」

「こっちのほうが近道だぜ」

キッドは足をとめた。「バニーの家はテディの店の裏なんだろ?」

「ああ」ペッパーはうなずいた。「こっちだよ。このあいだを抜けて」

「わかった。そう言うなら」

「こっちのほうが断然近いって」とペッパー。「ものすごく。ほんとだぜ」まだ足を不器用にこわばらせたまま、木立のなかに歩いていった。

半信半疑のまま、キッドもあとにつづいた。

驚いたことに、あっというまに公園の外壁にたどりついた。木がならんだ丘を一つ越えただけなのに。ライオン像のある入口に向かうルートは、思っていたよりカーブが多く、遠回りだったにちがいない。

ペッパーはぜえぜえとあえぎ、顔を歪めながら壁を這いあがった。「あのさ」壁に飛びのろうとキッドがかがんだとき、頭上から息を切らしたペッパーの声がした。「バニーは男なんだ。知ってるかい？　だけど彼女は、〝彼女〟と呼んでほしがってる」

片手を石にかけて、キッドはジャンプした。「ああ、知ってるとも」

キッドが舗道に着地すると、ペッパーはあとずさった。「あのさ」キッドが立ちあがると、ペッパーはくりかえした。「あんた、ナイトメアに似てるよな」

「どこが？」

「あいつも俺のことどなりつける。でも、ほんとは親切なんだ」

「もうどなったりしないよ」キッドは答えた。「頭をぶち割ることはあっても、どなりはしない」

ペッパーはにやりと笑った。「こっちだ」

二人は誰もいない道を横切った。

「新しい人間と出会い、その人についていく」キッドは言葉を選びながらつぶやいた。「するととつぜん、まったく新しい街に迷いこんだみたいになる」これは、ささやかで遠回しな賞賛のつもりだった。

ペッパーは興味ありげにキッドをちらりと見た。

「新しい通りを歩き、今まで目にしたことがない家々を見つけ、そこにあるとは知らなかった場所を通りすぎる。すべてが変わる」

「こっちだ」ペッパーは二フィートと離れていない二棟の建物のあいだにすっとはいった。

表面が剝落した壁と壁の隙間を横歩きになって進んだ。壊れた窓ガラスの破片で、地面がキラキラ光っている。

ペッパーは言った。「同じ道を通ってても、変わっちまうことがあるんだぜ」

キッドはタックとの会話を思い出したが、ペッパーにはこれ以上訊かないことにした。相手が抽象的な思考に慣れていないようだったからだ。裏通りに出ると、キッドは立ちどまり、はだしの足からガラス片を払い落とした。

「あんた、大丈夫か？」

「岩みたいに固くなってるからな」

二人は口をあけたガレージのならぶ道を歩いていった。一台の青い車――七十五年型オールズモービル？――がうしろの壁をぶちぬいていた。折れた壁板とたわんだ梁、地面に散乱したガラス、道路にはタイヤの横すべりした跡。車は壊れた板材に突っこみ、はずれかけた扉まで達している。キッドは思った、車のなかで誰が怪我をしたんだろう、家のなかでは誰が怪我を？　壊れたべつの窓枠からは、青い受話器がぶらさがっていた――恐怖か怒りにまかせて投げつけられたのか？　たまたま落ちたか動いたのか？

「う、う」ペッパーがひらいた扉にあごをしゃくった。

暗い廊下を歩いていくあいだ、キッドはかすかに、有機物が腐ったようなにおいを嗅ぎ、なにかが記憶のなかによみがえってきた――それを思い出したときには、二人はすでにポーチに出ていた。

角の街灯に立てかけた高い梯子の上に、緑の作業服とオレンジ色の建設現場用ブーツ姿の誰かがいて――初めて酒場に行った夜に見かけた女だ――ネジどめされた標識をとりはずしていた。

金属が金属をこする音。**ヘイズ街**がはずされた。女は梯子の最上段から**Q通り**という標識をとりあげてはめ、ボルトを固定しはじめた。

「おーい」キッドは面白がって、「どっちが正しいんだ？」

作業をしていた女は首だけふりむいて顔をしかめた。「どっちもまちがってるのよ、ハニー。あたしの知るかぎりね」

だがペッパーは道を渡り、なんの看板も出ていない、おなじみの扉に向かった。あとを追いながら、キッドは通りを見まわした。霧に包まれた日光のもとでは、いつもとちがって見える。「こんな早い時間に来たのは初めてだ」

ペッパーはただうなっている。

二人がはいった扉は、酒場の入口から二軒離れたところにあった。

階段を登りきると、ペッパーは光の亀裂をさえぎり、手の甲でノックした。

「はいはい。ちょっと待ってちょうだい。まったく、世界の終わりじゃないんだから――」ドアが内側にひらき――「今はまだね」バニーは細い首に白絹のスカーフを巻き、銀のナプキンリングで留めていた。「そうだとしても、朝のこの時間に聞きたくないものね。あら、あなただったの」

「よう！」ペッパーの声には陽気さと熱意が精いっぱいこめられていた。「こいつは俺の友達、キッド」

バニーはうしろに一歩引いた。

キッドが部屋にはいると、バニーはマニキュアをしたごつい指でペッパーをさして、「つまり、この人の歯のせいよ」

ペッパーが笑うと、薄汚れた穴だらけの歯がむきだしになった。

「北京原人は——北京原人って知ってる？　北京原人は、歯槽膿漏で滅んだのよ」バニーは漂白した絹のような髪をなでつけた。「歯の悪い子を見ると、とっても気の毒になるの。だからわたし——でも、わたしに責任があるわけじゃないわね。ペッパー、ダーリン、いままでどこにいたのよ？」

「やれやれ、俺は喉がかわいてるんだ」とペッパー。「飲み物をくれよ。あそこの公園じゃ、飲み水も手にはいらねえ」

「サイドボードの上よ、あなた。前とおんなじ」

ペッパーは派手なラベルの酒瓶から、まずは取っ手のないカップに、次にジャムの空き瓶にワインをついだ。

「この人がどこにいたのか、あなたはご存じ？　この人はわたしには話してくれないだろうし」ペッパーがキッドにジャム瓶を渡すあいだ、バニーは体をよけていた。

「グラスを使えよ。あんたはお客様なんだから」

「あたしにはついでくれないわけ？　ほんと気が利かないわよね」

「ちぇっ、おまえはとっくに飲んでるって思ってたんだよ、スイートハート。ほんとにさ」と言いつつ、ペッパーはバニーのためにもう一杯つごうとはしなかった。

バニーは不快そうに眉をあげ、カップをとりにいった。

ペッパーはカップをかかげて、「俺がどこにいたか、言わないでくれよ。知っているのは俺、見つけるのは彼女だ」ワインを飲み干し、二杯目をついだ。「さ、すわったすわった。バニー、おまえ、ゆうべ俺をここからほうりだしたろう？」

「あんな無茶なことをするからよ、お人形さん。ほんとは叩きだしてやりたいけど」バニーはペッパーの肘の下をくぐり、カップを指先で持ってもどってきた。「でも、無理だった。知ってる？　独特の鈍感さをそなえた人たちっているのよ。そういう人たちは無・神・経なのよ——」まんなかの音節で目を閉じ——「何事に対しても。そのくせ破局の一秒前になると、さっさといなくなる。そういう人たちは、いつ破局が来るかはよくわかってるの。そうでなきゃだめなのね。さもなければ、死んじゃうか、片腕や頭やなにかをなくしちゃうから」バニーは目を細めてペッパーを見た（彼はすでに三杯目に口をつけていた。室内をながめて、さっきよりくつろいでいた）。「ダーリン、ゆうべあなたを殺すことだってできたのよ。殺人なんて平気。わたしがあなたをほうりだした、ですって？　本気でそうしてたら、あなたは今ごろここにいないわ。でも、今日のあたしは穏やかな気分なの」

ペッパーがなにをやらかしたのか、キッドは訊かないことにした。

「さ、遠慮すんな」ペッパーは言った。「そこの長椅子にすわんなよ。いつも俺が寝てるところだから、大丈夫。こいつはあっちの部屋で寝るんだ」

「わたしの閨房よ」バニーはもう一つの部屋を手で指した。キッドのいるところからは、鏡と、大小の瓶が並んだ化粧台が見える。「ペッパーは新しい友達ができると、いつもその点をはっきりさせようと躍起になるの。ほら、すわって」

キッドはすわった。

「あのね、何回か——ひどく酔ってたから覚えてないでしょうけど——あなた、けっこうすごかったわよ。ペッパー、ダーリン、他人にどう思われるかをそんなに気にしないほうがいいわよ」

「こいつの考えなんか気にしてたら、そもそもここにつれてきたりしないさ」とペッパー。「キッド、もっとワインがほしけりゃ、勝手にやってくれ。バニーは気にしないよ」

「実はね——」バニーはあとずさって〝閨房〟にはいり——「ペッパーは悲劇的な現象の一部なのよ、『偉大なアメリカの不性交者』という現象のね。そりゃ、どれだけやりたいか、さんざん口では言うわよ。でも、あたしの考えじゃ、ペッパーは二十九年間の人生において、自分を包んでくれる布団以外のものを抱いてベッドにはいったことなんてなかった。この人はそのほうが好きなの。どうぞこのまま目を覚ましませんように！」

「俺は一度もやったことがない相手とやろうなんて話はしてねえぞ」ペッパーは言った。「ぜんぜん見当ちがいだ。もう黙ってな」

長椅子からキッドが口をはさんだ。「ぼくがここに来たのは、人探しをしてて、テディの店を見てみたかったからだ。そろそろ——」

「いいわよ、どうぞごらんになって」バニーは扉の前からどいて、「だけど、来てないと思うな。いらっしゃい。自分でたしかめてみるといいわ」

事情がのみこめないまま、キッドは立ちあがり、バニーの横を通って奥の部屋にはいった。物の配置にはおかしな点はないが、その部屋は――三脚の椅子、一台のベッド、壁には雑誌から切りぬかれた（けれども額におさまった）一ダースもの写真があり――ひどく雑然とした印象を受けた。ベッドカバーには、オレンジ、赤、紫、青が散らばっている。黄色い造花が陶製のピンクの鳩の背中から垂れている。花模様の壁紙をさえぎっているのは、黒いカーテンだった。

「そこからよ」

キッドは薄汚れた白いビニールのクッション（そこに、あらゆるものが銀色の光の斑点を映しこんでいる）をまわりこみ、黒いベルベットをまくりあげた。

ケージの柵ごしに、逆さにおかれたスツールがカウンターに並んでいるのが見えた。今まで気づかなかった空からの光の下で――昼間、店内を見たのは初めてだった――、空っぽのブースやテーブルは、はるかにおんぼろに見えた。酒場全体がだだっ広く、みすぼらしい。

「バーテンはいる？」バニーがたずねた。

「いや」

「それじゃ、まだ店はあいてないのよ」

キッドはカーテンをおろした。

「便利でしょ？　わたしはそこから出ていって一仕事する。それからここにもどってきて、あなたたちお客の前から姿を消す。さ、こっちに来て。逃げちゃだめよ」バニーはキッドをリビングに手招きした。「スコーピオンズってほんとうにすてきよね。あなたたちは、この街で唯一、役に立つ法の執行機関よ。ペッパー、あなたのお友達の名前はなんて言ったかしら、ほら、醜い筋肉ムキムキの、かわいくて、ここに……」と上唇を人差し指でつついた。「……傷がある人」

「ナイトメア」

「すてきな子よね」バニーはキッドを見つめ、「わたしと同じくらいの年でしょうけど、彼はとっても若いと思ってるの。（さ、ほんとに、すわってちょうだい。この部屋を自由に歩きまわって他人をいらいらさせる権利があるのは、わたしだけよ。）あなたたちスコーピオンズは、ほかの誰よりも街の法と秩序を守るのに貢献してる。暗くなってからあえて街に出るなんて、善良な人、心が純粋な人にしかできないことよ。だけど、法ってのはそんなふうにして機能してきたんじゃないかしら。善人は、どんな法とも関わりを持たずに生きている。悪人というのは、運わるく法に巻きこまれてしまう人たちのこと。わたしは、この街みたいなやり方で法が機能してるのがいいと思うの。だって、あなたたちが法そのものなんだから。この街の法律は、暴力的で、騒がしくて、いつでもどこでもあるわけじゃない。つまり、わたしたち善良な人間にとっては、法に関わるのを避けるのがそれだけ簡単だってこと。ワインのおかわりはいかが――？」

「勝手にやってくれって、さっき言ったぜ」

「わたしがこの人に持ってきてあげるわ、ペッパー。あなたは紳士じゃないかもしれないけれど、わたしは淑女ですからね」バニーはキッドの手からグラスを奪いとり、それと自分のカップを満たすために席を立った。「わたしは古風な娘よ。名声の海に溺れるには内気すぎる。ネズミがひっぱるカボチャの馬車で舞踏会に行くには遅すぎる。ゲイ・リブにさえ年をとりすぎてる――ラディカル・エフェミニズムは言うまでもなくね！」バニーは三十五より上のはずがない、とキッドは思った。「言っとくけど体じゃないのよ。心の問題。そうね……わたしには哲学のなぐさめがあるから――どんな言い方をしてもいいけれど」

キッドはペッパーと並んで長椅子に腰かけた。

バニーは縁まで満たしたジャム瓶を持ってもどってきた。「あなたがその小さな光を輝かせたら、どんな怪物の姿が現われるかしら？」

「ぼくはスコーピオンズじゃない」

「じゃ、そんな服を着ているだけだって言うの？　首にシールドを巻きつけておいて？　あやしいわね」

「前の服が汚れたんで、この服をもらったんだ」キッドはグラスをおいて、鎖についた投射機をつまんだ。「電池も切れてるし。たまたま見つけただけさ」

「ふうん、じゃあ、まだスコーピオンズじゃないってことね。ペッパーみたいに。そうでしょ？　ペッパーは昔スコーピオンズだった。でも、この人の電池も切れちゃったの」

「たぶんな」ペッパーはシールドの環を、ほかの鎖のあいだでカチャカチャ鳴らした。「新しい電池を見つけて、試してみなきゃな」

「ペッパーは、とってもすてきな極楽鳥の姿に変身したのよ。赤と黄色と緑の羽根をつけて――平凡なオウムと親戚なんて忘れさせるくらい。それが、ある日とつぜん点滅しはじめて、ブチブチ音をたてて光が暗くなった。そしてとうとう――」バニーは目を閉じ――「完全に消えちゃったの」そして目をひらく。「それ以来、この人は変わってしまったわ」

「どこで見つけるつもりなんだ？　電池なんて」

「ラジオ屋だ」ペッパーは答えた。「もっとも、いろんな連中の手で、このへんの店はどこも空っぽになっちまったが。ひょっとしたらデパートには残っているかもな。それとも誰かが余分に持ってるかもしれない。きっとナイトメアはたくさんかかえこんでるぜ」

「興奮するわね、あなたの投射機が起動したとき、どんな光る姿が出るか、どんな姿に変わるのかと思うと」

「このなかに――」ペッパーはシールドをパチンとひらいて――「小さな装置がはいってて、投影される姿を決めるって話だ。俺には、色のついた点々がたくさんあるようにしか見えないがね。電池はここにいれるんだ」と灰色の爪で装置をつつき――「これだ……」――赤と白のストライプのある長方形を取りだした。稲妻のあつまったトレードマークの下に青い文字で**二六・五ボルト／直流**と記されている。「こいつはもう使えねえ」そう言って、部屋のむこうにほうり投げた。

「床に物を投げちゃだめよ、ペッパー、ラブ」バニーは電池を拾いあげて、棚の上にある陶製の蛙や色つきガラス花瓶、何台かの目覚まし時計の裏においた。「ねえキッド、あなたはわたしを見つけたわけだけど、もともと探してたのは誰だったの？」

「若い女だ。レイニャ。君も知ってるはずだよ。ジョージ・ハリスンが酒場に来た夜、彼女と話してたから」

「ええ、もちろん。『その命令をきかずにはいられない女』よね。そうそう、あなたもいっしょだったわね。やっとあなたのこと思い出した。新しい月にジョージって名前がつけられた夜でしょ、ちがう？　気の毒なジョージが、黒人好きのホモ連中の、たががゆるんだ頭を狂わせているのは、ほんとに恐ろしいわ！」

キッドは手のなかでグラスをまわした。「ジョージにはすごく大きなファンクラブがあるみたいだね」

「彼の健闘を祈りたいわね」バニーはカップを頭上にかかげて、「でも、ジョージが新しい月なら、このわたしは明けの明星よ」

ペッパーは肺病やみのような笑い声を漏らした。

「レイニャを探しにいくよ」キッドは言った。「店に彼女が来たら、ぼくからの伝言を――」

「どうしてそんなことしなきゃいけないのかしら。彼女は、わたしよりもずうっと簡単に恋人を作れるっていうのに。なんて伝えればいいの？」

「そうだね、ぼくが探してるってことと、あとでまた酒場に寄るって」

「笑って」

「えっ？」

「にっこりしてみて。こんなふうに」バニーの骨っぽい顔が、輝く歯のきれいに並んだ口もとでデスマスクを作った。「幸福でうっとりしてる顔を見せて」

キッドはさっと唇を曲げてみせながら、心のなかで、客としての礼儀を守るのもこれが最後だと決めた。

にらむようなキッドの顔に、バニーは哀愁を帯びた笑みをかえした。「あなたには特に目立った魅力はないみたい。まあ、わたしの恋人候補リストのずうっと下のほうにいれておくわ。言うまでもなく、これはまったく個人的なリストよ。ともあれ、あなたのガールフレンドに伝言を伝えるのはかまわないわ。もし会えればね」

「人の好みはいろいろだからね」キッドは言った。「たぶん、ぼくにもまだ希望があるだろ?」

「ペッパーにもいつもそう言ってるんだけど。この人、わたしの言うことを信じないのよ」

「信じてるとも」長椅子の端からペッパーが口をはさんだ。「おまえのほうが、俺の恋人じゃないって信じたくないだけだ」

「あら、くつろいでるときのあなたはとても優しくて愛情に満ちてると言っても、べつに恥ずかしい秘密を暴露したとは思わないけど。誰かが自分に魅力を感じるって思うと、ペッパーはひどく不安になるのよ。それだけ」

「めったにないことなんでね、おまえが言うみたいに慣れちまったよ」ペッパーは目を細めてカップの底をのぞきこみ、ふらふらと立ちあがると、カウンターに歩いていった。バニーの横を通るとき、肘でバニーの腕をつついて、「バニーはいいやつだよ。いかれてるけどな」

「まあ!」バニーは腕をさすり、ペッパーの背中を見ながらにやついた。

キッドもにやにやしながら、どうにか首をふらないようにした。

「だけどあなたたち二人とも、どうしてこんなところでぐずぐずしてるの?」バニーがたずねた。「スコーピオンズは今日なにしてるの? 外で活動してるんじゃないの?」

「また俺のことを蹴りだそうっていうのか?」ペッパーはかがんでキャビネットをあけ、新しい酒瓶をとりだして、カウンターの空き瓶の横においた。

キッドはさらに四ガロンの酒が出てきたのを見て、今の一杯を飲んだら出ていこうと決心した。「ナイトメアと仲間たちはどこに向かったのかな?」

「今朝、会ったんだよな。何人くらいだった?」

「二十人か、二十五人くらい」キッドは答えた。

「たぶん、やつはエンボリキーの略奪に行ったんだ。おまえ、どう思う?」

「まあ、そんな!」バニーはカップをおき――「まあ、いいわ」――ふたたびカップをとりあげて、物思わしげにすすった。

「このひと月、ナイトメアはその計画ばかり話してたんだ。だけど、実行するにはたくさんの手勢が必要だからな」

「そんなにたくさんの人手が要るのか？」キッドはたずねた。「エンボリキーってなんだい？」

「ダウンタウンにある大きなデパートさ」

「すてきな品物がいっぱい」バニーは悲しげにつぶやいた。「ほんとにすてきなものばかり。だから、そこらの雑貨店で〈狩り〉をするのとはわけがちがうってこと。あのデパートの品を少しでも部屋におけたらいいのに。ここもいくらか上品になるわ。ああ、あなたたちがあの美しい品々を土足で踏み荒らしていくなんて、考えるだけでも耐えられない」

「これまで誰も侵入しなかったのか？」

「たぶんな」とペッパー。

「何人か試したらしいだけど」とバニー。「でも、今はデパートが〝占拠〟されてるの。ちょっと前に、忍びこもうとした男の子が殺されたわ」

「殺された？」

「誰かが三階の窓から」ペッパーが言った。「そのガキを撃ち殺したんだ」笑いながら、「ほかにも何人か、近くを通りかかったやつらが撃たれたよ。怪我はしなかったようだが」

「たぶん、エンボリキー氏よ。商品を守ろうとしたのね」バニーは空になったカップの底をじっと見つめ、新しい酒瓶に目をやったが、考えなおして、「責められないわ」

「いや、そうじゃねえ」ペッパーが言った。「デパートには集団が潜んでる。ナイトメアも撃たれそうになった一人なんだ。やつが言うには、いくつもの窓から同時に狙撃されたらしい」

バニーは笑って、「考えてもみて！　二十数人もの店員が、侵入者たちを防ごうと奮戦してるなんて！　かわいそうな店員の坊やたちが怪我をしないことを祈るわ」

「店員だってのか？」ペッパーが訊いた。

「ううん」バニーはため息をついた。「きっと、最初にスポーツ用品売り場の銃器コーナーに忍びこんだ連中なんでしょ」

「ナイトメアは真相をつきとめようとしてる。デパートに侵入して、なにが起きてるのか見きわめるつもりなんだ。俺だって、誰かに三階の窓から撃たれたら、同じことをするだろうさ」

「あなたが？」バニーは天井を見あげて爆笑した。「あなたなら、しっぽを巻いてここに逃げ帰って枕に頭を隠してふるえてるでしょうよ！　どうして今、ナイトメアといっしょにそこに向かってないの？　あら、いいのよ。ここで安全にしててほしいから。もしあなたがお尻に弾を食らったら、馬鹿げたことでもしたってわかるから」

「どんな理由でもケツに弾を食らうのはそうとう馬鹿げてるけどな」

「よろしい！」バニーは命令するように指をふりながら、「あなたはその考えを大事にして、ママのことをしあわせにしてね。たった一人、立派な志ある男がいてくれれば！」手をカップにもどして、「そうよ、志ある男を求める気持ちがあるだけでもかまわない。女でもいいんだけど――わたしには偏見はないのよ。それこそがベローナに必要なもの」バニーはキッドを見つめた。「あなたは感受性が豊かなタイプみたいね。いままで考えたことはない？　どういうわけか、この街にはたいていのものがそろってる。そこに善良で高潔な人までいるってわかったら、もっとすばらしいと思わない？――たった一人でいい、悲惨な現状とかけはなれた、立派な人がいれば」

「でも、コーキンズがいるじゃないか」キッドは言ってみた。「彼は地域社会の支柱だ」

バニーは顔をしかめた。「ダーリン、彼はこの酒場のオーナーなのよ。わたしが毎晩、生白いしなやかな肉体を披露してる、邪悪な酒場のね。テディは雇われ経営者にすぎないわ。いいえ、残念ながら、ミスター・Cは不合格」

「教会の人がいるぜ」ペッパーが言った。

「エイミ師のこと？」バニーは今度も顔をしかめた。「だめ。たしかにいい人よ、変わってはいるけど。でも、それはわたしが考えているのとは断じてちがう。まったくまちがった感情よ」

「その教会じゃなくってさ」ペッパーは言いかえす。「もう一つのほう。街の反対側にあるやつ」

「修道院のこと？」ペッパーがうなずくと、バニーは考えこんで、「あそこについてはよく知らないのよね。まあ、悪い噂も聞かないから、その点はいいとは思うけれど」

「そういえば、誰かがその修道院のことを話してた」そう口にしてから、キッドはそれがレイニャだったことを思い出した。

「修道院の壁のなかにとても善良な人がいて、歩きまわりながら思索を巡らせているなら、すてきでしょうね。想像できる？　こんな街でよ？　ひょっとして、修道院長とか女子修道院長とかいった役まわりの誰かが、そんなことをしてるのかもね？　外の世界じゃ、スコーピオンズがエンボリキー・デパートを襲おうとしてるっていうのに」

「ひょっとすると、修道院に近づいたら、やっぱり誰かが銃で撃ってくるかもしれない」

「なんて悲しいことかしら」バニーはふたたび酒瓶に目を向けた。「でも、なんてありえそうなこと。こんな話をしてても、つらくなるばかりね」

「修道院はどこにあるんだ？」キッドはたずねた。記憶がよみがえるとともに、レイニャが修道院に興味をいだいて、そこに向かったんじゃないかという想像が頭をよぎったのだ。

「よくは知らないの」とバニー。「この街にあるほかのものと同様、ばったり出くわすまでは噂で耳にするだけ。地形の気まぐれに身をまかせて、坂道の登り降りがあなたの熱意や期待とうまくかみあって目的地につれていってくれるのを待つしかない。いずれ必ず到着するわ。さんざん聞いてるだろうけど、なにしろここは狭い街だから」

「たしか、街の反対側にあるって聞いたな」ペッパーが言った。「問題は、ここが街のどのあたりなのかもよくわからないことだ」

キッドは笑って立ちあがった。「じゃ、そろそろ行くよ」ワインの残りを飲み干し、舌で苦い後味を味わった。朝一番にワインか。まあ、もっとひどい朝もあった。「朝ご飯をありがとう」

「行っちゃうの？　だけどハニー、ここにはブランチも、ランチも、午後のお茶も、ディナーだってあるのよ！」

「さあさあ」とペッパー。「もう一杯どうだ。バニーは気にしないぜ」

「すまない」キッドはバニーの手の届かないところにグラスをおいてほほえみ、「ありがとう。またいつか来るよ」

「約束してくれるなら、帰してあげる」バニーはいきなり、キッドの胸へ手を伸ばした。「あら、いやだ、驚かないで。お母さんはあなたを犯したりしませんからね」そう言ってキッドの腹に巻きついた鎖に指を一本ひっかけた。「わたしたちには共通点があるわ。あなたとわたしには」もう一方の手で、バニーは白絹のスカーフをまくり、血管の浮きでた痩せた首からぶらさがった光る鎖を見せる。「ナイトメアとわたし。マダム・ブラウンとナイトメア。あなたとマダム・ブラウンのあいだにもね。こんなことを言うと、秘密を漏らしたことになる？」バニーは笑った。

なぜだかわからないが、頬だけが熱く、体の残りの部分は冷えていくのを感じた。こんなに短時間で、ここまで信頼を寄せるという習慣にはなじむことができない、とキッドは思った。不安にかられて一刻も早くこの部屋を出たいという気持ちは変わらなかった。

バニーが話している。「もし会えたら、あなたのガールフレンドに伝言を伝えておくわ。ねえ、万が一あなたが……ええっと、わたしが否応なく惹かれちゃう笑顔の持ち主だったとしても、それでも伝言役を引き受けたわよ。だって、あなたに好かれたいし、もどってきてほしいから。そのためには、あなたの望みをかなえてあげるほうがいいでしょ。わたしはいい人間じゃないかもしれないけど――」バニーはウインクして――「悪い人間だとも思わないで」

「ああ。たしかに。ありがとう」キッドはバニーの指からぐいと体を引き離した。「また会おう」

「じゃあな！」またワインをとりにいっていたペッパーがカウンターから声をかけた。

出てみると、街路の標識は**ルビー**と**パール**になっていた。

梯子も緑の作業着の女も消えていた。

キッドはしばし考えこみ、方向を見くらべ、公園に行くのはあきらめ、霧がいちばん濃い方角（「パール」の方角）に歩きはじめた。レイニャ？　そう呼びかけたのは覚えていた。闇のなかのこだまとして、耳のなかの残像として。ここで？　この街で？　ほほえんで、彼女を抱くことを考えた。疑わしい記憶を整理し、どこに向かっているのかと思いめぐらした。考える――自分たちが誰なのかを理解できるのは目的を失ったときだけだ。

失われた名前が、急に激痛となり、そのとたん、彼は名前を求めた。以前、タックがつけてくれた名前を受けいれたときと同じ衝動にかられて、名前を求めた。名前がなくても、探究し、生き延び、誰かの残したノートに言葉の対流を作りだし、空想上の殺人を犯し、ほかの誰かが生きのびるために努力することはできたろう。名前があれば、ただ歩き、ただ存在することははるかに容易になっただろう。名前というものは、と彼は考えた、他人がぼくを呼ぶためのものだ。名前が重要なのも、重要でないのも、その点にかかっている。キッド？　彼は考える――あと何回か冬と太陽を経れば、ぼくは三十歳になる。名前を思い出せないことは重要じゃない。思い出せないことにどういう意味があるのかが重要なんだ。もしかして、ぼくは有名人なのか？　いや、自分がやってきたことなら充分すぎるほどよく覚えている。ほかの人たちのように、自分が切り離されていると、孤独だと、一人ぼっちの存在だと感じられたらいいのに。疎外？　そんなもの問題じゃない。ぼくは好かれることに慣れすぎている。

くそっ！　ノートがあればいいのに。だが耳を澄ませてみても、その感情から言葉が生起して複雑な構造を形作ることはなかった。腰からさげた刃を指でまさぐり、その切っ先の一つが硬くなった親指にやすりをかけるのを、手で感じるというよりも耳で聞いた。彼は次の角を曲がった。

この街ではほとんど耳にしない車のエンジン音がしたので、実際にバスが姿を見せるまで、キッドはおびえていた。バスは角を曲がり、白い塗料で描かれた停車位置に停まった。カタンカタン、ドアがひらく。禿げかかった運転手が、まるで交通渋滞のときのようにフロントガラスに目を凝らしている。

まあいいか。ゴムのすりきれたステップをあがった。

「乗り継ぎチケットはお持ちですか？」

「あ、すいません。運賃が必要なら――」キッドはおりようとした。

だが運転手は乗るようにと手招きした。「ここは乗り継ぎ駅ですから。乗り継ぎチケットをお持ちだと思ったのです。どうぞ」カタンカタン。バスは揺れながら動きだした。

後部座席では老人が眠っていた。帽子を深くかぶり、襟を立てている。

前方では女性がハンドバッグの上で両手を組んですわっている。それより若い、大きなアフロヘアをした女性は、窓の外をながめている。男の子が、年下の男の子をつれて、後方扉のすぐうしろに神経質そうに腰かけ、スニーカーの爪先でもう片方のスニーカーをつついている。

一組のカップル――男は膝を大きく広げ、腕を組み、挑むような表情でシートに深くすわり、女は脚を閉じ、恐怖と退屈の中間のような表情を浮かべている――はキッドから目をそらしている。

二つのことに同時に気づいた。全員を観察できる位置にはすわれないということ、このバスのなかで黒人でないのは自分だけだということ。老人を観察するのはあきらめて、うしろから二番目の席を選んだ。

ぼくはいったいどこに――ただし、〝向かっているのか？〟とは思わなかった。キッドは座席の背についた手すりごしに、丸まった鼻と唇、尖ったあご、球状の金属たわしのような縮れた髪の下の横顔を見つめた。キッドは、女がながめている街なみが、目的地もなく動いているのをながめた。

　女はまばたきをした。

　曲がり角に来ると、ひどく不安にかられた。このバスがどこに向かっているのか、運転手に訊ねたい不条理な欲求と戦わなければならなかった。直進しているあいだは、簡単にひきかえせる気がして安心だった。バスはふたたび角を曲がった。キッドは道に迷うのを楽しもうとした。しかし、バスは最初の道と並行に進んでいた。

　放置された道路工事現場の横を通りすぎる。木挽き台のうち、壊されているのは一つだけだ。だが、パンクしたトラックからはケーブルのコイルがこぼれて、舗道いっぱいに広がっていた。

　こうした破壊の残骸がまだ刺激的に感じられることに驚きながら、キッドは胃の緊張をゆるめた。

　ガラスを割られた陸海軍の放出品を売る店の隣には、劇場や映画館の大型看板がならんでいる。最初の看板にはまったく文字がなかった。二軒目にはただ〝R〟の文字だけが見えた。次の看板では一行読めて、頭のなかで再構成してみると、どうやら〝三つ星　タイムズ紙評〟らしい。次の看板には、下から順にR、O、そしてTが重ねられていた。E、Q、Uのあと、二文字分の空白がつづき、最後にYが読めた。どんな文だったんだろうと考えながら、指先でノートの背のリングにふれようとしたが、手の甲は刃にぶつかるだけだった。

　六フィート×十六フィートの広告板に貼られたポスターでは、裸のジョージ・ハリスンが、巨大な満月を背に、ほとんどシルエットで、夜に向かってなにか探すように、吠えるように、呪うように頭を高くあげていた。いくつかのハイライトでかろうじてジョージだとわかるその黒人は、画面の左に立っていた。ポスターの右半分は夜の森で埋められていた。

　椅子のなかで体を半分ねじってポスターを見ようとした。体をもどすと、ちょうどほかの客も姿勢をもどしていた。キッドは、ひらいた膝のあいだに手を乗せ、前かがみになり、口もとを歪め、背中を丸めてうなだれた。

キン　ウ監督
らの大
時上映
ツタ　イ

と、次の看板は謳っていた。壊れたショーウィンドウが見える——その一つには、裸のマネキンが積みあげられていた。道幅が広くなり、煙におおわれたので、大通りにある最後の看板の文字は一つも読みとれなかった。

ぼくはどこに向かっているんだ？　キッドはそう思いながら、それがただの言葉にすぎないと考えていた。そこに残響がつづき、背中が凍りついた。歯がカチカチ鳴り、閉じた唇の裏でひらき、エンジンの振動にあわせて揺れ、ふるえた。影を探したが、薄暗いバスのなかにも、ほのかに明るい街路にも見つからない。そこで、自分の身体感覚の光が、神経のマトリクスに投げかける影を探した。そこにも見つからない——木漏れ日に照らされたようなまだら模様についた、不完全な彼女の顔の記憶を探りだすべき場所なのに。彼は自分の記憶喪失を笑おうとした。こいつのせいじゃない、ちがう。ワインのせいだ。ちくしょう、みんなどこに行っちまったんだ？　うしろの席の老人が眠ったたままうめいた。

キッドは窓の外を見た。

砂色の壁に、金色の文字（最初、下から上に読んでしまった）で——

エ　ン　ポ　リ　キ　ー

ショーウィンドウが一枚だけ割られており、板が釘で打ちつけられていた。ほかの二枚のショーウィンドウはキャンバス地の布でおおわれていた。べつのウィンドウには端から端までひびがはいっていた。

キッドは車内にぶらさがったぼろぼろの紐を引くと、目の前の手すりを握りしめた。一ブロックほど先で、驚いたことに、バスはちゃんと停車した。後方の踏み台から縁石に飛びおり、ふりかえる。汚れた窓ごしに、キッドが乗りこんだときには目をあわせようとしなかったカップルが、今はじっとこちらを見つめていた。バスは発車した。

キッドがおり立ったのは、五、六、七、八階建てのデパートの、斜め向かいのブロックだった。落ちつかない気持ちで、建物の入口付近まであとずさった。（銃を持った連中がいる、だって？）キッドは〈蘭〉にふれ——しばしながめた。役に立たないばかげた武器だ。窓から射撃してくるんだぞ？　高いところの窓はいくつかあけ放たれ、それより多くの窓が壊れていた。通りをはさんだ反対側のブロックでは、排水溝の鉄格子から蒸気の羽毛がたなびいている。彼は考えた、どうしてここでおりたんだ？　ひょっとすると、デパートを占拠していた連中はみんな出ていってしまっていて、安全に道を渡れるんじゃないか。それに――背中と腹がふるえた。どうしてこんなところでおりちまったんだ？　たぶん、まだ名づけられない、胎児のように小さな感情に対する反応だったのだろう。バスから飛びおりたのは、それが分娩されるのを見届けるためだった。そして今生まれたその感情とは――恐怖だった。

渡るんだ、意気地なしめ、そう自分に言いきかせる。デパートに充分近づけば、なかのやつらが窓から見ても気づかないはずだ。ここにいたら、誰かがその気になれば簡単に狙い撃ちの的になってしまう。キッドは、それ以外にもいろいろ自分に言いきかせた。

一分後、キッドは道路を横断して反対側の角、消火栓の脇で立ちどまった。ベージュ色の石壁に手をつき、長く、ゆっくりと息を吐きだして、心臓の音に耳をかたむけた。デパートは一ブロック全体を占めている。横の路地にショーウィンドウはない。ここなら、正面の玄関を除いて、デパートの店内からは見えないはずだ。キッドは通りの反対側に目をやった。（壊れたガラスに残っている文字から推測すると、むかいの店は旅行代理店だったらしい。その隣は……？　どこかの会社のビルだろうか？　焼け焦げの痕が、炭化した大きな舌で下の階を舐めつくしていた。）道幅がだだっ広く見えるのは、道路脇に車が一台も停まっていないせいだった。

キッドは路地を歩いていった。石壁に手を走らせ、ときどき上を見ては、射撃手が窓から身を乗りだして真下に発砲するのを想像しながら。

デパートには誰もいないにちがいない、とキッドは思った。

誰もうしろからついてきたりはしない、と――

ブロックのとぎれるところでなにかが――動いた？

いや、あれは駐車した二台のトラックのあいだの影だ。

「おい」路地の真むかいから、かなり低い声で誰かが話しかけてきた。「こんなところでなにしてんだ？」

キッドは壁に腕をぶつけてしまい、壁から離れてから傷をなでた。

ぶあつい肩が、路地側の金属扉を裏からあけた。「あわてるな」ナイトメアの顔の半分が現われる。キッドは半分だけの口が話すのを見た。「だが、三つ数えたら、ここまで走ってこい。煙が見えるくらい、すばやくな。一、二……」影になっていない片目が、デパートの壁の上方をちらりと見て、それからキッドを見た。「三」

ナイトメアがキッドの腕をつかんだ。道を渡った記憶は、背中と、膝と、あごの打撲でどこかに叩きだされてしまい――「なあ、こんなことしなくても――」四分の一だけひらいた扉から、ナイトメアに無理やりひっぱりこまれた。

扉の内側は五分の四ほどの暗さで、大勢の息づかいが聞こえた。

「くそったれ」ナイトメアは毒づいた。「ちくしょうめ」「なにも、ぼくの頭をぶち割ろうとしなくても」キッドはさっきよりも穏やかに抗議した。

ビニールのベストに身を包んだ真っ黒な誰かが大声で笑った。一瞬、ドラゴン・レディかと思ったが、男だった。

不愉快そうにナイトメアがうなると、その笑い声は消えた。

ナイトメアの傷ついた肩（闇に目が慣れてきて、最初に見えたのがそれだった）に半分隠れて、デニーの顔が見えた。さっき、扉にナイトメアの顔が半分隠れていたのと同じように。それ以外の人々の顔は暗すぎて見えない。「そう思うのか？」ナイトメアはまだキッドの腕をつかんでいた。もう片方の手でキッドの髪を握って――「ほらよ！」――とキッドの体を百八十度回転させた。キッドの顔は汚れたガラス窓の裏のワイヤに押しつけられた。ガラス窓のむこう側には――

「見てみろ」

キッドはすすけた窓の外、デパートの二階に目の焦点をあわせた。

「よく見えるだろ？」

――アーチ状の金文字で**ニューファッション**と書かれた窓。その裏側で、一人の男が片手にライフルを持って立っていた。男は、青いスポーツシャツの大きすぎる襟もとの細い首を掻き、ゆっくりと窓辺から離れた。

「それで」――甘い声で――「おまえはこんなところでなにをしてた？」ナイトメアはキッドの頭をぐいとひっぱってから、手を離した。「さあ」と歯のあいだから息を吸い、「答えてもらおうか」

「ぼくはただ――」痛みが引いていった。

「頭をぶち割ってやろうか、え？」

「おい、ナイトメア――」

「黙れ、コパーヘッド」ナイトメアは言った。

赤毛でひげを生やした大柄な黒人が部屋の隅で身を乗りだし、「――あんたがそんなことする必要はねえ」と言葉をつづけた。「俺がかわりにぶち割ってやるよ。それがあんたの望みなら」と、キッドが誰なのか、ぼんやりと認識したというふうにうなずいた。「そいつを俺によこしな」

「うるせえ」ナイトメアは有無を言わせずにこぶしをふ

りまわした。「たまたまこのへんをうろついてたってのか？　俺たちは三カ月も計画してきたんだ。そこにおまえがたまたまやってきた、だと？」

「実はペッパーが教えてくれたんだよ、このあたりにいるだろうって——」

ナイトメアはさらに強く歯のあいだから息を吸った。

「俺たちは三カ月も——」

「こいつはぼくが引き受けた」デニーが口をはさんだ。「ぼくたちがつれてく。計画の邪魔にはならないよ。段どりはぼくが教える」

ナイトメアは肩ごしにふりかえり、問いかけるように少年を見た。

「大丈夫だよ」デニーは言い張った。

部屋の隅にいたコパーヘッドが、腕の裏に棒きれをしまった。

「ぼくの班に加えればいい」デニーはくりかえした。

「足手まといにはならないよ」

確信がもてないまま、キッドは考えた——三対二か。

ナイトメアはもう一度こぶしをふりまわし、低くうなった。

「こっちに来て」デニーが言った。「ぼくといっしょに来るんだ」

「こいつに計画を台無しにさせるんじゃないぞ！」ナイトメアはあごをしゃくって注意した。

「ああ。このキッドなら大丈夫」

「でなきゃ困る」

「彼はいいやつだよ、ナイトメア。ほら、あんただって言ってたじゃないか」

ナイトメアがまた低くうなった。

キッドはナイトメアの横に並んだ。コパーヘッドと目を合わせないようにしたが無理だった。コパーヘッドはまばたきをして、ほほえもうとしている。キッドは結論した。こいつらのなかで今度しくじったら、命がないぞ。

デニーがキッドの腕をポンポンと叩き、「行こう」そしてふりかえり、少しだけ大きな声で言った。「さ、みんな、行くぞ」

一ダースほどの（より安全な……）スコーピオンが集まった。彼らはデニーにつづいて、ちがう扉を通りぬけた。倉庫の通路だろうか？　それともべつの店の裏にある廊下？　キッドは周囲の顔を見まわした。ビニール服を着た真っ黒な男は、キッドの〈蘭〉から視線をあげ、まばたきして目をそらした。そいつも〈蘭〉を装備していたが、革のストラップで留めていた。

「こっちだ」デニーが言った。主にキッドに向かって、

「ここで待機する。ぼくたちが動きだしたら、ついてきて。心配ないさ」

一行は次の扉の前でとまった。片側の窓からは、エンボリキー・デパートの砂岩の壁が見える。

デニーは自分の班のスコーピオンたちを見まわした。キッドは考えた――こいつらはペッパーよりは役に立つってわけか。

デニーは腕を組んで窓際の壁にもたれ、ときどき外を確認した。

コパーヘッドのブロンドの弟みたいだ。

彼らには計画があるんだ、とキッドは考えた、そこにどっぷりつかってる。

ぼくは今、レイニャのことを考えていない。

片方は濡れた革サンダルの上、片方は砂の上で、足がひりひりしていた。どうしてぼくはここに来たんだろう？　自分で選んだのか？　ぼくはここにいる連中をあやつりたい。（ひりひりする感覚が頭に到達し、消えていった。）ぼくは選んだ。観察すること、進んでいくことは、彼らといっしょなら簡単だ。デニーに計画の詳細を訊こうとした――が、またひりひりしはじめた。だから訊かなかった。観察？　だが、キッドの精神は内側にねじれていく。さて。なにを考えてたっけ？　ナイトメアには、まったく一方的にだが好意を抱いていた。コパーヘッドは能率的で不愉快だ。この二つの性質をあわせ持っているのは興味深い。キッドの経験では、それはめったにないことだ。デニーは？　驚きながら気がついた――いま着ている服をくれたのはデニーだった。名前の余計なdを、最初に刈りこんでくれたし、今は自分を保護下においてくれている。キッドは目を細め、蜘蛛の巣のような影のなか、窓際に寄りかかった二人の黒人を見つめた。（デニーはキッドを見て、床を見て、窓の外を見た。）ナイトメアの副官……キッドは廊下の奥のいくつもの顔を見渡そうとした。この班には、少なくとも三人、女がいる。先ほどのバスでの経験に刺激されて、人口比率についてフェンスターが言っていたことを考えた。黒人は何割くらいなんだろう？　ジョージ？　待機しながら、鎖を巻きつけ、武器の花を咲かせている彼らを（半ダースほどのナイフが見えた）、個人として認識したくはない。こまかなきめとしてではなく、塊としてとらえたい。（プリースト【僧侶】、アンスラックス【炭疽菌】、レディ・オブ・スペイン――といった名前が、まわりでささやきかわされていた。デヴァステーション【荒廃】、グラス［ビニール服の黒人］、カリフォルニア、フィラメント、レヴェレーション【啓示】［バニーと同じようなブロンドだが、こちらはざらざらした赤っぽい肌をしている」、エンジェル、ダラー、D-t。）戦うんだ。この灰色の空間に灰色の姿で、二ダースほどのスコーピオンが集まり、待機している。意図的に人を殺したやつより、事故で人を殺したことがあるやつのほうが多いだろう。だから連中は危険な存在なんだ。こいつらは、なにに変身するんだろう？

「それ、使えるの？」デニーがキッドのシールドを指さした。

「電池がないんだ」

不機嫌なときのナイトメアのしぐさを真似るように、デニーは頭をふった。「じゃ、ぼくのそばにいて」

この連中とこの状況のどちらかはつまらない。でも、この状況とこの連中のどちらかは面白い。ぼくにはこの二つの区別がつけられない。片方を選ぶことに意味があるとも思えない。ぼくはまたしても、行動を起こしたり行動を完遂したりするより、待つことから多くを学べるような、そんな場所にいるんだ。レイニャのことは考えない——ぼくが驚かせたときの緑の目のまばたきも、ぼくが変なことをしたとき、笑いだすほんの一瞬前に彼女が浮かべる（いつも悲しそうに見える）表情も。これは名前を忘れるようなものだろうか？　ぼくはこの連中といっしょにいたい。（彼女はどこに行ったんだろう？）だからといって、自分がレイニャといっしょにいたくないと考えるのは難しい、だってその考えはほとんど見あたらないから。ただこの連中と——歯を嚙みしめ、ごちゃごちゃ集まって、面白い待機状態にある、こいつらといっしょにいたい。どんな計画なんだろう？　彼らがやることを知らないのが怖いんじゃない。これは、物事に集中しているときに感じる冷静な恐怖だ。本やマンガを街角の売店から盗みだす前、陸海軍の放出品を売る店から小さなコンパスや装飾用の弾丸を万引きする前に、いつも感じていたような。

長い時間がすぎたあと、遠くのどこかで、誰かが口笛を吹いた。

デニーが「行くぞ」と言い、全員が動きだす。

扉がパタンパタンと開閉した。

デニーの班は通りを横切った。スコーピオンたちが路地を走っている。「こっちだ！」という声が示したのは、エンボリキー・デパートの脇、階段をおりたところにある金属の扉だった。キッドは思った——砂時計の細い口を通りぬけていく砂粒みたいだ。デニーが三歩前を進んでいるのを見ていた。デニーがとまるしキッドもとまり（次の階段の一番下だった）、デニーにあわせて足を速めた。(世界のなかに世界がある。ぼくは今べつの世界のなかにいる。)最初の踊り場で、デニーは合図してほかのメンバーを先に行かせ、ちらりとキッドを見て、ついてきているのを確認し(完成されて同時進行する計画、スケッチされた店内の図面、見張りの交代時間のスケジュール――これらを処理できるほどの知性を持っていそうな人物なんて、今まで見たことがない)、そして重そうな鎖を首からひっぱり、こぶしに二重に巻きつけた。「こっちだ」ほかのメンバーの足音が頭上で小さくなっていくなか、デニーとキッドはくすんだ茶色の階段室の戸口を目指した。

キッドはベルトの輪から〈蘭〉をはずし(刃ですりきれていた輪がプチンと切れた)、手首に装着した。「ここにはなにがあるんだい?」

「なにもない」とデニー。「はずだけど」

短い廊下の先には段ボール箱でいっぱいの部屋があった。(19―A号室にあったのと同じ包装紙だ。なぜ?)棚に積まれた箱が半分ほど落ちて、床にあふれていた――床に山積みにされた箱もまた崩れていた。

「これからなにをする?」キッドは訊いた。

「トラブルがないようにするのさ」デニーは答えた。「コパーヘッドたちは、荒らしまわって、撃たれたがってる。でも、頭を使うんだ。この建物は八階ある。しかもブロック全体を占める大きさだ。なかには十人か十五人が隠れてる。で、ぼくたちはいま中二階にいる」またふりかえって、「はずだ」

二人は暗闇に踏みこんだ。なかは四分の三ほどの暗さだった。キッドはにおいを嗅いだ。ここでもなにかが燃えている。上からさがっているプラスチックに腕がふれた。二人はシャワーカーテンの列を押しのけて、バスマットや小物のあいだに進んだ。

「ここが中二階だっていうのはたしかなんだな?」

「手すりが上にあるはずだ」

「前にも来たのか?」

「頭をさげて」とデニー。「いや。でも、来たことがあるやつの話を聞いた」

「いったい――」キッドは小声で、「ナイトメアはここでなにをするつもりなんだ?」

デニーはふたたびふりかえり、「やつだって知らないのさ。これは〈狩り〉なんだぜ!」

二人はタオル売り場に来た。ひっくりかえされたカウンター脇の、テリー織りのタオルの山を抜ける。冷たく焼け焦げた闇は、真鍮の棒に支えられたガラスのバルコニーの手すりまでつづいていた。下から光がさしこんでいる。乗りだしてみたが（「ちょっと、気をつけて」デニーが言った。「下に誰かいるかもしれない」）、キッドには光源が見えなかった。

　このデパートには人がいる、とキッドは思った。ここには人がいて、銃を持って歩きまわってるんだ。バルコニーからのぞいてみると、下には店の陳列棚や通路が見えた。ごちゃごちゃとあふれかえった商品に、灰色の光の帯が何本も投げかけられている。

　一人、いや二人のスコーピオンが、そのあいだを駆けていった。

　デニーはキッドの肩をつかんだ。

　さらに三人が、迷路のなかのネズミのように通路のあいだをジグザグに走りぬける。

「おい、おまえたち、どういうつもりで――」誰かが叫んだ。声の響きからすると、階段室にいるらしい。

　五つの頭が、ランジェリーと時計バンドのあいだに陣どって、旋回した。スコーピオンのうち二人が、電球のように光りはじめた――雄鶏と、恐竜の赤ん坊の姿だ。

　キッドは光から体をそらした。上を見ていたデニーは、ふと自分たち二人の影が天井に揺れているのに気づいた。

「馬鹿、おまえら、光を消しやがれ！」ナイトメアが叫ぶ。

　銃の掃射音が上下ふたつの階で響きわたった。残響が収まる。

　恐怖とも興奮ともちがう落ちついた感情をいだいて、キッドは手すりから離れ（一瞬、デニーの興奮しておびえた顔が見えた）、暗い陳列品のあいだにもどった。デニーがあとにつづいた。

「おい、侵入者だ！　くそっ、はいってきやがった――」

「マーク？」女の声。「マーク？　下でなにかあったの……」

「持ち場にもどれ！　侵入者だと？　見張ってたはずだ――」

　反響のせいで、四人目のかすれ声からはなにも聞きとれなかった。

　もっと近くで、誰かが口をはさんだ。「あなたは――？どうして――？　ねえ、ちょっと……」

「光が見えたんだ！　らくしょう、やつらの光が見えたんだ！」どなり声も聞こえた。「見えたんだ……」

　プラスチックのカーテンが引かれ、つられてキッドの肩がひきずられた。すると、カーテンの陰に隠れていた女が、ライフルを二人に向かってふりかざし、「はあああああああ……」とうなりながら、あとずさりしはじめた。

おたがいに、とキッドは思った、恐怖で凍りついてしまった。

だがデニーは凍りついていなかった。シールド投射機を握りしめ、光のなかに姿を消した。

女も凍りついていなかった。とつぜん光を浴びたせいでよろめきながら、二人のあいだに発砲した。ライフルは吐息のようにカシャンと音をたて、キッドは女の緑のドレスに気づいた——こいつは、リチャーズ家を最後に訪問したときに、隣にすわっていた女、リンだ。いま女は目を細め、叫びながら、ライフルをかかげて光をさえぎろうとしている。デニーの光に照らされた銃床には、相棒のリトル・ビーバーにほほえむレッド・ライダーが、黄色い輪縄に囲まれた図柄のカラーステッカーが貼られていた。エアポンプががたがた鳴る。目のなかの蜂《ビー》ならぬ目のなかのBB弾《ビー・ビー》か、とキッドは考え、〈蘭〉を突きだした。

そうすれば、女が銃を捨てると思ったのだ。

だが、女は逆に銃をかかえこんで、二度目に武器を突きだしたときも女が手を離さなかったので〈蘭〉の刃が、彼のつかんだ銃身にカチンと当たった)、キッドはライフルを強くひねり、女を蹴とばした。女は両手をぱっと離し、ひらひらさせながら背中をむけた。キッドがライフルの床尾でとんと肩をつくと、女は暗闇に消えていった。

デニーがどんな姿になったのかを見ようと、キッドはふりかえった。

そこには、十フィート大の、ぶよぶよした光る塊がいた。色とりどりのぼやけた姿で、生成するアメーバのように激しくうずまいている。

その姿が消え、デニーの手が首の投射機からおろされた。キッドは彼に散弾銃を見せて、つぶやいた。「それにしても、おまえはいったいなんなんだ?」恐怖のあまり笑いが吹きでた。

銃をふりながら、二人は中二階の影のなかを歩いた。

「なんの話?」

「おまえのシールドさ」

「ああ、ひと月くらい前に、投射機が壊れたんだ。ショートしちゃったのかな。おかげで投影用のグリッドが——プラスチックなんだけど——溶けたみたいでさ。シールドがあんな姿になっちまった。でも、意外と気にいってるんだよ」

「前はどんな姿だったんだ?」二人は方向を変え、巻かれて積んである布の横を進んだ。

デニーは秘密めかしてささやいた。「カエル」

あの女との一幕は、とキッドはふいに思った、ほんとうに起こったことなんだろうか？

人々がふたたび叫んでいた。階下でナイトメアは「おいみんな、こいつを見ろよ！」とどなり、たかぶった笑い声がきこえた。

二人は階段室にはいった。漆黒の闇。三段おりたところで、キッドが言った。「ちょっと待て――」

少し先を進んでいたデニーがたずねた。「どうかした？」

「サンダルの紐が切れた。サンダルを失くしたみたいだ」デニーの呼吸を聞きながら、キッドは階段の一段上と、一段下を足でさぐった。

デニーの激しい息づかいが急にやんだ。「あの、ありがとう」

「見つからないな」とキッド。「ありがとうって？」

「あんたはぼくの命を救ってくれた」

「え？」

「さっきの女さ。ぼくを撃とうとしてた」

「ああ」キッドの爪先が壁にあたる。「どうってことない。ぼくも撃たれそうだったんだ」そう言って考える――散弾銃？　十五歳のデニーがふいにひどく幼く思えた。「くそっ、近くにあるはずなんだけど」

「明るくしてあげる」デニーは言い、光った。

自分の影にサンダルが隠れていないかと、キッドは動いてみた。「落ちちゃったのかもな……」手すりから首を出し、下をのぞきこんで、「まあ、かまわないさ……もう消していいよ」光るアメーバがかき消えた。階段室は見るまに暗闇で満たされた。「なにか聞こえるか？」

闇のなかで脈動する塊が、おずおずと答えた。「いや……」

「じゃ、進もう」キッドは階段をおりはじめた。

「わかった」と、前方でささやく声。

――ぼくのことも撃っただろうか？　ぼくが誰かわかっても、リンは撃っただろうか？　逆に、彼女がリンだと気づかなかったら、ぼくはライフルを奪いとっただろうか？（デニーの肩に軽くぶつかる。）こいつは、ぼくに命を救われたと思ってる。ナイトメアたちはいったい――光が見えたので考える――あそこでなにをやってるんだ？　肩をぶつけあいながら、二人は音のない一階におり立った。

薄明かりに照らされてツイードとコーデュロイが吊されているあいだを、デニーは歩いていった。

キッドはすぐ横の戸口の奥に立っている人影を見つめた（もちろん、それは木の台に乗った試着用の鏡だった。

ややかたむいているため、鏡に映った床も傾斜していた）。そして——体育館の校庭に通じるロッカールームで、誰かが昔、彼のむきだしの首筋に雪を投げつけたのだ。

　鏡を見ながら、そのバーモントの冬の出来事を、彼はふたたび経験し（そして思い出し）ていた。それからそのことを忘れ、鏡像を見つめ、三秒、四秒、五秒と見つめつづけている今、なぜ最初に見たときに衝撃を受けたのかを思い出そうとした。右手をあげ（鏡のなかの手もあがる）、頭を少し回し（頭が少し回る）、息をしてみた（鏡像が息をする）。革ベストにふれ（鏡像はカーキのシャツにふれる）、ふと手を握ってあごにあて（鏡像のこぶしが、ふさふさに生えた黒いあごひげにあたる）、まばたきをしてみた（鏡像の目は黒いプラスチックの眼鏡フレームの奥でまばたきする）。

　ズボンは、とキッドは思った、ズボンは同じだ！　白い糸が黒いデニムの腿に蛇のように貼りついている。キッドは（鏡像は）慎重に糸を摘みとった。カーペットを踏むはだしの足の爪先をだしぬけに曲げてみて（鏡のなかで黒いエンジニアブーツの先が曲がる）、ふたたび鏡に手を伸ばした。指を広げた（鏡のなかで指が広がる）。糸が落ちた（糸が落ちた）。節くれだったこぶしと、しわくちゃの爪のあいだに、キッドは自分よりも細い、なめらかな指の腹を見た。（鏡のなかのこいつは、とキッドはぼんやり考えた、ぼくより背が高く、がっしりしている。）手を裏返して手のひらを見る。黄色いたこが幾重にも線を描き、傷のように深く刻まれていた。指のあいまから、鏡に映った指の背が見える。わずかしか毛が生えておらず、指の中関節にごく小さな傷があり、第一関節の横だけがわずかに黒くなっている。鏡像の爪は、親指以外は半月がなく、彼が若いころ夢想していたように長く伸び、ちょっぴり汚れているだけだ。もう片方の手を見おろした。自分の手は鳥籠のような刃に包まれているのに、鏡像が持っているのは——ノートだろうか？　だが、この対応関係は（針の壊れた教会の時計を思い出す）、あまりに凡庸で笑えなかった。泣きたい気持ちで、鏡をじっと見つめた。ひげが生え、眼鏡をかけてはいるが（そして、片耳には小さな真鍮のイヤリングまで！）、鏡のなかの顔はキッドのひきつった表情の一つ一つを忠実に反映して、困惑し、絶望し、悲しみを浮かべながら、見つめかえしていた。

　この組みあわせは恐ろしい。

「おい」誰かが声をかけてきた。「どうした、鏡なんか見つめて」声の主は、裏側から鏡のてっぺんをつかみ、手前に引いた。支柱のあいだで、鏡面がブンと揺れた。鏡の下端がキッドのすねにぶつかった。

キッドはよろめいた。

「ニキビでもつぶしてたのか?」コパーヘッドが、テーブルのように水平になった鏡のむこうで薄笑いを浮かべている。

ぴっくりして腹を立てながら、キッドは前に進みでて、空いている手で目の前にある鏡の縁をぐいっと下に押した。反対側の端が持ちあがり、コパーヘッドが軽くつかんでいた指を離れ、彼の胸をかすめ、あごにぶつかった。鏡は下に跳ねかえった。

うめいて、あごをおさえながら、コパーヘッドは踊るような足どりでラックのあいだをよろめいた。「てめえ、なにしやがる……うぐ! ううっ、ベロを嚙ん……ううう!……」三度目に顔をあげたときには、まばたきしかできなかった。

キッドは大きく息を吸った。

三角形の破片が鏡の枠から落ちて、敷物にあたって砕けた。ひびわれた鏡面には、はだしで、ひげなしで、息を切らしながら胸の鎖をまさぐる自分の姿が映っていた。腰に〈蘭〉が揺れている。何フィートかうしろで、なにかを腕にかかえたデニーがこちらを見ていた。

四分の一の光のなか、キッドはふりかえった。

「いくつか持ってきてみたよ……」デニーはコパーヘッドにちらりと目をくれた。コパーヘッドはあごをなでながら苦い顔をしている。「あっちに、靴やブーツの売り場があったから。あんたに――」デニーは腕いっぱいに持ちあげた――「これを」

「え?」

「だって、靴を失くしちゃったんだろ?」デニーはもう一度コパーヘッドを見た。

キッドが「今度はおまえがニキビをつぶしてるみたいだな?」と言って笑った。いったん笑いはじめると、ほとんどヒステリーのようになっていく。キッドはおびえきっていたのだ。

笑いというのは、とキッドは考える、凝固した吠え声を集めたものだ。笑いながら、シャツが山積みになったテーブルにもたれ、デニーを手招きした。

「あんた、右しか履いてなかっただろ?」デニーは靴――ほとんどはブーツ――をドサッとテーブルにおいた。

キッドは二、三足を手にとってみた――どれも右の靴だ。さらに笑った。デニーもにやりとした。

「なに馬鹿みたいな大声を出してやがる?」ナイトメア

が通路の奥から声をかけてきた。「ぎゃあぎゃあ騒ぐな」

　キッドは笑いと恐怖を喉に押しもどし、柔らかく、ざらついた手ざわりの黒いモカシンブーツを選んだ。〈蘭〉を装着した手を波うたせてバランスをとりつつ、片手で靴の端をもって履こうとしているキッドを、デニーは真剣に見つめていた。

　デニーが言った。「ぼくもその靴がいいと思ってた」

　キッドはふたたび笑った。さらにかん高い声で、デニーも笑った。

「上の階にいる連中を怖がらせちゃったみたいよ」少女がナイトメアに言った。

「こいつらがわめくから、どいつもこいつもビビってる」とナイトメア。

「なあ」キッドは言った。「あんたの歯を折っちまったんなら謝るよ。だけど、もう二度と俺をからかうな。わかったか？」

　コパーヘッドはもごもご言いながら、まばらにひげの生えたあごをさすった。

「片づいたぜ。おまえたち、どうかしたのか？」ナイトメアは肩をなでた。

「ナイトメア」デニーが言った。「このキッドはぼくの命を救ってくれたんだ。上の、バルコニーのところで。誰かが銃を持ってぼくたちのところに来て、今のあんたくらいの至近距離から撃った。キッドは平気で銃身をつかんで、その銃を奪いとったんだ」

「へえ？」

　ナイトメアのうしろで大柄なスコーピオンが言った。

「ここでも誰かが下に銃をぶっ放してたぜ」

「人さまの命を助けてまわってるってわけか？」とナイトメア。「度胸があるんだな。ほら、こいつはいいやつ《グッド・キッド》だって言っただろ」

　キッドは足の指を曲げた。ブーツはキャンバス地のようにしなやかに曲がった。恐怖はまだちくちくと刺してきて、落ちつく先を探し、そして見つけた。途方もなくとまどった。ＢＢ弾か、キッドは考えた、撃ってきたのはおびえきった女、しかもディナーで同席し、詩まで読んでやった相手だ！　ブーツの足を床につけた。

　デニーはものすごく満足げだった。

　ナイトメアはコパーヘッドの頭を横にかたむけて調べた。「俺がおまえなら、このキッドには二度とちょっかいを出さないぜ。初めて会ったときは、俺もこいつが気にいらなかった。だけど自分に言いきかせたんだ。もしこいつを殺す覚悟がないなら、手を出さないほうが無難だぞってな。それが一番だ」

コパーヘッドはナイトメアの手を頭から払った。

「こいつにはなにかがあった」ナイトメアはつづけた。「おまえは強いよ、コパーヘッド。だが、まぬけだ。こんなことを言うのも、俺はおまえより頭が切れるし、おまえがどうふるまうべきかを教えてやりたいからだ。そして、このキッドも、おまえより頭が切れる」

噛みしめた歯の裏に舌を押しつけながら、キッドは考えた――おい、こいつはぼくを殺させるつもりか？

「ほんとに平気で銃をつかんだんだ」デニーはくりかえした。「銃身をつかんで奪いとった」

「俺、これを〈ねぐら〉に持って帰りたいんだけど」べつの白人スコーピオンが言った。重そうに引きずってきた大理石の板に、大きな真鍮のライオンがうずくまっている。キッドの経験に反して、黒人たちはみな、静かすぎるくらいだった。台座から伸びたランプのシェードが、それを引きずる若いスコーピオンのひげもそっていないニキビだらけのあごにぶつかる。「こういうの、ほしかったんだ」

「自分で運べよ」とナイトメア。「俺は手伝わんぞ。さ、ずらかろうぜ」

「まだ銃を持ったやつらがいるんだろ？」コパーヘッドはあごをなでていた手で、薄暗い中二階をさした。

「キッドが連中をビビらせて追っぱらってくれたよ」Dーtと呼ばれていた黒人が言った。

ナイトメアはふりむくと、膝と肘が曲がるくらいのいきおいでどなった。

「**やい、臆病者ども！　俺たちはここにいるぜ！　撃ちたきゃ撃ってみろ！**」ナイトメアは周囲の仲間を見まわしてくすくす笑い、「**クソ馬鹿野郎、撃ってみろ、俺たちを狙ってみろってんだ！**」そう言って、前に進みでた。

ひげをそっていないニキビ面のスコーピオンは、ライオン像を腹まで持ちあげ、シェードがあごにあたらないように避けながら、ナイトメアのあとにつづいた。

「**おい、上にいる諸君、俺たちを撃つなら今だぜ！　やってみろよ、薄汚ない臆病者ども、ビクビクし通しでケツの穴の小さい野郎ども！　こんなチャンスは二度とないぜ！**」

背の高い痩せた黒人（名前はスパイダー）と太った黒人（名前はカテドラル。キッドは歩みを遅くして、コパーヘッドを先に行かせた。背後をとられないように）に隠れるようにして進みながら、キッドは考えた、これはきちがい沙汰だ。笑おうとしたが、ほんのひとかけらが漏れただけだった。両脇の二人がキッドを見た。にやつきながら、キッドは頭をふった。

「**上にいるやつ、撃ってみろって！**」ナイトメアは中二階の手すりに向かって吠えつづける。「**これで撃たなきゃ、おまえらみんなどうしようもねえ腰ぬけだ！**」そして顔をゆるめて、隣を歩いていたプリーストに訊いた。

「おまえ、反対側で叫んでたな。どうかしたか？」

「あっちに人がいたんだよ。銃は持ってないようだったが。そいつを追いかけて――」

「**撃つなら今だぜ、クズ野郎ども！**」ナイトメアは横にいる男に向きなおり、「それで？……**さ、やってみろ、やってみろよ意気地なし、今すぐ撃ってこい！**」

「――上の階に追っぱらったんだ」

レディ・オブ・スペインがガラスの陳列ケースの底板を蹴った。コパーヘッドは、驚きあわてたように顔をあげ、ブーツで目の前のガラスケースを蹴りつけた。最初は上の棚を、ついで底の棚、最後に裏のガラスを踏みやぶった。ガラスと時計が絨毯に散らばった。息を切らしながら、次のガラスケースに移った。ガシャン！　またガシャン！　またガシャンガシャンガシャン！　キッドは気づいた（それがなにを意味するのか、記憶を探った）。こいつらの目は、みんな赤いガラス玉だ。

べつの痩せた黒人が、キッドに怖い顔をしてみせた。閉じかかったそのまぶたの隙間から、瞳のない深紅の球体がのぞいた。彼はデニーと同じくらいの年格好だった。

「**おまえら、本物の臆病もんだな、えっ！**」

ガシャンガシャン！

「**おまえらみんな、クソ以下だ！**」

ガシャン！

「**クソでも食らいやがれ**」ナイトメアはふりむいて、にっこりした。「**ゴミ野郎ども……くたばれ！**」

レディ・オブ・スペインが陳列ケースを丸ごとひっくりかえすと、うしろのケースとぶつかって、こなごなになった。彼女はコパーヘッドに笑いかけたが、彼は見ていなかった。ほかの連中は笑っていた。

「あいつら、入口に鍵をかけちまったぜ」誰かが取っ手をガチャガチャ揺すった。

「行くぜ……」ナイトメアが言って、ライオン像を奪いとった。

「あっ、やめて――」

砕けたガラスが舗道に散らばった。灰色の街路が一瞬、無数の輝くプリズムでおおわれた。「出発だ！」

用心深く破片のあいだを歩きながら、キッドは思い出していた――壊れたガラスの上を、扁平足で歩いていったときのことを。

無精ひげの白人スコーピオンは（仲間が先に進むな

か）茫然と立ちつくし、ランプの残骸を見つめていた。大理石の土台はまっぷたつに割れ、シェードはつぶれていた。しばらくしてかがみこみ、壊れた宝物を拾いあげ——大理石がひとかけら落ちたが、ひびのはいった土台は奇跡的につながっていた——ガラスを蹴りながら、よろよろと進んだ。

「行くよ……」デニーがキッドの腕をひっぱった。

キッドはふたたび歩きだした。

「おい、バスだ！」上下に揺れながら、角を曲がってくる。「いいところに来た！」

通りまで出た何人かが腕をふった。

バスは道路脇にとまった。ナイトメアを先頭に、ひらいたドアへ詰めかけた。ぶつかりあう肩と肩。スコーピオンたちの頭ごしに、キッドは禿げた黒人運転手の不安そうな顔を見た。

「俺たちをうちまでつれてってくれ！」と叫んでいる痩せた黒人を押しのけて仲間たちが乗ろうとする。「ちょうどよかったぜ、兄弟！　さ、俺たちを——」

「うわあああ——！」つんざくような悲鳴が、キッドの耳にじかに飛びこんできた。

キッドはびくりとしてふりむき（銃声？　あそこ、だ！）、口をぱくぱくさせながら倒れた黒人スコーピオンを支えた。キッドは武器を装着した腕の肘を、最前列のポールにからめていきおいをつけ、傷ついた若い男をバスのなかにひっぱりあげた。その拍子にキッドが転倒すると、いつのまにかライオン像を手放していた無精ひげの男（とほかの数名）が、キッドと怪我人にのしかかる——「気をつけろ——！」バスの入口にしゃがみながら、キッドは壊れたランプシェードが敷石に立てかけてあるのに気づいた。ランプの支柱をつかんで、バスのなかにひきずりこんだ。と同時に、ドアが閉まり、カチャン、ドシン！　という音が聞こえた。バスが動きだしたのだ。カチャン、ドシン！

キッドは立ちあがった——ほかの連中は、座席か座席のあいだに身をかがめていた。

ドライバーまでハンドルにしがみついて身をすくめている。

バスの外を見ると、砂岩の壁の三階にある窓（エンポリキーの「i」の金文字の右隣）に人影があった——ライフルをかまえ、ファインダーをのぞきこんでいる。

割れた大理石が揺れてキッドのすねを切りつけた。重さは三十ポンド？　ライオンを前腕までひっぱりあげたとき〈蘭〉の刃がぶつかって鈍くならないようにした）、バスが揺れた。「ほら」無精ひげの顔が座席の陰からのぞき、まばたきした。「あんたのだ」

そのスコーピオンは、壊れたランプを腕に抱きかかえて――シェードは完全にはずれ、支柱のまわりでガタガタしている――うつむき、顔をあげ、息をついた。

キッドは背中を向け、座席の背をつかんだ。

ナイトメアの横で窓に押しつけられた灰色の帽子の女は、「なんてこと！　あの人、ひどい怪我――」と言うと、キッドが見ているうちに、両手で窓枠を押すようにして泣きだした。泣きやむと、目を閉じて、前を向いた。

後部座席から声がした。「おい……」

誰も口をひらかない。

「……なにが起きたんだ？」

誰も答えなかった。

キッドは〈蘭〉をはずし、いつものように刃の一つをベルト通しにさそうとして、輪がすりきれているのに気づいた（思い出した）。しかたなく、鎖からぶらさげることにして、しゃがんだ。

「うううう――わああ！　あいつら、俺の……腕をやりやがった。俺の……あああ！」

デニーが顔をあげた。彼の真っ青な目は血走っていた。

「うわああ――ああ。ううう？……おい、ちょっと。あうあううう……！」

暖かい血が、キッドの爪先にふれて広がった。

「止血帯かなにかをしたほうが……」デニーが提案した。

「あううう――あああ……」

「そうだな」

「ほら！」前方席の黒人娘が、身を乗りだしてスカーフをさしのべ、キッドが手を伸ばすと手を離した。べつの誰かが渡してくれたナイフをそえ木にして、キッドは輪にしたスカーフをきつく巻きつけた。その間ずっと、怪我をしたスコーピオンは出産する女のように激しくあえいでいた。「ときどきゆるめてやってくれ」キッドは手伝ってくれたスパイダーに指示した。「五分に一度くらい。そうすれば壊疽にならずにすむ」それから、踵をついてすわりこみ、バスにあわせて体を揺らした。運転手はふりかえってから、角を曲がった。

膝に腕をつけてすわっていたナイトメアは、治療する二人を興味深そうに見ていた。「おまえ、ほんとにヒーロー役にはまってきたな。止血帯？　よく考えたもんだ。気にいったぜ」

キッドは立ちあがって、不愉快な顔になりかけた。数分間かがんでいたせいで、ふくらはぎの痛みは突き刺すほどになっていた。だからなにも見ずに、デニーの席まで行き、腰をおろした。

通路をはさんだ席には、さっきバスがちがう方角に向かっていたときから乗っていた老人が、コートの襟に頭を埋めて寝たふりをしていた。

「大丈夫？」デニーが訊いた。「あんたはまるで……」

キッドは少年をに向きなおった（ほかの二人、スコーピオン一人と乗客一人は、ちょうど顔をそむけたところだった）。デニーは鼻の下をこすり、まばたきをしていた、その青い――

エンボリキーのロビーで見た深紅の目の記憶がよみがえり、キッドの口が自然にあいた。真剣に、同情をこめて見つめているこの青い目が、今まで忘れていた、赤い目の意味と同じくらい恐ろしく感じられた。驚愕がべつの記憶を封印して――その記憶が薄れていくのを感じ、保持しようと必死になったが失敗して――その結果、鏡に映ったものについての記憶が消えた。鏡のなかに、なにが見えたというのだろう？　自分自身か？　ほかのものは映っていなかったか？　ぼくは気が狂ってる、とキッドは思った。これはきちがい沙汰だ、とロビーで口にした言葉が文脈から切り離され、こだまのように響いた――デパートでなにが起こったんだ？――キッドはその言葉が意味しうるものの前でふるえた。どうしてぼくは、これはきちがい沙汰だなんて言ったんだろう？　体の奥でなにかがふるえた。頭が揺れた。

「キッド……？」それが自分のほんとうの名前ではないことを、キッドは痛切に意識した。

デニーの手が腕におかれていた。それがわかったのは、デニーがいま手をどけたからだ。デニーの手から解放されて、キッドは消えつつある、消えてしまったぬくもりに包まれていたときのことを思い出そうとした。デニーは、また上唇をなでていた。

ふうっと大きく息を吐き、キッドは上下に揺れる椅子に深く腰かけた。

窓の外では、謎めいた言葉が並ぶ映画館の看板が流れていた。

4

電子的な高音のつらなりの下で、濡れた低音がゴボゴボ、ガブガブ、ブクブクと鳴り響く。金属的な和音、それとは異なる金属的な和音。そのあいまにテープのきしる音。

キッドがごくりと喉を鳴らすと、咳に変わった。

「はい？」テイラー師は鉛筆の両端を持っていた。「なにかご用かしら？」

「腹ぺこなんです。それで……」キッドは半扉の枠から手を離し、「ある……ある人から、ここで食事をもらえると聞いたんですが」

「あら、しばらく前にやめてしまったのよ――」彼女の背後で、まるで回転する目のようにテープのリールが回っている。

キッドは息をつき、「ええ、わかってるんですが……」

「あなた、転んだか……怪我したの？」

「え？　いえ、ぼくは……いいえ」

「お腹がすいてるだけなのね？」

「はい、牧師さま」

「あのね、ここではもう食事は出していないのよ。もうずっと……」そう言って目を伏せ、歯のあいだから息を吸いこみ、じっと考えこんだ。「そうね、せめてコーヒーはいかが？　それと……」顔をあげ、「たぶん、なにか出せるかも……しばらくすわって休めるでしょう」

「はい、牧師さま」

音楽の合い間をぬって、テープリールと回転装置がうなり、金切り声をあげた。テイラー師は椅子を引いて立ちあがった。「いらっしゃい」と黒い聖衣をひるがえしながらドアに近づいた。

キッドは一歩引いて彼女を通し、あとにつづいて玄関ホールを横切り――「ただ、これを慣例にするつもりはありませんからね。今回だけよ。『夕食提供プログラム』は再開しません。今夜あなただけにふるまうのです。あなたの友人たちが明日来てもだめよ」――階段をおりていく。

「はい、牧師さま」

地階に着くと、テイラー師は壁から釘で吊されたケージ付き舞台用照明を点灯した。外の路面と同じ高さの窓枠が、青から黒に変わった。照明の重そうなコードが曲線を描きながら階段を這いのぼっている。「なにがあるか、見てみましょう」

地下講堂では列柱の濃い影が扇状に広がっていた。折りたたみ式の椅子が一方の壁際に積まれ、べつの壁際に、半分壊れたソファがおかれている。舞台の閉じられた幕の前には、内部がむきだしになったアップライトピアノがある。

「今夜、上のチャペルで礼拝があるの。もうすぐはじまるわ。よかったら参加して」

もう一つの高窓はひらいていた。かすかな風が吹きこんで、キッドは答えるかわりにそちらを見た。三枚の葉が細かくふるえながら、窓枠の縁に乗った。うち一枚は落ちる前にくるくる回った。こわれかけの時計が不規則にチクタクと時を刻むように、壁にぶつかり、重なった椅子にあたり、すり減ったリノリウムに舞いおりた。

「ここよ」テイラー師はある扉の前で足をとめた。

なかにはいると、彼女はまた舞台用照明を点灯した。

新聞紙におおわれた長テーブルの奥の壁に、いろいろなものが吊されているのが見えた——ポット、ポテトマッシャー、水切り、そして教会のキッチンにありそうなぶあつい陶器でいっぱいの棚。「パンが手にはいった時期もあったの。しかも大量に。缶詰の肉とあわせてサンドイッチをつくることができた——それで『夕食提供プログラム』をやっていたのよ。でも、パンの供給源を失ってしまった。生命の杖がなければ、そういうプログラムはすぐに立ちゆかなくなるわ。豆だと調理に時間がかかりすぎるし、手伝ってくれる人もいなかったから」テイラー師は壁のキャビネットから、缶詰をとりだした。ラベルを剝がした跡が白く点々とついている。「ビーフシチューよ」

キッドは缶を受けとった。

「ラベルを剝がしておくのは」彼女は、怪訝そうな顔のキッドに説明した。「泥棒の出鼻をくじくためのちょっとした工夫なの。わたしは戸棚に鍵をかけたくないから。棚をのぞきこんだコソ泥がラベルのない缶詰が並んでいるのを見て、ネズミ用の毒か、ガソリンか、グリーンピースか、わからないようにしてるのよ。わたしは場所さえ覚えておけばいいってわけ」と、ずるそうな表情を浮かべようとした。「わたしなりのシステムがあるの。この街である程度暮らしてるのなら、携帯用コンロの使い方は知ってるわね……？」

「ええ」キッドは答えながら、それを学んだのは十二歳のときのキャンプだったことを説明するべきか迷った。

「そこにある沸かし機のコーヒーは熱いわよ。一日じゅう沸かしてあるから。コーヒーを飲みすぎなのはわかってる。あとは一人でなんとかできる？　説教の原稿を仕上げなくちゃ」

「ええ。ありがとうございます、牧師さま」

「食べおわったら洗っておいてね。帰るときには声をかけてちょうだい」

キッドはうなずいた。

キッチンの扉のところで、テイラー師は黒くて広い顔をしかめた。「なにかの事故にあったんじゃないのね？　脇腹がひどく汚れているけど」

「え？……ああ、大丈夫です。ほんとうに」

テイラー師は、ぼってりした黒い唇を丸めて小さくうなずき、部屋を出ていった。

鍋やポットを見渡して、ふと思った――缶切りがない、ない、ない。

パニックにおちいった。

缶切りはコンロの横にあった。

鉄のホタテ貝をねじっていくと最後にパチンと切れ、缶詰の蓋は肉汁にくるまれるように沈んでいった。キッドはコンロを見て、缶詰を見た。するとむ腹の奥になにかがわき起こった。指を缶にいれ、脂と、肉と、こまぎれの野菜をすくって口に突っこみ、手についた冷たい肉汁を舐め、あごにこぼれた汁を人差し指でぬぐってしゃぶった。

腹がぶくぶく音をたて、きつく二度締めつけられ、いまだにバニーのワインの味がするガスが口いっぱいに充満した。吐き気を予感したので食べるのを中断し、何度か深呼吸した。あらためて缶を持ちあげ、たるんだソファに腰をおろし、缶のギザギザの輪にふたたび手を突っこんだ。

キッドは噛み、舐め、飲み、すすり、舐めた。

底の縁以外は――そこまですくいとるには中指が太すぎた――銅メッキされた缶の内側を舐めつくすと、キッチンにもどり、缶をすすぎ、コーヒー沸かし機のプラスチックの蛇口から、湯気をたてるブラックコーヒーを缶にそそいだ。缶の熱を両手で包むと、左手の乾燥と、右手のねばつきを意識させられた。

長椅子にもどり、缶を膝のあいだにはさむと、キッドは湯気がたちのぼるのをながめながら眠気を感じ、ちょっと飲み（熱く苦い）、これは飲みたくないと思い、目を閉じた……。

「ええ、彼ならここにいるわ」テイラー師の声がした。

キッドは目を覚ましてまばたきした。うとうとする前に、コーヒーはソファの肘掛けにおいていたようだ。

「でも、あまり調子がいいようには――あら」

キッドは空缶を手にとってすすり、隠れた――生ぬるい。

「ああ」ニューボーイ氏が言った。「ありがとう」

キッドはコーヒーを肘かけにもどした。

「ああ」テイラー師はくりかえした。だが、同じ言葉を発したことにキッドが気づくのに数秒かかるほど、声の調子がちがっていた。「ちゃんと食べた？」

「はい、牧師さま」

「よかった」テイラー師はニューボーイに満面の笑みを向けてから、その横を通って出て行こうとした。「失礼しますわ。もどらないといけませんので」

「会えてよかった！」ニューボーイ氏は胸もとにブリーフケースをかかえ、その顔には熱意があふれていた。

「どうしたんですか」キッドの体はまだ眠りでちくちくしびれていた。「ここにいるのがよくわかりましたね？」ニューボーイは長椅子の前でしばしためらってから（キッドは椅子のけばを見て思った――すごくほこりっぽいな）、腰をおろした。「この街の狭さがまたしても証明されたってわけだ。酒場にいた君の友達――ブロンドの大男――」

「タックですか？」

「――そうそう。君がバスをおりてこっちの方角に歩いていくのを見たそうだ。そのうちテディの店に来るだろうと言っていた。だがなかなか来ないので、君がまだ外をぶらついているのかもと思ってこっちに来てみたんだ。この教会はまだ見てなかったし、それに、わたしはまもなくベローナを発つつもりだから。明日の朝にでもね」

「えっ」キッドは言った。「あいつ、ぼくを見たんですか？……それに、あなたは出ていくんですか？　残念です」眠気からくるしびれや気だるさと戦いながら、体を起こしてキッチンに向かい、「ニューボーイさん、コーヒーはいかがです？」

「ありがとう」ニューボーイは答え、声をかけた。「おねがいするよ」

「で、どうして――」キッチンの戸口ごしに――「ぼくを探してたんですか？」

白い陶器の内側でコーヒーがポチャンと跳ね、ポチャンと落ちた。外側では、ニューボーイ氏がブリーフケースをパチンとひらいていた。

「ミルクと砂糖がありません」

「ブラックでいただくよ」

キッドはプラスチックの蛇口をひねると、自分用にもう一つのカップにそそいで（空缶のなかの残り――冷たい）、両方とも長椅子に運んだ。両手の指の第一関節が焼けるように熱い。

「ああ、ありがとう」

「で、どうして――」「ぼくを探してたんですか？」ニューボーイの横に腰をおろしながら――

「ああ。これを見たいだろうと思ってね」幅広の紙のリボンが格子縞の裏地から突きでている。「あと、これも」今度は黒い紙の束。「そして、これ。表紙だよ」

きめの細かい厚紙の中央に、活字が並んでいた――

真鍮の蘭

キッドは表紙を手に――「あ、ぼくの手は汚ないから……」

「かまわないさ。サンプルだ」

――手にとった。端を持ったとたん、表紙がぐにゃりと垂れたので、もう片方の手を添え、もう一度読んだ。

真鍮の蘭

「校正刷りはそれだ。目を通してほしい」ニューボーイ氏はキッドの膝の上に置かれた紙束を指さし、「さいわい、さほど長いものじゃない。ぜんぶで三十六ページだったと思う。表紙を含めてね。ひどいまちがいもあるだろう。実際に本になるときは、もう少しいい紙に印刷されるはずだ。わたしは、もっと大きな活字にするよう主張したんだが――」

真鍮の蘭

「――だが、ロジャーが言うには、われわれにもわかっていることだが、ここベローナでは、往々にしてまにあわせの品で我慢せざるをえない」

「でしょうね」キッドは顔をあげて、自著の題名が、夢と呼ばれる領域から消え、意識が現実とみなす領域に据えつけられていくのを感じた。この移行はすんなりとおこなわれたが、彼にとっては、暴力を理解するときのように断固として必然的だった。喜びにあふれ、同時に混乱もしつつ、その二つの反応が、隣接はしていても因果関係にはないと、かろうじて理解していた。

「これは挿絵だ。またしても、ロジャーの芝居がかった趣味につきあわなければなるまい。挿絵のすべてが趣味のいいものと言えるかどうか。正直なところわたしには、詩に挿絵が必要だとは思えない。だがロジャーは君にこれを見せるようにと言った。最終的な判断は君に任せる」

でもぜんぶ真っ黒じゃないですか、そう口にしかけた瞬間、つや消しの紙にかすかな光が反射していることにキッドは気づいた。

「黒い紙に黒インクで刷られているんだ」ニューボーイ氏は説明した。「挿絵を見るには、横から光にかざさないといけない。そうすればインクが光に照らされる。ロジャーのひらめきさ。君の詩はこの街からたくさんのイメジャリーを採っているのだから、新聞に載った、インパクトがもっとも強そうな写真をいくつか使うのがいいとね。ロジャーはそれを、こういう形で印刷した――ただし、写真の内容と詩の内容がきちんと対応しているかどうか、どうも怪しいのだが」

キッドはうなずいた。「いいアイデアだと思います」べつの図版をかたむけて光を当てると、とつぜん、銀筆で印刷された燃えるビル群、あんぐりと口をあけた人々、その前景で一人の子供がカメラを横目でのぞきこんでいる図が浮かびあがった。「うん、いい！」キッドは笑って、ほかの図版に目を通した。

「いつ校正にとりかかれる？　誤植で悪名高い『ベローナ・タイムズ』と同じ機械で製版されたんでね」

「今ここでできますよ」キッドは図版をおいて校正刷りを取りあげた。「何ページあるんでしたっけ？」

「三十六ページ。わたしも、君のノートと照らしあわせて、ざっとながめてみた——タイプ原稿があればよかったんだが。あの夜、ノートを渡されたとき、実は少し心配していたんだ。でも、君の清書はとても読みやすかった。ところで、君はまったく異なる四種類の筆跡を持っているようだね？」

「今まで字を誉められたことなんてないです」

「だが、君の活字体は完璧に読めたよ」ニューボーイはブリーフケースに手を突っこんだ。「ほら……」と、キッドにノートを渡した。

ノートはキッドの手のなかでひらいた——

詩、フィクション、演劇——ぼくが興味を持っているのは、ただ……

キッドは自分の詩があるところまでノートをめくり（〝哀歌〟の中間草稿だった）、校正刷りをとりあげた。膝の上で、紙のリボンを次々にめくっていき、活字で〝哀歌〟と印刷された部分で、息をのんだ。その活字は、ノートにインクで書かれたものより、ずっと鋭く、ずっと落ちつきはらって見えた。

適当に選んだ行が目を横にひきずっていくのに任せた。言葉が記憶を破壊して、それらが——少なくとも、この一文が彼のものではないという事実を消し去り……そして……唇の裏側で歯がひらいた。いま唇がひらかれた。静かに息を吸った。ぼくの詩だ、彼は思った、ひどく興奮し、ひどく幸福に。

「君のメモのいくつかも、ついつい読んでしまった。なぜ書けないのかを作家が何ページにもわたって分析しているのを見ると、いつも面白いと思うんだ——わたし自身が同様のことをしたかどうかは神のみぞ知る、だが」

「え？」

「美学的な分析のいくつかを読んで、君が詩のなかで遂行しようとしている、さらに困難な試みがより深く理解できたよ」ニューボーイ氏はコーヒーカップをかかげた。「君は魅力的な批評的精神の持ち主だ。詩にまつわる問題について、かなりの洞察力をそなえている。おかげで、君に近づけた気がする。もちろん、もっとも重要なのは、そのメモによって、詩そのものがいっそう深みを増すことだ――」

キッドは頭を左右にふった。「あの……」と言いかけて口を閉じ、またひらいた。一瞬だけ、光り輝くほど鮮烈に、相手の誤解をそのままにし、だましてしまいたいという衝動に突き動かされたのだ。

ニューボーイは黙っていた。

衝動が完全に消えるまで、キッドは目をしばたたかせた。ニューボーイの沈黙は、すでに彼が真相を察していることを示していたが（これから打ち明けることを彼が支持してくれるのを期待して、断片化された記憶をまさぐり、以前に欺瞞を試みたときのことを探った）、それでも言った。「詩以外は――ええと、ぼくが書いたんじゃないんです」

ニューボーイの灰色の頭が、わずかに横にかたむいた。

「このノートは拾ったものなんです」恥ずかしさからくる絶望感が引き、心臓は重々しくゆっくりと鳴りつづけた。「そのとき、すでにノートの大部分には書きこみがありました。片方のページにだけですが。それで、もう片方を使ったんです。自分の……それに」熱の最後の脈動を目の裏に感じた。

「ああ」ニューボーイは笑顔をたもとうと努めながら、「それは困った。日記の部分を書いたのは君じゃないんだね？」

「ええ。ぼくが書いたのは詩だけです」

「そうか、わたしは……てっきり……そうか、それは実に申しわけない」ニューボーイの笑みが笑い声に変わった。「ふふ、どうやら、またしても馬鹿げたふるまいをしてしまったようだね」

「あなたが？　ちがいます」キッドは言い、自分が腹を立てているのに気づいた。「あらかじめ伝えておくべきだったんです。あの夜、あなたにノートを渡したときには、まったく思いつかなくて」

「もちろんだ」とニューボーイ氏。「わたしが言いたかったのは、それでも君の詩は君の詩であるということだ。それだけで立派に自立している。わたしが君の詩についてなにを言おうと君の詩が変わらないように、君が言うどんなことも――あるいは、わたしがかんちがいして君が言ったと考えていたどんなことも――君の詩を変えることはない」

「ほんとうにそう思ってるんですか？」

ニューボーイは唇をきゅっと結んだ。「ほんとうかどうか、実を言えばわたしにもわからない。ただ、そう信じていなければ詩人は詩を書けないよ」

「どうして街を出ていくんですか、ニューボーイさん？」キッドは話題をつなげるように質問したつもりだった。だが口にしてみると、話題を断ち切る質問のようにも聞こえた。ニューボーイの困惑も自分の混乱も、そのままにしておいたほうがいいようだ。「この街ではあまり創作意欲が湧きませんか？　ベローナはあなたを刺激しないんですか？」

ニューボーイは切断を受けいれ、受けいれたことを示すようにコーヒーをすすった。「ある意味で君の言うとおりだと思う。ときどき、ふとしたことで、自分が――自分が望むほど頻繁ではないにせよ――詩人だということを思い出すんだ。グレーヴズ氏はなんて言っていたかな？　あらゆる詩は愛か、死か、季節の変化についてのものだと。あいにく、この街では季節が変化しない。だから、わたしは出ていく」うずまく湯気ごしに、灰色の瞳がきらめいた。「そもそも、わたしは訪問者にすぎない。だが、さまざまな状況が、まるで示しあわすようにして、わたしを単なる訪問者ではいられなくしている。不安になるくらい急速にね」そう言って首をふり、「何人かのとても愉快な人々に会ったし、いくつかのとても魅力的な物を見たし、さまざまな経験をたっぷりさせてもらった――この都市の印象はそんなところだ。失望したわけではないよ」

「でも、起きたことのすべてが愉快だったわけじゃない、と？」

「そんなことがありえるかね？　まさか。ロジャーはわたしがヘルムズフォードまでたどりつけるよう手配してくれた。そこにいる人たちがレイクスヴィルまでつれていってくれるそうだ。レイクスヴィルに行けば、まだ交通機関が機能している。ピッツブレインの空港まで行くバスをつかまえられるだろう。それから――文明世界にもどるよ」

「この街のなにがそんなに不愉快だったんです？」

「君と初めて会ったときの経験も、かなり大きかったね」

「テディの酒場ですか？」キッドは驚いた。

ニューボーイは眉をひそめた。「ロジャーの屋敷の裏、塀の外だよ」

「ああ、そうか、あのときですね」キッドは長椅子に深くすわりなおした。ひらいたベストのあいだで投射機が揺れた。下を見ることなく、居心地の悪さを感じた。

「あの塀の内側も」ニューボーイは思案顔でつづけた。「陰謀や人々の軋轢がしょっちゅうだ。それは――そうだな、ロジャーの屋敷のような場所では、予想の範囲内のことではある。わたしはそういうことに辟易しはじめた」とため息をつき、「今までも、そうしたことにうんざりしたのがきっかけで、街から街へと移り住んできたようなものだ。ベローナについてまちがった印象が伝えられているとは思わない。これだけ年をとり、経験を積んだわたしにとってさえ、この街で得た教訓は生やさしいものではなかったよ」

「まったく」キッドは言った。「いったいここでなにが――」

「過度に単純化することが許されるなら」ニューボーイはつづけた（キッドは息をついてコーヒーを飲んだ）。「芸術家というとき、考えられるタイプには二種類ある。一つは、文字どおり創作にすべてを捧げるタイプ。たとえ書物を刊行しないとしても、そのタイプの芸術家は多くの、実に多くの草稿を書いている。彼は自分の人生を軽視する。彼の人生はよろめき、ぐらつき、しばしばまっさかさまに混沌のなかへと落ちていく。他人が彼を不幸だと決めつけるのは余計なお世話というものだろう。よしんば彼が見るからに不幸だとしても、その理由を臆測することもまた余計なことだ。彼には、ただ感謝を捧げよう。こうした芸術家がいるからこそ、芸術にロマンスが、エネルギーが与えられ、若者の精神にとって絶対に必要な魅力――それなしに成熟した大人にはなれない――を生みだすことができるのだから。このタイプの芸術家が作家である場合、彼はわたしたちの思考のプールに自分の言葉を投げこむだろう。その言葉が思考の水面に正確に落下すれば、そこに生まれる波紋は、わたしたちの意識の内奥で、とてつもなく大きくきらめき輝くことだろう。君たちアメリカ人は――オーストラリア人は言うまでもなく――こうしたタイプの芸術家を非常に好んでいる。だが、べつのタイプの芸術家もいる。よりヨーロッパ的な――そして、ヨーロッパが東洋と共有している数少ない――タイプだ。そこにはスペンサーやチョーサーは含まれるが、シェイクスピアは除かれる。王党派詩人や形而上派詩人は含まれるが、ロマン派詩人ははいらない。このタイプの芸術家は、人生にすべてを捧げ、ある種の完全な理想像をもって生きている。人生のどこかの時点で、彼は自分が……そうだね、たとえば詩人なのだと気づく。どんな状況で、どんな状況が重なりあってか――その全貌は複雑すぎて彼自身にも理解できない、なぜなら自覚的な意志と無意識の情熱とが幸運にも両立しているから――詩が生まれ、書けるのだということに気がついたのだ。このタイプの芸術家は、自分なりの理想にしたがって、文明的な生活を送ることに全力をかたむける。彼の詩も、文明の一部であるからこそ存在しうるのだと考えて。とはいえ、彼もまた、もう一方のタイプの芸術家と同じくらいの危険をおかしている。一般に、より少量の作品しか生みださず、作品と作品とのあいだにはより長い時間があき、もし人生がそう命じるなら、二度と創作には手を染めないという可能性を受けいれざるをえない――彼の文明化されたエネルギーの大半は、みずからの芸術がたいした意味を持たないことを認めることに向かう。彼の個性のうち、野心はごくわずかな部分を占めるだけ、その演劇的な側面は抑圧せざるをえない。このタイプの芸術家は、第一のタイプの芸術家よりも、思考のプールの近くに立っている。彼は言葉を投げこんだりはしない。ただ、落とすんだ。ここでも正確さがもっとも重要になる。四分の一マイルの距離から標的を射貫くことができる人もいれば、十フィートのところから的をかすりもしない人もいる。そのことを考えると、第二のタイプの芸術家が作りだす波紋の模様は、一見力強さに欠けるものの、はるかに繊細で精妙だ。むしろこちらのタイプこそ、おのれの属する文明の犠牲者なんだ。その最良の作品は、芸術史家なら大ざっぱに〝創作に適した〟と呼ぶ時期に生みだされる。わたしは、このタイプの芸術家はプールのごく近くに立っていると言ったね。実際、大部分の時間を、ただプールをのぞきこむことに費やしているんだ。わたし自身のことを言えば、どちらかというとこの第二のタイプの芸術家であろうとしてきた。わたしはベローナを探索しにやってきた。そして、この街の文化のすべてが――腹蔵なく言わせてもらえば――徹頭徹尾、寄生的な……腐生的なものだと思った。その腐敗はほかのものを侵食していく――ロジャーの、周到に閉ざされた敷地内にさえはいりこんでいる。この街の文化は、わたしの考える善き人生には向いていない。したがって、二重に間接的にではあるが、この街はわたしの芸術に対する意欲を削いでしまう。わたしは善き人間でありたい。だが、この街ではそれがとても難しい。臆病なのかもしれないが、これが事実だ」

コーヒーが、消えない記憶を喚起しながら、またしてもキッドの口のなかで冷えていった。「ニューボーイさん――」コーヒーを飲みこみ、考えこんだ――「悪い人間がいい詩人になれると思いますか？……それとも、こんな質問は馬鹿げてますか？」

「自分自身に問いかけるのなら、馬鹿げたものではないよ。そうだね、わたしたちはヴィヨンが人を殺し、絞首刑になったと思っている。しかしそうではなく――これはおそろしく不人気な考え方だが――ヴィヨンはただ、まわりにいるおかしな連中のことを詩に書いただけとも考えられる。その連中のせいで面倒に巻きこまれたので、悪い仲間と手を切り、詩作もやめ、名前を変えて、べつの町で平凡な市民として穏やかに死んだのかもしれない。ごくごく常識的な観点から言えば――この常識というやつの真価を理解するには、巧みに書かなければならなかったろう――わたしは、悪人がいい詩人になるのは非常に困難だと想像する。だが、不可能だとまでは断言できない。正直なところ、よくわからない」

顔をあげると、年輩の紳士がこちらを見すえてほほえんでいたので、キッドは驚いた。

「だが、その質問は、君の生来の理想主義が言わせたのだろう」ニューボーイは少しだけクッションに寄りかかり、「優れた詩人は理想主義に向かいがちだ。彼らはまた、怠け者にも、皮肉屋にも、権力欲のかたまりにもなりがちだ。そういう詩人たちのうち二人をいっしょにしてみたまえ、きまって金のことを語りあうだろう。詩人たちの最良の作品は、実際の生き方と、知識や理想像とのあいだに折りあいをつけ――それらを同じ一つの宇宙のなかに適応させようと試みたものではないだろうか。言うまでもなく、いま挙げた三つの性質はわたし自身の特徴だ。この三つの性質が、悪い人間にもしばしば見られるものだということは承知している。だが、もし怠惰を克服してしまえば、わたしはスタイルの基盤となる簡潔な表現への感性をすべて失ってしまうだろう。もし辛辣さを克服し、人格から永久に追放してしまえば、わたしの作品は機知とアイロニーを失ってしまうだろう。権力への欲求、名声や承認を得たいという気持ちをなくしてしまえば、わたしの作品は、同じ欠点をかかえた人々への共感ばかりか、あらゆる心理的洞察が欠けたものになってしまうだろう。この三つの性質がなくなれば、真実にかかわる作品しか残らなくなる。それを当のこの世界に繋ぎとめる連中がいなければ、真実など些末なものにすぎない。だが、わたしたちは、悪をなすことと悪をなしうることの相違についての問いに向かっているようだ。それが無邪気さや選択や自由によるものなのか、と。そう、たしかに中世において、宗教はしばしば芸術の価値を高めてくれた。しかし今日では逆に、芸術だけが宗教の価値を高めうる唯一のものになっている。だからこそ聖職者たちは、わたしたち芸術家を決して許そうとはしない」ニューボーイは天井を見あげて首をふった。低いオルガンの音楽が階段のほうから聞こえてくる。彼はうつむき、ブリーフケースを見つめた。

「たぶん、ぼくが知りたいのは――」キッドの親指は校正刷りの余白を汚していた。一瞬パニックになる。「あなたから見て――」四本の指がさっとなでると、紙に痕がつき――「ぼくの詩は、いいものですか？」ほかにもコピーがあるはずだ、気持ちを落ちつかせようと自分に言いきかせた。きっとあるはず。「ほんとうのところ」

ニューボーイは歯のあいだから息を吸うと、床のブリーフケースを脚にもたせかけた。「それがどんなに無意味な質問か、わかっていないようだね。昔なら、そういう質問を受けたとき、わたしは自動的に〝いや〟と答えたものだ。〝まったく価値がないと思うよ〟とね。だが、わたしも年をとった。今は、昔のふるまいが、愚かさからそんな質問をした人々を罰する意味しかなく、もっとも俗悪な意味において〝誠実〟な態度でしかなかったと反省している。わたしは、〝いい〟とか〝悪い〟といった断言するような語彙で詩を考えたことはない。それどころか、もっと融通が利き、受けいれやすい〝うまく書けている〟とか〝あまりうまく書けていない〟といった語彙ですら考えていないんだ。おそらく、価値のないものが賞賛され、価値あるものが無視されるという事態を引き起こしている、現代の美的な病を苦々しく思っているせいだろう。まあたしかに、そうした病はいつの時代でも猛威をふるってきた。けれども、詩というものに、いま君がたずねたような善し悪しだけの基準で雑駁に語られる以上の意味を持ちうるという可能性だけは残しておいてもらいたい。問題は本質的に風景の一つに関わっている。すでに述べたとおり、わたしは、君自身と君の詩のあいだのいりくんだ関係を、自分が理解した点において、そして個人的には困惑すべきことだが、誤解した点においても楽しんでいる。わたしの迂遠な物言いを気にくわないかもしれないが、しかしこの複雑な事態を考えてみてほしい。一つ例を示してみよう。君はウィルフレッド・オーウェンを知っているかね？」キッドがうなずくのを待たずにニューボーイはつづけた。「多くの若者と同様、彼は第一次大戦中に詩を書いた。戦争を嫌っていたにも関わらず参戦し、自部隊にサンブル運河を渡らせようとしているさなか、機関銃で撃たれて死んだ。今の君より若い年でね。彼は、英語圏におけるもっとも偉大な戦争詩人だと一般には考えられている。だが、彼のことを、オーデンやオハラ、コールリッジやキャンピオン、ライディングやレトキ、ロッドやエドワード・テイラー、スパイサー、アシュベリー、ダン、ウォルドマン、バイロンやベリガン、それにマイケル・デニス・ブラウンと比べうるだろうか？　戦争が――実体験としてであれ観念としてであれ――鮮烈なイメージとして残っているかぎり、オーウェンも鮮烈な詩人でありつづけるだろう。だが戦争というものがなくなり、忘れられてしまえば、オーウェンはマイナーな詩人となるだろう。関連する詩人たちへの影響源として、英語の歴史における純粋に文献学的な興味しか惹かなくなるだろう。さて、君の詩は、この街のなかにすっぽりくるみこまれている。ちょうどカヴァフィスの詩が第二次大戦前のアレクサンドリアをねじって屈折させたように、オルソンの詩が二十世紀半ばのグロスターの海の光にとらえられているように――あるいはヴィヨンの詩が中世のパリにとらえられているように。自分の詩がどういう価値を持つのかとたずねるとき、君はわたしに、この街を訪れたことのない人の精神のなかで、この場所のイメージがどのような位置を占めるのかをたずねていることになる。どうしてわたしに答えられるだろう？　この街の底知れぬ霧のなかをさまよい歩いていると、ふと、この都市の街路が世界じゅうのあらゆる大都市を支えているように思えるときがある。だがときには、告白しよう、この街全体が焦点を欠いた醜いあやまちであり、わたしの考える文明とはまったく相いれない場であり、単に放置するだけではなく、地上から抹消したほうがいいのではないかとさえ思うこともある。この街にとどまっている以上、わたしには君の詩を正しく判断できない。そして、正直に言えば、ひとたびこの街を出てしまえば、やはり君の詩を正しく判断できなくなるだろう。この街に訪問者として滞在したときのバイアスは残るだろうから」

校正刷りの二番目の詩を読んでいたキッドは、ニューボーイが沈黙したので顔をあげた。

「わたしたちの作品の価値？」（キッドは視線を落として校正を再開する。）「創作をしたことがない人々は、芸術家が、あいまいにせよそれを知っているのだと信じている。だが、わたしが三度その列に加わりそうになったノーベル賞作家の名簿には、優美さもなければ深みもなく、読みやすさもなければ今日性もない平凡な作家が、どれだけ名を残していることか。彼らは、生前さんざんほめそやされ、自らの用いる言語を大幅に向上させたと確信しながら死んでいったにちがいない。一方、君たちの国のミス・ディキンソンは、自分が書いたものなど一語たりとも読まれないだろうと、同じくらい強く確信しながら死んでいったはずだ。だが言うまでもなく彼女こそ、君たちの国が生みだしたもっとも輝かしい詩人の一人なのだ。芸術家は、公に与えられる名誉の紋章など信じることはできない。個人が与える賞賛？　それはいっそう見当ちがいだ」

キッドは次の校正刷りをめくった。「あなたは自分自身に向かって話してるんだ」目をあげないまま、ニューボーイの顔にはどんな表情が浮かんでいるのだろうと考えた。

「そうなんだろうね」長めの沈黙のあと、ニューボーイは言った。

「あなたは、自分の作品が、実はそれほどいいものじゃないのではと、ほんとうに恐れているんですね」

ニューボーイは黙っていた。

沈黙のあいだ、キッドは顔をあげようかと思ったが、あげなかった。

「実際に創作をしていないときには、選択の余地はない。わたしは自作を価値がないものだと考えずにはいられない。しかし、書き、修正し、推敲して、作品に携わっているときには、同じように、自分の作品を世界でもっとも重要なものだと考えざるをえない。それ以外の態度をとりうるのかどうか、非常に疑わしく思う」

キッドは今度こそ顔をあげた。ニューボーイの顔から真剣な表情は消えつつあり、笑いのしるしがとってかわろうとしていた。「ああ、若かったころ、初めに誤解していた君の年齢と同じくらい若かったころ、『酔いどれ船』の翻訳に、信じられないくらいの精力をかたむけたのを思い出すよ。今、わたしはこうして、いささか多弁すぎるきらいはあるにせよ、立派な老齢への敷居に立っている。それなのに昨晩、ロジャーの屋敷の正面にある書斎で、ほかの人々が寝静まったあと、腰をおろしてずっと――ハリケーン・ランプの下でね、あの翼《よく》にはもう電気が来なくなっているから――『海の墓場』を訳していたんだ。わたしを突き動かしていた衝動は同じだった」ニューボーイはまだ笑いながら、首をふった。「まちがいはあったかね？」

「ええと」キッドは答えた。「最初の三枚にはありませんでした」

「昨日一日、そして今日の大部分、それを君の清書と付きあわせてみたんだ。何カ所かに疑問符をつけておいたよ。ずっと読んでいけば出てくるだろう」

「どこです？」

「最初の疑問符は前のほうだった」ニューボーイはカップをおき、キッドの肩ごしにのぞきこんだ。「次のページ。そこだ。その詩は、清書した青い紙がノートにはさんであった。ほかの人が君のために書いたものみたいだね。でも君は、三行目にカンマを打ちたかったんじゃないのかね？　わたしは君のノートにあったバージョンを確認してみたが、そこにもカンマはなかった。ただ、フレーズの並びからすると、きっと――」

「ノートのほうにはカンマがあったでしょう？」キッドは眉をひそめて、手書きのノートのページをめくった。該当するページを見つけるまで、彼の目は二つの単語に引っかからないように注意しながら単語のあいだをさまよった。「ありませんね」と顔をあげ、「カンマをつけたはずなのに」

「とにかく、そこにカンマをつけるつもりだったのを忘れたんだろう。ほら、この鉛筆を使いたまえ。わたしが横に書いた疑問符を消して。思ったんだよ、君はきっと――どうしたんだね？」

「カンマをつけたつもりだったんです。でも、なかった」

「まあまあ、書いたはずの言葉が見あたらないなんて、わたしもしょっちゅうだよ――」

「あなたは……」

ニューボーイ氏は質問しようとしていたようだが、しだいに居心地悪くなったらしく、詩行に目を落とした。

「……ただこれを読んだだけで、ぼくがここにカンマを打とうとしていたことがわかったんですか？」

ニューボーイはなにか言おうとしたが、（小さくうなずいたあと）声になる前に口をつぐんだ。まるで沈黙がどのような効果を生むのか、興味があるかのように。

二つの感情がキッドの頭蓋骨の内部をかぎ爪でつかんだ。わき起こってくる感情を吟味する――背中の窪みを湿らせ、心臓の鼓動を早め、膝をモーターのように揺さぶるこの恐怖は、自律神経のいたずらだろうか？　それは単なるカンマにすぎない。ぼくがまちがっておきそこねた沈黙のかけら、ただの中断でしかない。ぼくはテディの店のろうそくのようにふるえている。恐怖を押しつぶし、圧倒するほどの喜びがこみあげてきた。心が通じたと感じたからだ。（ニューボーイはわかってくれた！）それを抑えるために、キッドは自分に言いきかせた――あの二つのフレーズのあいだだぞ、ニューボーイが気づかないはずがないだろう？　キッドはうつむいて読みつづけた。目に水があふれてきた。そんな理屈も、その下の暗闇も突き破って、感情がわき起こった。その感情のぶつかりあいは、波をひきおこすだろうと予想していた。だが、回転の方向が異なる二つの渦のように、二つの感情は出会い、打ち消しあった。キッドはまばたきした。まつ毛の裏から、水が手の甲に落ちて跳ねた。

三、四年前のこと、右肩の裏の痛みに悩まされていた。何時間も、ときには何日もずきずき痛んだかと思えば、一瞬にして消えてしまうのだ。つついたりひねったりしても、そのときの感じは思い出せなかった。もう何年も経験していない……。

肩を緊張させながら、キッドは次の詩を読んだ。いくつものイメージの実質や構造はなじみがあったが、その質感は未知のもの、未知で重々しいものだった。頭のなかで行を読みおえるために、まばたきをつづけた。目は、ページの上で現実に書かれた行を読みおえるために見開いていた。読むには新しい電球の光が必要だった。たくさんのガラスの箱が、茫然とさせる驚異を透明な蓋で封じこめてカチャリと閉まった。すべては安全だった。そのことが恐ろしくて、まるで岩を次々に飲みこんでいるように、喉の下の小さな窪みで心臓が拍動していた。「ニューボーイさん？」

「なんだね？」紙をめくる音。

キッドは顔をあげた。

ニューボーイは図版に目を通していた。

「ぼくはもうこれ以上詩を書かないような気がします」

ニューボーイは真っ黒のページをもう一枚めくった。

「読みかえしたら気にいらなくなったのかね？」

キッドは次の紙リボンを剝がした。最初の行にある最初の二語がおきかわっている――

「ほら！」ニューボーイ氏が鉛筆をさしだし、「まちがいを見つけたんだね？」と笑った。「おや、そんなに強く書いちゃだめだよ！　待ちなさい！　紙を破いてしまう！」

キッドは丸めていた肩をもどし、背骨を伸ばし、鉛筆の黄色い軸のまわりの指の力をゆるめた。もう一度呼吸をして、「このまま印刷するんですよね？」

「そうだよ。だからこそ、いま君に見てもらっている」

キッドは読んで、思い出した。「この部分は気にいっていります……」頭をふり、唇を結んで、「ここは、ぼくとは全然関係ない。ぼくが一度考えたことを、べつの誰かが書いたみたいだ。とっても奇妙です。ここは気にいらない――ええ、ここは書いたのを覚えてます、そう、一語、一語、一語と」

「ところで、どうして君はもうこれ以上――？」

しかしキッドはまたまちがいを見つけていた。

「どうぞ」ニューボーイは言った。「ノートを下敷きに使いなさい。そのほうが書きこみやすいだろう」

キッドが次の校正刷りを半分まで見たところで、ニューボーイは独り言のようにつぶやいた。「ひょっとすると、君はもう書かないほうがいいのかもしれない。このままつづけていけば、読者との関係だとか、自分の人間性と詩との関係だとか、自分の詩とこれまでに書かれてきた詩との関係とかいった退屈なことを考えざるをえなくなる。ノートの記述の部分を君が書いたんじゃないと聞いてから、君が偶然いろいろなフレーズを見つけたのか、意識的な引用をしているのか、判断しかねている。君は、文字どおり一語一句たがわず、ゴールディング訳『変身物語』の、わたしの最も好きな箇所の一つを使っているね」

「えっ?」

「読んだことはあるかね?」

「大きな緑と白のペイパーバックですか? シェイクスピアが戯曲で何度か引用した本? 前半だけなら読みました。でも、引用なんかしてません。少なくとも意識的には。偶然じゃないですか?」

ニューボーイ氏はうなずいた。「君にはびっくりだ。君に驚かされるたびに、こんなつまらないことを考えてしまった自分が、いささかちっぽけな人間のような気がするよ。ともあれ、そのフレーズは『変身物語』の最後の巻に出てくる。だから君はまだ読んでいないはずだ。ところで君の本が出版されたら、どんな人がそれを読むと思う?」

「たぶん、それは……そうですね、詩を読むのが好きな人なら、どんな人でも」

「君は?」

「好きですよ。ほかのどのジャンルの本よりも詩をたくさん読みました」

「だろうね。そう聞いても驚かないよ」

「通ってた学校の書籍部や、ニューヨークのグリニッジ・ヴィレッジやサンフランシスコの本屋には、詩集の大きなコーナーがあったんです。そこでいくらでも立ち読みできました」

「どうして詩を?」

キッドは肩をすくめて、「たいていの詩は小説よりも短いですから」

キッドは、ニューボーイが笑いをこらえていることに気づいた。恥ずかしくなった。

「で、もう書かないと言うんだね?」

「大変なんですよ」キッドはうつむいた。「こんなふうに詩を書きつづけてたら、きっと死んでしまう。今まで詩を書いたことがないから、それがわかってなかったんです」

「そいつは悲しい——いや、もっと正直に言ったほうがいいな。芸術家にとって、べつの芸術家が芸術から離れていくのを見るのは、とても怖いことなんだよ」

「そうですね」キッドは視線をあげた。「わかります。よくわかります。ほんとうに思ってるんですよ――そんなふうにあなたを怖がらせたくないって。でも、それってなんなんです？　なにが問題なんですか？」

「なんでもないよ」ニューボーイは頭をふった。

「ほんとうにそう思ってるんです」キッドはくりかえした。「最後の詩……」キッドは校正刷りをめくり、「最後の詩をどう思いましたか？　ほかの詩とくらべて」

「韻を踏んでいるやつかね？　そう、あれは未完だろう？　一応、君が中断したところまでを活字にしてある。そこにも疑問符をつけておいた――」

「書いたところまででいいんです。どう思いました？」

「正直に言って、ほかの詩にくらべるといささか力強さに欠けていると思う。四回か五回読みかえして、詩の内容そのものは、非常に豊饒な世界に近づいているのではないかとようやく感じるようになった。だが、使われている言語はさほど独創的ではない。また、明瞭でもない」

キッドはうなずいた。「自然な発話のリズム」と、考えを口にした。「それを表現しなきゃいけなかった。でも、うまくいってないでしょう？　ええ、もう詩を書こうとは思いません。ひょっとすると、もう本を出版することもないかも……？」そう言って、ニューボーイに眉をあげてみせた。

ニューボーイは唇を結んで考えこんだ。「それに対してはいろいろな答え方がありうる。君が熟慮の末にそう決断したとは信じられないと言うこともできる。あるいは、わたしにも覚えがあるが、最初の詩集と二番目の詩集のあいだの十一年のブランクに似たものではないかとも言える。あるいは君が、実は詩とは関係のない事柄についてわたしにたしかめようとしてそんな発言をしているのだろうとも」

「ほかにどんな答え方がありますか？」

ニューボーイは唇をゆるめた。「『そう、君は二度と書かないかもしれない』とも言えるね」

キッドはにやりとして校正にもどった。

「書きつづけるか否かという疑問に頭を悩ませるのは愚かなことだ。君がこれらの詩を書いたのなら、君はもっと書くことになるだろう。それに、君がもう二度と書くまいと誓うなら、その誓いを破るときに不幸になるだけだ。たしかにわたしは、心の大部分では、芸術家が芸術を放棄するという考えを嫌っている。しかし、こうして話しているのは、わたしのなかのそれとはちがう部分なんだよ。信じてくれ」

キッドの頭はレイニャのことでいっぱいだった。

それをふりはらい、じっくり考える――ゴールディング訳『変身物語』。十二の書店の十二の書架で見たことがあり、同じ回数だけそれを手にとってみた。裏表紙を読み、序文の最初のページを読み、三、四ページをぱらぱらめくり、それぞれのページについて三、四行しか読めなかった。（同じことが『巡礼』でもあった、と彼は気づく。）前半を読んだ、だって？　一ページさえ読みとおせなかったというのに！　詩か、キッドは考えた。詩のせいで、こんなふうに嘘をつくようになるのなら、詩を書くのなんてやめたほうがましだ。

キッドは最後の六枚ほどの校正刷りを、ヴィジョンに溺れ、黙ったまま校正した。乾いた羽根のようにがさがさ鳴らしながら、紙束をはじいてそろえた。

長椅子の肘かけにもたれ（静かに息を吐き、息の冷たさを上唇の左半分だけに感じた）、膝に乗せた紙を見た。ぼくは最後の六枚の校正を終えたところだ、とふと思った。上腕は疲れきっていた。指関節がずきずき痛む。鉛筆を握る手から力を抜いた。

タイトルページには、今気がついたのだが、こう書いてあった――

真鍮の蘭

著

笑みがこぼれそうになり、口の筋肉がそれをさえぎる。

キッチンに行ったニューボーイ氏が、湯気のたったカップを持ってもどってきた。

「思うんですが――」笑いがあふれた――「『著』っていうの、タイトルページからとったほうがいいです」

「ああ」ニューボーイ氏はあごをあげて、「それが問題でね。君の友人のルーファー氏に聞いたんだが、彼が言うには――」

「かまいませんよ」とキッド。「この本が著者名なしで出版されるのは、いい考えじゃないでしょうか。匿名で」

「ルーファー氏が言うには、君は――いささか個性的だが――友人の多くからは〝ザ・キッド〟と呼ばれているようだね」

「馬鹿みたいじゃないですか」キッドは言った。「〝子供《ポエムズ》・の書いた詩《バイ・ザ・キッド》〟だなんて。著者名は空欄のほうがいいと思います」笑顔をつくる内面の動きのさらに奥では、困惑がはじまっていた。笑ったまま、キッドはため息をついた。

ニューボーイ氏は重々しく言った。「ほんとうにそれでいいのなら、ロジャーに伝えておくよ。で、校正は終わったかね？」

「ええ」

「早いね。どうだった？」

「大丈夫。まちがいはそれほどありませんでした」

「それはよかった」

「どうぞ」

「おっと、ほんとうにこのノートを持っていなくていいのかね？」

ノートはまんなかあたりでひらいていた。キッドはそれを膝においた。混乱の感覚を避けるため、ページの最初の数行に目を走らせた——


詩、フィクション、演劇——ぼくが興味を持っているのは、ただ、フィクションが人生にふれている場合だけだ。そうは言っても、もちろん、雑駁に自伝的と呼ばれる意味ではない。むしろ、もっと昇華され結晶化された照応関係のレベルにおいての話だ。考えてみよう。もし、鏡の前を通る作家が、ある日、そこに自分ではなく、自分の創造した登場人物が立っているのを見たとしたら。むろん作家は驚くだろうし、自分自身の正気を疑いもするだろう。だが、それでも作家は、その登場人物の姿に、自分自身に通じるものを認めることができるはずだ。けれどもここで、鏡の内側の世界を考えてみると、どうなるだろう。内側の世界から鏡をのぞいたその登場人物は、そこに自分自身ではなく、作家の姿を見ることになる。彼にとってはまったくの他人、なんの関係もない人物が、鏡のむこうから自分を見つめている。そのとき、このあわれな登場人物はいったい

ニューボーイが話している。「君は、二度と書かないということにずいぶん自信を持っているようだ。だがまちがいなく、インスピレーションはやってくるだろう。あたかもリルケの天使のように。そのインスピレーションは、天空の旅の途中で眩暈を起こし、託された肝腎なメッセージを忘れ去っているかもしれない。しかし、それでもなおインスピレーションは、その驚くべき存在それ自体によって、効果的にメッセージを伝えてくれる——」

「さあ、どうぞ！」キッドは校正刷りとノートを突きだして、「持ってってください！　両方とも。たぶん……

たぶんあなたは、ほかのこともチェックしたいでしょうから」さしだした手が脈打つ心臓にあわせてふるえているのが見えた。

「わかった」とニューボーイ。「だが、ノートは持っていなさい。きっとまた必要になる」そう言って紙束を受けとると、ブリーフケースを腰まで持ちあげ、「今夜、ロジャーにこの校正刷りを届けよう」紙はがさがさと音をたててケースにおさまった。「おそらく君と会う機会はもうないだろう。印刷にどれくらいの時間がかかるのか、わたしにはわからない。完成まで見とどけたかったよ」と、最後の留め金をパチンと留めた。「完成のあかつきには、ロジャーが一部送ってくれるとは思うが——ここの郵便事情がどうであろうとね。それじゃ、さようなら」ニューボーイは手をさしだした。「君とすごした時間も君との会話も、ほんとうに楽しかった。ガールフレンドにも、わたしからのお別れを伝えておいてくれ……」

キッドは手を握りかえした。「ええ、わかりました。あの……ほんとうにありがとうございます」ノートは床に落ちていた。その端がキッドのはだしに乗っている。

ニューボーイは階段に歩いていった。

「さようなら」キッドは沈黙のなかでくりかえした。

ニューボーイはうなずき、ほほえみ、去った。

キッドは、ふたたび不安な記憶がちらつかないかどうか、しばらく待った。心臓は静まっていた。やにわに、自分とニューボーイのコーヒーカップを持って、キッチンに向かった。

二つのカップを流しですすぎはじめて数秒後、固く感じられるほど水圧が強いのに気がついた。陶器の縁に人差し指を走らせる。水がエナメルにあたってシュルシュルと音をたてた。

誰かがピアノで不協和音を鳴らした。

気になって、キッドは水をとめた。二つのカップがサイドボードの上でカチャンと鳴った。部屋を横切ると、床板の一枚がきしんだ。完全に音を消して進みたかったのに。

講堂の暗い隅のほうで、作業服を着た人影が真鍮のはらわたの前に立っていた。オレンジの建設現場用ブーツとつなぎは、一瞬、梯子に登って道路標識を交換していた女を思い出させた。

人影はふりかえると、長椅子のほうに歩いてきた。「よお……」低く平板な声、小さくうなずき、さらに小さい笑みをうかべる。ジョージ・ハリスンは古い『タイムズ』をつまみあげ、長椅子に腰をおろし、足を組み、タブロイド大の紙面を広げた。

「やあ」オルガン音楽がキッドの耳にかすかに届く。

「あんこんいていんか？」ハリスンは新聞ごしにキッドを見た。

英語の自然な発話のリズム。とんでもない、とキッドは思った。そんなの不可能だ。

「あんた、ほんとにここにいていいのか？」ジョージはくりかえした。

「テイラー師が案内してくれたんだ」（そんなもの、試みることさえ馬鹿げている、とキッドは確信した。）

「ていうのもな、もしあんたが許可なくここにいるんなら、牧師さんは怒り狂っちまうだろうからさ」ハリスンが笑うと、色の不ぞろいな上下の唇のあいだから、斑点のついた象牙色の三日月がのぞいた。「酒場で会ったよな」

「そうだね」キッドはにやっとして、「それから、あんたは町じゅうのポスターのなかにもいるよね」

「見たのか？」ハリスンは新聞をおき、「なあ、あのポスターをつくった連中、あいつらちょっと――」手を軽く回してみせ――「わかるだろ？」

キッドはうなずいた。

「あいつらは悪くない。いいやつらだよ」そう言って首をふり、それから天井を指さした。「牧師さんはスコーピオンにこのへんをうろつかれたくねえんだ。あんた、ほんとに許可をもらってるんだな？　牧師さんさえいいなら、俺はかまわん」

「腹が減ってたんだ」キッドは言った。「彼女は適当に食べてくれって」

「へえ」ハリスンは長椅子にすわったまま向きを変えた。襟のはずれたナイロンシャツの上から羽織った緑のジャンプスーツは腰までひらいていた。「あんた、礼拝に来たのか？」

「ちがう」

「あんなつまらん礼拝に、スコーピオンのやつが来るわけないよな。どうしておまえらはいつもそんな格好してんだ？」ハリスンは笑ったが、指をふって、「クールだぜ、クールだ」

線の刻まれた大きなげんこつを見て、キッドは黒い大地のひび割れを連想した。「どんな礼拝なんだい？」

「牧師さんが来てもいいって言うんだ。だからときどき顔を出す」ハリスンは頭をふった。「ジャクスンからな。あのあたりは――」そこで、キッドには聞きとれないことを言って――「わかるだろ？」

わからなかったが、キッドはうなずいた。それから興味がわいてたずねた。

「今、なんて言ったんだい？」

「ジャクスンでさ。あんた、ジャクスンって知っているか？」

「ああ、もちろん」

なのにハリスンはふたたび笑った。

こいつは神になりつつあるんだ。キッドはじっと考えて、その思考からなにが浮かびあがるかをうかがった。心の目にジューンの幻が次々に現われた。

だがジョージは新聞をほうりだして立ちあがった。白い紙面が広がり、一枚は長椅子に、ほかの数枚は床に落ちた。「あんた、キッドって呼ばれてるやつだろ。ちがうか？」

キッドはひるみ、その理由もわからず馬鹿になったように感じた。

「みんながあんたの話をしてるぜ。俺も噂を聞いた。みんなが話してることをな」ふたたびハリスンは指をふって、「自分が誰なのかを知らない男。ぜんぶ聞いたぜ」

「このへんの連中ときたら、おしゃべり以外にやることがないんだ」とキッド。「わかるかい？　ぼくの言ってる意味が」

つなぎをなでるように黒い手がさがっていった。緑色のしわが寄る。「じゃ、あんたはここが気にいらないのかね？」

「いや」キッドは言った。「気にいっているよ……あんたはどうなんだ？」

ハリスンはうなずき、頰を舌でふくらませて皮肉な表情をうかべた。「ジャクスンに行ったことあるかい？」

舌が唇をぺろりと舐めた。

「通り抜けたことなら」

「あそこに住んでる黒人を誰か知ってるかい？」

「いや。あ、ポール・フェンスターなら……」

「ああ、そうか」

「でも、どこに住んでいるのかまでは知らない」

「いつかジャクスンの俺のところに来いよ、な？」

「え？」ベルベットよりもけばだつ声に包まれた最後の数語を聞きとれたかどうか、キッドには自信が持てなかった。

「『いつか俺のうちを訪ねてくれ』と言ったんだ」

「わかった。ありがとう」キッドは当惑していた。探してみて、韻を踏むものについての質問を二つ思いついたが、押しよせる困惑がそれを邪魔した。だから、かわりに目を細めた。

「キッド――」彼女が背後の階段から呼びかけた。それから、まったくちがう声で、「ジョージ――こんばんは、お二人さん！」

キッドはふりかえった。「やあ――！」

ジョージはキッドの頭ごしに、「よう、ここにいるのは――」と言いかけてから、さらに狭めた表現に切り替えた。「なあ、こいつがあんたの彼氏だろ、ちがうか？　酒場でさんざん噂になってる男だ――待てよ！　こないだ、あんたの彼女と話したとき、あんたをつれて俺のところに遊びに来いって言っといたんだっけ」

レイニャが階段をおりてきた。ジョージは二人に近づく。

「さてと」レイニャは言った。「公園で別れて以来ね」

「二回招待したからには、二回来てもらわなくちゃな」ジョージは階段を登りながら言った。「だが今は、牧師さんにもあいさつしてかなきゃならん。あんたたち、どっちがどっちをひっぱってきてもいいから、俺のところに来なよ」

「ああ……ありがとう」キッドはうなずいてみせた。

「じゃ、またな」とジョージ。キッドはうなずきかえした。

「じゃあね」とレイニャ。

三人の位置がいれかわる。

ジョージの返事はファルセットの「うーうーうー」というなり声で、それがはじけてごろごろ転がるような笑い声に変わった。笑い声は煙のように天井に広がった。

ジョージはそのなかを登っていく。

階段の一番下までくると、レイニャはたずねた。「あなた、今までどこにいたの？」そして黙りこんだまま、いつもの彼女よりも四、五倍もまばたきした。

「ぼくは……今朝、君を見失った。探したよ。でも見つからなかった。コミューンでも、酒場でも。なにがあった？　みんなはどこに行っちまったんだ？」

レイニャの目に問いかけるような色が浮かぶ。上下の唇は重なりあうように動いたが、ひらかない。

「コーヒー、いる？」キッドは落ちつかない気持ちで訊き、キッチンに向かった。「持ってくるよ。もうできてるんだ」

カップをとってコーヒー沸かし機のレバーを引いた。

「君もタックに会ったの？　どうしてぼくがここにいるってわかった？」琥珀色の泡がカップの縁ではじけた。黒い液体が湯気をたてる。「ほら、君の――」ふりむいて、レイニャがすぐうしろにいたので驚いた。

「ありがとう」レイニャはカップを受けとった。彼女の伏せた目の前に湯気が流れる。「タックには会ったわ」ひと口すすって、「あなたがここにいるだろうって言ってた。それから、ニューボーイさんがあなたを探してたことも聞いた」

「彼はたった今出てったところだ。ぼくの本を持ってきたんだよ。詩の校正刷りをね。もうぜんぶ活字に組まれてた」

レイニャはうなずいた。「どうすごしてたのか話してちょうだい」

「すごくおかしな一日だったよ」キッドは明らかに飲みすぎだと思いながら、自分にもコーヒーをそそいだ。「ほんとに変だった。君がいなくなってから、ぼくは君を探した。でもどこにも見あたらない。公衆便所で体を洗った。そのあと、コミューンのキャンプ場に行ってみたけど、君はいなかった。それどころか、みんないなくなってた」肩に手をおくと、レイニャはかすかにほほえんだ。「午後には、何人かのスコーピオンたちと合流した……夕方まで。すごく奇妙な体験だった。一人が撃たれたんだ。ぼくたちはみんなバスに乗ってて、撃たれたやつは血を流してた。そのあいだずっと、ぼくは考えてたんだ。連中はこいつをどうするつもりなんだろう？　どこにつれていくんだ？　このへんには医者なんかいない。ぼくたちは、そいつの腕に止血帯を巻いた。それ以上は耐えられなくて、ぼくだけバスをおりたんだ。それでここにきた。腹が減ってたから。一日じゅう、なにも食べてなかった。朝食がわりに、まずいワインを一パイント飲んだだけで」

「ここで食べたの？」レイニャは彼の肩のあたりに目をやった。「よかった」

「君はどうしてたんだい？」

レイニャは白いブラウスを着ていた。清潔だがアイロンはかかっていない。初めて見る服だ。彼女が電球の下を通ると、しわがはっきり見えるくらい新しいジーンズをはいているのもわかった。「今日の午後、どこかで新しい服を見つけたの？」キッドは彼女を追いかけて、空っぽの講堂に向かった。

「昨日よ。今わたしが住んでいる家のクロゼットで見つけたの」

「じゃ、君も忙しかったんだね？　家を見つけたって？」

「三日前にね」

「馬鹿な」とキッド。「いつそんな時間があった？　家を探すどころか、トイレに行く時間だって、ぼくから離れてなかったじゃないか――」

「キッド……」レイニャはソファの肘掛けに寄りかかりながら言葉を放った。言葉は講堂内にかん高く反響した。「キッド」こんどはもっと穏やかな口調で、「わたし、あなたのこと五日も見なかったのよ！」

「はあ？」床についた踵と、ブーツに収まった踵がちくちく痛んだ。痛みは両脚を登り、腿に広がった。「なにを言ってるんだよ？」

「そっちこそなにを言ってるの？」三つの声の調子をへて、レイニャはぎこちなく言った。「あなたはどこにいたの？」ぎこちなさを離れると、声には傷ついた調子だけが残った。「どうしてあなたは消えちゃったの？　今までいったいなにをしてたの？」

　小さなものがいくつも尻のあいだに爪を立て、あばら骨の一本一本をよじ登り、肩にとまって首をついばんだせいで、キッドは否応なしにあんぐりと口をひらいた。汗の筋がすっと冷たくなる。「からかっているんだろう？　二つの月のときみたいに」

　彼女はきょとんとしていた。

「二つの月が最初に出た夜さ。そのあと、そのことで話しあったじゃないか。君は、月が一つしかなかったふりをして、ぼくが幻覚を見たんだって思いこませようとしただろ？　これもそういう悪い冗談だよね？」

「ちがうわ！」レイニャは首をふり、動作の途中でぴたりととまり、「いいえ、ちがうわ……」

　頰が針刺しのようにちくちくした。

「キッド、あなたがわたしを最後に見てから、いったいなにが起きたの？」

「ぼくたちが目を覚ますと、まわりをあのごろつき連中がとり囲んでた。それはたしかだよな？」

　彼女はうなずいた。

「それから君はどこかに行って、ぼくは……そう、ちょっとだけその場でうろうろしてから、公衆便所に行って体を洗った。たぶん、すごく長い時間をかけてしまったんだ。もっと急ぐべきだった……でもそこに一人の男がいた。ペッパーっていう、スコーピオンの仲間だ」ちくちくする感覚は足から消えていた。今ではまるで、冷たい水を頭のてっぺんからそそがれている感じだ。冷水が膝の裏側を這いあがっていく。「ペッパーとぼくは、二人でコミューンのキャンプに行ってみた。でも、空っぽで誰もいなかった」

「ジョンとミリーは、わたしがあなたを最後に見た日の翌日に移動したの。そのほうが安全だと思ったみたい」

「それからぼくたちは、テディの店に君を探しに行った。店はまだあいてなかったけど。バニーの家でワインを浴びるほど飲んだ――ほら、あの店で踊っている男だよ。ぼくは彼に君への伝言を託した」

　レイニャはうなずいた。「ええ、伝言は聞いたわ……

おとといね！」

「ありえない」キッドは言った。「だって、伝言を頼んだのは今朝だぜ」水は腰まで達し、陰嚢を浸した。陰嚢はふるえて縮こまった。「そのあと外に出て、最後にダウンタウンのデパートにたどりついた。そこでスコーピオンたちと出会って、いっしょにデパートに忍びこんだんだ。デパートのなかに住んでる連中がいるんだよ。ぼくたちは外に出た。でもそのとき、デパートの連中がスコーピオンの一人を撃った。ぼくたちは怪我人を引きずって、たまたまやってきたおんぼろバスに乗せたんだ！」

「それは二晩まえに起こったことよ、キッド！　何人かのスコーピオンが酒場にやってきて、医者の居場所を知ってる人がいないか、訊いてまわってたわ。けっきょくマダム・ブラウンが行ったんだけど、十分もしないうちにもどってきた。昨日の酒場はその話で持ちきりだったのよ」

「撃たれたやつは、バスの床で血を流してうめいてたんだ！」水はキッドの胸でうずまき、そのまま首の柱にあふれ、泉となって頭のなかに噴出した。「そのバスをおりて、ぼくはここに――」彼はむせた。一瞬、自分が溺れるんじゃないかと思った。「――ここに来たんだ」水は目まで到達した（そして、舞台照明が光の編み針となって目を刺した）。目ににじんだ水を手でぬぐった。それ以上、水が頬を伝ってこぼれ落ちないように。目からあふれた水は、もはや冷たくはなく熱かった。

キッドはもう片方の手で目をこすりつづけた。コーヒーはこぼれていた。

カップを持ちあげ、皮膚についた苦い液体を吸った。

「あぶない、こっちによこして！」レイニャは彼のカップをひったくると、自分のカップといっしょにソファの肘掛けにおいた。「わたし、からかったりなんかしてないわよ！」

持っていたものを奪われたキッドの手は、まるで引きちぎられ、まだ土をぶらさげている木の根のように、ぶらぶら垂れていた。

レイニャはその手をとってこぶしに唇を押しあてた。

「ふざけてないのよ。朝、公園でナイトメアに起こされたのは五日も前のことなの。それ以来、あなたとは会ってなかったのよ！」

彼女の手にふれて、ぎこちないほど落ちついたのを感じた。自分を満たしている潜水艦のような沈黙が隠す感情は、怒りなのか安堵なのかを見定めようとした。

「考えてみて、ニューボーイさんがここに校正刷りを持ってきたって言ったわよね？　一晩で、本一冊ぶんの文字を組むなんて無理でしょ」

「そんな……」

「ゆうべ、酒場でわたしたちがあなたの話をしてると、その校正刷りを持ったニューボーイさんがやってきて、あなたを探してたわ」

「ぼくのことを話してた？」彼女から手を離したかったが、気まずかった。

「あなたとスコーピオンズのことをね。あなたが誰かの命を救ったって、もっぱらの噂だった」

「へえ？」

レイニャは、もう片方の手も握ってきた。いつもと変わらぬしぐさなのに、キッドはいっそう落ちつかなくなる。

レイニャの小さな顔と彼自身の顔のなかの苦痛が、二人のあいだに醜いものを作りだしていた。両手を伸ばし、彼女を抱きよせて、その醜いものを押しつぶして消した。彼女は腹のところで腕を組み、ぴたりと寄りそってくる。片方の乳房に固いものが乗っていた――ハーモニカだ。キッドの胸に頭を押しつけて、「あーあ、なんてこと」とつぶやいた。

「ぼくだってからかったりしてない！」内心で感じているほど、絶望は声に出ていない、とキッドは思った。

「ぼくは今朝、君といっしょだった……と思う」

「この一週間、あなたはスコーピオンズと街をうろつきまわっていたのよ。誰もがあなたのことをヒーローかなにかみたいに思ってるわ」

「君はどう思ったんだ？」キッドのあごが動くと、レイニャの髪があごをなでた。

「ふうん。それがわたしの考えたこと――〝ふうん、そうなの〟ってね。あなたはそっち方面に行きたいわけね。いいわ。でも、わたしはそんなことにまきこまれたくない。絶対に」

「今日の午後にさ」キッドは言った。「スコーピオンたちといっしょに行動したのは偶然なんだ。それにぼくは誰の命も救ってない。あれはただ……」

「自分の姿を見てみなさい」体をどかそうともせず、彼女は言った。「まるで連中と同じ格好じゃない。おまけに連中とつるんでいる。いいのよ、好きなようにして。あなたがそうしたいなら。だけど、それはわたしに合わない。そこまであなたについていけない」

「うん、だけど……それより、君のことだ。家を見つけたって言ってたよね。今どこに住んでるんだい？」

「もし」レイニャは穏やかな声で言った。「教えないって言ったら、いや？」そう言いながら、腕を広げてキッドに抱きつき、「しばらくのあいだ、だけど」ハーモニカの角が胸に当たった。

レイニャは両手の下で脈うつぼくの怒りを感じているのか、とキッドはいぶかった。「ぼくは今朝、君といっしょだったんだ」

レイニャは体を離した。キッドの怒りが彼女の顔に移っていた。「聞いて！」と尻にこぶしをあてた。「わたしが知りたくもない奇妙な理由であなたが嘘をついてるのか、それともほんとうに気が狂ってるのか、どっちにしても、あなたとは関わらないほうがいいのよ。そうじゃない？　あなたは三時間を失った。いまじゃ五日間も失っている。たぶんあなたはほんとうに頭がおかしいんでしょう。わたしはもう関わらないほうがいいの！　合理的な判断でしょ？　わたしは五日間もあなたを見かけなかった。まったく、いらいらするわ！」

「じゃ、どうしてぼくを探したりしたんだよ！」キッドは背中を向けて、講堂をずんずん歩いていった。肋骨の内側で大きな泡が破裂しそうだ。

ピアノのところまで来て、ふと気づいた。ハリスンは低いステージの幕をあげたにちがいない。背景幕には――写真家が使う投光照明つきのスタンドがいくつもあり――横幅七フィートほどの月と、その周囲に木の模様が描かれていた。

張り出し舞台でキッドはふりむき、レイニャがすぐうしろにいるのでまた驚いた。「どうしてここに来たんだ？」

「だって、あなたの居場所がやっとわかったから。ぜんぜん……」喉をつまらせながら、「わからなかったのよ、無事かどうかも。あなたは帰ってこなかった。なにか理由があって、わたしに腹を立ててるとも思った。あなたはこれまで必ず帰ってきてくれた。それが急に本人じゃなく、噂話ばかりがたびたび耳に届くようになって。あなたとスコーピオンズ、あなたとスコーピオンズ」彼女の目のなかでなにかがすっと消えた。影を帯びた緑色の瞳に、まぶたがおりた。「たしかに、わたしたちは今まで、〝あなたにどこまでもついてくわ〟的な関係じゃなかった。あなたの行き先がわたしの行きたいところなのか、今でも決めかねてる。そうかもしれないと自分が考えてることに、少し動揺してるの。それだけよ」

「一週間」キッドは自分の顔が歪むのを感じた。「いったい、ぼくはなにをやってたんだ……五日間も。ぼくはいつから……」と、レイニャに手を伸ばした。

レイニャの顔がキッドの顔に激しくぶつかった。彼の口にぶちあたりながら、舌を舌に重ねて、首筋をきつく抱いた。キッドも、レイニャをさらに抱き寄せようとしながら舞台に横たわった。

　自由になった片手を二人の体のあいだに割りこませ、彼女のハーモニカをブラウスのポケットから抜きだした。ハーモニカは、カランと音をたてて二人のうしろに転がった。

「あなたは誰も傷つけるつもりなんてないのよね」一度、彼女はそう言った。「わたしを傷つけるつもりなんてない。わかってるわ。そんな人じゃない」

　暗い舞台の上、セックスを仕掛けるレイニャのヒステリーは、最初は怒りがこもり、それから楽しげになった（誰かが講堂にはいってきたらどうしようと思い、その考えに興奮した）。あおむけになったキッドの上でレイニャは腰をふり、彼の肩をつかんでいる。こんなふうに感じていいものかどうかを考える。初めは泣いているように聞こえたレイニャの声が笑い声になった。彼女の尻で両手が満たされる。そこに腰を沈めていく。

　レイニャは体を高くあげ、鉄を焼きもどすようにキッドを冷やした。手を伸ばした彼女を横に転がす。脚をデニムのズボンのあいだにからめ、汗に濡れたブラウスの裾に手を這わせ、塩気のある髪を舐める。レイニャは片膝を立てて脚をひらいた。彼女が達したあと（どうにかして片脚だけズボンを脱ぎ）、彼女の体をまたぎ、ふたたびペニスを押しこんだ。腹を腹に、胸を胸に、濡れた顔をブラウスのしわくちゃの肩にあてて、ゆっくりと前後に腰を動かして絶頂に向かう。そのあいだ、レイニャの腕が背中をきつく抱いていた。

　果てると、腰が熱を帯び（こぼしたコーヒーを思い出した）、キッドは疲れはてたものの、まだ体が熱い（小便からはじめた自慰のあと、どんな感じがしたかを思い出した）。疲れが勝った。汗の湖が、体のまわりで冷えていく。レイニャは彼の肩の窪みに頭を乗せてうなずいた。すぐに腕がしびれてしまうのはわかっていたが、動く気になれなかった。片手で自分の胸をなでおろすと、ごつごつした粒々の下で、胸を横切る鎖に指がからんだ。

　葛藤する時間の声？　せむしや痙攣症患者の押し問答など聞きたいものか。たとえほかに誰も協力する相手がいないとしても。ぼくたちはこんなところで体を冷やしながら、半分裸で、半分眠りながら横になってちゃいけない。でもそうする立派な理由もあるんだ。ぼくはまだ彼女に腹を立てている。まだ怒っている。彼女は、ぼくがしかたなくスコーピオンズを選んだなんて言い張るのだろうか？　連中は、ぼくをとりまく環境にすぎないのか？　ちがう。どうせ避けられないものなら、積極的に受けいれたほうがいい。そうだ、これまで選んでいなかったとしても、たったいま選択した。それが自由というものだ。選択をしたことで、ぼくは自由になった。ぼくの記憶のどこかで、一つの月が奇妙な光を放っている。

ここなら安全だ――

キッドは目を覚ました。それはとつぜん訪れた――舞台の床と、まぶた同士がふれあう場所のあいだの空間、骨盤におかれた半開きのこぶしと尻に押しつけられた床のあいだの空間に。

彼女は行ってしまった、キッドは思った、といってもハーモニカを持って長椅子にすわり、演奏してるんだ。講堂の反対側から聞こえてくる音楽に耳をかたむけた。

いや、ハーモニカではこの不協和音は出せない。

キッドは目をあけて寝返りを打ち（バッテリーのない投射機が、カチャカチャ鳴る鎖の端で床にぶつかって音をたてる）、顔をしかめた。

音楽は思ったより遠くから聞こえてきた。しかもオルガンの音だ。

彼女は行ってしまった……？

キッドは立ちあがり、ズボンをひっぱりあげた。

ハーモニカは、床に曲線を描く背景幕の裾から消えていた。

もう片方の足を汗で染みだらけのズボンに突っこむ。ベストと〈蘭〉を拾い、ステージわきの階段をおりる。ブーツをはいた足とはだしの左足が交互に足跡をつけていく。

ノートも長椅子の前からなくなっていた。

キッドは部屋の中央で立ちどまり、喉につかえているものを飲みこもうとした。すすり泣くような音になった。階上ではオルガンが演奏されていた。と同時に、いくつもの声が低くつぶやかれ、大きくなり、小さくなっていく。レイニャが上にいるはずがない。キッドは〈蘭〉をベルトにさしこみ、肩をゆすってベストを着てから、階段をあがった。

一ダースほどの黒人の男女がかたまって、チャペルから玄関ホールへ、玄関ホールから街路へと出ていくところだった。並んで歩く二人の女がキッドを好奇のまなざしで見つめた。つばの狭い帽子をかぶった男は、キッドにほほえみかけてから出ていった。それ以外の人々は無愛想だった。彼らの声は煙のようにうねり、おぼろげになり、会話のあいまに突きささる笑い声は、閉じた事務所から新たに響いてきた一ダースの足音にかき消された。

「すてきな礼拝だったわね……」

「牧師さまも次回はあんなことを話すべきじゃないわ、だってわたし……」

「すてきな礼拝だと思わないの……」

会衆に混じって教会を出ることにした。誰かにはだしの踵を二度蹴られたが、偶然だと思うことにして無視した。外では夜が紫灰色になっていた。むかいの建物のファサードが煙に霞んでいた。

歩道を区切る台形の光を通っていく人々のうち、白人はごく少数だった。その一人、花柄のスカーフを頭に巻いた女性が黒人相手に熱心に話しこむ年配の男のあとをついていった。軍用毛布から作ったような襟なしシャツを着た、いかつい体格のブロンドの男が、扉の前にじっと陣どっている前を茶色の顔、それよりもっと黒い顔が周囲を通りすぎていく。煉瓦色の赤毛と、日焼けした頬のそばかすが特徴の痩せこけた娘が男に近づいた。二人はなにやらささやきかわし闇に消えていった。

キッドは扉のそばに立ち、信者たちを観察し、テープの音を聞いていた。人々はゆっくりといなくなる。一部の人の声はとどまっていたが、声の主は影を追いかけるように夜のなかへ消えていった。会衆の群れはしだいに小さくなり、キッドは取り残されたような気持ちになった。たぶん一度教会にもどって、テイフー師に別れを告げたほうがいいだろう。

すりきれた革に光る飾り鋲、ブロンドの毛深い腹部をすべるように影が横切り、キャップが黄色い髪を押しあげて、タック・ルーファーが飛びだし、陰になった片目のなかの、唯一の光でキッドを見すえながら口をひらいた。「おや、まだこんなところをうろついてたのか？　おまえを探しているのが二人もいたから、こっちのほうだと教えてやったよ。もっとも、とっくにどこかにいなくなってると思ってたが」

5

「そっちこそ、なにしてるんだ？」

タックは丸めた紙を持ちあげた。「ポスターのコレクションを完成させたくてね。ずいぶんとお見限りだったじゃないか。おまえのこと、心配してたぜ」

「くそっ！」怒りの残滓から罵り声がこぼれおちる。

「どうせ、ぼくのちんぽをしゃぶりたかったんだろ？　いいよ。今なら、女のジュースでたっぷり湿ってるからな。そういうのが好きなんだろ？」

「黒人女のアレか？」

「はあ?」

「おまえ、黒人女とヤッてたのか?　それも性病持ちのさ?」

「いったいなんの話だ?」

「それが黒い肉の汁で、ちょっと垂れてるようなんじゃなきゃ、興味ないね。おまえと最後にヤッてから、俺の変態レベルはぐんとあがったんだ。おまえにゃ想像もできないくらいにな。ところで、どうかしたか?　また意識が飛んじまったのか?　俺と来いよ。飲みながら、なにがあったか聞かせてもらう」

「ちぇっ、なんだよ……」意に反して、キッドは手をポケットのなかに、頭を夜の白亜質の悪臭のなかに突っこんだ。二人は歩道のへりを歩いた。

「ガールフレンドには会えたかい?」

キッドはうなった。

「喧嘩でもしたか?　ここんとこ彼女、話しかけると噛みつきそうないきおいだったぜ」

「たぶん、そうなんだろう」キッドは言った。「ぼくにはわからない」

「ふん、よくあることだろ?」

「彼女の話じゃ、ぼくがバスをおりるのを見たって?」

「ああ。今日の夜、早い時間にな。俺はそこの角にいた。声をかけようとしたが、おまえはさっさと曲がって教会のほうに行っちまった」

「そうか」

窓の一つから明かりが見えた。

火だ、キッドは思った。ちらつく光で落ちつかない気分になった。このブロック全体、教会やその周辺の建物まですべてが燃えあがるのを想像しようとした。

「誰かが住んでるんだろう」タックは言った。「ただのろうそくさ」二人はへりからおりた。

「今どのあたりなんだ、タック?」ふたたび歩道にあがったとき、キッドはたずねた。「つまり……この街はいったいなんなんだ?　なにが起こったんだ?　どうしてこんなふうになった?」

「いい質問だ」ブーツの踵をコツコツ鳴らしながら、タックが答えた。「とてもいい質問だ。しばらくのあいだ、俺はこいつを国際スパイのしわざだと考えていた――この都市全体が一つの実験で、この国のすべて、ひょっとしたら全世界を滅ぼすためのプロジェクトがここで試されてるんだと考えていた」

「本気で?」

「いや。でも、ぜんぶ組織的な陰謀だと考えるほうが、気が楽だろ?　もしくは近年の環境破壊の結果だという考え方もできる。たぶん、誰かがまちがって沼地を埋め立ててしまったのさ」

「沼地って？」

「大都市の周辺には必ず大きな、たいてい同じくらいの広さの沼地が近くにあるものだ。それが霧の発生を抑え、酸素やそれ以外の生存に不可欠な物質を供給してくれる。ニューヨークにはジャージーの浅瀬があり、サンフランシスコにはオークランドの湾岸が張りだしてる。沼地を埋めたてると、スモッグがわきおこり、下水処理の問題が手に負えなくなり、その都市は丸ごと人が住めない空間になっちまう。それを避ける方法はない。いや、多くの人はとても住めないと思うはずだ、と言うほうがいいかな」

キッドは鼻を鳴らした。「たしかに、うんざりするほどのスモッグだけど」ベルトにさした刃が前腕の内側の毛をこする。「で、沼っていうのはどこにあるんだ？」

「ふうん、どうやらホランド湖へピクニックに行ったことがないようだな」

キッドは鎖に縛られた肩をすくめた。「たしかに」体に巻きついた鎖が下にずり落ち、歩くたびに左の尻にぶつかる。ベストの内側に手を伸ばし、親指で鎖をずらして、「じゃあ、そういうことがベローナに起こったと考えてるわけか？」いつの日かぼくは死ぬだろう、なんの脈絡もなく、ふと思った。死とアーティチョーク。重苦しさが肋骨の内部を満たす。安心するために、心収縮と心弛緩をたしかめようと胸をさすった。この心臓がとまるなんて本気で信じてるわけじゃない、とキッドは考える。ただ、今がまだその時期じゃないというだけだ。ときどき（彼は考える）、ぼくはこの鼓動が感じられなくなればいいのにと思う。（いつの日か、こいつはまちがいなくとまるんだ。）

「実をいうと」タックが話している。「これはぜんぶSFなんじゃないかって疑ってるんだ」

「え？　タイムワープとか、並行宇宙とか？」

「いや、まあ……SFだよ。ただし、現実のSF。この街は、SFのあらゆるパターンを踏襲している」

「宇宙船とか光線銃とか超光速とか？　昔はそういうのも読んだけど、この街にはSFに出てくるようなものなんか見あたらないぜ」

「最新の優れたSFは読んでないようだな。いいか、SFの三原則とは――」タックは革の袖でひたいをぬぐった。（キッドはぼんやりと考える、こいつは自分の脳を磨いているみたいだ。）「その一。たった一人の人間が世界全体の方向性を変えてしまえるということ。コーキンズを見てみろ、ジョージを見てみろ――おまえ自身を見てみろ！　その二。知性や天才の唯一の基準が、それを直線的・実践的に応用できる点だということ。この街みたいな地形では、それ以外のやり方じゃ目的地にたどりつくことさえできない。その三。宇宙が本質的には人に優しい空間だということ。宇宙船が壊れて着地した星には地球と同じ植物が生えそろい、冒険のあいだ、食うに困ることはない。ここベローナでも――」

「だからたぶん、ぼくはあまりSFを読まないんだ」キッドは言った。批判ならニューボーイだけで充分だ。この雑音は、もはや耐えがたい。「このブロックに、ちゃんと点いてる街灯はなかったっけ？」

タックは科白を大声でしめくくった。「――ベローナじゃ、ほしいものはみんな手にはいる。自力で、あるいは友達に手伝わせて、それを運べさえすれば」

「それにしちゃ、ほとんどの人がたいして物を持ってないのは不思議だね」

「それは、住人の想像力が貧しいからさ。この街で品物が手にはいる不思議さを否定するものじゃないというより――この街が育てる特有の精神構造の限界というべきかな。物を所有することで孤立してしまうんなら、好んでそんなことをしたがるやつはいないだろ？　なにしろこの街じゃ、たいていのやつらが自分の家じゃないところで時間をつぶしてるくらいだ」

「でもあんたは、ぼくの知りあいのなかで、誰よりもたくさんの物を持っている」

「おまえにはあまり知りあいがいないってだけさ」

「コーキンズさんはべつだけど」キッドはリチャーズ一家のことを考えた。「でも、個人的な知りあいじゃない」だが、タックはニューボーイ氏と顔をあわせていた。ぼくの本が活字に組まれたのを知っているだろう。

「富める者と貧しい者のあいだにも、いろいろあるんだぜ」とタック。「おまえの知りあいときたら欲のない連中ばかりだ。つきつめれば宗教的な選択なんだろう。まあ、現状を考えると、それが賢いやり方だとは思う。この街には、千人ほどの人間――おそらく――が住んでいる」

「ぼくはある家族に会った。その人たちは――」

「それ以外にもたくさん住んでる。ポール・フェンスターがひっきりなしに思い出させてくれるように、大部分は黒人だ」

「ついさっき、ジョージ・ハリスンからジャクスン街の彼の家を訪ねるように誘われたよ」

タックは丸めたポスターで闇を叩いた。「そこだ！

そこがポイントだ。ポールは説明する、しかしジョージは機会さえあれば実際に示してくれるんだ」ルーファーはため息をつき、「残念ながら、俺はまだかなり言葉に頼るタイプみたいだがな……示されるより、むしろ語ってもらいたい」

「ついでにポスターを見つめる」

「ついでに本を読む。主にSFを。だが、言ったように、ベローナはともかく人に優しいところだ。空想をいだいたまま……空想を食べることができるし、ほかの連中の空想を奪ってると感じないですむ。さ、着いた」

キッドは闇の丸っこい親指にまぶたを押さえられたまま周囲を見まわした。「着いた？ タック、あんたの家があるブロックの端には、街灯が一つ点いてただろ？」

「何日か前に壊れたよ。こっちだ。足もとに気をつけて。ガラクタだらけだからな」

キッドの柔らかい革靴の底で、そのガラクタがいくつか転がった。柔らかい闇が固くなる。吐息と足音が響く音質が変わった。

二人は玄関ホールを抜け、階段をおり、あがった。

「初めておまえをうちに呼んだときは」タックは笑って、「武器をここにおいていくように頼んだっけな。やれやれ、俺のわがままにつきあってくれるやつがよくいるもんだ」

屋上に通じる扉が、肉の色をした遠くの光に向けてひらいた。

絶望のように黒かった街路とちがい、屋上は常夜灯で照らしだされている。

二つの巨大なヒエログリフのように、重ね刷りされているのにぴったり重ならない橋の吊りケーブルが宙に向かってせりあがり、むこうの端は煙の彼方に消えていた。ほんの一列の建物をはさんだ先で、夜の水面が街灯とふるえる炎の光を映している。「なあ、近すぎないか……」

目の前には、街にかぶさるように、さまざまな形が水面に広がっている。対岸は見えない。橋がなければ、海みたいだ……上方に見える空の切れはしは晴れているようだが、星一つないので確信はできない。

「どうしてこんなに近くなった？」ふりかえると、ちょうど屋上の小屋に明かりが灯された。

タックはもう小屋にはいっていた。

キッドは倉庫群を見つめ、あいまから見える水面を見つめた。とつぜん、とめどない喜びがあふれ、口のまわりの筋肉をねじ曲げて笑おうとした。だが、小さくあえいで押さえこむ。内側にふくらんでいく喜びは、光が生みだしたものだ。それは炸裂した――まばたきすると、まぶたの裏側はまばゆいほどで――心に確信の大波がうちよせた。この確信をほんの一瞬でも確信しているわけじゃない、にやつきながらキッドは考えた。だがそれは存在し、心地よかった。キッドは小屋に足を踏みいれた。「あれは……今夜はやけにはっきり見えるんだな」

ただし、快活な気分を材料に織られたベルベットにも、小さな悲しみの宝石が一つだけ埋めこまれていた。「前回ここに来たときは、レイニャもいっしょだったのに」

タックはただ低くうなって、机からふりかえった。「ブランデーを飲みな」しかし、笑顔だった。

キッドはグラスを受けとり、固いベッドに腰かけた。タックはもらってきたポスターを広げた――

月になったジョージ・ハリスン。

「これで三種類集まったね」キッドは背中を丸めて酒をすすった。

バイクにもたれたジョージが、まだ入口の上に貼ってある。

森のなかのジョージはドイツ系の若者のポスターといれ替わっている。

タックは壁際まで椅子を転がし、緑のクッションの上に登った。〝岩の上のスペイン少年たち〟のポスターを、一隅ずつ剝がしていく。「そこの大きなホチキスをとってくれ」

貼ってあったポスターがふわりと床に落ちた。

ガチャン、ガチャン、ガチャン、ガチャン、新しい月がそれにとってかわった。

キッドはふたたび腰をおろし、タックが椅子からおりるあいだ、グラスの縁ごしにジョージの三態をながめていた。「ぼくは……」この声はうつろに響き、耳の奥のなにかをくすぐった。口もとを歪めて、「なあ、ぼくは五日間を失ったんだ」そう言いながら、関節同士がぴたりと重なるように、グラスを指で包みこんだ。

「どこに――」タックはホチキスをおくと、ボトルをとりあげて机に寄りかかり、酒瓶の緑の首を握りしめた。瓶の底が腹にしわをつくる――「まあ、もしおまえが知っていて、俺に話す気があるんならだが――どこに、その五日間を失くしたんだ?」

「知らないよ」

「おまえ、喜んでいるように見えるぜ」

キッドはうなった。「きょう一日。一日が、十三歳か十四歳のころの一時間くらいの長さに思える」

「で、今の一年は昔のひと月くらいの長さしかない。ああ、その現象ならよく知ってる」

「人生のほとんどの時間は、眠りにつくのを待ちながら横になってるだけだ」

「それも聞かされたことがあるが、俺自身はそんな気はしないな」

「どういうわけか、この数日間、眠っていた時間だけ飛ばしてしまったんだろう。この街じゃ、朝から夜まで光の加減がほとんど変わらないから」

「じゃ、思い出せないのは、この五日間だってことか？」

「そうさ。なあ、ぼくはなにをしたことになってる？レイニャは……みんなが噂してると言ってたけど」

「『みんな』じゃないな。しかし、かなりの連中が噂していたよ」

「なにを話してた？」

「おまえがこの数日間を失くしたというなら、興味をもつのはわかる」

「ぼくはただ自分がどうしてたか知りたいだけだ」

タックが笑うと、瓶のなかのブランデーが跳ねた。

「きっと、おまえは五日間と引き換えに名前を手にいれたんだろう。さ、教えてくれ。おまえは誰だ？」

「いや」キッドはさらに背中を丸めた。からかわれているという感覚が、かたむいた枠にのった不安定な球体のようにぐらぐら揺れて、ベルベットの小袋のなかに転がりこんだ。「どっちもわからないよ」

「そうか」タックは瓶からじかに酒を飲み、ふたたび腹に瓶を乗せた。「訊いてみる価値はあるかと思ったんだが。まあ、いつまでもこの話をするのはよそう」ブランデーが揺れる。「先週、おまえがなにをしてたかって？考えてみよう」

「スコーピオンズといっしょだったのは知ってる――まず、ペッパーっていう男と会った。そいつの話したデパートに興味をもった。スコーピオンたちとそこに忍びこんで……盗みをするんだ、たぶん」

「そこまでは知ってる。デパートで撃ちあいがあったんじゃなかったか？　おまえは銃を持った敵を素手で撃退して、誰かの命を救ったことになってるぜ。あと、おまえのことをからかった仲間の頭を鏡でぶん殴ったって――」

「あごだよ」

「ああ、そうそう。コパーヘッド本人が話してくれたんだ。それから、シャムっていう仲間《キャット》が撃たれたとき――」

「あいつ、そんな名前だったのか」

「――シャムが撃たれたとき、道端からバスに引きずりこんだんだってな」

「それで今日の宵の口に、そのバスからおりるところをあんたに見られたんだ」

「コパーヘッドは二、三日前に話してくれたんだが」

「だけど、ぼくにとっては今日の午後の出来事なんだよ、ちくしょう！」恥ずかしくなって、両手に向かってまばたきし、「噂はそれでぜんぶ？　ほかにはなかった？」

「それだけでも充分すぎると思うがね」

「シャムはどうなったんだ？」

タックは肩をすくめた。ブランデーが跳ねた。「たしか、酒場にいた誰かがようすを見にいったよ」

「マダム・ブラウンかな？」

「そうだったと思う。でも、それ以外は聞いてない。おまえ、どこにいたのか覚えてないって言うわりに、俺と同じくらい知ってるじゃないか」タックは手を伸ばして椅子を机に引きよせ、腰かけた。机に酒瓶をおきかけた手をとめて最後のひと口を飲む。「いま俺が話した出来事を一つ残らず覚えてんのか？」

キッドは膝に向かってうなずいた。「だから、失くしたのは時間だけなんだ。まえにも何日か失くしたことがある——金曜日なのに木曜日だと思ってたり」

「実を言えば、俺たちはみんな、おまえが俺たちと手を切って、完全にスコーピオンズの一員になったと思ってた。いかすじゃないかって俺は思ったけどね。実際、そんななりをしてるしな。ライト・シールドまで身につけて」

キッドは首からぶらさがっているレンズつき球体をじっと見つめた。「動かないんだ。新しい電池が必要みたいで」

「ちょっと待て」タックは机の引き出しをあけて、「ほら、ここにあるぜ」と投げてよこした。

キッドは両手でキャッチした。赤と青の上に描かれた稲妻の束。

「いつか、おまえも輝くといい」

「ありがとう」もっと長く話していたかったので、電池をポケットにしまうと、布がすりきれているのに気がついた。底の縫い目から、皮膚にふれられるくらいだ。

「タック、ほんとうにこの街の謎を解いたのか？」

「俺が？」

「言ってたじゃないか、この街はＳＦの約束事にしたがってるって——」

タックは笑い、口を手首でぬぐった。「いや、とんでもない。なに一つわかっちゃいないよ。俺はしょせん技術屋だ。プラグを一つ選ぶ。ソケットにさしこむ。動く。べつのプラグを選んでみる。今度は動かない。オフィスビルにはいって、エレベーターが一台だけ稼働し、最上階にだけ電気が煌々とついている。俺の知識からすると、とうていありえないことだ。通りを歩いてると、建物が燃えている。二週間後、同じ通りを歩いてみる。まだ燃えている。翌日、同じ通りを歩いてみると、火事の痕跡なんかこれっぽっちも見あたらない。たぶん、この街じゃ、時間が逆に流れてるんだろう。脇道にそれているのかもしれない。だが、それもありえないことだ。食料や日用品を漁りに、倉庫や商店を見にいく。首尾よくはいりこめるときもあれば、はいれないときもあるし、厄介ごとに巻きこまれるときもあればそうじゃないときもある。買い物袋を持って店に忍びこみ、棚の缶詰を残らずかっさらって帰ることもある。一週間後、同じ店に――少なくとも、俺には同じだと思える店に――行ってみると、初めて訪れたときと同じように、棚にぎっしり缶詰が並んでいたりする。俺に言わせれば、これもまたありえないことだ」

「朝の光が、あっちのほうからさしてきたり」とキッド。「こっちの方角からさしてきたりする」

「誰が言ってた？」

「あんただよ。ぼくが初めてここに来た日に」

「そうだったっけ」タックは酒瓶を持ちあげて、「うん、そうだった。おまえは記憶があることはとてもよく覚えてるんだな」

「たくさんのことを覚えてるよ。そのうちのいくつかは、すごく強烈で……ときどき痛いくらいだ。この霧、この煙――ときどき目の前に見えているものより、記憶のほうがはるかに鮮明だって気さえする。それ以外のものは――」顔をあげると、ルーファーのむっとした顔が目にはいり――「そこにはないんだ」キッドは笑った。するとルーファーは、口の奥にあるものをきつくかみしめるような苦い顔になった。「どうしてベローナに留まっているんだ、タック？」

「おまえの友達のアーネスト・ニューボーイは明日発つんだってな。自分のことはわからん。おまえはどうしてここにいる？」

「わからない」

「だってさ、これまで経験したことを考えると、おまえにとってベローナは最高の場所というわけじゃないだろう」タックは前かがみになって、酒瓶を突きだした。

「おっと」キッドは言い、「ここに」とグラスをさしだした。タックはそこになみなみと酒をそそいだ。

「初めておまえと会った夜、か。そういえば、そのとき、この街に来た理由を訊いたよな？　そしたらおまえは、はっきりとした目的があると答えた」

「そうさ」

「その目的ってのを教えてくれよ」

かつてサウス・ダコタで、二十五セント硬貨を池に落としたことがあった。池は思っていたよりも深かった。硬貨がくるくる回りながら光を失い、池を縁どる草の下に消えていくのを見つめていた。そして今、一つの思考が頭から消えていった。二十五セント硬貨を失くしたときの記憶が、その消失を思い描くための唯一の道具だった。「ぼくは……わからない！」キッドは笑った。それ以外にすることがないのかと考えたが、笑うのが一番いいように思えた。「ちっとも……思い出せない！　そう、たしかにこの街に来る理由があった。でも、それがなんだったのかは、どうしても話せないんだ！」体をうしろにそらし、それから前にかがみ、こぼれそうになったブランデーを飲みこんだ。「ほんとうに無理だ。それはきっと……」天井を見あげ、記憶を掘りおこそうとして息をつめて、「思い出せない……これもまた思い出せない！」

タックはにこにこしていた。

「そう、まちがいなくあったはずなんだ。ここに来る理由ってやつが」キッドは手を前に突きだした。「その理由を頭の裏側にしまっていつも持ち歩いてた、わかるだろ？　戸棚の奥にしまっておくみたいにね。なのに、いざ手を伸ばしてとりだそうとした瞬間、つい落としてしまったみたいなんだ。落っこちて消えていくのが見えた。頭のなかを探しまわったけれど、けっきょく……見つけられなかった」笑うのをしばらくやめたら、だんだん大きくなりはじめた苛立ちを感じた。「ベローナはぼくにとって悪い場所じゃない」笑顔をつくって理性的に話していたが、キッドはまだ苛立っていた。「恋人はできたし、いろんな人たちと会えたし、なかにはとてもいい人も——」

「それほどよくない人も？」

「まあね。それに本も出せた。『真鍮の蘭』、ぼくの詩集だ。もう作業は終わった！　校正刷りも渡した」

タックはうなずきながら、まだにこにこしている。

「それから、あんたの言うとおり、みんながぼくの噂をしている。まるでぼくがすごいことをやらかしたみたいに。この街を出ていく？　ほかの街ならぼくの気が狂わないとでも？　よその街じゃ、ここみたいにたくさんの物は手にはいらなかっただろう」キッドはグラスをおき、こぶしを突きあげてから、壁にもたれた。「ぼくは……この街が好きなのかな？　いいや。少しは太陽を見たい。ときどき、手を伸ばして空をひんむいてやりたい気がする。ここの空は卵のケースに使う灰色の厚紙みたいじゃないか？　ひんむいて、でかいびらびらにしてやりたい。それに、レイニャがどこに行ったのかも気になる」と眉をひそめ、「ひょっとすると、恋人はもういないのかもしれない。本も完成してしまった。すべて書きおえ、活字に変わってしまった。ぼくは、これ以上なにもする気になれない」そう言いながら、人差し指を軸にこぶしをくるくる回す。「おまけに、みんなはヒーロー扱いしてるかもしれないけど、実際にはなにもやってないんだ」キッドはポスターに目を向けた。ただの写真だ。だがそう思ったら、かえってポスターがこちらを馬鹿にしているような、あるいは責めているような気がした。キッドは目をそらして、「ここではなにかが……終わっていない。ちがう、そうじゃない」否定することで笑みが浮かんだ。「問題はぼく自身だ。少なくとも、その一部はぼくに関わっている。あるいは、ジョージかもしれない。それともジューン……まるで、ほとんどすべてが終わってしまったように見えるじゃないか？　この街を出ていく潮時なんだろう。でも、だからこそ、そうすべきじゃないと思う。だって、邪魔するものはもうなにもないんだから。ちゃんと見て、理解することができるはずだ。この街にはまだぼくが知らないことがいくらでもある」

口のなかに笑いが満ちたが、それを外に逃がすと、笑顔からこぼれる吐息に変わった。「なあ、くわえたいのか？　だったら……あんたがしたいならかまわないぜ」

タックは眉をひそめ、首をかしげた。だが、口をひらく前に、いつもの荒々しい笑い声が炸裂した。「おまえは、ほんとにずうずうしいろくでなしだな！」

「ただしゃぶってくれって言ってるわけじゃない。あんたと寝てもいいんだ。前にも男相手にやったことがあるよ」

「だろうな。最初からわかってたよ」タックは笑った。「だが、ノーだ。おまえのちんぽだろうとまんこだろうと、しゃぶる気なんてさらさらない。どうしてそんなこと思いついたんだ？」

しかし、内側のなにかが解き放たれた。大きくあくびをし、あくびの尻尾が説明の言葉をくぐもらせた。「レイニャがあんたともう一度寝るべきだって言ってたからさ。そうすれば喜ぶからって」

「あの子が？　へえ」

「だけどぼくは、あんたは初物にしか興味がないだろって答えたんだ」ルーファーのようすをうかがいながら、金髪のおどけたそぶりの裏にとまどいが潜んでいるのにふと気づいた。キッドはまた膝に視線を落とした。「ぼくはまちがって……」なかったは、またしてもあくびに押し殺された。

「なあ、おい。横になってひと眠りしろよ。俺は、あと三杯ブランデーを飲んで、本でも読んでるからさ」

「わかった」キッドは固い寝台にうつぶせになった。もぞもぞ動いて、鎖やプリズムや投射機が胸に食いこまないようにした。

タックは頭をふりながら椅子を回転させ、机の上の二段目の棚に手を伸ばした。一冊の本が落ちる。タックはため息をついた。

キッドはにやりとし、口を曲げた肘に押しつけた。

タックは何杯かブランデーを飲み、机の上で腕を組んで読書をはじめた。

キッドはふたたび悲しみを探してみたが、暗い襞にすっかり隠れて見えなくなっていた。あいつ、もう十分もページをめくってないじゃないか、というのが、目を閉じる前に最後に面白く思ったことだった——

「おい」

キッドはあおむけになってつぶやいた。「なに？」

タックはむきだしの肩を掻いて、動揺しているように見えた。キッドは思った、こいつ、やっとその気に——？

「悪いが、出ていってもらわなきゃならん」

「えっ……」キッドは目を細めて体を伸ばし、口のなかでもぐもぐと機械的に抗議をした。「本気かよ」竹のカーテンのむこう側に光の筋が見える。

「友達が来たんだ」タックは説明した。「俺たちはこれから……」

「ああ、わかった……」キッドは強く目をつぶってからひらいた。起きあがると、鎖が胸からジャラジャラとすべりおちた。まばたきする。

十五歳くらいの、ジーンズとスニーカーと汚れた白いシャツを着た黒人の少年が入口に立っていた。少年のぱちくりさせた目は、赤いガラス玉だった。

キッドの背中に寒気がからみついた。無理やり笑みを浮かべる。どこかべつの時間から、あらかじめ用意された考えがやってくる——こんな歪みは、この少年についてなにも教えてくれない。この歪みが怖いのは、自分自身のことをほとんど知らないからだ。恐怖に慣れっこになっている自律神経のせいで、ほぼ自動的に悲鳴をあげそうになった。キッドはどうにか笑みを浮かべたまま、うなずき、ふらふらと立ちあがった。「わかった。帰るよ。泊めてくれてありがとう」

戸口を通るときにも、できるだけ強く目をつぶっていなければならなかった。それから、深紅が消えて白と茶色の瞳にもどっていることを期待しながら、もう一度だけ少年の目を見た。二人とも、ぼくがまだ半分寝ぼけてると思うだろうな！　とキッドは期待した。絶望的に期待して、ブーツが屋上のタール紙を踏みしだいてガサゴソ音をたてた。汚れたタオルの色をした朝を背に、暗い階段をおりていく。頭を揺らしながら、なんとか恐怖を感じないように考える――自分より若くてかわいらしい少年のせいで追いだされるなんてね。そう、そのまぶたの下はガラス玉で、真っ赤だった！　踊り場を大きく回りこみ、いつも季節はずれに長いスカートをはいていた神経質な女のことを思い出す。彼女は、コロンビア大学に通っていた最初の学期の数学講師だった。「命題が真ならば」彼女はチョークのついた指先を強くこすりあわせながら説明した。「そこから引きだされる命題も真です。まちがった命題からは――そうね、どんな命題でも引きだせます。正しいものも、まちがっているものも。どんなものでも、です。どんなものでも……」この不条理が慰めを与えてくれたかのように、彼女のいつものヒステリックなトーンが一瞬だけ和らいだっけ。彼女は学期が終わる前に大学を離れた。ぼくはちがった、ちくしょう！

九個の階段をおり、キッドは暖かい廊下を歩いた。十二段、あがるんだったっけ？　今回は十三段あった。最後の一段に、爪先がぶつかった。

キッドは、夜明けの薄暗い荷おろし用ポーチに出た。霧にまかれた何本ものフックがぶらさがっていた。ポーチから飛びおりる。まだふらつき、まだ目をしばたたかせ、まだ恐怖にかられていた。それをなだめるには、笑うしかない。結局のところ、とブロックの角に向かってよろよろと歩きながら考えた、もしこの火事が永遠に燃えつづけるのなら、もしもう一つの月であるジョージがほんとうにあるなら、もしタックがガラスの目をした黒人少年のためにぼくを追いだしたのなら、もしポケットにいれたドル札のように日々が消えていくなら、なにが起こるかなんて予測不可能だ。予測できたとしても、そこに合理性などない。生地のすりきれたポケットに親指をひっかけて、角を曲がった。

倉庫と倉庫のあいだで、煙の動きにつれて見え隠れしながら、橋がせりあがり、忘却の果てまで伸びていた。好奇心の断片が混じりあうなか、一つだけ考えが残っていた――出ていく前に、せめてコーヒー一杯くらい飲ませてほしかった。ねばつく喉で唾を飲みこみ、ふりかえり、橋を吊るケーブルが今にも永久に消えてしまいそうだと思いながら、どういうわけか河岸にはたどりつけず、悪臭のただよう水辺の街を（永久に？）さまよい歩いていた。

　この広い道は橋に通じているはずだ。

　役所の暗い建物の角を曲がり、キッドは二ブロックぶん道をたどった。すると、8の字型とクローバー型にねじれた高速道路のむこう、橋の支柱にはさまれて道が伸びていた。

　二本目の支柱のあたりまでしか道は見えない。折りかさなり巻きひげ状になった道路のあいだで、霧が濃密に淀み、視界をさえぎる。こんな濃霧の夜明けは、いつもなら寒くて湿っぽい。だが今朝の空気は砂のように乾き、腕の裏側と首のつけ根の肌を、体温よりもほんのひと息ほど低い温度でくすぐっていた。道路の端に向かって歩きながら考える——車がないんだから、道のまんなかで駆けても平気だ。だしぬけにキッドは大声で笑い（夜どおし喉につかえていた痰を飲みこみ）、両手をふり、叫びながら、飛びだした。

　街は叫びを吸収し、反響をかえしてこない。

　三十ヤードほど走るとくたびれたので、乾いた重苦しい空気のなか、息を切らしながらとぼとぼ歩いた。たぶん、この街の道路は延々とつづいてるんだ、とキッドは推測した。橋は離れた場所にずっとかかったままだ。いや、まだたった十分しか歩いていない。キッドはいくつかの高架道路の下をくぐった。もう一度走り、カーブを曲がると、橋のほんとうの入口に着いた。

　ケーブルにはさまれた道路の線が、一ダースもの遠近法のV字型を形づくり、それらが収斂していく先の一点は霧のかなたに隠れていた。ゆっくりと、恐る恐る、見えない河岸に向かっておりていく。手すりまでたどりつき、煙ごしに水面をのぞきこんだ。見あげると、橋を支える梁とケーブルが、歩行者用道路をまたいで支柱まで伸びていた。ぼくはここでなにをしてるんだ？　そう思って、あらためて霧に目を向けた。

　一台の車がガード下の道路を近づいてきて三十秒ほどしてから、モーター音が次第に大きくなった。くすんだえび茶色の、二十年ものの車が、格子状のマカダム舗装で揺れながら走ってくる。うなりをあげてキッドを追いぬくとき、後部座席にいた男がふりかえり、ほほえんで手をふった。

「おーい！」キッドは呼びかけ、手をふりかえした。

　車は速度を落とさない。しかし男はうしろの窓ごしにもう一度手をふってくれた。

「ニューボーイさん！」キッドは六歩だけ走って、叫んだ。「さようなら！　さようなら、ニューボーイさん！」

　ケーブルがつくる網の目のなか、車はしだいに小さくなっていき、煙にぶつかり、綿に乗せた重石のように沈んでいった。一瞬のち——歩いてこの橋を渡った彼の経験からすると早すぎる——モーター音はプツリととだえた。

　あの音はなんだろう？　キッドは最初、どこか遠くで荒れくるう嵐だろうと考えた。だがそれは、自分の口内の洞《うろ》で空気が激しく動く音だった。**さようなら、ミスター・アーネスト・ニューボーイ、**同じく温かい気持ちでこうつけ加えた、**あなたはブリキのヒンデンブルク号、中味のないノーチラス号、中足骨の髄まで臆病者だ。いつかまた会いましょう。そんなことになったら、あなたはハリウッド、地獄《ヘル》級にすさまじく当惑してしまうだろうけれど。あなたが好きだ、あなたは不誠実なホモの年寄りだけど。とりすましているけれど、たぶんあなたもぼくが好きなんだろう。**キッドはふりむき、屍衣にくるまれた都市を見つめた。煙におおわれた硬い外皮に無数の街路が見境なく突きささり、色はパールかパステルのようだ。わずかしか見えないのは、街からずいぶん遠く離れてしまったためだろう。

　ぼやけた、ひどくぼやけたこの街から、出ていくことだってできる……

　けれども、気まぐれを抑えてきびすをかえし、立体交叉をめざして歩きだした。ときおり顔がグロテスクに歪む。この都市の中心はどこなんだ？　いぶかりながら歩きつづけた。左脚が少し痛みだす。そうこうするうちに、建物がふたたび姿を現わしはじめ、キッドを迎えいれた。

　名前も目的も失ったかわりに、ぼくはなにを手にいれた？　ぼくには論理と笑いがある、でも自分の手も目も信じられない。この漆黒の都市、時間のない都市、寛大な腐生の都市。いまは朝だ。晴れた夜空が恋しい。現実だって？　ぼくが現実に近づいたのはただ一度、ニューメキシコの砂漠で、月のない夜、聖なるうつろな暗闇に浮かぶ、刺すような星々を見あげていたときだけだ。昼間？　たしかに美しい。赤、真鍮、青と層をなす光景にしっかりと固定されている。だが昼の光は、距離そのものと同じように歪曲され、現実は青ざめた回折の仮面におおい隠されてしまう。

　ごてごてした装飾がほどこされた、骸骨めいた建物の群れには、異なる高さで石がつきささっている。窓、まぐさ、コーニス、窓枠が、一ダースの表面に模様をつけていた。うねる煙が建物を這いおり、稀薄すぎて土ぼこりさえ吹きはらえず、舗道におりて、一ブロック先でゆっくりと炸裂した——だが、そこまでたどりつくと消えていた。

ぼくは一人ぼっちだ、とキッドは思った。それ以外のことなら耐えられる。そして、自分の孤独が、きまって性的なのはどうしてだろうと不思議に思った。歩道からおりて、ぽつりぽつりと並んでいる古い車に沿って歩きながら——このブロックにある車は、どれも一九六八年以前のもののようだ——考える。孤独が恐ろしいのは、あらゆる逸脱が起こりうる、時間なきこの都市、空間なきこの領域、それを囲む非常口や門や胸壁のからみあった壁が、孤独をおさえこめるほど堅牢ではないためだ。だから、動きまわる結節点であるぼくから見ると、孤独は氾濫し、浸潤して、不安な光景全体にとめどなく拡散していくように見える。一瞬、この街のあらゆる壁が、地下の機械によって操作される回転軸に乗っているイメージが思い浮かんだ。彼が通りすぎると、大きな迷路のように、壁がだしぬけにガタガタと動いてべつの方向を向き、こちらの角が離れ、あちらの角がくっつくのだ——永久に改変可能で、それゆえ永久に地図をつくることができない……

太った男が通りに飛びだしてきたとき、まずキッドの目にとまったのは、緑色のウールの襟なしシャツだった。横道の歩道からよたよたと現われたその男は、キッドを見ると近づいてきた。昨夜、教会にいた白人の一人だ。

玉のような汗を浮かべた肉づきのいい赤ら顔が、ポンプのように上下するこぶしの上で揺れている。黄色の毛がうっすら生えた頭のてっぺんは染みだらけで、スクラップの真鍮のような毛がひたいに貼りついている。

キッドはとっさにあとずさった「おい、気をつけろ——」

「あんた——！」男は突進してきた。両手でキッドの鎖をつかんでひっぱり、「あんただろ、例の……」メキシコのアクセント、キッドは傷だらけの記憶をさぐってみた。「前に俺が……あんたはそのとき……ちがうか？ ああ、おねがいだ……どうかそんな……」男は濡れた唇から息を切らす。その目はサンゴのように赤く血走っていた。「おねがいだ、どうかそんなことは……あんた、あそこにいたんだろ、ちがうか？ 俺は……あんたがあんなふうにぶらぶらしてると、やつらはきっと……」男は口をすぼめて、通りの反対側に目をやると、あらためてキッドを見て、「あんた……ああ、ザ・キッド！」もつれた鎖からぱっと手を離した。そのあいだ、キッドは考えていた——ちがう、こいつが〝ザ・キッド〟なんて言うはずがない、きっと〝坊や《ザ・キッド》〟と、いや〝やつらのしわざ《ゼィ・ディド》〟

と言ったんだ。男は首をふりつづけている。「いいや、あんたはきっと……ねえ、そんなことは絶対に……」

「おい」男の手を押さえようとしながら、キッドは言った。「助けがほしいのか？　よかったら話して――」

男はすばやく飛びのき、転びそうになりながら走りだした。

キッドは二歩だけ追いかけて、足をとめた。

金髪のメキシコ人は、遠くの歩道でつまずき、膝をついて起きあがると横道へ消えていった。

キッドの脳裏に、リチャーズ家の前で聞いたメキシコ人の声がよみがえった。サーティーンの言葉も。アンフェタミン中毒の精神病患者？　すると、一つの考えがくっきりと浮かんできた――

あいつは……気が狂ってるんだ！

昆虫の行列のようにむずむずと、なにかがすごいいきおいで腹の上をすべった。一瞬、キッドは、おぞましい事実を認識したせいで寒気が襲ったのだと思った。だが実のところ真の寒気は、その次の瞬間に燃えあがった。

腹に感じたのは、光学装置のついた鎖だった。たぶん男にひっぱられたときに切れて垂れさがったのだろう。

キッドは切れた鎖の一方の端をつまみ、胸に垂れているもう片方の端を見つけ――鎖はレンズとプリズムのあいだで切れていた――細い真鍮の金具をひっぱった。片方の端には、小さなねじれた環がまだぶらさがっている。たこでほぼ無感覚になっている、大きく丸っこい指で鎖をつなぎなおそうとした。道のまんなかで、ねじったりひねったり、ときには息をとめ、ときには息を吐きだし、「くそ……」とか「ちくしょう……」とつぶやきながら。集中しすぎて、わきの下が汗ばんできた。片方は靴底、片方は舗道をふみしめている踵に異なる熱さが突きささる。あごを引き、明け方の光のなか、目を細めながら、もつれた手もとが自分のぼやけた影で暗くならないように体の向きを変えた。修理するのに、たっぷり十分はかかった。

それでも、鎖が切れた箇所ははっきりわかってしまう。作業を終えたとき、キッドはひどく憂鬱な気分になった。

（Ⅱ巻につづく）

著者　サミュエル・R・ディレイニー　Samuel R. Delany
1942年ニューヨーク生まれ。ニューヨーク市立大学を中退後、漁船乗りやフォークシンガーとして世界を放浪、62年『アプターの宝石』でデビュー。該博な知識と詩的文体、多層的語りを駆使してメタファーに満ちた神話的作品を多数発表、アメリカン・ニューウェーヴの旗手として活躍。長篇に『バベル-17』(66、ネビュラ賞受賞)『エンパイア・スター』(66)『アインシュタイン交点』(67)『ノヴァ』(68) *Triton* (76)、短篇集に『時は準宝石の螺旋のように』(71) など。75年に超大作『ダールグレン』を刊行、賛否両論を巻き起こしながらＳＦとしては異例の大ベストセラーとなる。自伝 *The Motion of Light in Water : Sex and Science Fiction Writing in the East Village 1957-65* (88) はヒューゴー賞を受賞。シリーズ作に *The Fall of the Towers* (３部作・63〜70)、*Return to Nevèrÿon* (４部作・79〜87) がある。

訳者　大久保　譲（おおくぼ　ゆずる）
1969年生まれ。東京大学教養学部卒。現在埼玉大学准教授。著書に『知の教科書　批評理論』(共著、講談社)、訳書にデイヴィッド・マドセン『グノーシスの薔薇』(角川書店)、シオドア・スタージョン『ヴィーナス・プラスＸ』、マット・マドン『コミック 文体練習』(共に国書刊行会) など。

ダールグレン
I

2011年6月20日初版第1刷発行

著者　サミュエル・R・ディレイニー
訳者　大久保讓
発行者　佐藤今朝夫
発行所　株式会社国書刊行会
〒174-0056　東京都板橋区志村1-13-15
電話03-5970-7421　ファックス03-5970-7427
http://www.kokusho.co.jp
印刷所　株式会社シナノパブリッシングプレス
製本所　株式会社ブックアート

ISBN978-4-336-04741-0

国書刊行会SF

未来の文学

第Ⅰ期

60〜70年代の傑作SFを厳選した
SFファン待望の夢のコレクション

Gene Wolfe / The Fifth Head of Cerberus

ケルベロス第五の首

ジーン・ウルフ　柳下毅一郎訳

地球の彼方にある双子惑星を舞台に〈名士の館に生まれた少年の回想〉〈人類学者が採集した惑星の民話〉〈訊問を受け続ける囚人の記録〉の三つの中篇が複雑に交錯する壮麗なゴシックミステリSF。

ISBN978-4-336-04566-9

Ian Watson / The Embedding

エンベディング

イアン・ワトスン　山形浩生訳

人工言語を研究する英国人と、ドラッグによるトランス状態で生まれる未知の言語を持つ部族を調査する民族学者、そして地球人の言語構造を求める異星人……言語と世界認識の変革を力強く描くワトスンのデビュー作。ISBN4-336-04567-4

Thomas M.Disch / A Collection of Short Stories

アジアの岸辺

トマス・M・ディッシュ　若島正編訳
浅倉久志・伊藤典夫・大久保寛・林雅代・渡辺佐智江訳

特異な知的洞察力で常に人間の暗部をえぐりだす稀代のストーリーテラー：ディッシュ、本邦初の短篇ベスト。傑作「リスの檻」他「降りる」「話にならない男」など日本オリジナル編集でおくる13の異色短篇。ISBN4-336-04569-0

Theodore Sturgeon / Venus plus X

ヴィーナス・プラスX

シオドア・スタージョン　大久保譲訳

ある日突然、男は住民すべてが両性具有の世界レダムにトランスポートされる……独自のテーマとリリシズム溢れる文章で異色の世界を築きあげたスタージョンによる幻のジェンダー／ユートピアSF。

ISBN4-336-04568-2

R.A.Lafferty / Space Chantey

宇宙舟歌

R・A・ラファティ　柳下毅一郎訳

偉大なる〈ほら話〉の語り手：R・A・ラファティによる最初期の長篇作。異星をめぐって次々と奇怪な冒険をくりひろげる宇宙版『オデュッセイア』。どす黒いユーモアが炸裂する奇妙奇天烈なラファティの世界！　ISBN4-336-04570-4